바닥에서 일어서서

LEVANTADO DO CHÃO

이 책의 한국어판 저작권은 The Wylie Agency사와의 독점계약으로 (주)해냄출판사에 있습니다.
저작권법에 의해 한국 내에서 보호를 받는 저작물이므로
무단전재와 무단복제를 금합니다.

JOSÉ SARAMAGO

주제 사라마구 장편소설

바닥에서 일어서서

정영목 옮김

해냄

제르마누 비디갈과
주제 아델리누 두스산투스를 추모하며,
그들 둘 다 살해당했다.

정치경제학자들과 윤리학자들에게 묻는다. 한 사람의 부자를 배출하기 위해 얼마나 많은 사람들이 고통, 과로, 사기 저하, 타락, 지독한 무지, 입이 떡 벌어지는 불행, 완전한 궁핍을 선고받아야 하는지 헤아려본 적이 있는가?

_알메이다 가헤트

여기, 이곳은 대개는 전원 지대고, 땅이다. 달리 뭐가 부족하건 땅만큼은 공급이 달린 적이 없었는데, 사실 땅이 그렇게 완전히 넘쳐나는 것은 어떤 지칠 줄 모르는 기적으로만 설명될 수 있다. 땅은 분명히 인간보다 앞서 생겼고, 오래, 아주 오래 존재해왔음에도, 여전히 소멸하지 않았기 때문이다. 아마 늘 변하기 때문일 것이다. 한 해의 어느 때는 녹색이지만, 어느 때는 노란색이나 갈색이나 검은색이다. 또 어떤 곳은 붉어, 진흙이나 흘린 피의 색깔이다. 하지만 이것은 뭘 심었느냐 또는 뭘 심지 않았느냐, 또는 무엇이 아무런 도움도 받지 않고 솟아올랐다가 자연스러운 결말에 이르는 바람에 죽었느냐에 달려 있다. 밀은 경우가 다른 것이, 베어내고 나서도 생명이 조금 남아 있다. 코르크나무도 달라서, 겉으로는 엄숙해 보이지만, 실제로는 생명으로 가득하여 껍질을 벗겨내면 소리를 지른다.

이 풍경에는 색깔이 전혀 부족하지 않지만 단지 색깔만 그런 것은 아니다. 추운 만큼이나 모진 날도 있고, 더위 때문에 숨을 거의 쉴 수 없는 날도 있다. 세상은 결코 만족하지 않으며, 만족하는 날이 세상이 죽는 날일 것이다. 세상에는 냄새도 부족하지 않은데, 심지어 여기에서도 그건 마찬가지다. 여기도 물론 세상의 일부이고 땅이 풍부하게 공급되고 있다. 하찮은 생물이 관목 안에서 죽는다면 죽음과 부패의 냄새를 풍길 것이다. 그렇다고 바람이 불지 않아도 누가 알아챌 거란 말은 아니다. 가까이 지나가도 모를 것이다. 뼈는 비에 깨끗하게 씻기거나 해에 바싹 마를 것이다. 생물이 아주 작으면 그런 것도 없을 수 있다. 구더기와 송장벌레가 와서 묻어버렸을 것이기 때문이다.

이곳은, 상대적으로 말해서, 상당히 큰 땅이며, 굽이치는 언덕과 작은 냇물로 시작한다. 하늘에서 떨어지는 물은 기근이 될 수도 있지만 잔치가 될 수도 있기 때문이다. 더 멀리 나아가면 땅은 평평해지다가 손바닥처럼 부드러워진다, 물론 많은 손은, 삶의 명령에 의해, 시간이 지나면서 호미, 작은 낫, 큰 낫의 손잡이 둘레에 좁게 오그라드는 경향이 있지만. 땅. 손바닥과 마찬가지로 땅에도 금과 길, 왕도와 나중의 국도, 또는 시청에 계시는 신사들이 소유하고 있는 길이 교차한다. 지금 그런 길 세 개가 우리 앞에 놓여 있는데, 셋은 시적이고, 마법적이고, 영적인 수이기 때문이다. 하지만 다른 모든 길은 되풀이해 오가는 것으로부터, 땅의 흙 위나 관목이며 그루터기며 야생화 사이를 통과하거나, 담과 불모의 땅 사이를 걸어 다니는 맨발이나 형편없는 신발을 신은 발이 만든 발자국들로부터 생겨난다. 그렇게 많은 땅. 사람은 이 근처에서 평생을 헤매도 절대 자신을 찾지 못할 수도 있다, 특히 그가 길을 잃은 채 태어났다면. 자기 때가 왔을 때 죽는 것도 개의치 않을 것이다. 그러나 그는 해를 받으며 누워 썩어가는 토끼나 조랑말이 아니다. 허기, 추위, 더위가 어떤 격리된 장소에서 그를 눕힌다 해도, 도움을 청하는 소리를 지르기는커녕 생각할 여유조차 주지 않는 병이 그를 눕힌다 해도, 조만간 그는 발견될 것이다.

많은 사람들이 전쟁과 다른 재앙으로 죽었다, 여기서도 다른 곳에서도. 하지만 우리가 보는 사람들은 여전히 살아 있다. 어떤 사람들은 이것을 깊이를 알 수 없는 신비라고 인식하지만, 진정한 이유는 높은 언덕으로부터 아래 평원에 이르기까지, 눈이 닿는 곳까지 굽이치는 토지에, 이 방대한 농장에, 이 라티푼디움*에 놓여 있다. 이 땅이 아니라면 저 땅에. 사실 무엇이 내 것이고 무엇이 네 것인지 우리가 정리해놓기만 하면 그것은 상관없다. 실제로 모든 것이 적절한 때에 호

* 원래 옛 로마에서 노예가 경작하던 광대한 사유지를 가리키는 말.

구조사를 통해 기록되고, 북과 남으로, 동과 서로 경계가 그려졌다. 마치 세상이 시작되었던 이래로, 모든 것이 그냥 땅이고, 커다란 짐승 몇 마리밖에 없고 이따금씩 인간이 있어도 모두 겁에 질려 있던 그때로부터 이런 식으로 다 정해져 있던 것처럼. 현재의 이 땅의 미래 모양이 결정된 것이, 아주 비뚤어진 수단에 의해서 결정된 것이 그 무렵이었는데, 나중에도 그런 식으로 결정되기는 마찬가지였다. 가장 크고 가장 예리한 칼을 소유한 사람들이 칼의 크기와 날의 품질에 따라 잘라놓은 모양인 것이다. 예를 들어, 왕이나 공작, 또는 나중에 전하가 된 공작, 주교나 어떤 교단의 우두머리, 적자 또는 다른 여자를 건드리거나 첩질을 해서 얻은 달콤한 열매, 다시 말해서, 원래 오점이었으나 깨끗하게 닦아내 명예롭게 바꾸어놓은 자식, 또는 정부의 딸의 대부가 쥔 칼이다. 또 왕국의 절반을 손에 쥐고 있는 궁정의 다른 고관도 있고, 가끔은 이런 경우도 있다, 사랑하는 친구들이여, 이것은 내 땅이다, 이걸 가져가서 거기 살면서 나를 섬기고, 네 이익을 돌보고 이교도나 다른 창피한 것들로부터 안전하게 지켜라. 웅장한 기도서 겸 신성한 장부는 궁과 수도원 양쪽에 놓아두고 지상의 저택이나 망루에서 기도를 드렸다, 각 동전마다 '우리 아버지', 동전 열 개면 '마리아여', 백 개에 '거룩한 여왕이여, 성모 마리아는 왕이로다.' 속이 깊은 돈 궤, 바닥을 모르는 사일로,* 배

---

* 사료, 곡물 등을 넣어 저장하는 원탑 모양의 건조물.

만 한 곡물 창고, 큰 통과 작은 통, 궤입니다, 마님. 모두 큐빗으로, 로드와 부셸로, 쿼트로, 포틀과 턴*으로 측정했다. 또각 땅 조각은 그 용도에 따라.

이렇게 해서 강이 흐르고 일 년 네 계절이 흐르니, 변한다고는 하나 그래도 거기에는 의지할 수 있다. 시간의 거대한 인내와 돈의 역시 거대한 인내, 이 두 가지는 인간을 빼면 모든 척도 가운데 가장 항상적이다, 비록 계절과 마찬가지로 변하기는 하지만. 그러나 우리는 인간이 사고 팔렸다는 것을 알고 있다. 각 세기에는 그 나름의 돈이 있고, 각 나라에는 팔고 살 수 있는 사람, 마라베디를 내고, 또는 해외로부터 금과 은 마르크, 레알, 더블룬, 크루자두, 소버린, 플로린**을 내고 팔고 살 수 있는 사람이 있었다. 변덕스러운 다양한 금속, 꽃 부케나 와인 부케처럼 가벼운 금속. 그래서 돈은 올라가는 것이고, 떨어지지 않기 위해서 돈에 날개가 달린 것이다. 돈이 마땅히 있어야 할 곳은 일종의 천국, 성자들이 필요할 때 이름을 바꾸는 높은 곳이지, 라티푼디움은 아니다.

땅은 크고 탐욕스러운 입에 어울리는 풍만한 젖가슴을 가진 어머니, 자궁이다. 땅은 가장 큰 땅과 그냥 큰 땅으로 나뉘어 있다. 아니, 더 큰 것을 더 큰 것에 합친다고 말하는 게 좋을 것이다. 매입이나 어떤 동맹을 통해서, 또는 교활한 도

---

* 모두 측량 단위.
** 화폐를 가리키는 말들.

둑질을 통해서. 이것은 순전한 범죄로, 나의 조부모와 나의 선한 아버지의 유산이다, 신이여 그들의 영혼에 안식을 주소서. 여기까지 오는 데 수백 년이 걸렸지만, 늘 이와 똑같을 것임을 누가 의심할 수 있겠는가?

하지만 이 다른 사람들은 누구인가? 작고 이질적인 사람들, 땅과 함께 오지만, 증서에 이름은 나타나지 않는 사람들. 혹시 죽은 영혼들인가, 아니, 아직 살아 있나? 사랑하는 자녀들이여, 신의 지혜는 무한하다. 땅이 있고 거기에서 일할 사람들이 있다, 가서 번성하라. 가서 나를 번성시켜라, 라티푼디움은 말한다. 하지만 이 모든 이야기를 할 수 있는 다른 방법도 있다.

비가 그들을 따라잡은 것은 오후가 저물 무렵이라, 해는 오른쪽 낮은 언덕 위에 겨우 반 뼘 높이로 걸려 있었다. 그러나 마녀들은 이미 머리를 빗고 있었으니, 그들이 가장 좋아하는 날씨였기 때문이다. 사내는 나귀의 고삐를 당기고, 짐승의 짐을 내려 약간 비탈진 곳에 놓고, 발로 돌 하나를 밀어 달구지의 한쪽 바퀴 아래 괴었다. 철에 전혀 어울리지 않는 비였다, 천상의 물의 지배자가 도대체 무슨 생각을 한 것인지 모르지만. 그래서 길에는 이리 먼지가 많고, 그뿐 아니라 이따금씩 마른 소똥이나 말똥 덩어리가 있는 것인데, 그것을 아무도 집어가지 않은 것은 이곳이 사람 사는 곳과는 너무 멀리 떨어져 있기 때문이다. 어떤 사내아이도 자연의 거름을 찾아 이 먼 데까지 팔에 바구니를 걸고 나와 부서지는 공, 때로는 잘 익은 열매처럼 금이 가는 공을 머뭇머뭇 집어 든 적이 없다. 비가 오자 뜨겁고 희끄무레한 땅에서 갑자기 거무스름한 별들이 튀어 부드러운 먼지 위에 둔탁하게 떨어졌고, 이윽고 급류가 모든 것을 삼켜버렸다. 그래도 여자가 아이를 달구지로부터, 두 커다란 궤 사이에 쑤셔 넣은 줄무늬 매트리스로 만든 우묵한 보금자리로부터 안아 내릴 여유는 있었다. 여자는 아이를 젖가슴에 안고, 숄의 늘어진 끝으로 얼굴을 덮으며 말했다, 착하기도 해라, 아직도 자네. 이것이 여자의 첫 번째 관심사였고, 두 번째는, 다 흠뻑 젖겠네, 였다. 사내는 높은 구름을 쳐다보다 콧등을 찌푸리더니, 이윽고 남성적인 지혜를 근거로 선언했다, 지나갈 거야, 소나기일 뿐이야. 하지만 혹시 몰라 말려 있던 담요 하나를 풀어 가구를 덮었다. 하고많은 날들 가운데 왜 하필 오늘 비가 오는 거야, 젠장.

질풍이 한바탕 불자 이제 성겨진 빗방울들이 흩날렸다. 사내가 나귀의 등을 찰싹 때리자 나귀는 힘차게 귀를 흔들더니 달구지의 끌채를 당겼고, 사내는 바퀴를 밀어 나귀를 도왔다. 그들은 다시 비탈을 오르기 시작했다. 여자는 아이를 품에 안고 뒤를 따랐다. 아기가 푹 잠든 것을 보고 기분이 좋아 아기를 살피며 중얼거렸다, 우리 착한 아들. 달구지가 가는 길 좌우의 땅은 관목이 더부룩하게 자랐으며, 그 안에 너도밤나무 몇 그루가 길을 잃은 듯 줄기까지 몸을 잠그고 숨 막힌 표정으로 서 있었다. 버림을 받았거나 아니면 거기에서 태어났는지도 모른다. 달구지의 바퀴는 질척한 땅을 파고들어 철벅 소리를 내며 길을 갔고, 이따금씩 돌멩이 하나가 어깨를 지면 위로 들어 올릴 때마다 갑자기 격하게 흔들렸다. 가구가 담요 밑에서 삐거덕거렸다. 사내는 나귀 옆에서 오른손을 고삐에 얹고 걸어가며 말이 없었다. 그렇게 그들은 언덕 꼭대기에 이르렀다.

우뚝 솟은 빽빽하고 거대한 구름 덩어리가 남쪽으로부터 그들을 향해 짚 색깔의 평원을 건너오고 있었다. 길은 가파르게 아래로 곤두박질쳤는데, 텅 빈 넓은 공간을 가로질러 쓸고 들어오는 바람에 대패질을 당하듯 납작해진 부서지는 도랑들 사이로 거의 모습이 드러나지 않았다. 밑에서 길은 넓은 도로와 만났지만, 이렇게 상태가 엉망인 곳에 도로라는 말을 쓰는 것이 민망한 일이기는 하다. 왼쪽으로 낮은 지평선을 거의 끌어안고 있는 것은 작은 정착지였는데, 그 흰 담들은 서쪽을 마주 보고 있었다. 조금 전에도 말했지만, 평원은 드넓고 평평하여, 이따금씩 홀로 또는 쌍으로 서 있는 너도밤나무 몇 그루를 빼면, 다른 것은 거의 없다. 그 높지 않은 언덕에서도 세상에 알려진 끝은 없다는 것을 믿는 것은 어려운 일이 아니었다. 그곳에서 보니 노르스름한 빛 속에서 커다란 납판처럼 보이는 구름 밑의 정착지, 그들의 목적지는 도저히 다다를 수 없는 곳 같았다. 상크리스토방이야, 사내가 말했다. 남쪽으로 이렇게 멀리 와본 적이 없는 여자가 말했다, 몬트 라브르가 더 크네요. 겉으로는 단순히 비교 진술이지만, 그 말에는 아마도 고향에 대한 그리움이 깔려 있었을 것이다.

언덕을 반쯤 내려왔을 때 비가 다시 내리기 시작했다. 처음에는 통통한 빗방울 몇 알로 모습을 드러냈지만 이것은 폭우를 예고하는 것이었으니, 지나가는 소나기 이야기는 잊어야 했다. 바람이 평원을 휩쓸며 빗자루가 지나가듯이 앞의 모든 것을 밀어내고 짚과 먼지를 퍼 올렸다. 지평선에서부터 비가 앞으로 다가와, 곧 잿빛을 띤 막이 먼 풍경을 가렸다. 꾸준히 내리는 비, 몇 시간은 자리를 잡고 있을 듯한 비, 찾아와서 좀체 떠나려 하지 않는 비였다. 마침내 땅이 그 많은 물을 감당하지 못하자 물을 쏟아내는 것이 하늘인지 땅인지 알 수 없게 되어버렸다. 사내가 다시 말했다, 젠장. 더 훌륭한 표현을 배우지 못한 사람들이 흔히 하는 말이다. 비를 피할 곳은 멀고, 입을 코트도 없으니, 비가 어떻게 떨어지든 등으로 다 받아낼 수밖에 없다. 그곳에서 마을까지는 이 지치고 약간 머뭇거리는 나귀가 움직이는 속도로 보아 적어도 한 시간은 더 가야 할 것 같은데, 그때면 어두워질 것이다. 가구를 간신히 가리고 있는 담요는 흠뻑 젖어 물을 뚝뚝 떨어뜨리고 하얀 실마다 물이 방울져 흘러내리니, 궤 속의 옷가지, 그들 나름의 이유가 있어 이 들판을 가로질러 길을 가는 가족의 얼마 되지 않는 이삿짐에 무슨 희망이 있으랴. 여자는 하늘을 쳐다본다, 우리 머리 위의 크고 텅 빈 페이지를 읽는 오래고 촌스러운 방법인데, 이번에는 하늘이 개는지 보려는 것이나, 그럴 기미는 없고, 오히려 거무스름한 잉크처럼 묵직하여, 오늘 저녁에는 날씨가 바뀌지 않을 것이다. 달구지는 계속 앞으로 나아간다. 큰물 안으로 뛰어드는 작은 배다. 당장이라도 가라앉을 것 같고, 그러려고 사내가 나귀를 앞으로 몰아대고 있는 것 같지만, 실은 저 너도밤나무, 최악의 폭풍우를 조금이나마 가려줄 곳으로 어서 가려는 것뿐이다. 사내, 달구지, 나귀가 도착했고, 여자는 거의 다 왔지만 진흙탕 속에서 이리저리 미끄러지고, 아이를 깨울까 봐 뛰지도 못한다. 세상이란 그런 것이다. 우리는 다른 사람의 문제를 알아채지 못한다, 관련된 사람들이 아내와 아들처럼 가까운 사이일 때도.

너도밤나무 아래에서 사내는 안절부절못하고 있었다. 아이를 품에 안고 다니는 것이 어떤 일인지 모르는 것이 분명하다. 차라리 달구지에 묶은 밧줄이 느슨해지지나 않았는지 보고 있으면 좋으련만. 그런 속도로 움직이다 보면 매듭이 분명히 헐거워지거나 가구가 움직이게 마련인데, 지금 우리가 가장 원치 않는 일이 얼마 안 되는 가구가 떨어져 부서지는 것이기 때문이다. 나무 아래에서는 비를 좀 덜 맞기는 하지만 그래도 잎에서 큰 방울들이 떨어진다. 이것은 잎이 빽빽한 오렌지나무가 아니어서, 이 넓게 벌린 거대한 팔들 밑에 서 있는 것은 구멍이 가득한 포치 밑에 서 있는 것이나 다름 없기에, 사실 어디에 서 있어야 할지 알 수가 없다. 하지만 바로 그때 아이가 울음을 터뜨리며, 어머니에게 더 긴급한 과제를 수행하라고 촉구했다. 블라우스 단추를 풀고 자신에게 젖가슴, 이제 거의 바닥나 허기를 간신히 면할 정도밖에 젖이 남지 않은 젖가슴을 자신에게 내달라는 것이다. 아이의 울음은 바로 그치고, 어머니와 아이는 비의 꾸준한 웅얼거림에 싸여 평화를 되찾고, 아버지는 달구지 주위를 돌아다니며 매듭을 풀었다 다시 묶거나 달구지 옆을 무릎으로 받치고 밧줄을 팽팽하게 잡아당기고, 나귀는 멍한 얼굴로 귀를 세게 털어내며 웅덩이와 비에 잠긴 길을 내다보았다. 이윽고 사내가 말했다, 다 왔는데 이런 비라니. 이것은 약간 화가 나서 한 말, 거의 아무런 생각 없이 또 희망 없이 한 말이었다. 마치, 내가 화가 났으니 비는 그치지 않을 거다, 하고 말하는 것 같다. 아, 방금 이 말은 내레이터가 한 것인데, 이런 말은 없어도 아무 지장 없다. 그러니 어서 아버지를 살펴보기로 하자. 그는 마침내, 아이는 어때, 하고 묻고는, 다가가서 숄 밑을 살핀다. 사실 그는 그녀의 남편 아닌가. 하지만 아내가 수줍어하며 너무 빠르게 몸을 가리는 바람에 사내는 이제 자기가 보고 싶어 했던 것이 아들이었는지 아니면 그녀의 벗은 가슴이었는지 자신할 수가 없다. 그는 그 미지근한 어둠 속에서, 구겨진 옷가지의 향기로운 온기 속에서, 그 은밀한 내부로부터 자신을 지켜보는 아들의 강렬한 파란 눈을 간신히 분간할 여유밖에 없었다. 요람에서 자신을 물끄러미 내다볼 때면 나타나는 그 눈의 묘하게 창백한 빛, 투명하고 엄격한 빛, 그것은 자신이 태어난 가족의 짙은 갈색 눈들 사이에서는 유배자였다.

무거운 구름이 약간 얇어지면서 억수로 내리던 첫 빗줄기의 속도가 느려졌다. 사내는 길로 나서서 묻는 얼굴로 하늘을 보고 네 방위를 돌아보고 나서 아내에게 말했다, 가는 게 좋겠어, 어두워지도록 여기 있을 수는 없어. 그러자 아내가 말했다, 그럼 가요. 여자는 아기 입에서 젖꼭지를 거두었고, 아이는 잠시 허공을 빨다가, 곧 울 것 같다가 입을 다물었고, 물러난 젖가슴에 얼굴을 비비더니 한숨을 내쉬고 잠이 들었다. 조용한 아이, 착한 아이였고, 어머니에게는 친구였다.

그들은 이제 비에 둘러싸인 채 함께 걷고 있었다. 몸이 너무 젖어 아늑한 창고에도 마음이 끌리지 않아 계속 걷다가 새 집에 이르렀을 때에야 발을 멈출 것이다. 밤은 빠르게 다가오고 있었다. 서쪽에 마지막으로 남아 있던 희미한 빛이 점점 붉어지다 사라지고, 땅은 메아리만 가득한 말 없는 검은 우물이 되었다. 밤이 오면 세상은 얼마나 커 보이는지. 바퀴가 삐거덕거리는 소리도 더 커진 것 같았고, 비밀처럼 예상치 못했던 나귀의 연속적으로 터져 나오는 숨이 갑자기 크게 들렸고, 그들의 젖은 옷의 소곤거림은 어색한 침묵을 모르는 친구들끼리 계속 웅얼거리는 대화 같았다. 사방 몇 리그*에 불빛은 전혀 보이지 않았다. 여자는 성호를 긋더니,

---

* 옛날 거리의 단위로 보통 한 시간에 걸을 수 있는 거리. 1리그는 약 5킬로미터이다.

아들 얼굴 위에도 성호를 그렸다. 이런 밤 시간에는 몸을 방어하고 영혼을 보호하는 것이 최선이다. 길에 유령들이 나타나 회오리바람을 일으키며 지나가기도 하고 바위에 앉아 나그네를 기다리기도 하기 때문이다. 그들은 여행자에게 답이 없는 세 가지 질문을 던지곤 한다, 너는 누구냐, 어디에서 왔느냐, 어디로 가느냐. 달구지 옆에서 걷고 있는 사내는 노래를 부르고 싶지만 부를 수가 없다. 밤이 무섭지 않은 척하느라 에너지를 모조리 소모하고 있기 때문이다. 얼마 더 가지 않아 도로에 이르자 사내가 말했다, 이제 그냥 계속 똑바로 가기만 하면 돼, 게다가 길도 나아졌어.

앞쪽, 멀리, 불빛이 번쩍여 구름을 밝혔다. 아무도 구름이 그렇게 낮게 깔려 있을 것이라고는 짐작 못했을 것이다. 이윽고 잠깐 모든 게 멈추더니, 마침내 천둥이 낮게 으르렁거리는 소리. 엎친 데 덮친 격이라더니. 여자가 말했다, 거룩한 성 바르바라*여 우리를 구하소서. 하지만 천둥은 어떤 먼 폭풍우의 찌꺼기였거나, 아니면 다른 경로를 택한 것 같았다. 그것도 아니면 성 바르바라가 신앙이 덜 깊은 곳으로 몰고 가버렸거나. 그들은 이제 도로에 올라섰다. 길이 넓어졌기 때문에 그것을 알 수 있었다. 다른 차이가 있다 해도 그것은 아주 참을성이 있고 낮의 빛이 있어야만 알 수 있는 것이었다. 그들은 지금까지 진흙과 팬 곳을 거쳐 왔고, 지금도 계속 진

---

* 천둥과 번개 때 보호해달라고 부르는 성자.

흙과 팬 곳을 거쳐 가고 있으며, 이제는 너무 어두워 어디에 발을 딛는지 볼 수도 없었다. 나귀는 본능에 따라 전진하며, 도랑을 따라 걷고 있었다. 사내와 여자는 그 뒤에서 미끄러지며 나아갔다. 이따금씩 도로가 휘면 사내는 무작정 앞으로 가 상크리스토방이 혹시 보이는지 살폈다. 그들이 어둠 속에서 첫 흰 벽들을 보았을 때 비가 갑자기 그쳤다. 너무 갑작스러워 알아채기도 힘들었다. 바로 직전까지 오다가, 다음 순간에는 오지 않았다. 도로 위로 큰 지붕이 쭉 뻗어 나온 것 같았다.

여자가 물은 것도 놀랄 일은 아니다, 우리 집은 어디예요. 아이를 돌보아야 하고, 가능하다면 지친 몸을 침대에 뉘기 전에 가구를 적당한 곳에 놓아야 할 사람에게서 나올 만한, 얼마든지 이해해줄 수 있는 질문이었다. 사내가 답한다, 건너편이야. 문은 모두 닫혀 있고, 갈라진 틈에서 나오는 희미한 빛 몇 개만이 다른 거주자의 존재를 드러낸다. 어딘가 마당에서, 개가 짖는다. 누군가 걸어서 지나가면 늘 개 한 마리가 짖고, 방심하다 깜짝 놀란 다른 개들은 첫 보초의 소리를 듣고 자신의 개로서의 의무를 완수한다. 문 하나가 열리더니, 이윽고 닫혔다. 비가 그쳤고 집이 가까웠기 때문에 남편과 아내는, 거리를 따라 달려오다 좁은 골목길로 뛰어들어 낮은 지붕들 위로 뻗은 가지들을 흔드는 차가운 바람을 더 의식하게 되었다. 바람 덕분에 밤은 점점 밝아졌다. 큰 구름은 떠나고, 여기저기 맑은 하늘의 조각들을 볼 수 있었다. 이제 비가 오지 않네, 여자가 아이에게 말했지만, 아이는 자고 있어, 넷 가운데 유일하게 그 좋은 소식을 알지 못했다.

그들은 나무 몇 그루가 짧게 소곤거리는 대화를 주고받는 광장에 이르렀다. 사내는 달구지를 멈추고 여자에게, 여기서 기다려, 하고 말하더니 나무 밑을 통과하여 환하게 불이 밝혀진 문간으로 걸어갔다. 그곳은 술집, 타베르나*였고, 안에는 세 사내가 벤치에 앉아 있었으며, 한 사내는 바 옆에 서서 마치 사진을 찍으려고 포즈를 취하듯이 엄지와 검지 사이에 잔을 들고 술을 마시고 있었다. 바 뒤에서 여위고 오그라든 노인이 문으로 눈길을 돌렸고, 달구지를 끌고 온 사내는 안으로 들어가 말했다, 안녕하세요, 여러분. 새로 도착한 사람이 그 안에 있는 모든 사람의 우정, 그러니까 우애의 감정에서 나오는 것이건 더 이기적인 상업적 이유에서 나오는 것이건, 우정을 얻어보려고 하는 인사였다. 여기 상크리스토방에 살려고 왔는데, 이름은 도밍구스 마우템푸**이고 제화공입니다. 벤치에 앉아 있던 한 사내가 농담을 던졌다, 그래, 나쁜 날씨를 가져온 건 분명한 것 같군. 그러자 술을 마시고 있던 사람이 잔을 다 비우고 입맛을 다시더니 한마디 보탰다, 신발 바닥은 날씨보다 나은 걸로 가져왔기를 바라야겠네. 나머지 사람들은, 물론, 웃음을 터뜨렸다. 무례하게 굴거

---

* 선술집이라는 뜻의 포르투갈어.
** 나쁜 날씨라는 뜻. —역주

나 박대하려는 것은 아니었다. 밤을 맞이한 상크리스토방은 모든 집이 문을 닫았는데 갑자기 낯선 사람이 나타나 마우템푸라고 하면, 바보가 아니고서야 그 이름으로 농담을 하지 않을 수가 없는 법이다. 더군다나 심한 폭우가 내린 뒤였으니. 도밍구스 마우템푸는 머뭇거리는 미소로 대응했지만, 그런 반응은 예상할 수 있는 것이었다. 이윽고 노인이 서랍을 열고 커다란 열쇠를 꺼냈다, 여기 열쇠, 오지 않나 보다 하는 생각이 들던 참이었지. 그러자 모두 도밍구스 마우템푸를 뚫어져라 바라보며 이 새로운 이웃을 가늠해보았다. 어느 마을이나 제화공은 필요하고 상크리스토방도 예외는 아니다. 도밍구스 마우템푸는 이유를 댔다, 몬트 라브르에서는 먼 길이었고, 오는 동안 비가 내렸습니다. 그렇다고 그가 해명할 필요가 있는 것은 아니지만, 그는 그저 친근하게 굴고 싶을 뿐이다. 이윽고 그가 말한다, 내가 한잔 사지요. 이것은 사내들의 심장 속 같은 곳을 어루만질 수 있는 훌륭한 방법이다. 앉아 있던 사내들은 일어서서 그들의 잔이 다시 채워지는 의식을 구경하고 나서, 서둘지 않고, 다시 천천히 조심스러운 동작으로 잔을 집어 든다. 사실 이건 포도주이지, 단숨에 들이켤 싸구려 브랜디가 아닌 것이다. 함께 한잔 하시지요, 어르신. 도밍구스 마우템푸가 말하자 대도시의 방식을 아는 노인은 대답한다, 나의 새로운 세입자의 건강을 빌며. 사내들이 이런 맛있는 것에 탐닉하는 동안 여자가 문으로 다가오지만 안으로 들어오지는 못한다. 이 타베르나는 남성의 전유물이기 때문이다. 여자는 버릇대로 조용하게 말한다, 도밍구스, 아이가 불안해해, 가구도 그렇고 다 젖어서 짐을 풀어야 돼.

여자 말이 다 옳지만 도밍구스 마우템푸는 아내가 그런 식으로 소환하는 것이 싫었다, 다른 사내들이 어떻게 생각할 것인가. 함께 광장을 가로지르며 그는 아내를 꾸짖는다, 한 번 더 그러면 정말 화를 낼 거야. 여자는 아기를 진정시키느라 바빠 아무런 대꾸도 하지 않았다. 달구지는 튀어나온 곳에 걸려 덜컹거리며 천천히 나아갔다. 나귀는 추위로 몸이 뻣뻣하게 굳었다. 그들은 집과 남새밭이 번갈아 자리 잡은 이면 도로를 따라 내려가다 낮은 오두막 밖에서 발을 멈추었다. 이거야, 여자가 물었고, 남편은 대답했다, 응.

도밍구스 마우템푸는 커다란 열쇠로 문을 열었다. 안으로 들어가기 위해 고개를 숙여야 했다, 이곳은 문이 높은 궁궐이 아니었기 때문이다. 창문은 없었다. 왼쪽에 벽로가 있었는데, 노가 바닥 높이였다. 도밍구스 마우템푸는 짚단으로 깜빡거리는 작은 횃불을 만들어 아내가 새 집을 볼 수 있도록 높이 들었다. 굴뚝 배 옆에 땔감 꾸러미가 있었다. 당장 쓰기에는 충분했다. 몇 분이 지나지 않아 여자는 아이를 한쪽 구석에 재우고 장작 몇 개와 불쏘시개를 모았고, 회칠을 한 벽 위로 꽃이 피어오르듯 불이 생명을 얻어 튀어 올랐다. 집에 다시 사람이 살고 있었다.

도밍구스 마우템푸는 나귀와 달구지를 끌고 문으로 들어와 마당에서 가구를 내려 집으로 들여와 닥치는 대로 쌓아놓았고, 마침내 아내가 와서 거들었다. 매트리스는 한쪽 면이 젖었다. 옷궤에는 물이 들어갔고, 부엌 탁자의 다리 한 짝이 부러졌다. 하지만 불 위에는 양배추 잎과 쌀이 담긴 냄비가 끓고 있었고, 아기는 다시 젖을 빤 뒤 매트리스의 마른 면에 누워 잠이 들었다. 도밍구스 마우템푸는 일을 하러 마당으로 나갔다. 도밍구스의 아내이자 주앙의 어머니인 사라 다 콘세이상은 방 한가운데 서서 오전(誤傳)된 메시지가 다시 오기를 기다리는 사람처럼 불 속을 물끄러미 들여다보았다. 배 속에서 약간 움직임이 느껴졌다, 이어 한 번 더. 하지만 남편이 다시 안으로 들어왔을 때 그녀는 아무 말도 하지 않았다. 그들에게는 생각할 다른 것들이 많았다.

도밍구스 마우템푸는 뼈가 물러지도록 오래 살지 않을 것이다. 언젠가, 아내에게 다섯 아이를 낳게 해준 뒤, 그런 가장 세속적인 이유 때문은 아니지만, 나뭇가지에 밧줄을 감고, 몬트 라브르가 보일 듯 말 듯한 황량한 곳에서, 목을 매달 것이다. 그러나 그렇게 하기 전에 그는 집을 등에 지고 다른 곳으로 여러 번 떠나고, 가족으로부터 세 번 달아나는데, 그 세 번째에는 가족과 화해를 하지 못한다. 그전에 그의 때가 오기 때문이다. 그의 장인 라우레아누 카항카는 사라의 고집에 굴복할 수밖에 없었을 때 바로 그런 불행한 종말을 예언했다. 딸은 도밍구스 마우템푸에게 푹 빠져 만일 그와 결혼하지 못하면 다른 누구와도 결혼하지 않겠다고 맹세했다. 라우레아누 카항카는 성이 나서 소리를 지르곤 했다, 그 자는 아무짝에도 쓸모없는 놈인 데다 주정뱅이라서 뭘 해도 안 될 거야. 그렇게 가족이 계속 성을 내던 중에 사라 다 콘세이상이 덜컥 임신을 했다. 보통 설득과 애원이 실패했을 때 아퀴를 지을 수 있는 매우 효과적인 주장 방식이었다. 어느 날 아침 사라 다 콘세이상은 집을 나섰다. 때는 오월이었다. 그녀는 들판을 가로질러 도밍구스 마우템푸를 만나기로 한 곳으로 갔다. 그들은 그곳에 기껏해야 삼십 분 있었다, 높이 자란 밀 사이에 누워 있었다. 그러고 나서 도밍구스는 신발 만드는 골이 있는 곳으로, 사라는 부모의 집으로 돌아가게 되었을 때, 그는 만족하여 휘파람을 불며 떠났고 그녀는 뜨거운 해가 내리쬠에도 그곳에 남겨진 채 몸을 떨고 있었다. 그녀는 얕은 개울을 건널 때 버드나무 몇 그루가 모인 곳에 쭈그리고 앉아 두 다리 사이로 흘러내리는 피를 닦아내야 했다.

주앙은 바로 그날 만들어졌다, 아니, 더 성경적인 표현을 사용하자면, 잉태되었다. 이것은 아주 특별한 일로 보이는데, 그 순간의 다급함과 혼란 때문에 정액이 처음에 자기 할 일을 하지 않고 나중에 가서야 하는 경우도 흔하기 때문이다. 또 주앙의 파란 눈 때문에 의심까지는 아니라 해도 상당히 당황한 것도 사실이다. 그들이 기억할 수 있는 한 달리 가족의 누구에게도 그런 눈은 없었고, 가깝건 멀건 어떤 친척에게도 그런 눈은 없었기 때문이다. 하지만 우리는 그런 생각이, 수많은 자기 탐구 끝에 올곧은 동정녀의 길에서 벗어난 여자, 밀밭에서 오직 한 사내하고만 누워, 자신의 선택에 의해 그에게 다리를 벌린 여자에게는 터무니없이 부당하다는 것을 알고 있다. 거의 오백 년 전 다른 젊은 여자의 경우는 선택이 아니었다. 그녀가 샘에서 동이에 물을 채우고 있을 때 동 주앙 1세의 임명을 받은 몬트 라브르 총독 람베르투 오르케스 알레망을 따라온 외국인들 가운데 한 사내, 그녀가 알아들을 수 없는 말을 하는 사내가 다가왔고, 그는 가엾은 처녀의 외침과 애원을 무시하고 그녀를 고사리 숲으로 데려가 순전히 자신의 즐거움을 위해 강간했다. 그는 피부가 희고 눈이 파란 잘생긴 사내였으며, 그의 유일한 흠은 핏속의 뜨거운 불뿐이었지만, 그녀는, 당연한 일로, 도저히 그를 사랑할 수 없었고, 때가 왔을 때 혼자 아이를 낳았다. 이렇게 해서 그 후 사백 년 동안 그 파란 게르만인의 눈은 나타났다가 사라지곤 했다, 마치 사라졌다가 전혀 예상을 하지 못하고 있을 때 돌아오는 혜성처럼. 나타날 때마다 굳이 기록을 하지 않았기 때문에 패턴을 발견하지 못한 것일 뿐이지만.

이번이 이 가족의 첫 이사다. 그들은 묘하게 비가 내리는 여름날 몬트 라브르에서 상크리스토방으로 왔다. 북에서 남으로 이 지구 전체를 가로질렀는데, 도대체 무엇 때문에 도밍구스 마우템푸는 이렇게 멀리까지 이사하겠다고 결정했을까. 아, 그는 일솜씨도 서툴 뿐 아니라 달리 아무짝에도 쓸모

없는 사람이었는데, 몬트 라브르에서 술과 어떤 음침한 거래 때문에 상황이 어려워지기 시작하자 장인에게 말했다, 달구지와 나귀를 빌려주십쇼, 네, 상크리스토방에 가서 살겠습니다. 좋고말고, 가라, 자네가 조금이라도 상식을 갖추게 되기를 기대해보자, 자네 자신을 위해서 또 자네의 처자식을 위해서, 하지만 나귀와 달구지는 즉시 돌려다오, 나도 필요하니까. 그들은 가장 빠른 길을 택하여, 가능할 때는 달구지가 다니는 길이나 큰길을 따랐지만, 대부분은 전원지대를 가로지르고, 산을 둘러서 갔다. 나무 그늘에서 점심을 먹었는데, 도밍구스 마우템푸는 포도주 한 병을 전부 꿀꺽꿀꺽 삼켰지만 낮의 더위 때문에 곧 다시 땀으로 다 쏟아냈다. 멀리 왼쪽으로 몬테모르가 보였고, 그들은 계속 남쪽으로 움직였다. 상크리스토방을 딱 한 시간 남겨놓았을 때 머리 위로 비가 쏟아졌다. 전혀 좋은 전조라고 할 수 없는 큰 비였지만, 그래도 오늘은 화창하여, 사라 다 콘세이상은 정원에 앉아 치마를 꿰매고, 아직 다리가 후들거리는 아들은 집의 담을 따라 걸음을 내딛고 있다. 도밍구스 마우템푸는 장인에게 나귀와 달구지를 돌려주고 그들이 훌륭한 집에 살고 있으며, 벌써 손님들이 그의 집을 찾아오고 있기 때문에 일감은 부족하지 않을 거라고 말하러 갔다. 술에 취하지만 않으면 다음 날 걸어서 돌아올 것이다. 사실 술만 빼면 그는 나쁜 사람이 아니다. 하느님의 뜻이라면, 그도 결국은 자신을 다잡을 것이다. 사실, 그보다 나빴지만 결국은 괜찮아진 사람들도 있다. 세상에 정의가 조금이라도 있다면, 어린 자식이 하나 있고 또 하나가 곧 나올 예정이니, 그도 이제 정신을 차리고 존경받을 만한 아버지가 될 것이다. 나로 말하자면, 뭐, 우리 모두에게 좋은 삶을 주기 위해 내가 할 수 있는 일을 할 것이다.

주앙은 담 끝에 이르렀고, 거기에서부터 말뚝 울타리가 시작된다. 아이는 울타리를 꽉 움켜쥐는데, 팔이 다리보다 강하다. 밖을 내다본다. 아이의 시야는 아주 좁다. 하늘이 비치는 웅덩이들이 군데군데 박힌 진창길이 띠처럼 뻗어 있고, 맞은편 문 앞 계단에는 황갈색 고양이가 늘어져 배에 해를 쬐고 있다. 어딘가에서 닭이 운다. 여자가 외치는 소리가 들린다, 마리아. 그러자 다른, 거의 아이 같은 목소리가 대답한다, 네, 세뇨라. 이윽고 커다란 더위를 품은 정적이 다시 자리를 잡는다. 진흙은 곧 굳고 전과 다름없는 흙먼지로 돌아갈 것이다. 그만하면 이제 밖을 내다보는 일은 할 만큼 했기에 주앙은 담장을 놓고 어려운 반원 돌기를 하여 어머니에게로 돌아가는 긴 여정을 시작한다. 사라 다 콘세이상은 아이를 보더니, 바느질거리를 무릎에 내려놓고 아들을 향해 두 팔을 뻗는다, 이리 와, 아가, 이리 와. 그녀의 두 팔은 아이를 보호해주는 두 산울타리 같다. 두 팔과 주앙 사이에는 시작도 끝도 없는 혼란스럽고 불확실한 세상이 놓여 있다. 해는 땅바닥에 머뭇머뭇 그림자를 스케치한다. 시간이 떨며 전진한다. 드넓게 펼쳐진 라티푼디움 위에 놓인 시곗바늘처럼.

람베르투 오르케스 알레망은 성의 테라스로 나섰을 때 앞에 펼쳐진 모든 것을 한눈에 담을 수 없었다. 그는 마을과 더불어 길이 십 리그 폭 삼 리그에 이르는 땅의 영주였으며, 세금을 징수할 권리가 있었고, 가서 번성하라는 임무를 받았지만 샘가에서 처녀를 강간하라는 명령을 내린 적은 없었다. 그러나 그 일은 일어났고 그것으로 끝이었다. 그 자신은 정숙한 아내와 자녀들을 거느리고 있지만 기분이 어떻게 움직이느냐에 따라 어디에서든 마음 가는 대로 씨를 뿌릴 것이다. 이 땅을 지금처럼 사람이 살지 않게 내버려둘 수는 없네, 전체 땅에 정착지 수를 헤아리는 데는 한 손의 손가락으로 충분하고, 경작하지 않는 구역은 자네 머리의 머리카락처럼 많으니 말이야. 네, 영주님, 하지만 이 여자들은 까무잡잡한 무어인의 저주받은 찌꺼기들이고, 이 말 없는 사내들은 복수심이 강합니다, 게다가, 우리 왕은 영주님에게 솔로몬처럼 가서 번성하는 것이 아니라 사람들이 여기 와서 머물 수 있게 땅을 경작하고 그곳을 통치해달라고 요청했습니다. 그게 내가 지금 하고 있는 일이고 앞으로 할 일이야, 또 뭐든 적당하다고 생각하는 일을 할 거야, 이 땅은 내 땅이고 그 위의 모든 것도 내 것이기 때문이지, 물론 틀림없이 나의 노력을 방해하고 문제를 일으키려는 자들이 있겠지만, 그런 자들은 늘 있게 마련이니까. 맞는 말씀입니다, 영주님, 태어나신 추운 땅으로부터 그런 지식을 얻으신 게 분명하군요, 그곳 사람들은 이 외딴 서쪽 땅의 원주민인 우리보다 아는 게 훨씬 많으니까요. 이제 뜻이 맞았으니, 내가 다스리는 이 땅에 주세를 얼마나 물릴지 이야기해보세나. 이렇게 하여, 라티푼디움의 역사에서 작은 에피소드 하나가 마무리되었다.

이른바 제화공은 사실 서툰 신기료장수에 지나지 않는다. 그는 구두창을 갈고 뒤축을 대고 마음이 안 내키면 일을 두고도 꿈지럭거리다, 종종 골, 송곳, 칼을 버려두고 타베르나에 가기도 하고, 짜증 내는 손님과 말다툼을 하고, 이 모든 이유 때문에 아내를 때린다. 구두창을 갈고 뒤축을 대야 하기 때문만이 아니라 자신의 내부에서 평화를 찾을 수가 없기 때문에, 그는 앉자마자 다시 일어서고 싶고, 한 곳에 도착하자마자 벌써 다른 곳을 생각하는 불안정한 사람이 되었다. 그는, 이 나쁜 날씨 도밍구스는 바람의 아들, 방랑자이며, 타베르나에서 돌아와 집으로 들어가면서, 담장에 부딪히고, 찌무룩한 얼굴로 아들을 흘끗 보고, 아무런 이유 없이 아내를 야단친다, 이 빌어먹을 여자야, 내가 따끔하게 혼내주마. 그러고 나서 다시 나가, 술로, 함께 마시고 떠드는 친구들에게로 돌아간다. 이건 외상으로 해주쇼, 네, 주인장. 물론이지요, 손님, 하지만 이미 외상이 아주 많은데. 나는 언제나 빚을 갚잖습니까, 안 그래요, 나는 누구에게도 한 푼도 신세진 적이 없다고. 여러 번, 사라 다 콘세이상은 아이를 이웃에게 맡겨두고, 남편을 찾으러 밤의 어둠 속으로 나갔다. 숄과 어둠으로 눈물을 감추고, 이 타베르나에서 저 타베르나로 돌아다녔다. 상크리스토방에는 타베르나가 많다고 할 수는 없어도 있을 만큼은 있었다. 그녀는 밖에서 안을 살피다 안에 남편이 있으면 그림자들 속에 또 하나의 그림자처럼 서 있곤 했다. 그러다 가끔 남편이 친구들에게서 버림받고 집이 어디에 있는지도 모른 채로 혼자 길에서 헤매는 것을 보기도 했는데, 그럴 때면 세상이 갑자기 환해지곤 했다. 도밍구스 마우템푸가 그 무시무시한 사막에서, 유령들의 무리 가운데서 자신을 찾아내준 것이 고마워 아내의 어깨에 팔을 두르고 아이처럼 이끌려왔기 때문이다. 의심할 바 없이 그는 여전히 아이였다.

그러던 어느 날, 감당할 수 없을 만큼 일이 많았기 때문에 도밍구스 마우템푸는 조수를 두었고, 그 덕분에 동료 술꾼들과 어울릴 수 있는 시간이 늘었지만, 그러다 또 다른 어느 불운한 날, 자신의 아내, 가엾고 무고한 사라 다 콘세이상이 자신이 없을 때 자신을 속인다는 생각을 하게 되었고, 그것

으로 상크리스토방은 끝났다. 죄 없는 조수는 칼끝이 다가
오자 그곳을 떠날 수밖에 없었고, 임신한 사라는, 아주 정
당한 임신이었음에도, 두 번째로, 그녀 나름의 고통스러운
비아 돌로로사*를 감당해야 했다. 다시 달구지에 짐을 쌓아
야 했고, 또 몬트 라브르까지 가야 했고, 다시 바삐 왔다 갔
다 해야 했다. 우린 괜찮습니다, 장인의 딸과 손자는 행복합
니다, 아기가 또 하나 태어나겠지만, 저는 토흐 다 가다냐에
서 나은 일자리를 찾을 겁니다, 아버지가 거기 사니 우리를
도와줄 수 있을 겁니다. 그들은 다시 북쪽으로 떠났는데, 다
만 이번에는 상크리스토방을 나서는 길에 집주인이 그들을
기다리고 있다는 점이 달랐다. 잠깐만, 마우템푸, 자네는 나
한테 집세하고 자네가 마신 술값을 빚지고 있네, 만일 갚지
않으면 나하고 여기 내 두 아들이 이 자리에서 갚게 할 거야,
그러니 빚진 걸 갚든지 죽든지 하게.

짧은 이삿길이었는데, 그것은 다행이었던 것이, 거의 집에
발을 들여놓자마자 사라 다 콘세이상이 둘째 아들을 낳았기
때문이다. 둘째에게는 지금은 잊어버린 어떤 이유로 안셀무
라는 이름이 붙었다. 아이는 요람에서부터 운이 좋았던 것이
친할아버지의 직업이 목수이고, 손자가 집에서 아주 가까운
곳에서, 거의 옆집에서 태어난 것을 몹시 기뻐하였기 때문이
다. 할아버지는 혼자 목수로 일하여 윗사람도 도제도 없었

* 예수가 십자가를 지고 처형지 골고다까지 걸어간 길.

고, 부인도 없었으며, 늘 긴 목재와 널빤지 사이에서 살았고, 톱밥 냄새가 몸에 배어 있었으며, 외, 대패, 널, 나무 메, 까뀌와 관련된 특수한 어휘를 사용했다. 그는 말수가 적은 진지한 사람이었고 술 마시는 습관도 없었으며, 그래서 자신의 집안의 명예에 보탬이 안 되는 아들을 못마땅해한다. 도밍구스 마우템푸의 불안한 천성을 생각할 때, 그의 아버지가 할아버지 노릇을 즐길 여유를 갖는 것은 거의 무망한 일이었다. 그저 맏손자에게 이게 노루발 장도리다, 이게 대패다, 이게 끌이다 하고 가르치는 정도였다. 도밍구스 마우템푸는 아버지가 하는 말과 하지 않는 말을 다 견딜 수 없었기 때문에 새장의 창살에 몸을 내던지는 새처럼, 내 영혼 안에 이 무슨 감옥이냐, 젠장, 하고 다시 길을 나서, 이번에는 이 지구의 서쪽 끝인 란데이라로 갔다. 이번에는 이런 방황과 불확실성을 야릇하게 여길 장인에게 가지 않는 쪽을 택하여, 돈을 약간 들여 달구지와 노새를 빌리고, 장인에게는 자신의 계획에 관해 입을 다물고 있다가 나중에 말하기로 했다. 우리는 도무지 어디에도 자리를 잡지 못하는 것 같아, 방랑하는 유대인처럼 이곳에서 저곳으로 옮겨 다니니, 어린아이 둘을 데리고 쉽지 않아. 조용히 해라, 여자야, 내가 다 알아서 하니까, 란데이라에는 좋은 사람들이 있고 일도 많아, 게다가, 나는 장인(匠人)이야, 당신 아버지나 오빠들처럼 괭이에 묶여 있지 않다고, 나는 일을 배워서 기술이 있어. 내 말은 그게 아니잖아, 내가 당신하고 결혼할 때부터 당신은 제화공이었고 그건 좋아, 나는 그저 약간의 평화를 원할 뿐이고, 이렇게 돌아다니는 걸 그만뒀으면 할 뿐이야. 사라 다 콘세이상은 매질에 관해서는 한마디도 하지 않았고, 그런 말을 하는 것이 어울리지도 않았을 것이다. 도밍구스 마우템푸는 마치 약속된 땅으로 가듯이 란데이라로 여행하고 있었고, 어깨에는 맏아들을 태운 채 아이의 연약한 작은 발목을 잡고 있었기 때문이다. 발목은 물론 좀 더러웠지만 그게 무슨 상관이랴. 그는 거의 무게를 느끼지 않았다. 오랜 세월 동안 가죽을 꿰매면서 강철 같은 근육과 힘줄이 생겼기 때문이다. 노새는 뒤에서 종종걸음으로 따라오고, 해는 아늑한 담요처럼 따뜻했으며, 사라 다 콘세이상은 심지어 달구지에 타는 것도 허락받았다. 그러나 새집에 이르렀을 때 그들은 가구가 다시 심하게 손상되었다는 것을 알게 되었다. 매번 이런 식이라면, 도밍구스, 우리한테는 가구가 남아나지 않을 거야.

몬트 라브르에 진짜 대부모가 있음에도 주앙이 새로운, 더 유명한 대부를 얻게 된 것은 란데이라에서였다. 그는 아가메드스 신부로, 그가 조카라고 부르는 여자와 함께 살았으므로 주앙에게 대모도 빌려주었다. 아이는 그때까지 땅에서 그랬던 것과 마찬가지로 이제 하늘에서도 보호를 받고 있었기 때문에 축복이 부족하지 않았다. 특히 아가메드스 신부의 권고를 받은 도밍구스 마우템푸가 성당지기의 의무를 맡아, 미사와 장례를 돕고 나서부터 그랬다. 이 일로 사제는 그와 친해져 주앙을 양자로 받아들였다. 도밍구스 마우템푸가 성당의 품을 찾아들어간 유일한 목적은 일을 피할 품위 있는 이유를 찾고 고집스러운 방랑벽으로부터 좀 놓여나자는 것이었다. 하지만 하느님은 그가 자신의 제단에 나타나 서툰 솜씨지만 배운 대로 의식에 필요한 행동을 하는 것을 보자마자 보답을 해주었다. 아가메드스 신부 또한 술을 좋아하여, 사제와 성당지기는 함께 그것을 모시는 일을 하러 다니게 되었기 때문이다. 아가메드스 신부는 성당에서 멀지 않은 곳에 식료품점을 소유하여, 사제의 의무를 수행하다 짬이 날 때마다 그곳에서 일을 했고, 짬이 나지 않으면 조카가 대신 광장으로 내려가, 카운터 뒤에서 가족이 지상에서 벌여놓은 사업을 관장했다. 도밍구스 마우템푸는 그곳에 들러 포도주를 한 잔 마시고, 사제가 그곳에 없으면 혼자서 한 잔을 더, 또 한 잔 더 마셨으며, 그러다 나중에는 둘이 함께 마셨다. 한편 하느님은 저 위에 천사들과 함께 있었다.

그러나 모든 하늘에는 루시퍼*가 있고 모든 낙원에는 유혹이 있는 법. 도밍구스 마우템푸는 이웃의 반려를 탐내는 눈으로 보기 시작했으며, 그녀는, 조카로서, 불쾌감을 느껴 삼촌에게 그 이야기를 했으니, 이 정도면 한 사람은 상근이고 또 한 사람은 임시이기는 하나, 성모 성당의 두 종 사이에 악감정이 생기기에는 충분했다. 아가메드스 신부는 그 조카-삼촌 관계에 의심을 품고 있는 교구민들의 악한 생각에 신빙성

* 사탄.

을 부여할까 저어하여 솔직히 말을 하지 못하고, 대신 자신의 명예에 대한 위협을 몰아내기 위해 불쾌감을 준 사내가 이미 결혼한 남자라는 사실에 초점을 맞추었다. 도밍구스 마우템푸는 술을 쉽게 마실 수 있는 특권을 박탈당하고 여기 저기 온 데서 바삐 원래하던 일을 하는 것이 지겨워 집에서 사제에게 복수를 하겠다는 의사를 밝혔다. 정확히 무엇을 두고 복수를 하겠다는 것인지 말하지는 않았고, 사라 다 콘세이상도 묻지 않았다. 그녀는 계속 묵묵히 고난을 견딜 뿐이었다.

성당에 교구민은 몇 명 없었고 그들 모두가 자주 나오는 것도 아니었다. 성당은 그들의 불행에 치유책을 제공하는 것도 아니었고, 또 그래야 할 의무가 있는 것도 아니었다. 그렇다고 사람들이 보기에 성당이 불행을 늘리는 것도 아니었다. 그것은 문제가 아니었다. 사도다운 행동이 부족하기 때문에 헌신하는 사람들도 늘지 않았던 것이다. 아가메드스 신부가 이른바 조카와 함께 살고 식료품점을 운영했기 때문이라고만 말할 수는 없었다. 민중에 속하지 않은 사람들만이 그런 기본적인 요구에 무지했다. 그보다는 그가 기도문의 말을 못 알아들을 정도로 뭉개서 발음하고, 갓난아기, 신혼부부, 죽은 사람을 상대할 때 모두, 돼지를 도살하고 먹을 때와 마찬가지로 냉정하게, 또 성스러운 책의 글자나 정신을 마주할 때와 마찬가지로 거의 아무런 관심 없이 서둘러 일을 끝내려고만 했기 때문이다. 보통 사람들은 묘한 데서 예민할 수 있는 것이다. 도밍구스 마우템푸는 성당이 가득 차게 만드는 방법을 알고 있었다. 그는 다음 미사는 특별한 것이 될 것이라고, 아가메드스 신부가 앞으로는 거룩한 가르침을 특별히 애를 써서 전하고, 숭고하게 뜸을 들일 뿐 아니라 심지어 목소리까지 떨 것이라고 알렸다. 그걸 놓치면 바보다, 따라서 놓치고 나서 나중에 나한테 와서 불평하지 마라. 아가메드스 신부는 성당이 사람들로 가득한 것을 보고 놀랐다. 성당에 이름을 빌려준 성인의 축일도 아니었고 하늘의 개입을 요구할 만큼 가뭄이 심하지도 않았다. 그러나 그는 아무 말 하지 않았다. 양 떼가 자유 의지로 우리로 들어왔다면, 목자는 주인에게 자신이 맡은 사명을 처리한 결과를 보고할 때 그만큼 면이 섰기 때문이다. 간단히 말해서, 그는 배은망덕하게 보이지 않으려고 전에 없이 노력을 했으며, 모두들 내막을 알지도 못한 채 도밍구스 마우템푸의 예언이 이루어지는 것을 확인했다. 그러나 제화공은 성당지기의 자리로 올라가, 이미 복수를 준비해놓고 다시 탈출할 계획까지 짜놓았다. 미사 중에 제종(祭鍾)을 쳐야 할 시점이 왔을 때 그는 차분하게 종을 들고 흔들었다. 그러나 닭털을 공중에 흔드는 것 같았다. 처음에 신앙이 깊은 사람들은 모두 자신이 귀가 먼 것이 틀림없다고 생각했고, 다른 사람들은 습관적으로 고개를 숙였고, 어떤 사람들은 믿을 수 없다는 표정으로 지켜보았다. 도밍구스 마우템푸는 극적인 정적 속에서 아무것도 모르는 척하면서 계속 종을 흔들어댔다. 사제는 어리둥절한 표정이었고, 신자들은 서로 중얼거렸으며, 젊은 축에 속하는 사람들은 웃음을 터뜨렸다. 모든 것을 보는 하느님은 말할 것도 없고 모든 성자들까지 그들을 굽어보는 상황에서 그것은 수치스러운 일이었다. 아가메드스 신부는 더 참을 수가 없어, 성찬식을 그 자리에서 중단하고 종을 낚아채 안을 만져 보았다. 추가 없었다. 그럼에도 그런 불경한 짓을 벌할 번개는 치지 않았다. 아가메드스 신부는 거룩한 분노가 무시무시하게 치밀어 올라 거룩한 장소 그 자리에서 도밍구스 마우템푸의 뺨을 후려쳤다. 있을 수 없는 일이었다. 그러나 도밍구스 마우템푸도 똑같이 대응했다, 마치 이 모든 일이 미사의 한 순서인 것처럼. 오래지 않아 사제의 제의와 성당지기의 중백의가 사나운 소용돌이에 휘말려, 한 사람이 위로 올라가고 다른 사람은 밑으로 내려간 채, 성체 현시대의 둥근 눈 밑에서 신성모독적으로 굴러다니다 제단 계단에 부딪혀 갈비뼈를 다쳤다. 회중은 달려들어 전쟁을 벌이는 두 세력을 뜯어말리려 했으며, 일부는 팔과 다리가 뒤엉킨 틈을 이용하여 이쪽이나 저쪽에 복수하고 싶은 오랜 갈망을 충족시켰다. 늙은 여인들은 한쪽 구석에 모여 하늘의 만군에게 기도를 하고, 마침내 신체적 힘과 영적 용기를 그러모아, 아무리 자격이 없다 하더라도 어쨌든 사제인 사람을 구하기 위해 제단으로 나아갔다. 간단히 말해 신앙의 승리였다.

다음 날, 도밍구스 마우템푸는 마을을 떠났고, 그 뒤를 소년들이 수행원들처럼 따라왔다. 그들은 황량한 외곽까지 그와 그의 가족을 따라왔다. 사라 다 콘세이상은 창피해서 고개를 숙이고 있었다. 주앙은 엄하고 파란 눈으로 주위를 둘러보았다. 다른 아들은 자고 있었다.

그러다 공화국이 나타났다. 사내들은 십이나 십삼 빈텡을 벌었고, 여자들은 평소와 마찬가지로 그 반이 못 되는 돈을 벌었다. 둘 다 똑같은 검은 빵, 똑같은 양배추 잎, 똑같은 줄기를 먹었다. 공화국은 리스본에서 빠르게 밀려들어와, 전신이 있는 경우에는 그것을 이용해 마을에서 마을로 돌아다녔다. 글을 읽을 줄 아는 사람들을 위해서 인쇄물로 자신을 광고했고, 아니면 입에서 입으로 전해졌는데, 그것이 늘 단연 쉬운 방법이었다. 왕은 쫓겨났고, 성당에 따르면 그 왕의 왕국은 이제 이 세상의 것이 아니었다. 라티푼디움은 분위기를 파악하고 아무런 행동도 하지 않았다. 올리브기름 일 리터 가격이 이천 헤이스 이상으로 올랐는데, 이는 남자 일당의 열 배였다.

공화국 만세. 그래서 새로운 일당은 얼마인가요, 농장주님. 어디 보자, 나는 얼마든 다른 사람들이 주는 만큼 줘, 감독하고 이야기를 하게. 그래, 감독님, 일당이 얼맙니까. 자네는 일 빈텡을 더 받게 될 거야. 그걸로는 먹고살 수가 없는데요. 뭐, 자네가 이 일이 필요 없다면 일할 사람은 아주 많아. 맙소사, 자식들하고 함께 굶어 죽을 수도 있어요, 내가 아이들한테 뭘 먹여줄 수 있겠습니까. 아이들도 일을 하게 해. 일이 없다면요. 그럼 그렇게 자식을 많이 낳지 마. 마누라, 사내 녀석들은 나가서 땔감을 주워오게 하고 계집애들은 짚을 주워오게 해, 그리고 침대로 와. 나를 당신 마음대로 하시구려, 나는 주인의 노예니까, 자, 됐어요, 나 임신했어요, 가족이 하는 말로 하면 애를 가졌어요, 나는 아기를 낳을 거고, 당신은 아버지가 될 거예요, 달거리를 걸렀어요. 괜찮아, 일곱이나 여덟이나 굶는 건 마찬가지니까.

군주제하의 라티푼디움과 공화제하의 라티푼디움 사이에는 눈에 보이는 어떤 차이도 없고 다만 비슷한 점만 있었다. 그들이 버는 임금으로는 살 수 있는 게 너무 적어 외려 굶주림이 더 심해질 뿐이었다. 그래서 순진한 노동자 몇 명이 한데 모여 지구 행정관에게 가서 생활 조건 개선을 요구했다. 글자를 제일 잘 쓰는 사람이 요구 사항을 글로 적으면서, 포르투갈 사람이 느끼는 새로운 기쁨과 공화제가 오면서 솟아난 새로운 희망을 이야기했다, 선생님의 건승을 빌고 우애 어린 인사를 보내며, 선생님, 선생님의 답변을 기다리겠습니다. 청원자들이 해산하자 람베르투 오르케스는 한자동맹 의자에 앉아 농장, 자신, 자신이 다스리는 사람들에게 무엇이 최선일지 깊이 생각해 본 뒤, 여러 조각의 땅들이 표시되어 있는 지도들을 살피고 나서 가장 인구밀도가 높은 곳을 손가락으로 찍으며 군경찰[*] 지구대장을 불렀다. 지구대장은 전에는 민간 경찰에 소속되어 있었으나, 지금은 새 군복을 입은 군인의 모습이었다. 그러나 기억력이 좋지 않아 왼쪽 소매에 파란색과 흰색 리본을 달던 시절은 잊었다.[**] 지구대장의 열정과 경계심 덕분에 람베르투는 노동자들이 흥분하여 변화를 바라고 있으며, 강제 공채를 비롯한 여러 강요에 항의를 하고 있다는 것을 알게 되었다. 또 형편없는 음식에도 불만을 품고 있었는데, 여러 세금을 내고 공물을 바치고 나면 그들이 남는 돈으로 살 수 있는 것은 그것뿐이었다. 이 모든 불만이 청원서에 적혀 있었는데, 비록 그 표현은 신중하지만 아마 그런 말투 밑에는 분명히 다른, 더 나쁜 의도가 감추어져 있을 터였다. 봉기의 불길한 바람이 라티푼디움에 불고 있었으며, 그것은 구석에 몰린 굶주린 이리가 으르렁거리는 소리와 흡사했다. 만일 그것이 이빨의 군대로 바뀌면 큰 피해를 줄 수도 있었다. 따라서 본때를 보일 필요, 교훈을 새겨

---

[*] 유럽 여러 나라에는 민간 경찰과 더불어 군경찰이 경찰 업무를 수행한다.

[**] 파란색과 흰색은 과거 군주제의 깃발 색깔이다. ―역주

줄 필요가 있었다. 콘텐치 중위는 면담이 끝나고 명령이 접수되자 군화 뒤꿈치를 딱 하고 맞부딪히며 연병장을 향하여 나팔을 불라고 지시했다. 곧 그곳에 공화국 군경찰대가 기병도를 옆에 늘어뜨리고 고삐를 단단히 쥐고 줄지어 늘어섰다. 마구(馬具), 콧수염, 갈기가 반짝거렸다. 람베르투가 집무실 창문에 나타나자 군경찰대는 작별 인사로 손을 흔들듯이 그에게 경례를 했다. 그렇게 하나의 동작 안에서 애정과 규율을 통일하고 있었다. 람베르투는 숙소로 돌아가 아내를 불러, 아내와 쾌락을 나누었다.

군경찰대가 전원 지대를 빠르게 돌아다니는 광경을 보라. 그들은 속보로 달리기도 하고, 전속력으로 달리기도 하며, 해가 그들의 갑옷을 때려대고, 안장을 덮는 천이 말의 다리 위로 이리저리 펄럭인다. 오 기병대여, 오 롤랑이여, 올리베로스와 피에라브라스여,* 그런 아들들을 낳은 땅은 행복하여라. 선택한 마을이 시야에 들어오자 콘텐치 중위는 중대에게 돌격을 준비하라고 명령하고, 나팔 소리가 들리자 대원들은 서정적인, 호전적인 양식으로 기병도를 뽑아 들고 전진하니, 온 나라가 발코니로 나와 이 장관을 구경한다. 농민은 집

---

* 프랑스와 이탈리아의 기사 문학에서 피에라브라스는 로마를 약탈하고, 그리스도의 몸을 방부 처리했다고 전해지는 액체가 든 용기 두 개를 훔친 사라센의 거인이다. 이 액체는 어떤 상처든 치유할 수 있다는 소문이 있었다. 피에라브라스는 올리베로스에게 패배하고, 올리베로스는 그 액체를 샤를마뉴에게 주며, 샤를마뉴는 그것을 로마에 돌려준다. 전설 속에서 롤랑은 샤를마뉴의 용사들 가운데 우두머리가 된다. ─역주

에서, 헛간과 축사에서 나오다 돌진하는 말에 쓰러지고 병사의 칼날을 뒤에서 맞는다. 마침내 피에라브라스는 손에 기병도를 움켜쥐고 등에 쏘인 황소처럼 펄쩍펄쩍 뛰어 돌아다니며 이유도 전혀 모른 채 분노로 눈이 멀어 베고, 휘두르고, 썰고, 찌른다. 농민은 땅에 쓰러져 신음했고, 결국 자신의 오두막으로 실려가 쉬지도 못하고 물, 소금, 거미집을 있는 대로 사용하여 최선을 다해 상처를 돌보았다. 차라리 죽는 게 나아, 한 농민이 말했다. 아직 우리의 때가 오지 않았어, 다른 농민이 말했다.

공화국이 사랑하는 자식인 군경찰대는 떠나고 있다. 말은 여전히 몸을 부르르 떨고, 거품 방울이 여전히 공기를 채우고 있다. 이제 그들은 전투 계획의 두 번째 단계로 옮겨가고 있는데, 그것은 산과 골짜기로 말을 타고 들어가, 사람들이 반란과 파업을 일으키도록 부추겨, 들일을 방치하고 짐승들을 내팽개치게 한 노동자들을 추적하는 것이며, 그 결과 노동자 서른세 명이 붙들려, 주요 선동자들과 함께 군대 감옥에 처박히게 되었다. 군경찰대는 그들을 노새처럼 줄을 세워 끌고 갔고, 그들의 등에는 채찍, 주먹질, 조롱하는 말이 옷처럼 덮여 있었다, 이 새끼들, 마누라 바람나지 않게 조심해라, 공화국 군경찰대 만세, 공화국 만세. 농장 노동자들은 모두 개별적으로 묶인 다음 다시 밧줄 하나로 서로 이어졌다, 마치 갤리선 노예들처럼. 믿어지는가, 마치 야만적인 시대의 이야기, 암만 가까이 잡아도, 람베르투 오르케스 알레망 시절의 이야기, 십오 세기의 이야기처럼 들리지 않는가.

　누가 폭동의 지도자들을 리스본으로 데려갈까? 성이 똑같이 콘텐치인 중위가 이끄는 십칠 보병대의 병사 열여덟 명은 야간열차 편으로 몰래 출발한다. 서른여덟 개의 눈이 파업 고무 선동죄로 고발당한 농장 노동자 다섯 명을 감시한다. 이들은 중앙 정부에 넘겨질 것이다, 사려 깊은 우리의 통신원이 우리에게 알린다, 이 정부는 구빈원이나 다름없다, 늘 그런 사람들이 인도되기를 간절히 바란다. 다시 오월이다, 신사 여러분, 마리아의 달이다. 기차가 간다, 기적을 울리며, 저기 간다, 다섯 농장 노동자가 간다, 리모에이루 감옥에서 썩으러 간다. 이 야만적인 시대에는 기차가 천천히 달린다. 이렇다 할 이유도 없이 텅 빈 땅 한가운데서 멈춘다. 매복과 갑작스러운 죽음에 완벽한 어떤 장소를 찾아 멈추는 것 같다, 죄인들이 타고 있는 잠긴 열차에는 커튼이 닫혀 있다. 람베르투 오르케스의 시절에 커튼이 있었는지 모르겠지만, 그런 사치가 삼등칸에도 일반적이었는지 모르겠지만. 십칠 보병대는 소총의 공이치기를 당겨두고, 아마 총검까지 꽂아놓았을 것이다. 거기 누구야. 기차가 멈출 때마다 한 번에 열 명씩 열차에서 내린다, 공격이나 죄수들을 탈출시키려는 시도를 막으려는 것이다. 가엾은 병사들은 자지 말라는 명령을 받아, 신경이 곤두선 채 그 다섯 범죄자, 꼭 너처럼 생긴 범죄자들의 단단하게 굳은 더러운 얼굴을 노려보고 있다. 내가 제대를 하면, 친구여, 누가 알겠는가, 어쩌면 다른 병사가 나를 체포하여 어둠 속에서, 야간열차에 태워 리스본으로 보낼지. 지금 우리는 우리 자리를 알고 있지, 하지만 내일은 누가 알 수 있으랴. 그들은 너한테 소총을 빌려주면서도, 그것으로 장원 노동자들을 겨눌 거라고는 한마디도 한 적이 없어. 모든 훈련, 겨냥을 하고 총을 쏘는 그 모든 행동이 사실은 너 자신을 향한 거야, 너는 네가 무슨 짓을 하고 있는지 몰라, 언젠가 그들은 총을 쏘라고 명령할 것이고, 너는 너 자신을 쏠 거야. 입 다물어, 이 선동적인 새끼들아, 이제 뜨거운 맛을 보게 될 거야, 너희가 저 안에서 몇 년을 썩게 될지 누가 알겠어. 그래, 리스본은 큰 도시, 세상에서 가장 큰 도시라고 해, 또 공화국의 본거지야, 리스본은 당연히 우리를 풀어줄 거야, 우리는 완벽하게 법대로 하고 있어.

이제 두 노동자 무리가 불과 열 걸음 떨어진 채 서로 마주 보고 있다. 북쪽 출신의 노동자들이 말한다, 우리는 완벽하게 법대로 하고 있어, 우리는 이미 고용되었고 이제 일을 하고 싶어. 남쪽 출신의 노동자들은 말한다, 너희는 돈을 덜 받고 일하기로 합의했어, 너희는 우리에게 해를 주려고 여기 온 거야, 너희 있던 곳으로 돌아가, 이 쥐새끼*들아, 이 검은 다리**들아. 북쪽 출신의 노동자들이 말한다, 우리가 떠나온 곳에는 일이 없어, 돌과 덤불뿐이야, 우리는 베이라에서 왔

* 포르투갈어로는 라티뉴라고 한다. 알렌테주로 일을 찾아온 포르투갈 북부와 중부의 임시직 노동자들을 가리킨다. ─역주
** 파업 탈퇴자들을 가리킨다.

어, 따라서 쥐새끼라는 말로 우리를 모욕하지 마. 남쪽 출신의 노동자들은 말한다, 하지만 너희는 쥐새끼들이야, 너희는 우리 빵을 갉아먹으러 여기에 왔어. 북쪽 출신의 노동자들이 말한다, 우리는 배가 고파. 남쪽 출신의 노동자들이 말한다, 우리도 마찬가지야, 하지만 우리는 이런 가난을 받아들이기를 거부해, 너희가 그런 낮은 임금으로 일하는 데 동의하면 우리에게는 아무것도 남지 않을 거야. 북쪽 출신의 노동자들이 말한다, 그건 너희 잘못이야, 그렇게 오만하게 굴면 안 돼, 농장주가 주는 걸 받아들여, 아무것도 없는 것보다는 뭐라도 있는 게 나아, 그럼 모두가 일을 하게 될 거야, 너희는 수가 많지 않고 우리는 도우러 왔기 때문이야. 남쪽 출신의 노동자들이 말한다, 그건 속임수일 뿐이야, 저들은 우리 모두를 속이고 싶어 해, 우리는 그 임금을 받아들일 필요가 없어, 우리와 힘을 합치는 게 어때, 그럼 농장주는 모두에게 나은 임금을 주어야 할 거야. 북쪽 출신의 노동자들이 말한다, 각 사람은 자신의 마음을 알고 하느님은 그 마음 전부를 아셔, 우리는 동맹을 맺고 싶지 않아, 우리는 먼 길을 왔어, 우리는 여기 머물면서 농장주와 전쟁을 할 수는 없어, 우리는 일을 하고 싶어. 남쪽 출신의 노동자들이 말한다, 글쎄, 너희는 여기에서 일을 하지 못할 텐데. 북쪽 출신의 노동자들이 말한다, 아니, 우린 할 거야. 남쪽 출신의 노동자들이 말한다, 이 땅은 우리 땅이야. 북쪽 출신의 노동자들이 말한다, 하지만 너희는 거기에서 일을 하고 싶어 하지 않잖아. 남쪽 출신의 노동자들이 말한다, 이 임금으로는 그렇지, 안 해. 북쪽 출신의 노동자들이 말한다, 그 임금이면 우리는 괜찮아. 감독이 말한다, 좋다, 이제 수다를 떨 만큼 떨었다, 이제 옆으로 물러서서 이 사람들이 일을 하게 해줘라. 남쪽 출신의 노동자들이 말한다, 하지 마. 감독이 말한다, 일을 시작해라, 내가 말하는 대로 하지 않으면 군경찰대를 부르겠다. 남쪽 출신의 노동자들이 말한다, 군경찰대가 오기 전에 피를 흘리게 될 거다. 감독이 말한다, 군경찰대가 진짜 오면 더 많은 피를 흘리게 될 거야, 따라서 내가 미리 경고하지 않았다고 얘기하지 마라. 남쪽 출신의 노동자들이 말한다, 형제들, 우리가 하는 말을 들어라, 제발, 우리와 함께해. 북쪽 출신의 노동자들이 말한다, 지금까지 말한 대로, 우리는 일을 하고 싶어.

그때 북쪽 출신의 첫 번째 사내가 낫을 들고 밀밭으로 걸어갔고, 남쪽 출신의 첫 번째 사내가 그의 팔을 움켜쥐었고, 그들은 서툴게, 어색하게, 거칠게, 야만적으로 드잡이를 했다. 굶주림 대 굶주림, 가난 대 가난의 싸움, 우리가 얼마나 비싸게 일용할 양식을 사는지. 군경찰대가 도착해서 싸움을 말리고, 한쪽만 공격하고, 기병도를 휘둘러 남쪽 출신의 사람들을 뒤로 밀어내고, 마치 동물처럼 우리에 가두었다. 하사가 말한다, 저 무리를 체포할까? 감독이 말한다, 그럴 가치가 없어요, 그냥 저 새끼들 열이 식도록 저기 좀 놔둬요. 하사가 말한다, 하지만 반대편 사람들 가운데 하나가 머리에 상처가 났는데, 공격을 당했어, 법은 법이니까. 감독이 말한다, 그럴 가치가 없다니까요, 하사님, 그깟 동물이 피를 흘리는 걸 왜 걱정을 합니까, 저놈들이 북에서 왔건 남에서 왔건 상관없어요, 농장주의 오줌 정도밖에 가치가 없으니까. 하사가 말한다, 농장주 이야기가 나와서 말인데, 장작이 좀 필요해. 감독이 말한다, 한 달구지 보내드리지요. 하사가 말한다, 기와도 몇 장. 감독이 말한다, 뭐, 머리 위에 지붕도 이지 못하고 살게 할 수는 없으니까. 하사가 말한다, 인생은 돈이 아주 많이 드는 거야. 감독이 말한다, 소시지도 좀 보내드리지요.

북쪽 출신의 사람들은 이제 밭에 나가 있다. 밀의 황금 이삭이 어두운 땅으로 떨어진다, 얼마나 아름다운지. 오랫동안 씻지 않은 몸 같은 냄새가 난다. 그때, 멀리서, 지나가던 지붕 없는 이륜 경마차가 멈춘다. 감독이 말한다, 농장주시네. 하사가 말한다, 감사한다고 전해줘, 또 도움이 필요하면 이야기하고. 감독이 말한다, 저 악당들한테서 눈을 떼지 마십쇼. 하사가 말한다, 걱정 마, 어떻게 다뤄야 하는지 아니까. 남쪽 출신들 가운데 일부가 말한다, 밀밭에 불을 지르자. 다른 사람들이 말한다, 그건 끔찍하게 부끄러운 짓이 될 거야. 그들 모두 말한다, 저 패거리는 부끄러운 게 뭔지 몰라.

그들은 란데이라에 갔다가, 산타나 두 마투에 가서 교구를 옮겨 다니다가, 타라페이루와 아페이테이라에 갔는데, 이렇게 어디론가 떠도는 와중에 셋째, 이번에는 딸, 마리아 다 콘세이상이 태어났고, 넷째, 아버지와 마찬가지로 도밍구스라고 부르게 된 아들이 태어났다. 하느님이 그 아이에게는 나은 운을 주시기를, 그와 같은 이름을 가진 아비에 관해서는 좋은 말이라고는 해줄 것이 없으니. 아비는 포도주와 싸구려 브랜디, 나무 메와 구두 못 사이를 오가며 점점 더 나빠져갔다. 그리고 가구에 관해서는 말을 아끼는 것이 나은데, 집에서 달구지로, 다시 달구지에서 집으로, 이 마을에서 저 마을로 옮겨지면서 산을 넘고 도랑을 건너 계속 부딪히며 상처가 났기 때문이다. 새로운 제화공이 왔구먼, 이름이 마우템푸라네, 가서 이 장인이 어떤 사람인지 보세나. 잘 들어둬, 그자는 일 년 내내 자네가 팔월에 물을 마시듯 포도주를 마셔, 그 면에서는 틀림없이 장인이지. 남편과 자식들과 함께 카냐에 사는 동안 사라 다 콘세이상은 삼일열로 이 년 동안 고생했는데, 혹시 이 병을 잘 알지 못하는 사람들을 위해서 말하자면, 이것은 나흘마다 열이 내렸다 올랐다 하는 열병이다. 그래서 어머니가 아파 누워 있을 때 주앙 마우템푸, 형제들에게는 다시 나타나지 않는 파란 눈을 가진 아이가 우물에 가곤 했던 것이고, 한번은 두레박을 안에 던지다 발을 헛디려, 이는 아무도 이 순진한 아이를 지켜보지 않고 있다는 증거이기도 하지만, 물에 빠졌고, 물은 일곱 살짜리 어린아이에게는 너무 깊었다. 아이는 자신을 구해준 여자에게 업혀 집에 왔는데, 아버지는 아이를 때렸고 어머니는 침대에 누워 열 때문에 몸을 떨고 있었다. 너무 심하게 몸이 흔들려 침대의 놋 종이 흔들렸다. 그 아이 때리지 말아요, 도밍구스. 하지만 차라리 벽돌 벽에 대고 이야기하는 게 나았을 것이다.

그러다 어느 날 사라 다 콘세이상이 남편을 불러도 남편이 대답을 하지 않는 날이 왔다. 처음으로 도밍구스 마우템푸가 가족을 내팽개치고 방랑을 하기 시작한 때였다. 그러자 그토록 오래 자신의 삶에 관해 입을 다물고 있던 사라 다 콘세이상은 글을 쓸 줄 아는 이웃에게 자신을 위해 편지를 써달라고 부탁했다. 그녀는 마치 그 편지에 자신의 온 영혼을 쏟아붓는 것 같았다. 그녀가 애초에 남편을 사랑하게 된 것은 당연히 그런 행동 때문은 아니었기 때문이다. 사랑하는 아버지, 하느님의 사랑에 기대 부탁하는데, 제발 나귀와 달구지를 갖고 저를 데리러 와서 제가 속한 저의 집으로 다시 데려가주시기 바라고 저 때문에 겪으신 모든 고통과 슬픔 또 그동안 견디셔야 했던 모든 것은 용서해주시기를 간청하는데 진심으로 말씀드리거니와 저에게 슬픔만 안겨준 사내와 이 불행한 결혼을 하지 말라고 되풀이해 저에게 조언해주실 때 따르지 않은 것을 정말 후회해요, 너무 큰 가난과 실망과 여러 번의 매질을 겪었기 때문이에요, 저는 좋은 조언을 들었지만 나쁜 운명을 타고났네요. 이 마지막 구절은 이웃의 문학적 보물 창고에서 꺼내온 것인데, 감탄할 만한 대담한 솜씨로 고전과 현대를 결합했다고 보아야 할 것이다.

아버지라는 이름을 얻을 자격이 있는 사람이라면 이럴 때 어찌할까, 설사 이전에 추문이 있었다 해도? 라우레아누 카항카는 어찌했을까? 그는 음울하고 까다로운 아들 주아킹을 카냐로 보내 누이와 더불어 몇 명이든 손자도 다 데려오게 했다. 그가 손자들을 몹시 사랑해서가 아니었다. 어차피 그들은 그 주정뱅이 신기료장수의 자식들 아닌가. 아니, 그는 그자의 판박이들을 사랑하지 않았다. 게다가 이미 더 좋아하는 손자들도 있었다. 그래서, 남편과 아버지로부터 버림받은 그 가엾은 여자와 자식들이 낡아빠진 가구를 가득 실은 달구지와 더불어 몬트 라브르에 도착했을 때, 몇 명은 부모 또는 조부모가 약간 화가 섞인 동정심에서 내주는 집의 공간으로 들어갔지만, 몇 명은 지낼 만한 곳을 찾을 때까지 건초간에 있어야 했다. 쉴 곳을 찾아야 했을 때는 바닥의 매트가 침대 역할을 했으며, 먹을 것은 큰 아이들이, 우리 주께서 한때 그랬듯이, 구걸해야 했다, 훔치는 것은 죄였으니까. 사라 다 콘세이상도 물론 열심히 일을 했다. 그저 아이들을 세상에 내놓는 것만이 그녀의 역할은 아니었으니까. 그녀의 부모도 조금 도와주었는데, 그래도 어머니가 조금 더 너그러웠다. 그도 당연한 것이, 뭐, 그녀는 어쨌거나 어머니였으니까. 이렇게 해서 그들은 간신히 살아가게 되었다. 하지만 몇 주 뒤 도밍구스 마우템푸가 다시 나타나 몬트 라브르를 헤매고 다니며 아내와 자식들을 추적한 끝에 마침내 불시에 찾아오더니, 그의 표현, 성당지기 시절에 배운 것이 틀림없는 표현을 사용하자면, 회개하고 뉘우쳤다. 라우레아누 카항카는 불같이 화를 내며, 만일, 하느님 맙소사, 딸이 다시 그 사위라고 하는 쓸모없는 주정뱅이 악당에게 돌아간다면, 다시는 딸을 보지 않겠다고 말했다. 정신을 차린 도밍구스 마우템푸는 장인에게 이야기를 하러 가서 이제 마음을 잡았다고, 그간 눈이 멀었지만 옆에 없이 살아보니 자신이 아내와 귀여운 자식들을 얼마나 사랑하는지 알게 되었다고 말했다. 맹세할 수 있습니다, 장인어른, 필요하다면 무릎이라도 꿇겠습니다. 그는 눈물로 그들의 분노를 어느 정도 달랜 뒤 가족을 데리고 근처의 작은 마을 코르티사다스 드 몬트 라브르로 갔다. 장인의 집에서 거의 눈으로 볼 수 있는 곳이었다. 도밍구스 마우템푸는 독립적으로 일을 하고 싶기는 했으나 그럴 수 있는 장비를 모두 잃었기 때문에 어쩔 수 없이 장인(匠人) 그라미슈 밑에서 일자리를 구할 수밖에 없었으며, 사라 다 콘세이상은 남편을 돕고 아이들을 먹이고 입히기 위해 갑피를 창에 꿰매는 고된 일을 할 수밖에 없었다. 그러면 운명은? 도밍구스 마우템푸는 다시 슬픔에 빠져들기 시작하여, 유배 당한 괴물과 비슷해졌다. 그것이 모든 슬픔 가운데도 최악인 데, 이는 '미녀와 야수' 이야기에서도 알 수 있다. 결국 그는 오래지 않아 아내에게 말했다, 이사할 때가 됐어, 나는 여기가 편치 않아, 다른 곳에서 일자리를 알아보고 올 동안 애들하고 며칠만 기다려. 사라 다 콘세이상은 남편이 돌아올 것이라고 믿지 않았지만 두 달을 기다렸다. 달리 무엇을 할 수 있었겠는가. 이렇게 또 버려진 과부가 되었을 때, 남편이 종 달새처럼 행복한 모습으로 다시 불쑥 나타나 달콤한 말을 잔뜩 늘어놓았다, 사라, 시보후에서 일자리하고 아주 좋은 집을 찾아냈어. 그래서 그들은 시보후로 갔고, 일은 아주 잘 풀렸다. 그곳 사람들은 유쾌했고 외상을 하지도 않았다. 일은 부족하지 않았고, 제화공은 타베르나에 대한 관심을 잃은 것처럼 보였다. 완전히는 아니었다. 그것은 너무 많은 것을 바라는 것이었으니, 그저 그가 품위 있는 사람으로 보일 만큼은 되었다는 뜻이다. 이런 일은 시의적절하게 이루어졌는데, 그새 초등학교가 생겨, 적령기에 접어든 주앙 마우템 푸가 그곳에 가서 읽고 쓰고 셈하는 것을 배우게 되었기 때문이다.

그래서 운명은? 어떤 이유에서인지 늑대 인간들의 발걸음은 갈림길로 이끌린다, 가엾은 것들. 그렇다고 내가 그런 신비한 일을 이해한다고 주장하는 것은 아니다, 독자여, 그저 그들이 악한 영에 사로잡힌 듯했다는 말이다, 어쨌든 일주일 가운데 어느 특정한 날, 그들은 집을 떠나고 그들이 마주친 첫 갈림길에서 옷을 훌렁 벗고 바닥에 몸을 던져 흙구덩이에서 뒹굴다가 아무 동물, 거기에 자국을 남긴 아무 동물로나 변한다. 아무 자국이라도 다 된다는 뜻인가, 아니면 포유류가 남긴 발자국이란 뜻인가. 아무 발자국이란 뜻이다, 선생, 한번은 인간이 달구지 바퀴로 변해서, 계속 돌고 돈 적이 있다, 끔찍한 일이었다, 허나 인간은 동물로 변하는 게 일반적이다, 이 사내, 지금은 이름이 기억나지 않는 사내의 경우도 마찬가지였다, 그 사내는 페드라 그란드 근처 몬트 두 쿠할에서 아내와 함께 살았는데, 그의 운명은 매주 화요일 밤에 나가는 것이었지만, 그는 무슨 일이 일어날지 알고 있었다, 그래서 아내한테 자신이 밖에 나갔을 때 무슨 소리가 들리더라도 문을 열지 말라고 주의를 주었다, 그가 어떤 기독교인이라도 피가 얼어붙을 만한 소리로 울부짖고 비명을 질러댔기 때문이다, 아무도 잠시 눈을 붙일 수가 없었다, 그러던 어느 날 밤, 아내는 용기를 긁어모았다, 여자들은 아주 호기심이 강하여 늘 모든 것을 알고 싶어 하기 때문이다, 그녀는 문을 열겠다고 결심했다, 그래서 아내가 무엇을 보았을까, 오 하느님, 그녀는 눈앞에 거대한 돼지, 날뛰는 멧돼지 같은 돼지, 머리는 이만하고, 이렇게 커다란 돼지를 보았다, 돼지는 그녀를 삼키려는 사자처럼 그녀를 향해 돌진했지만, 운 좋게도 여자는 늦지 않게 문을 닫을 수 있었다, 그러나 그 전에 돼지는 아내의 치맛자락 한 조각을 물어뜯었다, 그러니 새벽에 남편이 입에 그 치마 조각을 물고 돌아왔을 때 그녀가 얼마나 겁에 질렸을지 상상해보라, 그래도 그 덕분에 남편은 화요일 밤에 밖에 나갈 때마다 자신이 동물로 변한다고 설명할 수 있었다, 그날 밤에는 돼지로 변했고, 진짜로 그녀를 해칠 수도 있었다, 그러니 다음에는 무슨 일이 있어도 문을 열지 마라, 그도 그 자신의 행동에 책임을 질 수 없다. 정말 끔찍한 일이로군. 어쨌든 아내는 시부모에게 가서 이야기를 했고, 그들은 아들이 늑대 인간이 되었다는 이야기를 듣고 몹시 놀랐다, 가족 가운데 그런 예가 없었기 때문이다, 그래서 그들은 그런 경우에 적당한, 귀신 쫓는 기도문을 읊을 줄 아는 거룩한 여자에게 갔고, 그녀는 다음에 그가 늑대 인간으로 변하면 그의 모자를 태우라고, 그럼 다시는 그런 일이 일어나지 않을 거라고 말했다, 이것은 최고의 치료법이었다, 모자를 태우자 그가 나았기 때문이다. 머리가 아픈 거라서 모자를 태우니까 나았다고 생각하는 건가. 나도 모르겠다, 그 여자가 절대 이야기를 해주지 않으니까, 하지만 비숫한 이야기를 하나 더 해주겠다, 어느 부부가 시보후 근처 농장에 살았다, 이런 일은 왜 부부 사이에만 일어나는지, 나도 모르겠지만, 어쨌든 둘은 닭과 다른 가축을 길렀다, 매일 밤, 그 일은 매일 밤 일어났기 때문인데, 남편은 침대에서 일어나 밖으로 나가 밭으로 들어가 꼬꼬 울기 시작했다, 상상이 되는가, 아내는 문 너머로 살피다가 남편이 거대한 닭으로 변한 것을 보았다. 뭐라고, 그 돼지만큼 컸다는 건가. 웃을지 모르지만, 끝까지 들어봐라, 이 부부한테는 딸이 있었다, 딸이 결혼하게 되자 부부는 잔치를 위해 닭을 많이 잡았다, 그들에게 가장 많은 게 닭이었으니까, 그런데 그날 밤, 아내는 남편이 침대에서 일어나는 소리도, 꼬꼬 우는 소리도 듣지 못했다, 어떻게 된 일인지 여러분은 짐작도 못할 것이다, 사내는 닭을 잡던 곳으로 가, 칼을 들고, 사발 옆에 무릎을 꿇고, 칼을 자기 목에 꽂았다, 그렇게 그 자리에 그대로 있었고, 마침내 아내는 침대가 빈 걸 보고, 남편을 찾으러 나갔다가, 남편이 엄청난 피 웅덩이 속에 죽은 걸 발견했다, 봐라, 내가 말한 대로, 이런 게 운명이란 거다.

도밍구스 마우템푸는 옛날 습관으로, 술, 게으름, 매질, 싸움, 욕으로 돌아갔다. 엄마, 아빠는 저주를 받았어요. 네 아버지를 두고 그런 말 하지 마라. 그런 환경에서는 이런 말이 자주 나오니, 비난하려고 한 말도 죄가 없다고 한 말도 진지하게 받아들이지 말아야 한다. 가난은 이 사람들의 얼굴에 어두운 그림자를 드리우고 있었고, 나이가 들 만큼 든 아이들은 구걸을 하러 나갔다. 그러나 여전히 친절하고 양심적인 사람들, 예를 들어 마우템푸 가족이 사는 집의 주인 같은 사람들이 있어, 이 주인은 그들에게 먹을 것도 자주 주었다. 하지만 아이들은 잔인하여, 주인집은 빵을 구울 때 늘 주앙 마우템푸 것을 여분으로 챙겼지만, 주앙과 같은 학교에 다녀 친구 사이인 그 집 아들들은 주앙 마우템푸에게 못된 장난을 쳤다. 주앙을 밧줄로 여물통에 묶어놓고 앞에 빵을 둔 다음 그것을 다 먹기 전에는 보내주려 하지 않았다. 그런데도 사람들은 하느님이 있다고 말한다.

그러다가 일어날 수밖에 없는 일이 일어나고야 말았다. 도밍구스 마우템푸가 자신의 마지막 불운에 다다른 것이다. 어느 날 오후, 의자에서 구두 축에 광을 내다가 갑자기 모든 것을 내려놓고, 앞치마를 풀고, 집 안으로 들어가 옷가지를 챙기고, 빵 통에서 빵을 좀 꺼내고, 모든 것을 배낭에 넣더니 집을 나갔다. 아내는 어린 두 아이들과 일을 하고 있었고, 주앙은 학교에 있었고, 다른 아이는 어딘가에서 빈둥거리고 있었다. 이것이 도밍구스 마우템푸가 마지막으로 집을 나간 때였다. 그는 앞으로도 계속 나타나 몇 마디 하고 몇 마디 듣기도 하겠지만, 그의 이야기는 끝났다. 그는 이후 이 년을 방랑자로 살게 된다.

자연은 다양한 생물을 창조할 때 주목할 만한 냉담함을 과시한다. 죽거나 장애를 안고 태어나는 것들 말고도, 일부는 실제로 다른 식으로 빠져나감으로써 자연의 발생식의 결과를 보장한다. 발생식이란 발생과 생식을 결합하여 양가적이고, 따라서 모호한 명사를 새로 만들어본 것으로, 이렇게 하면 사람들이 말하고, 하고, 존재하는 것의 수많은 변이를 둘러싸고 있는 부정확성을 담아낼 수 있는 여유를 딱 적당하고 아늑하게 갖출 수 있기 때문이다. 자연은 스스로 토지를 나누지 않고 시스템을 자신에게 유리하게 이용한다. 만일 추수 시간이 끝났는데도 들판의 수많은 개밋둑의 곡물 창고가 모두 똑같이 가득 차지 않는다면, 이윤과 손해가 행성의 거대한 회계부로 입력되어, 어떤 개미도 통계에 따른 식량의 몫을 받지 못하는 일은 벌어지지 않는다. 회계를 처리할 때는 개미 수백만 마리가 물에 쓸려가서 죽었건, 흙에 묻혀 죽었건, 오줌을 맞고 죽었건 문제가 되지 않는다. 산 개미는 먹을 걸 먹었고, 죽은 개미는 다른 개미들을 두고 떠났다. 자연은 죽은 것은 세지 않고 살아 있는 것만 세며, 수가 너무 늘어나면 새로운 학살을 조직한다. 그 모든 것이 아주 쉽고, 아주 분명하고, 아주 공정하여, 개미나 코끼리의 기억이 미치는 범위 내에서는 동물의 왕국의 누구도 이제까지 불평한 적이 없다.

　다행히도 인간은 짐승들의 왕이다. 따라서 펜과 종이로, 또는 다른 더 은근한 수단으로, 중얼거리는 논평, 암시, 눈짓, 고갯짓으로 회계를 할 수 있다. 그런 흉내와 의성어는 더 조악한 형태이기는 하지만, 투쟁의 노래와 춤에서, 어떤 동물들이 목표를 달성하기 위해 사용하는 유혹과 꾐에서도 함께 나타난다. 이것이 라우레아누 카항카, 그 엄격한 원칙을 준수하는 인간을 이해하는 데 도움을 줄 수도 있다. 멀리 갈 것 없이 그가 유연하지 못한 태도, 냉랭한 태도로 딸의 결혼을 못마땅해한 것, 그리고 이제 손자 주앙을 집에 두고 있기 때문에 그가 매일 하고 있는 감정의 무게 재기 게임을 생각해보라. 주앙을 들인 것은 내키지 않는 자선의 행동이다. 집에는 훨씬 좋아하는 손자 주제 나비사도 들여놓고 있다. 그 이유를 설명해보겠다, 이야기를 이해하는 데 사실 큰 도움은 안 되고, 그저 딱 우리가 서로 더 잘 아는 데 도움이 될 뿐이지만, 복음서들이 그렇게 서로 알라고 강권하니까. 주제 나비사는 사라 다 콘세이상의 한 자매와 어떤 사내 사이에서 태어났는데, 그 사내의 익명성이란 사실 모두가 그가 누구인지 모르는 척하는 것일 뿐이었다, 사실 그의 정체는 공공의 지식임에도. 그런 경우 모두 진실을 알지만 주인공들이 어떻게 행동할지 호기심을 느끼기 때문에 전부 공모하여 입을 다무는 경우가 많지만, 삶이 제공하는 오락이라는 것이 얼마나 빈약한지 생각해 본다면 그것을 문제 삼을 수는 없는 노릇이다. 그런 사생아는 종종 버림받아, 때로는 어머니와 아버지 모두에게서 버림받아, 기아보호소에 맡기거나 길에 버려두어 이리가 삼키거나 자비의 형제 수도회가 데려가게 한다. 그러나 주제 나비사에게는 다행히도, 그런 출생의 오점에도 불구하고, 돈이 약간 있는 아버지와 미래의 상속에 눈독을 들이는 조부모 밑에서 태어났다. 그 상속이란 먼 가능성에 불과하지만, 그럼에도 상당한 재산이어서, 카항카 가족이 부(富)를 기대하게 해줄 만한 수준이었다. 그들은 주앙 마우템푸는 전혀 같은 핏줄이 아닌 것처럼 대했다. 실제로 그는 부랑자가 된 제화공의 아들로서 돈도 땅도 상속받지 못할 터였다. 다른 손자는 결혼으로 정화되지 못한 죄의 자식이었음에도 할아버지에게 왕자 대접을 받았으며, 할아버지는 사람들이 하는 말에 귀를 닫고 딸의 손상된 명예의 증거에 눈을 감고 있었다. 이 모두가 전혀 현실화되지 않은 유산에 대한 희망 때문이었다. 어쩌면 신의 정의가 실제로 존재한다는 증거이리라.

주앙 마우템푸는 일 년 남짓 학교에 다녔는데, 그것으로 교육은 끝이었다. 아이의 할아버지는 그 비썩 마른 작은 몸을 보고, 겁에 질려 바로 내리까는 그 파란 눈을 벌써 몇 번째인지 살피다가 선언했다, 너는 들에서 네 외삼촌을 도와야 한다, 얌전하게 굴어라, 그러지 않으면 내 손이 얼마나 아픈지 알게 될 터이니. 그가 들일이라고 하는 것은 땅을 정리하고 파는 것으로, 아이에게는 전혀 어울리지 않는, 짐승이나 할 만한 노동이었지만, 이제 자라서 세상에서 자신의 자리가 어디일지 아이가 알게 되는 것도 좋은 일이었다. 주아킹 카항카가 다름 아닌 짐승이었기 때문에, 그는 주앙을 밤새도록 들에 두거나, 오두막이나 탈곡장을 감시하는 일을 맡겼는데, 그런 의무는 아이의 힘으로는 도저히 감당할 수 없는 것이었다. 더 나쁜 것은, 밤에, 순전히 심술 때문에, 아이가 자는지 보러 가서 아이의 몸에 자루에 든 밀을 쏟아 울음을 터뜨리게 만들었다. 그것으로 모자랐는지, 정말이지 심하게 굴겠다고 작심을 한 것인지, 쇠붙이가 달린 막대로 쿡쿡 찌르곤 했다. 조카가 비명을 지르고 울수록 이 무정한 녀석은 더 크게 웃음을 터뜨렸다. 이런 일들이 실제로 일어났으며, 그래서 소설로 적어놓으면 믿기가 어려운 것이다. 그러는 사이에 사라 다 콘세이상은 딸을 하나 더 낳았지만, 여드레 만에 죽었다.

몬트 라브르에 유럽에서 전쟁이 벌어지고 있다는 소문이 돌았지만, 마을에는 유럽이라는 곳에 관해 잘 아는 사람이 거의 없었다. 그들에게는 그들 나름의 전쟁이 벌어지고 있었고, 이 또한 작은 전쟁이 아니었으니, 일이 있을 때는 하루 종일 일을 하고, 일이 있든 없든 하루 종일 굶주림에 시달리는 것이었다. 하지만 그렇게 많은 사람들이 죽지는 않았는데, 일반적으로 말해서 주검은 토막 나지 않은 채 무덤에 들어갔다. 어쨌든, 이미 알렸듯이, 그들 가운데 하나가 죽을 때가 왔다.

사라 다 콘세이상은 남편이 코르티사다스에서 눈에 띄었다는 이야기를 듣자 함께 살고 있는 아이들을 모았고, 자신의 아버지가 주앙을 보호해줄 능력이 있다고 믿지 않았기 때문에 가는 길에 주앙도 챙겨 피칸수라는 이름의 친척 집에 몸을 의탁했다. 피칸수는 반 리그쯤 떨어진 폰트 카바라는 곳에서 방앗간을 했는데, 폰트 카바라는 이름은 그곳을 흐르는 강에 놓인 다리에서 따온 것이었다. 그러나 그 다리는 지금은 부서져가는 아치와 강바닥에 놓인 큰 돌 몇 개에 지나지 않았다. 주앙 마우템푸를 비롯한 아이들은 그곳에서 벌거벗고 멱을 감았다. 주앙이 드러누워 하늘을 보면 눈에 보이는 것은 하늘과 물뿐이었다. 가족이 입이 가볍기로 유명한 사람들의 입을 통해 코르티사다스에서 위협이 다가온다는 이야기를 듣고 두려워 몸을 숨긴 곳이 이곳 폰트 카바였다. 가족에게 그 이야기를 전한 사람이 돌아가는 길에 이번에는 도밍구스 마우템푸에게 그의 가족이 그를 두려워하여 피신했다는 이야기를 해주지 않았다면 그는 몬트 라브르에 오지 않았을지도 모른다. 어느 날, 그는 안장 가방을 어깨에 둘러메고, 운명에 눈이 먼 채, 달구지 자국을 따라 길을 떠나 평원을 건넜으며, 방앗간에 이르자 바깥에 서서, 배상을 하고 가족을 돌려줄 것을 요구했다. 주제 피칸수가 그와 이야기를 하러 나왔고 집 안 깊은 곳에서는 피칸수의 부인이 피난민을 지키고 있었다. 도밍구스 마우템푸가 말한다, 잘 있었어, 피칸수. 그러자 주제 피칸수가 말한다, 잘 지내, 마우템푸, 무슨 일이야. 그러자 도밍구스 마우템푸가 말한다, 내 가족을 찾으러 왔어, 가족이 나를 피해 달아난 것 같은데, 누군가 너희 집에 살고 있다고 말해주던데. 그러자 주제 피칸수는 말한다, 누가 말해주었는지 모르지만 그 말은 맞아, 우리 집에 살고 있어. 그러자 도밍구스 마우템푸가 말한다, 그럼 나한테 내보내, 이제 내 방랑의 시절은 끝이 났으니까. 그러자 주제 피칸수가 말한다, 누굴 속이려 들어, 마우템푸, 너는 나를 속일 수 없어, 어림없지, 나는 너를 너무 잘 알거든. 그러자 도밍구스 마우템푸가 말한다, 저들은 내 가족이지, 네 가족이 아니야. 그러자 주제 피칸수가 말한다, 글쎄, 저들은 여기에서 자기들을 훨씬 잘 돌봐주는 사람들과 함께 있는데, 게다가 어차피, 아무도 나오지 않잖아, 아무도 너하고 함께 가고 싶어 하지 않으니까. 그러자 도밍구스 마우템푸가 말한다. 나는 아버지이고 남편이야. 그러자 주제 피칸수가 말한다, 여기서 나가, 우리가 이웃일 때 나는 네가 정직하고 근면한 네 부인을 어떻게 대접하는지 봤어, 그리고 가엾은 네 아이들도, 그리고 너 때문에 그 사람들이 어떤 곤궁을 겪었는지도, 말이 나왔으니 말이지, 나하고 다른 몇 사람이 아니었다면 저들은 굶어 죽었을 거야, 그러면 지금 네가 여기 있을 필요도 없겠지, 저들은 이미 다 죽었을 테니까. 그러자 도밍구스 마우템푸가 말한다, 그래, 하지만 나는 아직 아버지이고 남편이야. 그러자 주제 피칸수가 말한다, 방금 말했지만, 여기를 떠나 아무도 네 말을 듣지도 못하고 너를 보지도 못하고 너하고 이야기를 할 수도 없는 곳으로 가, 너는 가망 없는 사람이니까, 실패한 인간이니까.

아름다운 날이다. 비 온 뒤의 화창한 아침이다. 이제, 알다시피, 가을이기 때문이다. 도밍구스 마우템푸는 바닥에 막대기로 금을 긋는다. 분명한 도전이다, 싸울 준비가 되었다는 표시다. 어쨌든 피칸수는 그렇게 해석하여 똑같이 막대기를 집어 든다. 이것은 그의 문제가 아니지만 종종 사람은 선택을 할 수가 없다. 그는 그저 공교롭게도 그럴 만한 때에 그럴 만한 곳에 있게 되었을 뿐이다. 그의 등 뒤, 문 뒤에는 겁에 질린 아이 네 명과 여자 한 명이 있는데, 여자는 할 수만 있다면 자기 몸으로라도 아이들을 지키려 들겠지만, 힘의 차이가 워낙 뚜렷했고, 그것이 피칸수가 땅에 자신의 금을 그은 이유이기도 하다. 굳이 그럴 필요는 없었다. 도밍구스 마우템푸가 아무 말도 하지 않고, 다른 몸짓을 하지도 않기 때문이다. 아직도 자신이 들은 말을 빨아들이고 있을 뿐이다. 하지만 정말로 빨아들인다면 거기 그대로 있을 수는 없다. 그는 등을 돌려 왔던 길로 돌아간다. 강을 따라 몬트 라브르를 지나는 길을 택한다. 누군가 그를 보고 불러 세우지만 그는 대꾸하지 않는다. 어쩌면 중얼거리고 있는지도 모른다, 빌어먹을 염병할 동네. 하지만 거기에는 큰 슬픔, 이 세상에 태어났다는 비애가 담겨 있다. 그에게는 이곳을 미워할 특별한 이유가 없기 때문이다. 아니면 모든 것이 빌어먹을 곳이고, 모두가 저주받은 것인지도 모른다, 심판받고 심판하는 것인지도 모른다. 그는 풀이 덮인 비탈을 내려가 징검다리 세 개를 디뎌 빠르게 흐르는 내를 건너 둑에 올라선다. 몬트 라브르 맞은편에는 언덕이 있다. 모든 사람에게는 각자의 올리브산[*]이 있고 거기에 올라갈 이유가 있다. 도밍구스 마우템푸는 빈약한 그늘에 누워 하늘을 보지만 자신이 하늘을 보고 있다는 것도 알지 못한다. 눈은 거무스름하고, 광산처럼 깊다. 그는 생각을 하고 있는 것이 아니다, 생각이 이렇게 느리게 흘러가는 이미지들, 왔다 갔다 하는 이미지들, 이따금씩 갑자기 아무런 이유도 없이 비탈을 굴러 내리는 돌처럼 툭 떨어지는 판독 불가능한 단어가 아니라면. 그는 몸을 일으켜 앉아 허벅지로 팔꿈치를 받치고 두 팔로 턱을 괸다. 몬트 라

---

[*] 감람산이라고도 부르는데, 원래는 예루살렘 근처의 산으로 예수가 십자가 처형 전에 기도한 곳이다.

브르가 예수 탄생 장면처럼 눈앞에 펼쳐져 있고, 그 가장 높은 지점, 탑 위쪽에서, 키가 아주 큰 사람이 구두창에 망치질을 하고 있다. 망치를 들어 올렸다 세차게 아래로 내리친다. 그런 것이 보이다니 이상한 일이다, 술에 취하지도 않았는데. 그는 그저 잠이 들어 꿈을 꾸고 있을 뿐이다. 이제 달구지가 지나간다. 가구를 잔뜩 쌓았고 꼭대기에 사라 다 콘세이상이 위태롭게 앉아 있다. 노새가 되어야 할 사람은 그다. 그 모든 무게를 끈다고 상상해보세요, 아가메드스 신부님. 목에는 추 없는 종이 달려 있다. 소리가 나게 하려고 세차게 흔든다. 소리가 나야 하지만, 종은 코르크로 만들었다. 아, 미사 같은 건 집어치워. 그에게 다가오는 사람은 사촌 피칸수다. 그는 종을 떼어내고 대신 맷돌을 매단다. 너는 가망 없는 사람이야, 실패한 인간이야.

마치 오후 내내 이런 백일몽을 꾼 느낌이지만 겨우 몇 분밖에 지나지 않았다. 해는 거의 움직이지 않았고, 그림자는 바뀌지 않았다. 몬트 라브르는 커지지도 줄어들지도 않았다. 도밍구스 마우템푸는 일어서서 오른손으로 턱수염을 쓰다듬었고, 그 동작에 지푸라기가 손에 걸렸다. 그는 지푸라기를 두 손가락으로 비벼 둘로 끊어버렸다. 이어 가방에 손을 넣어 긴 밧줄을 꺼내 올리브나무들 사이에 걸어 들어갔고, 이제 몬트 라브르는 시야에서 사라졌다. 그는 걸었고, 가면서 추수할 것을 가늠하는 지주라도 되는 것처럼 주위를 두리번거렸다. 높이와 저항을 계산했다. 그러다 마침내 죽을 곳을 결정했다. 그는 가지에 밧줄을 걸고 잘 묶은 다음 가지로 올라가 목에 올가미를 걸고 뛰어내렸다. 목을 매서 그렇게 빨리 죽은 사람은 없었다.

주앙 마우템푸는 이제 가장이고, 맏이다. 첫째의 유산이 없는 첫째, 아무것도 가진 것이 없는 자이며, 아주 짧은 그림자를 드리운다. 어머니가 사 준 나막신을 신고 쿵쿵 돌아다니지만, 너무 무거워 자꾸 벗겨지자, 임시변통의 양말대님을 만들어, 나막신 바닥으로 줄을 둘러 바지 자락에 만든 구멍에 꿴다. 자기보다 큰 곡괭이를 어깨에 둘러메면 괴상한 꼴이 된다. 새벽에, 추위 속에서, 램프의 기름진 빛만 받으며 얇은 매트리스에서 몸을 일으킬 때면 너무 혼란스럽고, 잠 때문에 몸이 너무 무겁고, 동작이 너무 어설퍼, 잠자리에서 나설 때부터 이미 곡괭이를 어깨에 걸치고 나막신을 발에 꿰고 있는 것처럼 보인다. 그는 오직 한 동작, 곡괭이를 들어 올렸다 아래로 내리치는 동작만 할 줄 아는 작고 원시적인 기계다. 도대체 어디서 힘이 나오는지 아무도 모른다. 사라 다 콘세이상은 말한다, 아들아, 네가 몇 푼이나마 벌 수 있도록 사람들이 나한테 일을 찾아주었구나, 인생은 힘들고 우리는 도와줄 사람이 없으니 일을 해야 돼. 그러자 이미 인생을 아는 주앙 마우템푸는 물었다, 나가서 땅을 팔까요, 엄마. 사라 다 콘세이상은 할 수만 있다면 대답했을 것이다, 아니, 내 아들아, 너는 이제 열 살밖에 안 되었잖니, 땅 파는 건 애들이 할 일이 아니란다. 하지만 라티푼디움에는 먹고살 길이 거의 없고 아이의 죽은 아버지가 하던 일은 매우 불운하다는 것이 드러났으니 그녀가 어쩌겠는가. 주앙 마우템푸가 일어날 때는 아직 칠흑 같이 어둡지만, 아이에게 다행인 것은 페드라 그란드 농장으로 가는 길이 폰트 카바를 통과한다는 것이다. 이곳은 그 모든 일에도 불구하고 아이에게는 행운의 장소, 그들이, 그 가엾은 이들이 도밍구스 마우템푸의 분노로부터 구원을 얻은 장소다. 사실 이중으로 행운의 장소인 것이, 아이 아버지가 그렇게 잔인한 방식으로 자살을 했고, 또 많은 죄를 지었지만, 자비라는 것이 있다면, 그 제화공은 지금 하느님 우편에 있을 것이기 때문이다. 도밍구스 마우템푸는 가엾고 불행한 녀석이었으니, 선한 영혼들이 그를 비난하는 일은 없기를. 이제 그의 아들은 아직 멀리 있는 태양의 침침한 빛을 받으며 길을 나서고, 피칸수의 부인이 나와 아이를 맞으며 말한다, 그래, 주앙, 어디로 가니. 파란 눈의 아

이는 대답한다, 밭을 정리하러 페드라 그란드에 가요. 그러
자 피칸수의 부인은 말한다, 너는 곡괭이를 쓰기에는 너무
나 작고 잡초는 너무나 키가 큰데. 이것이 가난한 사람들, 어
른인 여자와 아직 성장 중인 사내아이 사이의 대화라는 것
은 금방 알 수 있다. 그들이 이렇게 저급하고 별 내용이 없
는 일을 이야기하는 것은 너도 보았듯이, 그들이 자신을 계
몽해줄 교육을 받지 못하고 하루하루 때우며 사는 사람들이
기 때문이다. 혹시나 교육을 받았다 해도, 한때 그들에게 비
추었던 빛은 빠르게 꺼져가고 있다. 주앙 마우템푸는 자신이
무슨 대답을 하게 될지 안다. 아무도 가르쳐주지는 않았지만
다른 모든 대답은 시간과 공간에 어울리지 않을 것이다, 그
럴지도 모르지만, 저는 가엾은 어머니를 도와야 해요, 뭐, 아
주머니도 우리 생활이 어떤지 아시잖아요, 남동생 안셀무는
제가 들에서 먹을 걸 구하기 위해 구걸을 하러 나갈 거예요,
어머니한테는 먹을 걸 살 돈조차 없으니까요. 피칸수의 부인
이 말한다, 그러니까 너는 점심거리도 없이 일을 하러 간다
는 거구나, 가엾은 아이야. 가엾은 아이는 대답한다, 네, 세뇨
라, 저는 그런 아이예요.

지금이 그리스 합창단이 경악을 표현하며 크고 과장된 몸
동작에 어울리는 극적인 분위기를 만들기에 적당한 때일 것
이다. 최고의 자비는 한 가난한 사람이 다른 가난한 사람에
게 베푸는 것이다. 그렇게 하면 적어도 동등한 사람들 사이
의 일이 되기 때문이다. 피칸수는 방앗간에서 일을 하고 있

었고 부인이 그를 불렀다, 이리 좀 와봐요, 여보. 남편이 왔고, 그녀는 말했다, 여기 주앙 좀 보세요. 그들은 다시 똑같은 대화를 나누었고, 그 자리에서 아이가 페드라 그란드에서 일을 할 때는 그들의 집에 묵는 것으로 결정을 보았다. 피칸수의 부인은 선한 여자였기 때문에 아이의 도시락 바구니에 먹을 것을 채워주었다. 그녀 또한 지금은 하느님의 우편에 앉아 있으며, 왜 불행이 늘 그렇게 상급보다 많은지 함께 이해를 해보려고 도밍구스 마우템푸와 열심히 대화를 나누고 있을 게 틀림없다.

주앙 마우템푸는 이 토스탕을 벌었는데, 이것은 사 년 전만 해도 어른의 임금이라고 할 수 있었으나, 지금은 생활비가 너무 올랐기 때문에 푼돈에 불과했다. 그는 먼 친척이기도 한 십장의 마음에 든 덕을 보았다. 십장은 그가 어린아이에게는 너무 단단한 잡초 뿌리를 뽑느라 안간힘을 쓸 뿐 성과는 내지 못하는 것을 못 본 체해주었다. 아이는 하루 종일, 한 번에 몇 시간씩, 관목 속에 반쯤 몸을 감춘 채 그 고집 센 뿌리를 향하여 곡괭이를 휘둘렀다. 주여, 왜 아이들까지도 저렇게 괴로움을 겪게 하십니까. 십장, 저 아이가 여기서 뭐 하는 건가, 저 아이는 일도 제대로 하지 못할 것 같은데, 어느 날 람베르투가 지나가다가 한마디 했다. 그러자 십장은 대답했다, 우리는 자비로운 마음으로 아이를 받아들였습니다, 주인님, 저 아이 아버지가 그 도밍구스 마우템푸라는 녀석입니다. 알겠네, 람베르투는 그렇게 말하고 말을 보러

마구간으로 들어갔다. 말을 무척 좋아했기 때문이다. 그 안은 따뜻했고 짚 냄새가 났다. 이놈은 술탕, 이놈은 델리카두, 이놈은 트리부투, 이놈은 카마리냐, 아직 이름을 짓지 못한 이 망아지는 봉템푸*라고 불러야지.

땅이 다 정리되자 주앙은 어머니의 집으로 돌아갔다. 하지만 운이 좋았다. 겨우 두 주 뒤에 다시 일을 찾았기 때문이다. 다른 남자, 노르베르투라는 이름의 남자가 소유한 농장에서 하는 일이었으며, 여기서는 그레고리우 라메이랑이라는 십장의 명령을 받게 되었다. 이 라메이랑이라는 자는 완전히 짐승이었다. 그에게 임시직 일꾼들이란 오직 매와 채찍에만 반응하는 반항적인 어중이떠중이였다. 노르베르투는 이런 것을 전혀 알지 못했지만, 그럼에도 훌륭한 노인이라는 소문이 나 있었다. 그는 행동거지가 품위 있는 백발의 신사로 대가족을 거느렸으며, 그의 가족은 비록 시골 사람들이기는 하나 세련된 사람들이고, 여름이면 피게이라로 해수욕을 갔다. 그들은 리스본에 소유지가 있었고, 집안에서 젊은 축에 속하는 사람들은 점차 몬트 라브르를 떠나고 있었다. 세상이 그들 앞에 광대한 풍경처럼 펼쳐져 있었다. 물론 그들이 아는 세상이란 전해 들은 것밖에 없었지만. 그럼에도 그들이 진흙탕에서 발을 빼고 문명의 포장도로를 찾아 나설 시간이 다가오고 있었다. 노르베르투는 그들에게 맞서지 않

* 마우템푸와 반대로 좋은 날씨라는 뜻.

앞으며, 자신의 후손과 그들의 방계 친족에게 나타나는 이런 새로운 경향은 심지어 그에게 어떤 가벼운 만족감을 주기까지 했다. 코르크나무와 밀, 도토리와 땅을 파헤치는 돼지 덕분에 라티푼디움은 이 집안에 큰 잉여를 안겨주었고, 이 잉여는 금세 돈으로 전환되었다. 물론 일용 노동자들이 자기 역할을 하는 한, 그들과 다른 모든 사람들이 자기 역할을 하는 한. 그러라고 십장을 두는 것이었다. 십장은 콘텐치 중위를 촌사람풍으로 복제해놓은 듯한 사람들로, 말이나 칼을 다룰 권리는 없지만 그만큼의 권위는 부여받고 있었다. 그레고리우 라메이랑은 말채찍으로 사용하는 늘씬한 회초리를 겨드랑이에 끼고, 누가 늘어지거나 아니면 피로의 기색을 조금이라도 보이는지 독수리의 눈으로 지켜보며 줄지은 노동자들을 따라 걷곤 했다. 다행히도 그는 규칙을 고수하는 사람이었고 자신의 아들들을 본보기로 삼았다. 그 아이들 모두, 그러니까 어린 축에 속하는 아이들은 그곳에서 고통을 겪고 있었다. 매일 어김없이 그들 가운데 하나는, 아버지가 화가 났을 때는 두셋은, 흠씬 두들겨 맞았다. 그레고리우 라메이랑은 집이나 막사에서 나설 때는 심장을 문 뒤에 걸어두고 떠났으며, 그래서 한결 가볍게 걸을 수 있었다. 유일한 욕망은 그에 대한 주인의 신뢰에 값하는 사람이 되어 더 많은 임금을 받고 더 나은 음식을 먹는 것이었으며, 그것은 십장으로서 그의 정당한 몫이지만 그가 거느린 무리에게는 천벌이 되었다. 게다가 그는 갈데없는 겁쟁이였다. 한번은 그의 불행한 피해자 가운데 한 명의 아버지가 그를 길에서 만나 만일 그가 한 번만 더 자기 아들을 부당하게 벌하면, 그 자신의 뇌 조각이 그의 집 문에 튀는 것을 보게 될 것이라고, 그때도 볼 눈이 있다면 보게 될 것이라고 힘주어 말했다. 이 경우에는 그 협박이 먹혔지만, 이것은 그가 다른 사람에게 주는 벌을 늘리는 결과를 낳았을 뿐이다.

노르베르투의 집안에서 여자들은 여성으로서 세련된 것들을 한껏 누렸다. 차를 마시고, 뜨개질을 하고, 가장 가까운 하녀들의 딸의 대모가 되어주었다. 거실 소파에는 패션 잡지들이 놓여 있었다. 아, 파리, 이 가족이 이 한심한 전쟁만 끝나면 찾아가기로 굳게 마음먹고 있는 도시. 그런데 이 전쟁이, 다른 크고 작은 불편은 둘째 치고, 그들의 이 계획을 지연시키고 있었다. 그런 문제를 어찌 해본다는 것은, 물론, 우리의 능력을 벗어난 일이다. 늙은 노르베르투는 십장이 우물우물 농장 일에 관한 보고, 유일한 목적은 그 자신이 잘나 보이게 하는 것인 보고를 할 때면, 귀를 기울이다 말고 전선에서 온 성명을 들을 때처럼 짜증을 내곤 했다. 그의 제국주의적 경향, 또 어쩌면 람베르투 오르케스, 그는 당연히 노르베르투의 선조였다, 어쨌든 그 사람의 출생지에 대한 흔적 기억 때문인지 몰라도, 그는 타고난 친독파였다. 어느 날, 장난스러운 기분에 그레고리우 라메이랑에게 그런 이야기를 했으나, 그는 그저 눈을 크게 뜨고 노르베르투를 빤히 보기만 할 뿐이었다. 그가 무슨 말을 하는지 이해하지 못했다. 그는 어리석고 문맹이었기 때문이다. 혹시 몰라 그는 주인에게는 더욱 겸손한 태도를 취하고, 일꾼들에게는 더 엄격해졌다. 나이 든 아들들은 이제 그의 밑에서 일하지 않겠다며 다른 농장에 일자리를 알아보러 갔다. 더 인도적인 십장과 더 안정된 환경을 제공하는 곳이었다. 물론 더 안정된 환경이란 그저 그들이 아주 빨리는 죽지 않게 되었다는 뜻일 뿐이지만.

훈육에는 좋은 시절이었다. 사라 다 콘세이상은, 이해할수 있는 일이지만, 남편이 보여준 나쁜 예와 더불어, 그가 불행한 방식으로 죽은 것 때문에 그녀의 내부를 갉아먹고 있는 죄책감의 벌레도 잊을 수가 없어 늘 말했다, 주앙, 시키는 대로 하지 않으면 두들겨 맞을 줄 알아, 우리는 먹고 살아야 돼. 그것이 어머니가 그에게 하는 말이었고, 가끔 라메이랑도 그런 말을 뒷받침해주었으니, 그는 이렇게 이야기하곤 했다, 네 어머니 말을 들어보니까 네 어머니가 너한테서 원하는 건 네 뼈로 의자를 만들고 네 가죽으로 북을 만드는 거던데. 두 권위적 인물이 그렇게 분명하게 한마음이었으니 주앙으로서는 그들을 믿는 것 외에 달리 무엇을 할 수 있었을까? 그러나 어느 날, 매질과 과로에 지친 상태에서 그는 껍질이 벗겨지고 뼈가 발라질 위험을 무릅쓰고, 놀란 어머니에게 자기 심정을 솔직하게 말했다. 가엾은 사라 다 콘세이상, 그녀는 세상을 너무 몰랐다. 그녀는 비명과 한숨을 섞어가며 말했다, 그 몹쓸 인간, 나는 그런 말 한 적 없어, 자식을 죽이려고 낳는 어머니가 어디 있겠니, 오, 부자는 가난한 사람들을 얼마나 경멸하는지, 그 괴물은 자기 자식들도 사랑하지 않아. 하지만 우리도 그 비슷한 이야기를 이미 했다.

주앙 마우템푸는 영웅이 될 그릇이 아니다. 비쩍 마르고 자그마한 열 살짜리 꼬마, 아직도 나무를 코르크, 도토리, 올리브의 생산자라기보다는 새의 둥지를 위한 보호처로 보는 지저깨비 같은 소년이다. 그런 아이를 아직 어두울 때 일어나게 하여, 잠이 덜 깬 채 빈속으로 일이 얻어걸린 곳까지 짧은 거리든 먼 거리든 걸어가게 하고, 해가 질 때까지 하루 종일 일을 하게 한 뒤, 다시 어두워졌을 때, 몹시 피곤한, 그렇게 죽음 같은 상태를 피곤이라고 부를 수 있다면, 어쨌든 그런 상태로 집에 돌아오게 하는 것은 부당한 일이다. 하지만 이 아이, 아이라는 말은 편의상 쓰고 있을 뿐인데, 라티푼디움에서는 주민을 그런 범주로 나누지 않기 때문이다, 그곳에서 사람들은 살아 있거나 죽었거나 둘 중의 하나이며, 죽은 자에게 할 수 있는 일은 묻는 것뿐, 그들이 일을 하게 할 수는 없는 것은 당연하다, 어쨌든 이 아이는 똑같은 아이들, 고통을 겪고 있고, 자신이 그런 벌을 받아 마땅한 무슨 악행을 했는지 알지 못하는 수천 명의 아이들 가운데 하나일 뿐이다. 아버지 쪽으로 보자면 아이는 장인(匠人) 혈통이다. 아버지는 제화공, 할아버지는 목수였으니까. 하지만 운명이 어떻게 만들어지는지 보라. 여기에는 작은 송곳도, 대패도 없고, 마른 땅, 죽일 것 같은 더위, 지독한 추위, 여름의 큰 가

품, 겨울의 뼈를 파고드는 냉기, 도나 클레멘시아가 레이스라고 부르는 아침의 단단한 서리, 그리고 금이 가고 피가 흐르는 자줏빛 동상밖에 없다. 그 부어오른 손이 나무줄기나 돌을 스치면 부드러운 살이 벌어지고, 그 밑에 어떤 비참과 고통이 있는지 누가 알 수 있으랴. 이 고된 일 외에 다른 삶은 없을까. 지금은 다른 동물들과 더불어 땅에서 살아가는 동물일 뿐, 가축과 들짐승, 유용한 동물과 해로운 동물의 차이만 있을 뿐. 아이도 그의 인간 형제들과 더불어 해롭거나 유용한 존재로 취급되고 있다, 라티푼디움의 필요에 따라. 지금은 너를 원한다, 지금은 너를 원치 않는다.

가끔은 일이 없어 우선 가장 어린 것들이 떨려나고, 다음에는 여자, 마지막으로 사내들이 떨려난다. 사람들이 대열을 이루어 다른 어딘가에 있을 비참한 임금을 찾아 길을 따라 움직이기 시작한다. 그럴 때면 지주는 물론이고, 십장이나 감독도 눈에 띄지 않는다. 모두 자기 집, 또는 멀리 수도나 다른 은신처에 처박혀 있다. 땅은 메마른 껍질이거나 완전히 진흙이지만, 그런 건 상관없다. 가장 가난한 사람들은 잡초를 끓여 먹고 살아, 눈이 타고, 배가 부어오르며, 그 뒤로 길고 고통스럽게 설사를 쏟아낸다. 몸뚱어리가 포기하고 있다는, 스스로 멀어지고 있다는, 악취를 뿜고 있다는, 감당하기 어려운 무게가 되고 있다는 느낌이 찾아온다. 죽을 것만 같고, 일부는 실제로 죽는다.

전에도 말했듯이 유럽에서는 전쟁이 벌어지고 있다. 아프리카에서도 전쟁이 벌어지고 있다. 그러나 이런 것들은 산꼭대기에서 내지르는 외침과 같다. 사람들은 자신이 소리를 내질렀다는 것을 알고, 때로는 그게 사람들이 하는 마지막 일일 수도 있다. 하지만 저 아래에서 그 외침은 점점 희미해지다가 마침내 스러져버린다. 몬트 라브르는 신문에서 이런 전쟁에 관해 들지만, 그건 읽을 줄 아는 사람들 이야기일 뿐이다. 글을 모르는 사람들은 물가가 올라가거나 기본 식량이 부족해지면 이유를 묻는다. 전쟁 때문이지, 아는 사람들은 답한다. 전쟁은 많이 먹었고, 전쟁은 뚱뚱하고 부유해졌다. 전쟁은 사람의 호주머니를 한 푼 한 푼 털다가, 급기야는 사람 자신을 삼키는 괴물이다. 따라서 사라지는 것은 없고 모든 것이 변할 뿐이다. 이것이 자연의 주요한 법칙이라는 걸, 사람들은 나중에 배우게 된다. 전쟁은 배가 가득 찼을 때도, 물려서 토할 지경이 되었을 때도, 계속 교묘하게 소매치기를 한다. 늘 같은 사람들, 같은 호주머니로부터 가져간다. 그것은 평화 시에 습득한 습관이다.

어떤 곳에는 친척이 전쟁에서 죽어 상복을 걸친 사람들이 있었다. 정부는 조의, 가장 깊은 동정심을 표하고, 나라에 관해 말했다. 대개는 아폰수 앙히케스와 누누 알바레스 페레이라[*]를 언급하고, 우리 포르투갈인은 인도까지 가는 항로

---

[*] 아폰수 앙히케스 또는 엔히케스는 포르투갈의 첫 왕이며, 별명이 '정복자'였다. 누누 알바레스 페레이라(1360~1431년)는 포르투갈의 군사 지도자로서 포르투갈이 카스티야로부터 독립을 확보하는 데 중요한 역할을 했다.

를 발견한 사람들이며, 프랑스 여자들이 우리 군인들에게 얼마나 쉽게 빠지는지 말하지만, 아프리카 여자들에 관해서는 우리가 이미 알고 있는 것 외에는 아무런 이야기도 하지 않았다. 차르는 폐위되었다, 이웃 세력들은 러시아 상황을 우려하고 있다, 서부 전선에서 대대적인 공세가 벌어지고 있다, 항공기가 미래의 무기이지만, 보병이 여전히 전투에서는 대권을 장악한다, 포대 없이는 아무것도 할 수 없다, 바다의 지배는 불가결하다, 러시아 혁명, 볼셰비즘. 아달베르투는 신문을 읽고, 걱정스럽게 안개 낀 날씨를 내다보며, 신문에 표현된 분노를 공유하면서 큰 소리로 말했다, 결국 다 지나갈 거야.

하지만, 전에도 설명했듯이, 이쪽 편이든 저쪽 편이든 온통 장미만 만발한 것은 아니다. 불균형이라는 오래고 익숙한 규칙을 따라 가시의 분배가 이루어져, 배가 클수록 폭풍도 크다, 는 격언이 거짓임을 보여준다. 항해의 세계에서는 사실일 수도 있지만, 육지에서는 다르다. 마우템푸 가족에게는 아주 작고 바닥이 평평한 보트 한 척밖에 없는데, 그들이 모두 익사하지 않은 것은 우연 때문이고 이 이야기의 요구 때문이다. 그러나 그들의 작은 배는 다음 암초를 만나면 또는 다음에 가게 선반이 비면 부서질 거라는 신호를 잔뜩 내보내고 있었는데, 그때 예기치 않게 사라의 오빠 주아킹 카항카가 아내를 잃었다. 그는 재혼할 마음이 없었고, 잠재적 신부 명단도 없었던 데다가, 길러야 할 자식도 셋에 성질도 아주 더러웠다. 하지만 굶주림이 먹고 싶은 욕망과 합세했고, 이 때문에 남매는 생활과 자식들을 합치게 되었다. 멋지게 균형이 잡혔다. 오빠는 새로운 아버지가 되어주고 누이는 새로운 어머니가 되어주었지만 모든 것이 가족 안에서 이루어졌으니, 자 일이 어떻게 풀려나갔는지 보도록 하자. 어쨌든 일이 다르게 풀렸을 경우에 비해 더 나빠진 것은 아니고, 아마도 나아졌을 것이다. 마우템푸 아이들은 문간마다 돌아다니며 구걸하는 일을 그만두었고, 주아킹 카항카는 옷을 빨아줄 사람이 생겼고, 그것은 모든 사내에게 필요한 것인데, 거기에 덧붙여 자식들을 돌봐줄 사람도 생겼다. 또 오빠가 누이를 때리는 것은 관습이 아니라, 적어도 남편이 부인을 때리는 것만큼 자주 때리지는 않으니, 이것은 사라 다 콘세이상에게 더 나은 날의 출발점이었다. 어떤 사람들은 이게 뭐 대단한 것이냐고 생각할지도 모른다. 거기에 대해서는, 그들은 분명히 인생을 잘 모르는 사람들이다, 라고 말해줄 수 있겠다.

매일 그 나름의 이야기가 있어, 일 분이라도 제대로 묘사를 하려면 몇 년이 걸릴 것이다, 아주 작은 몸짓도 마찬가지고, 각 단어, 각 음절, 각 소리의 껍질을 주의 깊게 벗겨내는 일도 마찬가지다, 생각의 껍질을 벗겨내는 일이야 말할 것도 없다, 생각은 중요한 실체가 담겨 있는 것이니. 네가 생각하거나 생각했거나 생각하고 있는 것에 관해 생각하는 것, 또다른 생각에 관해 생각하는 것은 도대체 어떤 종류의 생각인지 생각하는 것, 그것은 끝이 없다. 그러니 주앙 마우템푸에게는, 이 세월이 그에게 전문적인 교육을 제공해줄 것이라고 말하는 것이 최선일 것이다. 일꾼은 낫질에서부터 코르크를 거두어들이는 일까지, 도랑을 치는 일에서부터 씨를 뿌리는 일까지 모든 일을 하는 방법을 알아야 하고, 짐을 나르고 땅을 파려면 그에게는 튼튼하고 좋은 등이 필요하다는, 그런 전통적인 시골의 맥락에서 이야기하는 교육 말이다. 이런 지식은 시험이나 토론 없이 세대에서 세대로 전해지고, 늘 똑같았다. 이것은 괭이이고, 이것은 낫이고, 이것은 땀방울이다. 또 용광로 속처럼 더운 날 입안에 생기는 걸쭉한 것은 흰 침이고, 머리를 때리는 것은 해이고, 배가 고프면 무릎이 꺾인다. 열에서 스물 사이의 나이에 이 모든 것을 빨리 배워야지, 아니면 아무도 고용해주지 않는다.

주아킹 카항카가 어느 날 누이에게 그들을 모두 써줄 사람을 찾을 수 있으면 얼마나 좋겠느냐고 말했고 누이도 그 말이 맞는다고 맞장구를 쳤는데, 그것은 순종적인 유부녀로 살아온 긴 세월에서 생겨난 습관이기도 했지만, 이때 그녀 앞에 반짝였던 것은 일 년 전체를 실업에서 안전하게 벗어나 살 수 있다는 희망이었다. 그것이 그녀의 한 가지 수수한, 그러나 확실한 야심이었다. 그 이상은 도저히 바랄 처지가 아니었기 때문이다. 이 무렵 몬트 드 베하 포르타스는 늙은 소유자가 죽으면서 아들 삼 형제가 상속을 했다. 아버지는 매우 약삭빠른 정부의 자궁에 씨앗을 뿌렸는데, 정부는 이 가부장의 무시무시한 변덕과 천둥 같은 폭언과 분노에 순순히 고개를 숙이고 따르는 척하면서도, 서서히 그를 양처럼 길들여, 마지막에 그는 정부의 말을 따라 사생아 세 명을 위해 가장 가까운 피붙이들과 의절하기로 했다. 삼 형제 페드루,

파울루, 사울은 각자 다른 계절을 맡아, 번갈아 땅을 관리했으며, 페드루가 명령을 내리면 다른 둘은 복종했다. 이런 운영 방식은 각 형제가 다른 둘을 염탐하려 하지만 않았으면 잘 굴러갔을 것이다. 그러나 사울은 자기가 맡지 않을 때는 집안이 완전히 망가진다고 공언했고, 파울루는 사무에는 자기가 가장 유능하다고 말했으며, 세 명 모두 집안을 상대로 동맹을 맺고 음모를 꾸미는 일에 말려들게 되었다, 뭐 어느 가족에나 흔히 있는 일이었지만. 이 삼두정치 이야기는 그것 하나만으로도 오페라가 될 만했다. 그리고 거기에 어머니도 있었으니, 그녀는 자기 자식들에게 약탈을 당했다고, 아니 더 분명하게 말해서, 강도질을 당했다고 소리를 질러댔다. 그 늙은 돼지의 종노릇을 참아내며 자식들을 위해 모든 일을 했는데, 이제 자식들의 노예가 되었고, 자식들은 돈도 제대로 안 주면서 집 안에 가두어두다시피 한다는 것이었다. 전원이 어둠의 큰 비밀 속에 자신을 더 잘 감추려고 정적을 담요처럼 끌어다 덮는 밤이 오면, 돼지가 먹을 따는 듯한 소리와 더불어 시끄럽게 발을 구르는 소리를 들을 수 있는데, 그것은 어머니와 세 아들이 벌이는 전쟁에서 나는 소리였다.

주아킹 카항카는 이 사람들 밑에서 일자리를 찾았고, 주앙 마우템푸는 날품팔이로 일을 했다. 다 합쳐보아도, 그들이 버는 것은 보잘것없어, 가까스로 늘 허기져 있지 않을 정도였으나, 그래도 함께 있을 수 있고 작은 채마밭도 이용할 수 있어 축일이나 명절이 오면 그곳에서 또 허리가 끊어져라 일을 할 수 있다는 이점은 있었다. 이 무렵 주아킹 카항카의 보수는 잘 곳, 장작, 옥수수 가루 육십 킬로그램, 올리브기름 삼 리터, 동부콩 오 리터, 백 이스쿠두, 그리고 연말의 작은 행하 등으로 이루어져 있었다. 아이들은 옥수수 가루 사십 킬로그램, 올리브기름 일 리터 반, 동부콩 삼 리터, 오십 이스쿠두를 받았다. 그런 식으로 한 달이 가고 두 달이 갔다. 그들은 자루와 봉투는 곡물 창고로 가져가고, 항아리는 지하실로 가져갔고, 그곳에서 십장은 그들에게 줄 식량과 기름을 쟀으며, 사무직원은 그들의 임금을 계산했으니, 그들은 오직 그것으로 몸과 영혼을 제대로 유지하고 매일 소비하는 에너지를 벌충해야 했다. 물론 그들 모두가 회복이 되는 것은 아니었지만, 그래도 이것을 받아들였다. 시간은 불가피하게 대가를 요구하게 마련으로, 피부 밑의 두개골이 점점 두드러졌지만, 어차피 우리 모두 죽기 위해 태어나는 것 아닌가. 주아킹 카항카는 단 하루도 앓지 않고 죽었다. 아가메데스 신부의 도움 없이도 하느님의 존재를 믿기 쉬웠던 어느 일요일 채마밭에서 돌아온 뒤의 일이었다. 창피한 노릇이지만 곡괭이가 너무 무거워 집 앞의 통나무에 주저앉을 수밖에 없었다. 유난히 피곤했다. 사라 다 콘세이상이 나와서 오라비에게 저녁 준비가 되었다고 말했지만 이미 그에게 식욕 같은 것은 완전히 사라지고 없었다. 그는 그렇게, 눈을 크게 뜨고, 두 손을 무릎 위에 펼치고 앉아 있었다. 살았을 때 꿈꾸었던 것보다도 큰 평화를 누리는 모습이었다. 사실 그는 그렇게 나쁜 사람은 아니었다. 갑자기 화를 내고, 장조카에게 잔인한 모습을 보이기는 했지만, 뭐 이제 다 지난 일이다. 죽음은 삶을 재는 항아리 위를 지나가는 커다란 평미레와 같아 넘치는 것은 다 깎아버리지만, 기준이 무엇인지 정확히 파악하기 힘든 경우가 많다. 주아킹 카항카가 그런 경우인데, 그는 아직도 이 가족에게는 필요한 사람이었다.

삶, 또는 누구든 삶을 다스리는 존재는 확고한 또는 무관심한 손으로, 우리가 직업 교육과 감성 교육을 동시에 받기를 바란다. 이런 결합은 틀림없이 삶이 짧기 때문에 불가피하게 생겨난 잘못인데, 삶이란 어떤 일을 더 여유 있게 또 시의적절하게 할 만큼 길지가 않아, 사람들은 충분히 얻지도 못하고 충분히 느끼지도 못한다. 세상은 돌아가는 방식이 바뀌지 않으니, 주앙 마우템푸도 일하는 기술을 익히면서 동시에 주변 마을로 구애를 하러 돌아다니며 아코디언 소리가 들리는 곳마다 가서 춤을 추었다. 그는 춤을 잘 추기도 했고, 누가 생각이나 했겠느냐만, 젊은 여자들이 그를 많이 따랐다. 우리가 알다시피, 그는 사백 년 전의 조상으로부터 파란 눈을 물려받았으니, 그 조상은 바로 이곳에서 멀지 않은 곳에서 지금 자라고 있는 고사리의 조상 속에 숨어 있다가 새들이 지켜보는 가운데 우물로 물을 길러 온 젊은 여자를 강간했다. 지금도 깃털이 그대로인 그 새들은 남녀가 푸른 식물들 사이에서 드잡이를 하는 광경을 내려다보았는데, 공중의 이 생물들에게 그것은 세상이 시작된 이후로 눈에 익은 것이었다. 어쨌든 주앙 마우템푸의 파란 눈은 젊은 여자들의 마음을 심란하게 만들었고, 그 눈이 갑자기 어두워질 때면 심장이 녹아버렸으나, 그 자신은 옛날 그 남자가 느꼈던 사랑의 격정 같은 것이 자신의 내부에서 솟아오르는 경험은 전혀 하지 못했다. 과거의 행동을 유발한 감추어진 힘은 그것이었는데. 아, 젊음이여. 주앙 마우템푸는 많은 아가씨를 집적거리기는 했으나 그 이상 나아가는 일은 드물었다. 술을 몇 잔 마시면 상당히 대담하게 아가씨에게 손을 대기도 하고 서툴게 입을 맞추기도 했을지 모르나, 이 세기에 이르러 점진적으로 축적되어 미래에 일반적으로 이용하게 될 지식은 전혀 갖추지 못했다.

옛날 목가에서는 목자가 류트를 연주하고 부인은 꽃다발을 엮지만, 이 현대의 목가에서 주앙 마우템푸는 십 주 계약을 맺고 살바테하로 가서 코르크를 베는 동안 모기로부터 몸을 보호하고 싶은 마음에 마늘을 한 줄 몽땅 먹는 바람에 열 걸음 떨어진 곳에서도 그의 냄새를 맡을 수 있었다. 그는 언젠가 코르크를 베는 장인에게 지급되는 십팔 이스쿠두를 벌 수 있을지도 모른다는 희망으로 코르크 일을 배우고 있으며, 운 좋게도 미래의 여자 친구들과 멀리 떨어져 있는데, 이들은 대부분의 냄새는 너그럽게 견뎌낼지 몰라도, 마늘 냄새에는 아마 고개를 저었을 것이다. 행복이란, 우리가 알다시피, 그런 작은 것에 달려 있는 것이다.

그러다 주앙 마우템푸는 징집 명령을 받았다. 그의 머리는 백일몽으로 가득하다. 몬트 라브르에서 멀리 떠난, 어쩌면 리스본에 가 있는 자신을 상상한다. 병역을 마치고 나면, 바보가 아니고야 전차나 경찰이나 군경찰에서 일자리를 찾을 기회를 놓치지 않을 것이다. 이렇다 할 교육을 받지는 못했으니, 그저 앞으로 밀고 나가는 수밖에 없다. 그런 사람이 그가 처음은 아닐 것이다. 징집일은 폭죽이 터지고 포도주를 마시는 축하의 날로, 마침내 사내라고 불릴 자격을 갖추게 된 청년들은 모두 새로 빤 옷을 입고 모였으며, 홀딱 벗고 줄을 서게 되자 창피함을 감추려 사내다운 농담을 주고받고, 의사의 질문에는 얼굴이 붉어진 채 차려 자세로 답을 한다. 이윽고 징병 위원회가 모여 선발을 한다. 몇 사람이 선택되고, 선발되지 않은 네 명 가운데 오직 한 명만 낙심하여 돌아갔다. 그 한 명이 주앙 마우템푸였다. 그는 제복을 입는 꿈이 불가능의 영역으로 사라져버리는 것을 지켜보았다. 전차 플랫폼에 서서 종을 치는 꿈, 경찰이 되어 수도의 거리를 순찰하는 꿈, 군경찰이 되어 자신이 지금 노동하는 바로 그 들판을 지켜주는 꿈, 아, 하지만 누구를 위해 지켜주는 걸까. 그는 그 후보를 따져보다 너무 심란해지는 바람에 선발되지 않은 실망감에서 어느 정도 벗어날 수 있었다. 사람은 모든 것을 동시에 생각할 수는 없는 법이다.

그럼 이제 주앙 마우템푸는 뭘 해야 하나? 그는 이제 막스무 살이 되었으며, 병역을 면제받았다. 난쟁이처럼 조그만 몸으로 페드라 그란드의 잡초와 싸우고 피칸수의 부인이 가족 간의 자비심에서 만들어주곤 하던 옥수수 가루 죽을 먹던 시절로부터 몸은 별로 커지지 않았다. 그는 살바테하에서 처음으로 어깨 망토를 사서 몸에 두르고 마치 허공에 꼬리를 흔드는 수고양이처럼 으스대며 여기저기 걸어 다녀본다. 망토는 몸을 완전히 감싸며 발뒤꿈치까지 내려오지만, 마을에서는 사람들이 유행하는 옷을 입을 것을 기대하지 않기에, 그는 어떻게 생긴 옷이든 새 옷을 장만했다는 것만으로도 유행의 정점에 올라섰다. 주앙 마우템푸는 곡괭이를 땅에 꽂으면서 그 망토를, 자신이 다니는 무도회를, 자신이 평생 만난 여자 친구들, 그 가운데서도 좀 진지하게 만나는 몇 명을 생각하고, 그러다 보면 이곳에 사는 괴로움을 잊는다, 리스본에서 멀리 떨어진 곳에 묶여버린 괴로움. 그렇다고 그가 정말로 리스본에서 살기를 갈망한 것은 아니었지만, 그것은 한낱 젊은 시절의 꿈에 불과했을 뿐이지만. 그러나 꿈을 꾸지 않는다면 젊음이란 달리 무엇이겠는가.

큰 폭풍들이 휘몰아치는 때가 다가오고 있다. 어떤 것들은 생긴 대로 쿵쾅거리며 거세게 몰아칠 것이고, 어떤 것들은 멀리 브라가*에서 찾아와 총 한 방 쏘지 않고 비교적 잠잠하게 지나가버리는데, 이에 관한 이야기는 나중에, 이미 어쩔 도리가 없을 때 더 듣게 될 것이다. 그러나, 각 사건을 본래의 순서대로 다루어야 하지만, 그리고, 이건 이야기하기

* 포르투갈 북부의 도시.

의 규칙을 계속 어기지 않기 위해 한마디 해두어야겠다는 느낌이 들어 하는 이야기인데, 실제로는 몇 년 뒤에 일어난 주아킹 카항카의 죽음을 이미 예고하기도 했지만, 그럼에도 슬픔과 상실 때문에 사람들의 기억에 붙박여 있던 폭풍 이야기는 하고 가자. 여름이었다, 신사 숙녀 여러분, 그런 일은 사실 예상하지 않는 철이었다, 물론 이따금씩 천둥이 엄숙하게 우르릉거리는 소리가 그루터기들을 가로질러 울려 퍼지지기도 했지만. 멀리서 거의 졸음이 올 듯한 소리가 들리는가 싶더니, 다음 순간 우리 머리 바로 위에서 빛이 번쩍 하면서 땅이 흔들린다, 쾅. 성 바르바라가 도와주지 않는다면 우리는 어떻게 살아갈까. 자, 마우템푸 가족은 모진 사건들을 감당하기 위해 선택받은 사람들처럼 보일지도 모르지만, 이해력이 빈약한 사람이나 그런 말을 믿을 것이다. 사실 이 가족 가운데 지금까지 딱 한 명밖에 죽지 않았으며, 기아와 가난 이야기를 하자면, 다른 어느 가족이라도 그 피해자가 아니라고 할 수 없으니, 기아와 가난은 공급이 부족할 일이 전혀 없기 때문이다. 게다가, 지금 문제가 되고 있는 아저씨는 혈족도 아니었다. 아우구스투 핀테우는 사라 다 콘세이상의 자매 가운데 한 사람과 결혼을 했으며, 농장 노동자로 일하면서 여가 시간에는 달구지꾼 일도 했다. 그도 물론 죽음과 약속이 되어 있었으나, 얼마나 묘하게 그 약속이 이루어졌던지. 이 소박하고, 온화하고, 말씨도 부드러운 사내는 마치 비극의 인물처럼 하늘과 땅이 난리법석을 치는 가운데 매우 극적인 종말을 맞이했기 때문이다. 이 차분한 사내는 주아 킹 카항카와는 달리 차분하게 생을 떠나지 않았다. 그리고 그런 모순은 많은 생각거리를 제공한다.

방금 말했듯이, 아우구스투 핀테우는 달구지꾼으로도 일을 했는데, 정확히 말하자면 벤다스 노바스와 몬트 라브르를 오갔다. 벤다스노바스에는 기차역이 있었는데, 그의 노새 두 마리와 달구지는 코르크, 석탄, 목재를 그곳으로 실어가고, 올 때는 식료품, 씨앗, 또 뭐든 달리 필요한 것을 실어왔다. 이런 훌륭한 삶을 누리는 사람은 별로 없었다. 그날은 여름이었기 때문에 길고 화창했어야 마땅하나, 하늘이 갑자기 검은 구름으로 가득 차고 엄청난 천둥소리가 울려 퍼졌다. 하늘이 열리더니 하느님이 저장해놓은 물을 모두 풀어놓았다. 아우구스투 핀테우는 별로 걱정하지 않았다. 이런 여름 폭풍우는 금세 지나가게 마련이었기 때문이다. 그래서 그는 짐을 싣고 내리는 일을 계속하면서 비에 흠뻑 젖어 집에 가는 것 이상의 일은 걱정하지 않았다. 그가 벤다스노바스를 떠날 때는 이미 어둠이 깔렸으며, 번개가 그 어둠을 환하게 밝힐 때면 저 위에서 무슨 축하 잔치라도 벌이는 것 같았다, 무슨 거룩한 행렬이라도 지나가는 것인지. 노새들은 눈을 감고도 길을 찾아갈 수 있었기 때문에 큰물이 나도 길을 잃을 걱정은 없었는데, 아닌 게 아니라 낮은 지대에는 이미 물이 고이고 있었다. 비를 가리려고 머리에 두툼한 마대 두 장을 덮은 아우구스투 핀테우는 그래도 이런 날씨에는 도둑들이 숨어 기다릴 가능성은 거의 없다는 생각으로 자신을 위로했다. 과거에 도둑을 만난 적이 있었기 때문이다. 이런 폭풍우라면 노상강도들은 모두 안전하게 자기 소굴에 처박혀 훔쳐온 돼지고기 조각을 구워 먹고 쓴 포도주나 들이켤 것이니, 그들은 다른 것은 좀체 훔치지 않았기 때문이다. 벤다스노바스에서 몬트 라브르까지는 삼 리그 거리지만, 아우구스투 핀테우는 마지막 일 리그는 걷지 못할 운명이었고, 이는 그의 노새들도 마찬가지였다. 그들이 내에 당도했을 때 어둠은 칠흑처럼 짙었고, 물은 큰 소리로 시끄럽게 으르렁거리고 쿵쾅거려 누구라도 겁을 먹을 만했다. 이 내는 날씨가 좋으면 물이 무릎까지 올라와 보통 걸어서 건널 수 있었지만, 보행자들을 위해 한쪽 가에서 건너편 가까지 널찍한 판자를 대놓았다. 판자는 물줄기가 바뀌기 전 그곳에서 태어나 성장한 거대한 물푸레나무 옆을 지나갔다. 물푸레나무는 내 한가운데서 물줄기의 속도와 힘의 위협을 받게 되자 사납게 바스락거리는 소리를 내며 굵은 뿌리로 생명과도 같은 땅을 지키고 있었다. 아우구스투 핀테우는 그곳에서 노새가 끄는 달구지와 함께 내를 여러 번 건넜다. 그러나 그것을 다시는 건너지 못할 운명이었다. 내가 시작되는 곳에서 바닥이 갑자기 꺼지며 깊고 깊은 구렁이 만들어졌는데, 모든 것에 이름이 있으니, 이것 또한 페구 다 카히사, '굴뚝새의 웅덩이'라고 불렸다. 아우구스투 핀테우는 성모 마리아를 믿었고 자신의 노새를 믿었기에 이럭저럭 중간에 이르렀으며, 그곳에서는 물이 달구지의 바닥에 찰싹거렸다. 그 지점에서 그는 물살이 그들 주위에서 소용돌이칠까 두려워, 자신이 구원의 가망 없이 쓸려갈까 두려워, 노새들을 상류로 몰려고 했다. 노새들은 최대한 저항했으나, 채찍과 재갈에 굴복하여 마침내 움직였다. 그러다 어느 지점에서 오른쪽 노새가 발 딛는 곳을 놓치며 바퀴 하나가 가장자리에서 밀려나 구렁에 빠졌고, 비명과 천둥이 우르릉거리는 소리 속에서 아우구스투 핀테우와 노새들은 달구지, 식료품을 비롯한 다른 상품과 함께 물에 잠겼다, 물의 짙은 어둠 속으로, 치명적인 정적 속으로 쑥 빠져들고 말았다. 그들은 바닥에 닿았고 그곳에 그대로 머물렀다. 아우구스투 핀테우는 여전히 고삐를 꽉 잡고 있었고, 노새들은 달구지를 달고 있었다, 마치 세상이 시작될 때부터 그랬던 것처럼. 그 아래는 물이 전혀 움직이지 않았기 때문이다. 다음 날 과부가 비명을 지르고 고아가 된 아이들이 눈물을 흘리는 가운데 그들은 밧줄 몇 가닥과 아주 용감한 사내들 몇 명의 노력 덕분에 밖으로 끌려 나왔다. 냇가에는 각지에서 온 사람들이 모여 있었다. 비는 그쳤다. 큰 재해가 많은 여름이었다. 폭풍우가 너무 심해 코르크 숲에서 일하던 사람들이 나무에서 떨어지고, 떨어지면서 자기 도끼에 몸을 베었다. 이루 말할 수 없는 시련으로 가득한 삶 아닌가.

당시 마우템푸 가족은 그들의 외삼촌이자 오빠인 주아킹 카항카와 함께 몬트 드 베하 포르타스에 살았다. 이듬해 포르투갈이 약 여섯 달 동안 브라가의 길*을 따랐을 때 주앙 마우템푸는 동생들인 안셀무, 마리아 다 콘세이상과 함께 겨울 목초지로 가 다른 주인 밑에서 일하게 되었다. 어떤 이유에서인지 펜당 다스 물례르스, 즉 '숙녀들의 페넌트'라고 부르는 곳이었다. 사 리그라는 먼 거리를 형편없는 길을 따라 걸어가야 했는데, 이것은 몬트 드 베하 포르타스에서 그렇다는 이야기이고, 몬트 라브르에서는 일 리그 반에 불과했다. 일꾼들 가운데는 젊은 여자들이 많았기 때문에, 사내아이들은 몹시 흡족하여, 주중에는 그곳에 올라가 내내 그 여자들과 함께 있다가 두 주에 한 번 토요일에만 집에 갔다. 일꾼들은 대부분 젊었다. 이곳은 연애와 희롱의 온상이었으며, 많은 젊은이들이 마음에 화상을 입었다. 그때 주앙 마우템푸는 다른 곳에 여자 친구가 있었지만 상관하지 않고 매인 데 없는 사람인 척했으며, 춤추는 솜씨 덕분에 가장 매력적인 기대주로 떠올랐다.

일과 로맨스 때문에 몇 주가 후딱 지나갔을 때, 몬트 라브르 출신의 젊은 여자가 합류했다. 그는 그녀와 헤아릴 수 없이 춤도 추고 노래도 불러 그녀를 잘 알고 있었다. 하지만 둘은 사랑한 적은 없었다. 그들은 반은 진지하게, 반은 장난으로 서로 '친구 주앙', '친구 파우스티나'라고 불렀는데, 그것이

---

* 1926년 5월 28일 고메스 다 코스타 장군은 브라가에서 봉기를 이끌었는데, 이것이 이른바 '국민 독재'의 서곡이 되었고, 이것은 또 살라자르의 독재의 길을 닦았다.

그녀의 이름이었기 때문이다. 따라서 그들에 관해서는 더 할 말이 없을 것처럼 보인다. 그러나, 그것이 그렇지 않다는 것이 드러났다. 그들이 누리던 자유 때문이었는지, 아니면 그 특별한 매듭을 묶을 때가 되었던 것인지, 주앙은 파우스티나를 사랑하게 되었고, 파우스티나는 주앙을 사랑하게 되었다. 사랑에 관해 말하자면, 그것은 진열장의 다이아몬드 반지들에서도 쉽게 피어날 수 있는 것처럼 피마자 사이에서도 격렬해질 수 있다, 오직 말만 다를 뿐이다. 이 사랑은 뿌리를 내리기 시작했고, 주앙 마우템푸는 다른 여자 친구는 완전히 잊었다. 하지만 이 새로운 사랑은 진지했기 때문에 둘은 파우스티나의 가족에게는 당분간 아무 말 하지 않기로 합의했다. 주앙 마우템푸 자신은 부끄러워할 일을 전혀 한 적이 없지만 아버지의 오명을 물려받았기 때문이다. 이런 것에서는 쉽게 벗어나기 힘들다. 속담에도 있듯이, 고양이에게서 태어난 자는 쥐를 쫓게 마련이기 때문이다. 그랬는데도 비밀은 파우스티나의 가족의 귀에 들어갔고, 그들은 그녀의 인생을 괴롭게 만들었다. 그는 아무짝에도 쓸모없다, 그 묘한 파란 눈 때문에 미덥지 못하다, 그리고 그의 아버지 문제도 있다, 방종하게 산 술주정뱅이로, 그가 한 좋은 일이라고는 스스로 목을 매단 것뿐이다. 어떤 마을에서는 그런 이야기로 저녁을 보낸다, 별이 빛나는 하늘 밑에서, 수고양이가 암고양이를 쫓아다니다 고사리숲에서 교미를 하는 동안에. 그러나 인간들의 삶은 훨씬 복잡하다, 우리는 결국 인간이니까.

일월이고 몹시 추웠다. 하늘은 단단한 구름 한 장이 완전히 가리고 있었고, 노동자들은 이 주일 만의 휴식을 위해 몬트 라브르로 가는 길을 따라 걷고 있었다. 연애하는 쌍답게 주앙은 파우스티나와 이야기를 나누고 있었고, 그녀는 자신을 기다리고 있는 집안의 폭풍이 두려워, 그에게 자신의 문제를 털어놓고 있었다. 그러다 갑자기 파우스티나의 한 언니가 노한 외침과 격한 몸짓으로 둘을 공격했다. 언니는 어머니가 나이가 많았기 때문에 가족의 대변인 역할을 떠안고 있었는데, 두 남녀는 이 언니의 갑작스러운 기습에 깜짝 놀랐다. 나티비다드는, 그것이 그녀의 이름이었는데, 말했다, 부끄럽지도 않니, 파우스티나, 이 고집스러운 것아, 아무리 좋은 말로 타이르고 매질을 해도 효과가 없는 것 같구나, 네가 어떻게 될지는 하느님만 아시겠지. 그녀는 다른 말도 했지만 파우스티나는 주앙의 곁을 떠나려 하지 않았다. 나티비다드는 그들 앞에 서서, 그들의 길과 더불어, 할 수만 있다면, 그들의 운명도 막으려 했다. 바로 그때 말하자면, 주앙 마우템푸는 세상을 만졌고 그 무게를 느꼈다. 이제부터는 세상과 인간, 집, 자식, 함께 나누는 삶의 문제가 될 것이었기 때문이다. 그는 한 손을 파우스티나의 어깨에 얹었다, 그녀가 그의 세상이 될 것이었기 때문이다. 그는 자신의 과감함에 몸을 부들부들 떨면서 말했다, 이렇게 계속 갈 수는 없어, 네가 더 고생하지 않도록 지금 바로 이 자리에서 끝을 내거나, 아니면 네가 우리 어머니 집으로 가서 나와 함께 살아, 내가 우리가 살 집을 따로 얻을 때까지만, 이제부터는 너를 보호하기 위해 내가 할 수 있는 일을 다 할게. 아까도 말했듯이 단단한 구름 한 장이 하늘을 완전히 가리고 있었고, 계속 그 상태에서 변하지 않아, 하늘은 우리에게 아무런 관심이 없다는 자연의 증거를 보여주었다, 만일 관심이 있다면 구름이 갈라지며 찬란한 빛이 드러났을 것이다. 파우스티나는 용감하고 남을 믿는 아가씨였기 때문에, 그러고 보니 아직 그녀의 눈 색깔과 얼굴 표정은 묘사한 적이 없는데, 단호하고 큰 목소리로 말했다, 주앙, 네가 가는 곳이면 나도 가, 나를 사랑하고 늘 보살펴주겠다고 약속하기만 하면. 그러자 나티비다드가 말했다, 이런 배은망덕한 년. 그녀는 그 말과 함께 갑자기 몸을 돌리더니 방금 일어난 이 참사를 알리러 화살처럼 집으로 내달렸다. 두 연인만 남은 채 저녁이 다가오고 있었다. 주앙 마우템푸는 그녀의 두 손을 잡고 말했다, 우리가 사는 동안 내가 너를 보살필 거야, 병들었을 때나 건강할 때나, 하지만 지금은 따로 가도록 해, 마을에 도착하면 달아날 시간을 정하자.

주앙 마우템푸의 남동생 안셀무와 여동생 마리아 다 콘세이상이 그와 함께 있다가 벌어진 일 가운데 일부를 보았다. 주앙은 그들에게 다가가 단호한 목소리로 말했다, 마을에 가서 어머니한테 내 여자를 집으로 데려갈 건데, 그렇게 해도 좋다는 어머니의 허락은 받은 걸로 알 거고, 모든 건 나중에 설명하겠다고 말해. 안셀무가 말했다, 행동하기 전에 신중하게 생각해, 빠져나올 수 없는 곳에 들어가지 마. 그러자 마리아 다 콘세이상도 말했다, 어머니하고 삼촌이 뭐라고 할지 생각하기도 싫어. 주앙 마우템푸가 말했다, 이제 나는 성인이야, 나는 군대에 가려고 했는데 거부당했어, 이제 내 미래가 새로운 곳으로 방향을 틀고자 한다면 기다릴 필요가 뭐 있어, 빠를수록 좋아. 안셀무가 말했다, 언젠가 주아킹 카항카 삼촌은 퍼뜩 무슨 생각이 떠오르면 그냥 집을 떠나버릴 거야, 삼촌이 어떤지 형도 알잖아, 집에는 형이 필요해. 마리아 다 콘세이상이 말했다, 오빠가 잘못하고 있는 건지도 몰라. 그러나 주앙 마우템푸는 말했다, 인내심을 가져, 이런 일들은 늘 일어나. 주앙을 두고 떠나면서, 마리아 다 콘세이상은 눈물을 글썽였다.

이 무렵 주중에 펜당 다스 물레르스와 몬트 드 베하 포르타스 사이를 오가는 동안 마우템푸 아이들은 시프리아나 이모 집에서 묵었다. 페구 다 카히사의 물이 남편을 쓸어간 뒤 냇가에서 우는 모습이 우리 눈에 띄었던 그 여자다. 그녀는 상복을 입고 있는데, 먼 훗날 우리의 시야에서 사라져 죽는 날까지 그 차림일 것이다. 그러나 조카의 대담한 행동에 그녀는 중개자로 나서보겠다는 마음이 생겼다. 물론 정직한 중개자, 뚜쟁이가 아니라 불행한 연인들의 보호자 역할을 맡겠다는 것이었으며, 이 일을 후회한 적도, 이런 행동 때문에 사람들의 비난을 받은 적도 없었다. 하지만 그건 또 다른 이야기다. 주앙 마우템푸는 그곳에 도착하자 그녀에게 말했다,

이모, 우리가 몬트 드 베하 포르타스의 어머니 집에 가기 전에 파우스티나가 여기 와서 저를 만나게 해주실 수 있나요. 그러자 시프리아나는 대답했다, 네가 무슨 짓을 하고 있는지 생각해봐라, 주앙, 나는 문제가 생기는 걸 바라지 않아, 또 네 돌아간 아저씨의 기억도 더럽히고 싶지 않고. 그러자 주앙은 대답했다, 걱정 마세요, 저희는 어두워질 때까지만 여기 있을 테니까요.

이것은 나중에, 주앙이 파우스티나를 만나러 갔을 때 둘이 합의한 것이었다. 그녀는 일부러 꾸물거렸는데, 뭐, 그거야 사랑에 빠졌을 때는 정상적인 것이지만, 그는 그녀가 함께 달아나기 전에 자기 어머니를 보겠다는 것을 말리지 못한다, 그녀가 어머니한테 어디로 간다는 이야기는 하지 않지만. 주앙 마우템푸는 두 주 동안 턱수염을 기른 채 새 삶을 시작하고 싶지는 않았기 때문에 이발소에 가기로 했으며, 그곳에서 신랑처럼 매만진 모습으로 바뀌었다, 그러니까 말끔하게 면도한 얼굴이 되었다는 것이다. 보통 때 턱수염이 그렇게 무성한 얼굴은 면도를 할 때마다 웬일인지 순수하고, 무방비 상태인 것처럼 보이고, 우리는 그런 연약해 보이는 모습에 가슴이 아려온다. 그가 시프리아나 이모의 집으로 돌아왔을 때, 파우스티나는 그곳에서 그를 기다리고 있었다. 언니의 성난 말, 아버지의 무시무시한 분노, 어머니의 슬픔 때문에 여전히 눈물이 그렁그렁했다. 그녀는 눈에 띄지 않게 빠져나왔지만, 집에서 두 남녀가 어디로 갔는지 알아내기 위해 몬트 라브르를 뒤질 것이 틀림없었기 때문에, 주앙과 파우스티나는 가능한 한 일찍 탈출하는 게 좋겠다고 판단했다. 시프리아나가 말했다, 아주 피곤한 여행이 될 거야, 비가 오는 깜깜한 밤이 될 테니까, 이 우산하고 가는 길에 먹을 빵과 소시지 좀 가져가렴, 이제 모든 사람에게 이런 재미없는 장난을 쳤으니, 앞으로는 반드시 얌전하게 살아. 그것이 시프리아나가 한 말이었지만, 그녀는 마음속으로는 그들을 축복했고, 젊은이들의 일탈에 대리 만족을 느끼고 있었다, 아, 다시 젊어질 수 있다면.

그곳에서 몬트 드 베하 포르타스까지는 이 리그 반 거리였는데, 밤은 이미 자리를 잡았고, 비는 위협적이었다. 그림자와 깜짝 놀라게 하는 형체나 소리로 가득한 좁은 길을 따라 이 리그 반을 가게 되면, 생각이 어쩔 수 없이 늑대 인간들에 관한 이야기 쪽으로 흘러가게 된다. 더욱이, 다른 길이 없었기 때문에 그들은 페구 다 카히사에서 판자 다리를 건너야 한다. 아저씨를 위해 기도하자고, 아저씨는 선한 분이었고 그렇게 죽어서는 안 될 분이었어. 물푸레나무는 작은 소리를 내며 바스락거렸고, 물은 소곤거리는 검은 비단처럼 흘러갔다. 그런데 바로 이런 장소에서 그런 생각을 하다니, 누가 그것을 믿겠는가. 주앙 마우템푸는 파우스티나의 손을 잡고 있었는데, 못이 박인 손가락들이 떨렸다. 그는 나무들 밑으로 그녀를 인도하여 빽빽한 관목과 젖은 풀을 통과했다. 갑자기, 어떻게 된 일인지 그들도 알 수 없었지만, 어쩌면 긴 세월 일을 하는 바람에 진이 다 빠졌기 때문인지 모르지만, 아마 견딜 수 없을 정도로 몸이 떨려서 그랬겠지만, 그들은 자신들도 모르는 새에 땅바닥에 누웠다. 파우스티나는 곧 처녀를 잃었다. 둘이 일을 끝냈을 때 주앙은 빵과 소시지를 가져온 것을 기억했고, 그들은 남편과 아내로서 음식을 나누어 먹었다.

우리가 보았듯이, 람베르투는, 그가 독일인이건 포르투갈인이건, 그 방대한 농장에서 자신의 손으로 일을 하는 사람이 아니다. 그가 농장을 상속받거나, 수사들에게서 사거나, 정의가 눈이 먼 상황에서 그냥 훔쳤을 때, 그는 팔과 다리가 있는 피조물, 바로 그런 운명을 위해 창조된 피조물 몇 명이 자식을 생산하고 쓸모 있게 기름으로써, 나무줄기가 뿌리에 달라붙어 있듯이 자신의 농장에 달라붙어 있다는 것을 알게 되었다. 그렇다 해도 실용주의 때문인지, 관습 때문인지, 예의 때문인지, 순수하게 사리를 추구하려는 신중함 때문인지, 아달베르투는 장차 자신의 땅에서 일을 하게 될 사람들과 아무런 직접적인 접촉이 없다. 그건 좋은 일이다. 한창 때의 왕, 또는 한창 때의 공화국 대통령이 지나치게 친숙한 태도로 평민에게 말을 건네고 몸짓을 하면서 돌아다니지 않았고 돌아다니지 않듯이, 농장주가 대통령이나 왕보다 큰 권력을 가지는 커다란 농장에서 플로리베르투가 지나치게 스스럼없이 구는 것은 아주 잘못된 행동일 것이다. 그러나 이런 의도적인 과묵함도 깊은 생각에서 나온 예외, 상대의 의지를 꺾고 완벽한 수하로 만들 수 있는 더 세련된 방식이라는 판단에서 나온 예외는 허용했다. 이런 상대는 늘 그렇듯이 애무와 매질을 다 받으면서 전자는 즐기고 후자는 존중하는 비굴한 피조물이었기 때문이다. 고용주와 피고용자 사이의 관계와 관련된 이런 문제는 몇 마디로 결정하거나 설명할 수 없으니, 벽에 달라붙은 파리처럼 그 자리에서 엿들어야만 한다. 여기에 폭력, 무지, 허세와 위선, 고통을 즐기는 취미, 엄청난 질투심, 간지(奸智), 음모를 즐기는 취향을 보태면, 외교에 관한 완벽한 훈련을 받게 되는 셈이다, 누구든 그걸 배우고 싶어 하는 사람이라면. 그러나, 그렇게까지 하지 않아도, 수백 년에 걸쳐 시도되고 검증되어 온 몇 가지 경험칙이 우리가 이런 사례를 더 잘 이해하는 데 도움을 줄 것이다.

토지 외에 람베르투에게 가장 필요한 것은 십장이다. 십장은 개의 무리에 질서를 잡는 채찍이기 때문이다. 십장은 같은 개들을 물어뜯으라고 개들 사이에서 선택된 개다. 십장은 개여야만 하는데, 그래야 개의 간계와 방어 방법을 모두 알기 때문이다. 누구라도 노르베르투, 알베르투, 움베르투의 자식들 사이에서 십장을 찾으러 다니지는 않을 것이다. 십장은 첫째로 무엇보다도 하인으로, 그가 무리에게서 끌어낼 수 있는 일의 양에 비례하여 특권과 보수를 받는다. 그럼에도 그는 하인이다. 그는 일의 처음부터 끝까지 어디에서도 빠지지 못하며, 일종의 인간 노새, 괴물, 유다이고, 더 큰 권력과 약간 더 큰 빵 조각을 얻는 대가로 동료들을 배신한다.

가장 크고 가장 결정적인 무기는 무지다. 시지즈베르투는 생일 저녁 식사 자리에서 말했다, 그들은 아무것도 모르는 게, 읽거나 쓰거나 셈하거나 생각할 줄 모르는 게 좋아, 아가메드스 신부가 설명하겠지만, 세상은 바뀌지 않고, 바로 지금의 세상이 가능한 유일한 세상이고, 낙원은 죽은 뒤에나 발견할 수 있고, 오직 일만이 존엄과 돈을 가져다준다고 가정하고 또 받아들이는 게 좋아, 내가 자기들보다 더 번다는 생각 따위를 하고 다니지는 말아야 돼, 땅은 결국 내 거고, 세금과 성금을 낼 때가 되었다고 해서 내가 그들에게 가서 돈을 빌려달라고 하지는 않잖아, 늘 그랬고 앞으로도 그럴 거야, 내가 그들에게 일을 주지 않으면 누가 주겠어, 그들과 나의 문제인 거야, 내가 땅이고 그들은 일이야, 나에게 좋은 일이 그들에게도 좋아, 그게 하느님이 원하는 바라고, 아가메드스 신부가 쉬운 말로 설명하듯이 말이야, 그들은 이미 혼란을 겪고 있는데 지금보다 더 큰 혼란을 느끼게 하고 싶지 않아, 아가메드스 신부로 효과가 없으면 군경찰대에게 말을 타고 마을을 돌아다녀 달라고 부탁할 거야, 그들이 존재한다는 걸 잊지 않게 해주려고, 그들도 이 메시지는 틀림없이 이해할 거야. 하지만 말해줘요, 엄마, 군경찰관들이 농장주들도 때리나요. 너 머리가 어떻게 된 모양이구나, 얘야, 군경찰대를 만들고 유지하는 건 민중을 때리기 위해서야. 어떻게 그게 가능하죠, 엄마, 군경찰대가 그저 민중을 때리기 위해 만들어졌다는 뜻인가요, 민중은 뭘 하는데요. 농장주가 군경찰대를 보내 민중을 때려도, 민중에게는 그들을 위해 농장주를 때려줄 사람이 없어. 글쎄요, 민중도 군경찰대에게 토지 소유자를 때려달라고 요청해야 할 것 같은데요. 내 조언을 원한다면, 마리아, 아이가 약간 미쳤어, 저 녀석이 저런 말을 하고 돌아다니게 내버려두지 마, 그렇잖아도 지금 군경찰대가 들어오는 것을 막느라 힘들어 죽겠는데.

민중은 굶주리고 더러워지게 되어 있었다. 자주 씻는 민중은 일하지 않는 민중이다, 아, 도시에서는 다를지 몰라도, 나도 그건 부정하지 않는다. 하지만 여기 대농장에서는 서너 주, 때로는 몇 달 동안, 그게 알베르투가 원하는 거라면, 집에서 멀리 나와 일을 해야 하고, 그동안에는 얼굴도 손도 씻지 않고 면도도 하지 않는 것이 그들의 명예와 사내다움에서 중요한 점이다. 만일 씻거나 면도를 한다면, 말도 안 된다고 웃음을 터뜨릴 만한 그런 가정을 현실로 만든다면, 그 사람은 윗사람과 동료 일꾼들 모두에게 놀림거리가 된다. 그게 이 시기와 시대의 훌륭한 점이다, 고통을 받는 사람들이 자신의 고통을 기뻐하고, 노예가 자신의 굴종을 기뻐한다는 것이. 이 지상의 짐승은 아침부터 밤까지 절대 눈에서 잠을 비벼내지 않는 짐승으로 남아 있어야 한다. 실제로 손, 얼굴, 겨드랑이, 사타구니, 발, 똥구멍의 때가 그에게는 라티푼디움에서 하는 일을 둘러싼 영광의 아우라가 되어야 한다. 인간은 들판의 짐승보다 낮아야 한다. 짐승은 적어도 자기 몸을 핥아서 깨끗하게라도 하지만, 인간은 자신도 동료들도 존경하지 못하도록 자신을 타락시켜야만 한다.

그 이상이다. 일꾼들은 땅에서 일할 때는 맞는 것을 자랑한다. 매번 맞는 것이 숙소에서 술을 마시다 자랑하는 훈장이다, 나는 베르투와 움베르투 밑에서 일할 때는 ×번 맞았어. 그게 너희들한테는 좋은 일꾼이다, 채찍질을 당하면 매 맞은 자국을 자랑할 일꾼이다. 피를 흘리면 더욱 좋다. 이건 도시의 하층민이 세낸 침대에서 노동 때문에 얻은 궤양이나 종기의 수를 자신의 사내다움의 증거로 여겨 자랑하는 것과 똑같다. 아, 무지라는 윤활유나 꿀에 절여진 너희 민중은 착취자가 부족한 적이 없었다. 그러니, 일을 해라, 죽도록 일을 해라, 그래, 필요하면 죽어라, 그러면 십장이나 주인이 너를 기억할 테니까. 하지만 게으름뱅이라는 평판을 얻으면 너에게 화가 있을 것이다, 그때는 아무도 너를 사랑하지 않을 것이다. 숙소에 가서 불행한 처지에 있는 동료들과 문간에 함께 서 있을 수는 있지만, 그들 또한 너를 경멸할 것이다. 십장이나 주인은, 감사하게 눈길을 준다 해도, 혐오의 눈으로 바라볼 것이고, 일을 주지 않을 것이다, 교훈을 가르치기 위해서라도. 다른 사람들은 이미 배울 걸 배워, 매일 라티푼디움으로 노예처럼 일을 하러 간다. 너는 집에 가면, 네가 사는 오두막을 집이라고 부를 수 있다면, 너에게 일이 없다는 것, 다른 사람들은 있는데 너는 없다는 걸 어떻게 설명할 것인가. 아직 시간이 있을 때 행실을 고치고, 매질을 스무 번 당했다고 맹세하고, 자신을 십자가에 달고, 피를 흘리게 해달라고 팔을 내밀고, 핏줄을 칼로 긋고 말하라, 이게 내 피다, 이것을 마셔라, 이것이 내 몸이다, 이것을 먹어라, 이것이 내 생명이니, 가져라, 더불어 성당의 축복, 국기에 대한 경례, 분열식, 자격증 수여, 대학 학위 수여도 함께 가져라, 당신의 뜻이 하늘에서 이루어진 것같이 땅에서도 이루어지이다.

아, 하지만 인생은 게임이기도 하다, 장난스러운 활동이기도 하다. 노는 것은 아주 진지하고, 심각하고, 철학적인 행동이다. 아이들에게는 성장의 일부요, 어른에게는 어린 시절과의 연결 고리이며, 일부에게는 유익하기도 하다. 이 주제에 관해서는 도서관을 꽉 채울 만한 책들이 있는데, 그 모두가 단단하고 묵직하고 두꺼우니, 오직 바보만이 그것을 믿지 않을 것이다. 그런 심오함을 책에서만 찾을 수 있다고 생각하는 것은 잘못이다. 실제로는 고양이가 어떻게 쥐를 갖고 노는지, 어떻게 쥐가 고양이에게 잡아먹히는지 보려면 슬쩍 눈길을 주는 것, 잠시 주의를 기울이는 것만으로도 충분하다. 문제는, 중요하고 유일한 문제는, 게임의 최초의 순수함을 누가 이용하는지 아는 것이다. 사실 이 게임은 순수했던 적이 없다. 예를 들어 십장이 일꾼들에게, 달리기를 하자, 누가 꼴찌를 하는지 보자, 하고 말하는 경우를 보라. 순진한 사람들은 뻔한 속임수를 까맣게 모르고, 몬트 라브르에서 발르 드 캉이스까지, 오로지 제일 먼저 도착하는 명예를 위해서, 또는 꼴찌를 하지 않았다는 우쭐한 만족감을 위해서, 종종걸음을 치고, 달리고, 전속력을 낸다. 왜냐하면 꼴찌는, 뭐, 누군가는 늘 꼴찌를 할 수밖에 없지만, 승자들의 조롱과 야유를 감내할 수밖에 없기 때문이다. 승자들은 이미 숨을 헐떡거리고 있다, 아직 일을 시작하지도 않았는데. 그러나 가엾은 바보들은 기껏 숨을 낭비하고도 폭탄처럼 터지는 멸시만 받을 뿐이다. 가엾은 주앙 마우템푸는 꼴찌상을 받았다. 그렇다고 그게 뭔지 정확하게 아는 사람이 있다는 건 아니지만. 너는 게으르다, 또는 발이 충분히 빠르지 않다고, 너는 사내가 아니라 아무것도 못 되는 존재라고 구별 지어주는 상. 포르투갈은 사내들의 나라로, 당연히 사내들이 부족하지 않지만, 오직 경주에서 꼴찌를 하는 사람은 사내가 아니다, 꺼져라, 이 게으른 짐승아, 너는 네 입에 들어가는 빵을 먹을 자격도 없다.

하지만 게임은 끝나지 않았다. 마지막으로 도착한 자는, 자존심이라는 게 있다면, 첫 번째 짐을 나르겠다고 제안할 것이다. 그래, 보상이라고도 할 수 있다. 결국 석탄이 될 땔감 더미가 준비되고 있고, 곧 다가올 고통을 덜어주기 위해 등에 자루를 깔았기 때문에 너는 말한다, 저 큰 나무줄기를 주쇼, 내가 그걸 나르겠소. 십장이 지켜보고 있고, 너는 동료들에게 자신이 그들만큼이나 훌륭한 사내라는 것을 증명해야한다. 게다가 다음 주에 일을 공칠 여유가 없다. 자식들을 생각해야 하기 때문이다. 결국 두 사내가 힘을 쓰느라 끙끙대며 줄기를 올려주는데, 그들은 네 자식은 아니지만 마치 그런 것처럼 느껴진다. 그들은 나무줄기를 네 어깨에 올려놓고, 너는 낙타처럼 무릎을 꿇는다, 낙타를 본 적이라도 있는 것처럼. 무게가 느껴지자 무릎이 꺾이지만, 이를 악물고 등에 힘을 주고 천천히 몸을 일으킨다. 거인의 다리 같은 거대한 나무줄기다. 어깨에 백 년 묵은 코르크나무가 올라가 있는 듯하다. 한 걸음 떼어놓는다. 땔감 더미까지 어찌나 먼지. 동료들이 지켜보고 있다. 십장이 말한다, 어디 할 수 있는지 보자, 할 수 있으면 너도 용감한 사내지. 그게 핵심이다, 용감한 거, 그 나무줄기의 무게와 삐걱대는 등뼈와 심장의 고통을 감당하는 거. 단지 십장의 눈에 괜찮아 보이기 위해, 그래야 십장이 아달베르투에게 말할 테니까, 용감한 녀석이던데요, 그 마우템푸란 놈, 이름이 그건지 다른 건지 모르겠습니다만, 애들이 그 녀석한테 지고 가라고 준 나무토막을 좀 보셨어야 하는데요, 주인님, 아주 볼 만했습니다, 아 그럼요, 그녀석 진짜 사내더라고요. 그럴 수도 있지만, 너는 이제 겨우세 걸음 떼어놓았을 뿐이다. 지금 네가 정말로 하고 싶은 일은 그 짐을 땅바닥에 내려놓는 것이다, 적어도 네 괴로운 몸은 그걸 요구하고 있다. 그러나 네 영혼, 네 정신은, 네가 그런 걸 가질 권리가 있다면, 너에게 그럴 수는 없다고, 네 마을에서 수모를 당하고 약골이라고 놀림을 당하느니 차라리 죽는 게 낫다고, 그것만은 피하라고 말한다. 사람들은 지금까지 이천여 년 동안 그리스도가 구레네 사람의 도움을 얻어 골고다까지 십자가를 지고 갔다는 이야기는 하지만, 어젯밤에 저녁을 아주 조금만 먹고 오늘은 거의 먹은 게 없이 십자가 처형을 당하는 이 사람에 관해서는 아무도 할 말이 없다. 그는 여전히 반밖에 못 갔는데, 눈앞이 흐려지고 있다. 정말 고문이다, 신사 숙녀 여러분, 모두 지켜보며 소리치고 있다, 쟤는 못해, 쟤는 못해. 너는 이제 너 자신은 아니게 되었지만, 그래도 짐승이 되지는 않았다. 이것은 큰 장점인 것이, 짐승이라면 짐에 무너져 무릎을 꿇었을 것이기 때문이다. 하지만 너는 꿇지 않았다, 너는 인간이다, 세상이라는 도박판에 놓인 봉이다, 그러니 내기라도 하는 게 어떻겠는가, 어차피 네 임금으로는 제대로 먹고살 수도 없으니, 하지만 인생은 이런 즐거운 게임이지 않은가. 거의 다 갔어, 누군가 하는 말이 들리지만, 그런 짐을 지고 가자니 너는 이 세상에 속하지 않은 듯한 느낌이 든다. 나에게 자비를, 나를 도와줘, 동무들, 우리 모두 함께 짐을 나누어 진다면 훨씬 수월해질 거야. 하지만 그것은 불가능하다. 이것은 명예의 문제다, 너는 너를 도와준 사람과는 두 번 다시 말도 하지 않을 거다. 너는 그렇게 기만에 빠져 있다. 너는 정확한 자리에 나무줄기를 내려놓는다, 대단한 성취다. 그러자 동무들이 모두 환호한다. 이제 너는 더는 경주에서 꼴찌한 사람이 아니다. 십장이 엄숙하게 말한다, 잘했다, 우리 사나이. 다리가 후들거린다, 짐을 너무 많이 실은 노새처럼 지쳤다, 숨 쉬기도 힘들다, 몸이 쑤신다, 맙소사. 그건 쑤시는 게 아니다, 이 멍청아, 결리는 거다, 근육이 당겨진 거다, 말도 제대로 할 줄 모르다니, 불쌍한 것.

일, 그리고 또 일. 이제 그들은 몬트 라브르에서 멀리 떠난다. 일부는 가족을 데리고 인판타두 근처로 숯 굽는 일을 하러 간다. 홀몸인 사내들은 커다란 오두막에서 자고, 처를 데려온 사람들은 다른 오두막에 살기 시작한다. 매트나 면 커튼이나 즉석에서 만든 판벽으로 부부들을 나누고, 자식들이 있으면 부모와 함께 잔다. 작은 벌레들이 사납게 무는데, 낮이 더 심하다, 낮에는 모기들이 구름처럼 몰려온다, 하도 많아서 앞이 보이지가 않을 정도다, 모기는 유리를 갈아 만든 비처럼 흐느껴 울며 우리를 덮친다. 인생에 관해 아주 많은 것을 알고 있던 우리 할머니들이 하던 말이 옳았다, 나는 손자들을 두 번 다시 못 볼 거야, 그 아이들은 집에서 멀리 떨어진 곳에서 죽을 거야. 그들은 알고 있다, 이런 것들은 잊을 수 있는 게 아니니까, 아이들의 작은 몸이 그들에게 고름이 나오는 상처, 고문이 될 것임을. 밤이면 넝마들 사이에 누울 작은 문둥이들. 그들의 배는 먹을 것을 달라고 외치고, 먹을 것은 아무리 많아도 부족하다. 그들은 부모로부터 아무런 위로를 얻지 못한 채 성장하고 있다. 부모는 아주 천천히 서로의 몸을 만지고, 움직이고 한숨을 쉰다, 마치 이것이 감각을 어느 정도라도 달래주려면 해야만 하는 일인 것처럼. 그들 옆에서는 다른 부부가 그 만짐, 움직임, 한숨을 그대로 반복한다, 스스로 원해서건 그들로부터 자극을 받아서건. 커다란 오두막의 모든 아이는 귀를 활짝 열고, 눈을 뜨고 누운 채, 그들 자신의 몸짓과 실망을 경험하고 있다.

맑은 날 이 언덕 꼭대기에 올라가면 리스본이 보인다. 그게 그렇게 가깝다고 누가 생각이나 했겠는가, 우리는 우리가 세상의 끝에 살고 있다고 상상했는데, 사실 그것은 아무것도 모르고 뭔가를 가르쳐줄 사람이 없었던 사람들의 잘못된 생각이지만. 유혹의 뱀은 주앙 마우템푸가 리스본을 볼 수 있는 가지로 기어 올라가 페리 표라는 싼 대가만 지불하면 수도의 모든 경이와 부를 그에게 주겠다고 약속했다. 아, 아무것도 없는 사람에게는 그게 싸다고 할 수 없지만, 어차피 가진 게 없는 바에는 거절하는 게 바보짓일 것이다. 우리는 카이스 두 소드레에서 내려 눈을 크게 뜨고 소리칠 것이다, 여기가 리스본이구나, 대도시야, 바다, 바다를 봐, 저 모든 물을 봐. 그런 다음 아치 길을 걸어 후아 아우구스타로 들어간다. 아주 많은 사람들, 아주 많은 차. 포장한 길을 걷는 데 익숙하지 않아 징을 박은 장화를 신은 발이 계속 미끄러진다. 전차가 두려워 서로 바싹 달라붙고, 너희 둘이 넘어지자 리스본 사람들이 웃음을 터뜨린다. 저런 시골뜨기들, 그들은 소리친다. 봐라, 아베니다 다 리베르다드가 있다, 가운데 우뚝 솟은 저건 뭐냐, 저건 레스타우라도레스다, 오, 정말. 나는 속으로 생각한다, 글쎄, 솔직히, 나는 여전히 잘 모르겠네. 하지만 무지는 늘 솔직히 고백하기가 가장 어렵고 가장 창피한 것이다. 어쨌든 아베니다 다 리베르다드를 따라 올라가 우리 누이를 찾아보자, 그곳에서 하녀로 일을 하고 있으니. 이게 그 거리다. 누이는 구십육 번지에 있다, 네가 그렇게 말하지 않았는가, 사실 글을 읽을 수 있는 사람은 너다. 아니, 뭔가 실수가 있는 게 틀림없다, 번지수가 구십오에서 구십칠로 바로 간다, 구십육은 없다. 하지만 구하면 늘 얻는 법, 여기 있지 않은가. 그들은 우리를 보고 웃음을 터뜨렸다, 구십육이 건너편에 있는 걸 몰랐다고. 리스본 사람들은 자주 웃음을 터뜨린다. 이곳이 우리 누이가 일하는 건물이다, 정말 높다, 이층 아파트의 주인이자 거주자는 세뇨르 알베르투, 우리의 언젠가의 고용주인데, 뭐 모든 게 같은 가문에 속해 있으니까. 어머, 이게 누구야, 마리아 다 콘세이샹은 말할 것이다, 이렇게 놀라울 데가. 그녀는 얼마나 통통해졌는지, 세상에 하녀가 되는 것처럼 좋은 일이 어디 있을까. 나중에 우리는 모두 함께 밖으로 나갈 것이다, 집의 여주인이 아주 너그러워 그녀에게 휴식 시간을 줄 것이기 때문이다, 물론 다음 휴가에서 미리 떼어주는 것이지만. 그녀는 보통 이 주에 한 번씩 오후를, 점심 식사에서 저녁 식사까지의 시간을 쉬기 때문이다. 우리는 그 지역에, 이 거리에 또 뒷거리에 사는 친척 몇 명을 찾아갈 것이다. 똑같은 즐거운 인사를 받을 것이다, 어이구, 이게 누구야. 우리는 오늘 밤에는 쇼를 보러 가자 하고 계획을 짜겠지만, 그 전에 동물원을 놓치면 안된다. 원숭이는 너무 웃긴다, 저기 있는 것은 사자로구나, 코끼리 좀 봐라, 시골에서 저런 괴물과 마주치면 겁이 나 죽을거다. 쇼의 제목은 「대합조개」인데, 베아트리스 코스타와 바스쿠 산타나가 나온다. 이 사내 때문에 나는 웃다가 눈물을흘릴 뻔했다. 우리는 여기 부엌에서, 복도에서 잘 거다, 걱정마라, 우리는 여러 가지에 익숙하다. 리스본의 밤은 다르다. 정적, 정적이 다르다. 그래, 잠은 잘 잤는가. 아무도 감히, 아니, 밤새 뒤척였어, 하고 대답하지 못한다. 자, 이제 커피 한잔 마시고 도시로 산책을 나가자. 하지만 이건 도시가 아니라, 한 나라만큼 큰 곳이다. 알칸타라에서 우리는 철로에서일하는 사람들을 한 무리 만날 것이다. 그들은 말한다, 안녕, 촌놈들. 그 말 한마디에 우리 친척들은 기분이 상해 그들에게 다가간다, 뭐라고 했어. 주먹이 몇 번 오가고 우리는 창피하게 달아난다. 사내들이 소리친다, 재킷을 입은 놈 좀 봐라, 저 촌놈들 달아나는 것 좀 봐라. 하지만 우리는 촌놈이 아니다, 설사 그렇다 해도 그게 우리를 조롱할 이유는 되지 못한다. 우리는 다시 강을 건널 것이다. 바다 좀 봐라. 그러자 우리와 함께 배를 탄 신사가 정중하게 말한다, 사실 이건 강입니다, 바다는 저기에서 시작하지요. 그는 손가락으로 가리키고, 우리는 그쪽으로는 육지가 보이지 않는다는 것을 깨닫는다, 어떻게 그런 일이 가능할까. 노동 합숙소까지 가려면 몬티주에 내려서도 여전히 몇 킬로미터를 더 걸어가야 한다. 정확히 말하면 팔 킬로미터다. 우리는 아주 많은 돈을 썼지만 그럴 만한 가치가 있었다. 몬트 라브르에 돌아가면 할 이야기가 많을 것이다, 인생에는 좋은 점도 있으니까.

가끔 사람들은 이미 아기를 갖고 결혼을 하는 경우도 있다. 사제가 부부를 축복할 때, 축복은 둘이 아니라 셋을 향하기도 한다. 가끔 여자의 치마 속 융기가 눈에 확 띄기도 하니까. 하지만 이런 경우가 아니라 해도, 신부가 처녀이건 아니건, 일 년이 지나도 아이가 태어나지 않는 경우는 아주 드물다. 또 신의 뜻이라면, 한 아이가 나오고 곧 다른 아이가 들어간다, 여자가 출산을 하자마자 다시 임신을 하기 때문이다. 정말 짐승들이다, 이 사람들은, 무지하고, 동물보다 못하다, 동물은 내내 발정기가 아니다, 동물은 자연의 법칙을 따른다. 하지만 이 사내들은 일을 끝내고 또는 숙소에서 집으로 가서 침대에 들면, 아내의 냄새 때문에 또는 마신 포도주 때문에 또는 피로와 함께 오는 성적 욕구 때문에 피가 뜨거워져 아내의 몸 위로 올라간다, 다른 방법은 모르기 때문이다. 그들은 씩씩거릴 뿐이며, 딱히 섬세하다고는 할 수 없다. 그들은 이해할 수 없을 정도로 복잡한 여자 내부의 끈적끈적한 막에 자신의 곤봉이 푹 젖도록 내버려둔다. 이것은 좋은 일이고, 다른 여자들과 어울리는 것보다 나은 일이지만, 가족이 는다, 더 많은 자식이 태어난다, 그들은 예방책을 쓰지 않기 때문이다, 엄마, 배고파. 하느님이 존재하지 않는다는 증거는 그가 사람을 들판의 풀을 먹을 수 있는 양으로 만들지 않았고, 도토리를 먹을 수 있는 돼지로 만들지 않았다는 사실에서 찾을 수 있다. 설사 도토리나 풀을 먹는다 해도 평화롭게 먹을 수는 없다, 늘 주위에 감시인이나 군경찰이 총의 공이치기를 당겨놓고 눈을 부릅뜨고 있기 때문이다. 만일 관리자가 노르베르투의 땅의 이름으로 다리를 쏘거나 그 자리에서 죽이지 않는다면, 보초들이 명령을 받을 경우 똑같은 일을 할 것이다. 그렇게 하지 않는다 해도, 감옥, 벌금, 태형이라는 더 자비로운 선택을 할 수 있다. 하지만 이것은, 신사 숙녀 여러분, 즐거운 인생이 아니다. 하나를 뽑아내면 서넛이 무더기로 나온다. 심지어 사설 감옥과 자체 형법을 갖춘 대농장도 있다. 라티푼디움에서는 매일 심판이 이루어지고 있으니, 당국이 여기에 없다면 우리는 어찌 될 것인가.

가족은 늘어나지만 많은 아이가 설사로 죽는다, 자신의 똥 속에서 사라져버린다, 가엾은 어린 천사들, 촛불처럼 꺼져버린다. 팔과 다리는 다른 무엇보다도 잔가지를 닮았고, 배는 부풀어 올랐다. 그러다가 그 순간이 오고, 아이들은 마지막으로 날빛을 보려고 눈을 뜬다, 어둠 속에서, 오두막의 정적 속에서 죽는 것이 아니라면. 잠이 깼을 때 아이가 죽은 것을 알면 어머니는 비명을 지르기 시작한다, 늘 똑같은 비명이다, 자식이 죽은 이 여자들은 어떤 것도 새로 만들어낼 능력이 없기 때문이다. 그들은 말을 하지 못한다. 아버지들은 아무 말을 하지 않고, 다음 날 밤, 당장이라도 누군가를 또는 무엇인가를 죽일 것 같은 얼굴로 술집에 간다. 그러나 아무것도, 누구도 죽이지 못한 채 술에 취해 돌아온다.

사내들은 멀리, 돈을 벌 수 있는 곳이라면 어디든 일을 하러 간다. 이들은 모두 본바탕이 떠돌이들이다. 여기저기 다니다 몇 주나 몇 달 뒤에 집에 와서 아이를 또 만든다. 감독이 지켜보는 가운데 코르크 플랜테이션에서 일을 할 때 그들의 땀방울 하나하나는 그들이 흘리는 핏방울이다. 이 비참한 사람들은 하루 종일, 때로는 밤에도 고통을 겪으며, 네 발 달린 짐승이 된 몸이라 그런 짐승답게 세 손의 손가락들로 일한 날의 수를 센다, 꼭 나머지 한 손마저 이용해야 하는 경우가 아니라면. 그렇게 일하는 두 주 동안 그들의 등을 덮은 옷은 마르지 않는다. 쉴 때는, 이런 상황에서 그런 말을 쓰는 것이 가능하다면, 헤더 꽃밭에 짚을 깔고 누우며, 더럽고 멍든 몸으로 밤새 신음한다, 아주 잘못된 일이다. 그런 그들이 아가메드스 신부를 어떻게 믿을 수 있겠는가, 플로리베르투의 집에서 일요일 점심을 먹고 돌아오는 모습이 그들 눈에 보이는데. 대농장 주변에 울려 퍼지는 커다란 트림 소리로 미루어보아 아주 근사한 점심이었던 게 분명하다.

이것이 천국의 권세. 게다가, 자주 되풀이되는 이야기이기도 하다. 사내들은 오두막에 있는데, 지친 얼굴에 여전히 옷을 입고 있다. 일부는 자고 있지만, 일부는 전혀 자지 못한다. 속이 빈 줄기로 만든 벽의 틈으로 전에 본 적이 없는 빛이 들어온다, 아침은 아직 멀었으니, 아침 빛은 아니다. 사내 한 명이 밖으로 나갔다가 공포에 몸이 얼어붙은 채 서 있다. 하늘 전체가 별들의 소나기이기 때문이다. 별은 등불처럼 쏟아져 내리고, 땅은 어떤 달빛이 비칠 때보다 환하게 빛나고 있다. 모두 구경을 하러 밖으로 나오고, 일부는 정말로 겁을 먹고 있다. 별들은 소리 없이 쏟아져 내리고, 세상은 이제 끝이 날 것이다, 아니 어쩌면 이제야 시작될 것이다. 현자라는 평판을 얻고 있는 한 사내가 말한다, 별들이 동요하면 땅도 그렇게 되지. 그들은 서로 바싹 붙어 서서 고개를 뒤로 젖히고 위를 보고 있다, 지저분한 얼굴로 별똥별의 빛나는 먼지를 받고 있다. 땅을 다른 훨씬 큰 갈증에 애태우게 하는 비할 데 없이 아름다운 비가 내리는 듯하다. 약간 우둔한 노동자 한 명이 다음 날 그곳을 지나가다 자기 어머니의 생명을 걸고, 그 천상의 징조는 그곳에서 삼 리그 떨어진 쓰러져가는 목자의 오두막에서 또 다른 어머니, 아마 처녀는 아닐 어머니에게 아들이 태어났음을 알리는 것이라고 맹세했다, 단지 다른 이름으로 세례를 받았다는 이유로, 그 아이가 예수 그리스도가 아니라고 말할 수는 없다는 것이었다. 아무도 그의 말을 믿지 않았는데, 이런 일반적인 의심의 분위기 덕분에 아가메드스 신부는 다음 일요일에 성당에서 평소답지 않게 흥분하여 열심히 큰 소리로 예수가 그런 식으로 재림할 것이라고 믿는 바보들을 조롱했다, 나, 여러분의 사제는 너희에게 예수가 할 말을 전하려고 이 자리에 있는 것이다, 나는 거룩한 명령과 지침을 받았으며, 신성한 로마 가톨릭 사도 성당으로부터 위임을 받았다, 들리는가, 안 들리면, 너희 정수리에 있는 또 하나의 귀를 열어주마.

그의 말, 별들이 동요하면 땅도 그렇게 된다고 예언한 지혜로운 사람의 말이 정말 옳았다. 아비시니아 사람들이 처음 이 점을 확인했고, 바로 그 뒤를 스페인 사람들이 따랐으며, 나중에는 세상의 반이 따랐다. 이곳에서, 땅은 옛 관습을 따라 움직이고 있다. 토요일이 오고 그와 더불어 장이 서지만, 물건이 너무 없어 다음 주의 점심 보따리를 어떻게 채울지 알 수가 없다. 그 생각만으로도 몸이 떨린다. 어떤 여자가 식료품상에게 가서 말했다, 이번 주 식료품 좀 외상으로 얻을 수 있을까요, 날씨가 나빠 이번 주는 완전히 망했거든요. 아니면 같은 이야기를 다른 식으로 표현할 수도 있지만, 시작은 같을 것이다, 이번 주 식료품 좀 외상으로 얻을 수 있을까요, 이번 주에는 일이 없어 남편이 한 푼도 벌지를 못했거든요. 어쩌면 눈을 씻고 찾아도 정말 한 푼도 더 찾을 수 없는 사람처럼 창피해하는 얼굴로 카운터를 물끄러미 바라보며 말할 수도 있다, 주인아저씨, 남편이 올여름에는 더 벌 거예요, 그때 외상을 정리해서 그이가 빚진 걸 갚을게요. 그러면 식료품상은 주먹으로 장부를 내리치며 말하곤 했다, 그런 케케묵은 이야기를 하려거든 오지도 마쇼, 전에도 수없이 들은 얘기요, 여름이 오고 다시 가도 개는 여전히 짖고 있을 거요, 빚은 개와 같은 거니까. 재미있는 생각이다, 누가 처음 그런 생각을 했는지 궁금하다. 이들은 이런 날카롭고 절박한 이미지를 떠올리는 사람들이다. 그들은 식료품상이나 빵집 주인의 장부, 연필로 적은 큰 수를 상상한다, 이만큼 또 이만큼, 그래, 이건 꼭 어릴 때는 작고 보드라운 강아지이지만 나중에 커지면 이리의 이빨이 자라는 짐승 같군, 아직 갚지 않은 작년의 빚이란 것은. 먼저 갚기부터 하쇼, 아니면 이제 외상은 주지 않겠소. 하지만 아이들이 배가 고프고, 몇 명은 몸도 아파요, 남편은 일자리가 없고, 어디 가서 돈을 구한단 말인가요. 안된 일이지만, 돈을 내지 않으면 아무것도 가져갈 수 없소. 어디에서나 개가 짖고 있다, 개들이 문간에서 짖는 소리가 들린다. 개들은 돈을 낼 수 없는 사람들을 쫓아가 종아리를 물고, 영혼을 문다. 식료품상은 거리로 나와 모두 들을 수 있도록 큰 소리로 말한다, 남편한테 말하쇼. 나머지는 뻔하다. 어떤 사람들은 문에서 고개를 내밀고 누가 창피를 당하는지 본다. 가난한 사람의 악의다. 그러나 오늘은 나지만 내일은 네가 될 수도 있다. 사실 그들을 비난할 수는 없다.

어떤 사내가 불평을 하면 그것은 뭔가가 그를 괴롭히기 때문임이 틀림없다. 우리는 이 이름 없는 잔혹성을 불평하고 있으며, 거기에 이름이 없는 게 안타깝다. 오늘 우리는 어떻게 되는 거야, 이게 우리가 가진 돈 전부인데, 돈을 갚기로 한 날은 몇 주가 지났어, 식료품점에서는 이제 외상을 주지 않을 거야, 갈 때마다 주인이 외상을 앞으로 절대 안 주겠다고 협박해, 한 푼도 안 된다고. 가서 다시 얘기해봐, 남편이 말하지만 달리 할 말이 없어서 하는 말일 뿐이다, 그리고 심장이 있을 곳에 돌이 있는 사람은 아니다. 싫어, 혼자서는 안 가, 다시 그 문으로 들어가는 일은 하고 싶지 않아, 당신이 함께 가면 몰라도. 그럼 함께 가자. 하지만 사내들은 이런 일에 별로 능숙하지 못하다. 그들의 일은 돈을 버는 것이고 아내의 일은 그 돈으로 최대한 많이 사는 것이다. 게다가 여자들은 그런 일에 익숙하다. 여자들은 항의하고, 욕하고, 깎고, 소리치고, 심지어 바닥에 쓰러질 수도 있다, 저 가없은 여자에게 물 한 잔을 줘라, 기절했잖나. 하지만 사내는 안에 들어가면 몸을 떤다, 돈을 벌어야 하는데 벌지 못하고 있기 때문이고, 가족에게 먹을 것을 계속 대줘야 하는데 그러지 못하고 있기 때문이다. 결혼할 때 하겠다고 약속한 일을 어떻게 할 수 있을까요, 아가메드스 신부님, 말씀해주세요. 우리는 가게에 도착했는데, 다른 손님들이 있다, 일부는 떠나고 있고, 일부는 들어가고 있다, 모두가 그냥 뭘 사러 온 것만은 아니다. 우리는 계속 줄 끝으로 밀려나고 있다, 이 구석에 콩 자루 옆에 서 있다, 주인이 우리가 그걸 훔칠 거라고 생각하지 않기를 바라자. 마침내 다른 손님들이 모두 사라지고 우리는 앞으로 나선다. 사내인 내가 앞장선다, 두 손이 떨리고 있다. 세뇨르 주제, 친절하게도 외상을 주셨는데, 오늘 그걸 다 갚지는 못하겠네요, 이번 주는 아주 끔찍했습니다, 하지만 약속하는데, 수입이 느는 대로 바로 갚겠습니다, 그

다음부터는 한 푼도 빚을 지지 않겠습니다. 말할 필요도 없이, 이것은 새로운 이야기가 아니다, 앞 페이지에서 이미 했던 말이고, 라티푼디움이라는 책의 모든 페이지에서 했던 말이다. 그러니 어떻게 답이 달라질 것이라고 기대할 수 있겠는가. 안 돼, 더는 외상을 줄 수 없소. 하지만 식료품상이 그 말을 하기 전에 먼저 그의 손이 탐욕스럽게 내가 그의 비위를 맞추기 위해 카운터에 올려놓은 돈을 낚아챘다. 그래서 나는 내가 끌어모을 수 있는 차분함은 다 끌어모아, 그래 봐야 얼마 안 된다는 것은 하느님이 아시지만, 어쨌든 이렇게 말했다, 세뇨르 주제, 제발 이러지 마십시오, 내가 아이들을 어떻게 먹여 살린단 말입니까, 나를 좀 가엾게 여겨주세요. 그러자 그가 말했다, 알고 싶지 않소, 이제 외상은 주지 않겠소, 이미 쌓인 빚이 많아. 그래서 나는 말했다, 세뇨르 주제, 제발, 그럼 방금 가져간 돈으로 뭐라도 좀 주십시오, 내가 어떻게든 좀 해보기 전에 우선 애들한테 먹을 걸 좀 줄 수 있게 말입니다. 그러자 그가 말했다, 아무것도 줄 수 없소, 이 돈은 지금까지 진 빚의 사분의 일도 안 돼. 그는 할 테면 해보라는 듯이 카운터를 쾅 치고, 나는 그를 치려는 듯이 움직인다, 어쩌면 평미레로, 아니면 그에게 칼을 꽂으려는 듯이, 이 주머니칼을, 또는 그래, 이 굽은 칼날을, 이 무어인의 단검을. 뭐 하는 거야, 이 양반이, 우리 애들을 생각해, 이 사람은 무시하세요, 세뇨르 주제, 오해하지 말아주세요, 보시다시피 가난한 사람의 절망이 이 정도예요. 나는 문으로 떠밀려 간다. 놔둬, 이 여자야, 저 새끼를 죽여버리겠어. 하지만 내 생각은 생각하고 있다, 나는 저 사람을 죽이지 않을 거야, 어떻게 죽이는지도 몰라. 가게 안에서 주인이 말한다, 모두에게 외상을 주고 아무도 갚지 않으면 내가 어떻게 살겠소. 우리는 모두 옳다, 그렇다면 나의 적은 누구인가.

　이런 결핍과 또 다른 비슷한 결핍 때문에 우리는 감추어진 보물에 관한 이야기를 지어내거나, 이미 지어진 이야기를 찾아 나선다. 이것은 아주 오랜 요구의 증거일 뿐, 전혀 새로운 것이 아니다. 그런 이야기에는 늘 귀를 기울여야 할 경고가 담겨 있다. 까딱 잘못하면 금이 물고기로 변하고 은이 연기로 변하거나, 사람이 눈이 먼다. 전에도 있었던 일이다. 어떤 사람들은 꿈을 믿을 수 없다고 말하지만, 사흘 밤 연속 보물 꿈을 꾸고 아무에게도 내가 꿈에서 본 보물이나 장소에 관해 이야기하지 않으면, 나는 분명히 그것을 찾게 될 것이다. 하지만 입을 열면 찾지 못한다. 보물에도 자신의 운명이 있어서, 원하는 대로 그냥 나누어 받을 수 있는 것이 아니기 때문이다. 어떤 옛날이야기에서는 한 소녀가 어떤 나뭇가지에서 동전 열네 개를, 또 나무의 뿌리 밑에서 금 조각이 가득 든 흙 단지를 찾아내는 꿈을 세 번 꾸었다. 지어낸 이야기라 해도 이런 것은 늘 믿어주어야 한다. 소녀는 함께 살던 할아버지 할머니에게 꿈 이야기를 했고, 그들은 함께 나무로 갔다. 나뭇가지에는 과연 동전 열네 개가 있어서 꿈의 반은 현실이 되었지만, 그들은 뿌리 속까지 캐고 싶지는 않았다.

어여쁜 나무였는데, 뿌리가 드러나면 죽을 터였기 때문이다. 자, 심장에도 그 나름의 이성이 있는 법이다.[*] 하지만 어떻게 된 영문인지 몰라도 소문은 퍼졌고, 소녀와 노인들이 양심의 가책은 잊기로 하고 다시 돌아갔을 때, 나무는 파헤쳐지고 구멍에는 둘로 쪼개진 흙 단지밖에 없다는 것을 알게 되었다. 금은 마법에 의해 사라졌거나, 양심의 가책을 덜 느끼거나 심장이 더 단단한 사람의 손에 들려 어디론가 가버렸을 것이다. 무슨 일이든 가능하다.

더 분명한 사례는 무어인이 묻은 두 개의 돌궤 이야기다. 하나에는 금이 들고 또 하나에는 역병이 들어 있었다. 엉뚱한 궤를 열까 봐 아무도 그 궤를 찾을 용기가 없었다고 한다. 하지만 그 말이 사실이라면, 어떻게 온 세상에 이미 역병이 돌았겠는가.

* 파스칼의 말.

주앙 마우템푸와 파우스티나는 결혼해서 살고 있다. 달도 나이팅게일도 없는 일월의 잔뜩 흐린 비 오는 날 밤, 반쯤 풀어 헤친 옷들이 뒤엉킨 곳에서 양쪽의 욕망을 충족시킨 로맨틱한 사건의 평화로운 결말이다. 이제 자식이 셋이다. 맏이는 아들 안토니우로, 아버지를 빼다 박았지만 몸집은 더 단단하고 아버지의 파란 눈은 없다, 그 눈은 아직 다시 나타나지 않았다, 도대체 어디로 가버린 걸까. 나머지 둘은 딸로, 어머니가 그랬고 지금도 계속 그렇듯이 부드럽고 생각이 깊다. 안토니우 마우템푸는 이미 일을 하고 있다. 힘든 일을 할 만큼 나이도 들지 않고 팔도 굵어지지 않아 돼지를 치는 일을 돕는 정도다. 십장의 대접은 시원치 않으나, 그게 이 시기 이곳의 관습이니, 아무것도 아닌 일로 열 받지 말자. 이 또한 전통이지만, 안토니우 마우템푸의 점심 자루는 깃털처럼 가볍다. 고등어 반 토막과 옥수수빵 한 덩어리뿐이다. 그나마 고등어는 집을 나서자마자 사라진다. 어떤 굶주림은 정말이지 참을 수 없기 때문인데, 그의 이런 굶주림은 아주 오래된 것이다. 남은 하루 동안 그에게는 빵밖에 없다. 이따금씩 딱 한 입씩, 껍질을 물어뜯는데, 부스러기 하나도 풀밭에 떨어지지 않도록 빈틈없이 주의를 기울인다. 풀밭에서는 개미들이 개처럼 코를 벌름거리며 남기는 것과 남은 것으로 창고를 채우려고 필사적이다. 십장은 십장 역할을 맡아 잔디 없는 땅 위에 서서 소리치곤 했다. 거기 어서 뛰어가, 꼬마, 가서 건너편 저 짐승들을 보살펴. 그러면 작은 빗자루 같은 안토니우 마우템푸는 양치기 개라도 된 것처럼 돼지 떼 주위를 달렸다. 십장은, 이제 다른 누군가가 모든 일을 하기 때문에, 익은 솔방울을 따며 시간을 보냈다. 솔방울을 우선 불에 구워 껍질을 벗긴 다음 속을 빼내 불에 노르스름하게 구워 양식 자루에 담았다. 그러면서 내내 어여쁜 나무들 속에서 전원의 평화를 즐겼다. 불은 빨갛게 타오르고, 불의 열기에 송진 냄새가 나는 솔방울이 벌어졌다. 침을 질질 흘리던 안토니우 마우템푸는 갈망하는 눈으로 두리번거리다 떨어진 솔방울을 우연히 발견하면 얼른 감추었다. 전에도 극적인 순간에 몇 번 그랬던 것처럼, 공연히 다른 사람의 부나 늘리는 결과를 피하려는 것이었다. 어린 시절에는 그 나름의 정당한 복수가 있게 마련이다. 어느 날, 어떤 밀밭 근처에서, 십장이 솔방울 굽기에 열중하다, 종종 그러듯이 안토니우 마우템푸에게 말했다, 저기 돼지들 잘 보고, 밀밭에 들어가지 못하게 해. 그날따라 정말로 살을 에는 듯한 바람이 불어오고 있었고, 늘 그렇듯이 빈약한 옷차림이던 안토니우 마우템푸는 돼지들에게 휴식 시간을 주기로 하고, 마슈쿠 뒤로 몸을 피했다. 마슈쿠가 뭐야. 마슈쿠는 어린 샤파후지, 그걸 모르는 사람이 어디 있어. 그럼 샤파후는 뭐야. 샤파후는 물론 코르크나무지. 그러니까 마슈쿠는 코르크나무네. 당연한 거 아냐. 아. 내가 말하는 사이에, 안토니우 마우템푸는 마슈쿠 뒤에 앉아 어떤 날씨에나, 비가 오나 얼음이 어나 그의 외투 역할을 하는 자루를 몸에 둘렀다. 그가 가진 건 구아노 비료 자루뿐이었다. 하느님이 이 덮개가 감당할 수 있는 추위만 주시기를. 어쨌든 일단은 다들 만족했다, 밀밭의 돼지나, 솔방울을 굽고 있는 십장이나 몸을 가릴 곳에 들어가 빵 껍질을 야금야금 물어뜯는 안토니우 마우템푸나. 그런데도 아직도 라티푼디움에 대해 나쁜 소리만 하는 사람들이 있다니. 문제는 십장한테 개가 있었다는 것이다. 이 영리한 녀석은 안토니우 마우템푸가 나무 뒤에서 하는 짓을 수상쩍게 여기고 사납게 짖기 시작했다. 사람들 하는 말이 사실이다, 개가 인간의 가장 좋은 친구라는 거. 하지만 안토니우 마우템푸의 친구는 아니었다. 십장은 깜짝 놀라 벌떡 일어났고, 아이를 발견하자 소리를 질렀다, 그러니까 자고 있다 이거지, 그러면서 아이에게 막대기를 던졌다. 막대기가 목표물에 맞았다면 안토니우 마우템푸는 거기서 끝장났을 것이다. 밥값을 하는 아이라면 이럴 때 십장에게 두 번째 기회를 주지 않을 것이다. 당연히 안토니우 마우템푸는 막대기를 집어 들어 밀밭 한가운데로 던져버렸다, 자, 할 수 있으면 가서 찾아봐라. 그러고 나서 달아나버렸다. 돼지들의 즐거움도 오래가지는 못한 셈이었다. 늘 그런 거 아닌가.

이런 일화는 모두 목가적 삶과 행복한 유년의 본질이다. 라티푼디움에서 행복하게 살아가는 것이 얼마나 쉬운지 직접 보기만 하면 된다. 예를 들어 순수한 공기, 더 나은 공기를 찾을 수 있는 사람한테는 상을 주겠다. 그리고 새, 새들은 머리 위에서 노래를 부르고, 우리는 발을 멈추고 작은 꽃을 꺾고, 개미, 또는 아무것도 두려워하지 않고 긴 다리로 무심하게 길을 가로지르는 검은 사슴벌레의 행동을 살핀다. 하지만 우리가 마음을 그렇게 먹으면, 그것은 우리 장화 밑에서 죽는다. 우리 기분에 달려 있다. 어느 때는 모든 생명이 신성하다고 생각하고 싶은 쪽으로 마음이 기울어 지네도 목숨을 구할지 모른다. 십장이 불만을 이야기하러 오자 안토니우 마우템푸의 아버지가 아들을 방어한다, 이 아이를 때리지 마세요, 무슨 일이 벌어지고 있는지 나는 잘 알고 있습니다, 댁은 거기 앉아서 솔방울을 구우면서 지나가는 아무하고나 이야기를 나누고, 저 아이는 양치기 개 노릇을 해야 하기 때문에 이쪽에서 저쪽까지 달려가야 하지요, 하지만 아이는 댁이 밥아 죽이는 벌레가 아닙니다. 십장은 그곳을 떠났고 다른 조수를 구했다. 안토니우 마우템푸는 새로운 주인을 위해 돼지를 치러 갔고, 마침내 더 튼튼하게 성장했다.

사람들은 할 일이 많다. 이미 몇 가지는 언급했으니, 이제 여러 사람의 계몽을 위해 다른 것들을 보태겠다. 왜냐하면 도회지 사람들은 무지해서 씨를 뿌리고 거두는 게 다라고 생각하기 때문인데, 글쎄, 관련된 동사를 다 배우고도 그게 무슨 뜻인지 알지 못한다면 크게 실수하는 것이다. 사람들은 추수를 하고, 단을 나르고, 낫질을 하고, 기계나 손으로 타작을 하고, 보리 도리깨질을 하고, 건초 가리를 덮어주고, 짚이나 건초를 꾸리고, 옥수수 껍데기를 벗기고, 거름을 주고, 씨앗을 뿌리고, 땅을 파고, 땅을 고르고, 옥수수 줄기를 잘라 땅에 묻고, 편자를 박고, 가지를 치고, 소의 코뚜레를 끼우고, 땅을 고르고, 도랑을 파고, 괭이질을 하고, 단을 쌓고, 포도 접을 붙이고, 접붙인 곳을 싸주고, 황산구리를 뿌려주고, 포도를 나르고, 포도주 저장실에서 일하고, 채소밭에서 노동하고, 땅을 다듬고, 올리브나무를 두들기고, 기름 압착기를 가동하고, 코르크를 자르고, 양털을 깎고, 우물을 치우고, 관목을 자르고, 장작을 패고, 말뚝을 박고, 짚으로 덮고, 북을 주고, 메워주고, 자루에 넣고 또 달리 필요한 일을 한다고. 이 모든 어여쁜 말들이 우리 어휘를 풍부하게 해주나니, 일꾼들에게 축복이 있을지어다. 각각의 일을 어떻게 하는지, 어느 계절에 하는지, 어떤 연장과 도구가 필요한

지, 사내의 일인지 여자의 일인지, 왜 그런지 설명하기 시작하면 끝이 나지 않을 것이다.

어쨌든 사람들은 열심히 일하는데, 이 경우에는 그가 공교롭게도 일하는 사람이다, 아니, 정확히 말하자면 그는 일을 마치고 집에 있다. 그때 사냥개가 문으로 들어온다. 그의 이름은 랜터나 링우드가 아니다. 그는 다리가 둘이고 인간의 이름이 있다, 그럼에도 사나운 짐승이다. 그가 말한다, 여기 서명할 서류를 가져왔네, 일요일에 에보라에 가서 스페인 국민당을 지지하는 시위에 참가하게, 반공 시위야, 왔다 갔다는 공짜야, 트럭을 타고 가게 될 거야, 모든 경비는 주인들 아니면 정부가 대, 그게 그거지만. 이 사내는 안 간다고 말하고 싶지만, 그렇게 말할 의지를 찾을 수 없다. 그냥 앉아서 담배를 씹으면서 아무 소리도 못 들은 척하지만, 또 한 남자가 방금 한 말을 다른, 약간 위협적인 말투로 되풀이하자, 주앙 마우템푸는 부인을 본다. 부인도 그 자리에 있다. 파우스티나는 남편을 본다. 남편은 자신이 그 자리에 없기를 바란다. 주앙 마우템푸는 이번에는 서류를 들고 답변을 기다리는 사냥개를 본다, 뭐라고 이야기를 해야 할까, 내가 이런 일에 무슨 관심이 있을까, 나는 공산주의에 관해 아무것도 모르는데, 아, 그건 사실이 아니야, 지난주에 돌 밑에 눌러놓은 종이 몇 장을 봤어, 내 관심을 끌려는 듯 한쪽 귀퉁이가 삐져나와 있더라고, 나는 뒤로 처져서 그걸 집어 들었지, 아무도 나를 보지 못했는데, 그런데 이 사냥개가 여기서 뭘 하는 거야, 이를 드러내고 말이야, 어쩌면 누가 이자에게 그 이야기를 했나 보군, 어쩌면 내가 감히 에보라에 가고 싶지 않다고, 서명을 하지 않겠다고 말하는지 보려고 여기 왔는지도 몰라. 최악은 나중에, 모두가 이 개, 이름이 헤킨타인데, 이 개를 알기 때문에, 나를 본 사람이 가서 나를 고자질하는 거야, 나한테 불만이 있는 사람이 분명히 있을 거야, 내가 핑계를 대도, 배가 아프다거나 토끼장을 고쳐야 한다고 말해도, 내 말을 믿지 않을 거야, 그러면 나를 체포할지도 몰라. 좋아요, 헤킨타, 서명할게요.

주앙 마우템푸는 다른 사람들이 먼저 서명한 곳, 아니 글을 쓸 줄 몰라 표시를 한 곳, 대부분이 그렇게 했는데, 그곳에 서명을 했다. 헤킨타는 서명을 더 받으러 떠났다. 거드름을 피우며 바람 냄새에 코를 킁킁거렸다. 건방진 녀석. 주앙 마우템푸는 심한 갈증을 느끼고 주전자를 집어 들어 입을 갖다 대고 물을 들이부어 갑작스럽게 피어오른 불을 끄려 했다. 그 불이란 설명할 수 없는 창피함의 물결이 밀려오는 것에 불과했다. 다른 사내들이라면 술을 마셨을 것이다. 파우스티나는 대화를 약간 들었고 귀에 들린 것이 마음에 들지 않았지만, 남편을 위로하는 쪽을 택했다, 뭐, 그래도 에보라까지 여행은 하게 됐잖아, 오랜만에 바람 좀 쐬고 와, 게다가 공짜잖아, 가고 오는 게, 안토니우를 데려가지 못하는 게 아쉽네, 애가 좋아할 텐데. 파우스티나가 한 말은 여기에서 그친 게 아니었다, 그녀는 자신이 무슨 말을 하는지 생각하지도 않고 계속 이런저런 말을 중얼거렸고, 주앙 마우템푸는 그녀의 말이 구원의 희망을 가져오지 못하는 몸짓, 그러나 환자는 이마에 닿는 부드러운 손길로 받아들이며 고마워하는 몸짓과 같다는 것을 알았다. 아니, 우리는 시골에 있으니까 거친 손길이라고 해야겠지만, 뭐 어느 쪽이든 마찬가지다. 어느 쪽이든, 그 손길은 사내가 가도록 강요하지 말아야 한다. 지금 그러고 있기 때문에 하는 말이다. 차라리 아픈 척할래. 그러자 파우스티나가 말했다, 그렇게 끔찍하지는 않아, 그냥 소풍이라고 생각해, 틀림없이 정부가 다 알아서 할 텐데 뭐. 주앙 마우템푸가 말했다, 그래, 당신 말이 옳아. 이 대화를 들은 사람들이 있다면 이 사람들은 가망 없는 인간들이라고 선언할지도 모르지만, 그도 그녀도 이곳이 어떤 곳인지 전혀 모른다. 이들은 그 누구와도 한참 떨어져서 사는 사람들로, 아무런 소식을 듣지 못하거나 소식을 들어도 이해를 하지 못한다. 그들이 아는 것이라고는 생존하는 것 자체가 엄청난 투쟁이라는 것뿐이다.

그날이 왔고, 정해진 시간에 사내들은 거리에 모였으며, 기다리는 동안 일부는 타베르나로 들어가 호주머니 사정이 허락하는 한 술을 마셨다. 술을 마시는 사람은 각각 코밑에서 터지는, 포도주 윗면의 거품을 맛보려고 입술을 내밀었다, 아, 포도주여, 너를 발명한 사람에게 복이 있을지어다. 그들 가운데 세련되고 정보도 많은 사람일수록 에보라에서 좋은 일이 생길 것을 기대하고 있어, 나중을 위해 식욕을 아껴

두었지만, 곧 교훈을 얻게 되었다. 그들은 투우장 문간에 도착하자 트럭에서 내려, 거기에서 다시 차를 타고 시위대의 맨 끝으로 갔기 때문이다. 유비무환이고, 손 안에 있는 새가 덤불에 있는 새 두 마리의 가치가 있다, 사람들은 그렇게 말하고, 어떤 사람들은 그런 지혜에 따라 평생을 사는데, 이것은 그들에게 아무런 해를 주지 않는다. 이번에는 술꾼들이 옳았고 트럭이 도착했을 때 그들은 이미 유쾌하고 명랑한 분위기가 되어, 입안에 머무는 뒷맛, 낙원의 맛을 즐기고 있었으며, 그들의 배는 호산나를 노래하며 포도주의 거룩한 트림을 내뱉고 있었다.

대단한 여행이다. 길이 굽은 곳에서는 속도를 내지 않아도 트럭이 한쪽으로 기울어 사람들은 밖으로 떨어지지 않으려고 서로 달라붙는다. 이리저리 비틀거린다. 바람이 모자를 낚아채니, 모자가 날아가지 않도록 붙들고 있어야 한다. 천천히 가, 운전사, 우린 사람이 뱃전 너머로 떨어지는 걸 바라지 않아. 재치가 있는 편에 속하는 사람이 이런 말을 했는데, 그래, 이런 것이 인생에 약간의 양념을 뿌려준다. 이런 게 아니라면, 인생은 정말이지 따분할 것이다. 트럭은 사람들을 더 태우려고 포루스에서 멈추었고, 그다음부터는 순조로운 항해였다. 몬테모르가 눈앞을 스쳐갔지만 들어갈 시간은 없었다. 그다음에는 산타 소피아와 상마티아스. 사실 나 자신은 가본 적이 없지만, 거기에 친척은 있어, 내 형수의 사촌인데, 그는 이발사로 일하며 정말 유복하게 살고 있어, 물론 사내들의 턱수염이 자라기를 멈춘다면 이야기가 달라질 것인데, 그때는 사내들의 좆이 커지기를 멈추었을 때의 매춘부와 같은 신세가 되겠지. 이 이야기를 하는 사람은 자신이 무슨 말을 하는지 알고 있다. 뭐, 가끔 한 번은 절대 해될 게 없지, 나는 병역을 마친 이후로는 창녀집에 간 적이 없어, 하지만 이번에는 양껏 할 거야. 사내들의 이야기다. 인류는 교통을 개선하려고 최선을 다해왔으며, 대농장에도 자기들 마음대로 쓸 수 있는 트럭이 있다. 에보라는 그들 눈앞에 있다. 사냥개 헤킨타도 왔기 때문에 짖어대고 있다, 트럭에서 내리면, 나를 따라와. 그 운명적인 말이 포도주와 여자들, 또 어떤 여자와 침대에서 보낼 것으로 상상하던 그 길고 불안한 밤에 대한 다양한 욕구에 어두운 그림자를 던졌다. 하지만 꿈이란 결코 신뢰할 수 없는 것이려니.

투우장은 만원이다. 농장 노동자 무리가 그 안으로 가축 떼처럼 이끌려 들어와, 가끔은 지주에게 이끌려 들어와, 웃음을 지으며 수다를 떨고 있다. 늘 그에게 아첨을 하는 아첨꾼이 있게 마련이어서, 일자리를 잃을까 두렵다는 그럴 만한 이유로 온 사람들을 부끄럽게 한다. 하지만 전체적으로 사람들은 행복해 보이려고 최선을 다한다. 우리가 만족하기를 바라는 사람을 실망시키고 싶지 않은 것이 군중의 선의다. 잔치처럼 보이는 자리는 아니지만, 그렇다고 누구 장례식도 아니다. 따라서 어떤 표정을 지을지 말해달라, 응원을 할까 야유를 할까, 울까 웃을까, 말해달라. 사람들은 관중석 벤치에 앉아 있고, 또 어떤 사람들은 경기장을 채우고 있다. 황소 몇 마리라도 있으면 나을 것을. 그들은 여전히 무슨 일이 벌어질지, 시위란 게 도대체 무엇인지 모르고 있다. 헤킨타는 어디 갔어, 헤킨타, 잔치는 언제 시작합니까. 친구와 아는 사람들은 서로 손을 흔들고, 수줍은 편에 속하는 사람들은 용감한 축에 속하는 사람들을 찾아 자리를 바꾼다, 이쪽으로 건너와. 그때 헤킨타가 말한다, 흩어지지 말고 한눈팔지 마, 이건 심각한 일이야, 우리는 누가 선한 편이고 누가 악한 편인지 밝혀내려고 여기 온 거야. 그건 쓸모 있는 일이다, 안 그런가, 헤킨타가 우리 손을 이끌고 선과 악에 대한 지식으로 데려다주다니, 누가 이렇게 쉬울 거라고 생각이나 했겠는가, 아가메드스 신부님, 이제 신부님이 할 일은 생각을 멈추고 벤치에 털썩 앉는 것뿐입니다. 오줌 누려면 어디로 가야 돼, 헤킨타. 그런 말은 존중심 결여를 드러내는 첫 표시다. 헤킨타는 얼굴을 찌푸리며 못 들은 척하지만, 이제 곧 시위가 시작되려 한다. 신사 숙녀 여러분. 웃긴다, 그러니까 에보라의 투우장에서 나는 신사다, 안 그런가, 다른 어느 곳에서도 나는 신사였던 기억이 없는데, 나 자신의 선택에 의해서도. 저 사람이 뭐라는 건가. 포르투갈 만세. 안 들린다. 우리는 오늘 똑같은 애국적 이상으로 단결하여 이 자리에 모였습니다, 우리 정부를 향하여 우리가 계속 위대한 루시타니아[*]의 모험

---

[*] 포르투갈의 옛 이름.

을 하겠다고 맹세한다는 것, 세상에 완전히 새로운 세계들을 주고 또 신앙과 제국을 동시에 퍼뜨렸던 선조들의 발자취를 따르겠다고 약속한다는 것을 말하려고 모였습니다, 나팔 소리가 울리면 우리는 한 사람처럼 살라자르* 둘레에 함께 모일 것입니다, 살라자르는 천재로서. 여기저기서 살라자르 살라자르 살라자르 하고 외치는 소리가 터져 나온다. 나라를 위해 봉사하는 데, 모스크바의 야만적인 위협에 맞서는 데, 우리 가족을 위협하고, 우리 부모를 죽이고, 당신의 부모를 죽이고, 당신의 아내와 딸을 강간하고, 당신의 아들을 시베리아 노동 수용소로 보내고, 성모의 성당을 부순 저 비열한 공산주의자들과 맞서는 데 자신의 일생을 바쳤습니다, 그들은 무신론자요, 도덕도 수치도 모르는 불경한 자들이기 때문입니다. 공산주의를 타도하라, 모든 반역자를 죽여라, 투우장은 구호를 외쳐댄다. 어떤 사람들은 아직도 자기가 여기서 뭘 하는지 모르고 있고, 어떤 사람들은 비로소 이해하기 시작하여 서글퍼지고, 어떤 사람들은 확신하고, 어떤 사람들은 속는다. 한 노동자가 연설을 하고, 또 다른 연사가 나오는데, 포르투갈 재향군인회 출신이다. 그는 한 팔을 뻗더니 소리친다, 누가 명령을 내리는가, 누가 우리에게 생명을 주는가, 그래, 이건 좋은 질문이다, 농장주가 명령을 내린다, 그리고 생명에 관해 말하자면, 생명은 무엇인가. 그러나 유순한

* 포르투갈의 총리(1932~1968년 재임).

투우장은 예상되는 응답을 하고, 재향군인회원이 연설을 멈추자마자 다른 사내가 그 자리에 서서 입을 연다. 그들은 확실히 말이 많다, 이 사람들은. 스페인에 관해, 국민당이 빨갱이와 싸우는 과정에 관해, 카스티야와 안달루시아 땅이 서구 문명의 신성하고 영원한 가치를 방어하는 과정에 관해 뭔가 말을 하고, 우리와 같은 신자들을 돕는 것이 모든 사람의 의무이며, 공산주의를 치료하는 법은 기독교 도덕성으로 돌아가는 것에서 찾을 수 있는데, 그 살아 있는 상징이 살라자르라고 말한다. 우아, 우리에게는 살아 있는 상징이 있다, 우리는 적에게 너그러워서는 안 된다. 말 말 말. 이어 그는 이 지역의 선량한 사람들에 관해 이야기하면서, 그들은 조국에 봉사하는 데 평생을 바친 저 불멸의 정치가이자 위대한 포르투갈 시민에게 감사한다고 말한다, 신이여 그를 보호하소서, 나는 대통령에게 내가 오늘 이 역사적 도시 에보라에서 본 것을 이야기하겠습니다, 수천 개의 심장이 조국의 심장과 일치하여 뛰고 있다는 것, 각각의 심장이 조국, 조국들 가운데서도 숭고하고 가장 아름다운 불멸의 조국이라는 것을 그에게 알리겠습니다, 왜냐하면 우리는 나라의 이익을 어떤 한 사회 계급의 이익보다 앞세우는 정부라는 축복을 받았기 때문입니다, 사람은 가도 나라는 남기 때문입니다, 공산주의에 죽음을, 아니 공산주의 타도인가, 무슨 상관입니까, 앞으로 주의를 기울일 사람들이 이렇게 많이 모인 자리에서, 우리는 알렌테주의 삶은, 많은 사람이 생각하는 것과는 달리,

전복적인 사상의 발전에 호의적이지 않다는 것을 기억해야 합니다, 노동자는 지주의 진정한 동반자로서, 이윤과 손해를 함께 나누기 때문입니다, 하, 하, 하. 오줌 누려면 어디로 가야 돼, 헤킨타, 그냥 농담이다. 여기에서는 아무도 그런 엄숙한 순간에, 옷을 잘 입은 연단의 저 신사가 나라를, 전혀 오줌을 눌 필요가 없는 나라를 계속 불러내고 있는 상황에서, 감히 그런 말을 하지 않을 것이다. 그는 우리 모두를 끌어안으려는 듯 두 팔을 활짝 펼치고 있다. 그러나 그렇게 할 수 없기 때문에 연단 위의 사람들만 서로 끌어안는다. 재향군인회 회장, 세투발에서 온 소령, 의회 의원들, 그들의 전국 연맹에서 온 남자, 제오 기병대의 대장, 엔-아이-더블유-더블유, 그게 무슨 뜻인지 모르겠거든 그냥 물어봐라, 전국 노동과 복지 기구다, 어쨌든 거기에서 온 남자, 그리고 리스본에서 여기까지 온 다른 모든 사람들. 그들은 너도밤나무 꼭대기에 앉은 떼까마귀들처럼 보인다. 하지만 그건 네가 틀린 거다. 우리 모두가 떼까마귀다, 벤치에 줄지어 앉아 날개를 퍼덕이고 깍깍 울어대고 있다. 이제 음악이 나오는 시간이다, 국가(國歌)다. 모두 일어선다. 어떤 사람들은 그렇게 해야 한다고 알고 있기 때문이고, 어떤 사람들은 그저 흉내를 낼 뿐이다. 헤킨타가 자기네 사람들을 살핀다, 어서, 노래를 하라고. 나도 할 수 있으면 좋겠어요, 국가를 누가 알아요, 우리 모두가 아는 대중가요라면 또 몰라도. 오, 이제 떠나는 건가. 아니, 아직 떠날 때가 아니야. 우리가 날 수만 있다면 날개를 펼치고 여기서 멀리 날아가, 들판 위로 올라가, 높은 곳에서, 돌아가는 트럭들을 구경할 텐데. 얼마나 슬픈지, 이 모든 것이 너무 슬펐어, 우리는 돈이라도 받고 하는 일처럼 소리를 질렀어, 이보다 더 나쁜 게 뭔지 모르겠어, 이것은 옳지 않아, 카니발의 소극(笑劇) 같았어. 그러니까 즐겁지 않았다는 거네, 주앙. 전혀, 파우스티나, 우리는 양 떼처럼 갔다가 양 떼처럼 돌아왔어. 그들이 다시 트럭에 탔을 때는 저녁이 몰려와, 우수에 젖은 마음을 더 가라앉게 한다. 누군가 노래를 부르려 하고 두 사람이 함께 부르지만, 슬픔이 무겁게 짓누르자, 그 슬픈 목소리도 잠잠해진다. 이윽고 그들의 귀에는 엔진 소리만 들리고, 그들은 말없이 앉아 이리저리 흔들린다. 엉터리로 묶은 짐, 헐렁하게 묶은 짐이다. 이건 사내가 할 일이 아니었어, 주앙 마우템푸. 트럭이 몬트 라브르 외곽에서 사람들을 내려준다. 내린 사람들은 어디로 가야 할지 모르는 시커먼 새 떼처럼 흩어져, 일부는 목마름과 쓸쓸함을 달래러 타베르나로 가고, 일부는 혼자 웅얼거리고, 가장 슬픈 자들은 집으로 돌아간다. 우리는 이리저리 끌려다니는 인형 같았어, 오늘 일당은 누가 주는 거야. 나는 채소밭에서 할 일이 있었는데, 이건 저 헤킨타 놈 잘못이야. 나는 내 걸 돌려받을 방법을 찾을 거야. 말과 다짐은 밑에 깔린 고통에서 태어나는 것임에도, 그 고통을 조금도 제대로 표현하지 못한다. 너무 모호하다. 해를 주지는 않을지 몰라도, 사람을 무력하게 만든다. 그래서 파우스티나가 묻는다, 어디 아파. 주앙 마우템푸는 아니, 아프지 않다고 말한다. 그가 더 말을 하지 않는다면, 그것은 자신이 느끼는 것을 표현할 방법을 알지 못하기 때문이다. 그들은 침대에 누워 조금 더 이야기한다, 그러니까 즐겁지 않았다는 거네, 주앙. 전혀, 주앙 마우템푸는 자신의 심정을 쏟아내고 감정을 고백하는 방법으로 파우스티나의 어깨에 머리를 기대고 잠이 든다.

대농장의 신사들이 해가 그들의 몸만 따뜻하게 덥혀줄 수 있도록 산으로 올라간다. 적어도 주앙 마우템푸의 급조된 꿈에서는 그렇게 한다. 신사들은 얼굴도 없고 산도 이름이 없다. 하지만 주앙 마우템푸가 잠에서 깼다 다시 잠이 들 때는 그런 식이다. 신사들의 행렬은 걸어가고 있고, 그는 앞장서서 곡괭이로 잡초를 파내 그 화려한 남자들이 갈 길을 닦는다. 그가 맨손으로 가시금작화를 뽑자 손에서 피가 흐른다. 대농장의 신사들은 웃음을 터뜨리고 이야기를 나눈다. 그가 잡초를 뽑느라 뒤로 처져도 그들은 관대하고 인내심이 많다. 그들은 기다린다, 그를 혹사하거나 군경찰을 부르지 않고 그냥 기다린다, 기다리면서 피크닉을 한다. 주앙 마우템푸는 어딘가에서 힘을 긁어모아 곡괭이를 찔러 넣어 흙을 부수고 뿌리를 조각낸다. 그는 이제 어른이다. 위쪽, 산비탈에서 트럭들이 '포르투갈의 잉여 물자'라고 적힌 알림판을 달고 지나가는 것이 보인다. 스페인으로 가는 것이다. 빨갱이들을 절대 봐주지 마라. 다른 사람들, 성자들, 순수한 사람들, 나, 주앙 마우템푸라는 이름의 인간이 지옥에 떨어지는 것을 구원한 자들, 그들을 타도하라, 그들에게 죽음을. 이제 말을 탄 사람 하나가 그를 쫓아오고 있다. 말은 이 꿈에서 유일하게 이름이 있다. 봉템푸라는 이름이다. 뭐, 말은 오래 사니까. 일어나, 주앙, 일하러 갈 시간이야, 아내가 말한다. 하지만 밖은 아직 칠흑 같은 어둠이다.

하지만 다른 사람들은 이미 일어났다. 그러나 한숨을 푹 내쉬며, 매트리스, 그러니까 매트리스가 있을 경우에, 매트리스의 미심쩍은 위안으로부터 몸을 끌어내는 식이 아니라, 다른 방식, 한낮에 잠을 깨고 나서 조금 전만 해도 여전히 깜깜한 밤이었는데 하고 놀라는 독특한 방식으로 일어난다. 사실 인간의 진정한 시간과 그를 지배하는 변화는 해가 뜨거나 달이 지는 것에 지배를 받지 않기 때문이다, 해와 달이야 천상과 지상의 풍경의 일부를 이루는 대상에 불과하므로. 만사에는 자신의 때가 있다는 말은 진실인데, 이 특정한 사건은 추수 시기에 일어날 운명이었다. 마침내 영혼이 움직이려면 가끔 격분까지는 아니라 해도 신체적인 안달이 필요할 때가 있다. 우리가 말하는 영혼이란 진짜 이름은 없는 것이다, 어쩌면 그냥 몸, 몸 전체를 가리키는 것일지도 모르겠다. 언젠가, 포기하지만 않는다면, 우리 모두 이런 것들이 무엇인지, 또 어디까지 그것을 설명하려는 말에서 나오고, 또 어디까지 그것들 자체로부터 나오는지 알게 될 것이다. 하지만 이것을 글로 적으려 하면 훨씬 복잡해 보인다.

이 기계도 복잡해 보이지만 아주 단순하다. 이것은 탈곡기로, 더 나은 이름이 있을 수 없는 것이 그게 바로 이 기계가 하는 일이기 때문이다. 이 기계는 밀 이삭에서 낟알을 떼어낸다. 낟알로부터 줄기와 껍질을 분리하는 것이다. 밖에서는 금속 바퀴 위에 커다란 나무 상자를 얹어놓은 것처럼 보이는데, 바퀴는 사슬로 엔진에 연결되어 있으며, 이 엔진은 떨고, 고함치고, 우르릉거리고, 이런 단어를 사용해도 좋다면, 구리구리한 냄새가 난다. 원래는 달걀노른자 색으로 칠해놓았으나 먼지와 가혹한 태양 아래 그 색깔은 바래고, 이제는 다른 것들과 더불어 풍경의 일부처럼 보인다, 가령 짚단처럼. 이 햇빛 속에서는 이것과 저것을 구분하기도 힘들다. 가만히 있거나 조용한 것은 없다. 엔진은 고동치고, 탈곡기는 짚과 낟알을 토해내고, 늘어진 사슬은 몸을 떨고, 공기는 달리 할 일이 없는 천사들이 흔들리는 작은 손으로 하늘에서 들어 올린 거울에 비친 해이기라도 한 것처럼 흔들흔들 반짝거린다. 이 아지랑이 속에 형제 몇 개가 보이기는 한다. 그들은 하루 종일 일했다. 어제도 그제도, 또 그 전날도, 탈곡이 시작된 이후로 계속. 다섯 명이 있다, 나이 든 축에 속한 사내가 한 명, 어린 축에 속하는 사내가 네 명인데, 그들의 열일곱이나 열여덟 나이는 그런 힘든 일을 감당하기에는 충분치 않다. 그들은 탈곡장 바닥에서, 짚단들 사이에서 자지만, 엔진이 잠잠해졌을 때는 이미 어두워진 뒤이며, 끈끈하고 시커먼 액체를 몇 캔 먹은 이 짐승이 복된 하루 종일 그들의 귀를 소음으로 때려대기 위하여 신음을 토하며 살아나 시작하는 때는 해가 떠오르기 한참 전이다. 작업 속도를 정하는 것은 기계다. 또 탈곡기는 아무것도 씹지 않고는 견딜 수가 없는데, 이 점은 십장이 숨어 있던 곳에서 나타나 계속 탈곡기를 먹이라고 그들에게 고함을 치는 순간 분명해진다. 기계의 입 안쪽은 화산, 거대한 식도다. 다섯 사내 가운데 나이가 든 축이 이 괴물에게 먹이를 먹이는 일을 맡곤 한다. 다른 사람들은 짚 더미가 점점 더 높이 쌓이는 일을 돕는 것을 책임진다. 그들은 잘려나가는 짚의 안개 속에서 미친 듯이 맴을 돈다. 그들은 바싹 마른 거친 밀, 뻣뻣한 줄기, 턱수염이 난 이삭, 먼지를 힘겹게 나른다. 땅이 정말로 낙원처럼 보이던 시절, 들판의 부드러운 봄의 녹색은 어디로 갔는가. 더위는 견딜 수 없을 지경이다. 나이 든 사내가 내려오자 아이 한 명이 그 자리를 대신한다. 기계는 바닥을 모르는 구덩이다. 필요한 것은 사람이 안으로 떨어지는 것뿐이다. 그러면 빵은 평소의 순진한 흰색이나 중립적인 갈색이 아니라 올바른 핏빛 붉은색을 띠게 될 것이다.

십장이 다가와 말한다, 왕겨 쪽에 가서 일해. 왕겨는 저 무게 없는 괴물, 콧구멍을 틀어막는, 옷의 모든 틈으로 기어들어와 한 켜의 진흙처럼 피부에 달라붙는 저 짚 겸 먼지다. 이것은 미친 듯이 가렵고 정말 괴로운 갈증을 가져온다. 그들이 마시는 물은 사기 주전자에 담겨 있으며, 금세 미지근해지고 미끈거린다. 마치 벌레와 흡혈 동물, 이 근처에서는 거머리라고 부르는데, 어쨌든 그런 것들이 가득한 늪의 물을 바로 마시는 느낌이다. 아이는 왕겨 쪽으로 내려가 주먹을 맞듯 그것을 얼굴에 정면으로 맞고, 그러자 몸이 천천히 저항하기 시작한다. 그 이상을 할 힘이 없다. 하지만 그때, 오직 이런 일을 직접 경험해 본 사람들만이 내 말뜻을 알겠지만, 절망이 몸의 피로를 먹으면서 꾸준히 강해지더니, 그 힘이 몸으로 다시 돌아와, 마침내 그 배가된 에너지로 아이, 아이의 이름은 마누엘 이스파다인데, 나중에 이 이야기에 다시 등장할 것이다, 어쨌든 아이는 배가된 에너지로 왕겨에서 물러나며 동료들을 소리쳐 부르더니 말한다, 나는 그만두겠어, 이건 일이 아니야, 느릿느릿 죽는 거야. 나이 든 사내는 다시 탈곡기에 서 있다, 짚단은 어쩌고. 그러나 그의 말은 공중에 그대로 걸려 있고 그의 두 팔은 양옆으로 늘어진다. 아이 넷이 옷을 털며 함께 떠나기 때문이다. 아이들은 마치 가마에 들어갈 점토 인형들처럼 잿빛을 띤 갈색에, 얼굴에는 땀으로 줄무늬가 져 어릿광대처럼 보인다, 다만 전혀 웃기지 않는다는 점이 다를 뿐. 나이 든 사내는 탈곡기에서 뛰어내려

엔진을 끈다. 정적이 귀를 때린다. 십장이 달려와 헐떡거리며 말한다, 무슨 일이야. 마누엘 이스파다가 말한다, 나는 가요. 다른 아이들도 말한다, 우리도 가요. 탈곡장은 망연자실한 상태다. 그러니까 일하고 싶지 않다는 거지. 주위를 둘러보면 누구나 공기가 떨리는 것을 느낄 수 있다. 열기에 의한 아지랑이에 불과하지만, 대농장 전체가 떨고 있는 것처럼 느껴진다. 하지만 자유롭게 떠날 수 있는 건 이 네 아이뿐이다. 먹여 살릴 처자식이 없으니까. 주앙 마우템푸가 파우스티나에게 말하듯이, 그게 내가 에보라에 가겠다고 한 이유야. 그의 아내가 대답한다, 지금은 그런 생각 하지 마, 일어나, 시간 됐어.

　마누엘 이스파다와 친구들은 감독, 사팔눈 아나클레투에게 가서 자신들이 일한 날들에 해당하는 돈을 달라면서, 이제 더 견디지 못해 떠나겠다고 말한다. 아나클레투는 제멋대로 떠도는 눈을 어린 네 악당에게 고정시킨다, 아, 그들에게 채찍질을 할 수만 있다면. 너희는 아무 돈도 받지 못해, 조심해, 너희를 파업꾼으로 몰아버릴 테니. 폭도는 그 말이 무슨 뜻인지 알기에는 너무 어리고 순진하고 무지하다. 그들은 몬트 라브르로 걸어서 돌아간다. 먼 길이지만, 최대한 지름길을 택해 좁은 옛길들을 걷는다. 행복하지도 아쉽지도 않다. 늘 그렇다. 사내가 평생 명령만 따를 수는 없다. 이 네 사내는, 이들을 그렇게 부를 수 있다면, 이야기를 나누고 이 나이 때의 아이들이 늘 하는 말을 하며 천천히 걸어간다. 한 아이는 그들이 가는 길을 가로지르며 깃털을 부풀리는 후투티에게 돌을 던지기도 한다. 그들이 아쉬워하는 유일한 일은 탈곡장에서 함께 일하던, 북쪽에서 온 여자들과, 그 철에는 일손이 크게 부족했다, 헤어지는 것이다.

걸어서 여행하는 사람은 세상의 모든 시간을 갖고 있지만, 속도가 핵심일 때는, 특히 정의에 목마를 때, 악한 행위와 행위자들이 라티푼디움을 위기에 빠뜨릴 위험에 처했을 때는 아나클레투처럼 달구지로 몬테모르에 가는 것이 충분히 이해될 수 있는 일이다. 그는 격분하여 몸을 떨고 있고, 얼굴은 거룩한 홍조로 물들어 있는데, 이것이야말로 세계의 보존을 위하여 열정적으로 투쟁하는 모든 사람의 얼굴의 특징이다. 그래, 그가 이런 일을 제대로 처리할 수 있는 몬테모르로 쏜살같이 달려가, 몬트 라브르 출신의 네 명이 파업을 선포했다고 군경찰에게 신고하는 것은 충분히 이해할 만한 일이다. 나는 어찌 될까요, 탈곡이 어떻게 되어가는지 알고 싶어하는 주인에게는 뭐라고 말합니까, 이 사람들을 놓치고 말았으니. 콘텐치 중위가 말했다, 걱정 마라, 우리가 처리할 테니. 아나클레투는 편안해진 마음으로 탈곡장으로 돌아갔다. 이제 아까처럼 서둘지 않고, 유쾌한 의무를 이행한 사람답게 따뜻한 만족감을 느끼며 달구지를 타고 돌아가는데, 사람들을 가득 태운 차가 옆을 지나갔고, 안에서 누군가가 손을 흔들었다. 지구 행정관이었다. 그의 옆에서, 잘 가라, 아나클레투, 하고 소리치는 사람은 중위와 순찰대 전체였다. 그들은 표준 규격 권총에서부터 무반동 소총에 이르기까지 모든 구경의 무기를 털처럼 곤두세운 셔먼 탱크를 타고 적에게 돌진하고 있었다. 그들은 국민이 지켜보는 가운데 그곳을 떠난다. 총탄에 가슴을 내밀고, 경적을 울린다. 마치 돌격 명령을 내리는 나팔 소리 같다. 한편 대농장 어딘가에서, 아까 말했듯이 옛길을 따라 걸어가던 이 네 명의 비정한 범죄자들은 누가 가장 높이, 가장 멀리 오줌 줄기를 보낼 수 있는지 보려고 잠시 발을 멈추었다.

몬트 라브르의 입구에서 개들이 이제 곧 탱크로 나타날 것을 향해 짖어대는데, 그런 디테일이 없으면 비현실적으로 보일 것이다. 이곳은 가파른 길이기 때문에 순찰대는 탱크에서 내려 대오를 갖추고 걸어가는데, 이번에는 행정관이 맨 앞에 서서 등을 보호받고 있다. 작전에 나선 사람들답게, 그러나 자신들이 공포탄만을 쏘게 될 것임을 알면서, 능률적으로 수행한 첫 번째 방문의 대상은 동네 교구회원이다. 그는 중위와 행정관이 그의 가게로 들어오는 것을 보고, 말하자면 놀라서 말문이 막혔다. 밖에서 순찰대는 의심하는 눈으로 주변 지역을 훑는다. 길 건너편에는 사내아이들이 몇 명 모여 있고, 눈에 보이지 않거나 확인할 수 없는 곳에서, 무고한 자들을 학살할 때면 그러듯이, 어머니들이 자식을 부른다. 부르게 놔둬라, 그들에게는 큰 도움이 될 수도 있다. 가게로 가보자. 그곳에서는 교구회원이 목소리를 되찾고, 이제 아주 정중하게 몸짓을 잔뜩 섞어 살살 녹이듯이 행정관과 중위를 모두 선생님이라고 부르고 있고, 병사들도 선생님이라고 부르려다 멈춘다. 그건 이상하게 들릴 것 같기 때문이다. 행정관은 호주머니에서 아나클레투의 진술을 적은 종이를 꺼내는데, 거기에는 범죄자들의 이름이 적혀 있다, 마누엘 이스파다, 아우구스투 파트라캉, 펠리스베르투 람파스, 주제 팔미냐가 어디 사는지 아시오. 교구회원은 밀고자 역할에 만족하지 못하여, 아내를 불러 카운터와 현금 서랍을 지키라고 말하고, 한 사람이 늘어난 무리는 몬트 라브르의 미로 안으로 발을 내디딘다. 스페인 군경찰과 마찬가지로 기습에 대한 경계를 게을리하지 않는다, 신이여 그들을 보호하소서. 몬트 라브르는 불을 내지르는 듯한 해의 열기 아래 하나의 사막이다. 심지어 사내아이들도 흥미를 잃었다. 그곳은 오븐과 같다. 문은 모두 닫혀 있다. 그러나 몇 집은 아주 조금 열어놓았다. 그런 틈은 자신을 드러내고 싶지 않은 사람들이 의지하는 수단이다. 군경찰이 행군해 지나가자, 여자들의 눈, 그리고 달리 할 일이 없는 호기심 많은 몇몇 노인의 눈이 그 뒤를 따른다. 이제 만에 하나, 우리가 그 눈에 드러난 표정을 자세하게 설명하는 일에 뛰어든다고 상상해보라. 그러면 우리는 이 이야기의 끝에 결코 도달하지 못할 것이다. 그러나 그 모든 것, 겉으로 보기에 중요하지 않고 겉으로 보기에 중요한 모든 것이 똑같은 서사를 구성하며, 라티푼디움을 설명하는 여느 방법 못지않게 훌륭한 방법일 수도 있다.

어떤 일들은 본래 우습다. 예를 들어 무장 병력과 민간 당국이 위험한 선동 분자 네 명을 체포하러 왔는데 아무도 찾지 못한다든가 하는 일은. 파업꾼들은 아직도 멀리 떨어져 있다. 몬트 라브르의 가장 높은 곳에서도 그들을 볼 수는 없을 것이다. 심지어 탑에서도, 가장 높은 곳이 탑이라면. 그런데 탑 맞다, 앞서도 말했지만 십오 세기에 람베르투 오르케스가 자신의 기병대의 돌격을 목격한 곳이 그 탑이다. 그 복잡하게 얽힌 풍경에서는 해도 그 작디작은 네 불량배를 찾아내는 데 도움을 주지 못할 것이다. 그들은 아마 저녁이 되어 그나마 좀 선선해지기를 기다리며 그늘에 누워 졸고 있을 것이다. 모두가 그들의 업적이 그렇게 유쾌하다고 생각하는 것은 아니다. 예를 들어 그들의 어머니들은 중위와 행정관으로부터 다음 날 아침 아들이 몬테모르에 출두해야 하고, 만일 그렇게 하지 않으면, 군경찰이 몬트 라브르로 와서, 그들이 약간 과장한 말을 그대로 따르자면, 걷어차고 소리를 지르며 끌고 갈 것이라는 통보를 받았다. 탱크는 길을 따라 내려가며 사방에 먼지를 피워 올렸지만, 그 전에 행정관은 그곳에 사는 가장 큰 지주, 람베르투인지 다고베르투인지는 중요하지 않은데, 어쨌든 그에게 인사를 하러 가고, 지주는 그들을 모두 환영한다. 아, 물론 병사들은 빼고. 그들은 지하실로 이동하라는 명령을 받았다. 하지만 콘텐치 중위와 인사를 드리러 온 행정관은 일 층의 시원한 응접실로 안내되었다, 여기 어둑한 곳에 들어오니 기분이 얼마나 좋은지 모르겠네요, 사모님과 따님들은 잘 계시겠지요, 물론 어르신도. 그들은 리큐어를 한 잔 더 마시고, 나가는 길에 중위는 차려 자세를 취하고 가장 완벽하게 경례를 올려붙인다. 행정관은 남자 대 남자로 이야기하려 하지만 라티푼디움은 너무나 크다. 알베르투는 강한 한 손을 내밀며 말한다, 그자들이 책임을 지게 하시오. 그러자 곤셀류라는 희한한 이름의 행정관은 말한다, 그놈들을 이해하지 못하겠습니다, 일이 없으면 없다고 불평을 하고, 일이 있으면 하지를 않으니. 그는 말이 유창한 사람은 아니지만 그렇게 말이 나왔다, 이웃들 사이에서는 라티푼디움에 관해 자유롭게 말할 수 있으니까. 노베르투는 공감하는 미소를 짓는다, 가난한 놈들은 자기들이 원하는 게 뭔지를 몰라. 배은망덕한 녀석들, 행정관은 그렇게 말하고, 중위는 다시 경례를 한다. 달리 무슨 일을 해야 할지 모르기 때문이다. 그래, 그의 지식은 다른 데, 특히 군사 문제에 있는데, 지금은 그것을 적용할 기회가 없다.

저주받은 자들은 해 질 녘에 도착했다. 도착하자마자 어머니들이 외쳤다, 무슨 짓을 한 거니. 그들은 대답했다, 아무 짓도 하지 않았는데요, 그 기계하고 더 일을 하는 걸 참을 수가 없어서 그만뒀어요. 그건 아무 잘못도 아닌 것 같은데, 하지만 잘못을 했다 해도, 이미 엎지른 물이야, 내일 너는 몬테모르에 가야 해, 걱정 마, 너를 체포하지는 않을 테니, 부모가 말했다. 그렇게 무더위 속에서 밤이 지나갔다. 젊은이들은 원래 지금쯤 탈곡장에서 자고 있어야 했다. 어쩌면 북쪽 여자 하나가 오줌을 누러 나왔다가 뭉그적거리며 밤공기를 들이쉬고, 잠시 세상이 나은 쪽으로 바뀌기를 바랐을 지도 모른다. 내가 갈까, 아니면 네가 갈래. 마침내 사내아이 하나가 모험을 해보기로 한다. 가슴은 빠르게 두근거리고 사타구니는 팽팽하다. 뭐, 이제 열일곱 살밖에 안 되지 않나, 뭘 기대하는가. 여자는 자리를 뜨지 않고 그대로 서 있다. 어쩌면 세상이 정말로 나은 쪽으로 바뀌고 있는 것인지도 모른다. 짚단들 사이의 이 공간은 그 목적에 맞춤하고, 아래위로 포개진 두 몸이 충분히 들어갈 만큼 넉넉하고, 또 처음 있는 일도 아니다. 사내아이는 여자가 누군지 모르고, 여자는 사내아이가 누군지 모르는데, 그쪽이 낫다, 밤에 창피하지 않았는데 굳이 다음 날 아침에 창피할 필요가 없으니. 이건 공정한 게임이고, 각 참가자는 자신의 모든 것을 내준다. 짚단들 사이로 슬며시 들어갈 때 약간의 아찔함을 느끼고, 달콤한 냄새를 맡고, 팔다리를 휘젓고, 몸을 부르르 떤다. 하지만 이런 식이면 우리는 잠을 한숨도 못 잘 거다, 내일 나는 몬테모르에 가야 하는데.

네 명은 주제 팔미냐의 부모의 가장 귀중한 재산인, 약간 허약해 보이는, 하지만 그래도 지칠 줄 모르고 계속 속보로 움직이는 노새가 끄는 조그만 달구지에 실려 간다. 그들은 말이 없고, 가슴에는 두려움이 가득하다. 그들은 다리를 건너 그 너머의 언덕을 오른다. 이제 포루스에 들어오니, 집 한 채가 여기, 다른 한 채가 저기 있다. 여기 멀리 떨어진 작은 마을은 이런 식이다. 이윽고 왼쪽으로 페드라 그란드가 나타나고, 그 직후, 지평선 위 이미 달구어진 아침 공기 속으로 몬테모르 성, 도시의 성벽의 잔재가 우뚝 서 있는데, 그것을 보면 슬퍼진다. 열일곱의 사내아이는 미래에 관해 생각하기 시작한다, 아나클레투에게 파업꾼으로 고발당한 나는 어찌 될까, 나의 세 친구가 지은 죄라고는 내 동무를 해준 것밖에 없는데. 우리의 용서받을 수 없는 다른 유일한 잘못이라고는 탈곡기가 정한 살인적 속도를 따라갈 힘이 없다는 것이었는데, 탈곡기는 밀을 탈곡하면서 나를 탈곡하고 있었어, 내가 기계의 입안으로 들어가고 기계는 내 뼈만 뱉어내, 나를 짚, 먼지, 왕겨로 바꾸어놔, 그리고 나는 내가 선택하지 않은 가격으로 그 밀을 살 수밖에 없어. 휘파람을 잘 부는 아우구스투 파트라캉은 곤두선 신경을 가라앉히려고 휘파람을 불지만 배 속이 아프다. 그는 영웅이 아니고 영웅이 뭔지도 모른다. 주제 팔미냐는 노새를 모는 데 정신을 집중하여 이 일을 완벽하게 해낸다, 마치 노새가 무릎을 높이 들어 올리며 달리는 말이라도 되는 것 같다. 펠리스베르투 람파스는 펠리스베르투라고 부를 수도 있지만,[*] 그것은 우연의 일치일 뿐이다. 그는 부루퉁한 얼굴로, 앞으로도 평생 그러겠지만, 자신의 운명에 등을 돌린 채 다리를 대롱거리며 앉아 있다. 그때 갑자기 몬테모르가 그들 눈앞에 다가온다.

그들은 플라타너스 아래에 이르자 달구지에서 내리고, 꼴

---

[*] 펠리스베르투는 지주 가문에서 사용하는 이름이다.

자루를 목에 건 노새, 삶이 노새에게 그 이상 무엇을 제공하겠는가, 그 노새와 함께 그들 네 명은 부대까지 올라간다. 그곳에서 어떤 병장이 그들에게 한 시에 시청으로 오라고 무뚝뚝하게 말한다. 네 젊은이는 나머지 아침 시간을 몬테모르에서 죽치며 기다린다. 어리기 때문에 동네 타베르나에 들어가 기다린다는 것은 생각도 하지 못한다. 어떤 심문이든, 그 전에 기다리는 시간은 말로 표현하는 것이 불가능하다. 그 시간에는 아주 많은 일이 일어난다, 각 사람의 머릿속의 그 모든 두려움, 모든 얼굴에 새겨지는 감추지 못하는 불안, 포도주나 물로 없앨 수 없는 목 안의 뻣뻣한 느낌. 마누엘 이스파다가 말한다, 너희가 여기 오게 된 건 다 내 잘못이야. 하지만 다른 젊은이들은 어깨를 으쓱한다, 그게 무슨 상관인가. 펠리스베르투 람파스가 대꾸한다, 겉으로라도 용감한 척하고 약한 모습을 보이지 않아야 돼.

이 풋내기들은 일이 잘 풀렸다. 한 시에 시청 복도에서 기다리고 있을 때 행정관 곤셀류의 목소리가 건물 전체에 울려 퍼졌다, 몬트 라브르 녀석들은 왔는가. 마누엘 이스파다가 마땅히 그러해야 하는 대로 대답했다, 사실 그가 이 반역의 주동자니까, 네, 행정관님, 우리는 여기 와 있습니다. 그들은 한 줄로 서서 이제 어떻게 되는지 보려고 기다리고 있었다. 행정관은 당국의 대표자로서 자신의 역할을 했고, 콘텐치 중위가 그의 옆에 서 있었다, 이 어린 악당들, 너희는 부끄러운 줄도 모르나, 너희는 바다 건너 아프리카로 보내질 거

159

다, 그럼 권위를 존중하는 게 좋다는 걸 배우게 되겠지, 마누엘 이스파다, 이리 와. 그렇게 심문이 시작되었다, 누가 너한테 파업꾼이 되라고 가르쳤지, 누가 가르친 거야, 너한테 좋은 선생들이 있을 게 분명한데. 마누엘 이스파다가 무고함이 발휘할 수 있는 모든 힘을 동원하여 말했다, 아무도 우리를 가르치지 않았습니다, 우리는 아무도 몰라요, 우리는 파업이 뭔지도 모릅니다, 다 기계 때문이었어요. 기계가 계속 먹고 또 먹고, 짚 더미는 계속 높아져만 갔죠. 그러자 행정관이 말했다, 너 같은 놈들을 내가 잘 알아, 다 그렇게 말하라고 시킨 거지, 누가 너희를 위해 나서서 말을 해주겠나. 행정관은 앞을 내다보며 터를 닦고 있었다. 몬트 라브르의 젊은 아이 몇 명이 파업꾼으로 고발당했다는 소식이 몬테모르에서 알려지자, 양식 있는 몇 사람이 이미 그와 콘텐치 중위에게 말했다, 이 일을 너무 심각하게 받아들일 필요는 없소, 그 아이들이 무슨 해를 주려 한 게 아니잖소, 그 아이들이 파업이 뭔지 알기나 하겠소. 그럼에도 네 명 모두 심문을 받았고, 이 일이 끝나자, 행정관은 연설을 했는데, 물론 뻔한 이야기를 했다, 앞으로는 사리 분별을 좀 해라, 너희한테 일을 주는 사람들을 존중하는 법을 배워, 이번에는 봐주겠지만, 내가 여기서 다시 너희를 보는 일이 없게 해라, 또 보게 되면 너희는 감옥에 갈 테니까, 조심해, 혹시 누가 나타나 너희한테 읽을 걸 주거나 체제 전복적인 대화를 나누면 군경찰에 말해, 그럼 그쪽에서 알아서 처리할 테니까, 그리고 너희를 위해 나서서 이야기를 해준 사람들에게 감사하고 그들을 실망시키지 마라, 이제 가도 좋다, 여기에서 콘텐치 중위에게 작별 인사를 해라, 중위는 너희의 친구다, 나와 마찬가지로, 나는 그저 너희가 잘되기를 바랄 뿐이니까, 그 점을 잊지 마라.

그것이 이 나라의 이 지역이 돌아가는 꼴이다. 왕은 람베르투 오르케스에게 말했다, 그곳을 경작하고 거기에 사람을 퍼뜨려라, 너 자신의 이익을 잊지 말고 내 이익을 돌보아라, 내가 너에게 이런 조언을 하는 것은 그것이 나에게도 좋기 때문이다, 우리가 이 충고를 글자 그대로 따르면 우리 모두가 평화롭게 살게 될 것이다. 아가메드스 신부는 자신이 양육하는 양 떼에게 말했다, 너희의 나라는 이 세상에 속하지 않는다, 나는 너희가 하늘나라에 들어갈 수 있도록 고난을 겪었다, 너희가 이 눈물의 골짜기에서 눈물을 더 많이 흘릴수록 너희는 세상을 버릴 때 주께 더 가까이 가게 될 것이다, 세상은 파멸, 지옥, 육(肉)에 불과할 뿐이다, 너희는 내가 너희를 계속 지켜보리라는 것을 믿어도 좋다, 만일 우리 주 하느님께서 너희가 너희 마음대로 선한 일과 악한 일을 모두 해도 좋다고 내버려두었다고 생각한다면 너희는 크게 잘못 알고 있는 것이기 때문이다, 모든 것은 심판의 날에 저울에 오르게 될 것이다, 다음 세상에서 빚을 지고 있는 것보다는 이 세상에서 갚는 게 낫다. 이는 훌륭한 교리이고, 아마도 이것 때문에 몬트 라브르 출신의 네 명은 일주일 가운데 그들이 범죄를 저지른 사흘과 사분의 일 일 동안 벌었지만 받지는 못한 임금이, 일당 구 이스쿠두로 쳐서, 양로원으로 가는 데 동의했을 것이다. 하지만 펠리스베르투 람파스는 집으로 가는 길에 이런 이야기를 하기는 했다, 그 노친네들은 아마 우리 돈을 맥주 마시는 데 써버릴 거야. 우리는 젊은 사람들을 용서해야 한다. 그들이 연장자들을 나쁘게 생각하는 것은 아주 흔한 일이다. 행정관의 손에 쥐어진 그 백십칠 이스쿠두는 맥주에 쓰기는커녕 늙은 사람들이 더 나은 음식을 먹게 해주었는데, 이것은 상상도 할 수 없는, 아주 좋은 의미의 먹고 마시는 잔치였다. 오랜 세월이 지난 뒤까지 그들은 그 잔치 이야기를 했고, 아주 늙은 한 양로원 거주자는, 이제 죽어도 좋아, 하는 말까지 했다고 전해진다.

이상한 생물이다, 사내는. 사내아이는 아마 더 이상할 것이다. 완전히 다른 종이기 때문이다. 펠리스베르투 람파스 이야기는 할 만큼 했다. 그는 지금 기분이 나쁜데, 도둑질당한 임금의 문제는 그에게 구실에 불과하다. 하지만 그들은 모두 슬픈 표정으로 몬트 라브르에 돌아왔다. 마치 뭔가 귀중한 것을 도둑질당한 듯한 표정이었다. 아마 자존감일 것이다. 물론 그것을 잃어버린 것은 아니지만, 이 상황 전체에 뭔가 불쾌한 것이 있었다. 그들은 경멸 섞인 대접을 받았으며, 줄을 서서 행정관의 설교를 들었고, 그러는 동안 중위는 옆에서서 그들의 얼굴과 특징을 외웠다. 그들을 위해 개입한 사람들에게도 화가 났다. 이 일이 살라자르의 목숨을 노린, 그러나 아무런 피해를 주지 못한 폭파 사건 이틀 전에 일어나지 않았다면 그들의 청원은 아무런 도움이 되지 않았을 것이다.

그 일요일에 네 아이는 광장으로 갔지만, 그들을 일터로 데려가줄 사람을 찾을 수가 없었다. 다음 일요일에도, 그다음 일요일에도 같은 일이 벌어졌다. 대농장은 오래가는 기억력과 좋은 통신망을 갖추고 있어서 소식이라면 아무것도 놓치지 않고 다 전하며, 오직 원할 때만 용서하고, 절대 잊지는 않는다. 아이들은 마침내 일을 찾았을 때 뿔뿔이 흩어져야 했다. 마누엘 이스파다는 돼지를 치러 갔고, 돼지치기 일을 하는 동안 안토니우 마우템푸를 만났으며, 마우템푸는 훗날 때가 되었을 때 그의 처남이 된다.

사라 다 콘세이상은 몸이 좋지 않다. 그녀는 남편 꿈을 꾸곤 한다. 거의 하루도 빠지지 않고 남편이 목에 자주색 밧줄 자국을 드러낸 채 올리브 숲 바닥에 누워 있는 모습이 보인다. 그의 주검이 그런 식으로 무덤으로 가게 놔둘 수는 없어, 그의 목을 포도주로 닦기 시작한다. 그 자국이 사라지기만 하면 남편을 돌려받을 수, 살아나게 할 수 있기 때문이다. 깨어 있을 때라면 절대 원치 않을 일이지만, 정말 알 수 없는 이유로, 꿈에서는 그렇게 한다. 젊은 시절에는 그렇게 세상을 떠돌던 이 여자는 이제 아주 고요하고 안정된 삶을 살고 있다. 하지만 사실 그녀는 늘 그런 삶을 살았다. 그녀는 아들 주앙 마우템푸와 며느리 파우스티나의 집에서 일손을 돕는다. 손녀 그라신다와 아멜리아를 돌보고, 닭을 치고, 옷을 꿰매고 다시 꿰매고, 바지 엉덩이를 깁는다. 구두 갑피를 바닥에 꿰매던 짧은 기간에 배운 기술이다. 하지만 그녀에게는 아무도 이해할 수 없는 묘한 습관이 있는데, 그것은 밤에 가족이 모두 자고 있을 때 산책을 나가는 것이다. 물론 멀리 가지는 않는다, 두려움 때문에 그럴 수가 없다. 도로 끝이면 이미 멀다. 이웃들은 그녀가 약간 미쳤다고 말하는데, 어쩌면 실제로 그런지도 모른다. 만일 밤에 아들과 며느리가 또는 딸과 사위가 평화롭게 쾌락을 얻을 수 있도록 늙은 어머니들이 모두 거리로 나온다면, 그것은 작은 인간적 선의를 기록한 아주 짧은 역사에 남을 만한 가치가 있는 일일 것이다. 많은 노부인들이 그늘에서 또는 달빛을 받으며 배회하거나, 낮은 담 옆의 바닥이나 성당 밖의 계단에 앉아 말없이 기다리는 모습을 상상해보라. 그들이 자신의 지나간 쾌락을 떠올리며 무슨 이야기를 할까, 예전에는 어땠는지 또는 어떻지 않았는지, 그런 쾌락이 얼마나 지속되었는지. 그러다 그들 가운데 하나가 말한다, 이제 돌아가도 되겠네. 그들 모두 일어선다, 내일 봅시다, 그러면서 집으로 돌아가, 조용히 걸쇠를 들어 올린다. 젊은 부부는 아마 자고 있을 것이다, 어떤 부부간의 행위도 없이, 그런 일이 매일 밤 벌어질 수야 없지 않은가. 하지만 사라 다 콘세이상은 지나치게 조심을 하는 쪽을 택한다. 날씨가 나쁠 때만 나가기를 힘들어하는데, 그때는 정원의 포치 밑에 서 있다. 하지만 그녀의 행동을 이해하는 파우스티나가 있다. 이런 여자가 너를 위한 여자다. 그런 여자라면 그녀를 안으로 불러들일 것이다. 그날 밤은 차가운 별처럼 순수할 것이라는 표시다, 어느 별 많은 밤, 주앙 마우템푸가 정당하게 처의 몸을 시트 밑에서 더듬은 밤이 아니라면.

어쩌면 사라 다 콘세이상이 그렇게 오간 것은 그저 자신을 기다리는 꿈에서 도망치려는 생각 때문이었을지도 모른다. 하지만 한 가지는 확실하다. 새벽에 그녀는 다시 한 번, 자기도 모르게 올리브 숲에 들어가 있게 되고, 그날은 그녀가 꿈에서 알고 있는 대로, 죽음 다음 날, 그들이 주검을 발견한 날이며, 자신이 포도주 한 병과 걸레를 들고 그 주검을 닦고 또 닦게 될 거라는 사실. 머리는 이쪽저쪽으로 흔들린다. 머리가 그녀 쪽을 볼 때면 남편은 차가운 눈으로 그녀를 응시하고, 다른 쪽을 볼 때면 주검에는 얼굴이 사라지는데, 그게 더 싫다. 사라 다 콘세이상은 식은땀을 흘리며 잠을 깬다. 아들이 코 고는 소리가 들리고, 손자가 몸을 뒤척이는 소리가 들리지만, 손녀들이나 며느리 소리는 들리지 않는데, 그들은 결국 여자고, 그래서 조용하다. 그녀는 두 손녀에게 다가가, 그들과 함께 잔다. 어떤 운명이 그 아이들을 기다리고 있는지 누가 알 수 있을까, 그래도 이런 꿈을 꾸는 여자의 운명보다는 나은 운명을 기대해보자.

어느 날 밤, 사라 다 콘세이상은 밖으로 나가 다시 돌아오지 않았다. 그들은 아침에, 마을 바깥에서 그녀를 발견했는데, 완전히 정신을 놓고, 남편이 마치 살아 있는 사람인 것처럼 이야기를 했다. 무척 슬펐다. 그녀의 딸, 리스본에서 하녀로 일하고 있는 마리아 다 콘세이상은 고용주들에게 도와달라고 했고, 그들은 도와주었다. 이런데도 사람들은 부자들을 나쁘게 말한다. 사라 다 콘세이상은 몬트 라브르에서 출발하여, 테헤이루 두 파수에서 보트를 내려, 생전 처음 택시를 타고, 북북서쪽, 힐랴폴르스에 있는 정신병원으로 갔다. 그녀는 그곳에서 살다가 심지에 기름이 부족하여 불이 꺼지듯이 죽었다. 가끔, 자주는 아니지만, 그래, 우리 모두 우리 자신의 삶을 살아야 하니까, 마리아 다 콘세이상이 어머니 면회를 갔고, 그들은 앉아서 서로를 바라보곤 했다, 달리 그들이 할 일이 무엇이 있겠는가. 몇 년 후, 때가 되면 우리가 알 수 있는 이유로 주앙 마우템푸가 리스본에 오게 되었을 때, 사라 다 콘세이상은 이미 죽었다. 간호사들의 웃음소리에 둘러싸여 죽었는데, 이 가엾은 바보가, 상상해보라, 너무 늦기 전에 끝내야 하는 어떤 일에 써야 한다면서, 계속 겸손하게 포도주 한 병만 달라고 했기 때문이다. 슬픈 일 아닌가, 신사 숙녀 여러분.

전쟁들의 재고 목록에서 라티푼디움도 크지는 않으나 자기 역할을 한다. 그 유럽들, 또 한 번의 전쟁이 막 시작된 그곳은 훨씬 큰 역할을 하며, 여기에서 확인할 수 있는 바로는, 세상 다른 지역으로부터 너무 멀리 떨어진 무지의 땅이라 확인할 수 있는 게 많지는 않지만, 스페인의 파괴 상태가 심각하여 마음이 아플 정도다. 그러나 어떤 전쟁이든 너무 많은 전쟁이다, 이것이 틀림없이 전혀 원치 않았던 전쟁에서 죽은 자들의 관점일 것이다.

람베르투 오르케스가 몬트 라브르와 그곳을 둘러싼 토지를 책임지게 되었을 때, 땅은 아직 카스티야인의 피로 싱싱했다. 물론 싱싱함이란, 루시타니아인이나 로마인이 흘린 훨

씬 오래된 피에 견준 약간 잔혹한 이미지일 뿐이다. 그들만
이 아니라 알라니인, 반달인, 스와비아인도, 이렇게 멀리까지
왔다면, 그 혼란스러운 소동 가운데 피를 흘렸을 것이고, 서
고트족은 분명히 왔으며, 나중에는 극악무도하고 거무스름
한 무어인 대상(隊商)이 왔고, 그다음에는 부르고뉴인이 와
서 자신과 남들의 피를 흘렸다. 또 다음에는 소수의 십자군,
그들 모두가 오스베르누* 같은 영웅은 아니었지만. 또 그다
음에는 아랍인이 더 왔다. 이 땅이 얼마나 많은 죽음을 보았
는지. 우리가 포르투갈인의 피를 언급하지 않은 유일한 이유
는 흘린 피 모두가 포르투갈인의 것이거나, 귀화할 만큼 시
간이 지나기만 하면, 포르투갈인의 피가 되었기 때문이다.
그래서 프랑스인이나 영국인은 언급하지 않은 것이다. 그들
은 진정 외국인들이므로.

람베르투 오르케스가 권한을 맡은 이후에도 상황은 바뀌
지 않았다. 국경은 열린 문이고, 카이아강은 거의 걸어서 건
널 수 있으며, 평원은 싸움의 천사들이 일부러 애정 어린 마
음으로 매끈하고 평탄하게 다듬어놓은 것처럼 전투원들은
화살, 또 나중에는 그 다양한 총알이 지나는 길에서 장애물
하나 없이 서로 마주 볼 수 있다. 투구에서 흉갑에 이르기까
지, 미늘창에서 화승총에 이르기까지, 사석포(射石砲)에서

* 오스베르누는 아폰수 1세가 무어인에게서 이 도시를 빼앗았던 1147년 리스본 공
격에 참여한 십자군으로, 북유럽의 십자군으로부터 결정적인 도움을 받았다. 오스
베르누는 이 공격을 기록으로 남겼다. ─역주

노포(弩砲)에 이르기까지 무기의 어휘는 매우 아름다우나, 그런 병기가 이 땅에서 걷고, 달리고, 싸웠다는 것을 알게 되면 공포로 몸이 떨리며, 만일 그런 발명품들의 효과를 보게 되면 몸이 다시 떨릴 것이다. 어쨌든 목의 이 상처에서든 베어 열린 배의 저 상처에서든 피가 흐르게 되었으며, 그 사람들이 죽음에 체념했는지, 또 왜 자신이 죽어가는지 알았는지, 하는 문제 같은 내밀한 수수께끼를 기록할 수 있는 훌륭한 잉크가 되곤 했다. 주검은 운반되거나 쓰러진 곳에 묻혔으며, 라티푼디움은 깨끗하게 청소되었고, 땅은 다시 다음 전투를 치를 준비가 갖추어졌다. 그러니 비용을 생각하지 말고 이와 관련된 직업들을 철저하게 배우고 열심히 연습해보아야 한다. 한 예로, 비미오수 백작은 왕에게 이런 자세한 편지를 보냈다, 전하, 기병대 병사들은 병사당 기병총 한 자루와 권총 두 자루로 무장해야 합니다, 기병총은 화승총 총알이나 더 작은 것이 들어갈 것이고, 총열은 길이가 세 뼘에 불과할 것인데, 이것으로 충분할 것입니다, 만일 어떤 총알이 요구하는 대로 보강을 하여 총열을 더 길게 한다면 기병은 이 총을 다룰 수 없게 될 것이기 때문입니다, 또 화약통을 위한 금속 장전기도 필요할 것입니다, 권총 또한 품질이 좋아야 할 것인데, 두 뼘짜리 총열이 달려야 하며, 안장용 케이스와 사슬 두 개로 매달 수 있게 할 것입니다, 우리가 더 만들 수 있어 저에게 여분의 권총과 기병총이 생긴다면 유용할 것입니다, 쇠를 빌라 비소자로 많이 보내 소총병들에게 나누어주어야 합니다. 쇠 일부는 몬테모르와 에보라에 두어야 합니다, 이것이 기병대를 위한 저의 요구이지만, 무엇이 가장 편한 방법인지 결정하는 것은 전하께 맡기겠습니다.

이 전하는, 재정적 어려움 때문에, 늘 신속하고 너그러운 지급담당자가 되지는 못했다, 몬테모르에서 우리는 전하가 친절하게도 보내주신 이천 크루자두와 민중이 추가로 기부한 이천 크루자두로 요새화 작업을 해왔으며, 전하가 육천을 주고 민중이 육천을 더 낸다는 협정이 있었기 때문에, 시의회는 전하가 추가로 이천을 더 내야 하고, 그러면 민중도 거기에 맞추어 낼 것이라고 결정했기 때문에, 나는 그들에게 그 액수를 내도록 하라고 말하면서, 또 한편으로는, 전하에게 이천을 내달라고, 그래야 민중이 자기 부담금을 낼 수 있을 것이라고 말하는 바입니다. 이것은 양편의 상호 불신과 수많은 책임 전가에 기초한 관료적 협상이지만, 피를 둘러싼 실랑이는 없다. 아무도, 왜 전하는 자신의 피를 일 리터 내놓지 않느냐, 붉든 푸르든 상관없다, 땅에 흘리고 나서 삼십 분 안에 흙과 같은 색깔이 될 것이기 때문이다, 하고 말하지는 않는다. 민중은 감히 거기까지 가지는 않는다. 왕가 전체의 피, 왕좌의 모든 상속자와 왕이나 왕비가 두었을 수도 있는 사생아의 피까지 포함하여, 그 모든 피를 같은 통에 쏟아붓는다 해도, 전쟁에 필요한 양으로는 충분치 않을 것이기 때문이다. 민중에게 자신의 피와 자신의 돈을 퍼붓게 하라, 그러면 이 전하는 민중이 그전에 세금과 공물로 지불한 것과 같은 액수를 낼 것이다.

늘 재난이 있다. 기병대, 십자군, 축성에 관한 이 모든 이 야기는 그들 모두를 함께 묶는 피와 더불어 십칠 세기에 속한 것이며, 아주, 아주 오래된 이야기지만, 상황은 결코 나아지지 않았으며, 그런 식으로 우리는 오렌지 전쟁에서 올리벤사를 잃었으나 결코 다시 찾지 못했다. 우리로서는 창피하게도, 마누엘 고도이는 총 한 방 쏘지 않고, 아무런 저항을 받지 않고, 행군해 들어와, 우리의 수치를 드러내는 동시에 그자신의 용맹을 드러내는 행동으로, 오렌지나무의 열매가 달린 가지를 연인인 마리아 루이사 왕비에게 보냈으니, 모자란 것은 오직 우리가 드러누워 그들의 침대와 매트리스 역할을 하지 못한 것뿐이었다.[*] 끝없는 불행, 위로할 수 없는 슬픔, 이 두 가지 모두가 십구 세기부터 그저께까지 지속되었다. 오렌지에는 뭔가가 있다. 개인적 운명과 집단적 운명 양쪽에 나쁜 영향을 준다. 그렇지 않고서야 왜 알베르투가 바람에 떨어진 오렌지를 묻으라고 명령하면서 감독에게, 오렌지를 묻어라, 누구라도 오렌지를 주워 먹는 사람이 있다면

---

[*] 1800년 보나파르트와 동맹자인 스페인의 총리 마누엘 데 고도이는 포르투갈에게 영국과의 전쟁에서 프랑스와 동맹을 맺고 프랑스에 국토 대부분을 내주라는 최초통첩을 보냈다. 포르투갈은 거부했고, 1801년 4월 프랑스군이 포르투갈에 도착했다. 5월 20일에는 고도이가 지휘하는 스페인군이 합세했다. 포르투갈은 전투에서 참패하고, 고도이는 포르투갈의 도시 올리벤사를 장악했으며, 승리 뒤에 오렌지 몇 개를 따서 정부인 스페인 왕비에게 보냈다. 이 때문에 이 전쟁은 '오렌지 전쟁'으로 알려지게 되었다.

토요일 자로 해고할 거다, 하고 말하겠는가. 실제로 몇 사람이 몰래 오렌지, 그 금단의 과일을, 아직 멀쩡해서, 땅 밑에서 썩게 놓아두는 것보다 먹는 쪽을 택했다는 이유로 해고를 당했다, 가엾어라, 우리가 또 오렌지가 무슨 잘못을 했단 말인가. 하지만 모든 일에는 이유가 있으니, 상황을 더 자세히 들여다보도록 하자. 왜냐하면, 유럽에서 이제 막 시작된 전쟁이 끝날 무렵, 독일의 오르케스 알레망이라고 할 수 있는 히틀러라는 자가 열둘이나 열세 살짜리 아이들을 보내 마지막 패배의 대대들을 만들어, 너무 커서 어깨에서 흘러내리고 발목에서 흐느적거리는 군복을 입히고, 아직 약한 어깨로는 감당할 수도 없는 반동 소총을 들게 할 것인데, 이것이 바로 대농장 소유자들이 불평을 하는 것이기 때문이다. 돼지나 칠면조를 칠 예닐곱 살짜리 아이들이 이제 없다는 것이다. 그 아이들이 자기가 매일 먹을 빵도 벌지 못한다면 어찌할 것인가, 그들은 짐승 같은 대접을 받으며 사는 부모들, 이미 피와 돈을 내어주고도 여전히 이해를 하지 못한 부모들, 또는 다른 세기에 왕의 경멸에 찬 냉대를 불신했던 것처럼 서서히 불신이 끓어오르는 것을 느끼고 있는 부모들에게 말한다.

전쟁은 정말이지 대수롭지 않다. 사람은 어떤 것에도 익숙해질 수 있고, 하나의 전쟁과 다른 전쟁 사이에 아이를 몇 명 만들어 라티푼디움에 넘길 여유도 있다, 그동안은 아이가 운이 좋아 십장이나 감독이나 신임받는 하인이 되거나,

아니면 도시, 그래도 시골보다는 깨끗한 죽음을 얻을 수 있는 곳에 나가 사는 쪽을 택할 것이라는 꿈이 밀고 들어오는 창이나 소총의 총알에 의해 중간에 끊어지지 않으니까. 가장 최악은 거의 해마다 일어나는 역병과 기근으로, 이것은 사람들을 파멸로 이끌고, 밭을 텅 비게 하며, 마을을 사람 살지 않는 곳으로 바꾸어놓는다. 몇 리그를 걸어도 사람 하나 보이지 않는다. 이따금씩 누더기를 걸친 비참한 무리들이 악마가 사람들의 어깨에 얹혀서만 걸을 것 같은 좁은 길을 따라 걸어가는 것을 보게 될지도 모른다. 어떤 사람들은 길가에 쓰러지는데, 이것이 주검의 여정이다. 역병이 누그러지고 기근이 풀려 살아 있는 사람들을 헤아릴 때, 너무 많이 세게 되면 어쩌나 하는 걱정은 하지 않아도 된다, 남은 사람이 거의 없으니까.

이 모두가 악이며, 그것도 큰 악이다. 사람들은 아가메드스 신부의 언어를 사용하여, 이것이 묵시록에 나오는 말 탄 자 세 명인데, 한때는 넷이 있었고, 더 나은 셈법을 모르니 손가락으로 그것을 헤아려보면, 첫째는 전쟁이고, 둘째는 역병이고, 셋째는 기근인데, 늘 네 번째가 있으니, 그것은 땅의 야수들이라고 하였다. 마지막 것이 가장 흔하게 눈에 띄는데, 얼굴이 셋이다. 하나는 라티푼디움의 얼굴, 또 하나는 부자들의 재산, 특히 그 가운데서도 라티푼디움을 지키는 군경찰, 그리고 마지막으로 세 번째 얼굴이 있다. 이 야수는 머리가 셋이지만 욕망은 하나인 뱀이다. 명령을 내리는 자가 반드시 그런 일을 하는 데 가장 적합한 자는 아니며, 명령을 내리는 데 가장 적합한 자가 반드시 그 역할에 잘 어울리는 것도 아니다. 하지만 아마 더 분명하게 이야기를 해야 할 것 같다. 이 말은 모든 도시, 읍, 마을, 산골 마을에서 볼 수 있고, 납빛의 눈을 달고 인간의 손과 발을 닮은 다리로 속보로 돌아다니지만, 인간은 아니다. 몇 년 뒤, 마누엘 이스파다가 아소르스 제도에서 병역 의무를 이행할 때, 이야기의 앞으로 좀 뛰어나가는 것을 용서해달라, 사람들이 그에게 하는 말, 여기에서 나가면 나는 국가 경계 방위 경찰에 들어갈 거야,[*] 하는 말을 듣고 마누엘 이스파다는 물었다, 그게 뭐죠. 상대는 대답했다, 정치 경찰이야, 아주 멋지지, 네 마음에 들지 않는 사람이 있다고 해보자고, 그냥 체포해서, 민간 당국에 넘기면 돼, 원한다면 머리에 총을 쏘고 당국에 가서 그자가 저항을 하려 했다고 말하면 돼. 이 말은 문을 짓밟고 라티푼디움에서 아가메드스 신부와 같은 식탁에서 식사를 하고 군경찰과 카드를 치는 반면, 봉템푸라는 이름의 망아지는 죄수의 머리를 걷어찬다. 이런 말들은 도시, 읍, 마을, 어디에서나 볼 수 있으며, 그들은 울고, 코를 비비고, 비밀과 주장을 서로

[*] PVDE(Polícia de Vigilância e Defesa do Estado)는 1933년 사회적이고 정치적인 성격의 범죄를 예방하고 진압하기 위해 살라자르 자신이 창설했다. 1945년, 이 기관은 해체되고 PIDE(Polícia Internacional e de Defesa do Estado)로 바뀌었으며, 그 임무는 국가에 반대하는 음모를 꾸미는 누구든 조사하고, 억류하고, 체포하는 것이었다. -역주

교환하고, 설득력 있는 고문과 고문을 통한 설득을 만들어내며, 이것 때문에 우리는 처음으로 그들이 말 종족에 속하지 않았다는 것을 깨닫는다. 아가메드스 신부는 자신이 성경에서 읽는 말이 진짜 말이라고 믿다니 바보다. 마누엘 이스파다는 이 근본적인 오류를 전도가 유망한 동료 징집병에게서 배웠다. 지식의 나무의 뿌리는 어디에서 자라느냐를 놓고 까다롭게 굴지 않으며 거리가 벌어져도 겁을 내지 않는다.

아가메드스 신부는 설교단에서 외친다, 너희의 상식을 무너뜨리려고 몰래 돌아다니는 자들이 있다, 하지만 스페인에서는 하느님과 성모 마리아의 은총으로 박살 났다, 바데 레트로 사타나스 에트 아브레눈시오,[*] 너희는 역병, 기근, 전쟁에서 달아나듯 그들에게서 달아나야 한다, 그들은, 이집트의 메뚜기 떼처럼, 우리의 거룩한 땅에 닥칠 수 있는 최악의 불행이기 때문이다, 그렇기 때문에 내가 지칠 줄도 모르고 너희한테, 인생과 세상에 관하여 더 많이 아는 사람들의 말에 귀를 기울이고 그 말을 따라야 한다고 말하는 거다, 군경찰을 너희의 수호천사라고 생각하라, 그들에게 성내지 마라, 가끔 아버지도 사랑하고 돌보는 자식을 때릴 수밖에 없잖은가, 우리 모두 자식이 조만간 이렇게 말할 것임을 알고 있다, 다 나를 위한 거였어, 낭비한 매질은 오로지 땅을 때린 것뿐이었다, 나의 자식들이여, 군경찰도 마찬가지다, 다른 당국

* 사탄아 물러가라, 물러가라!

은, 민간이건 군이건, 말할 것도 없다, 시장, 행정관, 연대장, 민간 총독, 재향군인회장, 기타 권력의 자리에 있는 다른 모든 신사분들은 말할 것도 없다, 무엇보다 먼저, 너희에게 일을 주는 분들이 계신다, 그렇고말고, 너희에게 일을 주는 분들이 안 계시면 너희는 어떻게 되겠는가, 너희 가족은 어떻게 먹여 살리겠는가, 말해보라, 대답해보라, 그래, 나도 회중이 미사 시간에는 보통 말을 하지 않는다는 걸 알지만, 너희는 너희 양심에게 대답을 해야 한다, 이런 모든 이유 때문에, 나는 너희의 불행만 바라는 그 빨갱이 악마들에게는 귀를 기울이지 말라고 너희에게 촉구하고, 요구하고, 명령한다, 그것이 하느님이 세상을 창조한 이유가 아니니까, 하느님은 세상이 성모 마리아의 다정한 품에 안겨 있게 하려고 창조했다, 만일 누가 유혹적인 말로 여러분을 타락의 길로 이끌려고 하면 바로 군경찰 부대로 가라, 그렇게 하면 여러분은 하느님의 사업을 수행하는 거다, 하지만 용기가 없다면, 보복을 두려워한다면, 내가 고해소에서 너희 이야기를 듣겠다, 그리고 너희 고백을 가지고 나의 영혼과 양심이 옳다고 여기는 일을 하겠다, 자 우리나라의 구원을 위하여 주기도문을 외우자, 러시아의 개종을 위하여 주기도문을 외우자, 우리나라를 다스리는 분들을 위하여 주기도문을 외우자, 그분들은 그렇게 자신을 희생하고, 그렇게 우리를 사랑하고 계시니까, 하늘에 계신 우리 아버지 이름을 거룩하게 하옵시며.

아가메드스 신부의 말은 전적으로 옳다. 라티푼디움을 떠도는 사람들이 있다, 그들은 서너 명씩 무리를 지어 외딴곳이나 버려진 집에 숨어 있는 모습이 눈에 띄곤 한다. 그곳에서 그들은 망을 본다, 아니면 골짜기에 은신하여, 일부는 여기에서, 일부는 다른 곳에서 긴 대화를 나눈다. 그들은 번갈아가며 이야기를 하고, 다른 사람들은 귀를 기울인다. 멀리서 그들을 보게 되는 사람들은 말하곤 한다, 저 사람들은 떠돌이 노동자들, 집시들, 전도자들이야. 그들은 이야기를 마친 뒤에는 흩어져 외딴길을 걷고 몸에는 종이와 결의문을 지니고 다닌다. 이것이 이른바 조직이라는 것으로, 아가메드스 신부는 격분 때문에, 의로운 분노 때문에 얼굴이 붉으락푸르락했다, 그들이 저주를 받게 하소서, 그들의 영혼이 지옥의 깊은 골짜기에 떨어지게 하소서, 그들은 너희를 파괴하려는 해로운 전염병이다, 바로 어제 나는 의회 의장과 이야기를 나누었는데, 의장은 내게 말했다, 그 치명적인 질병이 이미 우리 마을을 괴롭히고 있습니다, 아가메드스 신부님, 이 신앙과 문명의 적이 우리 가족들에게 퍼뜨리는 이 유독한 교의를 무력하게 만들기 위해 뭔가 해야만 합니다, 오 배은망덕한 자들이여, 우리가 우리나라에서 누리는 평화와 질서가 다른 나라들이 부러워하는 것이라는 사실을 모른단 말인가, 지금 나한테 와서 기꺼이 그 모든 것을 잃겠다고 말하는 건가, 너희는 그저 응석받이일 뿐이다, 그게 너희의 문제다.

주앙 마우템푸는 미사에 가본 적이 없는 사람이었지만, 이제 몬트 라브르에 살고 있기 때문에, 아내의 비위를 맞추기 위해서, 또 동시에 필요 때문에 이따금씩 성당에 나간다. 그는 아가메드스 신부의 불같은 설교를 듣고, 머릿속에서 그것을 은밀히 건네받은 종이에서 읽은 것과 비교해 본다. 그는 소박한 사람으로서 그 나름의 판단을 내리는데, 그 종이에 적힌 것들 가운데 일부는 믿지만, 사제가 하는 말은 한마디도 믿지 않는다. 아가메드스 신부 자신도 자기 말을 믿기 힘든 것처럼 보인다, 그렇게 호언하고 고함을 지르고 입에 거품을 뿜으면서도. 사실 이건 하느님의 종에게 어울리는 모습은 아니다. 미사가 끝나자 주앙 마우템푸는 다른 회중과 함께 광장으로 나서는데, 그곳에서 다른 여자들과 함께 앉아 있는 파우스티나를 발견한다. 그는 그녀와 집을 향해 조금 걷다가 친구들과 어울려 술을 마시러 간다, 딱 한 잔만. 하지만 다른 사람들은 그에게 웃음을 터뜨린다, 너는 꼬마처럼 마시는군, 마우템푸. 하지만 그는 웃음을 지을 뿐이다. 모든 것을 말해주는 웃음이다. 그래서 다른 사람들은 더 말을 하지 않는다. 마치 술집 들보에서 목을 매단 시체가 갑자기 떨어진 듯하다. 이윽고 한 친구가 묻는다, 아가메드스 신부가 오늘 좋은 설교를 했나. 답이 없는 질문이다. 그는 몬트 라브르에서 미사에 절대 가지 않는 몇 사람 가운데 하나인데, 그냥 도발을 하려고 물을 뿐이기 때문이다. 주앙 마우템푸는 다시 웃음을 지으며 말한다, 아, 그냥 평소와 같았어. 그 뒤에는 더 말을 하지 않는다. 그는 이제 마흔이 가까웠고 절대 혀를 통제 못할 만큼 많이 마시지 않기 때문이다. 종이를 준

게 그 친구였다. 그들은 서로 마주 보았고, 시지즈문두는, 이게 그 친구 이름이다. 한쪽 눈을 찡긋하며 그에게 포도주 잔을 들어 올린다. 건강을 위하여.

안토니우 마우템푸가 마누엘 이스파다를 만난 것은 돼지 치는 일에 고용되어 있을 때였는데, 마누엘 이스파다는 동무들과 함께 그 지역에서, 또 주위 이 리그 반경에서 파업꾼이라는 별명이 붙게 되자 다른 일을 찾을 수가 없어 그런 미숙련 노동을 할 수밖에 없었다. 몬트 라브르의 모든 사람과 마찬가지로 안토니우 마우템푸도 무슨 일이 있었는지 알고 있었으며, 그의 아직 유치한 상상 속에서는 그것이 솔방울을 굽고 막대기를 휘두르는 십장에 대한 자신의 반항과 비슷한 데가 있어 보였다, 물론 그런 말을 한 적은 없었지만. 무엇보다도 마누엘 이스파다는 그보다 여섯 살 위였기 때문인데, 이것은 한낱 아이를 청년과, 청년을 남자 어른과 나눌 만한 시간이었다. 이 돼지들의 십장은 다른 십장보다 일을 더 열심히 하는 사람은 아니었지만, 그는 적어도 핑계 댈 나이가 있었으며, 그가 고용한 청년들은 그로부터 명령을 듣는 것을 싫어하지 않았다. 사실 누군가는 책임을 져야 하며, 그는 우리를 책임지고, 우리는 돼지를 책임지는 것이다. 돼지치기의 하루는 심지어 겨울에도 매우 긴데, 시간이 너무 느리게 흘러가기 때문에 그들은 대책 없이 빈둥거리며, 마치 그림자처럼 여기에서 저기로 움직인다. 돼지는 상상력이 거의 없는 동물로, 늘 주둥이를 땅에 박고 있다. 설사 무리와 떨어지더라도 나쁜 짓을 할 의사는 없으며, 겨냥을 잘 한 돌이나 등을 따갑게 두들기는 막대기면 귀를 씰룩거리며 무리로 돌아온다. 돼지는 곧 그런 일을 잊어버리는데, 기억력이 형편없고 천성이 원한을 품지 않기 때문이다.

그때는 십장이 털가시나무 아래에서 졸거나 멀리 떨어진 곳에서 동물을 돌보는 동안 길게 이야기를 나눌 시간이 있었다. 마누엘 이스파다는 파업꾼으로서 겪은 모험을 이야기했다. 그러나 절대 과장하지는 않았으니, 그것은 그의 성품이 어울리지 않았기 때문이다. 또 밤에 탈곡장 바닥에서 여성 노동자들, 특히 북쪽에서 왔기 때문에 사내들이 곁에 없는 노동자들과 어떤 일이 생길 수 있는지 알려주기도 했다. 둘은 친구가 되었으며, 안토니우 마우템푸는 자신보다 나이가 위인 이 젊은이의 차분함을 무척 존경하게 되었다. 그것은 그에게는 없는 자질이었으니, 나중에 보게 되겠지만, 그는 늘 벌떡 일어나 떠나고 싶어 몸이 근질거리는 축이었기 때문이다. 할아버지 도밍구스 마우템푸의 방랑자 기질을 물려받았던 것인데, 그래도 아주 중요하고 칭찬할 만한 차이는 그는 밝은 기질을 타고났다는 점이다. 그렇다고 그가 늘 웃음을 터뜨리거나 농담을 한다는 뜻은 아니었다. 그는 또래 젊은이들과 똑같은 취향과 불안이 있었으며, 소년을 참새와 구분하는 것은 무엇인가, 하는 오래되고 절대 풀리지 않는 질문을 떠안고 있었다. 그는 늘 자신의 속마음을 이야기했으며, 때로는 충동적으로 행동했고, 이런 자질 때문에 그는 약간 안달하는 사람이 되었고 또 방랑자 비슷하게 살아가게 된다. 그는 아버지가 젊은 시절에 그랬던 것처럼 춤을 즐기게 되지만, 큰 모임은 좋아하지 않을 것이다. 자신이 보거나 만들어낸, 경험하거나 상상한 것에 관한 이야기를 멋지게 할 것이며, 그 둘 사이의 경계를 흐리게 할 수 있는 최고의 기예를 소유하게 된다. 그러나 농촌에서 필요한 모든 기술을 습득하려고 늘 열심히 일할 것이다. 우리는 그의 손금을 보고 이런 미래를 읽는 게 아니다. 이런 것들은 하나의 삶의 기본적 사실에 불과할 뿐인데, 이 삶에는 그의 세대에게는 약속되지 않은 것으로 보이는 것들 몇 가지를 포함하여, 다른 많은 것이 담겨 있었다.

안토니우 마우템푸는 돼지들과 오랜 시간을 보내지 않았다. 그는 마누엘 이스파다는 나이가 많기 때문에 이미 알고 있는 기술을 배우러 혼자 그곳을 떠나, 열세 살 나이에 어른들과 함께 일하면서 관목을 태우고, 도랑을 파고, 둑을 쌓았다. 모두 튼튼한 어깨가 필요한 일이었다. 열다섯 살이 되었을 때는 이미 코르크 자르는 법을 배웠는데, 그는 이 귀중한 기술의 달인이 되었다. 솔직히 말하면 그는 손을 대는 모든 일에서 그렇게 되었다. 그는 아주 어렸을 때부터 어머니와 아버지를 떠나, 할아버지가 자신의 자취와 더불어 몇 가지 나쁜 기억을 남긴 곳들을 돌아다녔다. 그러나 그는 할아버지와는 완전히 달랐기 때문에, 성이 같음에도 불구하고 누구도 둘이 같은 집안 출신이라고는 생각도 하지 못했다. 그는 바다에 몹시 끌렸으며, 사두강의 강변을 발견했고, 그곳을 전부 걸어보았다. 그것은 짧은 여정이 아니었다. 그래 봐야 몬트 라브르에서 주겠다고 하는 얼마 안 되는 돈보다 조금 더 벌 뿐이었지만. 그러다가 훨씬 뒤의 어느 날, 때가 되면 자세히 이야기하겠지만, 그는 프랑스로 가서 약간의 돈과 몇 년의 세월을 바꾸게 된다.

라티푼디움에도 그 나름의 쉼이 있다. 하루하루가 그냥 그렇게 흘러간다, 어쨌든 그렇게 보인다. 예를 들어, 오늘은 도대체 무슨 요일인가. 사람들은 더 주목할 만한 시대에 그랬던 것과 마찬가지로 죽고 또 태어난다. 여전히 굶주림이 늘 배의 요구를 고려하는 것은 아니며, 무거운 일의 양은 별로 줄지 않았다. 가장 큰 변화는 밖에서 일어난다. 더 많은 도로와 그 위에 더 많은 자동차가 있고, 그들에게는 더 많은 라디오와 그것을 들을 더 많은 시간이 있지만, 그것을 이해하는 것은 완전히 다른 기술이며, 더 많은 맥주와 더 많은 소다수가 있다. 그러나 밤에 누우면, 자기 침대에든 들의 짚에든 누우면, 몸의 통증은 똑같다. 그럼에도 고용되어 있는 자신은 운이 좋다고 생각해야 한다. 여자들에 관해서는 별로 할 말이 없다. 짐을 나르는 짐승이자 자식을 낳는 사람으로서 그들의 운명은 여전히 똑같다.

그러나 겉으로 보기에는 생명 없는 늪이지만, 오직 장님으로 태어난 자나 보지 않으려고 하는 자만이 갑자기 깊은 곳에서 수면으로 올라오는 물의 떨림을 눈치채지 못할 뿐이다. 이것은 진흙 속에 축적된 긴장의 결과로, 만들고, 해체되고, 다시 만드는 화학적 과정에 사로잡혀 있다가, 마침내 해방된 가스가 폭발하는 것이다. 하지만 이것을 눈치채려면, 열심히 보아야 하고, 지나가면서, 여기서 얼쩡거리는 건 의미 없는 짓이야, 어서 가자, 따위의 말을 하지 말아야 한다. 만에 하나라도 다른 풍경이나 그림처럼 펼쳐지는 사건에 눈이 팔려 잠시 떠나 있으면, 돌아오는 길에 겉모습과는 달리 모든 것이 마침내 변하고 있다는 것을 알게 될 것이다. 이것이 안토니우 마우템푸가 자기 삶을 살도록 잠시 내버려두고, 우리가 시작했던 이야기의 줄기로 다시 돌아갈 때 벌어질 일이다. 비록 이 모든 것이 그저 풍문일 뿐이지만. 주제 가투와 그에게 닥친 불행에 관한 이야기도 마찬가지인데, 이 이야기는 안토니우 마우템푸가 증언할 수 있다.

이것은 브라질의 도적 람피앙에 관한 지루한 이야기 가

운데 하나도 아니고, 고향에 더 가까운 다른 도적, 예를 들어 주앙 브란당이나 주제 두 텔랴두 같은 사람들의 이야기도 아니다. 그들은 나쁜 사람들이었거나, 누가 알랴, 그냥 생각이 비뚤어진 사람들일 뿐이었다. 그렇다고 라티푼디움에 좋지 않은 인물들이 한 번도 없었다거나, 행인을 죽이고 얼마 되지도 않는 걸 죄다 빼앗는 도적들이 없었다는 것은 아니다. 그저 내가 아는 유일한 자가 주제 가투, 그와 그의 동무들, 아니 패거리라고 해야 하나, 어쨌든 그들뿐이라는 것이다. 그 패거리의 이름은 내 기억이 맞는다면 파힐랴스, 벤타 하샤다, 루드제루, 카스텔루이고 나머지는 이름을 잊어버렸다. 뭐, 다 기억할 수는 없는 것 아닌가. 하지만 그들이 산적이었는지 아닌지는 잘 모르겠다. 떠돌이 노동자들, 그래, 바로 그것이었다. 그들은 일을 하고 싶으면 누구 못지않게 열심히 일을 하곤 했다. 범죄자가 아니었다. 하지만 어느 날, 마치 바람이 꼬리라도 들어 올려 갑자기 기운이라도 솟은 것처럼, 괭이나 도끼를 내려놓고 감독이나 십장에게 받아야 할 것을 받으러 갔다. 그때까지 아무도 그들이 받아야 할 보수를 주지 않은 적이 없었기 때문이다. 그들은 돈을 받고 사라졌다. 처음에는 각자 자기 갈 길로 갔다. 모두 혼자 있는 것을 좋아하는 조용한 사람들이었기 때문이다. 그러다 나중에야 함께 모여 패거리를 이루었다. 내가 그들을 만났을 때는 주제 가투가 이미 우두머리가 되어 있었는데, 내 생각에는, 아무도 그의 자리를 차지하려고 하지 않았을 것이다. 그들은 주로 돼지를 훔쳤는데, 돼지가 부족할 일은 없었다는 점은 말해두어야겠다. 그들은 먹고 또 물론 팔기 위해 훔쳤다. 사람은 자신이 먹는 것만 먹고 살 수는 없기 때문이다. 당시 그들은 사두강에 보트를 하나 정박시켜 두고 있었는데, 이곳이 그들의 도살장이었다. 그들은 짐승을 도살하고 필요할 때를 대비해 고기를 소금에 재어놓았다. 소금에 절이는 이야기가 나와서 말인데, 한번은 소금이 떨어져 뭘 할지 말지 의논을 한 적이 있었다. 사실 말이 거의 없는 사람이었던 주제 가투는 파힐랴스에게 제염소에 가라고 말했다. 보통 주제 가투는, 이렇게 해, 하고 말하면 그걸로 끝이었다. 그러면 마치 그것이 신의 말인 것처럼 그대로 이루어졌다. 하지만 어떤 이유에서인지 파힐랴스는 가기를 거부했고, 결국 그는 이 결정을 후회하며 살게 된다. 주제 가투는 파힐랴스의 모자를 낚아채 공중에 던지고 소총을 집어 들어 총알 두 방으로 모자를 갈기갈기 찢은 뒤 가장 낮은 목소리로 파힐랴스에게 말했다, 가서 소금을 가져와. 파힐랴스는 당나귀에 안장을 얹고 소금을 가지러 갔다. 주제 가투는 그런 사람이었다.

근처 노동자 숙사 가운데 한 곳에 사는, 어지간한 용기가 있는 사람 누구에게나 주제 가투는 돼지고기의 주요 공급원이었다. 어느 날, 벤타 하샤다가, 물론 비밀리에, 내가 일하고 있는 곳에 나타나 고기를 좀 사고 싶어 하는 사람이 없느냐고 물었다. 나도 원했고, 내 동료 두 명도 원했다. 우리는 실랴 두스 피녜이루스라는 곳에서 벤타 하샤다를 만나기로 했다. 우리는 각자 성긴 아마포 가방을 하나씩 챙겨 약간의 돈을 들고 그곳으로 갔고, 돈을 좀 모아두었던 사람은, 혹시 몰라, 숙사에 그것을 두고 갔다, 양털을 구하러 갔다가 도리어 털이 깎여 오는 신세가 되고 싶지 않았기 때문이다. 나한테는 오십 미우헤이스가 있었고, 다른 동료들도 대체로 그 정도가 있었다. 칠흑같이 어두웠고, 우리가 벤타 하샤다를 만나기로 한 장소는 누구라도 소름이 돋을 만한 곳이었다. 실제로 그는 거기 숨어 우리를 기다리다가, 갑자기 튀어나와 소총으로 우리를 겨누며, 너희들이 가진 걸 모두 빼앗아갈 수도 있어, 하고 말하며 장난을 치기도 했다. 물론 우리 모두 웃음을 터뜨렸고, 나는 심장이 쿵쾅거리면서도, 그런 수고를 할 가치도 없을 텐데, 하고 말할 수 있었다, 이번에는 벤타 하샤다가 웃음을 터뜨릴 차례였다, 걱정 마, 해치지 않을 테니까, 따라와.

　당시 주제 가투는 팔마 근처 로레이루 구릉지에 터를 잡고 있었는데, 아마 너희도 팔마는 알 거다. 그곳은 집채만 한 딸기나무가 가득하여 아무도 가지 않았다. 버려진 농장 노동자의 오두막이 그들의 도살장 역할을 했다. 그들은 모두 거기에 살았으며, 낯선 사람들이 어슬렁거리는 등 미심쩍은 움직임이 눈에 띄거나 군경찰이 조여 온다는 소문이 들릴 때에만 자리를 옮겼다. 걷고 걸어 그 오두막이 시야에 들어왔을 때, 두 사람이 소총을 쏠 준비를 하고 경계를 서고 있는 모습이 눈에 들어왔다. 파힐랴스가 자기 이름을 댔고, 우리는 안으로 들어갔다. 그곳에는 주제 가투와 다른 사내들이 하모니카를 불며 판당고를 추고 있었다. 나는 그런 건 잘 모르지만, 그래도 그들이 아주 잘 춘다고 생각했다. 게다가 누구나 이따금씩 즐길 권리는 있는 것 아닌가. 불 위의 들보 하나에는 철사 몇 개를 걸쳐 돼지 내장이 담긴 커다란 스튜 냄비를 매달아놓았다. 주제 가투가 말했다, 그러니까 이 사람들이 우리 구매자로군, 응. 벤타 하샤다가 말했다, 맞아, 사실 이 사람들뿐이기도 해. 주제 가투가 말했다, 걱정 마라, 얘들아, 사업을 하기 전에 일단 우리하고 좀 먹기부터 하자. 그 말은 정말로 반가웠다. 냄새 때문에 이미 입안에서는 군침이 돌고 있었기 때문이다. 그들에게는 포도주가 있었다, 그들에게는 모든 것이 있었다. 우리는 식욕을 돋우려고 햄 몇 조각과 포도주 몇 잔도 마셨다. 주제 가투는 하모니카를 불면서도 스튜 냄비에서 눈을 떼지 않았다. 그는 유행을 따라 커다란 단추가 달린, 당나귀 가죽으로 만든 가죽 덧바지를 입고 있었다. 이 악당은 여느 농부와 다를 것이 없어 보였다. 오두막 한쪽 구석에는 다양한 소총이 놓여 있었으니, 그곳이 패거리의 병기고인 셈이었다. 하나는 심지어 오연발 소총이었는데, 그것은 원래 마르셀리누의 것으로, 그 이야기는 나중에 더 하겠다. 우리는 행복하게 먹고 마시는 일에 몰두했는데, 갑자기 종이 딸랑딸랑 울리는 소리가 들렸다. 솔직히 말하거니와 몸이 떨렸다, 이 모든 일이 정말이지 아주 나쁘게 끝날 수도 있었으니까. 주제 가투는 나의 불안을 눈치채고 말했다, 걱정 말게, 친구들이니까, 고기를 사러 온 거야. 손님은 마누엘 다 헤볼타로였다. 몬트 다 헤볼타에 가게를 소유하고 있어 그렇게들 불렀는데, 이 사람에 관해서도 몇 가지 이야기를 할 수 있지만, 이것도 다음 기회에 하도록 하겠다. 어쨌든 마누엘 다 헤볼타가 도착해서 돼지 여섯 마리를 달구지에 싣고 떠났다. 물론 다음 날이면 그는 노동자 숙사들을 돌며 마치 자기가 직접 도살한 척 그 고기를 팔 것이었다. 군경찰도 그에게서 고기를 살 것이었다. 군경찰이 의심을 하지 않았던 것인지, 아니면 그냥 아무 말 안 하는 것이 자기들 목적에 맞는다고 생각했던 것인지 지금도 모르겠다. 이윽고 우리가 다 아는 생선 장수가 도착했다. 우리 모두에게 생선과 담배를 공급하고, 주제 가투에게 필요한 다른 것도 몇 가지 가져오는 사람이었다. 그는 돼지 한 마리를 자전거에 실었지만, 머리는 남겨두었다. 그다음에는 또 다른 사람이 왔는데, 이번에는 종이 울리지 않았다. 그는 그냥 휘파람을 불었고, 그러자 보초를 선 사람들이 응답했다. 그것이 만에 하나를 대비해 마련해놓은 연락 방법이었다. 그는 돼지두 마리를 가져갔는데, 노새 양쪽에 한 마리씩 매달았고, 이번에도 머리는 없었다. 그러니까 돼지 머리가 없었다는 것인데, 노새 머리가 없을 수야 없는 것 아닌가, 발을 어디에 디뎌야 할지를 보려면 머리가 필요하니까. 결국 돼지는 두 마리만 남아, 낡은 마대 위에 누워 있었다. 사람들은 얇게 썬베이컨 몇 조각을 튀겨 스튜에 추가하고, 양념, 양파 등도 더

넣었으며, 이것은 다시 우리 배 속으로 들어갔다. 이야, 그 스튜는 정말 맛있었다. 우리는 그것을 꽤 많은 포도주로 씻어 넘겼다. 이윽고 주제 가투가 나, 안토니우 마우템푸를 향해 말했다. 좋아, 일 얘기를 하자고. 돈을 얼마나 가져왔나. 내가 말했다, 나는 오십 이스쿠두입니다, 그게 전부예요. 주제 가투가 말했다. 많이는 못 가져가지만 빈손으로 가지는 않을 걸세. 그는 돼지 한 마리를 둘로 잘랐다. 한쪽 무게가 사 점 오에서 오 아흐바*가 나갔다. 가방을 열어. 하지만 그는 먼저 잊지 않고 돈을 받아 자기 호주머니에 넣었다. 다른 동료들도 마찬가지였다. 그는 우리 모두에게 말했다, 아무한테도 이야기하지 마, 입을 열었다간 평생 후회하게 될 거야. 그렇게 우리는 고기를 싣고 떠났으며, 그의 경고와 협박은 우리에게 큰 도움이 되었다. 나중에 그 돼지들은 바로 우리가 일하던 대농장에서 훔친 것임이 드러났기 때문이다. 감독이 계속 우리에게 질문을 퍼부었지만, 우리 셋 모두 약속을 지켰다. 나는 땅에 구멍을 판 다음 코르크를 깔고, 고기를 잘라 넣은 다음 소금을 뿌리고 천을 덮었다. 보관이 아주 잘되어, 우리는 아주 오래 고기를 먹을 수 있었다.

　이것은 그저 한 가지 이야일 뿐이다. 주앙 브란당이었다면 일이 어떻게 되었을지 모르겠다. 하지만 내가 상대한 사람은 주제 가투였고, 다른 사람이었다면 달랐을지도 모르겠

* 1아흐바는 15킬로그램.

다. 나중에 이 패거리는 발르 드 헤이스로 옮겨갔는데, 너희 도회지 사람들은 그곳이 얼마나 거친지 상상하지 못할 것이다. 크고 작은 동굴이며 험악해 보이는 늪 등, 다른 사람들은 두려워서 그 근처에도 가지 못할 것이다. 심지어 군경찰, 그들도 감히 다가가지 못했다. 패거리는 그곳에 야영지를 차렸고, 몬트 다 헤볼타에 경보 체제를 구축했다. 군경찰이 나타나면 마누엘 다 헤볼타의 어머니가 천을 매단 장대를 굴뚝에 꽂곤 했는데, 그것이 표시였다. 패거리 가운데 한 명이 늘 굴뚝을 주시하고 있다가, 그 낡은 천이 눈에 띄는 즉시 다른 사람들한테 알렸고, 그러면 그들 모두가 사라졌다, 흔적도 없이 사라졌다. 군경찰은 그들 가운데 누구도 잡지 못했다. 우리 가운데 그 신호를 알고 있는 사람들은, 들에 나가 일을 하고 있다가도 말하곤 했다, 뭔 일이 있군.

이제 마르셀리누 이야기를 해보자. 그는 발르 드 헤이스의 감독으로, 주제 가투의 패거리 가운데 누구라도 도둑질을 하는 게 눈에 띄면 쏘라고 주인이 사 준 유명한 소총을 소유하고 있었다. 하지만 그 이야기를 하기 전에 소총에 관한 다른 이야기를 해주고 싶다. 마르셀리누가 말을 타고 나갔을 때 주제 가투가 매복하고 있다가 습격을 했다. 그는 마르셀리누에게 똑바로 총을 겨누고, 평소 습관대로 조롱하듯이 말했다, 그냥 두 팔을 활짝 펼쳐, 그럼 내가 그 소총을 가져갈 테니. 마르셀리누는 약이 바짝 올랐지만 시키는 대로 할 수밖에 없었다. 주제 가투는 몸집이 작은 사람이었지만 무척

통이 컸다. 이제 오연발 소총 차례다. 너희도 어떤지 알 것이다, 한 가지 이야기를 시작하면 다른 이야기들이 방해를 하지 않는가. 마르셀리누는 좁은 길을 따라 말을 몰고 있었다. 당시에는 아무도 그런 길을 정리하는 수고를 하지 않았다, 다들 코르크를 베고 잘게 써는 데만 바빠 관목이 정말 무성하게 자랐다. 마르셀리누는 탄약 다섯 개를 장전한 오연발 소총을 들고 당당하게 말을 달리며 생각했다, 누가 지금 나를 공격하려 한다면 그대로 절단 나는 거지. 하지만 주제 가투는 늘씬한 털가시나무 뒤에 숨어 있다가, 그를 똑바로 겨누었다, 그 소총 내놔, 나한테 필요해. 그러고는 바로 떠나버렸다. 나중에 농장주가 마르셀리누한테 말했다, 카빈을 사주지, 자네가 바보 꼴을 당하게 하고 싶지는 않구먼. 마르셀리누가 날카롭게 대꾸했다, 카빈은 필요 없습니다, 이제부터는 그냥 내 몸뚱어리하고 작대기만 있으면 됩니다, 그게 망을 보는 가장 좋은 방법입니다.

마르셀리누는 소총 쪽에는 전혀 운이 없었다. 심지어 자신이 소유한 총, 집에 둔 총까지 잃어버렸다. 돼지치기의 개들이 짖기 시작했다, 뭔가 다가온다는 냄새를 맡은 것이다. 돼지치기가 마르셀리누에게 가서 말했다, 개들이 짖고 있습니다, 누가 돼지를 훔치려고 하나 봐요. 마르셀리누는 바로 소총과 탄약통을 들고 가서 돼지를 지켰다. 그는 이따금씩 한발을 쏘았고, 주제 가투의 부하들은 덤불 속에 숨어 있다가 이것이 자신들을 노린 총알임을 알고 응사했지만, 탄약을 심하게 낭비하지는 않았다. 그러는 동안 주제 가투는 내내 어디에 있었는가, 자, 지붕 위에 있었다. 그는 슬그머니 지붕에 올라가 밤새 그곳에 있었다, 아무도 보지 못하게 도마뱀처럼 웅크리고 있었다. 그는 대담함 빼면 시체인 사내였다. 아침이 찾아와 동이 틀 때, 또는 그 직후, 막 밝아오기 시작할 때, 건너편의 총알이 오래전에 멈추었을 때, 마르셀리누는 말했다, 달아난 게 틀림없어, 집에 가서 아침 먹고, 곧 돌아올게. 그 말을 듣자 식욕이 동한 돼지치기는 생각했다, 그래, 나도 가서 뭐 좀 먹고 와야겠다, 뭐 어째. 적들이 사라지자 주제 가투는 지붕에서 뛰어내렸다. 아, 마르셀리누가 소총을 돼지치기의 오두막 안에 두고 갔다는 이야기를 깜빡했다. 어쨌든 주제 가투는 지붕에서 뛰어내려, 소총과 돼지치기의 새 장화와 담요를 챙겼다, 아마 그런 것들도 부족했던 모양이다. 그러는 동안 그의 동료들, 그때는 다섯 명이었는데, 이들은 각각 돼지를 한 마리씩 붙들어 관목 숲 속으로 날랐다. 돼지는 우리와 같아서, 바로 여기에 관절이 있다, 그걸 잘라버리면 움직이지 못하는데, 이 암퇘지들에게 바로 그런 일이 벌어졌다, 자기들 우리에서 불과 백오십 미터 정도밖에 떨어지지 않은 곳이었는데, 게다가 늘 그들을 지켜보는 사람이 있었는데. 수퇘지들은 암퇘지들이 사라진 것을 알아챘지만, 길을 따라 내려간 먼 곳에서만 찾으려고 했지, 집에서 가까운 곳은 아무도 생각하지 못했다. 그날 밤, 주제 가투는 암퇘지들을 가지러 갔고, 그렇게 마르셀리누는 소총을 세 번째 잃어버렸다.

또 한 가지, 훨씬 더 중요한 이야기가 있다. 마르셀리누가 이번에는 소총 없이 경계를 서고 있었다. 다 잃어버렸기 때문이다. 주제 가투는 누에콩을 훔치러 가기로 결정했는데, 그게 추수되어 탈곡장 바닥에 널려 있었기 때문이다. 탈곡장은 패거리가 당시 살고 있던 곳에서 가까웠는데, 우리는 그 부근에서 나무를 베다 그곳이 거기라는 것을 알게 되었을 뿐이며, 그때는 이미 그들이 다시 다른 곳으로 옮겨간 뒤였다. 그들은 은신처에 아주 깊이 도랑을 파고 벽에 굴을 여러 개 팠다. 그곳에는 버드나무가 무성한 높은 언덕이 몇 개 있었는데, 마치 몽구스처럼 그곳에 좁은 길을 하나 만들었으며, 굴에는 갈대와 잔가지로 정말 편안한 침대를 만들어 놓았다. 어쨌든 주제 가투는 밤마다 누에콩을 훔치러 갔고, 마르셀리누는 누군가 콩을 가져간다는 것을 깨달았다. 일부가 발에 짓이겨져 있고, 밑에 빈 껍질을 볼 수 있었기 때문이다. 마르셀리누는 혼잣말을 했다, 나쁜 새끼들, 내 콩을 노리고 있구나. 그래서 그가 어떻게 하기로 결정했을까. 내가 정면으로 붙어보겠어, 그는 말했다. 그래서 그는 말을 보이지 않는 데 묶고, 여름에는 담요가 필요 없었기 때문에 커다란 자루를 챙기고, 큰 막대기를 들고 갔다. 얼마 지나지 않아 부스럭거리는 소리가 들렸다. 주제 가투였다. 그는 깍지를 까려고 콩 서너 꾸러미를 천 안에 던져 넣고 있었는데, 다 바싹 말라서 콩이 발밑에서 우드득우드득 소리를 내며 부서졌다. 약속된 시간이 되자 동료 한 명이 콩 운반을 도우러 왔다. 백 리터쯤 되는 양이었다. 아마 마누엘 다 혜볼타에게 주고 빵이나 다른 필수품을 얻으려고 했을 것이다, 잘은 모르지만. 주제 가투는 일에 완전히 몰두해 있었고, 마르셀리누는 맨발로 살금살금 다가갔다. 그 자신의 이야기를 들어보면 아주 재미있다, 나는 맨발이었어, 있잖아, 조금씩 가까이 다가갔지, 그자한테서 육, 칠 미터쯤 떨어진 곳까지 갔어, 삼, 사 미터만 더 가면 막대기로 칠 수 있었을 거야, 하지만 그자는 아주 예민해서 내가 움직이는 소리를 들었어, 막대기로 쳐야겠다고 생각하는 순간 그자는 두 번 훌쩍 뛰더니 사라졌어, 방금 보였는데 바로 보이지 않게 된 거야, 나도 얼른 움직였지만, 그자가 어느새 나에게 소총을 겨누고 있더라고. 주제 가투는 말했다, 아니 마르셀리누는 그가 말했다고 전했다, 너는 운이 좋군, 너는 내 친구한테 전에 잘해 줬어. 그 말은 군경찰이 최악이었던 시기에 마르셀리누가 그의 패거리한 사람에게 숨을 곳과 먹을 것을 주었다는 이야기였다. 너는 운이 좋군, 아니면 너를 쏴 죽였을 텐데. 하지만 마르셀리누도 그 나름으로 용감한 사람이었다. 잠깐, 그럼 담배 한 대안 피울 수 없군. 그는 담배 쌈지를 꺼내 담배를 한 대 말아 입에 물고 불을 붙인 다음 말했다, 좋아, 나는 이제 떠난다.

나중에 패거리는 모두 체포되었다. 그 일은 피사하스에서, 무놀라와 란데이라 사이의 정말로 후미진 곳에서 시작되었다. 군경찰과의 대결이 벌어져 사격이 시작되었다. 전쟁 같았다. 군경찰은 그들을 잡았지만, 지역 농부들이 그들 각각 한 사람에게 일자리를 주었다. 벤타 하샤다는 잠부잘의 포도밭의 경비원이 되었고, 다른 사람들도 마찬가지였다. 나도 군경찰과 농부 사이의 대화를 들을 수 있었다면 좋을 텐데, 우리가 한 놈 체포했지. 오 그거 잘됐네, 내가 가질게. 둘 가운데 누가 더 뻔뻔스러운지 모르겠다. 주제 가투는 조금 더 지난 후에야 벤다스노바스에서 체포되었다. 그는 그곳에서 야채를 파는 여자와 살고 있었으며, 늘 변장을 하고 다녀서 군경찰은 그를 잡지 못했다. 어떤 사람들 말로는 그녀가 그를 넘겼다고 하지만, 나는 잘 모른다. 그는 연인의 집에서, 지하실에서, 자고 있다가 잡혔다. 사실 그는 이렇게 말한 적이 있다, 자고 있을 때 나를 잡지 않는다면 절대 잡지 못할 거야. 소문에 따르면 그는 리스본으로 이송되었다고 하는데, 농부들이 다른 사람들에게 모두 일자리를 주었듯이, 그도 PVDE의 일원으로 식민지에 파견되었다고들 했다. 그가 과연 그런 일에 동의했는지는 잘 모르겠지만, 믿기는 힘들다고 생각한다. 아마 그를 죽이고 그런 이야기를 지어냈을 것이다, 그런 일이 처음도 아니니까.

주제 가투에게는 좋은 자질이 많았다. 그는 가난한 사람들 것은 절대 훔치지 않았으며, 오직 부자 것만 훔치려 했고, 그래서 사람들이 예전의 주제 두 텔랴두와 비슷하다고 했다. 한번은 파힐랴스가 가족을 위해 장을 보러 나온 여자를 우연히 만나 강도질을 했다, 나쁜 놈. 그에게는 안된 일이지만,

그 가엾은 여자가 흐느끼는 것이 주제 가투의 눈에 띄었다. 그는 여자에게 무슨 일이냐고 물어보았고, 그녀의 이야기를 듣고 파힐랴스가 그녀를 폭행했다는 것을 알게 되었다. 그는 여자에게 장을 세 번 잔뜩 볼 수 있을 정도의 돈을 주었고 파힐랴스는 평생 가장 심한 매질을 당했다. 그래 마땅한 일이었다.

주제 가투는 환상을 품지 않는 사람이었고, 키는 작았으나 용감했는데, 몬트 다 헤볼타에서 일어난 일을 보면 너희도 그것을 알게 될 것이다. 당시 그곳은 매우 국제적인 장소로, 사방에서 사람들이 그곳으로 모여들었다. 알가르브 출신으로 땅을 정리하는 일을 하던 사람 한 명이 자신을 위해 작은 오두막을 짓고 거기서 살았다는 사실만으로도 충분히 짐작이 갈 것이다. 그와 같은 사람들이 또 있어, 이들은 집도 가정도 없었으며, 있다 해도 그 점에 관해서는 입을 다물었다. 그곳의 어떤 사람이 마누엘 다 헤볼타와 주제 가투 사이에 싸움을 붙이려고, 마누엘 다 헤볼타에게 주제 가투가 네 부인과 잘 것이라고 허세를 부렸다고 말했다. 하지만 주제 가투를 신뢰하던 마누엘 다 헤볼타는 서슴없이 가투에게 누구누구가 나에게 이런 말을 하더라, 하고 말했다. 주제 가투는 말했다, 나쁜 새끼, 그 새끼를 보러 가자. 그래서 둘은 그렇게 했고, 그 자리에 이르자 주제 가투는 말했다, 네가 마누엘에게 이런 이야기를 했다면서, 네가 내 앞에서 똑같은 이야기를 하는 걸 듣고 싶다. 상대는 대답했다, 보쇼, 나는 그때 술이 좀 취했소, 사실 당신은 그런 이야기를 한 적 없소, 그게 진실이오. 주제 가투는 아주 차분하게 말했다, 나보다 백 걸음 앞서 걸어라. 그렇게 하면 그 사내가 죽을 가능성이 없다는 것을 알았기 때문이다. 그는 사내의 등에 대고 두세 발을 쏘았으며, 이렇게 해서 총알 두 알은 그의 살에 박혔고 나머지는 맞고 튀었다. 이어 주제 가투는 땅에 누운 그를 채찍으로 두어 번 갈겼다, 앞으로는 사내답게 행동해라, 사람들한테 애 같은 장난이나 치면서 돌아다니지 말고. 나는 늘 주제 가투가 충분히 먹고살 만큼 벌 수가 없었기 때문에 그런 범죄의 인생에 말려들었을 뿐이라는 생각이 들었다.

그는 내가 어렸을 때 이 지역에 있었다. 몬트 라브르와 코루셰 사이 지역의 개간을 책임진 십장이었다. 도로는 모두 떠돌이 노동자들이 건설했다. 많은 사람들이 그런 식으로 일을 했다, 충분한 현금을 손에 쥘 때까지 서너 주를 일했고, 그러고 나면 다른 노동자들이 그들의 자리를 채웠다. 주제 가투는 그곳에 와서 일을 똑 부러지게 했기 때문에, 저지대 계곡들을 멀리 했음에도 십장이 되었다. 당시 나는 마누엘 이스파다를 알기 전으로, 돼지를 치고 있었으며, 그래서 모든 것을 보았다. 그는 과거에 군경찰과 몇 번 싸움을 한 적이 있다는 사실이 알려지게 되었으며, 그러다가 군경찰은 그가 이 지역에 있다는 것을 알게 되었다, 또는 누군가 군경찰에게 말해주었을 것이다. 군경찰은 그를 추적하여 붙잡았다. 하지만 그를 제대로 알지 못했다. 그는 순찰대의 선두에서 걸었는데, 아주 온유하고 온화해 보였다. 군경찰대는 거들먹거리는 모습으로, 뒤에서 그를 따라갔다. 갑자기 주제 가투는 허리를 굽히더니 흙을 한 줌 집어 한 군경찰의 눈에 던지고 사라졌다. 군경찰대는 그가 마지막으로 잡혔을 때에야 그를 다시 볼 수 있었다. 주제 가투는 진정한 방랑자였다. 또 나는 그가 늘 아주 고독한 사람이었다고 생각한다.

그 모든 무게를 지닌 세계, 시작도 끝도 없고, 바다와 육지로 이루어져 있고, 구름으로 매달려 있든 거대한 지하의 판 밑의 샘에 숨어 있든 오고 가고 하면서도 늘 한결같이 맑은 물을 실어 나르는 강, 개천, 시내가 엇갈리는 이 구(球), 하늘을 굴러다니는 거대한 바윗덩어리처럼 보이는, 또는 언젠가 우주비행사들의 눈에 그렇게 보일 것이지만 우리가 이미 상상할 수 있듯이, 회전하는 팽이처럼 보이는 이 세계, 하지만 몬트 라브르에서 보았을 때 이 세계는 매우 예민하다. 딱 어느 정도까지만 태엽을 감을 수 있고 그 이상은 돌릴 수 없는 작은 시계로, 심장처럼 예민하여, 커다란 손가락이 평형 바퀴에 다가가거나 실 태엽을 살짝이라도 건드릴 것처럼 보이면 부르르 떨고 움찔거리기 시작한다. 그나마 시계는 광택이 나는 케이스 안에 들어가 있으면 견고하고 녹도 슬지 않으며, 어느 선까지는 충격에도 견디고, 심지어 시계를 차고 수영을 하는 고상한 취미가 있는 사람에게는 방수도 되고, 어떤 기간은 보증도 된다, 아마 오랜 세월도 보증이 될 것인데, 바로 어제 산 것마저 비웃는 유행이 문제다, 사실 그것이 시계 공장이 시계의 유출과 배당금의 유입을 유지하는 방식이기도 하지만. 그러나 껍질을 벗기면, 그래서 바람과 해와 비가 그 안에서, 보석과 기어들 사이에서 맴을 돌고 두들겨대기 시작하면, 여러분은 이제 행복한 시절은 지나갔다는 데 내기를 걸어도 무방할 것이다. 몬트 라브르에서 보자면 세계는 껍질이 없는 시계로, 그 내장이 해에 드러나 자신의 때가 오기를 기다리고 있다.

적당한 때에 씨를 뿌렸기 때문에, 밀은 싹이 돋고 자라서 이제 무르익었다. 들판 가장자리에서 이삭을 하나 뽑아 두 손바닥 사이에 넣고 비벼본다, 유서 깊은 행동이다. 따뜻하게 바싹 마른 껍질이 부서지고 우리는 두 손을 모아 그 이삭에서 나온 낟알을 열여덟인가 스무 알 들고서 말한다, 추수할 때로군. 이것이 기계와 사람을 모두 움직이게 하는 마법의 말이며, 이것이, 시계의 이미지를 버린다면, 땅의 뱀이 허물을 벗고 무방비 상태로 놓이는 때다. 뭔가를 바꾸려 한다면, 뱀이 사라지기 전에 붙들어야 한다. 몬트 라브르의 높은 곳에서는 라티푼디움의 소유자들이 부드러운 산들바람 밑에서 소곤거리는 거대한 노란 파도들을 내다보며 감독들에게 말한다. 추수할 때로군. 또는 리스본의 집에서 이 소식을 듣게 될 경우 더 나태하게 똑같은 말을 한다. 아니면 더 간단하게, 그렇게 해라. 하지만 이런 말을 했다는 것은 그들이 세계가 다시 한 바퀴 돌 것이라고, 라티푼디움이 관습과 철의 규칙성을 존중할 것이라고 신뢰한다는 뜻이며, 어떤 면에서는 지구가 이런 과제들을 수행하는 긴급성에 의지한다는 뜻이다. 전쟁은 막 끝났고, 보편적인 우애적 사랑의 시간이 막 시작될 참이다. 곧 배급 통장이 불필요해질 것이고, 먹을 권리를 주는 조그만 색종이도 사라질 것이라고 한다. 물론 지불할 돈이 있다고, 또 그 돈으로 살 수 있는 뭔가가 있다고 늘 가정하고 하는 말이지만. 이 사람들은 사실 별로 개의치 않는다. 평생 조금, 그것도 형편없이 먹어왔으며, 오직 결핍만 알아왔다. 그리고 이곳에서 실행되는 기아 행진은 악마의 눈에 관한 이야기만큼이나 오래되었다. 그러나 모든 것에는 때가 있다. 누구라도 볼 수 있듯이, 이 밀은 무르익었고 사람들도 마찬가지다.

두 가지 구호가 있다. 일당 이십오 이스쿠두를 받아들이지 말고 아침에서 밤까지 일당 삼십삼 이스쿠두 이하로는 일하지 말자. 그래야만 한다. 열매가 모두 동시에 익는 게 아니니까. 밀밭이 말을 할 수 있다면 깜짝 놀라서 말했을 것이다, 무슨 일이지, 우리를 추수하지 않을 건가, 누군가 자기 일을 하지 않고 있구나. 물론 상상일 뿐이다. 밀밭은 익어서 기다리고 있다, 일이 늦어지고 있다. 사람들이 지금 와야 한다, 아니면 철이 지나고, 가지가 부러지고, 이삭이 부서져, 낟알이 전부 땅에 떨어져 새와 벌레 몇 마리의 먹이가 될 것이다. 그러다 마침내 모든 것을 잃지 않기 위해 사람들은 가축을 들에 풀어놓을 것이고, 가축은 그곳에서 마치 환락의 땅에 온 것처럼 살게 될 것이다. 이 또한 완전한 상상. 한쪽은 굴복할 수밖에 없을 것이다, 밀이 그런 식으로 땅에 떨어지도록 내버려두었다는 기록은 없으니까. 만일 그랬다 해도, 그것은 규칙을 증명하는 예외였다. 라티푼디움은 십장과 감독에게 단호하게 대처하라고 명령한다. 언어는 전시와 같다, 퇴로는 없다, 제국 군경찰은 항복하기보다는 죽을 것이다, 오, 그들이 죽어준다면. 하지만 집합 나팔의 희미한 메아리가 들린다, 아니면 그저 패배한 전투를 그리워하는 노스탤지어인가. 군경찰이 자신들을 감싼 고치에서 나타나기 시작한다. 병장과 부사관들이 막사 창에 나타나 코를 킁킁대며 냄새를 맡고, 일부는 소총에 기름을 치고 비상용 저장고에서 꼴을 가져와 말을 평소보다 두 배로 먹인다. 읍에서는 사내들이 어깨를 맞대고 서서 중얼거린다. 감독들이 다시 그들에게 와서 말한다, 그래, 결정은 했나. 그들은 대답한다, 했습니다, 그 이하로는 일하지 않을 겁니다. 멀리서, 이 더운 저녁에, 땅 자체로부터 나오는 듯한 더운 바람이 불고, 언덕은 계속 그 마른 줄기들의 뿌리를 꽉 쥐고 있다. 자고새들이 밀밭의 숲에 숨어 열심히 귀를 기울이고 있다. 사람들이 지나가는 소리도 없고, 포효하는 엔진도 없고, 낫이나 수확용 기계의 회오리 바람이 다가와 밀 이삭이 부르르 떨리지도 않는다. 이 무슨 이상한 세계인가.

토요일이 온다. 감독들은 농장주들에게 이야기를 하러 갔다. 그들은 매우 단호합니다, 감독이 말했다. 라티푼디움의 소유주들, 노르베르투, 알베르투, 다고베르투는 각자 풍경 가운데 자신의 특정한 장소에서 입을 열었지만, 마치 입을 맞춘 듯 같은 대답이 나왔다, 그들이 교훈을 얻게 하게. 사내들은 자기 집에서 막 저녁을 먹었다, 매일 먹는 얼마 되지도 않는 양을, 또는 아예 아무것도 먹지 못했다. 여자들은 말없이 사내들을 바라보고 있다. 몇몇 여자는 묻는다, 이제 어떻게 할 거예요. 몇몇 사내들은 뚱한 표정으로 어깨만 으쓱하고, 어떤 사내들은 말한다, 저 사람들이 내일이면 틀림없이 정신을 차릴 거야. 심지어 제안받은 것을, 즉 작년과 같은 보수를 받아들이기로 결심한 사람들도 있다. 많은 사내들이 그런 푼돈을 받고는 일을 못하겠다고 버틴다는 소식이 사방에서 들어오는 것은 사실이지만, 처자식이 있고, 어린아이들이 눈만 커다란 모습으로 식탁 가장자리에 고개를 푹 숙이고 서서 개미라도 되는 것처럼 침을 묻힌 손가락으로 빵 부스러기를 쫓는다면 사내가 어쩔 것인가. 일부 운이 좋은 사내들은, 물론 이런 일을 잘 알지 못하는 사람들에게는 그게 무슨 운이 좋은 것이냐고 할지도 모르지만, 소규모 자작농에게서 일을 얻었다. 추수를 못하는 위험을 무릅쓸 수 없어 이미 삼십

삼 이스쿠두를 주겠다고 약속한 사람이다. 이미 겨울이라도 된 것처럼 밤은 길 것이다. 지붕 위로는 평소와 다름없이 별들이 넘쳐날 듯 펼쳐져 있다. 그걸 먹을 수만 있으면 좋으련만, 너무 멀리 떨어져 있다. 하늘은 겉으로 보기에는 고요하기만 하다. 아가메드스 신부가 다른 화제가 없기 때문에, 계속 회귀하는 곳이다. 그는 저 위에서는 이 눈물의 골짜기에서 우리가 겪는 모든 어려움이 끝나고 우리 모두 주 앞에 평등하게 설 것이라고 말한다. 텅 빈 배가 이의를 제기한다, 아무것도 아닌 것에도 투덜거린다. 불평등의 증거다. 네 아내, 네 옆에 있는 여자는 자지 않지만, 너는 몸을 굴려 그녀의 위로 올라갈 기분조차 나지 않는다. 아마 내일이면 농장주들이 합의에 이를 것이다, 아마 우리는 난로 뒤에 묻어둔, 금화가 가득 담긴 단지를 찾게 될 것이다, 아마 암탉이 황금알을 낳기 시작할 것이다, 뭐 은이라도 좋지만, 아마 가난한 사람들은 잠을 깼을 때 부자가 되고 부자는 가난뱅이가 될 것이다. 하지만 우리는 꿈에서도 그런 기쁨은 찾지 않는다.

몹시도 사랑하는 자녀들아, 아가메드스 신부가 말한다, 벌써 일요일이기 때문이다, 몹시도 사랑하는 자녀들아. 그는 회중이 무척 줄었다는 것, 게다가 대부분 노인들이라는 것, 노부인과 복사뿐이라는 것을 못 본 체한다, 몹시도 사랑하는 자녀들아. 노부인들은 지극히 당연하게도 자신들이 오래전에 자녀 역할에서는 벗어났다고 막연하게 생각하지만, 어쩔 것인가, 세상은 남자들의 것인데. 몹시도 사랑하는 자녀들아, 조심해라, 우리의 행복한 땅을 가로지르며 혁명의 바람이 불고 있다, 내가 너희에게 한 번 더 이야기하거니와, 그런 바람에 관심을 갖지 마라. 하지만 뭐 하러 나머지 말을 다 적겠는가, 우리는 아가메드스 신부의 설교를 다 외우고 있는데. 미사가 끝나고, 사제는 가운을 벗는다. 오늘은 일요일, 가장 신성한 날이다. 점심은, 축복이 있을지어다, 시원한 클라리베르투의 식당에 차려질 것이다, 비록 클라리베르투는 정말로 원할 때만 미사에 오지만. 사실 그런 일은 거의 없다. 부인들도 마찬가지로 게으르다. 하지만 아가메드스 신부는 그것을 마음에 담아두지 않는다. 만에 하나 그들이 신앙심에 굴복한다면, 아니면 저 너머에 대한 두려움에 압도당한다면, 그들에게는 정원에 예배당이 있고, 거기에는 새로 니스를 칠한 성자들이 있으며, 그 가운데는 화살을 푸짐하게 몸에 흩뿌린 성 세바스찬도 있다, 하느님 저를 용서하소서, 하지만 이 성자는 덕(德)이 허락하는 것 이상으로 그것을 즐기는 것처럼 보인다. 아가메드스 신부가 들어가는 문은 감독인 폼페우가 방금 위로가 되는 말, 한 푼도 더 줄 수 없어, 라는 말을 귀에 담은 채 떠난 문이다. 땅의 권위이든 하늘의 권위이든, 권위를 가진 자에게 견줄 것은 없다.

사내 몇이 밖에서 얼쩡거리고 있다. 인력 시장은 보통 나중에나 열리지만, 그들 가운데 몇 사람이 감독에게 가서 묻는다, 그래, 농장주는 어떤 결정을 내렸습니까. 감독이 대답한다, 한 푼도 더 못 준다고. 그래, 왜 멋진 표현을 낭비하거나 과다한 변형으로 그것을 망치겠는가. 그러자 사내들이 말한다, 하지만 어떤 농부들은 이미 삼십삼 이스쿠두를 주고 있는데요. 폼페우가 말한다, 그건 그자들이 알아서 하는 거지, 파산하고 싶으면 마음대로 하라고 해. 이때 주앙 마우템푸가 입을 여는데, 말이 좋은 샘에서 흘러나오는 물처럼 자연스럽게 나온다, 그럼 밀은 추수하지 못할 겁니다, 우리는 그보다 적게 받고는 일을 하지 않을 테니까요. 감독은 대답하지 않았다. 점심 식사가 그를 기다리고 있는 상황이라 그런 심란한 대화를 할 기분이 아니었기 때문이다. 해가 강하게 때려대며 군경찰의 검처럼 반짝였다.

먹을 수 있는 사람은 먹고 먹을 수 없는 사람은 굶었다. 이제 인력 시장이 열려 몬트 라브르의 농업 노동자 전부가 그곳에 있다. 이미 고용된 사람들도 나와 있다. 하지만 삼십삼 이스쿠두를 받는 사람들뿐이다. 예전의 돈을 받아들인 사람은 죄다 집에 앉아, 자신의 수치를 씹으며 가만히 있지 못하는 애들에게 짜증을 내다 심지어 이유도 없이 따귀를 올려붙이기도 한다. 어떤 벌을 내릴 때나 늘 정의의 목소리를 내는 부인이 이의를 제기한다, 애들을 낳은 게 우리야, 게다가, 아무 죄 없는 아이를 때리면 안 되지. 하지만 광장에 나온 사내들도 아무 죄가 없기는 마찬가지다, 그들은 달을 따다 달라는 게 아니라 하루 일에 삼십삼 이스쿠두를 달라는 것뿐이다, 그것을 터무니없는 액수라고 할 수는 없다, 다시 말해서 그것 때문에 농장주가 손해를 보지는 않는다는 뜻이다. 폼페우나 다른 감독들이 이런 말을 하지는 않는다. 하지만 폼페우는 로마식 이름 때문에 더 퉁명스럽게 말하나 보다, 너희가 요구하는 건 터무니없어, 너희 때문에 농사를 망칠 거야. 여러 목소리가 외친다, 어떤 농부들은 이미 그 돈을 주고 있어요. 감독들이 합창으로 대답한다, 그건 그자들의 선택이야, 하지만 우리는 주지 않아. 그렇게 실랑이가 계속되어, 반박과 재반박이 이어진다, 누가 먼저 지칠까. 이건 여기 적을 만한 대화라고는 할 수 없으나, 달리 할 일도 없다.

바다가 해안을 두들긴다. 뭐, 이것도 그것을 묘사하는 한 가지 방법이다. 하지만 이 말이 무슨 뜻인지 모두가 아는 것은 아니다, 여기에는 바다에 가보지도 못한 사람들이 많기 때문이다. 바다는 해안을 두들기고, 가는 길에 모래성을 만나면, 또는 흔들리는 담장을 만나면 납작하게 부수어버린다, 첫 번째 시도에 안 되면 두 번째에라도, 그러면 모래성은 부서져 바닥에 깔리고, 담장은 널빤지 몇 개로 변해 파도에 이리저리 쓸리게 된다. 많은 사내가 이십오 이스쿠두를 받아들였고, 몇 사람만 버티며 거부했다고 말하는 것이 더 간단하겠다. 이제 그들만 광장에 남아 서로 이게 그럴 만한 가치가 있는지 묻고 있기 때문에, 남은 사내 가운데 한 명인 시지즈문두 카나스트루가 말한다, 실망하면 안 돼, 이건 몬트 라브르에서만 벌어지는 일이 아니야, 우리가 승리하면 모두가 혜택을 보게 될 거야. 고용되지 않은 사람은 스무 명밖에 안 되는데, 그는 무엇 때문에 이런 생각을 하게 되었을까. 우리

수가 이보다 많으면 좋겠는데, 주앙 마우템푸가 우울하게 말한다. 이 스무 명은 막 각자의 길로 가려는 참인 듯하다. 하지만 집밖에 갈 데가 없고, 오늘 그곳은 있을 만한 곳이 아니다. 시지즈문두 카나스트루가 자기 생각을 말한다, 내일, 함께 들에 가서 동무들에게 일하지 말아달라고 부탁하자, 모든 곳에서 사람들이 삼십삼 이스쿠두를 받으려고 싸우고 있다고, 몬트 라브르의 우리도 약한 모습을 보일 수는 없다고, 우리도 그들만큼 용감하다고, 지구 전체가 일을 거부하면 농장주들도 굴복할 수밖에 없을 것이라고 말하자. 무리 가운데 누군가가 묻는다, 그래, 다른 곳에서는 어떤 일이 벌어지고 있다는 거야. 그러자 누군가가 대답한다, 시지즈문두 카나스트루이거나 마누엘 이스파다이거나 아니면 다른 사람이 대답하는데, 그게 누구든 상관없는 일이다, 베자, 산타렝, 포르탈레그르, 세투발도 똑같아, 이건 한 사람의 생각이 아니야, 우리 모두 함께 일하거나 아니면 지는 거야. 나이 든 축에 속하기 때문에 책임도 더 큰 주앙 마우템푸가 자기 속을 응시하듯 먼 곳을 물끄러미 바라보며 자신의 힘을 판단하고 나서 입을 연다, 시지즈문두가 말하는 대로 해야 해. 그들이 서 있는 곳에서는 군경찰 부대가 보인다. 타카부 병장이 저녁의 시원한 공기를 즐기러 문간에 나타났다. 같은 순간에 첫 박쥐가 나타나 허공을 부드럽게 날아간 것은 아마도 순전히 우연일 것이다. 이상한 동물이다. 거의 눈이 멀었고, 날개 달린 쥐처럼 생겼다. 번개처럼 빠르게 날아다니는

데, 무엇하고도 누구하고도 절대 부딪히지 않는다.

　타는 듯이 뜨거운 유월 아침. 사내 스물두 명이 군경찰의 주의를 끌지 않기 위해 각자 따로 몬트 라브르를 떠나 폰트 카바 바로 너머의 강둑 갈대숲에서 만났다. 그들은 함께 출발할지 말지 의논하다가, 자신들 수가 너무 적으므로 무리를 나누지 않는 게 좋겠다고 결론을 내렸다. 더 멀리, 더 빨리 걸어야 할 터이지만, 일이 잘 풀리면 곧 다른 사람들이 합세하는 것을 보게 될 것이다. 그들은 여행 계획을 짰다. 우선 페드라 그란드로, 거기서 펜당 다스 물레르스로, 그 후로는 카살리뉴, 카히사, 몬트 다 포게이라, 카베수 두 데스가후로 연결되었다. 그다음에는 그때 가서 보기로 했다, 물론 시간이 충분하고 다른 곳에 보낼 사람들 수도 충분하다는 가정하에 하는 이야기지만. 그들은 물이 일종의 자연스러운 항구를 이룬 곳에서 여울을 건넜다. 아주 진지하게 웃음을 짓는 사내아이들 무리 같기도 했고, 무기는 거의 갖추지 못한 장난스러운 신병들 같기도 했다. 그들은 신발을 벗었다가 다시 신었으며, 누군가가 그냥 멱을 감으며 하루를 보냈으면 좋겠다고 말했지만, 물론 농담이었다. 페드라 그란드까지 형편없는 길을 따라 삼 킬로미터에, 거기서 펜당 다스 물레르스까지 또 사 킬로미터, 카살리뉴까지 삼 킬로미터, 그 너머는 세지 않는 게 좋겠다, 그러지 않으면 사람들이 첫 발을 내딛기도 전에 포기할지 모르니까. 이윽고 그들은 출발한다, 사도들이다. 물론 물고기의 기적이 있으면 좋을 것이다, 이왕이면 뜨거운 석탄에 구운 걸로, 올리브기름을 붓고 소금도 한 꼬집, 바로 여기 이 너도밤나무 아래에서, 의무가 안에서 오는지 밖에서 오는지도 알기 어려운 소리로 우리를 부르지만 않는다면, 의무가 우리를 뒤에서 밀거나 저 앞에 서서 그리스도처럼 우리에게 두 팔을 벌리고 있지만 않다면. 얼마나 놀라운 일이냐, 첫 번째 동무가 자신의 자유로운 의지로, 누가 자신에게 이유를 알려주기를 기다리지도 않고 밭을 버렸고, 이제 그들은 스물셋이 되었다, 진실로 다수라 할 만하다. 페드라 그란드가 눈에 들어오고, 밭이 우리 앞에 놓여 있다. 이미 그 밭들은 거의 정리해놓았다, 마치 화를 풀려고 일을 한 것 같다. 누가 그들에게 이야기를 하나 보니, 다른 사람들보다 아는 게 많은 시지즈문두 카나스트루다, 동무들, 속지 마십시오, 우리 노동자들은 계속 단결해야 합니다, 우리는 착취당하는 것을 원치 않습니다, 우리가 요구하는 것은 주인이 충치를 때우는 데 들어가는 돈에도 미치지 못합니다. 마누엘 이스파다가 앞으로 나선다, 우리는 다른 읍의 동무들보다 약해 보일 수 없습니다, 그들도 더 공정한 임금을 요구하고 있습니다. 그러자 카를루스, 마누엘, 아폰수, 다미앙, 쿠스토디우, 디오구, 필리프가 입을 연다, 모두 똑같은 말을 하고, 방금 들은 이야기를 되풀이한다. 아직 자신의 말을 만들어낼 여유가 없어 반복하는 것이다. 이제 주앙 마우템푸의 차례다, 내 유일한 아쉬움은 내 아들 안토니우가 여기 없다는 겁니다, 하지만 어디 있든 자기 아버지가 지금 하고 있는 것과 똑같은 말을 하고 있을 겁니다, 힘을 합쳐 남부끄럽지 않은 임금을 요구합시다, 지금이 우리가 하는 일의 가치에 관해 대놓고 말하기 좋은 때이기 때문입니다, 우리한테 얼마를 줄지 결정하는 사람이 늘 농장주일 수는 없습니다. 먹으면 식욕이 찾아오고, 말을 하면 말하는 능력이 찾아온다. 십장들이 도착하여, 몸짓을 한다. 꼭 겁을 주어 참새들을 쫓는 허수아비들 같다, 여기서 나가, 이 사람들이 일을 하고 싶어 하면 하게 놔둬, 너희들은 문제를 일으킬 뿐이야, 너희 무리는, 너희는 제대로 좀 맞아야 돼. 하지만 노동자들은 일을 중단했다, 단을 내려놓았다. 사내와 여자들이 그들을 향해 오고 있다, 흙먼지 때문에 시커멓고, 열기가 굽고 바싹 말려 땀도 흘리지 않는다. 일은 중단되었고, 두 무리는 합쳤다, 주인한테 우리가 내일 여기서 일하기를 바라면 일당 삼십삼 이스쿠두만 주면 된다고 하쇼. 그리스도가 죽을 때 나이네, 종교적인 일을 좀 알고 농담도 좋아하는 사람이 말했다. 물고기가 늘어나는 일은 없었을지 모르지만 사람들이 늘어나기는 했다. 그들은 두 무리로 나뉘어 여행 일정을 분담하여, 일부는 펜당 다스 물레르스로 가고 나머지는 카살리뉴로 간다. 그들은 여기 이 언덕으로 돌아와서 만났다가 다시 나뉠 것이다.

하늘에서는 천사들이 창틀에, 또는 지평선 둘레를 따라 달리는 은 난간, 맑은 날이면 사람들이 또렷하게 볼 수 있는 난간이 달린 그 긴 발코니 너머로 몸을 기대고 있다. 그들은 손가락질을 하며 장난스럽게 서로를 부른다. 뭐, 지금은 그들의 시대다. 계급이 높은 한 천사가 전에 농업이나 가축과 관련이 있던 성자 몇 명을 부르러 달려간다. 라티푼디움에서 벌어지는 일을 보게 하려는 것이다. 이런 격변이라니. 시커멓게 무리를 지은 사람들이 도로가 있는 곳에서는 도로를 따라, 없는 곳에서는 들을 가로지르는 거의 눈에 보이지 않는 좁은 길을 따라 걷고, 지름길을 찾고, 한 줄로 서서 밀밭 가장자리를 따라 돈다, 길게 늘어선 검은 개미들처럼. 천사들은 오랫동안 이렇게 즐거웠던 적이 없고, 성자들은 식물과 동물에 관해 조곤조곤 강연을 하고 있다, 비록 기억력이 전 같지는 않지만, 그래도 여전히 밀을 기르고 빵을 굽는 방법, 돼지를 하나도 버리지 않고 먹는 방법에 관해서. 또, 자신의 몸에 관해 알고 싶으면 그냥 돼지를 열어 보아라, 우리와 똑같기 때문이다, 하는 이야기도 한다. 이런 진술은 과감하기도 하고 이교도적이기도 하다, 창조주의 생각 전체에 의문을 제기하기 때문이다, 인간을 창조하게 되었을 때 아이디어가 바닥나서 그냥 돼지를 복제한 게 아닐까, 글쎄, 많은 사람들이 그렇게 말한다면 그건 사실이 틀림없다.

그들은 너무 높이, 너무 멀리 살아, 자신이 살았던 세상을 완전히 잊고 있다, 따라서 성자들은 카살리뉴에서 카히사까지, 몬트 다 포게이라에서 카베수 두 데스가후까지 꼬리를 물고 걸어가는 인간들을 설명할 방법을 찾을 수 없다. 이제 일부는 그 방향에서 진로가 막히지만, 일부는 더 나아가 에르다드 다스 만타스까지, 몬트 다 아레이아까지 가는데, 그모든 곳은 주님이 한 번도 밟아보지 못한 곳이며, 설사 밟았다 해도 주님이나 우리나 무슨 이득이 있었겠는가. 그들은 이교도들이다, 아가메드스 신부는 매일 외칠 것인데, 지금은 집의 창에서 밖에다 대고 이 말을 외치고 있다, 순례자들이 몬트 라브르에 도착하고 있기 때문이다. 이곳이 새 예루살렘일 수 있을까, 마치 예수승천일 아침의 행렬 같다. 병장은 막도로를 건넜는데, 어디로 가는 것인지 누가 알겠는가, 누군가가 그를 부른 것이 틀림없다. 농장주가 말씀을 하고 싶어 하신다. 그러자 그는 베레모를 눌러쓰고 허리띠를 조인다, 그것이 군기다. 사실 군경찰은 육군에게 아주 약간 못 미칠 뿐인데, 그 약간 못 미치는 것 때문에 너무나 기분이 나쁘다. 그는 움베르투가 기다리고 있는 지하실의 향기로운 냉기 속으로 들어선다. 그래, 무슨 일이 벌어지고 있는지는 알고 있겠지. 타카부 병장은 당연히 알고 있다. 아는 것이 그의 의무이고, 그러라고 보수를 받는 것이다. 네, 어르신, 파업꾼들이 농장 노동자들을 찾아다니다 이제 돌아왔지요. 그래, 이제 우리는 어떻게 할 건가. 몬테모르에 명령을 하달해달라고 요청했습니다, 누가 폭동 배후에 있는지 알아낼 겁니다. 그럴 필요 없네, 여기 명단이 있으니까, 스물두 명일세, 출발하기전에 폰트 카바에서 봐두었네. 그가 말을 하는 동안 타카부 병장은 술을 따랐고, 노르베르투는 뒤꿈치로 바닥에 깔린 돌을 강하게 내려찍으면서 어슬렁거린다. 그자들은 문제를 일으키는 놈들이야, 게으름뱅이들이지, 그게 본색이야, 일을 하고 싶어 하지 않아, 우파가 전쟁에서 이겼다면 감히 손가락 하나도 까닥하지 못할 녀석들이야, 아마 쥐 죽은 듯이 조용했을 거야, 우리가 얼마를 주든 고맙게 받고 일하면서, 이게 알베르투가 하는 말이다. 병장은 무슨 말을 해야 할지 모른다. 그는 독일인을 좋아하지 않고, 러시아인과는 아무런 관계도 맺고 싶어 하지 않는다, 하지만 영국인에게는 약하다. 생각을 해봐도 전쟁을 이긴 게 누군지 잘 알 수가 없지만, 어쨌든 명단을 받아 든다. 근무 평가에 큰 보탬이 될 것처럼 보인다, 스물두 명의 확인된 파업꾼은 작은 게 아니다. 천사들은 그게 다 몹시도 재미있다고 생각한다, 그들은 젊다, 그러니 사실 그들을 탓할 수도 없다, 언젠가는 그들도 인생의 가혹한 현실을 알게 될 것이다, 자식을 낳기 시작하면. 물론 여자 천사들이 있다고 가정하고 하는 이야기지만 사실 그게 당연히 올바르고 적절한 것이다. 어쨌든 자식이 생기면 자식을 먹여 살려야 할 것이고, 만일 천국이 라티푼디움이 된다면, 그때는 그들도 알게 될 것이다.

그러나 개미들이 승리했다. 희미해지는 저녁의 빛 속에서 사내들은 광장에 모였고, 감독들이 입을 꾹 다문 채 험상궂은 표정으로, 그러나 패배한 표정으로 나타났다. 내일은 삼십삼 이스쿠두를 받고 일할 수 있을 거야, 그게 그들이 한 말 전부다. 그런 다음 그들은 수치스러워하면서 복수를 생각하며 물러났다. 그날 밤 사람들은 기쁨을 선술집 안에 가두어둘 수가 없었다. 심지어 주앙 마우템푸도, 정말 드물게, 감히 두 잔째 포도주를 입에 대는 보기 드문 모습을 보여주고, 상점주들은 빚 가운데 일부가 청산될 것을 기대하며 물건값을 올릴 것을 고려하고, 어른들 입에서 돈 이야기가 나와도 아이들은 뭘 사고 싶은지 생각조차 하지 못하고, 몸이란 영혼의 만족에 민감하게 반응하기 때문에 사내들은 여자에게 가까이 다가갔고 여자들은 사내들에게 가까이 다가갔으며, 그들 모두 너무 행복하여, 하늘나라가 인간 삶을 조금이라도 이해한다면 호산나와 나팔 소리가 사람들 귀에까지 들렸을 것이다. 달은 평소와 다름없이 밝고 아름다운 유월의 얼굴이었다.

이제 다시 아침이다. 매일의 일은 추가로 팔 이스쿠두의 가치가 있는데, 이것은 시간당 십 토스탕 이하로 늘어난 것이며, 분으로 따지면 거의 늘어나지 않은 것이나 마찬가지다. 너무 적어서 그것을 표시할 만한 작은 동전조차 없다. 매번 낫이 밀을 벨 때마다, 매번 왼손이 줄기를 잡고 오른손이 날로 땅의 높이에서 최종적이고 결정적인 가격을 할 때마다, 높은 수준의 수학을 잘 아는 사람만이 그 동작의 가치가 얼마인지, 소수점 오른쪽에 영을 몇 개나 붙여야 하는지, 땀, 손목의 힘줄, 팔의 근육, 긴장한 등, 피로로 안개가 자욱한 눈, 구워버릴 듯한 한낮의 열기를 몇 천 분의 일로 잴 수 있는지 말할 수 있을 것이다. 그렇게 적은 보답을 받으며 그렇게 큰 고난을 겪다니. 그런데도 여전히 노래를 부르는 사람들이 있다, 비록 오래가지는 못하지만. 어제, 몬테모르에서 군경찰이 그 지역의 농업 노동자들을 모아 투우장에 집어넣고 소 떼처럼 가두어두었다는 소식이 들리기 때문이다. 기억력이 좋은 사람은 바다호스에서 벌어진 일,[*] 그곳에서 자행된 학살을 기억했다. 그때도 투우장이었다. 가능해 보이지 않지만, 그들은 기관총으로 전부 쏘아 죽였다. 그러나 여기에서는 그렇지 않을 것이다, 우리는 그렇게 잔인하지 않다. 어두운 예감이 전원 지대에 가득 차고, 줄을 지어 추수하는 사람들은 머뭇거리고, 박자를 맞추어 나아가지 못한다. 격분한 십장들은 노동자들에게 분풀이를 한다, 누가 보면 그들 자신의 돈이 축났다고 생각할 것이다. 이제 돈도 더 벌게 됐는데, 갑자기 들판 가득 꾀병을 부리는 인간들뿐이네. 줄은 갑자기 활기를 띤다. 그들은 농장주에게 빚을 진 사람처럼 보이고 싶지 않다. 그래서 갑자기 빨리 움직인다. 하지만 그들의 상상은 다시 우리 사람들, 라티푼디움 전역에서 모인 사람들로 가득 찬 몬테모르의 투우장으로 돌아간다. 너무 걱정을 하는 바람에 입이 말라 일부는 물을 나르는 사람들에게 물을 마시게 해달라고 소리친다. 우리에게 무슨 일이 생길지 누가 알겠는가. 군경찰은 안다. 그들은 흙덩어리 위를 걸어 다니고 있다. 줄의 끝마다 몇 명씩 소총을 들고 방아쇠

---

[*] 1936년 8월 스페인 내전 때 국민당 군대가 1,300에서 4,000명의 공화주의자들(민간인과 군인)을 모아놓고 죽였다.

에 손가락을 걸고 있다. 누구든지 달아나면 일단 공포를 쏘고, 그런 다음 다리를 겨냥하고, 세 번째로 쏴야 한다면 다시 쏠 필요가 없도록 확실히 조치하라. 추수하는 사람들은 이름을 듣자 허리를 곧게 편다, 쿠스토디우 칼상, 시지즈문두 카나스트루, 마누엘 이스파다, 다미앙 카넬라스, 주앙 마우템푸. 이들은 지역 폭도이며, 다른 폭도를 지금 모으고 있거나, 아니면 이미 모았거나 곧 모을 것이다. 만일 불복종에 대한 대가를 치르지 않아도 된다고 생각한다면, 그들은 완전히 잘못 알고 있는 것이다. 그들은 라티푼디움을 몰랐던 게 분명하다. 뒤에 남겨진 사람들은 머리와 팔을 낮추고, 심장과 허파가 담긴 몸통 전체를 구부리고, 그들의 등은 그들이 선 자세를 유지하게 하려고 안간힘을 쓴다. 낫은 다시 밀로 휘어들어가, 뭔가를, 물론 마른 줄기지 달리 무엇이겠는가, 베어낸다. 노동자들 옆에서는 십장이 이리처럼 으르렁거린다, 너희를 모두 끌고 가지 않은 게 운 좋은 줄 알아, 사실은 그래야 하는데, 만일 내 마음대로 하라고 한다면 너희한테 잊을 수 없는 교훈을 새겨줄 텐데.

군경찰대원들은 음모자 다섯 명의 측면으로 다가가, 그들을 조롱한다, 그러니까 너희는 파업을 주도하고도 아무런 벌도 받지 않을 거라고 생각했다는 거지, 그렇지, 하지만 다시 생각을 해봐야 할걸. 다섯 명 가운데 누구도 대답하지 않는다. 그들은 머리를 높이 들고 있지만, 배 속에 굶주림으로 인한 봉증과는 다른 통증이 있다. 이상하게 다리가 후들거리는 느낌이다, 두려움이 그렇게 만든다. 두려움은 사람을 사로잡는데, 말을 하든 입을 다물든 아무런 차이가 없다. 하지만 그것도 지나갈 것이다, 사내는 사내니까. 반면, 오늘까지도, 우리는 고양이가 동물인지 인간인지는 확실히 알지 못한다. 주앙 마우템푸는 시지즈문두 카나스트루에게 무슨 말을 하려는 듯하지만, 우리는 그게 뭔지 절대 알아낼 수가 없다. 군경찰이 한 사람, 한 명령자로서, 하나의 의지로, 말하기 때문이다, 아가리를 열면 두들겨 맞아 길에 너희 이빨 자국이 남게 해줄 거다. 그래서 다른 누구도 감히 한마디도 못한다. 그들은 몬트 라브르에 말없이 도착하여 군경찰 초소로 향하는 경사로를 올라간다. 그때는 모두가, 스물두 명 모두가 체포당했기 때문이다. 그러니까 누군가 우리를 배신한 게 분명했다. 군경찰은 그들을 뒤쪽 마당의 울타리 안에 집어넣었다. 꽉 찼기 때문에 바닥에는 앉을 자리가 없었다. 하지만 그게 무슨 상관이겠는가, 그들은 그런 일에 익숙한데. 잡초는 가장 차가운 서리에서도 살아남는 법이다. 그들은 당나귀 가죽처럼 피부가 두껍다, 그리고 그게 좋다, 그래야 감염도 덜하니까. 만일 우리라면, 연약한 도시 거주자라면, 우리는 전혀 가망이 없을 것이다. 문이 열리지만, 그 앞에, 포치 밑에, 소총을 쏠 자세로 군경찰 세 명이 서 있다. 그 가운데 한 명은 초소에 들어가 있는 게 행복해 보이지 않는다. 눈길을 다른 데로 돌리고, 총구는 바닥을 가리키고 있다, 손가락도 방아쇠에 걸고 있지 않다. 아주 슬픈 표정이다. 누가 그런 걸 상상이나 했겠는가. 죄수들은 그냥 생각만 하고 있을 뿐이다, 말은 하지 않는다, 엄한 명령을 받고 있기 때문이다. 하지만 시지즈문두 카나스트루는 간신히 중얼거려본다, 용기를 내, 동무들. 그러자 마누엘 이스파다가 말한다, 심문을 받으면 답은 늘 같아, 우리는 정당한 임금을 받기를 바랄 뿐이다. 주앙 마우템푸가 말한다, 걱정 마, 우리를 처형하거나 아프리카에 보내지는 않을 테니까.

거리에서 파도가 버려진 해변에 부딪히는 듯한 소리가 들린다. 친척과 이웃들이 와서 소식을 알려달라는 소리, 사내들의 석방이라는 가능하지도 않은 일을 청원하는 소리다. 이윽고 타카부 병장의 목소리, 포효가 들린다, 너희 모두 돌아가라, 아니면 부하들에게 돌격을 명령하겠다. 이것은 순전히 전술적 협박이다. 말도 없는데 어떻게 돌격을 한단 말인가. 군경찰이 착검을 하고 전진하여 부녀자들의 배를 찌르는 것은 상상하기 힘든 일이다, 여자들 가운데 일부는 공교롭게도 그리 못나 보이지도 않는데, 또 늙은 여자들 가운데는 일어서 있는 것도 힘들어, 어차피 곧 무덤에 들어갈 준비를 할 참인데. 하지만 군중은 뒤로 물러나서 기다린다. 이제 들리는 소리라고는 여자들이 조용히 흐느끼는 소리뿐이다. 그들은 남편, 아들, 남동생, 아버지에게 해가 미칠까 두려워 물의를 일으키고 싶어 하지 않는다. 하지만 그들 또한 고통을 겪고 있다, 저 사람이 감옥에 가면 우리는 어찌 될 것인가.

이윽고 저녁이 다가올 무렵, 군경찰을 잔뜩 태운 트럭이 몬테모르에서 온다. 이곳에서는 처음 보는 사람들이다. 우리는 지역 군경찰에게는 익숙하다. 하지만 그게 대순가, 그런다고 우리가 그들을 용서하겠는가, 그들은 어찌 똑같이 고통받는 자궁에서 빠져나와 자신에게 어떤 해도 끼친 적이 없는 평범한 사람들에게 등을 돌릴 수 있단 말인가. 트럭은 갈림길에 이르는데, 한 가닥은 몬티뉴로 뻗어 있다. 주앙 마우템푸가 한때 살았고, 세상을 뜬 어머니 사라 다 콘세이상과 그녀의 형제자매도 살았던 곳이다. 이제 그들 가운데 일부는 여기에 살고 일부는 저기에 살지만, 몬트 라브르에는 아무도 살지 않는다. 하지만 이것은 떠난 자들이 아니라 머물고 있는 자들의 이야기다. 잊기 전에 남은 한 갈림길은 라티푼디움의 농장주들이 보통 차를 타고 다니는 길이라는 이야기는 해두어야겠다. 이제 트럭이 방향을 틀어 그들을 향해 덜컹거리며 오고 있다. 바싹 타버린 길에 연기를 내뿜고 먼지를 일으킨다. 부녀자들, 또 나이 든 사람들은 자기도 모르게 트럭의 흔들거리는 몸통에 의해 길에서 밀려나, 군경찰 부대를 둘러싸고 있는 담까지 간다. 하지만 트럭이 멈추자, 그들은 필사적으로 트럭 옆면에 달라붙는다. 이것은 어리석은 행동이다, 안에 있던 군경찰대원들이 소총의 개머리판으로 사람들의 손가락을 찍기 때문이다. 검고 더러운 손가락이다. 그들은 씻지를 않아요, 아가메드스 신부님. 사실입니다, 도나 클레멘시아, 대책 없는 사람들입니다, 짐승보다 못해요. 몬테모르에서 온 아르마멘투 하사가 소리친다, 누구든 너무 다가오면 쏘겠다. 따라서 이제 누가 이곳을 책임지는지 바로 알 수 있다. 모인 사람들은 입을 다물고, 도로 한가운데로 물러난다. 부대와 학교 사이다, 오, 학교여, 네 씨앗을 뿌려라.* 이때 죄수들의 이름을 부르는 소리가 들리고, 순찰대는 막사 문에서 트럭까지, 그리고 그 안에서도 이열종대를 형성한다, 산울타리 같다, 또는 물고기, 아니면 사람을 가두는 그물 같다, 사람이든 물고기든 잡혀 있을 때는 거의 차이가 없기 때문이다. 스물두 명이 모두 나왔고, 한 사람씩 문지방에 나타날 때마다 군중으로부터 억누를 수 없는 외침이나 울음이 터져 나왔다, 아니, 외침이라고 하는 게 좋겠다. 두 번째나 세 번째 사내가 나타났을 때는 이미 외쳐대는 소리가 끊이지 않고 이어지고 있었다, 오, 여보, 오 아버지. 소총들이 죄인을 겨누고 있고, 지역 수비대는 혹시 폭동이 일어날지 몰라 군중에게 시선을 고정하고 있었다. 그곳에 사람들이 수백 명 있고 그들은 필사적이지만, 소총 총구는 말하고 있다, 조금만 더 가까이 오면 무슨 일이 벌어지는지 보여주겠다. 죄수들이 막사에서 나타나 미친 듯이 주위를 둘러보지만, 시간 여유가 없다. 그들은 어쩔 수 없이 앞으로 나아가고 있으며, 벽의 끝에 이르면 트럭에 올라탈 수밖에 없다. 사람들에게 공포심을 심기 위해 펼쳐놓은 광경 같다. 그러는 동안 빛이 희미해져, 어둠 속에서 사람들은 한 사람 한 사람의 얼굴을 알아볼 수

* 공화국의 공교육 찬가 첫 구절. ─역주

조차 없다. 첫 사내가 나타났는가 싶었는데, 어느새 모두 트럭에 타고, 트럭은 출발하고 있다. 군중을 향해 낫질을 하듯이 거칠게 방향을 튼다. 몇 사람이 넘어지지만 다행히도 몇 군데 긁히는 정도다. 내리막은 편하다. 트럭 뒷자리에 앉은 사람들은 자루처럼 휘둘리며, 군경찰대원들은 군중에게 소총을 겨누는 일은 까맣게 잊고 옆면을 붙들고 있다. 오직 아르마멘투 하사만 등을 운전칸에 기대고 두 다리를 벌리고 서서 트럭을 쫓아 달려오는 군중을 마주 보고 있다. 가엾은 사람들은 뒤처지고 있다. 비탈을 다 내려와 트럭이 좌회전을 하려고 속도를 늦출 수밖에 없었을 때 조금 따라잡았으나, 그 이상 할 수 있는 일은 없다. 트럭이 몬테모르 쪽으로 속도를 높이기 때문이다. 가엾은 사람들은 숨을 헐떡거리며 소리를 지르지만, 차가 멀리 떠나버리자 외침도 몸짓도 의미를 잃는다. 이제 저 사람들은 우리 목소리를 듣지 못해. 달리기가 빠른 축에 속하는 사람들은 계속 따라가려 해보지만 소용없다. 트럭은 첫 굽이를 돌아 사라진다. 나중에 다리를 건널 때 다시 보일 것이다. 저기 있다, 저기 있다. 이게 무슨 정의이고 이게 무슨 나라인가. 왜 우리가 감당해야 하는 고통의 몫은 훨씬 더 큰가, 차라리 우리를 모조리 죽여, 우리의 운명을 단번에 봉해버리는 게 낫겠다.

각 사람은 자기 생각에 잠겨 있다. 시지즈문두 카나스트루, 주앙 마우템푸, 마누엘 이스파다는 부대를 떠나길 기다리는 동안 들은 이야기를 통해 자신들이 파업 주동자로 지

목되었다는 것을 알고 있다. 이 셋 가운데 시지즈문두 카나스트루가 가장 차분하다. 그는 다른 사내들과 함께 바닥에 앉아 두 팔은 무릎에 올려놓고 팔짱을 낀 다음 거기에 머리를 묻고 있다, 어떤 모습인지 알 수 있을 것이다. 그는 그런 식으로 더 분명하게 생각할 수 있기를 바라지만, 갑자기 동료들이 자신의 자세를 보고 낙담했다고 지레짐작할지도 모른다는 생각이 떠올랐다. 그것은 원치 않았기 때문에, 두 팔을 풀고 허리를 똑바로 펴고 앉았다, 마치, 자, 나 여기 있다, 하고 말하는 것 같다. 마누엘 이스파다는 기억을 하고 비교를 하고 있다. 팔 년 전 이보다 작은 트럭을 타고 젊은 동료들과 함께 똑같은 여행을 떠났던 일을 기억한다. 다만 이번에는 아우구스투 파트라캉만 함께 있을 뿐이다. 팔미냐는 정신을 차리고 다른 계획을 세웠으며, 펠리스베르투 람파스는 떠돌이 노동자가 되어 그 이후로 본 적이 없다. 마누엘 이스파다는 속으로 사실 비교가 불가능하다고 말한다, 이번에는 상황이 심각하다, 그때는 그저 소년들 무리였지만, 이번에는 모두 어른이다, 책임의 수준이 완전히 다르다, 그 점은 아무도 부인하지 못할 것이다. 우리가 거기 있는 모든 사람을 대변할 수는 없지만, 이 세 사람은 끝나지 않는 생각의 흐름에 사로잡혀 있다. 결심, 공포, 용맹이 뒤섞여 있고, 손과 다리가 떨린다, 아무도 그것만은 면제받지 못했다. 주앙 마우템푸는 일종의 꿈에 빠져 있다. 밖은 이제 거의 깜깜해졌다. 눈물이 고인다면 그러라지, 어떤 사람도 돌로 만들어진 것은 아니니까, 하지만 동무들이 이것을 보면 안 된다, 그들도 용기를 잃는 것은 원치 않는다. 포루스를 지나자 탁 트인 전원 지대가 나타난다. 곧 달이 뜰 것이다, 자, 유월이니 달은 일찍 뜬다. 앞에는 커다란 바위가 몇 개 있다, 어떤 거인들이 거기에 굴려놓았을까. 매복하기 좋은 곳이다. 주제 가투가 그의 패거리, 벤타 하샤다, 파힐랴스, 루드게루, 카스텔루와 함께 거기에 있다가, 도로 한가운데로 굴려 길을 막아놓은 통나무 뒤에서 튀어나온다고 상상해보라. 어쨌든 그들은 연습을 많이 했고, 이제 소리치고 있다, 멈춰. 트럭은 갑자기 브레이크를 밟으며 아스팔트에서 시끄러운 소리를 내며 미끄러진다, 젠장, 타이어가 터지면 안 되는데. 그때, 조금이라도 움직이면 죽은 목숨이다, 하고 외치는 소리. 각 도적은 총을 쏠 준비를 하고 있고, 그들 또한 장난을 치는 것이 아니다, 얼굴을 보면 알 수 있다. 주제 가투가 마르셀리누에게서 훔친 오연발 소총이 있다. 아르마멘투 하사는 그래도 움직인다, 글쎄, 그것이 그의 상관들이 그에게 기대하는 것일 수는 있겠지, 하지만 그는 심장에 구멍이 하나 뚫리는 바람에 높은 곳에서 떨어진다. 주제 가투는 약실에 두 번째 탄약통을 넣으며 말한다, 죄수들은 나와도 돼. 그러는 동안 군경찰대원들은 서부 영화에서처럼 허공에 두 손을 쳐들고 서 있다. 벤타 하샤다와 카스텔루는 소총과 탄띠를 거두기 시작한다. 바위들 뒤에 돼지 허구리살을 싣는 데 쓰는 노새 두 마리를 묶어두었다. 조금 무게가 더 실린다 해도 상관없을 것이다. 주앙 마우템푸는 바로 몬트 라브르로 돌아갈까, 아니면 주변이 좀 잠잠해질 때까지 숨어 있을까 곰곰이 생각하지만, 모든 게 좋은 쪽으로 해결되었다고 가족을 안심시키는 소식을 전해야 할 것 같다.

모두 얼른 나가, 빨리, 빨리, 소생한 아르마멘투 하사, 심장에 구멍이 나지 않은 아르마멘투 하사가 말한다. 그들은 몬테모르의 부대 정문에 도착했고, 주제 가투는 자취도 찾아볼 수 없다. 군경찰은 줄을 지어 서 있다. 이제 자신의 본거지에 돌아와 있으니, 그렇게 긴장되어 보이지 않는다. 폭동이나 무장 공격이 벌어질 위험은 없다, 여러분도 짐작을 했겠지만, 그래, 그렇게 심각한 것은 아니었다. 주제 가투의 대담한 개입은 모두 주앙 마우템푸의 상상 속에서만 벌어진 일이었다. 바위들은 여전히 도로변에 그대로, 수백 년 동안 그래왔던 대로 서 있지만, 그 뒤에서 아무도 튀어나오지 않았다. 트럭은 평소와 다름없이 기계적으로 차분하게 그곳을 지나왔고, 부대에 사람들을 내려주고 떠났다, 자기 의무를 다한 것이다. 스물두 명의 사내는 복도를 따라 떠밀려가다 마당을 건넌다. 문간에는 군경찰이 두 사람 서 있다. 한 대원이 문을 열자 사람들이 가득 찬 방이 드러난다. 일부는 서 있고, 일부는 바닥에, 침구로 쓰라고 짚단 두 개를 가져다 흩어놓은 곳에 앉아 있다. 바닥은 콘크리트다. 방은 싸늘하다. 안에 많은 사람들이 빽빽하게 들어가 있고 또 지금이 일 년 중 가장 더운 때임을 생각하면 이상한 일이다, 아마 성의 옆면을 뒷벽으로 쓰고 있기 때문일 것이다. 이미 거기에 있던 사람을 포함하여 예순 명 가까이 있으니, 어디 일을 나가도 부족함이 없는 무리가 될 것이다. 일부러 힘을 주어 닫은 문이 큰 소리를 내고, 자물쇠에서 돌아가는 열쇠 소리가 라티푼디움의 정원을 둘러싼 담장 위에 꽂아놓은 깨진 유리 조각처럼 신경을 긁는다. 유리 조각은 햇빛을 받으면 반짝반짝 빛나 아주 예뻐 보이며, 그 너머로는 오렌지가 주렁주렁 열린 나무들이 늘어서 있다. 오렌지만이 아니다, 또 다른 훌륭한 과일인 배도 있다. 장미나무는 과수원의 좁은 길을 따라 늘어선 아치들에 엉켜 있다, 그곳을 통과하는 노동자라면 누구나 그 향기를 맡을 것이다. 하지만 솔직히 말해서, 아가메드스 신부님, 나는 그 녀석들에게 그런 아름다움을 감상할 만한 영혼이 있다고 생각하지 않습니다. 천장에 아주 낮고 전구가 딱 하나 밝혀져 있다. 기껏해야 이십오 와트짜리다. 우리는 아직 검약하는 습관을 잃어버리지 않은 것이다. 결국 부정할 수가 없다, 점점 더위를 견딜 수 없다. 사내들은 서로 알아보거나 소개를 한다. 이스코랄과 토흐 다 가다냐에서 온 사람들이 있다. 카브렐라에서 온 사람들은 벤다스노바스로 데려갔다는 이야기가 있지만, 확실치는 않다. 그래서 이제 우리를 어쩌려는 것이냐. 이스코랄에서 온 사내 하나가 말한다, 어떻게 하든 우리한테서 그 삼십삼 이스쿠두를 빼앗을 수는 없어, 이제 우리는 그냥 기다리기만 하면 돼.

그들은 기다린다. 몇 시간이 흐른다. 이따금씩 문이 열리고, 더 많은 사내를 밀어 넣는다. 감방은 그렇게 많은 사람들이 있기에는 너무 작다는 느낌이 들기 시작한다. 대부분은 아침 이후로는 아무것도 먹지 못했고, 군경찰은 죄수들을 먹일 생각이 전혀 없다. 어떤 사람들은 짚 위에 누워 있고, 믿는 마음이 강하거나 신경줄이 질긴 사람들은 잠이 든다. 자정이다, 그들은 시청 시계가 시간을 알리는 소리를 듣는다. 이제 오늘은 무슨 일이 더 생기지 않을 것이다, 너무 늦었다. 이 사람들도 잠을 좀 자는 게 나을 것이다. 텅 빈 배가 항의를 하지만, 심하지는 않다. 사내들이 그 많은 몸의 냄새와 열기에 졸음을 느끼다 막 잠에 빠지려는 찰나 문이 활짝 열리고 타카부 병장과 군경찰대원 여섯 명이 나타난다. 병장은 종이를 한 장 움켜쥐고 있고 군경찰대원들은 마치 어머니 배 속에서 나올 때부터 완전 무장을 하고 있었던 것처럼 소총을 움켜쥐고 있다. 병장은 소리를 지른다, 몬트 라브르에서 온 주앙 마우템푸, 사피라에서 온 아고스티뉴 디레이투, 토흐 다 가다냐에서 온 카롤리누 디아스, 산티아구 두 이스코랄에서 온 주앙 카타리누. 네 사내, 네 그림자는 일어서서 문으로 나간다. 동료들은 혼비백산한다, 저 가엾은 것들에게 무슨 일이 벌어질까. 그 순간 더는 비밀을 유지할 수 없는 사내의 목소리가 흘러나온다, 여기시 어제 사람을 죽였던 것 같아.

이번에는 마당을 가로지르지 않는다. 그들은 담을 따라, 군경찰대원들 사이를 계속 걸어가다, 어떤 문으로 떠밀린다.

그곳의 램프에서 나오는 빛은 훨씬 밝다. 죄수들은 공격적인 빛에 눈을 찌푸린다, 밤의 첫 번째 공격이다. 군경찰대원들은 떠나고 병장만 남았다. 병장은 책상으로 다가가 종이를 내려놓고, 책상 뒤에는 사내 둘이 앉아 있었다. 한 명은 군복을 입은 콘텐치 중위이고, 또 한 명은 사복을 입었다. 주앙 마우템푸, 아고스티뉴 디레이투, 카롤리누 디아스, 주앙 카타리누는 옆으로 나란히 서라는 명령을 받았다. 주둥이를 높이 들어봐, 너희가 창녀 같은 너희 에미를 닮았는지 좀 보게, 사복을 입은 사내가 말했다. 주앙 마우템푸는 한마디 쏘아붙이지 않을 수 없었다, 우리 어머니는 돌아가셨소. 그러자 사내는 대꾸했다, 얼굴이 피반죽이 되고 싶나, 내가 말하라고 할 때만 말해라, 오래지 않아 한마디도 하고 싶지 않은 기분이 들 거다, 하지만 바로 그때부터 너는 이야기를 해야만 해. 그러자 콘텐치 중위가 명령을 내리기 시작했다, 똑바로 서, 너희는 지금 너희 집의 푹신푹신한 침대에 누워 있는 게 아니야, 군대에서 흔히 하는 말이다, 자, 여기 계신 경찰관에게 주목해. 옆에 있는 사내가 일어서서 누더기를 입은 사내들을 살피더니 그들을 노려본다, 망할 놈, 마치 내 속을 들여다보려는 것 같다, 끈적거리는 위협적인 눈으로 나를 응시하면서. 네 이름은 뭐야. 질문을 받은 사내가 대답했다, 주앙 카타리누요. 너는. 카롤리누 디아스요. 너는. 아고스티뉴 디레이투요. 너, 에미가 죽은 놈, 네 이름은 뭐야. 주앙 마우템푸요. 포르투갈 비밀경찰[*] 요원은 활짝 웃음을 지었다. 멋진 이름이군, 상황에 아주 어울려. 그러더니 그는 갑자기 책상으로 성큼성큼 걸어가, 지갑에서 권총을 뽑아, 책상에 쾅 내려놓으며 성난 표정으로 가엾은 사내들을 바라보았다. 이 파업에 관해, 조직에 관해, 너희에게 명령을 내린 사람들, 너희에게 한 선전, 모든 것에 관해 너희가 알고 있는 모든 걸 불기 전에는 여기서 살아서 나가지 못한다는 걸 알기 바란다, 모든 걸 토해내기 바란다, 만일 말을 하지 않으면 화가 있을 것이다. 콘텐치 중위는 책상 한쪽 끝에 쌓여 있는 것에서 학교 연습장 네 권을 뽑아 들었다, 너희는 각각 이 연습장 한 권과 연필 한 자루를 들고 방에 갇힐 거다, 거기서 너희가 아는 모든 것, 이름, 날짜, 만난 장소와 집, 전단이 언제 어떻게 전달되었는지 적어야 한다, 알아들었나, 거기에 다 글로 기록하기 전에는 나오지 못할 거다. 비밀경찰 요원은 책상으로 돌아가 권총을 지갑에 도로 넣었다. 그렇게 힘의 과시를 완료하고 난 뒤 그는 말했다, 이건 정말 사람을 미치게 만들어, 너희 눈앞에 기진맥진한 사람이 보이지, 이 빌어먹을 파업 때문에 잠도 못 자고 있어, 그러니 순순히 아는 걸 모두 적고 아무것도 감추지 마, 만일 나중에 감췄다는 것이 드러나면 너희만 손해니까. 주앙 카타리누가 말한다, 나는 글을 모르는데요. 아고스티뉴 디레이투가 말한다, 나는 이름만 쓸

* 앞에서 언급된 PIDE를 가리킨다.

줄 압니다. 주앙 마우템푸가 말한다, 나는 글을 거의 못 써요. 카롤리누 디아스가 말한다, 나도 마찬가지요. 너희는 우리 목적에 맞을 만큼 알고 있어, 요원은 말한다, 우리가 너희를 고른 건 너희가 읽고 쓸 줄 알기 때문이야, 하지만 그게 마음에 들지 않는다면 배우지를 말았어야지, 이제 너희는 태어날 때처럼 무지한 상태로 쭉 살아오지 않은 걸 후회하게 될 거다. 요원은 자기 농담에 웃음을 터뜨렸고, 병장도 이등병과 더불어 웃음을 터뜨렸고, 콘텐치 중위도 물론 만족스럽게 웃음을 터뜨렸다. 중위는 병장에게 명령을 내리고, 병장이 이등병에게 말하자, 이등병은 문을 열고, 네 악당은 자리를 뜬다. 밖에는 다른 부대원들이 있다. 이것은 공적 사건이다. 군경찰대원은 돼지를 돼지우리에 넣는 사람들처럼 사내 네 명을 몰고 복도를 내려가 문을 열고 안에 밀어 넣는다. 각자 연습장을 한 권씩 들고 있다. 디아스, 디레이투, 카타리누, 마우템푸, 이들은 그저 쓰레기입니다, 아가메드스 신부님, 이런 표현을 사용해도 좋다면 말입니다.

부대 안에는 거대한 침묵이 내려앉았는데, 침묵들이 늘 그렇듯이 소음으로 가득하다. 지하 감옥에 갇힌 사내들은 신음을 하고 끙끙거리며, 지친 몸이 보통 그렇듯이, 잠을 이루지 못한다. 잠을 잘 때도 석탄 구덩이에서 일을 하며 크고 무거운 통나무를 나르려고 하던 날의 아픔이 있다, 만일 지금이라면 다 꺼지라고 말할 것이다, 우리 동무들에게 무슨 일이 벌어지고 있는지 궁금하다, 아무 소리도 들리지 않는다,

바깥의 보초들의 발소리, 시계가 종을 치는 소리뿐이다, 저 염병할 올빼미가 입 좀 다물었으면 좋겠다, 우울한 생각들이 찾아오니까. 네 명은 방에 갇혀 똑같은 행동을 한다. 주위를 둘러보니 탁자와 연필이 있다. 무슨 놀이 같다, 학교로 다시 돌아가 받아쓰기를 하는 것 같다, 결과물을 읽고 채점할 선생이 없다는 것이 다를 뿐. 따라서 그들의 양심이 선생이 되어 느리고 비뚤비뚤한 글씨로 무엇을 쓸지 판단해야 할 것이다. 그들 각각은 어느 시점에 이르러 첫 페이지의 첫 줄에, 여백에 이름을 적었다, 마치 이제부터 쓸 모든 것을 쓰기에 충분한 공간을 확보해야 한다는 듯이. 내 이름은 아고스티뉴 디레이투다, 내 이름은 주앙 마우템푸다, 내 이름은 주앙 카타리누다, 내 이름은 카롤리누 디아스다. 그러고 나서 그 페이지를, 채워야 할 그 많은 줄을 뚫어져라 바라보다가, 이윽고 계속 종이를 넘겨 마지막 페이지를 본다. 마치 밀밭 같다. 하지만 어떤 까닭인지 연필 겸 낫은 베지를 못한다, 앞으로 나아가지를 않는다, 이 뿌리에, 이 돌에 박혀 꼼짝도 하지 않는다. 도대체 내가 뭘 쓴단 말인가, 저들은 내가 아는 모든 것을 말해주기를 기다리고 있다, 여기 이 비뚤비뚤한 줄에, 아니면 내가 너무 피곤해서 비뚤비뚤해 보이는 것뿐일까. 주앙 카다리누가 먼저 연습장을 옆으로 밀친다. 그는 이름은 썼지만, 아무것도 더 쓰지 않을 것이다. 그의 이름은 거기 그대로 남아 있어 사람들은 자기 이름밖에 쓰지 않은, 한마디도 더 적지 않은 그 이름의 소유자를 알게 될 것이다. 시간은 다르지만, 다른 사내들도 모두 크고 검은 손으로 연습장을 옆으로 밀쳤다. 어떤 이는 아예 덮어버리기도 하고, 어떤 이는 그대로 펼쳐두어서 저들이 가지러 왔을 때 처음 눈에 띄는 것이 이름이고, 그 밖에는 아무것도 없다는 것을 알게 될 것이다.

처음 밤하늘이 갈라질 때, 그런데 이것은 매우 시각적이면서도 농촌적인 어법으로, 아마 판자를 대지 않은 지붕, 그 가운데서도 특히 초가지붕과 더불어 생겨났을 것이다. 초가지붕은 낡고 닳으면서, 또 초가를 엮는 일꾼의 솜씨 부족 때문에 틈과 구멍이 나타난다. 이 틈과 구멍으로 새벽의 빛이 들어온다, 물론 그 전에 별빛이 들어올 수도 있고, 이 별은 여행 중에 잠 없는 사람의 눈에 걸려들 수도 있지만. 연습장에 쓰게 하는 것은 아마 비밀경찰 요원과 중위가 범죄자들이 자백을 하는 동안 하룻밤 잠을 푹 자보자는 책략이었을 것이다. 그렇지 않으면 기록자 없이 공짜로 일을 해치우자는 교활한 술책이었을 수도 있다. 확인되기 전에는 진실을 결코 알 수 없는 법인데, 이 감옥과 심문의 이야기에서는 확인이 되지 않을 수도 있다. 처음 밤하늘이 갈라질 때, 우리는 이 구절로 다시 돌아가야 하는데, 문장이 마무리가 되지 않았고 의미가 사라졌기 때문이다. 그때 문이 열리고 말쑥한 비밀경찰 요원, 정말로 집에서 편한 침대에서 잔 것처럼 말쑥하고 깨끗한 요원이 방에서 방으로 돌아다녔다. 그의 분노는 점점 커졌다. 각 연습장이 그가 이미 알고 있는 사실만 말해주었기 때문이다, 이 악당 이름은 주앙 카타리누, 이 똥 덩어리 같은 놈 이름은 아고스티뉴 디레이투, 저 똥 쪼가리는 카롤리누 디아스, 그리고 이 개자식, 그래, 개자식 이름은 주앙 마우템푸라는 사실. 함께 계획을 짠 게 틀림없다, 이 새끼들이. 이리 와, 이제 장난은 그만, 누가 파업을 조직했는지 알아야겠어, 너희 연락책은 누구야, 아니면 너희한테도 그자에게 일어났던 일이 일어날 거야. 그들은 그자가 누구인지 모르고, 아무것도 모른다. 그들은 머리를, 단호하고 지치고 용감하고 굶주린 머리를 젓는다. 오 이런, 내 눈에 눈물이 고인다. 그곳에 함께 있던 콘텐치 중위는 말한다, 너희들은 결국 리스본으로 가게 될 거야, 여기에서, 너희 고향 땅에서, 너희를 아는 사람들이 있는 데서 자백을 하는 게 나을걸. 하지만 무슨 까닭인지, 요원은 누그러졌다, 저자들을 다른 사람들이 있는 데로 돌려보내, 나중에 어떻게 할지 결정하자고. 네 명은 질질 끌리다시피 복도를 지나 마당으로 들어가, 그곳에서, 내 친구여, 하늘을 올려다본다, 아직 해가 나오지 않았는데도 하늘은 밝다. 이윽고 그들은 동무들이 아직 갇혀 있는 지하 감옥의 어둠 속으로 던져져, 바닥에 있던 몸뚱어리들에 걸려 비틀거린다. 자던 사람들은 깨야 했다, 아니면 툴툴거리고 몸을 뒤집었다. 하지만 결국은 모두 다시 자리를 잡을 수 있었다. 네 사내가 함께 누워 잠들기 전에, 자는 것은 그들의 완벽한 권리였지만, 모두 가슴에 손을 얹고, 아무 말도, 단 한마디도 하지 않았다고 말했기 때문이다. 그 잠은 오래가지 않았다, 이 사람들은 조금 자고 해가 아직 스페인의 산들 사이에 감추어져 있을 때 담요를 둘둘 마는 것에 익숙했기 때문이다. 게다가 무의식적인 마음의 겹들 사이로 잔소리, 잔혹한 불안이 스며들어, 그들을 흔들고 부풀리고, 번데기를 부수기 때문이다. 게다가 배 속의 공복이라는 고통도 있는데, 그 배는 도대체 몇 시간이나 비워져 있었는지 모른다. 짐승도 이렇게 다루지는 않을 것이다.

아침나절에 문이 다시 열리고 타카부 병장이 말한다, 주앙 마우템푸, 면회 온 사람이 있다. 마누엘 이스파다, 시지즈문두 카나스트루와 어떤 운명이 자신들을 기다리고 있을지 이야기를 나누던 주앙 마우템푸는 벌떡 일어나 놀란 표정으로 동료들의 얼굴을 본다. 지극히 당연한 일이다. 이런 상황에서는 면회객이 없다는 것은 모두가 안다, 면회를 허락하는 친절은 들어본 적이 없다. 심지어 그들의 동무가 정말로 아무것도 안 불었는지 의심하는 사람들도 있다. 그래서 아무 말 없이 심각하기만 한 두 집단이 그의 옆에 늘어선 것이고, 그가 마치 어깨에 세상 모든 죄를 지고 가는 것처럼 발을 질질 끌며 걸어가는 것이다. 그는 빙글빙글 도는 물레가 된 느낌이고, 머리 위의 하늘에는 햇빛이 가득하다. 누가 나에게 면회를 올 수가 있을까, 파우스티나와 애들이 틀림없다, 아니야, 그럴 리 없어, 중위가 허락을 했을 리가 없다, 그 비밀경찰 요원, 입이 더러운 그 개가 허락을 한다는 것은 있을 수 없는 일이다.

복도는 훨씬 짧게 느껴진다. 그가 학생들 연습장을 들여다보며 밤을 보낸 곳이 저 문 뒤였다, 아주 힘든 학습이었다. 내 이름은 주앙 마우템푸입니다. 군경찰대원은 그 옆방 문을 두드리고 들어오라는 명령을 기다리고 있다. 파우스티나가 틀림없다, 아니면 그냥 내 희망만 부추기려고 그런 말을 하는 거다, 사실은 다시 심문을 할 거면서, 때릴지도 모른다, 그 경찰관이 우리가 말을 하지 않으면 그자에게 일어난 일이 우리에게도 일어날 거라고 했을 때 그 말은 무슨 뜻이었을까, 그자가 누구일까. 생각들이 빠르게 움직인다. 그래서 주앙 마우템푸는 기다리는 짧은 시간 동안에도 그 모든 걸 생각할 수 있었다. 하지만 문이 열렸을 때, 뇌에서 모든 생각이 빠져나갔다, 마치 밤의 어둠이 머리를 꽉 채운 것 같았다. 이윽고 큰 안도감을 느꼈다, 요원과 중위 사이에 서 있는 사람은 아가메드스 신부였기 때문이다. 설마 신부 앞에서 때리지야 않겠지, 하지만 신부님이 여기에서 뭘 하는 걸까.

천국에서는 이렇게 될 것이야, 내가 나 자신을 알고 자네가 나를 알게 된 이후로 나의 것이었던 영적 의무에 어울리게 나는 중간에 있고, 자네, 중위는 법 그리고 법을 만드는 자들의 보호자로서 내 우편에 있고, 당신, 요원 선생은 나로서는 사실 알고 싶지 않은 지저분한 일을 하는 자로서 내 좌편에 있겠지, 이 규율의 집의 문이 열리고, 내가 무엇을 보는가, 오 나의 가엾은 눈이여, 이걸 보느니 차라리 장님으로 태어나는 것이 나았겠구나, 네가 나를 속이고 있다고 말해다

오, 이게 나의 약간 골치 아픈 양 떼의 본거지인 몬트 라브르 출신의 주앙 마우템푸일 수 있을까, 자네는 미친 게 틀림없어, 중위와 경찰관의 말에 따르면, 또는 경찰관과 중위의 말에 따르면, 자네는 자네가 아는 모든 걸 이야기하는 것을 거부했다면서, 글쎄, 말을 하는 게 나을걸, 자네 자신이나 자네의 가족을 위해서, 그 사람들이 자기들의 가장의 실수와 어리석음까지 책임을 질 필요는 없지 않나, 자네는 부끄러운 줄 알아야 해, 주앙 마우템푸, 다 큰 어른이, 존경받을 만한 사람이 이런 어리석은 일에, 이 이른바 봉기에 빠져들다니, 내가 성당에서 자네와 다른 사람들에게 얼마나 자주 이야기했던가, 사랑하는 형제들이여, 자네들이 걷는 길은 멸망과 지옥에 이를 뿐이라고, 그곳에는 울고 이를 가는 것만 있을 뿐이라고, 자네들한테 하도 자주 이야기를 했기 때문에 다시 되풀이하는 것도 지겹네, 하지만 그게 무슨 소용이 있었나, 주앙 마우템푸, 내가 다른 사람들에게 관심이 없단 뜻은 아닐세, 하지만 나는 그 사람들을 몰라, 그런데 경찰관과 중위가 나에게 해준 말에 따르면, 몬트 라브르 출신인 사람들 가운데서는 자네한테 연습장에 써달라고 부탁을 했다는구먼, 하지만 아무것도 쓰지 않았다면서, 도움을 거절했다면서, 마치 이분들을 조롱하는 것처럼, 밤새 잠도 못 잔 이 가엾고 참을성 많은 신사들을 조롱하는 것처럼, 이분들도 가족이 있다네, 응, 집에서 이분들을 기다리고 있는 가족이, 그런데 자네 때문에 이분들은 가족에게 이렇게 말을 해야 돼,

늦게 들어가게 될 거야, 또는 밤에 일을 해야 돼, 나를 기다리지 마, 저녁 먹고 자, 아침이나 되어야 집에 갈 거야, 아니 아침에도 못 가, 사실 이제 거의 점심때가 되지 않았나, 그런데도 중위와 경찰관은 둘 다 여전히 여기에 있네, 정말이지 믿어지지가 않아, 주앙 마우템푸, 자네는 당국에 대한 배려가 전혀 없는 게 분명하군, 있다면 이렇게 행동하지는 않을 텐데, 이분들한테 누가 파업을 조직했고 누가 전단을 나누어 주었고, 그들이 어디에서 왔고 몇 명이나 되는지 말해준다고 해서 자네가 무슨 대가를 치르겠는가, 이 가엾은 인간아, 세상에 이분들한테 이름을 대는 것보다 간단한 일이 어디 있겠는가, 여기 경찰관과 중위가 나머지 일은 다 할 걸세, 그럼 자네는 가족이 있는 집으로 갈 수 있네, 그보다 좋은 일이 무엇이겠나, 가족의 품에 있는 사내, 나에게 말해주게, 물론, 사제로서, 나는 고해소의 비밀을 밝힐 수는 없네, 하지만 그게 이러저런 사람과 아무개인가, 그런가, 말해주게, 입으로 말하고 싶지 않으면 고개만 끄덕이면 돼, 오직 우리 네 명만 알고 있을 거야, 그 사람들이었나 아니었나, 나는 그렇게 들었는데, 하지만 확실치가 않아서 말이야, 나는 그 사람들이라고 말하는 게 아닐세, 그냥 묻는 거야, 사실, 주앙 마우템푸, 자네 태도는 몹시 실망스럽구먼, 자네 가족이 이처럼 고생을 하는 게 부끄럽지 않나, 말하게, 이 사람아.

말하게, 이 사람아, 여기에는 다른 누구도 없네, 나뿐이야, 아가메드스 신부, 그리고 중위, 경찰관, 자네, 다른 증인은 없어, 자네가 아는 걸 왜 우리한테 말해주지 못하나, 별것도 아닐 텐데, 각 사람은 자신이 할 수 있는 일을 하는 걸세, 그 이상은 할 수 없는 거야. 보세요, 아가메드스 신부님, 저는 아무것도 모릅니다, 하지도 않은 짓을 회개할 수는 없지요, 집사람과 딸들한테 돌아갈 수만 있다면 뭐든지 내놓겠습니다, 하지만 신부님이 말씀하시는 건 드릴 수가 없어요, 아무것도 모르기 때문에 아무것도 말할 수가 없습니다, 설사 안다 해도 신부님한테 말할지는 잘 모르겠습니다. 이제 본색을 드러냈군, 나쁜 새끼, 경찰관이 소리친다. 그만, 아가메드스 신부가 말한다, 내가 물릴 줄도 모르고 말하듯이 이들은 그저 가난한 짐승들에 불과하오, 며칠 전에 도나 클레멘시아의 집에 갔을 때도 그런 이야기를 했소, 이 사람은 정말로 아무것도 모른 채 그저 다른 사람들 때문에 자기 길에서 벗어난 것일 수도 있소. 이자는 파업 지도자로 여기 끌려와 있는 겁니다, 콘텐치 중위가 말한다. 맞소, 경찰관이 말한다, 안으로 돌려보내.

주앙 마우템푸는 그 자리를 나와 복도를 따라 내려간다. 도대체 몇 번째인지 모르겠다. 그때 다른 문에서 수많은 군경찰 대원들 사이에 낀 채 이런저런 사람과 아무개가 나오는 것이 보인다. 눈이 마주치고 서로를 알아본다. 그들은 심하게 두들겨 맞았다, 가엾게도. 주앙 마우템푸는 마당을 가로질러 걸어가며 눈에 눈물이 고이는 것을 느낀다. 해가 눈부셔서가 아니다, 거기에는 이제 익숙하다. 터무니없게도 만족감과 안도감이 찾아왔기 때문이다, 두 사람이 이미 체포되었다는 것을 알게 되어서, 그들을 배반한 게 자신이 아니라서, 아냐, 내가 아니었어, 저 사람들이 체포되었다니 얼마나 마음이 놓이는지, 하지만 내가 무슨 소리를 하는 건가. 그는 두 번 운다. 한 번은 만족감 때문에 한 번은 서글픔 때문에, 두 번 다 그들을 여기에서 보았기 때문에 우는 것이다. 이미 그들을 두들겨 팬 것이 분명하다, 내 이름이 주앙 마우템푸인 것만큼이나 확실하다. 내가 우리가 겪고 있는 시대에 어울리는 이름을 갖고 있다고 말했을 때 그 경찰관은 정곡을 찌른 것이다.

그는 지하 감옥으로 돌아가 다른 사람들에게 있었던 일을 이야기했다. 그들은 그의 눈에 눈물이 고인 것을 보고 매를 맞았느냐고 물었다. 그는 아니라고, 맞지 않았다고 말했지만, 계속 울었다. 그의 가슴에는 서글픔이 가득했다. 조금 전에 느꼈던 만족감은 완전히 사라지고, 죽음 같은 슬픔이 그 자리를 대신했다. 몬트 라브르 출신의 사내들이 그의 주위에 모였다, 동갑인 사내들은. 그러니까 젊은 축은 멀리 떨어져 있었다는 것이다, 이미 머리가 세고 있는데도 아이처럼 우는 사내 가까이 있는 게 창피해서. 우리도 결국 저렇게 되는 걸까, 그들은 생각했다. 이런 가책은 더 분석하거나 토론하지 않고 받아들이는 게 좋다.

정오를 지났을 때 상황은 좋은 쪽으로 바뀌었다. 그들은 마당으로 끌려 나갔고, 그곳에서 가족과 재회했다. 가족들은, 올 수 있는 사람들은, 멀리 떨어진 여러 곳에서 왔고, 이제야 그 권위적인 대기실로 들어가는 것이 허락되었다. 그동안은 부대 밖에서 기다리며, 군경찰에게 둘러싸여 있었다. 그곳에서 한숨과 흐느낌이 두 배로 늘었다. 그러다 타카부 병장이 나타나 그들을 안으로 들이라는 명령을 내리자 그들은 희망으로 가득 찼다. 그곳에는 파우스티나와 두 딸 그라신다와 아멜리아도 있었다. 그들은, 주로 여자들인 다른 사람들과 더불어 몬트 라브르로부터 사 리그를 걸어왔다. 이들은 얼마나 피곤한 삶을 사는지. 저기 있네. 마침내 군경찰이 보안 조치를 해제하자, 아, 숲속의 빈터 전체에서 굶주린 입맞춤 소리들이 들렸을 수도 있으리라.[*] 숲속의 빈터라니 무슨 소리인가. 가엾은 사람들은 얼싸안고 울었다, 마치 죽은 자가 부활한 것 같았다. 입맞춤에 관해 말하자면, 그것은 그들이 연습을 많이 해본 것이 아니다. 가족이 없는 마누엘 이스파다는 선 채로 그라신다를 물끄러미 바라보았다. 그라신다는 아버지를 끌어안고 있지만 벌써 아버지보다 커서 아버지의 어깨 너머로 마누엘을 볼 수 있었다. 물론 그들은 전에 만난 적이 있었으니, 이것은 첫눈에 반한 것이라고는 할 수 없었다. 하지만 잠시 후 그녀는 말했다, 안녕, 마누엘. 그러자 그도 대답했다, 안녕, 그라신다. 그것으로 끝이었다. 그 이상이 필요하다고 생각하는 사람은 완전히 틀린 것이다.

가족들이 여전히 이 포옹의 축제에 참가하고 있을 때, 콘텐치 중위와 비밀경찰 요원이 마당으로 나섰고, 연설이 두

---

[*] 루이스 드 카몽이스의 『우스 루지아다스(*Os Lusiads*)』의 4편 83절에 나오는 말.

입에서 동시에 나왔다, 누가 누구를 흉내 내는 것인지, 아니면 혹시 리스본과 전선으로 연결된 어떤 기제가 작동해서 그들이 그렇게, 축음기 두 대처럼 말하는지는 알 수가 없었다, 너희들, 이제부터 조심해, 이번에는 자유롭게 걸어가게 해주지만, 경고한다, 다시 그런 테러 행위에 가담하면, 두 배로 대가를 치를 거다, 따라서 어리석게 거짓된 이론, 우리나라의 적들이 퍼뜨리는 이론에 속지 않도록 해라, 길에서나 마을의 거리에서나 팸플릿을 보게 되면 읽지 마라, 혹시 읽게 되더라도 즉시 태워버려라, 그걸 다른 누구한테 주지도 말고, 읽은 것을 전하지도 마라, 그건 범죄이기 때문이다, 만일 안 그러면 너와 너희의 무고한 가족이 모두 고통을 겪게 될 것이다, 해결할 문제가 있으면 파업을 하지 말고 당국에 가라, 당국이 정보를 주고 도와줄 거다, 그런 식으로 무엇이든 공정하고 합법적인 것을 얻게 될 거다, 법석을 떨거나 불화를 일으킬 필요 없이, 우리가 여기 있는 이유가 그거다, 자이제 가서 조용히 일을 해라, 하느님이 너희와 함께 가주시기를, 하지만 떠나기 전에 너희를 몬트 라브르에서 몬테모르까지 태워다준 트럭의 기름 값은 내야 한다, 잘못한 것은 너희이고, 따라서 돈을 내야 하는 것도 너희다, 국가가 그런 것까지 해주기를 기대할 수는 없다.

그들은 가방과 호주머니와 손수건을 뒤져 필요한 돈을 긁어모았다, 자, 여기 돈이 있다, 콘텐치 중위, 적어도 우리는 국가에 빚을 지지는 않겠다, 그게 얼마나 힘든 일인지 알기 때문이다, 여행이 더 길지 않았다는 것이 아쉬울 뿐이다, 몬트 라브르의 길은 이미 잘 알기 때문이다. 이런 말은 사실 입 밖에 나오지 않았다, 서술자가 마음대로 덧붙인 것이다. 하지만 다음 말은 입 밖으로 나온 것이다, 비밀경찰 요원의 입 밖으로. 이번에는 혼자 말했다, 이제 낼 돈을 냈으니 너희 집으로 돌아가라, 하느님이 너희와 함께 가주시기를 빈다, 그리고 여기 사제에게 감사하는 것을 잊지 마라, 이분은 자신이 여러분 모두의 좋은 친구임을 보여주었기 때문이다. 그 말에 아가메드스 신부는 제단 앞에 서 있는 것처럼 두 팔을 들어 올리고, 사람들은 어떻게 해야 할지를 모른다. 어떤 사람들은 그에게 다가가 감사를 하고, 어떤 사람들은 그의 말을 듣거나 그의 모습을 보지 못한 체하며 허공으로 시선을 돌리거나 아내 또는 가족과 이야기를 한다. 묘한 우연의 일치로 그라신다 마우템푸 바로 옆에 서 있게 된 마누엘 이스파다는 방금 들은 말이 그의 심장을 파고드는 것처럼 중얼거린다, 나는 정말 창피해. 그가 상황이 이보다 나빠질 수 없다고 생각한 바로 그 순간, 아가메드스 신부가 활짝 웃음을 지으며 말한다, 이제 좋은 소식을 전하겠네, 거리에 너희 모두를 태워 갈 것이 있네, 너희 고용주들이 제공한 것이야, 돈도 받지 않고, 너희는 너희 고용주들의 차나 달구지를 타고 집에 가게 될 거야, 그런데도 고용주들을 나쁘게 말하는 사람들이라니. 그러고 나서 아가메드스 신부는 자리를 뜬다, 왁스를 뿌린 그의 검은 사제복이 바람에 나부낀다. 그러자 가엾은 그의 양 떼가 집에서 가져온 보잘것없는 음식을 미친 듯이 씹으며 그의 축복받은 자취를 따라간다. 묘한 우연의 일치로 여전히 그라신다 마우템푸 바로 옆에 서 있던 마누엘 이스파다가 말했다, 그러니까 우리가 저들에게 감사하기를 기대한다는 거지, 정말이지 비열해. 그라신다 마우템푸는 대답하지 않고, 마누엘 이스파다는 자신의 주제로 돌아갔다, 뭐, 나는 데려가지 못할 거야, 나는 걸어갈 거니까. 그러자 불안해진 소녀는 몸을 움직이며, 약간은 수줍게, 약간은 대담하게 말했다, 아주 먼 길인데. 하지만 누구를 칭찬하고 누구를 비난할지 몰라서, 태워주겠다는 제안을 받아들인 사람인지 이 반항아인지 몰라서, 바로 말을 바로잡았다, 물론 너한테 달린 일이지만. 마누엘 이스파다는 자신도 먼 길이라는 것을 안다고 대답한 뒤 세 걸음을 내디디고 나서 돌아보았다, 내 여자가 되어줄래. 그녀는 표정으로만 응답했는데, 그것만으로도 충분했다. 마누엘 이스파다가 이미 첫 번째 모퉁이를 돌고 있을 때, 그때 그라신다 마우템푸는 마음으로 그래 하고 대답했다.

그 이후 며칠 동안 아가메드스 신부는 이미 여러 가지를 잘 쟁여두고 있던 고기 저장소에 교구민의 감사 선물을 보냈다. 죄송하게도 약소합니다, 하지만 마음에서 우러나온 것으로, 우리를 위해 해주신 그 모든 일에 대한 보답입니다. 콩일 파인트, 옥수수 한 봉지, 산란용 닭, 올리브기름 한 병, 피세 방울.

올레. 투우장 대표의 명령에 따라, 순경이 경기장에 들어와 우리의 자물쇠를 살피고, 고삐의 수를 헤아리고, 충분하다는 것을 확인한 뒤, 경기장을 한 바퀴 돌며 층층이 늘어선 벤치들, 박스석, 밴드석, 그늘과 햇빛 속의 자리들 등 모든 것을 자세히 살피고, 공중의 새 똥 냄새에 코를 킁킁거리며 말한다, 이제 들어와도 돼. 문이 열리고 소들이 들어온다. 오늘 이 예술의 규칙과 가르침을 따라 싸우고, 어깨 망토로 조롱하고, 창을 꽂고, 막대기로 때리고, 마지막으로 검 손잡이로 이루어진 관을 씌울 소들이다. 그 검의 끝과 날이 내 심장을 꿰뚫는다, 올레. 군경찰이 소들을 데리고 들어온다. 소들은 가까이서 멀리서, 우리가 이미 언급한 곳들에서 온다,

하지만 공교롭게도 몬트 라브르 출신은 없다. 점차 투우장이 가득 찬다. 벤치는 차지 않는다, 무슨 생각을 하는 거냐, 아니다, 관중은 오로지 군경찰뿐이다. 그들은 빙 둘러 서 있다, 가능하면 그늘에 서서, 소총을 쏠 준비를 하고 있다. 그래, 이들은 소총이 없으면 사내라는 느낌이 들지 않는다. 투우장은 시커먼 소 떼로 가득 차기 시작한다, 방방곡곡의 영웅적인 전투에서 잡혀온 소들이다. 군경찰이 공격에 나선다, 돌격을 한다, 그 짐승 같은 파업꾼들, 그 낮의 사자들, 슬픔의 사내들을 향해 그대로 돌진한다. 이들은 전투 포로들입니다, 당신의 발 아래, 영주님, 적으로부터 노획한 기와 대포를 내려놓습니다, 이들이 얼마나 빨간지 보십시오, 하지만 전쟁이 시작될 때만큼 빨갛지는 않습니다, 지금까지 그들에게 먼지와 침을 쌓았기 때문입니다, 이들을 박물관이나 연대 예배당에 매달아놓으셔도 좋습니다, 그곳에서 신병들은 무릎을 꿇고, 자신들에게 군경찰대원의 신비한 운명이 드러나기를 기다리고 있습니다, 하지만 영주님, 이들을 불에 태우는 것이 나을 것입니다, 이들을 보기만 해도 당신이 우리에게 가지라고 가르친 감정들이 상하기 때문인데, 우리는 다른 감정을 원치 않습니다. 순경은 투우장 대표가 자비롭게 내려준 권한에 따라 경기장에 짚을 흩어놓으라고 명령해놓았다. 그래서 사내들은, 이들은 사자가 아니라 사내들인데 낮을 가져오는 것을 깜빡했기 때문에 앉거나 누울 수 있다. 대체로 출신 마을에 따라 모여 있었다. 이 사내들은 그런 군거 본능은

버리기 힘들지만, 이 무리 저 무리로 옮겨 다니며 여기에서 한마디 건네고, 저기에서 어깨를 두드리고, 눈짓을 하거나 신중한 몸짓을 하는 사람들도 몇 명 있다. 이렇게 모든 것은, 가능한 한, 안전하고 분명하며, 이제 그저 기다리는 일만 남았다.

군경찰은 관람석에서 계속 지켜보고 있다. 그들 가운데 한 명이 다른 군경찰대원에게, 쾌활하게 군인다운 웃음을 터뜨리며 말한다, 동물원의 원숭이 우리 같구먼, 이자들한테 던져줄 땅콩만 있으면 되는데, 그럼 재미있을 텐데, 원숭이들이 먹을 걸 챙기려고 아귀다툼을 하는 걸 구경하면서 말이야. 그 말은 군경찰 가운데 일부는 여행을 해보았다는 뜻, 동물원에 가보았다는 뜻, 즉석 관찰과 신속 분류의 규칙들을 익혔다는 뜻이다. 만일 그들이 몬테모르에서 투우장으로 몰려들어온 슬픔의 사내들을 원숭이라고 말한다면, 우리가 뭐라고 감히 반박을 하겠는가, 특히나 그들이 우리 쪽으로 잔물결(riffle)을 겨누고 있는데. 우리가 잔물결이라고 한 것은 소총(rifle)이라는 말을 갖고 말장난을 하고 싶었던 것인데, 차라리 실없는 소리(piffle)라고 하는 게 더 재미있었겠다, 주위에 그것이 많기도 하고. 사내들은 시간을 보내기 위해 또는 시간이 지나가는 것을 막기 위해 말을 한다. 그것은 손을 심장에 얹고 이렇게 말하는 것이다, 앞으로 가지 마라, 움직이지 마라, 한 걸음 더 내디디면 너는 나를 짓밟게 될 것이다, 내가 너한테 도대체 무슨 짓을 했는가. 그것은 마치 허리를 굽히고, 한 손을 땅바닥에 올려놓고 이렇게 말하는 것과 같다, 지구야, 돌지 마라, 조금 더 해를 보고 싶다. 이 모든 일이 진행되는 동안, 그저 결과가 다르게 나오는지 보려고 말 위에 말을 쌓는 이런 일이 진행되는 동안, 순경이 한 사내를 찾아 투우장에 들어왔다는 사실은 아무도 눈치채지 못했다, 딱 한 사내, 그는 심지어 낫을 든 사자도 아니고, 심지어 멀리서 오지도 않은 사내였다. 그 사내에게 아는 걸 모두 적으라고 연습장을 준다면, 몬트 라브르, 이스코랄, 사피라, 토흐다 가다냐에서 온 네 사람이 다음 날 그럴 것이듯이, 첫 줄에, 아니, 모든 줄에 적을 것이다, 아무런 의심이 없도록, 한 페이지에서 다음 페이지로 가는 사이에 아무런 마음의 변화가 없도록, 다시 말하지만, 그는 그의 이름을 써야 한다면, 그 사내는 제르마누 산투스 비디갈이라고 적을 것이다.

그들은 그를 찾아냈다. 군경찰대원 둘이 그를 끌고 간다. 우리가 어느 쪽으로 방향을 틀든 우리 눈에는 그것만 보인다. 그들은 그를 투우장에서 끌고 나가, 체육 구역 출구로 데려가는데, 그곳에서 군경찰대원 둘이 더 합세한다. 이제 의도적인 것처럼 보인다. 내내 오르막길이다, 마치 그리스도의 생애에 관한 영화를 보고 있는 것 같다, 저 위에는 갈보리가 있다, 이들은 뻣뻣한 장화를 신고 전사처럼 땀을 흘리며 창을 겨누고 있는 백부장들이다, 숨 막힐 듯이 덥다. 정지. 몇 사내가 길을 따라 내려오고 있고, 타카부 병장은 그들이 주제 가투와 그의 무리일지도 모른다고 걱정하며 말한다, 계속 걸어, 이자는 체포되었다. 지나가는 사람들은 가능한 한 멀리 떨어져 벽에 붙어 서 있다, 위험은 전혀 없다, 마치 그런 명령과 그런 정보에 오히려 고마워하는 것 같다. 행렬이 올라갈 길은 이제 겨우 백 미터 정도밖에 남지 않았다. 그 위로, 우리는 담 너머에 있는 여자, 빨랫줄에 시트를 널고 있는 여자를 볼 수 있다. 만일 그 여자 이름이 베로니카[*]라면 재미있겠지만, 그렇지는 않다, 그녀의 이름은 세잘티나이며 성당을 그리 가까이하지는 않는다. 그녀는 사내가 체포되어 지나가는 것을 보고 눈으로 그를 좇는다. 그를 알아보지는 못하지만, 뭔가 예감이 있어 수의에 얼굴을 갖다 대듯 축축한 시트에 얼굴을 갖다 대며 해가 내리쬐는 밖에서 놀겠다고 고집을 부리는 아들에게 말한다, 안으로 들어가자.

군경찰은 성으로 올라가는 도로를 가로지른다. 도로는 넓어지며 광장을 이룬다. 이제 몇 걸음만 더 가면 되지만 그래봐야 이득이 될 게 없다. 하지만 이게 지금 죄수가 생각하고 있는 것이라고 생각한다면, 그것은 완전히 틀린 것이다, 우리는 그의 생각이 무엇인지, 무엇이 될지 모른다. 어쨌든 이제 생각을 하는 일은 우리에게 달렸다. 만일 우리가 밖에 그대로 머문다면, 만일 우리가 그 여자, 세잘티나를 쫓아가, 예를 들어 그녀의 아들과 놀기 위해 앉는다면, 아이들을 좋아하지 않는 사람이 어디 있겠는가, 그러면 우리는 이제 곧 무슨

---

[*] 골고다 언덕을 오르는 예수의 피땀을 자신의 수건으로 닦아주었다고 전해지는 성녀.

일이 벌어질지 모를 것이니, 그럴 수야 없는 일이다. 두 보초가 문간에 있고, 군경찰은 전시 편제를 갖추고 다시 포르투갈의 영광을 높이 들어 올린다.[*] 여기에서는 전원 지대가 잘 내다보인다. '성모 방문' 예배당도 보이는데, 이 성모는 누구 못지않게 기적을 일으키지만, 우리는 여기에 어떤 순례도 원치 않는다. 정원 몇 개도 보이지만, 이 비좁은 공간에서는 더 볼 여유가 없다. 안으로 들어가자, 세잘티나가 아들에게 말한다. 우리도 안으로 들어가자, 이곳을 통과하여, 보초들을 지나, 그들은 우리를 볼 수 없다, 그것이 우리 권리다, 마당을 건너자, 아니, 거기는 들어가지 마라, 거기는 일종의 지하 감옥이다, 범죄자들이 가는 일종의 도매 창고다, 내일이면 몬트 라브르와 다른 곳에서 온 사람들이 이리로 올 것이다, 경범 죄자들이다, 이게 길이다, 하지만 저 복도는 가지 마라, 이 모퉁이를 돌아야 한다, 열 걸음 정도 더 가면 된다, 저 벤치에 걸려 넘어지지 않도록 조심해라, 여기다, 더 갈 필요 없다, 도착했다, 이제 문만 열면 된다.

예비 절차는 놓쳤다. 뭉그적거리며 풍경을 보았고, 부모가 아무리 안으로 불러들이려 해도 햇빛을 받으며 노는 것을 무척 좋아하는 어린아이와 놀았고, 세잘티나에게 질문을 했기 때문인데, 그녀의 남편은 이 사태와 연루되지 않았고, 시의회에서 일하고 있으며, 이름은 오리케다. 어쨌든 이 모든

* 포르투갈 국가(國歌)의 한 구절.

것은 그저 변명, 지연 전술, 우리 눈을 피하는 방법이었을 뿐이다. 하지만 이제, 이 회반죽을 바른 네 벽 사이에 들어와, 이 타일을 깐 바닥 위에서, 부서진 모퉁이들을 잘 봐라. 어떤 타일들이 닳아서 반들반들해졌다, 얼마나 많은 발이 이 길을 지나갔을까. 또 이 줄을 지어 가는 개미들이 얼마나 흥미로운지 봐라, 마치 골짜기를 가듯 타일들 사이의 홈을 따라 여행하고 있다. 저 위에는, 하얀 하늘 같은 천장과 태양 같은 램프를 배경으로 높은 탑들이 투사되어 움직이고 있다. 이 탑은 사내들이다, 개미들이 잘 알고 있듯이. 개미들은 몇 세대에 걸쳐 발의 무게, 또 밖으로 삐져나와 흔들리는 내장 같은 것에서 떨어지는 길고 뜨거운 물줄기를 겪어왔기 때문이다, 온 세상의 개미들이 이런 것들 때문에 익사하거나 짓밟혀왔다, 하지만 지금 이들은 그런 운명은 피할 것으로 보인다, 사내들이 다른 일에 정신이 팔려 있기 때문이다. 개미가 가진 청각 기관과 그들이 받은 음악 교육으로는 인간이 말하는 것이나 노래하는 것을 이해할 수 없다. 따라서 심문의 모든 세목을 포착할 수 없다. 하지만 그것은 중요하지 않다, 아침이면, 바로 이 부대에서, 비록 덜 은밀한 곳이지만, 몬트라브르, 토흐 다 가다냐, 사피라, 이스코랄에서 온 사내들 또한 심문을 받을 것이며, 그때는 우리가 모든 것을 들을 수 있을 것이다, 욕설까지도, 개자식, 이 새끼, 개자식, 똥 덩어리, 개자식, 호모. 이 모든 것은 아주 사소하며, 우리는 그런 사소한 것에는 불쾌하지 않을 것이다, 그것은 마치 수다쟁이들이 나누는 상스러운 소문 같기에, 이 여자는 이런 말을 했고, 저 여자는 저런 말을 했어. 그런 수다에 누가 관심을 가지랴, 이틀만 지나면 그들은 모두 화해할 텐데. 하지만 이 경우는 그렇지 않다.

이 개미를 가져가보자, 아니, 그러지 말자, 그렇게 되면 그것을 집어 들어야 할 것이기 때문이다. 그냥 보기만 하자. 개미는 큰 축에 속하고, 개처럼 머리를 들고 있다. 이 개미는 벽에 가깝게 붙어, 다른 동료 개미들과 함께 걷고 있다. 죽음으로 끝이 날 운명인 이 에피소드가 끝나기까지, 무엇인지는 몰라도 이 은밀한 방에서 아주 흥미롭다고, 호기심을 자극한다고, 아니면 아마도 그냥 영양을 공급해준다고 생각하는 것과 개미의 굴 사이의 긴 여정을 여유 있게 열 번은 왕복할 것이다. 사내들 가운데 하나가 바닥에 쓰러져 있다, 이제 개미들과 같은 높이에 있다. 그가 개미들을 볼 수 있을지는 모르겠지만, 개미들은 그를 보고 있다. 그는 너무도 자주 쓰러져서, 결국, 개미들은 그의 얼굴, 그의 머리카락과 눈의 색, 귀의 형태, 눈썹이 그리는 짙은 호, 입꼬리의 희미한 그림자를 외울 것이며, 나중에는 개미굴로 돌아가 미래 세대들의 계몽을 위해 긴 이야기들을 자아낼 것이다, 젊은이들이 저 바깥세상에서 무슨 일이 벌어지는지 아는 것은 중요하기 때문이다. 사내가 쓰러졌고 다른 사람들이 그를 다시 질질 끌어다 일으켜 세우고, 그에게 소리를 지르고, 동시에 두 가지 다른 질문을 던졌다. 원한다 해도 어떻게 대답할 수 있단 말인가. 어쨌든 대답은 나오지 않는다. 쓰러졌다가 다시 질질 끌려와 일으켜진 사내는 한마디도 하지 못하고 죽을 것이기 때문이다. 그의 입에서는 신음만 새어 나올 뿐이며, 그의 침묵하는 영혼 속에는 오직 깊은 한숨만 있을 뿐이다. 이가 부러졌을 때도 그는 그것을 뱉어낼 수밖에 없고, 그러면 다른 두 사내는 국가의 소유지를 더럽힌다는 이유로 다시 그를 때릴 것이다. 그때도 침을 뱉어내는 소리 외에 다른 소리는 들리지 않을 것이다. 입술의 그 무의식적인 조건반사, 그 뒤에는 피로 걸쭉해진 침이 바닥으로 뚝뚝 떨어질 것이다. 그것이 개미들의 맛봉오리를 자극하고, 개미들은 아주 하얀 하늘에서 떨어지는 이 독특한 붉은 만나 소식을 서로 전송해준다.

사내는 다시 쓰러졌다. 똑같은 사람이다, 개미들은 말했다. 똑같은 귀 모양, 똑같은 호를 그리는 눈썹, 똑같은 입꼬리의 그늘. 잘못 알아볼 리가 없다. 왜 늘 같은 사람만 쓰러지는 것일까, 왜 이 사람은 자신을 방어하지, 맞서 싸우지 못하는 것일까. 이것이 개미와 개미 문명의 의문이지만, 이들은 제르마누 산투스 비디갈이 거기 있는 두 악당 이스카후와 이스카힐류*와 싸우지 않고, 자신의 몸과 싸우고 있다는 것을 모른다. 그가 싸우는 것은 두 다리 사이의 타는 듯한 고통이다, 생리학 교본의 언어를 사용하자면 자신의 고환, 더 쉽게

* 말 그대로 하자면 큰 침과 작은 침. -역주

습득되는 거리의 상스러운 말을 사용하자면 자신의 불알, 약한 공들, 사내들을 환희로 들어 올리는, 우리를 천국과 땅 사이로 실어 나르는 어떤 극히 가벼운 에테르로 가득한 풍선들의 고통이다. 하지만 지금 두 손으로 애타게 보호하고 있는 이 애처로운 물체들은 그런 기쁨을 주지 않는다. 게다가 장화 뒤꿈치가 등허리를 야만스럽게 내리찍자 두 손은 갑자기 풀려버린다. 개미들은 놀라지만, 순간일 뿐이다. 결국 그들에게는 그들 자신의 의무, 지켜야 할 그들 자신의 일정이 있으며, 개처럼 머리를 들어 올려 약한 시력으로 쓰러지는 사내를 물끄러미 바라보며 그것이 같은 사람이지 이야기 속의 어떤 새로운 변종이 아님을 알아보면 그걸로 끝이다. 큰 축에 속하는 개미는 남은 벽을 따라 걸어가, 문 밑으로 미끄러져 들어가는데, 그 개미가 다시 나타나 모든 것이 바뀌었음을 깨닫기까지는 시간이 좀 더 흘러야 할 것이다. 뭐, 말이 그렇다는 얘기다, 그곳에는 여전히 세 사내가 있겠지만, 쓰러지지 않은 두 사람은 한 번도 움직임을 멈추지 않는다. 이것은 무슨 게임이 틀림없다, 다른 설명은 불가능하다. 세잘티나의 아들이 이 게임은 하는 일이 없기를 바라자. 그들은 다른 사내를 벽에 메다꽂는 일에 몰두하고 있다. 어깻죽지를 잡아벽 쪽으로 다짜고짜 몰아붙여, 가끔 그의 등이 부딪히고 가끔 머리도 부딪힌다. 그렇지 않으면 가엾게도 멍이 든 얼굴이 회반죽을 때려 핏자국을 남긴다, 많이는 아니고, 입과 오른쪽 눈썹에서 뿜어져 나오는 것뿐이다. 그들이 그를 거기 그대로 내버려두자, 그의 피가 아니라 그의 몸이 벽을 미끄러져 내려와 결국 바닥에, 짧게 줄지어 선 개미들 옆에 무릎을 꿇는다. 개미들은 그 거대한 덩어리가 높은 곳에서 갑자기 쓰러지는 것에 깜짝 놀라지만, 그 덩어리는 결국 개미들을 스치지도 않는다. 그가 한동안 거기에 그대로 있자, 개미 한 마리가 그의 옷에 달라붙는다, 더 자세히 보고 싶기 때문이다. 멍청이, 그 개미가 제일 먼저 죽을 것이다. 다음 타격이 바로 그 자리에 떨어지기 때문이다. 그 개미는 두 번째 타격을 느끼지 못하지만 사내는 느낀다. 그가 아니라 그의 배가 출렁이고, 그는 다시 무너지며 구역질을 한다, 강하게 배를 걷어차고, 이어 다시 음부를 걷어차기 때문이다, 음부라는 표현은 너무 널리 퍼져 불쾌감을 주지도 않는다.

사내들 가운데 하나가 방을 떠난다, 힘을 많이 써서 쉬려는 것이다. 그의 이름은 이스카힐류로, 어머니와 아버지가 있고, 처자식이 있는데, 그게 많은 것을 말해주지는 않는다, 죄수를 감시하려고 뒤에 남은 자, 이스카후 또한 어머니와 아버지가 있고, 처자식이 있기 때문이다. 두 사람은 이목구비로만 구별이 가능하다, 그것도 간신히. 또 이름으로만. 한 사람은 이스카후이고 또 한 사람은 이스카힐류다. 이들은 친족이 아니지만 같은 가족에 속해 있다. 그는 복도를 따라 걸어가다가 지쳤기 때문에 벤치에 걸려 비틀거린다, 입을 열려고 하지 않는 놈들 때문에 죽겠구먼, 빌어먹을 호모 같은 새끼, 이 자식한테서 뭔가 끄집어낼 거야, 아니면 내 이름이 이스카힐류가 아니야. 그는 물을 한참이나 들이켠다, 몸이 열로 뜨겁게 타오른다, 이윽고 일종의 신경 발작이 찾아온다. 에너지가 다시 충전되자 그는 다시 방으로 태풍처럼 치고 들어가, 제르마누 산투스 비디갈에게 개처럼 달려든다, 이스카힐류라는 이름의 개다. 이스카후가 그를 다그치는 듯하다, 어서, 저 자식을 물어. 아마 그는 정말로 그를 물 것이다. 나중에 그들은 여기저기서 이빨 자국을 발견한다. 하지만 그게 사람이 남긴 자국인지 개가 남긴 자국인지 알기 힘들다, 가끔, 모두가 알다시피, 사람이 개 이빨을 달고 태어나기 때문이다. 가엾은 개들, 이들은 존경해야 할 사람들을 물고 또 절대 물지 말아야 할 신체 부위를 물도록 훈련받는다. 예를 들어 이 경우에는 나를 사내로 구분하게 해주는 곳을 문다. 이곳은 사람의 팔이나 턱, 또는 이 다른 장소, 우리의 내적인 눈이라고 할 수 있는 심장, 또는 우리의 진짜 눈이 있는 머리와 마찬가지로 물지 말아야 한다. 나는 어린 시절 이 불안한 부품이 나를 사내로 만든다고 배웠다. 사실 나는 그 사람들 말을 믿지는 않지만, 그곳을 좋아하기는 하며, 그곳은 개가 물어서는 안 되는 곳이다.

큰 개미는 다섯 번째 여행을 하는 중인데, 여전히 게임은 계속되고 있다. 이번에는 이스카후가 밖에 나가 쉴 차례여서, 마당으로 나가 기운을 회복시켜주는 담배를 피운 다음, 콘텐치 중위를 사무실로 찾아가 현장 작전, 대작전의 진전 과정에 관해 물었고, 중위는 인력을 모두 배치하여 지역의 파업꾼들에 대한 전체적인 소탕을 하고 있으며, 다행스럽게도 마침내 지원 병력이 투입되어 투우장에 가두어놓을 만큼의 사람을 체포할 수 있었다고 대답했다. 그런데 제르마누 비디갈이라는 자는 입을 열었나, 콘텐치 중위는 신중하게 묻는다. 사실 그 일은 그와 관계가 없고 이스카후는 그에게 대답할 의무가 없기 때문이다. 그러나 이스카후는 대답한다, 아직 안 열었습니다, 호두처럼 단단해서 벌어지지가 않네요. 중위는 걱정하는 표정으로, 도움을 주려는 듯이 덧붙인다, 나사를 더 조여야 할 걸세. 몬테모르의 이 작은 토르케마다[*]는 훌륭한 부관이 되어, 그들에게 머리를 가릴 지붕을 제공하고 보호도 해주며, 심지어 대가 없이 작은 조언도 해준다. 그러나 담배에 불을 붙이다 이스카후의 성마른 대꾸를 듣게 될 뿐이다, 우리는 우리 일을 할 줄 압니다. 그는 으르렁거리더니 자리를 뜨며 문을 쾅 닫고 중얼거린다, 백치 같은 놈. 이런 대화에 기분이 상했는지 그는 개미들이 있는 방으로 들어가 서랍에서 치명적인 무기, 끝에 강철이 달린 아홉 가닥 채찍을 꺼낸다. 그는 채찍을 잘 쥐려고 손잡이를 손목에 감는다. 제르마누, 그 어리석은 슬픔의 사내는 공격하는 사람으로부터 기어 달아나려 하고, 이스카후는 휘파람 소리를 내는 채찍으로 어깨를 내리치고, 마치 풋베기 호밀을 타작하듯이 천천히 등을 따라 아래로 일 센티미터씩 내려가

---

[*] 토마스 데 토르케마다는 스페인의 초대 종교 재판관이다.

신장까지 가고, 거기서 뭉그적거린다. 눈을 뜨고 있지만 장님이다, 이보다 더 위험한 맹목의 형태는 없기 때문이다. 이제 바닥에 쓰러져 있는 사내를 박자에 맞추어 타작하고 있다. 스스로 너무 진이 빠지지 않도록 질서 정연하게 때린다, 피로야말로 진짜 살인자이기 때문이다. 하지만 점차 그는 자제력을 잃고 일종의 조증에 걸린 채찍질 기계, 취한 자동인형이 되어갔다. 마침내 이스카힐류가 그의 팔에 한 손을 얹었다, 너무 기분에 휩쓸리지 마, 이 사람아, 그러다 저 사람 죽이겠네. 개미들은 죽음에 관해 안다. 개미 자신의 주검을 보는 데, 또 가끔 여행을 하면서 즉각 진단을 내리는 데 익숙하기 때문이다. 그들은 밀알을 질질 끌고 가다가 작고 오그라든, 거의 알아볼 수 없는 물체에 걸리지만, 망설이지 않는다. 짐때문에 걸리적거림에도. 더듬이로 그 물체를 여전히 철저하게 조사하는데, 그들의 모스 부호는 아주 명백하다, 이것은 죽은 개미다. 잠시 눈길을 다른 데로 돌리고 나면, 주검은 사라지고 없다. 개미는 그런 식이다, 그들은 자신들이 만든 의무의 줄에 들어선 것을 뒤에 남기지 않는다. 그러나 이 모든 이유에도 불구하고, 일곱 번째로 왕복 여행을 하다가 공교롭게도 그곳을 지나가고 있던 큰 개미는 고개를 들고 눈 앞의 커다란 구름을 살피다가, 특별히 노력을 하여 시각 기제를 조정하며 생각한다, 이 사람은 얼마나 창백한가, 전혀 똑같아 보이지 않아, 얼굴이 완전히 부어 있어, 입술은 찢어졌어, 눈, 가없은 눈, 멍 때문에 눈이 보이지도 않아, 처음 여기 왔을 때와는 완전히 달라, 하지만 냄새로 그 사람인지 알 겠어. 개미에게는 후각이 가장 예리한 감각이기 때문이다. 개미가 계속 이런 생각을 하고 있을 때 얼굴이 시야에서 사라진다. 다른 두 사람이 그 사람을 뒤집어 똑바로 눕히기 때문이다. 그들은 얼굴에 물을 끼얹는다, 깊고 어두운 우물에서 퍼 올린 차가운 물 한 주전자를 다 붓는다. 그 물도 땅의 깊은 곳으로부터 나올 때 자신을 기다리고 있는 운명을 짐작하지 못했다. 물은 몇 년인지도 모르는 긴 세월 동안 지하를 여행하면서, 다른 곳들을 알게 되었다, 샘의 돌계단, 눈부시게 반짝이는 모래, 부드럽고 따뜻한 진흙, 악취를 내며 고여 있는 늪, 그것을 땅으로부터 천천히 지워버린 불 같은 해. 물은 추방당하고, 사라지고, 그랬다가 마침내 오랜, 오랜 세월이 흐른 뒤 지나가는 구름 속에서 다시 나타나고, 거기서 갑자기 땅으로 떨어진다, 위에서부터 무력하게 떨어진다. 땅은 물에게 아름다워 보인다. 만일 물이 자신이 떨어지는 곳을 고를 수 있다면, 그럴 수 있다면, 기갈도 무척 줄고 범람도 무척 줄 것이다. 그래, 오랜, 오랜 세월이 흐른 뒤, 물은 땅에 떨어져 여행을 하다, 점차 수정처럼 맑은 순수한 물로 진화하여, 마침내 따라갈 경로를 발견했다. 은밀한 냇물, 이 어둡고 메아리가 울려 퍼지는 우물, 빨펌프 구멍이 뚫린 이 지면, 그러다 갑자기 투명한 덫, 주전자 안에 갇혀, 누군가의 갈증을 풀어줄 운명일까, 아니, 이 물은 높은 곳에서 얼굴로 부어진다, 느닷없는 추락, 느닷없이 부서지며 입술, 눈, 코,

턱 위로, 여윈 뺨 위로, 땀, 또 다른 종류의 물에 푹 젖은 이마 위로 천천히 흐른다. 그래서 이 사람의 아직 살아 있는 가면을 알게 된다. 그러나 물은 바닥으로 뚝뚝 떨어져, 사방으로 튀고, 타일은 붉게 물든다. 개미들이 익사한 것은 말할 것도 없다, 지칠 줄 모르고 여덟 번째 여행을 하는 이 큰 축에 속하는 개미는 아니지만.

이스카후와 이스카힐류는 제르마누 산투스 비디갈의 겨드랑이를 잡고 힘껏 일으켜, 그는 사실 폐를 끼치는 걸 싫어하는 사람인데, 그를 의자에 앉힌다. 이스카후는 여전히 채찍을 쥐고 있고, 손잡이는 여전히 손목에 감겨 있지만, 그를 사로잡았던 분노는 지나갔다. 그래도 여전히 고함을 지른다, 나쁜 새끼. 그러면서 텅 빈 재킷처럼 의자에 늘어져 있는 사람의 얼굴에 침을 뱉는다. 제르마누 산투스 비디갈은 눈을 뜨는데, 믿어지지 않을지 모르지만, 그의 눈에 보이는 것은 줄을 지은 개미들이다, 아마 그의 눈길이 떨어진 곳에 개미들이 아주 많기 때문일 것이다. 놀랄 일도 아닌 것이, 인간의 피는 개미들에게 진미다. 생각해보면 개미들은 오로지 그것만 먹고 산다. 그런데 그곳에는 피 세 방울이 떨어졌습니다, 아가메드스 신부님, 피 세 방울이면 우물, 호수, 바다를 이룹니다. 그는 눈을 떴다, 빛이 간신히 뚫고 들어가는 좁은 틈을 묘사하는 데 떴다는 말을 쓸 수 있다면. 하지만 그곳으로 들어가는 빛도 너무 많다, 눈동자를 아프게 찌른다. 그가 그것을 의식하는 것은 새로운 아픔이기 때문이다, 이미 회전하는 칼 백 개에 잘린 살을 파고드는 또 다른 칼. 그는 신음과 함께 몇 마디를 더듬거리고, 이스카후와 이스카힐류는 둘 다 허겁지겁 그것을 들으려 한다. 너무 심하게 때리는 바람에 말도 할 수 없게 만들었을지도 모른다며 후회한다. 하지만 제르마누 산투스 비디갈이 원하는 것은, 가엾게도, 여전히 몸의 요구에 묶여 있어, 방광을 비우는 것이다. 어떤 이유에서인지 방광은 갑자기 다급한 신호를 보내는데, 주의를 하지 않으면 지금 이 자리에서 속에 든 것을 비워버릴 것이다. 이스카후와 이스카힐류는 이미 더러워진 수준 이상으로 바닥을 더럽히는 걸 바라지 않고, 또 마침내 이 고집스러운 사내의 저항을 부수었고, 이 요청이 그 첫 신호일 거라는 희망도 품고 있다. 그래서 한 사람이 문으로 가서 복도에 아무도 없는지 확인하고 고개를 끄덕인 뒤 안으로 돌아온다. 두 사람은 함께 제르마누 산투스 비디갈을 부축하여 그들과 변소를 나누는 오 미터를 걸어간 다음 그를 소변기에 기대놓고, 굳은 손가락으로 바지 앞자락 단추를 푸는 것은 가엾은 사내에게 맡겨둔다. 사내는 손가락으로 더듬어 고문을 당한 음경, 좆을 끄집어내지만 부은 고환, 찢어진 음낭에는 감히 손을 대지 못한다. 이어 그는 집중하고, 모든 근육에게 도와달라고, 우선 수축했다가 이완해달라고 요청한다, 그래야 괄약근이 부드러워져 끔찍한 긴장을 풀어줄 것이기 때문이다. 그는 한 번, 두 번, 세 번 시도하고, 그러자 갑자기 뿜어져 나온다. 피, 아마 오줌과 섞였을 피, 그 한 가닥 빨간 줄기로는 알

수가 없지만. 마치 그의 몸의 모든 핏줄이 터져 그곳에서 단 하나의 출구를 찾아낸 것 같다. 사내는 억누르려 하지만, 핏줄기는 그 어느 때 못지않게 강하게 계속 쏟아져 나간다, 그에게서 쏟아져 나가는 그의 생명이다. 사내가 마침내 좆을 옆으로 치울 때도 계속 뚝뚝 떨어진다. 사내는 이제 앞자락 단추를 다시 채울 힘이 없다. 이스카후와 이스카힐류는 그를 끌고 간다. 사내는 발을 질질 끌며 개미들의 방으로 돌아가 다시 의자에 앉는다. 이스카힐류는 희망이 가득한 목소리로 묻는다, 자 이제 말을 할 거냐. 그는 죄수가 변소에 다녀오는 것을 허락받았으니 말을 할 의무가 있다고 생각한다. 사실, 한 번 호의를 보이면 호의로 보답을 받아야 하는 것 아닌가. 하지만 제르마누 산투스 비디갈의 두 팔은 옆으로 축 늘어지고, 고개는 가슴으로 떨어지고, 뇌 속의 빛은 꺼진다. 큰 축에 속하는 개미는 문 밑으로 사라져, 열 번째 여행을 완료했다.

개미는 굴에서 돌아올 때 방에 사람들이 가득하다는 것을 알게 된다. 이스카후와 이스카힐류가 있고, 그들과 함께 콘텐치 중위, 아르마멘투 하사, 타카부 병장, 이름 없는 두 이등병과 특별히 선발한 죄수 세 명이 있는데, 죄수들은 경찰관들이 급한 일을 처리하러 잠시, 정말 잠시, 방을 비웠는데, 돌아와 보니 죄수가 전선으로 목을 맸다, 지금 보다시피, 한쪽 끝은 못에 묶고 다른 쪽은 제르마누 산투스 비디갈의 목에 두 번 둘렀다고 진술한다. 그래, 그의 이름은 제르마누

산투스 비디갈이다. 사망 확인서를 위해 그것을 아는 것이 중요하다. 정식 의사를 불러야 한다, 그래, 보다시피, 그는 무릎을 꿇고 있다, 그래, 무릎을 꿇고 있다, 하지만 거기에는 이상할 것이 없다, 누군가 목을 매달고 싶으면, 설사 침대 틀에 맨다 해도, 그것은 의지의 문제일 뿐이다. 질문 있는 사람 있나. 없습니다, 중위, 하사, 병장, 두 일병, 죄수 세 명은 대답한다. 이 죄수들은 이 행운 덕분에 오늘 아마 풀려날 것이다. 개미들은 저마다 다른 때이기는 하지만 모든 것을 보았기 때문에 격분한다. 그들은 힘을 합쳐 본 것을 모아 진실 전체를 알게 된다. 개미들 가운데 큰 축에 속하는 자, 마치 거대한 풍경을 보듯이 사내의 얼굴을 마지막으로 가까이서 본 자도 마찬가지인데, 풍경이 죽는 것은 자살을 해서가 아니라 죽임을 당하기 때문이라는 것은 잘 알려진 사실이다.

주검은 치워졌다. 이스카후와 이스카힐류는 작업 도구, 즉 몽둥이와 채찍을 치우고, 주먹을 비비며, 자신들의 구두 콧등과 축을 살핀다. 혹시나 천 조각이나 핏자국 때문에 셜록 홈스의 예리한 눈에 알리바이의 허점이나 시간의 모순이 드러날까 걱정이 되어서이지만, 그럴 위험은 없다. 셜록 홈스는 죽어서 묻혀 있다, 제르마누 산투스 비디갈과 다름없이 죽은 몸이고, 제르마누가 곧 묻힐 것만큼이나 깊이 묻혀 있다. 세월이 흘러도 이 사건들은, 개미들이 말의 재능을 얻어 진실, 온전한 진실 오로지 진실만을 말하기 전에는, 침묵에 싸인 채로 유지될 것이다. 한편, 좀 서둘면, 우리는 아직 닥터 호마누를 따라잡을 수 있을 것이다. 그는 저쪽에서 고개를 숙이고 있다. 작고 검은 가방을 왼쪽 팔에 걸치고 있는데, 그래서 우리는 그에게 오른손을 들라고 요청할 수 있다, 진실, 온전한 진실, 오로지 진실만을 말하겠다고 맹세합니까. 의사들은 그렇다, 그런 엄숙한 행동에 익숙하다. 큰 소리로 말하시오, 의학박사 호마누, 당신은 현대적인 형식과 의미로 다양하게 수정된 히포크라테스 선서를 했습니다, 여기 밝은 태양 아래에서, 큰 소리로 말하시오, 닥터 호마누, 이 사람이 스스로 목을 맨 것이 진실이오. 의사는 오른손을 들고, 솔직하고 순진한 눈으로 우리를 본다. 그는 읍에서 존경받는 사람이며, 정기적으로 성당에 나가고 사회적 의무를 꼼꼼하게 이행하여 우리에게 자신이 얼마나 순수한 영혼인지 보여주었다. 그가 말한다, 만일 누군가 전선으로 자신의 목을 두 번 감고, 다른 쪽 끝을 머리 위의 못에 묶는다면, 그리고 전선이 몸무게의 일부만으로도 팽팽하게 당겨질 만큼 끌어당겨져 있다면, 이론적으로 말해서, 그 사람이 스스로 목을 맸다는 데 의심의 여지가 없습니다. 그는 이렇게 말하고 나서 손을 내리고 자기 볼일을 본다. 그렇게 서둘지 마시오, 의학박사 호마누, 아직 저녁 먹을 시간이 되지 않았잖소, 방금 본 것을 본 뒤에도 여전히 식욕이 있다면 말이오, 당신의 튼튼한 위가 부럽소, 말해보시오, 당신은 그 사람의 주검을 보지 않았소, 채찍 자국, 멍, 부서진 생식기, 피를 보지 않았소. 아니, 보지 않았습니다, 사람들은 나에게 그 죄수가 스스로 목을 맸다고 말했고 그는 실제로 목을 맸습니다, 달리 더 볼 것이 없었습니다. 당신은 거짓말을 하고 있소, 개업 의사 호마누, 어떻게 왜 언제 거짓말을 하는 그런 추한 버릇이 생겼소. 아니, 나는 거짓말을 하는 게 아닙니다, 진실을 말할 수 없을 뿐입니다. 왜. 두렵기 때문입니다. 평안히 가시오, 닥터 빌라도, 당신의 양심과 함께 평안히 주무시오, 그녀를 멋지게 한 번 박아주고 나서 말이오, 그녀는 당신과 더불어 당신이 한 번 박아주는 걸 얻을 자격이 있기 때문이오. 안녕히, 작가 선생. 안녕히, 의사 선생, 하지만 내 조언을 들으시오, 개미는 멀리 하시오, 특히 개처럼 머리를 쳐드는 개미는, 그들은 관찰력이 매우 좋은 생물이오, 당신은 상상할 수 없을 거요, 지금부터 당신은 모든 개미의 주시 대상이오, 걱정 마시오, 그들이 해를 끼치지는 않으니까, 하지만 모르는 일이지, 언젠가, 당신의 양심이 당신을 바람난 마누라를 둔 남편으로 만들지, 그게 당신의 구원이 될 거요.

우리가 있는 거리는 후아 다 파혜이라, 즉 포도 격자 울타리의 거리다. 아마도 지나간 시절에 그 거리가 훌륭한 포도가 열리는 격자 울타리로 그늘이 졌기 때문일 것이다. 시의회가 거리에 붙일 성자나 정치가나 후원자나 순교자의 이름을 내놓지 못했기 때문에 당분간은 계속 후아 다 파혜이라라는 이름으로 남아 있을 것이다. 이제 우리는 어떻게 해야 할까, 몬트 라브르, 이스코랄, 사피라, 토흐 다 가다냐 출신의 사내들은 내일이나 되어야 도착한다는 사실을 고려할 때,

투우장은 폐쇄되어 아무도 들어갈 수 없다는 사실을 고려할 때, 어떻게 해야 할까. 공동묘지로 가보자, 제르마누 산투스 비디갈은 이미 거기 도착했을 텐데. 죽은 자들, 그들은 마음만 먹으면 아주 빨리 움직일 수 있으니, 또 그곳은 그리 멀지도 않고 이제 날도 좀 선선해졌으니. 이 거리를 따라 내려가다, 우회전을 해라, 마치 에보라에 가는 것처럼, 아주 쉽다, 거기에서 좌회전을 해라, 잘못 갈 수가 없다, 하얀 담과 사이프러스가 나올 것이다, 하긴 다른 곳도 다 마찬가지이지만. 이제 영안실이다, 하지만 잠겨 있다, 다 잠그고 열쇠를 가져가버렸다, 우리는 들어갈 수가 없다. 안녕하시오, 세뇨르 오리케, 눈코 뜰 새 없이 바쁘시구먼, 응. 그건 맞습니다, 하지만 사람이 할 일이 무엇입니까, 사람들이 매일 죽지 않을 수도 있지만, 그래도 침대는 정리하고 길은 쓸어놔야죠. 맞소, 아까 당신 부인 세잘티나와 당신 아들을 보았소, 아름다운 아이더군. 그건 맞습니다. 맞다는 건 좋은 말이오, 세뇨르 오리케. 그건 맞습니다. 말해주시오, 영안실에 있는 주검이 맞아 죽은 게 사실이오, 아니면 그냥 그 몸의 전 소유자가 스스로 목을 매기로 결정한 거요. 내 아들이 아름다운 아이라는 건 맞습니다, 늘 해 있는 곳에 나가 놀고 싶어 하지요, 저 안에 있는 주검이 목을 맨 사내의 주검이라는 건 맞습니다, 그가 처한 상태를 고려할 때 그에게 자기 목을 맬 힘이 없었을 거라는 건 맞습니다, 그의 음부가 망가지고 멍이 들었다는 건 맞습니다, 그의 주검이 피떡으로 덮인 건 맞습니다, 죽은 뒤에도 붓기가 빠지지 않아, 고환이 자고알만 한 크기였다는 건 맞습니다, 나라면 그보다 훨씬 덜한 걸로도 죽었을 거라는 건 맞습니다. 그리고 나는 죽음에는 익숙하지요. 고맙소, 세뇨르 오리케, 당신은 무덤 파는 사람이고 신실한 사나이요, 아마 당신 아들을 무척 좋아하기 때문이겠지, 하지만 말해주시오, 손에 쥐고 있는 게 누구 두개골이오, 그게 왕의 아들 것이오. 그건 나도 모릅니다, 그때는 여기서 일을 하지 않았거든요. 안녕히 계시오, 세뇨르 오리케, 문을 닫을 시간이구려, 세잘티나에게 안부를 전해주고 해를 받으며 노는 것을 무척 좋아하는 당신 아들에게 내 사랑을 전해주시오.

우리는 작별 인사를 했다. 여기 아래에서 여러분은 성을 볼 수 있고, 이 성은 모든 이야기를 전해줄 수 있을 것이다, 과거의 이야기들과 다가올 이야기들을. 이제는 성 밖에서 전쟁이 벌어지지 않는다는 이유로 그런 군사 행동, 아무리 작더라도, 아무리 불명예스럽더라도, 그런 군사 행동이 과거의 일이 되었다고 생각하는 것은 심각한 오류다. 마리알바 후작의 말이 예, 전하, 몬테모르의 총독 마누엘 후이스 아디브가 그곳에서 부대를 얼마나 형편없이 운영하는지 알고 계셨습니까, 그의 전반적인 무능과는 별도로, 일꾼들은 그에게 돈만 적당히 바치면, 요새를 건설하는 것을 돕는 일을 면제받을 수 있습니다, 그것이 일이 그렇게 진척이 없는 이유입니다, 모두가 알다시피 말입니다, 따라서 저는 전하께 그 자리에 더 적합한 사람을 제안해도 좋은지 여쭙습니다, 그중에서도 포병 중장 마누엘 다 호샤 페레이라를 추천합니다, 그는 모든 필요한 자질, 능률, 힘, 열정과 더불어 말씀드린 자리를 차지하고자 하는 욕망도 소유하고 있습니다, 따라서 전하께서 친절하게도 필요한 임명 서한을 쓰셔서, 그에게 육군 원수의 직책을 부여하실 수 있을지 여쭙습니다, 마누엘 후이스 아디브는 전하가 물러나게 한 다른 기병 장교들과 마찬가지로 계속 자신의 보수를 받을 수 있습니다, 그는 궁핍하지도 않고 그리 많은 책임도 없어, 보수가 늘 제때 지급되지 않는다 해도 불편하게 살지 않을 것입니다. 아디브는 악마가 잡아가기를, 그는 전하의 일은 형편없이 처리하고 자기 일은 잘 보살폈기 때문이다. 하지만 이제 시대가 변했고, 이제는 몬테모르의 부대에도 사람을 기꺼이 죽이고, 밖에 나가 담배를 한 대 피우고, 스페인 사람이 다가오지 못하도록 용감하게 멀리 지평선을 살피는 보초에게 손을 흔들어 작별 인사를 하고, 단호하게 걸음을 내디뎌 길에 나서서, 차분하게 이야기를 나누며 그날의 일을 결산하고, 주먹질을 몇 번, 발길질을 몇 번, 매질을 몇 번 했는지 헤아려보는 열정적인 관리들이 많다. 그들은 자부심을 느낀다. 그들의 이름은 아디브가 아니다, 그들의 이름은 이스카후와 이스카힐류인데, 그들은 쌍둥이 같다. 그들은 영화관 밖에서 발을 멈춘다, 그곳에서는 내일, 일요일에 상영할 영화를 광고하고 있다. 여름 시즌은 「훌륭한 멍청이」라는 제목의 재미있는 코미디로 멋지게 출발을 했다. 아내를 데려와라, 그들은 그 영화를 즐겁게 볼 것이다, 가엾은 여인들. 사태가 좀 가라앉으면 그것은 틀림없이 볼 만한 가치가 있을 것이다. 하지만 정말 좋은 영화를 원한다면, 목요일 상영분을 놓치지 마라, 노래와 춤의 여신인 에스트렐리타 카스트루가 저 멋진 뮤지컬 「마리킬라 테레모투」에 안토니우 비쿠, 히카르두 메리누, 라파엘라 사토레스와 함께 나오니까, 올레.

이 사내들은 죽은 자와 부상당한 자들 사이에서 탈출했다. 우리는 그들의 이름을 하나씩 부르지 않을 것이다. 일부는 리스본으로 가서 감옥과 지하 감옥에서 시들어갔고, 일부는 타작 기계로 돌아가 추수가 지속되는 동안은 새로운 임금을 받았다는 것만 알면 충분하다. 아가메드스 신부는 이 미치광이들에게 아버지 같은 훈계를 하고, 그들이 자신에게 많은 빚을 지고 있다는 것, 따라서 기독교인으로서의 의무를 이행할 더 큰 의무를 지게 되었다는 것을 직간접적으로 일깨운다. 성모께서 감옥 문의 빗장을 건드려 떨어져 나가게 하고 창살을 비틀어 열어 자신의 힘과 영향을 분명하게 보여주지 않았는가, 할렐루야. 신부는 이런 웅장한 이야기를 하지만, 성당은 노부인들을 빼면 거의 텅 비어 있다. 다른 교구민은 여전히 그런 감사를 하느라 자신들이 얼마나 큰 대가를 치렀는지 곰곰이 생각할 뿐 위로는 받지 못하고 있기 때문이다. 몬트 라브르에서는 체포에 관해 거의 알지 못한다. 모든 것이 아주 막연하다. 시지즈문두 카나스트루가 얼마나 많은 사람들이 체포되었는지 수도 없이 말해도 마찬가지다. 내일이나 되어야 노동자가 노동자에게 전하면서 얼마나 많은 사망자가 생겼는지 알려질 텐데, 살아가는 일의 피로가 그들이 어떻게 해볼 수 없는 죽음보다도 그들을 무겁게 짓누르고 있는 듯하다, 우리 아버지가 아프신데 어째야 좋을지 모르겠네요. 이런 것들이 각 가구에 특수한 사적인 근심이다. 하물며 추수가 끝나간다는 것, 그리고 그다음에 벌어질 일에 관해서는 말할 필요도 없다. 다른 해와 다르지 않을 것이나, 이제 노르베르투, 알베르투, 다고베르투는 감독들의 입을 통해 이 폭도는 파업에 나선 것을 후회하게 될 것이고, 그들이 번 추가의 돈에 대한 대가를 값비싸게 치르게 될 것이라고 말하고 있다. 알베르투는 이미 리스본에서, 추수와 타작만 끝나면 돼지치기와 양치기, 그리고 경비원만 남겨둘 것이라는 취지의 서면 지침을 보내왔다, 자신의 땅을 파업꾼과 게으름뱅이들이 짓밟는 것을 원치 않기 때문이라는 것이다. 그런데, 나중에 보게 되겠지만, 그것은 올리브에 달려 있다. 올리브가 어떻게 자라는지. 감독은 답장을 보내겠지만, 이런 것은 아무도 구태여 보관하려 하지 않는 편지들이다. 편지를 받고, 하라는 대로 하거나 물어본 것에 답을 써서 보내고, 그런 다음에는, 내가 그 편지를 어디에 뒀더라, 가 된다. 그런 편지에 기초하여 역사 전체를 기록한다는 것도 재미있는 일이니, 그것은 역사를 기록하는 또 다른 방법이 될 것이다. 우리의 문제는 우리가 오직 큰 것만 중요하다고 생각한다는 점이다. 그래서 그런 것들에 관해 이야기를 하지만, 상황이 실제로 어떠했고, 누가 거기 있었고, 그들이 무슨 말을 했는지 알고 싶을 때면 곤혹스러워진다.

그녀의 이름은 그라신다 마우템푸이고 열일곱 살이다. 그녀는 마누엘 이스파다와 결혼하겠지만, 아직은 하지 않았다. 그녀는 어리고, 아무런 혼수도 없이 그냥 하룻밤 자고 나서 결혼해버릴 수는 없기 때문에 인내심을 가져야 할 것이다. 이런 분명한 사회적 의무와는 별도로, 그들은 살 곳이 없다. 그러니까 어디 다른 데로 가야 한다는 뜻이잖아요. 네 오빠처럼 되고 싶지는 않겠지, 아주 멀리 떨어져서 살고 있지 않느냐 말이야, 나도 똑같지 않다는 걸 알아, 너는 딸이니까, 하지만 자식 하나를 전혀 보지 못하는 것만으로도 이미 충분히 괴로워, 나의 아들을 말이야. 이건 파우스티나의 말이고, 주앙 마우템푸도 고개를 끄덕이는데, 아들, 그 귀여운 녀석 이야기가 나올 때마다 그는 심장에 통증을 느낀다. 그 아이는 불과 열여덟 살 때, 세상을 뜬 할아버지의 방랑벽을 물려받았다는 것이 분명해졌다. 그라신다 마우템푸는 나중에 마누엘 이스파다에게 이런 대화 내용을 말할 것이고, 그러면 그는 대꾸할 것이다, 나는 너하고 결혼하고 싶어, 기다리고 싶지 않아. 그는 엄숙하게 그런 말을 하는데, 이것은 모든 경우에 그의 버릇이며, 이런 버릇 때문에 나이보다 늙어 보인다. 게다가 둘은 이미 상당한 나이 차이가 있었고, 내 여자가 되어달라는 마누엘 이스파다의 말을 그라신다가 전하게 되었을 때 파우스티나도 그런 이야기를 했다, 하지만 그 사람은 너보다 나이가 아주 많잖니. 그게 무슨 상관이에요, 그라신다는 기분이 상해서 그렇게 대답했고, 그것은 지극히 옳은 말이기도 했다. 그것은 중요하지 않았고, 중요한 것은 몬테모르에서의 그 유월의 어느 날 이후로 그녀가 마누엘 이스파다를 좋아하게 되었다는 사실이었다. 나이가 무슨 상관이란 말인가. 하지만 마누엘 이스파다도 그녀에게 이야기를 했을 때 이 점을 지적했다, 나는 너보다 일곱 살이나 많아. 그러자 그녀는 웃음을 지으며, 자기가 무슨 말을 하는 것인지도 모르면서 대꾸했다, 남편은 아내보다 나이가 많아야지요. 그러면서 그녀는 얼굴을 붉혔으니, 자신이 실제로 네, 라고 말하지 않으면서도 네, 라는 답을 했다는 사실을 깨달았기 때문이다. 마누엘 이스파다도 그것을 깨닫고, 다음 질문으로 넘어갔다, 그러니까 그건 네, 라는 뜻이로군, 그렇지. 그녀는 말했다, 네. 그때부터 그들은 연애의 규칙이 요구하는 대로 그녀의 집 앞에서 함께 시간을 보냈다, 아직 그가 집 안으로 들어가는 것을 허락받기에는 일렀기 때문이다. 하지만 마누엘 이스파다가 두 사람 모두 자신들의 감정에, 또 잘 지키지 못한 그들의 비밀에 확신을 갖게 될 때까지 기다리지 않고, 그녀의 부모에게 곧바로 말한 것은 규칙을 따르지 않은 것이었다. 주앙 마우템푸와 파우스티나는 결혼이 그 시점에서는 경제적으로 불가능하다고, 그들은 기다려야만 한다고 설명했고, 이것은 딱히 새로운 이야기라고 할 수가 없었다. 필요한 만큼 기다리겠습니다, 마누엘 이스파다는 말한 다음 자리를 뜨며 일을 하고 저축을 하기로 결심했다. 그러나 그는 아직 함께 살고 있는 부모도 도와야 했다. 이것은 일반적인 삶의 문제이며, 이런 문제는 두 세대가 흐르는 동안 조금밖에, 아주 조금밖에 바뀌지 않아, 바뀐 것이 눈에 띄지도 않을 정도다. 그라신다 마우템푸는 장차 어머니와 협상을 하여 자신의 임금 가운데 얼마나 많은 부분을 혼수로 저축할 수 있는지 약속을 해야 할 것이고, 그렇게 하는 것이 자신의 의무임을 알고 있다.

우리는 사내에 관해 많이 이야기하고 여자에 관해서는 조금 이야기했다. 오직 지나가면서, 스쳐가는 그림자로서 또는 이따금씩 필수적인 심문자로서, 여성 합창단으로서 이야기했다. 그러나 그들은 대개 입을 다물고 있었는데, 어떤 짐이나 배 속의 무게에 짓눌려 있었기 때문이다. 또는 다른 다양한 이유로 슬픔의 어머니의 역할을 맡아야 했기 때문이다, 죽은 아들이나 탕자나 명예를 더럽힌 딸, 이런 자식들은 절대 부족하지 않으므로. 우리는 계속 사내들에 관해 이야기하겠지만, 여자들에 관해서도 점점 이야기를 많이 하게 될 것이다. 이 특정한 연애와 미래의 결혼 때문이 아니다. 사실 우리는 사라 다 콘세이상과 파우스티나, 오래전에 세상을 뜬 그라신다의 할머니와 지금도 행복하게 살고 있는 어머니의 연애와 결혼도 이미 목격했지만, 그 이야기는 거의 하지 않았다. 아직 약간 모호하기는 하지만, 다른 이유가 있다. 시대가 변하고 있다는 것이다. 감옥 문간에서, 아니, 부대와 죽음의 장소에서, 이건 결국 같은 것이지만, 그런 곳에서 자신의 감정을 고백한다는 것은 모든 전통과 관습에 반하는 것이다. 게다가 그러한 고난의 시기에. 아직은 소심하게 누리는 자유이지만, 틀림없이 그것이 주는 기쁨으로 보상을 받았을 것이다. 젊은 사내가 젊은 여자에게, 내 여자가 되어줄래, 하고 말하다니, 아, 내가 그들 나이 때와는 모든 게 너무나 다르다.

　그라신다는 여동생 아멜리아보다 두 해 먼저 태어났지만, 아멜리아는 몸이 빨리 자랐기 때문에 잘 모르는 사람들 눈에는 둘이 같은 나이로 보였다. 생긴 것은 비슷하지 않았는데, 아마 이 집안의 피는 아주 많이 섞여 특이한 아이를 만들어내는 경향이 강했기 때문일 것이다. 추운 북쪽에서 와 우물가에서 처녀를 강간한 조상을 생각해보기만 하면 된다. 이 범죄는 그의 영주이자 주인인 람베르투 오르케스에게서 벌을 받지 않았는데, 그는 다른 종류의 기원에, 또 말에 더 관심이 많았기 때문이다. 그러나 이것이 얼마나 작고 수수한 세상인지 확인해주려는 듯, 바로 그 우물가에서, 그 고사리밭 옆에서 마누엘 이스파다가 그라신다 마우템푸에게 청혼한다. 그러나 이번에 이 고사리밭은 강간 피해자의 몸이 패배하여 굴복할 때까지 짓밟히거나 부러지지 않을 것이다. 우리가 모든 미진한 일들을 다 아퀴 지을 수만 있다면, 세상은 더 강하고 나은 곳이 될 것이다. 예를 들어 우물이 말을 할 수 있다면, 이 우물이 오백 년에 걸쳐, 아니 이것이 만일 무어족의 우물이라면 그 이상의 기간, 순수하게 거품을 뿜는 항상적인 원천이었다는 점을 고려한다면 말을 하는 것도 얼마든지 정당화될 일인데, 어쨌든 우물이 말을 할 수 있다면, 아마도 이렇게 말을 할 것이다, 저 처녀는 전에도 여기 온 적이 있다. 이해할 만한 실수다, 그렇게 긴 세월이니, 우물도 헷갈릴 것이다. 하지만 마누엘 이스파다가 그라신다에게 행동하는 방식에는 엄청난 차이가 있다. 그는 그냥 그녀의 손을 잡고 말한다, 그러니까 그건 네, 라는 뜻이로군, 그렇지. 그러고 나서 고사리밭은 다음 기회에 맡겨두고 돌아간다.

이 세 아이는 여러 가지에 관하여 많은 것을 알고 있다. 맏이인 안토니우 마우템푸와 막내인 아멜리아 마우템푸 사이에는 겨우 네 살의 차이밖에 없다. 한때 그들은 영양 부족에 입성도 형편없는 비쩍 마른 살과 뼈 세 보따리에 불과했고, 사춘기인 오늘날에도 크게 다르지 않다, 사춘기라는 말이 이 땅과 이 라티푼디움에 너무 고급스럽지만 않다면. 이 아이들은 아직 걷지 못할 때나 작은 다리가 쉬이 지칠 때는 아버지와 어머니의 등이나 부모가 머리에 인 바구니에 실려 옮겨 다녔고, 또 아버지의 어깨 위나 어머니의 품 안에서, 또는 자신의 두 다리로 옮겨 다녔는데, 이들의 나이를 생각하면 방랑하는 유대인보다 더 돌아다닌 셈이다. 그들은 논에서 모기들과 싸웠다, 순수하고 강렬한 기쁨에 흐느껴 울며 날아다니는 창기병 대대를 얼굴에서 털어버릴 줄도 모르는 무방비 상태의 가엾고 순진한 것들. 하지만 모기는 수명이 아주 짧고 이 아이들 가운데 누구도 죽지 않았기 때문에, 우리는 이 아이들 이야기를 할 수 있다, 말라리아로 죽은 다른 아이들 이야기는 못하지만. 따라서 이들이 전쟁의 승자라고 한다면, 수동적 저항을 실행에 옮겨 승리를 거둔 셈이다. 그런 일이 자주 일어나지는 않지만, 이 경우에는 일어났다.

이 아이들을 보라, 어느 아이건 상관없다, 가장 위 사내아이든, 가운데 아이이든, 막내이든. 아이들은 너도밤나무 그늘의 상자에 누워 있고, 어머니는, 예를 들어 아이가 딸이라고 해보자, 근처에서 일하고 있지만, 아이가 보일 정도로 가깝지는 않다. 아이가 모두 그렇듯이, 특히 아직 말을 하지 못할 때는 그렇듯이, 이 아이도 배가 아프다. 그것이 아니라 해도, 그냥 일반적인 응가가 터져 나오는 일이 생기는데, 그래도 이번에는 이질은 걸리지 않았다. 파우스티나가 돌아올 때면 점심시간이며, 그라신다는 똥 무더기처럼 배설물과 파리에 덮여 있는데, 아닌 게 아니라 아이는, 슬퍼라, 똥 무더기가 되어버렸다. 어머니가 아이를 씻겼을 때는, 온통 더러워진 그라신다의 작은 몸만 씻기는 것이 아니라 이 장작더미에 걸쳐놓으면 마를 것이라고 기대하며 아이를 덮었던 누더기까지 빠는데, 그러고 나면 점심시간은 지나고 그녀의 식욕은 사라져버린다. 이 시점에 이르면, 우리는 누구를 먼저 돌봐야 할지 알수가 없다. 이제 깨끗하고 싱싱하지만 완전히 혼자가 된 그라신다인지, 아니면 마른 빵 조각을 씹으며 일을 하러 돌아가는 파우스티나인지. 여기, 이 너도밤나무 밑에 그대로 머물면서, 잠들려고 하는 아이의 얼굴을 이 가지로 부채질해주기나 하자, 다시 파리들이 돌아오고 있으니. 하지만 이것은 부모의 슬픔을 덜어주려는 것이기도 하다. 모르는 일 아닌가, 왕과 기사들의 행렬이 혹시 지나갈지, 그러다 애를 낳지 못하는 왕비의 애 보는 하녀가 이 어린 천사를 발견하고 왕궁으로 데려갈지. 나중에 이 아이가 진짜 부모를 알아보지도 못하면 얼마나 끔찍하겠는가. 아이는 궁에서 벨벳과 능직 옷감만 걸치고, 라티푼디움이 보이는 탑의 방에서 류트를 연주할 테니까. 나중에, 사라 다 콘세이상은 손자들에게 그런 이야기를 해주곤 했지만, 만일 우리가 여기 없었다면, 이 돌에 앉아 이 가지로 아이에게 부채질을 해주지 않았다면 아이가 어떤 위험에 처할 수 있었는지 말해주어도, 그라신다는 우리 말을 믿지 않을 것이다.

하지만 아이들은, 기회만 얻으면, 성장한다. 일할 나이가 될 때까지, 아이들은 할머니나 어머니가 돌본다, 어머니에게 일이 없다면. 또는 어머니와 아버지에게 맡겨진다, 아버지에게도 일이 없다면. 만일, 아이들이 더 커서, 이제 아이는 없고 모두 일꾼이라면, 그런데 아버지에게도, 어머니에게도, 아이들에게도, 할머니에게도 아무런 일이 없다면, 자, 신사 숙녀 여러분, 이제 등장한다, 똑같은 굶주림 둘레에 모여 있는 이상적인 포르투갈 가족, 철에 따라 양상은 다르지만. 도토리 철이라면 아버지는 도토리를 모으러 나간다, 노르베르투, 아달베르투, 시지즈베르투가 밤에 군경찰을 보내 순찰만 돌게 하지 않는다면. 바로 이런 이유 때문에 귀중한 공화국은 생기자마자 공화국 군경찰부터 세운 것이다. 이것은 아주 긴 이야기다. 하지만 자연은 낭비가 심하다, 모든 도랑에 자신의 젖을 뿌리는 관대한 젖꼭지다. 그러니 엉겅퀴, 플랜틴, 물냉이를 거두러 가자, 이보다 나은 먹거리가 무엇이겠는가. 플랜틴은 시금치와 똑같다, 똑같아 보인다, 다만 맛은 완전히 다르다. 그래도 일단 조리하면, 남겨둔 양파를 조금 넣고 튀기면, 입에 침이 고이기에 충분하다. 엉겅퀴를 보자. 그 엉겅퀴를 벗기고, 쌀을 몇 알 보태라, 그러면 잔치를 열게 된다. 어서, 아가메드스 신부님, 어서 드시지요, 고기를 먹은 사람은 뼈를 갈아먹을 수 있습니다. 모든 기독교인은, 심지어 비기독교인도, 하루에 세 끼가 필요하다, 아침, 점심, 저녁, 아니면 뭐라고 다르게 부르건. 중요한 건 접시나 사발 가득 먹는 것이다. 아니면, 그냥 버터를 조금 바른 빵뿐이라 해도, 그냥 좋은 냄새 이상이어야 한다. 이것은 다른 어떤 고귀한 규칙 못지않은 황금의 규칙이며, 부모와 자식 모두에게 인권이다. 이 말은 곧 그들이 세 번 먹게 하기 위해 내가 한 번만 먹을 필요는 없다는 것이다. 물론 그 세 번의 식사는 배를 채우기보다는 굶주림이 가까이 오지 못하게 하는 데 더 큰 역할을 하지만. 사람들은 말하고 말하지만, 진짜 궁핍이 뭔지 알지 못한다. 그것은 마지막 남은 빵 조각을 어제 먹어버렸다는 것을 알면서도 빵 통에 가서, 혹시라도 장미의 기적[*]이 또 한 번 일어날까 하는 마음에 뚜껑을 여는 것이다. 어쨌든 그것은 불가능한 일일 것이다, 너도 나도 빵 통에 장미를 넣은 기억은 없으니까. 그렇게 하려면 우리는 장미를 꺾어야 했을 것인데, 코르크나무에서 장미가 자라는 거 봤나. 만의 하나 자란다 해도, 보다시피 굶주림은 착란을 일으킬 수 있는 것이다. 오늘은 수요일이구나, 그라신다, 동생 아멜리아를 데리고 큰 집에 올라가라, 손을 잡고 가, 그라신다, 안토니우가 이번에는 가지 않으려고 하니까. 아이들에게 구걸하라고 부추기는 것, 그것이 부모가 자식에게 하는 교육이다. 내 혀가 왜 내 입안에서 매듭으로 묶이거나 바닥에 떨어져 도마뱀 꼬리처럼 제멋대로 퍼덕이지 않는지 모르겠다, 그럼 나도 내가 하는 말을 좀 조심하여 배가 부른 상태로 굶주림에 관해 이야기하지 않는 걸 배울 수 있을 텐데, 그건 예의에 어긋나는 일이니까.

---

[*] 포르투갈의 왕 동 디니스의 부인인 아라곤의 이사벨 여왕은 가난한 사람들을 돕는 데 헌신했다. 돈을 거지에게 준다고 남편이 비난하자 여왕은 망토를 걷었고, 거기서는 돈이 아니라 멋진 장미 다발이 드러났다. 왕은 이 기적을 보고 그녀가 계속 좋은 일을 하는 것을 허락했다. —역주

수요일과 토요일은 우리 주 하느님이 베이컨이나 콩과 동체(同體)가 되어 땅으로 내려오는 날이다. 아가메드스 신부가 여기 있다면 이단이라고 외치며 종교재판을 요청할 것이다, 주님이 콩과 베이컨 조각이라고 말했다는 이유로. 하지만 아가메드스 신부의 문제는 상상력이 거의 없다는 것으로, 그는 하느님을 웨이퍼*로 보는 데 익숙해져 다른 식으로는 생각하지 못한다, 아버지는 턱수염이 길고 눈이 거무스름한 존재로, 아들은 턱수염이 짧고 눈 색깔이 옅은 존재로 생각할 뿐. 혹시 성스러운 이야기의 어느 지점에 우물이나 고사리밭과 관련된 무슨 사건이 있었을까, 그렇게 생각하는가. 람베르투에서 마지막 베르투에 이르기까지 덕을 갖춘 부인이자 원천 역할을 했던 도나 클레멘시아는 그런 성(聖) 변화에 관해 더 많은 것을 안다. 수요일과 토요일이면 그녀는 얼마나 많은 음식을 누구에게 줄 것인지 결정하고, 베이컨 조각의 두께에 관해 조언하고 또 확인을 한다, 물론 살코기가 적을수록 좋다. 순수한 기름이라면 더욱 좋은데, 영양도 그만큼 더 풍부하기 때문이다. 그녀는 또 되에 담긴 콩도 평미레로 싹 밀어버리는데, 이는 그저 공정함과 자선을 고려한 것이다. 이해하겠지만, 우리는 아이들이 싸우는 걸 원치 않는다, 네가 나보다 더 가졌어, 내가 너보다 조금 가졌어. 아름다운 의식이다, 성자의 동정심으로 심장이 녹아버린다. 집

---

* 살짝 구운 과자의 일종으로 종교 행사에서 성체로 사용한다.

안에 마른 눈, 또 마른 코는 하나도 없다, 뭐, 지금은 겨울 아닌가, 특히 바깥은. 몬트 라브르의 아이들은 벽에 기대 적선해주기를 기다리고 있다. 그들이 얼마나 고통을 겪고 있는지, 맨발로, 통증을 견디어내며. 여자아이들이 언 땅을 피하려고 처음에는 한쪽 발을, 다음에는 다른 발을 드는 것을 보라. 죽으면 생긴다고 하는 날개가 돋는다면, 일찍 죽어줄 만한 분별력이 있어서, 동시에 두 발을 들어 올릴 것이다. 또 그 아이들이 계속 치맛자락을 끌어내리는 것을 보라. 정숙함이 손상되었다고 생각해서가 아니다. 사내아이들은 그런 걸 눈여겨보기에는 너무 어리다. 너무 추워서 그러는 거다. 아이들은 작은 깡통을 하나씩 들고 줄을 서 있다. 모두 콧물 범벅이 되어 코를 훌쩍거린다. 마침내 머리 위의 창이 열리고 하늘에서 밧줄에 달린 바구니가 내려오기를 기다리고 있다, 아주 천천히 내려오는 바구니를, 너그러움은 절대 서두르는 법이 없기 때문에. 오, 안 돼, 서두르는 것은 서민적이고 탐욕스러운 거야, 그 콩을 있는 그대로 먹으면 안 돼, 그건 날것이야. 줄 맨 앞에 있던 아이가 자신의 깡통을 바구니에 집어넣자 바구니는 위로 올라간다. 이제 가라, 너무 기다리게 하지 마라. 바람이 가시가 달린 면도날처럼 벽을 따라 지나간다. 누가 그것을 견딜 수 있으랴, 그래, 그들 모두 다가올 것의 이름으로 견딘다. 이윽고 하녀가 창밖으로 고개를 내밀더니, 가득 찬 또는 반쯤 찬 깡통이 든 바구니가 내려온다. 영리하게 굴려는 아이나 신참에게 양철 그릇의 크기는 이 성당의 자선 기부자에게 아무런 영향을 주지 못한다는 것을 보여주려는 것뿐이다. 이것을 본 사람이라면 누구든 볼 건 다 보았다고 생각할 것이다. 하지만 그것은 사실이 아니다. 마지막 아이가 배급을 받고 토요일에 다시 내려올 바구니가 거두어지기 전에는 아무도 떠나지 않는다. 그들은 도나 클레멘시아가 따뜻하게 옷을 입은 채 창으로 와서 작별 인사와 축복을 할 때까지 기다려야 한다. 그때가 오면 귀한 어린아이들은 여러 가지 방식으로 감사 인사를 합창한다, 입만 뻥긋거리는 아이는 빼고. 오, 아가메드스 신부님, 그게 내 영혼에 큰 도움을 줍니다. 누가 도나 클레멘시아가 위선자에 불과하다고 주장한다면, 그것은 매우 잘못된 것이다. 다른 날과 비교할 때 수요일과 토요일에 그녀의 영혼이 얼마나 다른지는 그녀만이 알 수 있을 것이다. 그러니 이제 도나 클레멘시아의 기독교적인 금욕의 행동을 인정하고 찬양하도록 하자. 비록 그녀에게 일주일 내내 베이컨과 콩을 나누어줄 시간과 돈이 있지만, 그렇게 하면 그녀의 불멸의 영혼이 지속적으로 위로를 받을 게 확실하지만, 그녀는 그렇게 하지 않는다. 이것은, 친애하는 독자들이여, 그녀의 개인적 속죄의 행동이다. 게다가 도나 클레멘시아어, 이 아이들은 나쁜 버릇이 들면 안 된다. 상상해보라, 잘못했다가는 그들이 요구만 해대는 사람으로 자랄 수도 있는 것이다.

그라신다 마우템푸는 자라서도 학교에 가지 않았다. 아멜리아도 가지 않았다. 안토니우도 가지 않았다. 오래전, 이 아이들의 아버지가 어렸을 때, 공화국을 지지하여 선전하는 사람들은 민중에게 촉구했다, 자녀를 학교에 보내라. 그들은 염소수염, 턱수염과 챙이 좁은 중절모를 자랑하며 복음을, 교육의 빛을 선포하는 사도들 같았다. 그들은 이것을 십자군 운동이라고 불렀다, 이것은 예루살렘과 우리 주의 무덤에서 투르크족을 몰아내는 문제가 아니라, 사라진 뼈의 문제가 아니라, 현재 삶의 문제라는 주목할 만한 차이가 있기는 했지만. 아이들은 나중에 넝쿨을 이용해 책가방을 어깨에 둘러메고 집을 나서게 되며, 그 안에는 바로 이 아이들의 선배들이 더 높은 임금을 요구했을 때 군경찰에게 돌격을 명령한 바로 그 공화국이 발행한 독본이 들어 있었다. 주앙 마우템푸도 이런 식으로 읽기와 쓰기를 배웠으며, 그 실력은 몬테모르에서 그 연습장에 자신의 이름을 주앙 마우텐푸라고 잘못 쓰는 수준이었다. 가끔 어느 게 맞는 건지 몰라 주앙 마우템푸라고도 썼는데, 이것은 앞의 경우보다는 낫지만 그래도 정확하다고 할 수는 없었으며,[*] 문법적 뻔뻔스러움의 분명한 증거였다. 세상은 진보한다, 그러나 일정한 한계 안에서다. 몬트 라브르에서는 그가 자신의 세 아이를 학교에 보낼수 있을 만큼 진보하지 않았으니, 이제 약혼자가 멀리 떠나있을 때 그라신다 마우템푸는 어떻게 그에게 편지를 쓸 것이며, 안토니우 마우템푸, 이 가엾은 것은 글을 쓰는 방법을 한

---

[*] 원래는 마우-템푸라고 중간에 하이픈이 들어가야 한다.

번도 배우지 못한 채 변변치 못한 무리 가운데 하나가 된 것으로 보이는데, 어떻게 소식을 전할 것인가. 큰아이가 그저 품위 있는 삶을 살고 있기를 바랄 뿐이야, 파우스티나는 남편에게 말한다, 당신이 늘 좋은 모범을 보여주었으니까.

주앙 마우템푸는 고개를 끄덕이지만 마음 한가운데서는 그렇게 자신하지 못한다. 아들을 곁에 두지 못하고 주위에 여자들만 보이는 것이 그에게 상처를 준다. 파우스티나는 젊었을 때와 많이 달라졌고, 또 애초에 예뻤던 적이 없지만, 딸들은 들에서 고된 노동을 하며 사는데도 불구하고 여전히 생기와 젊음이 살아남아 있다. 다만 아멜리아의 이가 그렇게 흉측한 것은 안타까운 일이다. 주앙 마우템푸는 좋은 모범을 보였는지 별로 자신이 없다. 그는 그저 일용할 양식을 버느라 평생을 보냈으며, 어떤 날에는 그마저도 제대로 해내지 못했고, 이런 생각을 하자마자 머릿속에 어떤 매듭이 생긴다. 내보내달라고 요청한 적도 없는데 이 세상에 들어와, 어린 시절에는 정상 수준 이상의 추위와 배고픔을 경험하고, 정상이란 것이 있다면 말이지만, 자라서는 그런 곤경을 견딜 능력이 있는 몸을 가졌다는 벌로 그런 굶주림이 두 배로 증가한다는 것을 알게 되고, 농장주와 감독, 지역과 전국 단위의 군경찰에게 학대를 당하고, 마흔에 이르러 마침내 자신의 속마음을 이야기하게 되지만, 결국 장터나 도살장으로 가는 소 떼처럼 끌려가고, 감옥에서 수모를 더 당하고, 심지어 자유가 얼굴에 따귀를 맞는 것, 줍는지 안 줍는지 보려고 땅에 던져놓은 빵 조각이라는 것을 알게 되다니. 그게 빵 조각이 땅에 떨어져 있을 때 우리가 하는 일이다. 우리는 그걸 줍고, 빵의 영을 되살리려는 듯 입으로 바람을 훅 불고, 거기에 입을 맞추지만, 바로 그 자리에서 먹지는 않는다. 아니, 나는 이걸 네 조각으로 나눌 거야, 큰 조각 두 개와 작은 조각 두 개로, 여기 있다 아멜리아, 여기 있다 그라신다, 이건 당신 거고 이건 내 거. 큰 조각 두 개가 누구에게 갔느냐고 묻는 사람이 있다면 그는 짐승보다 못한 것이다, 짐승이라도 그건 알 것이기 때문이다.

부모가 모든 것을 다 할 수는 없다. 그들은 자식들을 세상에 내놓고, 그들을 위해 자신들이 할 줄 아는 얼마 안 되는 것을 하고 최선을 기대하며, 자식들이 아주 조심한다면, 또는 조심하지 않아도, 아버지들은 종종 자신을 속여 실제로는 관심을 기울이지 않았음에도 기울였다고 생각하기 때문에, 자신의 아들이 부랑자가 되거나, 딸이 명예를 더럽히는 일은 생기지 않고, 자식들의 피 한 방울도 오염되지 않을 것이라고 생각한다. 안토니우 마우템푸가 몬트 라브르에서 시간을 보낼 때 주앙 마우템푸는 자신이 아이의 아버지라는 것, 또 자식보다 나이가 많다는 것을 잊고, 그 부재들 뒤에 놓인 진실을 알아내고 싶은 듯 아들의 발자국을 쫓는다. 멀리 코루시, 사두, 사모라 코헤이아, 인판타두, 심지어 테주강 건너편까지. 그가 아들의 입을 통해 듣는 이야기들은 주제 가투의 전설을 확인해주기도 하고 뒤죽박죽으로 만들기도 한다. 뭐, 전설은 아마 과장일 것이다, 주제 가투는 불명예스러운 허풍쟁이에 불과하다. 그는 우리가 몬트 라브르에서 감옥으로 끌려가도록 내버려두었다. 어쨌거나 그 이야기들은 작은 시골 범죄의 역사에 기여하는 그림처럼 생생한 사실들 때문이라기보다는 안토니우 마우템푸가 관련되었기 때문에 더욱 중요하다. 안토니우 자신이 그 자리에 있었거나, 나중에 그 이야기를 들었을 것이다. 주앙 마우템푸는 가끔 생각을 하면서도 말로 옮기지는 않는데, 슬쩍 훔쳐본 바로는, 우리가 지금 좋은 모범 이야기를 하고 있는 거라면, 아마 주제 가투도, 비록 도둑이고 원할 때 나타나주지 않기는 했지만, 그리 나쁘지는 않은 모범일 거다, 하고 말하는 듯하다. 언젠가 안토니우 마우템푸는 말할 것이다, 내 인생에는 선생님이 있고 설명해주는 사람이 있었지만, 모든 걸 다시 배우기 위해 처음으로 돌아갔다. 혹시 설명이 필요하다면, 그의 아버지가 선생이었고 주제 가투가 설명해주는 사람이었으며, 안토니우 마우템푸가 지금 배우고 있는 것을 혼자 배우지는 않게 될 것이라고 해두자.

이 마우템푸 가족은 교훈을 잘 배운다. 그라신다 마우템푸는 결혼할 무렵에는 읽는 법을 배우게 된다. 이것이 그녀의 약혼 생활의 일부를 이루었다. 주앙 드 데우스[*]가 쓴 읽

---

[*] 주앙 드 데우스(1830~1896년)는 그의 세대의 가장 위대한 시인 가운데 하나이지만 교육으로 관심을 돌렸다. 1876년에 출간된 그의 읽기 독본 『모성독본(*Cartilha maternal*)』은 학교에서 50년 이상 사용되었다. —역주

기 독본으로, 단어를 검은색과 회색으로 인쇄해놓아 음절을 구분할 수 있게 한 것이지만, 그런 세련된 것이 다른 것들을 담도록 태어난 기억에 뿌리를 내리는 것은 자연스러운 일이 아니기에, 그녀는 그저 머뭇머뭇 읽고 단어 사이에서 멈추면서 뇌가 그녀의 이해를 밝혀주기를 기다리는 일을 계속할 수밖에 없다. 이건 아세가가 아니야, 그라신다, 아셀가*야. 마누엘 이스파다는 이제 집 안에 들어오는 것이 허용된다. 독본이 아니었다면 여전히 문지방에서 뭉그적거리고 있을 것이다. 그러나 그들이 다른 사람들이 다 보는 밖에 앉아 읽기를 배우고 가르치는 것은 잘못된 것으로 여겨지고 있다. 게다가 이제 그들의 관계는 진지한 것이 분명하다. 마누엘 이스파다는 훌륭한 청년이야, 파우스티나는 그렇게 말하곤 했고, 주앙 마우템푸는 그의 미래의 사위를 지켜보았고, 그가 자신의 믿음을 끝까지 지키기 위해 차와 달구지를 경멸하며 자신에게 일용할 양식을 거부한 바로 그 사람들에게 빚을 지지 않으려고 몬테모르에서 몬트 라브르까지 걸어오는 것을 보았다. 그것 또한 교훈이었고, 주앙 마우템푸는 그것을 교훈으로 받아들였다. 하지만 시지즈문두 카나스트루는 말했다, 마누엘 이스파다가 한 일은 훌륭하지만, 그렇다고 해서 우리가 그릇되게 행동했다는 뜻은 아니야, 그 친구는 걸어서 얻은 게 없고, 우리는 달구지를 타고 돌아와서 잃은 게

* 식물 근대를 뜻하는 포르투갈어.

없어, 사람은 자기 양심에 따라 행동하면 돼. 이가 빠진 웃음을 짓지만 짓궂은 데가 있는 시지즈문두 카나스트루는 덧붙였다. 물론 마누엘 이스파다는 아직 젊지, 우리 다리는 늙어서 무겁고. 그럴 수도 있지만, 마누엘 이스파다가 딸에게 구애하는 것을 그라신다의 부모가 환영하는 데에는 다른 서른세 가지 이유가 있다 해도, 주앙 마우템푸가 자신에게라도 고백을 해야 한다고 할 경우, 그가 꼽을 첫 번째 이유는 그 이십 킬로미터, 마누엘 이스파다가 철저하게 도움을 거부하고 내리쬐는 해를 받으며 장화를 신은 발로 아스팔트 길을 쾅쾅 밟으면서 거의 네 시간 동안 그가 자신을 사내로 확인했다는 그 사실이 될 것이다. 그것은 라티푼디움이 소유한 자동차와 달구지에 실려 가는 유혹에 굴복하지 않겠다고 큰 기를 흔들며 걸어가는 것과 같았다. 이런 식으로, 세상이 시작된 이래 늘 그랬듯이, 늙은이는 젊은이에게서 배운다.

오월은 꽃의 달이다. 시인이 소문으로 들은 데이지를 찾아 계속 자기 길을 가게 하라. 송가(頌歌)나 소네트를 내놓지 못한다 해도 사행시는 내놓을 것인데, 이것이 일반적 취향에는 훨씬 낫다. 해는 칠월과 팔월의 그 미친 온도에 이르지는 않았고, 심지어 선선한 바람마저 불어온다. 한때 감시 초소로 사용되던 이 높고 전망 좋은 곳에서라면 어디를 보나 녹색 들판이며, 이보다 쉽게 영혼을 부드럽게 누그러뜨릴 수 있는 광경은 없다. 마음이 심하게 굳은 사람만이 기쁨의 떨림을 느끼지 못할 것이다. 저쪽, 무성하게 자란 덤불은 물도 대주지 않고 정원사도 없는 정원을 닮았다. 이들은 자연에, 그들의 뿌리에 저항하는 무정한 돌에 적응하는 최선의 방법을 스스로 배워야 했던 식물이다. 아마 바로 그런 이유 때문에, 인간이 피하는 이 장소에 쏟은 고집스러운 에너지 때문에, 식물과 광물 사이의 투쟁이 벌어지는 이곳에서, 향기가 그렇게도 예리하여, 해가 산비탈을 강하게 두들겨대면 모든 향기가 뛰쳐나와 우리 모두가 잠들도록 유혹할 수도 있다. 어쩌면 우리는 땅에 얼굴을 묻고 죽을지도 모른다. 그러나 개처럼 고개를 쳐드는 개미는 방독면의 보호를 받으며 전진한다. 이곳은 그들의 땅이기도 하기 때문이다.

이런 것들은 쓰기 쉬운 시다. 이상한 일은 사람이 보이지 않는다는 것이다. 들은 녹색으로 무성해지고, 관목은 평화와 향기에 물들지만, 다시 보면 밀이 처음의 부드러운 싱싱함을 잃었다는 것을 알 수 있다. 광대한 공간에 아주 작아 간신히 눈에 띄는 노란색들이 묻어 있다. 사람들, 이 행복한 풍경 속에 사람들은 어디 있는가. 아마 그들은, 사실은, 염소처럼 말뚝에 묶여 있어 손이 닿는 범위에 있는 것만 먹을 수 있는 이 경작지의 농노들이 아닌가 보다. 밀이 자라는 동안 긴 게으름의 시기들이 있다. 인간은 땅에 씨를 뿌리고, 우호적인 한 해를 맞이하면 누워 잠을 잔다, 추수 때가 되면 나를 불러라. 이 꽃의 오월이 사실 침울한 달이라는 것은 이해하기 힘들다. 날씨가 그렇다는 게 아니다. 날씨는 좋고, 언제까지나 화창할 것만 같다. 하지만 이 얼굴과 눈, 이 입, 이 찌푸림. 일이 없어, 그들은 말한다, 자연이 노래를 한다면 행운을 빌어주지, 하지만 우리는 노래할 기분이 아니야.

시골로 산책을 가자, 언덕으로 올라가자. 가는 길에 해가 이 돌 하나에 반사되어 반짝거린다. 우리, 행복에 사족을 못 쓰는 사람들은 말한다, 금이다, 마치 반짝이는 것은 모두 금이라는 듯이. 우리는 일하는 사람을 한 명도 보지 못하자 바로 선언한다, 얼마나 편한 인생인가, 밀은 자라고 일꾼들은 쉬고 있다. 하지만 진실은 좀 다르다. 우리가 묘사했듯이, 엉겅퀴, 플랜틴, 물냉이, 거기에 튀긴 양파 조금, 쌀알 몇 개, 빵껍질로 이루어진 성대한 향연과 잔치 속에서 겨울은 지나가고, 우리는 자식들이 굶지 않도록 우리 자신의 입에서 음식을 꺼내주며 살아간다. 정말이지 이 이야기를 되풀이할 필요는 없다, 여러분은 우리가 희생을 자랑하고 있다고 생각할 것이다. 하지만 무슨 소리. 우리 부모와 그들의 부모도, 그 부모들의 부모도, 세뇨르 람베르투의 시절과 그 전 누구도 기억할 수 없는 오래전에도 마찬가지였다. 겨울은 지나갔다. 일부는 굶어 죽었지만 죽음의 원인을 묘사하는 다른 방법, 정숙과 품위를 훨씬 덜 훼손하는 이름은 많다. 유월 중순이고, 이제 나뭇가지를 정리하는 데 사내들이 필요하다. 다고베르투를 위해서든 노르베르투를 위해서든 상관없다. 우리는 돈을 좀 벌기 시작하는데, 모두가 할 만큼 많은 일은 없다. 선택을 해라, 말다툼을 벌이지 마라. 일단 나뭇가지를 잘라내자, 땅바닥에 나무가 널려 있다. 숯을 굽는 사람들이 여기저기서 구매를 하러 도착하는데, 그 뒤에는 그들이 불의 예술을 공연하는 시간이다. 우리가 숯 굽기, 말뚝 박기, 북 주기,

마개 막기, 불 지피기 등의 어휘를 음미하는 동안, 단어들은 자신이 말하는 일을 하고 있다. 이 일은 우리와 아무런 관계가 없으니, 우리는 그냥 단어를 알 뿐이다. 하지만 전에는 몰랐고, 필요 때문에 빨리 배워야 했다. 모든 게 준비되면 숯을 싸서 들고 떠나자, 내년까지는 이것으로 끝이다. 내 이름은 페르스, 나는 리스본 지역에 숯가마 스물다섯 개를 소유하고 있으며, 그 주변에도 몇 개를 더 갖고 있소, 댁은 여주인한테 내 석탄이 좋은 물건, 떡갈나무라는 것, 그래서 느리게 잘 탄다는 것, 그래서 물론 더 비싸다는 걸 말해주면 좋겠소. 우리는 이 건조한 곳에서 불을 피워 올리고 있다, 이 먼지, 이 연기. 저쪽에는 마실 물이 있다. 나는 주전자를 입술에 갖다 대고 머리를 뒤로 젖히고, 물은 꿀꺽꿀꺽 넘어가지만, 더 시원하지 않으니 아쉬운 일이다. 물은 내 입꼬리 쪽에서 똑똑 떨어져 석탄 먼지의 둑들 사이로 희끄무레한 강의 자취를 남긴다. 우리 모두 틀림없이 그런 것과 다른 것들을 경험해보았을 것이다, 인생은 비록 짧지만 이런 것들과 또 더 많은 것들이 들어갈 자리가 있기 때문이다. 하지만 짧게만 살다 가는 몇 사람이 있고, 그들은 생애 전체가 이 한 가지 과제에 소비되었다.

숯을 굽는 사람들과 파는 사람들은 떠났다. 이제 오월, 꽃의 달이니, 시를 쓰는 자들은 꽃을 먹어볼지어다. 양털을 깎아야 하는데, 그 일을 할 줄 아는 사람은 누군가. 내가 안다, 내가 안다, 몇 사람이 소리친다. 다른 사람들은 이른바 좋은 생활로, 실제로는 집을 들락거리는 몇 주간의 나쁜 생활로 돌아간다. 그러다 마침내 밀밭을 추수할 때가 오는데, 여기는 좀 이르고, 저기는 좀 늦다. 그래, 우리는 지금 네가 필요하다, 또는 나중에 네가 필요할지도 모른다. 염소는 말뚝에 묶여 있고 더 먹을 것이 없다. 얼마 동안 없었다. 그래, 일당이 얼맙니까, 노동 시장에서 일꾼들이 묻는다. 감독들이 비무장 대대들, 낫은 집에 두고 왔고 우리 일에 망치는 쓰지 않으니까, 그들을 따라 천천히 걸어간다. 감독들은 손가락으로 조끼 호주머니를 두드리며 천천히 걸어가거나 발을 멈추다가 이윽고 말한다, 얼마든 다른 분들이 주는 만큼 줘. 이것은 아주 오래된 대화다. 군주제 시절에 하던 말인데, 공화국은 아무것도 바꾸지 못했다. 이런 것은 왕을 대통령으로 바꾼다고 바뀔 수 있는 것이 아니다. 문제는 다른 곳에, 다른 군주제에 있다. 람베르투는 다고베르투를 낳았고, 다고베르투는 알베르투를 낳았고, 알베르투는 플로리베르투를 낳았고, 그다음에 노르베르투, 베르투, 시지즈베르투가 오고, 아달베르투와 안질베르투, 질베르투, 안즈베르투, 콘트라베르투가 왔다. 이들이 모두 그렇게 비슷한 이름을 가진 것도 놀랄 일이 아니다. 그들은 그저 라티푼디움과 그 소유자를 의미할 뿐이니, 이름은 별로 중요하지 않다. 그래서 감독은 아무런 이름도 언급하지 않고 그냥 '다른 분들'이라고 말하고, 아무도 그 다른 사람들이 누구냐고 묻지 않는다. 오직 도회지 사람들만 그런 실수를 할 것이다.

그래서 누군가가, 우리가 얼마나 받게 됩니까, 하고 물을 때 감독은 그냥, 얼마든 다른 분들이 주는 만큼 줘, 하고만 말함으로써, 나는 물었는데 너는, 일하러 가보면 알게 될 거야, 하는 대답 아닌 대답을 하고 마는 제자리를 맴도는 대화는 끝이 났다. 사내는 아내에게 대체로 같은 이야기를 한다, 일하러 가봐야 어떻게 되는지 알겠지. 그러면 그녀는 생각한다, 또는 소리 내어 말한다, 아니, 어쩌면 아무 말도 하지 말아야 할 것이다, 그런 말은 상처를 주기 때문이다, 뭐, 어쨌든 일은 생겼네요. 월요일, 일꾼들은 자기 의무를 다하러 들로 나가 서로 말한다, 얼마가 될 거라고 생각해. 하지만 그들은 모른다. 저기 저 사람들은 어때. 물어봤는데, 저 사람들도 몰라. 그러다가 토요일에 그곳에 가자, 십장이 와서 말한다, 임금은 이만큼이다. 그러니까 그들은 자신의 일이 얼마나 가치가 있는지 모르는 채 일주일을 꼬박 일한 것이다. 밤이면 부인들이 물을 것이다, 이제는 알아. 남편들은 짜증을 내며 성마르게 대답할 것이다, 아니, 몰라, 그만 좀 물어. 그러면 그녀는 말할 것이다, 내가 궁금해서 묻는 게 아니야, 빵집 주인이 언제 우리가 빚을 갚을 수 있는지 알고 싶어 하기 때문이야. 그런 비참한 대화, 그것은 계속된다. 그건 얼마 안 되는데. 뭐 다른 분들이 더 많이 주면 나도 그렇게 주지. 순전한 거짓말, 우리 모두 그것을 알고 있다. 하지만 그것은 안즈베르투와 안질베르투 사이에, 플로리베르투와 노르베르투 사이에, 베르투와 라티푼디움 사이에, 이것은 모든 것과 모든 사

람을 말하는 또 다른 방식인데, 어쨌든 그들 사이에 합의된
거짓말이다.

매년, 어떤 날들이 되면, 나라는 그 아들들을 부른다. 이것은 약간 과장된 표현 방식으로, 이런저런 선언 몇 가지를 능숙하게 모방한 것이며, 국가가 곤경에 처한 시기에 사용되곤 한다. 또는 나라를 대신하여 말을 하는 사람이, 필요한 일이 생기면, 뻔한 또는 은밀한 이유로, 우리 모두 형제들로 이루어진 하나의 크고 행복한 가족이며, 아벨과 카인의 차이는 없다는 것을 보여주기 위해 하는 말이기도 하다. 나라가 그 아들들을 부른다, 나라가 부르고 또 부르는 목소리가 들리지 않는가. 너, 이제까지 아무런 가치도 없던, 심지어 네 굶주림을 채우기 위해 필요한 빵이나 네가 걸릴 수도 있는 병에 필요한 약이나, 네 무지를 끝낼 지식조차 아까웠던

너, 그런 네가 태어날 때부터 너를 기다려온 이 위대한 어머니의 아들이 되어, 시청 문에 붙은 종이에서 네 이름을 보게 된다. 그렇다고 네가 그것을 읽을 수 있다는 뜻은 아니다. 하지만 검은 벌레가 꼬였다 풀렸다 하는 줄을 가리키는 사람이 있다, 저게 너야. 너는 그 벌레가 너이고 지역 징병 사무소의 직원이 써놓은 네 이름이라는 것을 알게 된다. 너를 모르지만 오직 이 한 가지 이유 때문에 너에게 관심이 있는 한 장교가 네 이름 밑에 자기 이름을 써놓았다. 그것은 훨씬 복잡하게 얽혀 혼란스러운 벌레이고, 너는 장교의 이름이 무엇인지 파악할 수가 없으나, 어쨌든 이제부터 달아나는 것은 불가능하다. 나라가 너를 주시하고 있고, 너에게 최면을 걸고 있다. 달아나는 것은 우리 할아버지들과 '발견'에 대한 기억에 어긋나는 일이 될 것이다. 네 이름은 안토니우 마우템푸다, 네가 이 세상에 나온 이후로 나는 너를 기다려왔다, 나의 아들아, 나는, 보다시피, 헌신적인 어머니이기 때문이다, 그간 너에게 큰 관심을 기울이지 못했다 해도 너는 나를 용서해야 한다, 사실 너희의 수는 아주 많다, 그래서 모두를 늘 살피는 것은 불가능하다, 나는 너희를 책임질 내 장교들을 준비해왔다, 사람이란 장교 없이는 살아갈 수가 없는 거다, 그들이 없다면 어떻게 행군을 배우겠느냐, 하나 둘 왼쪽 오른쪽, 우향우, 정지, 또 어떻게 총을 쓰는 법을 배우겠느냐, 총개머리에 장전을 할 때는 조심해라, 이 촌놈아, 손가락이 걸리지 않게 하란 말이다, 그런데 네가 글을 읽지 못한다고 하더구나, 나는 깜짝 놀랐다, 내가 모든 전략 지역에 초등학교를 설립하지 않았느냐, 물론 중등학교는 아니지만, 네가 살아갈 삶에서 그런 건 필요 없을 것이기 때문에, 그런데도 너는 와서 나에게 읽고 쓰거나 계산을 할 줄 모른다고 말하다니, 그래, 너는 나를 심한 곤경에 빠뜨리고 있다, 안토니우 마우템푸, 너는 군대에 있는 동안 배워야 할 것이다, 나는 문맹인 아들이 내 기를 드는 것을 원치 않기 때문이다, 내가 지금 너에게 배우라고 명령하고 있는 것을 나중에 잊어버리는 건, 그건 괜찮다, 그건 내 잘못이 아닐 테니까, 멍청한 건 너니까, 시골뜨기, 촌놈, 사실을 말하자면, 내 군대에는 시골뜨기가 가득하지만, 오래가지는 않는다, 병역이 끝나면 너는 네가 늘 하던 일로 돌아갈 수 있다, 다른, 똑같이 어려운 일자리를 원한다면, 그것도 주선해 줄 수 있지만.

나라들이 진실을 말하고 있다면, 이것이 우리가 듣게 될 이야기다, 쉼표 한두 개야 들어가거나 빠질 수 있지만. 이것을 들으면 우리는 어제와 오늘의 달콤한 동화를 믿지 못하고 실망을 겪게 될 것이다. 그 동화는 때로는 갑주와 갑옷용 장갑에 싸여 있고, 때로는 견장과 정강이받이로 덮여 있기도 하다. 예를 들어, 참호에 들어가, 하늘의 어머니는 이미 죽었기 때문에 진짜 어머니를 그리워한 어린 병사에 관한 이야기를 보라. 병사는 몇 시간이고 자신을 이 세상에 데리고 온 여자의 초상을 보곤 했는데, 그러다 유탄 한 발, 또는 건너편의 노련한 저격수가 쏜 겨냥을 매우 잘한 총알이 초상을 박살 냈고, 어린 병사는 슬픔 때문에 정신을 놓고 흉벽을 기어올라가 소총을 휘두르며 적의 참호를 향해 달려갔으나, 멀리가지는 못하고, 우박 같은 총알을 맞고 쓰러졌다, 이것이 전쟁 이야기에서 하는 소리다. 방금 말한 우박 같은 총알은 독일군 병사에게서 날아오는 것이었고, 그 병사 또한 소중한 늙은 어머니의 초상을 호주머니에 넣고 있었다. 우리가 이런 정보를 덧붙인 것은 어머니와 나라에 관한 이런 이야기, 그런 이야기를 위해 누가 죽거나 죽이는 이야기를 마무리하려는 것이다.

안토니우 마우템푸는 일을 마무리하지 못한 채 몬트 라브르를 향해 떠나, 벤다스노바스에서 기차를 내렸다. 그곳에서 사흘 뒤에는 들어가야 할 부대를 밖에서 보다가 집까지 삼 리그를 걷기 시작했다. 날씨가 좋았기 때문에 편안한 속도로 꾸준히 걸었다. 왼쪽 뒤로 사격장을 등지고 가고 있다. 그곳은 불운의 장소이며, 어떤 사람들처럼, 아무 소득 없는 격변이라는 벌을 받은 곳이다. 마침내 그곳은 시야에서 완전히 사라지게 된다. 더 정확히 말하자면, 그곳이 보이지 않게 되자 그는 마음에서도 그것을 내버린다. 곧 일 년 반 동안 자유를 잃게 될 것이라고 생각하는 것만으로도 속이 뒤집히는 것을 느낀다. 그는 주제 가투 생각을 한다. 그가 병역을 이행했을지 궁금하다. 그러자 마음에서 큰 짐이 덜어지는 느낌이다. 마치 운명이 그의 앞의 텅 빈 길로 향하는 문을 열며 말하는 듯하다, 다 두고 떠나, 뭐 하러 부대에 묶여 있어, 네 담 사이에서 오도 가도 못하고 있어, 그리고 나도 나중에 다시 코르크 베고, 파고, 낫질하는 일로 돌아갈 뿐인데, 바보짓 하지 마, 주제 가투를 봐, 그게 내가 삶이라고 부르는 거야, 아무도 감히 그에게는 손을 대지 못하잖아, 게다가, 그는 자기 패거리도 있어, 그는 두목이야, 그가 하는 말은 먹혀, 너는 지금 두목이 아니지만 배울 수 있어, 젊잖아, 나쁜 출발은 아닐 거야. 유혹, 우리 모두 우리의 계급과 배경, 또 우리가 배운 것에 따라 그 수준에 맞는 유혹을 받게 된다. 그의 계획은 정직한 집안 출신의 젊은이로서는 경솔해 보일지 모른다. 물론 그의 집안에는 그의 할아버지 도밍구스 마우템푸의 삶과 죽음이 남긴 오점은 있지만, 그걸 생각하며 평생을 보낼 수는 없다. 어쨌든 이런 것과 더 나쁜 것을 한 번도 꿈꿔보지 않은 자가 먼저 돌을 던져라. 특히, 이 시점에서, 안토니우 마우템푸는 아직 주제 가투의 이야기를 전부 알지도 못한다. 그 이야기는 앞으로 나오게 될 것이며, 그가 생각할 수 있는 것은 그가 정직하게 번 돈으로 은밀하게 산 돼지고기의 맛있는 냄새뿐이다.

십오 킬로미터를 걷게 되면 자신의 인생을 생각하고 가늠해볼 시간을 충분히 얻게 된다. 어제까지 그는 그냥 아이였는데 이제 곧 징집병이 될 것이다. 그러나 지금 단호한 표정으로 길을 따라 걸어가는 이 젊은 사내는 그와 같은 시기에 징집된 훈련병 아홉 명, 어쨌든 그들 가운데 코르크를 가장 잘 자르는 사람이기도 하다. 어쩌면 그 가운데 한 명은 군대에서 만나게 될지도 모른다. 날씨는 따뜻해졌고 가방은 별로 무겁지 않지만, 자꾸 그의 몸을 밀어내며 어깨에서 벗어나려 한다. 여기서 좀 쉬어야겠다, 길에서 조금 떨어진 곳에서, 너무 멀리는 가지 말고, 하지만 사람들이 보지 못하는 곳에서, 땅은 축축할 테니까 풀밭에서, 거기서 가방을 베고 자야겠다, 몬트 라브르까지 가는 데 시간은 충분하니까. 한 늙은 부인이 내 옆에 앉는다, 나에게는 불운이고 그녀에게는 행운이다. 그 부인이 나에게서 무엇을 원하는지, 그 여자에게 무슨 힘이 있는지 모르겠다, 어쩌면 마녀일 것이다. 부인은 내 손을 잡고, 내 주먹을 펼치고 말한다, 네 손을 보니, 안토니우 마우템푸, 너는 절대 결혼을 하거나 자식을 두지 못하겠구나, 너는 먼 나라들로 긴 여행을 다섯 번 하게 될 거고 건강을 해칠 거다, 너는 네 무덤이 되는 땅뙈기 외에는 너 자신의 땅을 조금도 소유하지 못할 거다, 너도 다른 사내들과 전혀 다를 바 없다. 그 땅뙈기는 네가 다른 모든 사람과 마찬가지로 흙과 뼈 몇 개에 불과한 존재가 되고 나서야 네 게 될 것이다, 그 흙과 뼈는 어딘가에 이르게 될 것이나, 내 예언은 그렇게 멀리까지는 가지 못하는데, 어쨌든 살아 있는 동안은 너는 잘못을 하지 않을 거다, 다른 사람들은 달리 말할지 몰라도, 하지만 이제 일어나야 한다, 시간이 됐다. 하지만 자신이 꿈을 꾸고 있다는 것을 알고 있는 안토니우 마우템푸는 그 명령을 듣지 못한 척하며 계속 잤다. 그것은 잘못된 행동인 것이, 그는 우는 공주가 그의 곁에 앉아 있었다는 것, 공주가 자신의 손을 잡고 있었다는 것을 몰랐기 때문이다. 그는 아직 젊은데도, 그렇게 젊은데도 너무 무심하고 냉담하여, 공주는 한참을 기다리다가 가시금작화와 물푸레나무 위로 새틴 가운을 끌며 떠났다. 그래서 안토니우 마우템푸가 마침내 잠에서 깼을 때는 덤불과 관목이 전에 본 적이 없는 흰 꽃들로 덮여 있었다.

겉으로 보기에는 불가능하지만 엄연한 사실인 이런 사건들이 라티푼디움에서는 종종 일어난다. 하지만 안토니우 마우템푸가 거기에서부터 몬트 라브르까지 깊은 생각에 잠겼던 이유는 두 손바닥에서 물방울 두 개를 발견했는데 그것이 어디에서 왔는지 알 수가 없었기 때문이다. 게다가 그 둘은 하나로 섞이지 않고, 진주처럼 굴러다녔다. 이런 불가사의한 일도 라티푼디움에는 흔했으며, 건방진 사람들만 그것을 의심했다. 만일 집에 도착해서 어머니를 끌어안았을 때 손에서 미끄러져 하얀 날개를 퍼덕이며 문밖으로 날아가지만 않았다면 안토니우 마우템푸는 지금도 그 물방울들을 갖고 있을 거다, 우리는 그렇게 믿는다. 방금 그 새들은 뭐였니, 안토니우. 모르겠어요, 엄마.

어떤 사람은 아주 깊은 잠을 자고, 어떤 사람은 얕은 잠을 자며, 어떤 사람은 잠이 들 때 세상으로부터 떨어져 나가고, 어떤 사람은 꿈을 꾸려면 특정한 자세로 자야 한다. 우리는 주아나 카나스트라가 후자의 범주에 속한다고 말할 수 있을 것 같다. 그녀는 평화롭게 잠을 자도록 내버려두면, 아프면 그녀는 그렇게 잘 수 있는데, 그렇게 잘 경우 통증이 너무 심하지만 않으면, 그녀는 요람에 있을 때와 똑같이, 지친 거무스름한 뺨을 펼친 손바닥에 기대고 길고 깊은 잠에 푹 빠진 채 누워 있다. 어쨌든 그때 그녀를 알았던 사람이라면 그렇게 말할 것이다. 하지만 할 일이 있으면, 어떤 시간에 해야 할 일이 있으면, 정해진 시간 십오 분 전에 마치 내부의 시계에 복종하듯 갑자기 눈을 뜨고 말한다, 일어나, 시지즈문두. 자, 만일 이 이야기를 실제 그 이야기를 살았던 사람이 하는 거라면, 여러분은 벌써 비겁하게 사실과 다르게 바꾼 것이 있다는 걸 알 것이다. 어떤 것은 의도하지 않고 바꾸고, 어떤 것은 미리 생각하고 어떤 규칙에 따라 바꾼다. 주아나 카나스트라가 실제로 한 말은, 일어나, 시즈문두, 였기 때문이다. 양 당사자가 자신들이 무슨 말을 하고 있는지 알 때는 그런 사소한 잘못이 거의 중요하지 않다는 사실을 누구나 알 것이다. 자신의 이름을 어떻게 발음하고 쓸 것인가에 관해 그 나름의 의심을 품고 있는 시지즈문두 카나스트루가 담요를 걷어내고 내복을 입은 채 침대에서 벌떡 일어나 성큼성큼 걸어가 셔터를 열고 밖을 내다보았다는 것이 그 증거다. 아직 깜깜한 밤이라, 오직 아주 예리한 눈, 이것은 시지즈문두가 이제 갖고 있지 않지만, 어쨌든 그런 눈이나, 아니면 수천 년의 경험, 이것은 풍부하다, 어쨌든 그런 경험만이, 동쪽에서 생겨나고 있는 가늠하기 힘든 변화를 분별해낼 수 있을 터였다. 정반대의 경우를 예상하고 있을 때 별들이 더 밝게 빛나고 있다는 것은 어쩌면 사실일 것인데, 누가 그런 자연의 신비를 이해할 수 있겠는가. 추운 밤이고, 그것은 놀라운 일이 아니다, 십일월은 감기에 걸리기 좋은 달이니까. 하지만 하늘은 맑고 또 앞으로도 계속 맑을 것이다, 십일월은 또 맑은 하늘이 나타나기에 좋은 달이기도 하기 때문이다. 주아나 카나스트라는 일어나 불을 피우고 커피를 데우기 위해 시커메진 커피 주전자를 불에 올려놓는다. 계속 커피라고 부르지만 사실은 보리에 치커리, 아니면 구워서 간 루핀 씨앗을 섞은 것이다. 그들조차 자신이 지금 무엇을 마시고 있는지 늘 잘 아는 것은 아니기 때문이다. 그녀는 빵 통으로 가서 빵 반 덩어리와 튀긴 정어리 세 마리를 꺼낸다. 통 안에는 이렇다 할 것이 남지 않는다. 그녀는 꺼낸 것을 식탁에 놓으며 말한다, 커피 다 됐어, 와서 마셔. 이것은 하찮은 말, 삶의 작은 행동들을 최상급으로 확대하는 것을 배운 적이 없는 사람들이 상상력을 거의 보태지 못하고 한 빈곤한 말로 들릴지도 모른다. 이것을 예를 들어 로미오와 줄리엣이 그녀가 막 여자가 된 방의 발코니에서 서로 나누던 작별의 말과 비교해보라. 파란 눈의 독일인이 비록 서민이지만 줄리엣과 다름없이 처녀였던 여자, 고사리밭에서 강간을 당한 뒤 자신의 의지에 반해 여자가 된 소녀에게 한 말, 그리고 물론 그녀가 그에게 한 말과 비교해보라. 만일 이 대화가 상황이 요구하는 고양된 수준에서 이루어지고 있다면, 우리는 이것이 시지즈문두카나스트루가 처음 집을 떠나는 것이 아님에도, 이 출발에 눈에 보이는 것 이상의 의미가 있고, 그것이 우리가 이 이야기를 하는 이유임을 쉽게 알 수 있었을 것이다. 시지즈문두는 정어리 반 토막과 빵 조각을 먹었는데, 접시나 포크는 없이, 주머니칼의 날카로운 날로 정어리를 베고 빵 조각을 잘랐다. 이 얼마 안 되는 것을 배 속에 안전하게 넣고 나자, 그 위에 그 대용 커피의 위안을 주는 온기로 식사를 마무리했다. 커피와 튀긴 정어리의 존재, 또 그 둘의 평화로운 공존이 신이 존재한다는 충분한 증거가 된다고 박박 우기는 사람들이 있지만, 이것은 이른 아침 여행과는 아무런 관련이 없는 신학적 문제다. 시지즈문두는 머리에 모자를 쓰고, 장화 끈을 묶고, 낡은 양가죽 코트를 걸치며 말했다, 나중에 보자고, 누가 찾으면 어디 갔는지 모른다고 해. 그런 조언을 할 필요는 없었다, 늘 똑같았으니까. 게다가, 주아나 카나스트라는 할 말이 거의 없을 터였다. 남편이 무엇을 하려고 하는지 알기는 했지만, 죽인다 해도 누구에게도 말을 하지 않을 것이었기 때문이다. 그가 어디로 가는지는 모르기 때문에 죽인다 해도 말해줄 수가 없는 것이다. 시지즈문두는 하루 종일 나갔다가 어두워진 뒤에야 돌아올 것이다. 실제로 일에 걸리는 시간보다는 택하는 길과 가야 할 거리 때문이다, 사실 얼마나 될지는 아무도 모르지만. 여자는 말한다, 다녀와, 시즈문두. 그녀는 고집스럽게 그를 이렇게 부르지만 우리는 웃음을 터뜨리지도, 심지어 미소를 짓지도 말아야 한다. 사실 이름이 대수인가. 그가 대문을 나가 사라지고 나자 그녀는 불가의 등받이 없는 코르크 의자에 가 앉아 해가 뜰 때까지 그대로 있는데, 두 손을 마주 잡고 있지만 그녀가 기도를 하고 있다는 증거는 없었다.

몬트 라브르 반대편 끝에 사는 파우스티나 마우템푸는 이런 일에 익숙하지 않다. 처음이다. 그래서, 남편이 동이 트기 전에는 집을 나설 필요가 없다는 것을 알면서도, 밤새 잠을 이루지 못했고, 평소에 불안정한 주앙 마우템푸가 마땅히 두려워해야 함에도 아무것도 두려워하지 않는 것처럼 그렇게 평화롭게 자는 것에 놀랐다. 이것이 괴로운 영혼을 달래는 몸의 방법이다. 동이 틀 무렵, 아직 동창이 밝기 전, 주앙 마우템푸가 잠을 깬다. 이제 곧 하려는 일에 대한 기억이 그의 눈으로 갑자기 들어오는데, 너무 갑작스러운 바람에 그는 바로 눈을 감고 배 속에서 통증을 느낀다. 그러나 두려움으로 인한 통증이 아니라 고요한 존중으로 인한 통증이니, 성당이나 공동묘지에서, 또는 아이가 태어날 때 느끼는 그런 것이다. 그는 방에 홀로 있어, 집의 소리와 집 밖의 소리가 들린다. 홀로인 새의 차가운 지저귐, 딸들의 목소리, 장작이 타오르며 내는 소리. 그는 몸을 일으키는데, 전에도 말했지만 그는 작고 강단 있는 사내로 반짝거리는 유서 깊은 눈은 파랗고, 이제 마흔두 살이어서 머리숱은 줄고 남은 머리는 하얗게 변하고 있다. 그는 일어서기 전에 잠시 동작을 멈추고, 밤새 누워 있으면 늘 다시 살아나곤 하는 옆구리의 찌르는 듯한 통증에 몸을 맞춘다, 몸이 제대로 쉬었다면 반대여야 할 텐데. 그는 옷을 입고 아직 침대의 온기를 음미하고 싶다는 듯 부엌의 불로 간다. 그 모습을 보면 그가 험한 날씨에 익숙한 사람이라는 생각은 하지 못할 것이다. 그는, 잘 잤니, 하고 말하고, 딸들이 그에게 다가와 손에 입을 맞춘다. 가족이 모두 함께 있는 것을 보니 좋다. 지금은 모두 실업 상태이기 때문이다. 그래도 하루를 채울 만큼 할 일은 많다. 옷을 깁는 일이건, 아니면 그라신다의 경우처럼 최선을 다해 혼숫감을 준비하는 일이건, 결혼은 내년까지 기다려야 한다 해도. 그날 오후에는 여동생과 함께 내에 가서 세탁 일을 할 건데, 큰 집에서 나온 엄청난 양의 빨래지만, 뭐, 이십 이스쿠두라도 없는 것보다는 낫다. 귀가 어두워지고 있는 파우스티나는 남편 말을 듣지 못하지만 그를 느끼기는 했다. 그가 다가오면 땅이 지진을 일으키듯 떨렸기 때문일지도 모르고, 그의 몸만이 만들어낼 수 있는 공기의 움직임 때문일지도 모른다, 몸은 저마다 다르니까. 하긴 이 둘은 이십 년 동안이나 함께 살아왔으니, 눈이 멀지 않았다면 실수를 할 리 없는데, 그녀는 시력에는 아무런 문제가 없다. 나빠지는 것은 그녀의 청력이다. 그러나 그녀가 보기에는, 이것이 그녀가 평소에 대는 핑계지만, 요즘에는 사람들이 마치 일부러 그러듯이 말을 빠르게 지껄여댄다. 이렇게 말하면 아주 늙은 사람들만 하는 불평을 듣는 것 같겠지만, 이들은 그저 때 이르게 지친 사람들일 뿐이다. 주앙 마우템푸는 오늘 하루에 대비해 잔뜩 먹어둔다. 시지즈문두 카나스트루의 커피와 다를 것 없이 역겨운 커피를 마시고, 다양한 밀가루로 만든 빵을 먹으며, 밀가루에 밀의 정확히 어느 부분을 사용하는 걸까, 궁금해하면서. 달걀 양쪽에 구멍을 뚫어 날달걀을 삼키는데, 이것은 손에 넣을 수만 있으면 인생의 큰 기쁨의 하나가 된다. 배가 당기는 느낌은 사라졌다. 이제 해가 떴기 때문에 그는 갑자기 서둔다. 이따 봐, 그가 말한다, 누가 찾으면 어디 갔는지 모른다고 해. 이것은 미리 짜놓은 표현이 아니다. 그냥 자연스럽게 나오는 말일 뿐이니, 다른 이유를 찾을 필요는 없다. 그라신다 마우템푸도 아멜리아도 아버지가 어디 가는지 모른다. 어머니에게 아버지가 언제 나갔느냐고 묻지만 어머니는 자신의 귀 상태를 한껏 활용하여 못 들은 척한다. 소녀들을 비난하지는 말아야 할 것이, 그들은 어리고 호기심이 많다. 물론 무책임하지는 않다. 그렇다고 말하면 그라신다 마우템푸는 틀림없이 불쾌할 것인데, 그녀는 마누엘 이스파다와 그의 친구들이 아주 어렸을 때 세운 공적을 다 알고 있고, 마누엘 이스파다는 몬트 라브르에 알려진 첫 번째 파업꾼이기 때문이다.

모임은 테하 프리아에서 열린다. 장소에는 틀림없이 어떤 이해할 만한 이유 때문에 이름이 붙지만, 겨울에 추운 만큼이나 여름에 더운 라티푼디움에서 이 장소를 왜 테하 프리아, 즉 '추운 땅'이라고 부르는지 알아내기 위해서는 그 기원까지 거슬러 올라가보아야 할 것인데, 게으른 사람들이 말하는 대로 그것은 시간의 안개 속에 사라져버렸다. 시지즈문두 카나스트루와 주앙 마우템푸는 테하 프리아에 도착하기 전에 아탈라이아 언덕에서 만날 것이다. 물론 꼭대기에서 만나는 것은 아닌데, 지나치게 눈에 띄는 것은 당연히 원치 않을 것이기 때문이다, 물론 이 특정한 지역에서 이 특정한 때에 라티푼디움이 에보라의 주요 광장만큼 붐빈다고 할 수는 없지만. 그들은 언덕 기슭의 빽빽한 숲에서 만날 것이다. 시지

즈문두 카나스트루는 이 장소를 잘 알고 있고, 주앙 마우템
푸는 그만큼 잘 알지는 못하지만, 모든 길은 로마로 통한다.
그들은 그곳에서 테하 프리아까지 함께 갈 것이다, 하느님은
한 번도 걸어본 적이 없고 악마는 어쩔 수 없을 때만 걷는
길을 따라서.

　하늘의 원형 발코니에는 아무도 없다. 그곳은 라티푼디
움에서 의미 있는 활동이 벌어질 때마다 지평선 위 천사들
이 구경을 하는 곳이다. 이것은 하늘의 군대의 크고 치명적
인 잘못인데, 그들은 모든 것을 십자군에 견주어 재본다. 그
들은 이 아주 작은 점들 같은 작은 순찰대, 과감한 돌격대는
무시한다. 그러나 이들은 이 사명에 자원한 사람들로, 여기
에 두 명이 있고, 더 떨어진 곳에 또 있고, 위쪽 앞에 또 있
고, 아직 멀리서 뒤처져 오고 있는 이도 또 있다. 모두, 겉으
로는 전혀 그렇게 보이지 않지만, 한 장소, 하늘에서는 이름
이 없지만 여기 아래 이 지상에서는 테하 프리아라고 부르는
곳으로 수렴하고 있다. 아마 저 위, 평화로운 최고천(最高天)
에서는 이 인간들이 그저 일을 하러 가는 것이라고 생각할
것이다, 일거리는 하나도 없고, 이따금씩 아가메드스 신부
가 보내는 메시지 덕분에 심지어 하늘에서도 그 사실을 알
고 있는데도. 하지만 이 모임이 일과 관련된 것은 맞다. 다만
종류가 다른 일이다. 워낙 책임이 큰 일이라 주앙 마우템푸
는 시지즈문두 카나스트루를 만나 함께 첫 몇 걸음을 떼어
놓을 때, 또는 그가 마침내 수줍음을 용케 극복했을 때 물

을 것이다, 그들이 나를 받아줄 거라고 생각해. 시지즈문두 카나스트루는 나이도 경험도 더 많은 사람답게 자신감을 드러내며 대답할 것이다, 너는 이미 받아들여졌어, 너한테 의심이 있었다면 오늘 나와 함께 가고 있지도 않을 거야.

한 사람은 자전거를 타고 왔다. 그는 자전거를 덤불에, 쉽게 알아볼 수 있는 곳에 감출 것이다. 나중에 방향 감각을 잃어 찾지 못할 경우에 대비한 것이다. 물론 번호판 같은 것은 걱정할 필요가 없다. 만일 그가 차를 타고 있다면 군경찰들이 순전히 고약한 심보 때문에, 아니면 갑자기 의심에 사로잡혀 차를 세울지도 모른다. 어디 가는 거냐, 어디서 왔냐, 면허증을 보여달라. 그러면 좋지 않을 것이다. 이 사람은 이름이 실바다. 하지만 동시에 마누엘 디아스 다 코스타이기도 하다. 그가 테하 프리아로 만나러 가는 사람들에게는 실바, 군경찰들에게는 마누엘 디아스 다 코스타, 등기소에서는 다른 이름이고, 여기에서 멀리 떨어진 곳에서 그에게 세례를 준 아가메드스 신부에게는 또 다른 이름으로 알려져 있다. 이름이 없으면 우리가 누구인지 알 수 없을 거라고 말하는 사람들이 있고, 이 또한 견지할 만한 입장이자 철학적 태도이기는 하지만, 어쨌거나 이제 군경찰이 이따금씩 나타나는, 또는 며칠씩 계속 나타나지 않기도 하는 도로, 그러니까 나타날지 안 나타날지 모르는, 여러분 추측이나 우리 추측이나 다를 것이 없는 도로, 어쨌거나 그런 도로를 벗어났기 때문에 질퍽하고 좁은 달구지 길을 따라 페달을 밟고 있는 이 사람 실바 또는 마누엘 디아스 다 코스타, 자전거를 타고 있는 이 사람은 자신의 영혼과 완전한 평화를 누리고 있으며, 정체성이라는 이 미묘한 문제에 전혀 영향을 받지 않는다. 물론, 그것이 완전한 진실은 아닌 것이, 그는 사실 자신의 이름이 적혀 있는 서류보다는 자신이라는 사람에 대한 믿음이 훨씬 크기는 하다. 그는 생각이 깊은 사람이기 때문에, 군경찰이 실제로 눈으로 볼 수 있는 것, 한 사람과 그의 자전거보다 접었다 펼쳤다 반복하는 바람에 얇게 닳아버린, 도장을 찍은 종잇조각을 더 믿는 것이 무척이나 이상한 일이라고 생각한다, 좋아, 가라. 하지만 사내는 페달에 발을 얹고 그것을 아래로 밟으면서 가까운 장래에는 이 길로는 다시 오지 않는 게 좋겠다고 생각한다. 처음 여기 와보는 것인데, 아무도 그에게 정지하라고 명령하지 않았으니 운이 좋았다.

일부는 기차로 와서, 세틸 노선의 상토르카투에서 내리거나 벤다스노바스에서, 심지어 모임이 테하 다 토흐에서 열린다면 몬테모르에서, 만일 테하 프리아에서 만난다면 더 가까운 역들에서 내린다. 상제랄두에서 오는 사람이라면 잠깐 올라탔다 내리면 되지만, 오늘 비슷한 일로 상제랄두를 떠나는 사람이라면 훨씬 멀리까지 가게 될 것이다. 하지만 이것은 그냥 우연이 아니라, 매우 합리적인 규칙을 따르는 것이 틀림없다. 이제 오전 중반이고, 자전거는 보이지 않고, 기차는 어딘가 멀리 있어 기적을 울리는 소리만 들리고, 테하 프리아 위에는 붉은 솔개가 떠 있다. 보기에도 멋지지만, 먼저 보고 그다음에 그 울음을 들으면 더 멋지다. 그 가는 피리 소리 같은 외침은 아무도 도저히 말로는 옮겨놓을 수 없는데, 그래도 일단 들으면 즉시 그게 무슨 소리 같은지 말하고 싶어진다, 말할 수가 없지만. 노래하는 새는 많고 많지만, 붉은 솔개의 그 외침은 다르다. 매우 사나워서 전율이 등뼈를 훑고 내려간다. 그 외침을 자주 듣다 보니 몸에 날개가 돋았다는 말을 들어도 나는 놀라지 않을 것이다, 뭐, 더 이상한 일들도 일어나니까. 붉은 솔개는 높은 곳에 떠서 고개를 약간 숙이는데, 아주 작은 동작이다. 솔개는 더 잘 보려고 조금이라도 더 가까이 다가올 필요가 없으니, 근시와 난시(astigmatism)로 고생하는 것은 우리이지 솔개가 아니다. 그런데 난시라는 말은 라티푼디움에서는 조심해서 사용해야 하는 것이, 혹시 천사들이 그 말을 성흔 발현(聖痕發現, stigmatism)으로 착각해서 아시시의 프란체스코를 볼 것이라고 기대하고 발코니로 달려왔다가, 외쳐 부르는 붉은 솔개와 테하 프리아로 다가가는, 일부는 좀 가까이 왔고 일부는 아직 먼 다섯 사람만 보게 될 수도 있다. 오직 붉은 솔개만 높은 곳에서 그들을 보고 있지만, 한 번도 고자질을 한 적이 없다.

처음 도착한 것은 시지즈문두 카나스트루와 주앙 마우템푸였는데, 그들 가운데 한 사람이 신참이었으므로 일찍 오려고 일부러 노력을 했다. 몸이 너무 차가워지는 것을 피하려고 해를 받으며 앉아 기다리는 동안 시지즈문두 카나스트루가 말했다. 모자를 벗으면 늘 춤을 위로 가게 해서 땅에 놔. 왜, 주앙 마우템푸가 물었다. 시지즈문두 카나스트루가 대답했다, 네 이름을 드러내지 않으려는 거지, 우리는 서로 이름을 알면 안 되니까. 하지만 나는 형 이름을 아는데. 그래, 하지만 말하지는 마, 다른 동무들도 그렇게 할 거야, 그냥 혹시 누가 체포당할 경우를 대비하는 거야, 우리가 서로 이름을 알지 못하면 우리는 안전해. 그들은 다른 이야기도 했다, 그냥 이야기를 이어가기 위해서. 하지만 주앙 마우템푸는 여전히 그들이 얼마나 조심해야 하는지 생각하고 있었다. 자전거를 탄 사내가 도착했을 때 주앙 마우템푸는 바로 진짜 이름을 절대 알 수 없을 사람이 왔다는 것을 깨달았는데, 아마 시지즈문두 카나스트루가 그를 무척 존경하는 태도로 대했기 때문이었을 것이다. 그러면서도 시지즈문두 카나스트루는 그를 투(tú)*라고 불렀다. 하지만 거기에는 아마 그가 담을 수 있는 존경이 다 담겨 있었을 것이다. 여기는 우리의 새로운 동무야, 시지즈문두 카나스트루가 말했고, 자전거를 가져온 사내는 손을 내밀었다. 농업 노동자의 크고 투박한 손은 아니었지만, 그럼에도 강하고 단단하게 주앙 마우템푸의 손을 쥐었다. 동무. 그 말은 새로운 것이 아니라, 그저 함께 일하는 동료일 뿐이다. 하지만 그것은 투라고 말하는 것과 같다. 그것은 똑같으면서도 동시에 완전히 달랐기 때문에

* 너라는 뜻으로, 가장 친한 사이에 쓰는 호칭.

주앙 마우템푸는 무릎이 꺾이고 목이 팽팽해지는데, 마흔을 넘긴 사내, 인생의 많은 것을 본 사내에게는 이상한 일이다. 세 사내는 이야기를 나누며 다른 사람들이 도착하기를 기다린다. 삼십 분을 기다리고, 그래도 오지 않으면 그냥 시작해야지. 어느 시점에 주앙 마우템푸는 모자를 벗고, 그것을 땅에 내려놓기 전에, 시지즈문두 카나스트루가 권한 대로 춤이 위로 가도록 놓기 전에, 얼른 안을 보았고, 띠에 적힌 자신의 이름, 모자 만드는 사람의 훌륭한 글씨로 적힌 이름을 보았다. 당시에 지방에서는 그렇게 적는 것이 관습이었다. 반면 도회지 사람들은 이미 익명성을 선호하고 있었다. 자전거를 가져온 사내, 우리는 그것을 알고 있지만, 주앙 마우템푸는 그가 내내 걸어왔다고 생각하는데, 그 사내는 베레모를 쓰고 있고, 그 안에는 그의 이름이 적혀 있을 수도 있고 그렇지 않을 수도 있다. 적혀 있다면, 뭐라고 적혀 있을까. 사실, 베레모는 시장에서 살 수 있고, 자신의 기술에 자부심이 없고 낙화(烙畫)나 금박을 할 연장이 없는, 고객이 베레모를 잃어버리건 찾건 관심이 없는 싸구려 재단사에게서도 살 수 있지 않은가.

　다른 두 사내는 몇 분 상간으로 도착했다. 주앙 마우템푸 말고는 모두 전에 서로 만난 적이 있었다. 주앙 마우템푸는 말하자면 제일 증거물로 그곳에 있었으며, 다른 사람들은 그의 얼굴을 기억하려고 그를 오랫동안 열심히 바라보았다. 하지만 기억하기는 쉬웠는데, 그 파란 눈은 당연히 잊지 못할 것이었기 때문이다. 자전거를 가져온 사내는 앞으로는 시간을 지킬 것을 엄숙하고 단순하게 요청했지만, 그도 그런 긴 거리를 오는 데 정확히 얼마나 걸릴지 계산하기 어렵다는 점은 인정했다. 나 자신은 이 두 동무 뒤에 도착했는데, 사실은 이곳에 제일 먼저 왔어야 했다. 그다음에 돈이 건네졌으나, 동전 몇 개에 불과했다. 각 사내는 작은 소책자 꾸러미를 받았고, 만일 이름이 허락되었다면, 또는 붉은 솔개가 엿듣고 옮겨주었다면, 또는 모자들이 서로의 모자 띠에 적힌 이름을 몰래 살펴보았다면, 우리는 이런 말을 들었을 것이다, 이건 네 거다, 시지즈문두 카나스트루, 이건 네 거다, 프란시스쿠 페팅가, 이건 네 거다, 주앙 두스산투스, 이번에 네 것은 없다, 주앙 마우템푸, 너는 그냥 시지즈문두 카나스트루를 도와라, 그리고 지금까지 무슨 일이 있었는지 이야기해보아라. 그가 그런 요청을 한 사람은 프란시스쿠 페팅가였으며, 그는 대답했다, 농장주들이 노동자 협회*의 명령에 따라 우리를 떠맡아야 할 때 돈을 덜 주는 새로운 방법을 찾아냈어, 토요일에 우리를 모두, 한 사람도 빠짐없이 해산시키면서 말하는 거야, 월요일에 노동자 협회에 가서 내가 똑같은 노동자들을 다시 원한다고 말했다고 전해라, 그게 농장주가 하는 말이야, 그 결과 우리는 노동자 협회에 가느라 월요

---

* Casa do povo. 농업 노동자들의 권리와 복지를 보호하기 위해 1933년에 설립되었다. −역주

일은 완전히 허비하고, 농장주는 화요일부터 돈을 주기만 하면 되는 거야, 이걸 어떻게 하면 좋을까. 그러자 주앙 두스산투스가 말했다, 내가 사는 곳에서는 노동자 협회가 농장주들과 한패가 되었어, 설사 그렇지 않다 해도 그들은 평소와는 다르게 행동해, 일을 하라고 우리를 쫓아 보내는 거야, 우리는 보내는 곳으로 가, 하지만 농장주들은 우리를 받아주지 않아, 그래서 우리는 다시 노동자 협회로 돌아가, 하지만 그쪽에서도 우리를 받아주지 않고 떠나라고 해, 지금 상황이 그래, 농장주들은 우리 노동을 받아주지 않고, 노동자 협회도 받아들이게 할 힘이 없거나 우리의 희생을 대가로 재미만 보고 있어, 이걸 어떻게 하면 좋을까. 시지즈문두 카나스트루가 말했다, 일자리를 얻는 노동자들도 새벽부터 해 질 때까지 일해서 십육 이스쿠두를 벌고 있어, 많은 수는 아무런 일도 얻지 못해, 우리 모두가 굶주리고 있어, 십육 이스쿠두로는 아무것도 사지 못하기 때문이야, 농장주들은 그냥 우리를 가지고 놀고 있어, 우리가 할 일이 있지만 그냥 땅이 황폐해지도록 내버려둔 채 손도 대지 않고 있어, 우리가 그 땅을 차지해야 돼, 죽으면 죽는 거지 뭐, 그게 자살 행위라고 말할 거라는 걸 알지만, 지금 벌어지고 있는 일도 자살이기는 마찬가지야, 여기에 저녁이라고 부를 만한 걸 먹어봤다고 자랑할 수 있는 사람은 한 명도 없을 거라고 장담해, 그냥 낙담만 하고 있다고 해결될 문제가 아니야, 우리는 뭔가 해야 돼. 다른 사람들도 고개를 끄덕여 동의를 표시했다. 그들은 배 속이 뜯겨나가는 듯하다는 느낌을 받고 있었다. 이제 정오가 지났다. 어쩌면 가져온 얼마 안 되는 빵이나 이것저것 긁어온 것을 먹을 수도 있겠다는 생각이 들었으나, 동시에 그렇게 적게 가져온 것이 창피하기도 했다, 모두 그런 결핍에는 익숙했음에도. 자전거를 가져온 사내는 다 해진 옷을 입고 있기 때문에 호주머니에 감춘 점심이 없다는 것은 환한 대낮만큼이나 뻔한 일이다. 하지만 우리가 알고 있고 다른 사람들은 모르는 일은, 개미들이 그의 자전거를 마음대로 오르내릴 수 있지만, 그들도 어차피 빵 부스러기 하나 찾아내지 못할 거라는 점이다. 자전거를 가져온 사내는 주앙 마우템푸를 보며 묻는다, 그쪽은 어때, 보탤 게 있어. 이 예상치 못한 질문에 신참은 놀랐다, 모르겠어, 할 말이 없어. 그러고 나서 더 말을 하지 않았지만, 다른 사내들은 말없이 그를 보고 있었다. 주앙 마우템푸는 상황이 이렇게 계속되도록 놓아둘 수가 없었다, 떡갈나무 아래 다섯 사내가 엄숙한 얼굴로 앉아 있다니. 그래서 달리 할 말이 없었음에도 덧붙였다, 일이 있을 때는 밤낮 진이 빠지도록 일을 하지만, 그래도 우리는 굶어, 나는 그들이 경작하라고 준 땅뙈기 몇 조각을 유지하고 있고, 밤늦게까지 일을 하지만, 지금 돈 받는 일은 할 수가 없어, 일부가 다 갖고 있고 다른 사람들은 아무것도 가지지 못하는 한 정의는 있을 수 없어, 사실 내가 하고 싶은 말은 여러분이 나를 믿어도 좋다는 거야, 동무들, 그뿐이야.

각 사람이 자기주장을 내놓았다. 그들은 앉은 채 꼼짝도 하지 않아 멀리서 보면 마치 조각상 같다. 이제 그들은 자전거를 가져온 사내가 할 말과 이미 하고 있는 말을 들으려고 기다리고 있다. 처음과 마찬가지로 그는 먼저 모인 사람들 전체에게 이야기를 하고, 그런 다음 프란시스쿠 페팅가, 그다음 주앙 두스산투스, 시지즈문두 카나스트루에게는 더 짧게, 그리고 주앙 마우템푸에게는 길게 이야기한다. 마치 돌들을 모아 포장도로나 다리를 만드는 것 같다. 다리가 더 비슷하다, 그 위로 오랜 세월, 발걸음, 무거운 짐들이 지나가고, 그 밑에는 심연이 놓여 있을 테니까. 여기서 보니 마치 무언극을 구경하는 것 같다, 몸짓들만 보인다. 하지만 몸짓만으로 충분한 경우는 거의 없다, 모든 것은 단어와 거기 놓이는 강세에, 그리고 시선에 달려 있으니까. 그렇지만 여기에서는 주앙 마우템푸의 강렬한 파란 눈도 분간할 수가 없다. 우리에게는 붉은 솔개의 예리한 시력이 없다. 솔개는 여전히 크게 원을 그리며 떡갈나무 위를 떠돌다 이따금씩 기류가 느슨해질 때마다 내려오고, 그러다 천천히 께느른하게 날개를 퍼덕여 다시 올라간다. 가까운 것과 먼 것, 이것과 저것, 라티푼디움의 지나친 행동과 딱 맞는 양의 인내를 눈으로 보려는 것이다.

　모임은 끝났다. 제일 먼저 떠난 사람은 자전거를 가져온 사내다. 그다음에는 한 번에 여럿이 움직여, 마치 폭발하는 태양처럼, 여러 사내가 각자 갈 방향으로 출발한다. 처음에는 여전히 서로가 시야에 있고, 그들도 고개를 돌려 보면 그 것을 알겠지만, 고개를 돌리지는 않는다. 그 또한 규칙 가운 데 하나다. 이윽고 그들의 모습은 숨겨진다, 그들이 숨는 것 은 아니지만, 내리막길에 감추어지거나 언덕 뒤의 먼 곳으로 사라진다, 또는 그냥 먼 곳과 강렬한 추위 속으로 사라진다. 이제 그들은 추위를 의식하고, 그것 때문에 눈을 가늘게 뜬 다. 발 딛는 곳도 잘 살펴야 한다, 그냥 아무렇게나 어슬렁어 슬렁 걸어갈 수는 없는 것이다. 붉은 솔개는 큰 외침을 내뱉 고, 그 소리가 천상의 돔 전체에 울려 퍼지다 북쪽으로 옮겨 간다. 그 소리에 놀란 천사들이 서로 밀치며 서둘러 창문으 로 달려오지만 그곳에는 이미 아무도 없다.

남자들은 자라고, 여자들은 자라고, 그들 안의 모든 것은 자란다, 몸과 그들의 요구들이 차지하는 영역도. 위는 우리의 굶주림에 비례하여 자라고, 섹스는 우리 욕망에 비례하여 자란다. 그라신다 마우템푸의 젖가슴은 두 개의 넘실거리는 파도다. 하지만 그것은 그저 흔해빠진 서정적인 허튼소리, 연가에나 나올 말이다. 그녀의 팔의 힘과 그의 팔의 힘, 여기서 그라는 것은 마누엘 이스파다인데, 삼 년이 흘렀음에도 감정의 변덕은커녕, 오히려 아주 꾸준했기 때문이다. 어쨌든, 그들의 팔의 힘은, 남성이건 여성이건, 라티푼디움이 번갈아가며 요구하기도 하고 거부하기도 한다. 결국 사내와 여자 사이에는 그렇게 큰 차이도 없다, 그들이 받는 임금 말고는. 어머니, 결혼하고 싶어요, 그라신다 마우템푸가 말했다, 내 혼수 여기 있어요, 별 볼 일은 없지만, 하지만 마누엘 이스파다와 제가 그의 것이기도 하고 제 것이기도 한 침대에 함께 눕고자 한다면 이거면 될 거예요, 그리고 그 침대에서 우리는 남편과 아내가 될 수 있어요, 그가 나에게 들어오고 내가 그의 안에 있을 거예요, 마치 우리가 늘 함께였던 것처럼, 제가 태어나기 전에 있었던 일에 관해서는 별로 알지 못하지만, 제 피는 아미에이루의 우물에서 우리 아버지처럼 눈이 파란 사내에게 겁탈을 당한 소녀를 기억하고 있기 때문이에요, 그래서 저는 알아요, 어떻게 아는지는 모르겠지만, 제 자궁에서 같은 눈을 가진 아들이나 딸이 나올 거라는 걸.

만일 그라신다 마우템푸가 정말로 이런 말을 했다면 라티푼디움에서는 혁명이 일어났을 것이다. 하지만 우리의 의무는 그녀가 진짜로 한 말이 무슨 의미였는지, 무슨 의미인지 또는 무슨 의미일지 이해하는 것이다. 우리가 매일 하는 얼마 안 되는 말이라도 그것을 표현하는 것이 얼마나 힘든지 알기 때문이다. 때로는 어느 의미에 어느 말이 가장 적당한지, 또는 우리가 아는 두 단어 가운데 어느 것이 더 정확한지 모르기 때문이다. 어떤 말도 적당해 보이지 않는 경우가 많기 때문이다. 그럴 때면 우리는 몸짓이 설명해주기를, 눈길이 확인해주고 단순한 소리가 고백해주기를 바란다. 어머니, 그라신다 마우템푸가 말했다, 제가 가진 적은 것이면 우리가 가정을 만들기에 충분해요. 또는 이렇게 말했을 것이다, 어머니, 마누엘 이스파다는 이제 우리가 결혼할 때래요. 아니면 이런 이야기는 하지 않고 외로운 붉은 솔개의 커다란 외침을 내질렀을 것이다, 어머니, 지금 결혼하지 않으면 저는 우물가의 고사리밭에 누워 마누엘 이스파다가 다가와 내 몸으로 들어오기를 기다릴 거예요, 그런 다음에 치마를 들어올리고 내에서 몸을 씻을 거예요, 내 피는 어떤 미지의 장소로 흘러갈 거예요, 하지만 적어도 내가 누구인지는 알게 되겠죠. 어쩌면 그런 것도 아니었을지 모른다. 어쩌면 어느 날 밤, 파우스티나가 주앙 마우템푸에게 말을 하여, 어떤 나무의 파인 곳에 팸플릿을 몇 개 감추어둘까 생각하던 그를 방해했을지도 모른다, 이제 저 아이는 결혼해야 해, 얼마 안 되지만 아이가 혼수를 준비했어. 그러면 주앙 마우템푸는 대답했을 것이다, 수수하게 치러야 해, 정말로 특별한 행사가 되게 해주고 싶지만 그건 불가능해, 안토니우는 지금 병역을 치르고 있으니 도와줄 수 없을 거야, 그라신다 마우템푸한테 서류 문제를 정리하라고 해, 우리는 우리가 할 수 있는 일을 해야지. 평소와 마찬가지로 최종 결정을 내리는 것은 여전히 부모다.

그들에게는 집, 그들의 호주머니에 어울리는 집이 있다. 호주머니가 작기 때문에 집도 작고, 물론 세든 집이다. 혹시 그라신다 마우템푸와 마누엘 이스파다가 이제 곧 자랑스럽게, 이게 우리 집이다, 하고 선언할 것이라고 생각할지 모르지만, 아니, 그들은 그 사실을 숨기려 하며 이렇게 말한다, 나는 저

325

기 어디쯤 살아, 마치 술래잡기나 골무 찾기를 하는 것처럼. 다만 이건 학교나 도시에서 하는 놀이이며, 그저 아무도 자신이 정확히 어디에 사는지 알지 못하게 하려는 시도일 뿐이다, 그냥 벽들과 문만 있을 뿐이고, 위와 아래에 방 하나씩밖에 없고, 부서질 것 같은 사다리는 올라가면 흔들거리고, 밖에 나오면 난로에는 불이 없는 집에서 살 때. 우리는 몬트 라브르의 이 언덕 비탈에 살 것이다, 이 작은 마당에서. 배추를 심고 싶어도 괭이를 휘두를 공간도 없다. 그래도 해는 하루 종일 든다. 물론 그런 수고를 할 가치가 있는지는 잘 모르겠지만, 배추를 먹고 살이 찔 수는 없는 노릇이니까. 우리는 아래층에서, 부엌에서 잘 것이다. 다만 우리가 들어가 자면 거기는 부엌이 아닐 것이다, 우리가 위에 올라가 돌아다닐 때면 그곳이 침실이 아니듯이. 그럼 그곳을 뭐라고 불러야 할까, 조리를 할 때는 부엌, 그라신다 마우템푸가 깁는 일을 할 때면 바느질 방, 내가 두 손을 무릎에 얹고 앉아서 건너편 언덕들을 바라볼 때는 응접실. 마치 그들이 그저 말장난을 하는 것처럼 보이겠지만, 그저 서로 자극하는 것일 뿐이다, 둘은 어서 말을 하고 싶은 마음에 서로의 말에 엎어지고 있다.

이렇게 너무 앞서 나가 이야기를 하다 보면 곧 아이들과 그 아이들이 일으키는 문제 이야기를 하게 될 것이다. 하지만 오늘은 휴일이고, 마누엘 이스파다가 그라신다 마우템푸와 결혼하는 날이고, 오랫동안 몬트 라브르에는 이런 결혼이 없었다, 그러니까 신랑과 신부가 이렇게 나이 차가 나는 결혼은 없었다는 것이다. 그는 스물일곱이고 그녀는 스물이다. 하지만 그들은 멋진 짝을 이룬다. 그의 키가 더 큰데, 이것은 그래야 마땅하다, 그렇다고 그녀가 작은 것은 아니지만. 그 점에서 그녀는 아버지를 닮지 않았다. 이제 그들의 모습이 보이는데, 그녀는 종아리까지 내려오는 분홍색 드레스를 입었다. 옷깃이 높고 소매가 길며, 소맷부리에는 단추를 채웠다. 날이 덥지만, 그녀는 의식하지 못한다, 그녀로서는 지금이 겨울이라 해도 좋다. 그는 거무스름한 재킷을 입었는데, 양복의 재킷이라기보다는 사분의 삼 길이의 코트에 가깝다. 약간 끼는 바지에 아무리 광택을 내려 해도 반짝거리지 않을 구두 차림이고, 하얀 셔츠에 귀찮아서 아무도 가지치기를 하지 않은 나무들 우듬지처럼 판독 불가능한 나뭇가지 문양이 있는 타이를 맸다. 하지만 오해는 말도록 하자, 나무는 그저 비유일 뿐이지, 그 이상은 아니다. 타이는 새것이고, 아마 다시 맬 일은 없을 것이다, 다른 결혼식에 혹시 초대받지 않는 한. 큰 결혼식은 아니지만 친구와 지인들이 많이 모였으며, 단것을 노린 아이들도 꾀어들었고, 문간의 노부인들은 아무도 무슨 이야기인지 모를 이야기를 하고 있다. 노부인들이 무슨 이야기를 하는지는, 축복을 하는 것인지 책망을 하는 것인지는 아무도 알지 못한다. 가엾은 사람들, 그들의 인생이 무슨 의미가 있겠는가.

결혼식은 미사 뒤에 열리고, 그것이 관례다. 사람들은 평소보다 조금 명랑하다. 다행히도 지금은 일이 많고, 게다가 날씨가 좋기 때문이다. 신부가 예뻐 보이네, 응. 사내아이들은 감히 결혼을 두고 농담도 많이 하지 못한다. 사실 마누엘 이스파다는 나이가 많아, 거의 서른으로, 우리와는 다른 세대이기 때문이다. 물론 그것은 약간 과장인 것이, 그는 겨우 스물일곱 살이기 때문이다. 하지만 흥미로운 상황인 건 분명하다. 결혼한 사내들도 그를 놀리는 것을 삼가고 있다. 신랑은 어리다고는 할 수 없고, 늘 아주 진지한 표정이기 때문이다. 어렸을 때도 그랬다. 아무도 그가 무슨 생각을 하는지 알수가 없다. 그 점에서는 작년에 죽은 그의 어머니와 똑같다. 하지만 그들은 완전히 잘못 알고 있다. 마누엘 이스파다가 사람들이 말하곤 하는 대로 얼굴이나 표정이 엄숙하기는 하지만, 그는 설사 원한다 해도 자신이 정확히 뭘 느끼고 있는지 잘 설명하지 못할 것이다. 그것은 마치 저 위쪽 폰트 카바에서 물이 바위 위를 쏜살같이 흐르며 노래를 부르는 것과 마찬가지다. 그곳은 황량한 곳으로 밤이면 약간 무섭기도 하지만, 새벽이 오면 두려워할 이유가 아무것도 없었다는 것을 알게 된다. 그저 물이 바위들 사이에서 노래를 하는 것일 뿐이었으니까.

사람들은 생긴 모습 때문에 엄청나게 부당한 일을 당하기도 하는데, 마누엘 이스파다의 어머니가 바로 그런 경우였다. 그녀는 화강암으로 만든 여자처럼 보였지만, 밤에 침대에서는 달콤하게 녹았으며, 아마 그래서 마누엘 이스파다의 아버지는 지금 느릿느릿 울고 있을 것이다. 어떤 사람들은 말한다, 저건 기쁨의 눈물일 게 틀림없어. 오직 본인만이 그렇지 않다는 것을 안다. 어디 보자, 여기 얼마나 많은 사람들이 있는가, 스물인가, 그들 각각에게서 이야기가 하나씩은 나올 것이다. 여러분은 상상하지 못할 것이다, 살아온 수많은 세월은 정말 많은 시간이며, 그 시간에는 많은 일이 일어날 수 있다. 우리 모두가 우리 인생 이야기를 쓴다면, 그것을 모은 도서관이 얼마나 커질지 생각해보라. 그 책들은 달에 보관해야 할 것이다. 그래서 아무개가 누구이고 누구였는지 알고 싶으면, 달이 아니라 인생을 발견하기 위해 우주를 가로질러 여행해야 할 것이다. 이렇게 말하고 나니, 최소한 토마스 이스파다와 플로르 마르티냐의 인생과 사랑만큼은 되돌아보며 자세하게 전해주고 싶은 마음이 든다, 사건들에, 또 그들의 아들과 그라신다 마우템푸의 새로운 인생과 사랑에 쫓기지만 않는다면 말이다. 그들은 지금 성당에 들어갔고, 흥분한 아이들 무리에 둘러싸여 있다. 관심 가질 거 없다, 애들은 애들이니까. 반면 나이 든 사람들, 의식과 설교에 익숙한 사람들은 차분하고 약간 어색한 모습으로 들어간다. 더 날씬했던 시절에 입던 오래된 옷을 입고 있다. 이렇게 성당에 들어와 여기 있는 것, 이 얼굴들, 이목구비 하나하나, 각각의 주름만으로도 몬트 라브르 둘레에서 바다처럼 찰싹거리는 라티푼디움만큼이나 방대한 장(章)들을 쓸 수 있을 것이다.

아가메드스 신부가 제단에 있다, 오늘은 그의 머릿속에 뭐가 있을지 나는 알지 못한다, 그가 일어났을 때 어떤 순풍이 그를 맞이했는지. 아마 성령이었을 것이다, 그렇다고 아가메드스 신부가 성삼위 가운데 제삼위와 가까운 관계를 자랑하는 사람이라는 이야기는 아니지만. 그 자신은 이런 신학적 공식의 단순성을 의심한다. 그러나 무슨 이유에서인지, 늙은 악마 같은 이 사제는 지금 기분이 좋다, 아주 차분하다. 하지만 눈은 빛나고 있는데, 자신의 탐욕에 가까운 식욕을 충족시킬 것을 고대하고 있기 때문일 리는 없다. 이 결혼 잔치에 음식은 풍부하지 않을 것이기 때문이다. 어쩌면 그저 이 결혼을 축복하는 기쁨 때문인지도 모른다, 아가메드스 신부는 아주 인간적인 사제니까, 우리가 이 이야기 전체를 통해 보았듯이. 지금 이 순간에는 노동자들에 대한 라티푼디움의 변덕스러운 요구에 관한 생각을 접어둔다 해도, 이 남자와 이 여자가 육체로 결합하여 자식을 낳고, 그 자식들이 장성하여, 여기 참석한 다른 사람들이 그래 왔고 그럴 것이듯이, 태어나고 결혼하고 죽음으로써 성당에 어떤 유익을 가져다줄 것이 틀림없다는 사실에 기뻐할 것이다. 이들은 그에게 양모를 거의 가져다주지 않는 양 떼지만, 그래도 없는 것보다는 낫다. 이 부스러기들로부터 스펀지케이크가 나온다. 한 조각 더 드세요, 신부님, 이 포트와인 한 잔 드시고, 또 한 조각 더 드시고. 이제 더는 못 먹겠습니다, 세뇨라 도나 클레멘시아. 어서 드세요, 희생을 하세요, 아가메드스 신부님. 사실 그것이 그가 매일 하는 것이다, 거룩한 미사라는 희생. 가까이 와라, 너희를 남편과 아내로 만들어주겠다.

증인들 사이에 약간 혼란이 있다. 그들 가운데 누구도 자신이 어느 편에 서야 하는지 기억하지 못한다. 아가메드스 신부는 필요한 말을 하고, 영대(領帶)를 접었다 펼치고, 성당지기에게 의심하는 눈길을 던진다. 그는 늦게 도착했다. 하지만 무슨 생각을 하는 것인가, 그는 도밍구스 마우템푸가 아니다. 그건 오래전 일이다. 또 이 사람도 똑같은 사제가 아니다, 사람은 영원히 살지 않는다. 아무 일도 없었다. 빛은 변하지 않았고, 성당이 보좌와 세라핌으로 가득 차지도 않았고, 정원에서 구구 소리를 내는 멧비둘기는 계속 구구 소리를 내고 있다, 아마 다른 결혼에 몰두해 있을 것이다.[*] 그라신다 마우템푸는 이제 마누엘 이스파다를 보며 말할 수 있다, 이 사람은 내 남편입니다. 마누엘 이스파다는 그라신다 마우템푸를 보며 말할 수 있다, 이 사람은 내 아내입니다. 이것은 사실 이 순간부터만 진실일 것이다. 우물가 고사리밭은 이 두 사람의 몸을 받은 적이 없기 때문이다, 한 번은 그럴 가능성이 분명히 있었음에도.

신부와 신랑이 아주 작은 본당 회중석을 가로지르고 있을 때, 성당 문이 열리더니 안토니우 마우템푸가 군복을 입고 들어온다. 자신의 여동생 결혼식에 늦었다. 지연된 기차, 놓

---

[*] 유럽의 멧비둘기는 암수 사이가 좋은 것으로 유명하다.

친 연결편이 문제다. 그 때문에 열이 받아 자신과 집 사이가 몇 킬로미터인지 헤아리다가, 기차의 청동 베어링도 녹일 만한 욕을 내뱉으며 도로 가장자리를 따라 뛰다 걷다 한 끝에, 마침내 지나가던 생선 트럭 운전사가 그의 군복의 위엄에 굴복하여 물었다, 어디 가는 건가. 여동생 결혼식에 참석하러 몬트 라브르에 갑니다. 운전사는 그를 언덕 기슭에 내려주며 말했다, 나 대신 행복한 부부를 축복해주게나. 안토니우 마우템푸는 야생 염소처럼 그 언덕을 달려 올라가, 큰 집과 군경찰 부대에 눈길도 주지 않고 곧장 걸어갔다, 나쁜 새끼들. 그 순간 갑자기 결혼식이 끝났을 것이라는 생각이 들었다. 하지만 아니, 밖에 사람들이 있었다. 몇 미터만 더 가고, 두 걸음에 층계를 올라가면, 내 누이와 매제가 있다. 올 수 있어서 기뻐, 오빠. 오, 연대 전체에 불을 지르더라도 왔을 거야. 이제 잠시, 밖의 거리에서 대화의 주요 화제는 결혼식이 아니라 안토니우 마우템푸다. 그는 누이의 결혼식에 참석해도 좋다는 허가를 받았다. 그가 모든 사람, 아버지와 어머니, 친척과 친구들을 끌어안아야 했기 때문에 결혼 행렬이 약간 흩어진다, 인내심을 가져라. 그렇다고 그라신다 마우템푸가 시샘한다는 말은 아니다. 그녀에게는 훌륭한 남편 마누엘 이스파다가 곁에 있다. 그녀는 아주 멋진 결혼식의 신혼부부에게 손색이 없는 모습으로 그와 팔짱을 끼고 서 있다. 하늘에 계신 주여, 왜 이런 것을, 이런 남자와 여자들을 보지 못합니까. 이들은 신을 만들어놓고 그에게 눈을 주는 것은 잊었다.

어쩌면 일부러 그랬는지도 모른다, 어떤 신도 그 창조자를 감당할 자격이 없고, 따라서 그를 보면 안 되니까.

행렬의 분산은 오래가지 않았다. 마누엘 이스파다와 그라신다 마우템푸는 다시 잔치의 왕과 왕비가 되었고, 안토니우 마우템푸는 이제 어린 시절 친구들과 어울리고 있었다. 그는 살바테하, 사두, 레지리아스, 더 북쪽으로 레이리아를 떠도느라, 그리고 이제 병역을 치르느라 오랜 기간 고향을 떠나 있었기 때문에 늘 친구들과의 유대를 강화하고 새롭게 할 필요가 있다. 피로연은 하루 빌린, 다른 사람 집에서 열리고 있다. 포도주, 양고기 스튜, 신부 케이크, 포트와인 두 병, 맛있는 돼지 귀 몇 개가 있다. 이것은 연회가 아니라 가난한 사람들의 결혼이다. 너무 가난해서 우리가 잔인하게도 그 비용과 네 배로 늘어난 식료품점과 신사용품점의 빚을 언급한다면 주앙 마우템푸는 자신의 머리를 움켜쥘 것이다. 너무나도 익숙한 그 개들은 곧 빚진 사람의 뒤꿈치를 물려고 달려들겠지만, 지금 당장은 음흉하게 침묵을 지키고 있다. 필요한 게 더 있으면 말하쇼, 사실, 매일 딸이 결혼하는 건 아니잖소.

아가메드스 신부가 올 때까지는 아무도 먹을 수 없다. 빌어먹을 사제, 그 사람은 분명히 나만큼 배가 고프지 않을 텐데, 저 스튜 냄새 때문에 배 속이 울렁거리는데, 정말이지 내가 이렇게 오래 어떻게 버텼는지 모르겠네, 오늘 식욕이 더 나도록 어젯밤에는 저녁도 일부러 먹지 않았는데. 물론 사람들이 그런 감정을 자백하지는 않지만, 다른 사람들의 희생을 대가로 더 많이 먹을 수 있도록 저녁을 먹지 않았다는 사실을 인정하지는 않지만, 우리 모두 그런 인간적 연약함에는 익숙하며, 따라서 우리 자신의 약점으로, 다른 사람들에게 존재하는 그런 약점을 용서할 수 있다. 더군다나 이제 아가메드스 신부가 마침내 도착하여 토마스 이스파다와 마우템푸 가족에게 몇 마디 건네러 가고 있다. 파우스티나는 그의 말을 도무지 이해할 수는 없지만, 그래도 힘차게 고개를 끄덕이며 마치 아버지를 만난 자식처럼 감격하는 표정을 짓는다. 그렇다고 그녀가 위선자라는 것은 아니다, 가엾은 여자, 그저 아가메드스 신부의 목소리 음색 때문에 그녀의 귀가 윙윙거린다는 것이며, 그것만 아니라면 그녀는 그의 말을 완벽하게 이해했을 것이다. 아가메드스 신부는 정말 아버지 같은 태도로 신부와 신랑을 대하며, 오른손을 움직여 양쪽에 있는 사람들을 축복한다. 사람들은 잠시 배고픔을 잊는다. 하지만 곧 배고픔은 으르렁거리며 다시 돌아오고, 우리는 먹기 시작한다. 큰 접시와 뚜껑이 달린 큰 그릇이 나왔다. 모두 빌린 것이었다. 아, 두 개는 아니었다. 변변치는 않으나 그라신다 자신이 모은 그릇에 관해 그녀의 어머니는 매우 단호했다, 그건 결혼식에 가져가지 마, 우리가 어떻게든 할 거야, 너는 걱정하지 마, 깨진 그릇을 잔뜩 안고 결혼생활을 시작할 수는 없어, 불운이 올지도 몰라. 마침내 그들은 먹었다. 처음에는 허겁지겁, 이어 조금 천천히, 모두 먹을 것이 많이 남지 않았음을 알았기 때문이다. 따라서 상식에 따라 그들은 스튜와 돼지 귀는 떨어지는 일이 없도록 배려한다. 그래도 포도주는 많은데, 그것만으로도 대단한 것이다.

잠시 후 아가메드스 신부가 일어서서 조용히 해달라는 몸짓을 했다. 그냥 몸짓, 그것뿐이었다. 그는 키가 크고, 아주 마른 사람이었다. 실제로 교구민들 사이에서는 그가 먹는 상당한 양의 음식, 그가 관장하는 결혼식과 세례식에서 그 점은 분명하게 드러났는데, 그게 다 어디로 가느냐를 놓고 여러 말이 오갔다. 그는 일어서서 주위에 앉은 사람들을 둘러보며, 더럽고 무질서한 탁자 때문에 예민한 코에 주름을 잡았다. 오, 이 사람들은 정말 못 배웠습니다, 세뇨라 도나 클레멘시아. 하지만 이윽고 그는 자애심, 틀림없는 기독교적 자애심으로 가슴이 가득 차는 것을 느끼며 말했다, 나의 사랑하는 자식들아, 나는 너희, 그리고 특히 이 행복한 날에 새로 부부가 된 사람들에게 이야기를 하고자 한다, 나는 오늘 그라신다 마우템푸와 마누엘 이스파다를 거룩한 혼인으로 결합시키는 일을 주관하는 큰 행운을 누렸다, 그라신다 마우템푸는 주앙 마우템푸와 파우스티나 곤살베스의 딸이며, 마누엘 이스파다는 토마스 이스파다와 고인이 된 플로르 마르티냐의 아들이다, 너희 두 사람은 정절을 지키고 서로 지원하겠다고 서약했는데, 이것은 죽음이 갈라놓을 때까지 남편과 아내로 결합하여 사는 것을 축성받기 위하여 찾아오는 모든 사람에게 성모 성당이 요구하는 것이다. 아가메드스 신부가 이 대목에서 죽음을 언급한 것은 잘못이었다. 토마스 이스파다가 눈물을 참으려고 눈을 감았지만 실패하고 말았기 때문이다. 눈물은 벽의 골치 아픈 틈새에서 스며 나오는 물과 같다. 모든 사람이, 아주 지혜롭게도, 못 본 척했고, 아가메드스 신부도 그냥 말을 이어나갔다, 우리의 이 땅은 작을지 몰라도, 다행히도 우리는 훌륭한 우정을 나누고 있다, 이곳에는 내가 다른 곳에서 본 것과 같은 불화와 분쟁이 없다, 물론 이곳 사람들이 우리의 사랑하는 성모 성당을 그렇게 자주 찾지 않는 것은 사실이고, 그래서 성당은 늘 자식들이 자신에게 오기를 참을성 있게 기다리고 있다, 하지만 성사(聖事)에 거의 누구도 빠지지 않는다는 것 또한 사실이다, 참석하지 않는 사람은 안타깝게도 내가 오래전에 구원의 희망을 모두 접어버린 잃어버린 양이다, 하느님 나를 용서하소서, 목자는 자신의 양 떼 전부가 하느님의 품으로 들어가도록 이끄는 희망을 절대 버리지 말아야 하기 때문이다. 그런 길 잃은 양 가운데 한 마리가 이 자리에 참석했다. 잃어버린 양이라는 면에서는 절대 남편에게 뒤지지 않을 그의 아내도 참석했다. 그러니까 시지즈문두 카나스트루와 주아나 카나스트라가 왔다는 것이고, 두 사람 모두 아가메드스 신부의 말이 장미 꽃다발이라도 되는 양 활짝 웃고 있었다. 자랑할 마음은 조금도 없지만, 나는 예를 들어 삼 년 전, 파업이 일어났을 때, 내가 변함없이 양 떼를 돌보는 목자라는 걸 증명했다. 너희도 기억하기를 바라지만, 오늘 여기 와 있는 사람들 가운데 몇 명은 내가 그때 감옥에서 풀어준 사람들이다,

너희 스스로 증언할 수 있겠지만. 몬트 라브르가 주님과 좋은 관계를 맺고 있지 않았다면, 우리 주님과 성모로부터 우리만큼 축복을 받지 못한 땅의 다른 사람들과 마찬가지로 너희 스물두 명이 모두 투우장으로 끌려갈 수도 있었다, 물론 회개하는 가엾은 죄인에 불과한 내가 그런 일로 공을 차지할 수 없다는 것은 잘 알고 있지만.

이 대목에서 주앙 마우템푸는 얼굴이 붉어졌고, 누군가를 보아야 했기 때문에 시지즈문두 카나스트루를 보았다. 그의 엄숙하고, 이제 웃지 않는 눈이 사제에게 고정되어 있었다. 그때 안토니우 마우템푸가 목소리를 높였다, 이건 제 누이의 결혼식입니다, 아가메드스 신부님, 파업이나 누가 무슨 일에서 공을 차지하느냐 하는 이야기를 할 때가 아니죠. 그의 목소리는 너무 차분하여 전혀 화가 나지 않은 것 같았지만, 실제로는 화가 나 있었다. 다른 모든 사람은 입을 다물고 이제 어떻게 되는지 기다렸지만, 사제는 그냥 신혼부부의 건강을 위한 건배를 제안하고 자리에 앉았다. 그건 좋은 생각이 아니었습니다, 아가메드스 신부님, 나중에 노르베르투가 말했다, 뭐에 사로잡혀 그런 말을 한 겁니까, 교수형을 당한 사람 집에서 밧줄 이야기를 한 것과 같지요. 지당한 말씀입니다, 아가메드스 신부가 말했다, 내가 무엇에 씌었는지 모르겠습니다, 그냥 우리가 없었다면, 성당과 라티푼디움, 성삼위의 두 위가 없었다면, 성삼위 가운데 제삼위는 국가지요, 가장 순결한 비둘기 말입니다, 우리가 없었다면, 어떻게 몸과 영혼을 함께 유지할 수 있었겠느냐, 따라서 선거 때가 오면 그들이 누구에게 표를 던져야 할까 하는 말을 하려던 것뿐인데, 하지만 내가 잘못했다는 것을 고백합니다, 메아 쿨파, 메아 마시마 쿨파,* 그래서 거기 더 오래 머물지 않았던 겁니다, 사목 의무를 핑계로 대고 바로 나왔지요, 내가, 인정하지만, 약간 취했습니다, 그 사람들의 그 거친 포트와인을 많이 마시지는 않았지만, 내 위가 받아들이기에는 산이 너무 강해서요, 이 집의 지하실에서 나온 훌륭한 포도주와는 다르니까요, 세뇨르 람베르투.

그때 안토니우 마우템푸가 대변인으로서 말했다, 자, 이제 아가메드스 신부가 가고 우리 가족끼리 있으니, 우리 기분과 우리 마음이 고르는 대로 우리가 좋아하는 이야기를 할 수 있겠네요, 그럼 마누엘 이스파다는 자기 부인이자 나의 누이인 그라신다에게 이야기를 하겠죠. 하지만 나의 다른 누이 아멜리아도 틀림없이 누군가를 마음에 두고 있을 겁니다, 자유롭게 그 사람한테 말을 하지 못할지는 몰라도, 그 사람이 여기 없다면, 그 사람 생각이라도 할 수 있겠지요, 우리 모두 이해할 겁니다, 가끔 그것이 우리가 할 수 있는 최선이니까요, 우리 부모님은 자신들의 삶과 우리의 삶을 돌이켜보고 자신들이 젊었을 때 어땠는지 생각해보고, 우리의 잘못을 용서해주실 겁니다, 다른 분들은 자신과 자신에게 가장 가

---

* '나의 결함 때문이다, 나의 큰 결함 때문이다'라는 뜻의 라틴어.

깝고 귀중한 사람들을 생각하겠지요, 그 가운데 일부는 이미 돌아가습니다. 나도 알아요, 하지만 그분들은 부르면 돌아올 겁니다, 그게 모든 죽은 자들이 기다리고 있는 겁니다, 정말로, 저는 이미 플로르 마르티냐의 존재를 느낍니다, 누군가가 그분을 이리로 부른 게 틀림없어요, 제가 말을 멋지게 한다고 놀라지 마세요, 군대에서는 싸우는 것만 배우는 게 아닙니다, 정말로 원하면 읽고 쓰고 셈하는 것도 배울 수 있어요, 그런 식으로 세상을 서서히 이해할 수 있고 삶도 조금은 이해할 수 있죠, 삶이란 그냥 태어나고, 일하고, 죽는 문제가 아니에요, 가끔 우리는 반항도 해야 해요, 그게 제가 여러분한테 하고 싶은 이야기예요.

그의 주위에서 혹시 대화를 나누고 있던 사람이 있다 해도 어느새 그 대화는 중단되었다. 그라신다 마우템푸와 마누엘 이스파다는 이제 서로를 보지 않았다, 손은 계속 잡고 있었지만. 플로르 마르티냐는 작별 인사를 했다, 안녕, 토마스. 하객들은 탁자에 팔꿈치를 얹었다. 그들은 예의가 없다, 이 사람들은. 누가 입에 손가락을 넣어 이의 구멍에서 양의 연골 조각을 뽑아낸다 해도 화내지 마라, 우리는 음식을 낭비할 수 없는 땅에 살고 있으니까. 면 군복을 입은 안토니우 마우템푸는 바로 그것, 먹을 것에 관해 이야기하고 있다. 이 근처에 굶주림이 많다는 것은 사실입니다, 가끔 우리는 잡초를 먹을 수밖에 없습니다, 그러면 배가 북처럼 팽팽하게 부어오릅니다, 아마 그래서 연대장은 당나귀가 배가 많이 고프면 엉겅퀴를 먹을 거라고 믿는지도 모릅니다, 우리는 당나귀이기 때문에, 연병장에서는 우리가 당나귀라는 말만 듣거든요, 아니, 그보다 더 심한 소리도 듣기는 하지만, 어쨌든 우리는 실제로 엉겅퀴를 먹습니다, 하지만 부대에서 주는 음식을 먹느니 차라리 엉겅퀴를 먹겠다고 말씀드릴 수 있습니다, 그건 돼지나 먹을 거예요, 아마 돼지라도 거기에서는 주둥이를 빼낼 듯하지만.

안토니우 마우템푸는 말을 끊고, 포도주를 한 모금 들이켜 목청을 가다듬고, 손등으로 입을 닦고, 사실, 그보다 더 자연스러운 냅킨이 어디 있겠는가, 다시 말을 이어나갔다, 그들이 그렇게 믿는 것은 우리가 집에서 굶고 있기 때문이고, 우리가 뭐라도 주는 대로 받아야 하기 때문입니다, 하지만 그게 그 사람들이 틀린 부분입니다, 우리 굶주림은 깨끗한 굶주림이기 때문입니다, 우리가 껍질을 벗겨야 하는 엉겅퀴, 우리는 우리 손으로 그 껍질을 벗깁니다, 그 손은 더러울 때도 여전히 깨끗합니다, 우리보다 손이 깨끗한 사람은 없습니다, 그게 우리가 부대에 들어설 때 처음 알게 되는 것입니다, 그건 무기 훈련의 한 부분이 아니지만 느낄 수 있어요, 우리는 솔직한 굶주림과 그들이 주는 것을 먹는 수모 가운데 선택을 해야 합니다, 그들은 국가에 봉사하라고 나를 불러 몬트 라브르에 왔어요, 어쨌든 그렇게 말했습니다, 하지만 나는 그게 무슨 뜻인지 모르겠어요, 나라는 내 어머니이고 아버지다, 그들은 그렇게 말했습니다, 글쎄, 나는, 다른 모든 사람과 마찬가지로, 내 진짜 어머니와 아버지를 알고, 그 분들은 우리를 먹이려고 자기 입에서 먹을 걸 꺼내줘요, 그 렇다면 이 나라도 내가 먹을 수 있도록 자기 입에서 먹을 걸 꺼내줘야지요, 내가 엉겅퀴를 먹어야 한다면 나라도 그걸 먹 어야지요, 그게 아니라면 그건 누구는 나라의 아들이고 누 구는 창녀의 아들이라는 뜻이잖아요.

여자들 몇 명은 충격을 받고, 사내들 몇 명은 얼굴을 찌푸 리지만 군복을 입었음에도 왠지 방랑자의 분위기를 풍기는 안토니우 마우템푸는 아가메드스 신부를 꼼짝달싹 못하게 만든 것 때문에 무슨 말을 해도 용서받을 것이다. 게다가 그 는 듣는 사람에게 세뇨르 람베르투의 지하실에서 나온 훌륭 한 포도주 같은 맛이 나는 다른 말도 하는데, 물론 이건 순 수한 가정이다, 우리 입술은 실제로는 그 물건에 닿아본 적 이 없기 때문이다. 어쨌든, 부대에서 우리는 단식 투쟁을 하 기로 결정했습니다, 그자들이 우리 앞에 갖다 놓는 것은 부 스러기 하나도 안 먹기로 했어요, 돼지도 먹지 못할 쓰레기 같은 찌꺼기가 담긴 구유에 입을 대길 거부하는 돼지들처럼, 우리는 일 년에 흙 이 쿼트를 먹는 건 상관없다, 흙은 우리 만큼 깨끗하니까, 하지만 저 음식은 안 먹는다, 저, 지금 여 러분에게 말을 하고 있는 이 안토니우 마우템푸가 그런 생 각을 한 사람이었고, 그게 자랑스럽습니다, 그런 일을 해보 고 나면 기분이 얼마나 달라지는지 몰라요, 나는 동무들에 게 이야기를 했고 그들도 그자들이 실제로 우리에게 침을 뱉는다면 상황이 더 나빠지기만 할 것이라는 데 동의했습니다, 취사장 종이 울렸고 우리는 먹을 것처럼 가서 앉았지만, 음식이 나왔을 때 손도 안 댄 채 그대로 두었습니다, 하사관들이 고함을 지르고 윽박질렀지만, 아무도 숟가락을 들지 않았습니다, 돼지들의 혁명이었죠, 그러자 당직사관이 나타나 아가메드스 신부가 할 만한 연설을 하는 거예요, 하지만 우리는 한마디도 이해하지 못하는 척했죠, 마치 라틴어를 듣는 것처럼요, 처음에는 좋은 말로 살살 달래려 하더니, 이윽고 성을 내며 우리한테 악을 쓰면서 연병장에 나가 대오를 갖추라고 명령했어요, 그 명령은 이해했죠, 우리는 무엇보다도 그 취사장에서 나가기를 바랐거든요, 그래서 우리는 서로 격려하는 말을 소곤거리며 밖으로 나갔어요, 포기하지 마, 용기를 내, 친구, 끝까지 버텨, 우리 모두 함께하는 거야, 우리는 연병장에 삼십 분을 서 있었습니다, 우리는 그게 벌이겠거니 생각했는데, 기관총 세 대로 우리를 겨냥하는 게 보였어요, 다 규정을 따르고 있더라고요, 사수와 조수가 있고, 탄약 상자가 있고, 그러더니 장교가 우리더러 먹지 않으면 사격 명령을 내리겠다고 말했어요, 그게 나라가 말하는 목소리더군요, 마치 어머니가 나한테, 먹어라, 먹지 않으면 네 목을 갈라버리겠다, 하고 말하는 것 같았어요, 우리 누구도 그가 그런 명령을 내릴 거라고 믿지는 않았지만, 그들은 기관총에 장전을 하기 시작했어요, 그때부터는 앞으로 어떻게 될지 전혀 알 수가 없었습니다, 솔직히 등뼈를 타고 전율이 흘러내리더라고요, 정말로 쏴서, 수프 한 사발 때문에 피 바다가 생기면 어떻게 하나, 이 일이 그럴 가치가 있을까, 우리가 약해지고 있었다는 말이 아니라, 그런 상황에서는 그런 생각이 스쳐갈 수밖에 없다는 겁니다, 그때 우리 대오 안에서, 누구였는지는 절대 알려고 하지 않았지만, 가장 가까이 서 있던 동무들도 말하지 않았지만, 아주 차분한 목소리가 들렸어요, 마치 정중하게 우리 건강을 묻는 것처럼요, 동무들, 그대로 버텨, 그러자 줄 다른 편 끝에서 다른 목소리가 말했어요, 해봐, 쏴봐, 그러자, 지금도 말을 하려니 목이 메는데, 대오에 선 모든 병사가 그 도전적인 말을 합창했습니다, 해봐, 쏴봐, 그 사람들이 우리를 쐈을 거라고 생각하지는 않지만, 쐈다 해도, 우리는 분명히 모두 그 자리에서 버텼을 거고, 그게 우리의 진정한 승리였어요, 그들이 식사를 개선하게 하는 것보다도, 가끔 이걸 얻으려고 싸움을 시작했는데 결국은 저걸 얻게 된다는 게, 그리고 그 두 번째 것이 첫 번째 것보다 낫다는 게 신기해요. 안토니우 마우템푸는 다시 말을 끊었다. 그러더니 나이보다 훨씬 지혜로운 태도로 덧붙였다, 하지만 그 두 번째 것을 얻으려면 첫 번째 걸 얻으려는 싸움부터 시작할 수밖에 없어요.

여자들은 울고 있었고, 남자들의 눈에도 눈물이 가득하다. 상상할 수 있는 최고의 결혼식이다. 몬트 라브르는 이런 걸 본 적이 없다. 그때 마누엘 이스파다가 벌떡 일어서더니 안토니우 마우템푸에게 다가가 그를 끌어안는다. 이 군대는 자신이 있었던 군대와 무척 다르다고 생각한다. 그는 아소르스 제도에서 보낸 군대 시절을 기억한다. 동료 병사가 막연하게 위협하는 소리가 귀에 들린다, 여기에서 나가면 나는 국가 경계 방위 경찰에 들어갈 거야, 아주 멋지지, 네 마음에 들지 않는 사람이 있다고 해보자고, 그냥 체포해서, 민간 당국에 넘기면 돼, 원한다면 머리에 총을 쏘고 당국에 가서 그자가 저항을 하려 했다고 말하면 돼.

이제 키가 크고 여윈 시지즈문두 카나스트루가 일어나 신혼부부에게 건배를 제안한다. 모두 포트와인을 조금 마시자, 그는 안토니우 마우템푸의 이야기와 똑같지는 않지만 그래도 비슷한 이야기를 하겠다고 말한다. 이야기와 일화에서는 아무리 그럴 것 같지 않아도, 언제나 어떤 유사성을 발견할 수 있기 때문이다. 오래전, 이 지점에서 그는 쉰다, 그저 모두 듣고 있는지 확인하려는 것이다. 모두 듣고 있다, 그에게 눈이 고정되어 있다. 물론 몇 사람은 좀 졸린 표정이지만 그래도 아직은 이럭저럭 깨어 있다. 그는 말을 이어나간다, 오래전, 사냥을 하러 나갔습니다. 오, 안 돼, 또 사냥 이야기야, 죄다 거짓말에 과장뿐인걸. 그러나 시지즈문두 카나스트루는 농담을 하는 게 아니어서 이런 방해에 반응하지 않는다. 그런 진지성의 부족이 안타깝다는 듯 주위를 둘러보기만 한다. 그런 표정 때문인지, 아니면 이것은 또 얼마나 큰 거짓말인지 알아보고자 하는 호기심 때문인지 정적이 깔린다. 시지즈문두 카나스트루를 아주 잘 아는 주앙 마우템푸는 이 이야기에 눈에 보이는 것 이상의 의미가 있을 것이라고 믿는다. 문제는 그것을 이해하느냐 마느냐가 될 것이다. 당시 나는 내 소유의 소총이 없었습니다, 누구든 빌릴 수 있는 사람한테 빌리곤 했죠, 하지만 아주 훌륭한 사냥꾼이기도 했습니다, 당시 나를 알던 사람들한테 물어보세요, 나한테는 훈련시키던 개도 있었습니다, 코가 정말로 예민한 진짜 보물이었죠, 어느 날 나는 친구 몇 명과 사냥을 나갔습니다, 우리는 수가 꽤 되었죠, 우리 각자 개를 한 마리씩 데리고 나왔습니다, 한참을 걸어 저기 구아리타 두 고데알 근처에 이르렀을 때 자고새 한 마리가 갑자기 날아올랐습니다, 아주 빨리 말입니다, 나는 소총을 눈에 갖다 댔고, 막 방아쇠를 당기려는 순간 새가 떨어졌습니다, 내가 쏜 건 분명히 아니었습니다, 하지만 다행히도 사냥꾼으로서 내 훌륭한 이름을 걸고 말하는데, 주위에 아무도 없더군요, 콘스탄트는, 내 개입니다, 자고가 떨어진 곳으로 달려갔습니다, 새가 부상을 당해 가시금작화 사이에 떨어졌을 거라고 생각을 한 모양이더군요, 덤불이 정말 무성했거든요, 또 커다란 바위들이 시야를 막고 있었습니다, 어쨌든 개는 사라졌고, 나는 계속 불렀습니다, 콘스탄트, 콘스탄트, 휘파람도 계속 불었습니다, 하지만 대답이 없었습니다, 개 없이 집에 돌아가는 건 무척 창피한 일이 될 것 같았습니다, 게다가 나는 정말로 그 개를 좋아했거든요, 거의 말도 할 수 있는 그런 개였습니다. 이제 청중은 그의 말 한마디 한마디에 매달려, 귀를 기울이며 소화하고 있었다. 남자를 행복하게 해주고 여자를 만족시키는데는 많은 것이 필요하지 않다. 설사 터무니없다는 것이 드러난다 해도, 좋은 이야기를 잘 해주기만 하면 된다, 시지즈문두 카나스트루는 계속 그 점을 보여주었다, 이 년 뒤, 나는 우연히 다시 그곳에 가게 됐지요, 아주 넓은 땅과 마주쳤는데, 막 개간이 시작된 곳이었지만, 무슨 이유에서인지 버려져 있었습니다, 그때 콘스탄트한테 무슨 일이 있었는지 기억이 났습니다, 나는 바위와 관목들 사이로 뛰어들었는데, 엄청나게 힘든 일이었지만 뭔가가 나를 그만두지 못하게 했습니다, 누군가 말하는 것 같았어요, 포기하지 마, 시지즈문두 카나스트루, 그때 갑자기 내 눈앞에 내 개의 우뚝 선 해골이 나타났습니다, 자고의 해골을 지키고 있더군요, 이 년 동안 그러고 있었던 겁니다, 둘 다 똑같이 단호하게, 나는 지금도 볼 수 있습니다, 나의 개 콘스탄트, 그의 코는 앞을 향하고, 앞발은 돌격 태세로 들어 올리고 있습니다, 어떤 바람도 그를 쓰러뜨리지 못하고 어떤 비도 그 뼈를 흩어놓지 못합니다.

시지즈문두 카나스트루는 더 말을 하지 않고 자리에 앉았다. 다른 누구도 말을 하지 않았고, 아무도 웃음을 터뜨리지 않았다, 남의 말을 덜 믿는 세대에 속하는 젊은 사람들마저도. 그러자 안토니우 마우템푸가 말했다, 그들은 아직 거기 있습니다, 개와 자고는, 나는 그들 꿈을 꾼 적이 있습니다, 그 이상 무슨 증거를 바랄 수 있겠습니까. 그 말을 하자 모두 함께 외쳤다, 그들은 아직 거기 있다, 그들은 아직 거기 있다. 이어 그들은 그 이야기를 믿고 웃음을 터뜨렸다. 그들은 웃음을 터뜨리고 나서 계속 이야기를 나누었다. 오후 내내 이야기를 나누었다, 이것저것에 관하여. 어서, 한 잔 더 해. 이 시간이면 부대 연병장에는 사람이 없을 것이다. 개 콘스탄트의 텅 빈 눈구멍은 자고의 텅 빈 눈구멍을 응시하고 있을 것이다, 둘 다 똑같이 단호하게. 밤이 찾아왔을 때 그들은 작별 인사를 했다. 일부는 그라신다, 마누엘 이스파다와 함께 그들의 집 문간으로 갔다. 내일은 할 일이 있고, 일이 있다니 우리는 운이 좋은 것이다. 얼른 와, 그라신다. 금방 가, 마누엘. 옆 마당에서 새로운 이웃이 생긴 것에 놀라 개가 짖는다.

주제 칼메두는 여러 군경찰대원들 가운데 한 명일 뿐이다. 관병식 때도 눈에 금방 들어오지 않을 텐데, 그의 동료들보다 눈에 두드러지는 데가 없기 때문이다. 관병식에 나가지 않을 때는 순찰을 돌거나 다른 의무를 이행하는데, 조용하고 태평한 사람이라, 늘 뭔가 다른 것에 마음을 두고 있는 것처럼 보인다. 어느 날, 전혀 예상치 못하게, 아마 그 자신도 마찬가지일 텐데, 그는 몬트 라브르의 부대장에게 제대 신청서를 제출할 것이며, 부대장은 필요한 절차를 밟을 것이다. 그는 멀리 떨어진 곳에서 아내와 두 자식을 데려와, 민간인의 삶을 사는 법을 배우며 자신이 한때 군경찰이었다는 것을 잊고 남은 삶을 살게 될 것이다. 그러나 그는 역사가 있는 사람인데, 안타깝게도 그것은 여기에서 다룰 여유가 없다. 다만 그의 가족의 성에 관해서는 언급을 하고 가야 할 것 같은데, 이것은 짧으면서도 매력적이며, 이름과 그 특별한 기원의 아름다움을 잘 보여주는 이야기다. 예를 들어 소자[*] 라는 성이 멧비둘기를 뜻하며, 출생 기록에 적히는 그냥 아주 평범한 이름이 아니라는 사실을 무시하거나 잊게 되는 것은 우리의 약한 기억과 호기심 부족 탓이다. 이렇게 되면 그 이름은 즉시 날개가 꺾여버리는데, 그것이 뭔가를 적어놓는 일의 문제다. 가장 좋은 예는 다른 이름의 왜곡 또는 이름이 될 의도가 전혀 없었던 단어에서 태어난 이름이다. 예를 들어 판탈레앙은 에스판타 레옹이스^{**}가 되었으니, 가엾어라, 도시와 시골의 사자들을 몰아내는 의무를 이행하며 인생을 살아가야만 하는 이 가엾은 집안은. 그러나 우리는 군경찰대원 주제 칼메두와 그의 성의 짧고 매혹적인 역사 이야기를 하고 있었다. 그 성은 전해오는 이야기에 따르면 그의 조상 한 사람의 의도하지 않은 허세에서 태어났다. 그는 자신이 아주 현실적인 위험에 처해 있다는 것을 모르고, 마땅히 겁을 먹을 만큼 먹지 않고, 그의 두려움이 없는 태도에 관해 묻는 사람에게, 쿠알 메두(Qual Medo), 무슨 두려움, 하고 대꾸했다. 사람들은 이 질문에서 자연스럽게 풍기는 뻔뻔함에 놀

* Sousa는 사라마구 아버지의 이름이며, 사라마구는 가족의 별명으로 야생 무를 뜻하는데, 사라마구가 태어나 출생 등록을 할 때 우연히 그 별명이 들어가버렸다.
** 사자를 쫓는다는 뜻.

랐으며, 그 때문에 이 영웅이 될 의도가 전혀 없었던 영웅과 그의 후손들은, 이 군경찰대원과 그의 자녀들을 포함하여, 이후 칼메두(Calmedo)로 알려지게 되었다. 물론 나중에는 다른 판본의 이야기가 태어났다. 칼메두는 아주 뜨겁고 바람 없는 날씨를 뜻하기 때문인데, 그것은 지금 그가 비밀 명령을 받아 들고 부대를 떠나는 순간의 날씨와 같다.

거기서 걸어서 삼 킬로미터에 돌아오는 데 삼 킬로미터인데, 군경찰 생활이라는 게 그렇다, 물론 말을 탄 군경찰이야 다르겠지만. 어쨌든 주제 칼메두는 몬트 라브르의 언덕을 내려가 골짜기로 들어간다. 마을을 둘러서 서쪽으로 가고, 거기서 길을 따라 북쪽으로 향하니 왼쪽으로 논이 펼쳐진다. 아름다운 칠월 아침이지만, 아까 말했듯이 덥다. 하지만 나중에는 이보다 훨씬 더워질 것이다. 저 아래 작은 내가 있다, 심한 갈증에 바닥이 보이는 물. 그의 군화가 도로 표면을 때린다. 그는 터벅터벅 걸어 나가면서 자신이 남자답다는 느낌을 받지만, 그의 머리는 길 잃은 구름들로 가득하다, 한때 의미가 있었지만 지금은 그것을 잃어버린 말들. 그래, 우리는 길을 따라 걷고 있었다. 하지만 지금은 오른쪽 둑을 따라 내려가, 구름다리 밑의 서늘한 그늘에 들어가, 미루나무의 속삭이는 나뭇가지들 아래 앉아 있다. 이 장소에는 인적이 없다. 누가 이런 곳을 떠올리기나 하겠는가. 텅 빈 물웅덩이, 망가진 수차(水車), 그리고 그 너머 지붕이 부서진 벽돌 가마터. 라티푼디움은 걸리적거리는 모든 것을 침식해버리는 듯하다. 주제 칼메두는 소총을 어깨에 걸치고, 모자를 벗고 손수건으로 이마의 땀을 닦는다. 이마의 어둡고 밝은 피부는 해 또는 해의 부족이 낳은 결과를 보여준다. 머리의 꼭대기 부분은 그가 아니라 모자에 속한 느낌이다, 물론 이것은 순전히 상상의 산물이지만.

이제 얼마 남지 않았다. 그는 카베수 두 데스가후로 가고 있으며 점심시간에 맞추어 도착해야 한다. 거기서 주앙 마우템푸와 아무런 관계가 없는 어떤 하찮은 일을 구실로 그를 데리고 돌아올 것이다. 복잡한 이야기일 필요는 없다, 단순할수록 좋다, 더 믿을 만할 것이다. 그는 나무들 사이의 오두막과 사내들을 볼 수 있다. 사내들은 불 주위에 둘러서서, 단지가 끓어 넘치거나 타기 전에 옮긴다. 오래 걸리지 않을 것이다. 그냥 그에게 다가가 말하면 된다, 함께 부대로 가자. 하지만 주제 칼메두는 모두의 눈에 띄는 곳에, 그들이 본다고 가정하고 하는 말이지만, 어쨌든 그런 곳에 자리를 잡게 될 몇 걸음을 떼어놓지 못한다. 그는 키가 큰 덤불들 뒤에 몸을 감추고 거기 머무른 채 주앙 마우템푸가 얼마 안 되는 점심을 다 먹을 때까지 기다린다. 그러는 동안 하늘에서는 이따금씩 구름이 계속 지나간다. 얼마 되지 않아 그림자를 드리우지도 않는다. 주제 칼메두는 땅바닥에 앉아 담배를 피우고 있다. 소총은 나무줄기에 기대놓았다. 그는 행복한 생활을 하고 있다, 이렇게 군경찰대원으로 지내면서. 의무도 거의 없다. 그저 하루하루가 지나가는 것을 지켜보기만 하면 된다. 이따금씩만 심각한 사건이 몇 개 생기는데, 앞으로는 더 생기기는 할 것이다. 그것만 아니면 몇 달이 지나가도 라티푼디움은 차분하고 평화롭다. 부대와 그의 순찰 구역은 차분하고 평화롭다. 보고서 작성과 순찰, 법정 절차와 싸우기 좋아하는 이웃들이 늘 하는 불평이 있을 뿐이다. 인생은 지나가고, 그러다 알지도 못하는 새에 퇴직 연령에 이른다. 이것이 평화를 사랑하는 사람의 생각이다. 그의 곁에 소총과 탄띠가 있고, 그가 한 걸음에 칠 리를 걷게 해주는 장화*를 신고 있다고는 생각도 못 할 것이다. 그의 머리 위에서는 새가 노래를 하고 있다, 이름이 무엇인지는 중요하지 않다. 새는 가지에서 가지로 뛰어다닌다. 여기에서도 그 실루엣이 보인다, 부채 같은 꼬리와 날개뿐이지만. 땅바닥을 보면 사이좋게 기어가는 벌레들이 보인다. 개처럼 머리를 들어 올리는 개미, 늘 머리를 숙이고 있는 또 다른 개미, 아주 작은 거미, 먹이를 도대체 어디에 두는 건지. 하지만 한눈을 팔지 말도록 하자, 우리는 가서 사내를 체포해야 한다. 그냥 점심만 마저 먹게 놓아두자, 뭐, 우리가 군경찰이라고 해서 우리에게 심장이 없는 것은 아니잖나.

라티푼디움에 큰 잔치가 열린 것은 아니다. 주제 칼메두는 덤불 사이를 살핀다. 모두 식사를 마쳤다. 그는 일어서며 한숨을 쉬는데, 일어서느라 힘들어서일 수도 있고 앞으로 힘

---

* 옛날이야기 『엄지동자』에 나오는 신발.

들 것이기 때문일 수도 있다. 침착하게 소총을 어깨에 걸친다. 이 동작이 중요해서가 아니라 목발 역할을 하기 때문이다, 행동들의 의미 없음 사이에서 헤매지 않기 위해 붙들 수 있는 것 역할을 하기 때문이다. 이어 그는 사내들을 향해 언덕을 내려간다. 그들은 멀리서 그가 오는 것을 본다. 그들의 심장은 조금 더 빨리 뛰기 시작할지도 모른다, 라티푼디움의 법은 엄격하기 때문이다, 누가 도토리의 소유자인가에 관한 것이건 땔감을 어디에서 구할 수 있느냐에 관한 것이건, 또는 훨씬 심각한 것으로 비행(非行)에 관한 것이건. 주제 칼메두는 다가오다 발을 멈추고 십장을 부른다, 모두 듣는 것을 바라지 않기 때문이다. 이 사내들은 처녀들이 아니지만 그들 나름의 수줍음이 있다. 주앙 마우템푸에게 내가 할 말이 있다고 해라.

주앙 마우템푸는 어린 새처럼 심장이 빠르게 뛴다. 그렇다고 자신이 무슨 흉악한 범죄, 벌금이나 매질 이상의 벌을 받을 종류의 죄를 지었다고 느끼는 것은 아니다. 그래도 군경찰이 찾아온 사람은 자신이라는 것, 십장이, 주앙 마우템푸, 가서 군경찰과 이야기를 하게, 하고 말하는 순간부터 코르크 껍질을 한 켜 벗겨내는 것과 같은 상황이 벌어질 것임을 느낀다. 삐걱거리는 소리가 들리면 사람과 나무의 노력이 하나가 되고 있다는 것을 알 수 있는 것이다. 다만 지금은 사내의 끙 하는 신음 소리, 떨어져 나오는 껍질의 찌이익 하는 비명만 빠져 있을 뿐. 네, 세뇨르 주제 칼메두, 무슨 일입니까,

주앙 마우템푸는 군경찰이 나타난 것을 축하하는 사람처럼 겉으로는 차분하게 묻는다. 다행히도 우리의 심장은 감추어져 있다, 그렇지 않으면 모든 사람이 조만간 무죄 또는 유죄 판결을 받을 것이다, 심장이란 억제를 모르는, 충동적이고 참을성 없는 물건이기 때문이다. 심장을 만든 사람은 자신이 무슨 일을 하고 있는지 몰랐을 게 분명하다. 하지만 사람들은 교활해지는 법을 배운다. 그렇지 않으면 누가 그러라고 시킨 것도 아닌데 주제 칼메두가 이렇게 말할 수 있었겠는가, 오, 별거 아니네, 그냥 밀 두어 단을 훔친 두 사람과 관련된 사건을 정리하고 싶어서 말이야, 밀 임자는 그 둘이 범인이라고 하는데, 두 사람은 자기들은 범인이 아니고 당신이 증인이라는군, 사실 나는 상황이 잘 이해가 되지 않거든, 솔직히 말해서. 늘 똑같다. 아무리 의도가 좋더라도, 사람은 그러지 말아야 할 때 말려드는 경향이 있다. 그가 하는 모든 말은 악마의 망토가 되며, 이 망토는 짧기 때문에 가려주기도 하고 가려주지 못하기도 한다. 주앙 마우템푸, 그는 이 사건에서는 완전히 무죄인데, 그가, 하지만 내가 무슨 상관입니까, 왜 내가 끼어야 합니까, 하고 말하자, 군경찰은 오래된 논리로 대응한다, 당신은 걱정할 거 없어, 그냥 나하고 가서, 당신 할 말만 하고 가면 돼.

그렇다면 좋습니다. 주앙 마우템푸가 가서 몇 개 안 되는 연장과 남은 점심을 챙기려 하지만, 여전히 자신이 지어낸 말의 파도를 타고 있는 주제 칼메두가 말한다, 그럴 필요 없어, 금방 돌아올 거야, 오래 걸리지 않아. 할 거짓말을 다 했기 때문에 그는 자리를 뜨고, 주앙 마우템푸는 그 뒤를 따른다. 일할 때 신는 나막신을 신고 딱딱 소리를 내며 따라간다. 거기에서부터 몬트 라브르까지 주제 칼메두의 얼굴은 분노 그 자체다. 죄수를 체포해서 호송하는 군경찰에게 딱 어울리는 얼굴이지만, 그러나 이유는 그것이 아니었다. 오히려 이런 애처로운 승리를 거둔 것에서 슬픔을 느끼기 때문이었다, 이러려고 두 사내가 태어났단 말인가. 주앙 마우템푸는 자신의 생각과 불안에 깊이 잠겨, 누가 밀 몇 단을 정말로 훔쳤고 자신의 증언이 정말로 무고한 두 사람을 구해줄 수 있다고 믿으려 노력한다.

주앙 마우템푸는 약 사 년 전 갔혔던 부대로 들어간다. 시간이 흐르지 않은 듯, 모든 것이 똑같아 보인다. 주제 칼메두는 병장에게 가서 체포한 사람이 와 있다고, 순조롭게 진행되었다고, 임무를 완수했다고 말한다. 하지만 훈장은 다른 때로 미루어주십시오, 내가 그냥 내 생활을 하고 구름 잡는 생각을 해나갈 수 있도록 내버려두세요, 공식 직인이 찍힌 서류를 공화국 군경찰대 사령관에게 보낼 겁니다, 병장님. 타카부 병장은 주앙 마우템푸에게 안으로 들어오라고 명령하며 말한다, 앉으시오, 세뇨르 마우템푸. 이런 정중함은 그리 이상한 것이 아니다, 군경찰대원들이 늘 잔인한 집행자처럼 행동하는 것은 아니기 때문이다, 왜 여기 불려왔는지 아시오. 주앙 마우템푸는 밀 몇 단과 관련된 일이라면 할 말이 없다고 말하려 하지만 입을 열 여유가 없다. 그게 낫다. 입을 열었다면 주제 칼메두가 거짓말쟁이라는 것이 드러났을 것이기 때문이다. 다행히도 타카부 병장은 말을 이어나간다, 뭐 이건 얼른 끝내는 게 좋겠군, 벤다스노바스에서는 뭘 하고 있었나요. 잘못 아신 게 분명합니다, 나는 아무 짓도 하지 않았는데요. 흠, 나는 벤다스노바스 부대로부터 당신이 공산주의자이니까 체포하라는 명령을 받았는데.

여기 단순하고 직선적인 대화의 예가 있다, 화음도 아르페지오도 없고, 생각이나 통찰이라는 반주도 없고 장식도 없다. 마치 진지한 문제를 다루지 않고, 이런 이야기나 하는 것 같다, 그래, 어떻게 지냈나. 아주 잘 지냈지, 고마워, 자네는. 벤다스노바스의 자네 친구 한 명이 안부를 전하던데. 다음에 보면 내 안부도 전해주게. 그러나 주앙 마우템푸의 머릿속에서 방금 종이 울렸다. 크게 울려 퍼지는 그 소리는 성문이 쾅 닫힐 때 나는 소리 같다, 여기에는 아무도 들어오지 않는다. 하지만 성 주인은 떨고 있다, 손과 목소리가 떨리고 있다, 네 자신을 방어해, 나의 영혼아. 하지만 이것은 불과 일초밖에 지속되지 않는다. 그러나 공포, 놀람, 무고함이 침해당하고 공격당했다는 억울함을 가장하기에는 충분한 시간이다, 어떻게 그런 말씀을 할 수 있습니까, 병장님, 나는 사년 동안 그런 일에는 관여하지 않았습니다, 체포되어 몬테모르로 갔던 이후로 말입니다, 무슨 착오가 있는 게 틀림없습니다. 그러자 타카부 병장이 말한다, 뭐 나도 물론 그러기를 바라오, 당신이 아는 게 없다면 당국에서 즉시 석방해줄 거요. 아마 괜찮을 거요, 경보가 잘못 울린 거겠지, 아마 물에 빠지는 사람은 아무도 없을 거요, 누구도 손을 데지 않고 불은 꺼질 거요. 집사람을 좀 불러주실 수 있나요, 이야기를 좀 하게요, 병장님. 지극히 당연한 요청이지만, 몬트 라브르는, 보시다시피, 전혀 중요하지 않은 곳이다, 그냥 라티푼디움 안의 아주 작은 마을일 뿐이다. 따라서 여기에서는 병장이 지휘관인데, 그는 자신에게 명령을 내린 리스본의 지휘관과 마찬가지로 단호하게 대답한다, 아니, 부인은 당신하고 이야기를 나눌 수 없어, 다른 어떤 사람도 마찬가지고, 당신이 무슨 말을 하든 상관없이, 당신은 위험 분자라는 판단이 내려졌거든, 병사 한 명이 가서 뭐든 당신한테 필요한 걸 당신 집에서 가져올 거야.

주앙 마우템푸, 위험 분자. 그는 감방 역할을 하는 방으로 끌려갔고, 그를 끌고 간 사람은 이번에도 주제 칼메두였다. 주앙 마우템푸는 갇히기 전에 말한다, 그러니까 나를 속인 거로군요. 주제 칼메두는 처음에는 대꾸를 하지 않는다. 불쾌하다. 그는 자기 일을 했을 뿐인데 이것이 돌아온 보답이라니. 하지만 정말로 죄를 저지른 것처럼 입을 다물고 있을 수 없고, 그래서 대답한다, 걱정하게 하고 싶지 않았네, 주제 칼메두는 사실 군경찰 제복을 입고 있지 않았어야 한다. 그래서 그는 어느 날 그것을 벗고 그가 군경찰이었다는 사실을 아무도 모르는 곳에서 살 것이다. 이것이 우리가 그의 인생에 관해 알게 될 전부다.

파우스티나 마우템푸와 그녀의 두 딸이 부대 밖에서 왔다 갔다 한다. 그들은 눈물을 흘리며 불안해한다. 남편이자 아버지가 무슨 혐의인지 알지 못한다. 그가 벤다스노바스로 끌려갈 것이라는 사실만 알고 있다. 그러나 운 나쁘게도 세 사람이 이런저런 이유로 자리에 없을 때, 범죄자를 데려가려고 벤다스노바스에서 달려온, 소총과 총검으로 무장한 순찰대까지 갖춘 지프가 도착한다. 어머니와 딸들은 돌아왔을 때 주앙 마우템푸가 이제는 그곳에 없다는 것을 알게 될 것이고, 바깥 거리에, 부대 문간에서 서성거리지만, 안으로는 들어가지 못한다. 그 사람은 지금 여기 없소, 우리가 아는 건 그것뿐이오, 집에 가면 알려줄 거요, 그들은 가엾은 여자들에게 이런 말을 하지만 여자들은 그저 조롱거리일 뿐이다, 벤다스노바스에서 주앙 마우템푸를 데리러 온 군경찰대원들이, 올라타, 짧은 여행을 하게 될 테니까, 하고 말하면서 그를 조롱했듯이. 주앙 마우템푸도 여행을 한다면, 라티푼디움을 떠나 다른 땅을 보면 좋아하겠지만, 군경찰은 보통의 경우 절대 나라에서 돈을 지불하는 운송 수단으로 그에게 어디 가자고 권유하지 않는데, 사실 이 모든 것은 나라가 돈을 대고 있고, 그 돈은 우리 호주머니에서 나오는 것이기도 하다. 그러나 이렇게 위험 분자라는 별명이 붙는 순간, 휴식을 즐기는 군경찰들이 느끼는 불편, 휘발유 가격, 차량의 감가상각은 전혀 고려 사항이 되지 않는다. 군경찰대원들은 즉시 몬트 라브르에 가서 범인을 찾아내 벤다스노바스까지 무사히 데려올 지프와 소총과 총검을 갖춘 순찰대를 제공한다. 올라타, 짧은 여행을 하게 될 테니까. 그러니 이게 조롱이 아니라면 뭐가 조롱인지 모르겠다.

여행은 짧고 아무도 말을 하지 않는다. 군경찰의 농담의 샘은 늘 똑같아, 금방 말라버린다. 주앙 마우템푸는 한참 생각한 끝에 이왕 교수형을 당할 거 제대로 한판 벌이고 당하는 게 낫다, 누구도 나에게서 내 명예를 손상시키는 정보를 얻어내지 못할 것이다, 하고 혼잣말을 한다. 내가 말을 한다면 세상의 모든 거울을 박살 내고, 나를 보러 오는 모든 눈을 감기는 게 좋을 것이다, 그래야 내가 내 얼굴을 다시 볼 필요가 없을 테니까. 이 길에는 많은 기억이 있다. 이곳에서 아우구스투 핀테우가 노새 달구지를 끌고 내를 건너려다 죽었다. 저기, 언덕 뒤는 내가 처음 파우스티나와 함께 누운 곳이다. 때는 겨울이었고 풀은 축축했다. 지금이라면 그러지 않겠지만 그게 젊음이라는 거다. 그는 지금 입에서 그 뒤에 파우스티나와 함께 먹은 빵과 초리조* 맛을 느낄 수 있다. 그것이 자연의 법칙을 따라 남편과 아내가 된 그들의 첫 식사였다. 주앙 마우템푸는 눈이 타오르는 것 같아 눈에 손을 갖다 댄다. 그래, 그건 눈물이다. 그러자 군경찰대원이 말한다, 울지 마, 이 사람아. 다른 사람이 덧붙인다, 이런 자들은 잡

* 스페인의 양념을 많이 한 소시지.

혔을 때만 울어. 하지만 그건 사실이 아니다, 우는 게 아닙니다, 주앙 마우템푸가 반박한다. 그의 눈에는 눈물이 가득하지만, 그의 말이 맞다. 군경찰에게 인간에 대한 이해가 완전히 결여된 것은 그의 잘못이 아니다.

주앙 마우템푸는 이제 벤다스노바스의 부대에 있다. 여행은 완전히 꿈이었다. 이 비밀경찰 요원, 잘못 볼 리 없다, 한 사람만 보면 다 본 것이고, 주앙 마우템푸는 그들을 충분하고도 남을 만큼 경험했다, 이 요원이 말을 하고, 부대장은 이를 쑤신다, 그래, 이분이 나와 함께 리스본까지 짧은 여행을 하는 거로군. 다들 여행 이야기를 한다. 짧은 여행을 가자, 그들은 말한다. 가끔 이것은 돌아오지 못하는 여행이 된다. 어쨌든 그런 소문이 들린다. 요원은 군경찰대원 한 사람을 보며 명령을 내린다. 이곳 부대장은 복종해야 한다. 그는 들러리다, 아첨꾼이다. 이 사람이 내일까지 쉴 수 있도록 오락실로 데려가. 주앙 마우템푸는 누가 팔을 거칠게 잡아 뒤로, 정원으로 끌고 나가는 것을 느낀다. 군경찰은 정원을 좋아한다. 아마 꽃을 사랑하는 마음 때문에 그들의 많은 죄가 용서를 받을 것이다. 그 말은 그들의 굳어진 영혼에서도 모든 게 사라지는 것은 아니라는 뜻이다. 아름답고 우아한 순간은 최고 심판관의 눈에서 최악의 범죄를 가려준다, 가령 주앙 마우템푸를 몬트 라브르에서 끌고 와 임시 지하 감옥에 던지고 또 더 상설적인 다른 감옥에 던지는 범죄 같은 것도, 나중에 일어날 일은 말할 것도 없고. 어쨌든 당장은 지방 감옥이다. 저쪽에 바퀴 달린 침대가 있고 그 위에 매트와 더러운 담요 꾸러미가 놓여 있다. 이쪽에는 물 주전자가 있다. 그는 너무 목이 말라 그것을 입술로 들어 올리지만 물이 미지근하다는 것을 안다. 그는 군경찰이 떠난 뒤에야 그것을 마신다. 이제 울 수 있어, 나를 비웃지 마, 나는 마흔넷이야, 하지만 마흔넷은 아무것도 아니야, 너는 아직 청년이야, 한창 때야, 라티푼디움에서 내 얼굴에 대고 그런 말 하지 마, 너무 지칠 때, 허리에 나를 절대 떠나지 않는 통증이 있을 때는 하지 마, 그리고 이 쭈글쭈글한 주름, 아직 당분간은 나를 비출 수 있는 거울이 보여주는 주름, 이게 한창때라면, 나를 그냥 울게 해줘.

주앙 마우템푸가 몸이 침대에서 쉬는 것을 바라지 않아 잠을 이루지 못하고 그냥 어슬렁거리기만 했던 밤은 그냥 건너뛰겠다. 동이 트고, 그는 지쳤고 불안하다. 나는 어찌 될까. 시계가 아홉 시를 치자 문이 열리고 군경찰대원이 말한다, 내가 널 볼 수 있는 데로 나와. 그게 그가 말하는 방식이다. 다른 방식은 배운 적이 없다. 비밀경찰 요원은 말한다, 기차를 타고 짧은 여행을 떠날 시간이야. 그들은 떠난다. 문까지 부대장이 동행한다. 그런 일에서는 아주 꼼꼼하고 예의 바른 사람이다, 그럼 안녕히 가십쇼, 그가 말한다. 주앙 마우템푸는 순진할지 모르나, 이 작별 인사가 자기에게 하는 것이라고 생각할 정도로 순진하지는 않다. 하지만 역으로 가는 길에 그는 말한다, 선생님, 저는 맹세코 무고합니다. 기차가 곧

361

떠날 예정만 아니었다면 여기 앉아 무고하다는 게 무슨 뜻인지, 주앙 마우템푸가 그 맹세를 진실로 믿는지, 위증으로 보이는 것을 어떻게 믿을 수 있는 것인지 토론해볼 수도 있을 것이다. 그리고 시간과 지성만 충분하다면, 무고하게 책임 없는 것과 책임 없이 무고한 것 사이의 차이를 발견하게 될 것이다, 물론 그런 섬세한 것들이 주앙 마우템푸의 동행자에게 먹힐 리 만무하지만. 그는 성난 목소리로 대꾸할 뿐이다, 불평 좀 그만해, 리스본에 가면 거기서 다 해결해줄 거야.

여행도 건너뛰자, 포르투갈 철도사(史)에는 나오지 않기 때문이다. 몸이 우리에게 휘두르는 지고의 권력은 대단하여, 주앙 마우템푸는 잠깐 졸기까지 했으니, 흔들리는 열차와 바퀴가 철로를 지나가며 내는 철커덕 소리, 철커덕 철컥 소리에 마음이 가라앉아 잠이 든 것이다. 그러나 매번 놀라 잠이 깰 때마다, 자신이 꿈을 꾸고 있는 게 아님을 깨닫고 두려움에 빠졌다. 그다음은 테헤이루 두 파수로 가는 배를 타야 했다. 저 물에 몸을 던지면 어떻게 될까, 이것은 검은 생각이다, 나는 죽고 싶고 영웅적으로 죽기를 바라지도 않는다. 주앙 마우템푸에게 특별한 점은 그가 영화를 본 적이 없고 따라서 뱃전에서 뛰어내리는 행동이 얼마나 쉽고 또 박수를 받는지 모른다는 것이다. 도망자는 흠 잡을 데 없는 다이빙과 미국식 수영으로 멀리서 기다리는 신비한 전세 요트로 간다. 그곳에는 베일을 쓴 백작 부인이 있는데, 그녀는 그곳에 오기 위해 가족이라는 신성한 유대와 귀족의 유산으로 내려오는 규칙을 깼다. 하지만 주앙 마우템푸는 나중에 가서야 자신이 왕의 아들이고 왕좌의 유일한 상속자임을 알게 될 것이다, 주앙 마우템푸 왕, 포르투갈의 왕을 위한 만세 삼창. 배는 부교에서 기다리고 있고, 잠이 들었던 사내가 깨어난다. 그가 잠을 깼을 때 두 사내가 서서 굽어보고 있다. 이자뿐인가, 그들이 묻는다. 주앙 마우템푸와 함께 온 사내는 대답한다, 네, 이번에는 이자뿐입니다.

도시를 거쳐 가는 여행도 별다른 논평 없이 넘어가도록 하자. 시가 전차, 많은 자동차, 행인, 말을 탄 동 주제 상.[*] 자 어느 쪽이 말의 오른쪽 다리인가. 주앙 마우템푸는 여러 곳이 눈에 익다. 그렇게 큰 광장과 아치, 에보라의 지랄두 광장보다 큰 광장을 어떻게 잊을 수 있단 말인가. 하지만 그 순간 갑자기 모든 것이 새로워진다, 이 가파르고 좁은 길들. 그가 여행이 길다고 생각하는 바로 그 순간 여행은 너무나 짧아진다. 비스듬하게 열리는 이 반쪽짜리 문. 파리는 거미줄에 걸려 있다. 우리에게는 그보다 나은 또는 독창적인 이미지가 필요 없다.

이제 올라가야 할 층계가 있다. 주앙 마우템푸 옆에는 여전히 두 사내가 있다. 뭐, 아무리 조심해도 지나치지 않은 것

---

[*] 포르투갈에는 이런 번역 불가능한 농담이 있다. "Qual é a pata direita do cavalo de Dom José?(동 주제의 말의 오른쪽 다리가 어느 건가?)" 날은 왼쪽 다리를 쭉 뻗고 있고(direita) 오른쪽(direita는 오른쪽이라는 뜻이기도 하다) 다리는 구부리고 있기 때문이다. ─역주

이다, 최대 보안. 사실 그는 위험 분자다. 위와 아래, 흰개미의 굴 같다. 붕붕거리는 수벌과 울려대는 전화기로 이루어진 벌집 통이다. 하지만 위로 올라갈수록, 일 층, 이 층, 널찍한 층계참을 가로질러, 소음과 법석은 줄고, 만나는 사람 수도 준다. 삼 층에 올라서자 거의 완전한 정적, 오직 약해진 자동차 엔진 소리와 오후의 더위 속 도시의 희미한 웅얼거림뿐이다. 이곳은 다락방들로, 복도는 길고 천장이 낮은 방으로 통한다. 천장은 거의 머리 높이이고, 긴 벤치에는 다른 사내들이 몇 명 앉아 있다. 나는 그들 옆에 앉을 것이다, 나, 주앙마우템푸, 몬트 라브르에서 나고 거기서 살고 있으며, 나이는 마흔넷, 제화공 도밍구스 마우템푸와 미친 여자 사라 다 콘세이상의 아들, 지방 부대의 타카부 병장이 친절하게도 알려준 대로 나에게는 위험 분자라는 호칭이 붙어 있다. 그곳에 앉은 다른 사내들이 주앙 마우템푸를 바라보지만, 아무도 입을 열지 않는다. 이곳은 인내의 집이며, 여기에서 우리는 눈앞에 닥친 운명을 기다리고 있다. 지붕이 바로 머리 위에 있고, 더위 속에서 삐걱거리는 소리를 낸다. 물을 부으면 끓을 것이다. 주앙 마우템푸는 스물네 시간 이상 먹은 게 없고, 그는 더위를 모른다, 겨울날이다, 라티푼디움을 가로질러 불어오는 십이월 바람을 벌거벗은 살갗 외에는 가려줄 것 없이 그대로 맞고 있는 것처럼 몸을 떨고 있다. 실제로 바로 그런 모습이기도 하다, 이곳은 벌거벗은 자들의 벤치이기 때문이다. 모든 사람은 혼자이며, 서로 돕지 않을 것이다. 따라서 힘과 결의의 옷을 입어야 한다. 광야의 외로움이라는 옷을 입어야 한다. 붉은 솔개의 위로 솟구치는 비상 옷을 입어야 한다. 이 솔개는 마침내 지상으로 내려와 자신에게 속한 자들을 헤아리고 그들의 용기를 시험할 것이다.

그러나 갇힌 자들에게도 먹을 것을 주어야 한다. 우리는 우리에게 편리한 시점보다 이르게 그들을 잃고 싶지 않다. 삼십 분이 지나고, 다시 삼십 분이 지나자, 마침내 주방 하인처럼 보이는 사람이 들어와 각 죄수에게 감방 수프 한 사발과 포도주 이 데시리터를 준다. 나라가 이 양아들들에게 친절을 베푼 것이다, 나는 그들이 감사하기를 바란다. 주앙 마우템푸는 숟가락으로 사발을 긁다가 한 경찰관이 다른 경찰관에게 하는 이야기를 들었다. 그들은 문간에 서서 양 떼를 감시하며 서류를 넘기고 있었다, 저 친구는 파베이아 경감에게 넘겨지는군. 그러자 다른 경찰관이 대꾸했다, 나보다는 그쪽이 낫지. 주앙 마우템푸는 속으로 말했다, 저 사람들이 내 이야기를 하고 있군. 나중에 알게 되었지만 모르는 것이 훨씬 나았을 것이다. 접시와 잔이 나가고 기다림이 계속되었다. 우리는 어떻게 될까. 밤이 다가올 무렵 행군 명령이 떨어졌다. 일부는 여기로 보내고 일부는 저기로. 카시아스나 알주베로, 임시 숙소로. 나중에 또 이동이 있을 것이며, 모두 더 나쁜 곳으로 갈 것이다. 그 과정에서 이름은 얼굴이 되고, 얼굴은 표적이 되었다. 도나 파트로시니우, 이 사회적으로 유용한 서비스를 하는 관리의 목소리는 다름 아닌 나라의 목소리였다. 아무개는 저기로 가라, 아무개는 다른 곳으로 가라. 그녀에게는 이동의 수호자로서 자신에게 가장 어울리는 이름을 갖고 있었다.[*] 도나 클레멘시아도 마찬가지인데,[**] 그녀는 이제 아가메드스 신부와 잡담을 나누고 있는 것이 분명하다. 주앙 마우템푸가 체포되었다는 소식을 들었어요. 네, 세뇨라, 그 사람은 즉시 모든 죄의 대가를 치렀지요, 내가 일부러 그와 다른 사람들을 도우러 갔던 걸 생각하면 참. 아주 괜찮은 사람 같던데. 늘 최악이죠, 세뇨라 도나 클레멘시아, 그들은 늘 최악입니다. 그 사람은 심지어 술도 마시지 않는데요. 제발 마시기라도 했으면, 그랬다면 그런 악한 행동의 유혹은 받지 않았을 겁니다. 무슨 나쁜 행동요. 아, 그건 나도 모르지만, 그가 무고하다면 애초에 체포를 당하지 않았겠지요. 우리가 그의 부인을 좀 도와줘야 할 것 같아요. 성녀시로군요, 세뇨라 도나 클레멘시아, 부인의 친절한 후원이 없다면 이 비참한 인간들이 어찌 될까 모르겠습니다, 하지만 잠시 두고 보지요, 그들이 오만함을 버려야 한다는 것을 배우는지 보자는 겁니다, 그게 그들의 가장 큰 결함이니까요, 자만 말입니다. 그 말씀이 지당합니다, 아가메드스 신부님, 자만은 치명적인 죄죠. 모든 죄 가운데 최악입니다, 세뇨라 도나 클레멘시아, 사람이 자신의 고용주나 하느님과 맞서게

---

* Patrocínio라는 이름에는 수호자라는 의미가 들어가 있다.
** Clemencia라는 이름에는 너그럽다는 의미가 들어가 있다.

하는 것이 자만이니까요.

돌아오는 길에 트럭은 보아오라에 들러 그곳에서 재판을 받고 있는 죄수 몇 명을 태웠다. 이 모든 것이 일의 순서에 따라 세심하게 측정하고 계산되어 있다, 경찰 트럭은 한껏 이용되어야 하니까. 이렇게 말하는 것과 같다, 이런 거든 저런 거든 다 받아들여야 한다. 나라가 얼마나 가난한지 생각한 죄수들이 먼저 동의한다, 사실 나서서 주장이라도 할 것이다, 보아오라를 거쳐 갑시다. 일부는 생각할 것이다, 흠, 보아오라, '좋은 시간'이라, 얼마나 어울리지 않는 이름인가. 훌륭한 판사들에게 재판을 받고 있는 자들을 태워라, 그러면 우리 모두 함께 갈 수 있다, 함께 벗하기가 더 좋을 것이다, 우리 슬픔에 반주를 해줄 기타가 없어 안타깝구나. 주앙 마우템푸는 평생 그렇게 많은 여행을 해본 적이 없다. 아니, 라티푼디움에 있는 다른 누구 못지않게 여행은 해보았다. 지금은 군인인 아들 안토니우만큼 하지는 못했지만, 과거에는 삶의 의무와 주린 배의 요구에 내몰려, 등에 배낭을 지고, 괭이와 낫, 도끼와 까뀌를 들고 여행을 했다. 하지만 라티푼디움은 어딜 가나 똑같다. 어떤 곳은 코르크나무와 너도밤나무 가운데 한 가지가 더 많고, 어떤 곳은 밀이나 쌀 가운데 한 가지가 더 많고, 어떤 곳은 군경찰이나 감독이나 관리인이나 십장 가운데 어느 한 명이 있지만, 그래 봐야 차이가 없다. 그러나 이것은 차이가 크다, 훌륭한 아스팔트 도로라니. 낮이면 더 분명하게 볼 수 있을 것이다. 나라는 정말로 자신에게 복종하지 않는 아들들을 보살피니, 이 높고 단단한 담, 군경찰이 자신의 일을 처리하는 세심함을 보면 그것을 알 수 있다. 그들은 진짜 역병이다, 어디에나 있다. 아니면, 태어날 때 저주를 받아, 이것이 그들의 운명이다, 고난이 있는 곳에는 어디에나 있는 것이. 그렇다고 불행한 자들을 도우려는 것은 아닌데, 그래서 그들에게는 눈과 귀가 없다. 그냥 말만 한다, 지프에 타라, 짧은 여행을 하게 될 거다, 아니면 움직여, 아니면 계속 가, 부대로 가는 거야, 아니면 너 도토리 훔쳤지, 그러니 벌금을 물거나 매를 맞아야 돼. 그들은 공부를 했을 것이다, 아니면 군경찰이 되지 못했을 테니까, 아무도 군경찰로 태어나지는 않으니까.

어느 것이 서술자의 생각이고, 어느 것이 주앙 마우템푸의 생각이라고 보는가. 둘 다 맞다. 실수가 있다 해도, 그 또한 공유하고 있다. 이 기록부, 색인 카드, 서류로 이루어진 관료제는 우리가 태어나던 날부터 존재하지만, 우리는 그것을 눈여겨보지 않는다, 어느 날 여기에 와서 그의 이름이 적힌 점선에서부터 어떤 일이 실제로 진행되는지 자세하게 알아내는 일을 허락받지 못하는 한. 주앙 마우템푸, 사십사 세, 기혼, 몬트 라브르에서 출생 및 거주. 그게 어디에 있지. 몬테모르오노부 지구입니다. 그래, 너는 괜찮은 놈이 틀림없군. 그들은 주앙 마우템푸를 다른 죄수들과 함께 한 방으로 데리고 간다. 잘 수 있으면 자라, 배가 고프면, 그건 골치 아파, 저녁 시간은 오래전에 지났기 때문에. 문이 닫히고 세상은 사라진다. 몬트 라브르는 꿈이다. 파우스티나는 귀가 멀었다, 가엾은 것. 하지만 어떤 어리석은 미신 때문에 지금이 박쥐와 올빼미의 시간이라고 말하지는 말자, 가엾은 짐승들. 그 짐승들이 추한 것은 그들의 잘못이 아니다. 어쩌면 여러분은 자신이 잘생겼다고 확신할지도 모르겠다. 도대체 누가 바보인가.

주앙 마우템푸는 스물네 시간 동안 여기 있을 것이다. 말할 기회는 별로 없을 것이다, 그러나 다음 날, 한 죄수가 그에게 다가와 말한다, 이봐, 친구, 네가 왜 여기 와 있는지는 모르겠는데, 너 자신을 위해 내 충고를 귀담아 들어.

독방에 갇혀 보낸 삼십 일은 어떤 정상적 달력에도 들어 맞지 않는 한 달이다. 아무리 조심스럽게 계산을 한다 해도, 늘 너무 많은 날이 있다. 이것은 미친 사람들이 만들어낸 산수다. 셈을 시작한다, 하나, 둘, 셋, 스물일곱, 아흔넷, 그러다가 실수를 했다는 것을 알게 된다, 사실은 겨우 엿새밖에 지나지 않았다. 아무도 그를 심문하지 않는다. 그들은 그를 카시아스에서 데려왔다, 이번에는 낮에. 그래서 그는 적어도 자신이 어디에 있는지는 알았다, 물론 그 틈들을 통해 세상을 보려고 하는 것은 바늘구멍으로 보려고 하는 것과 같았지만. 이윽고 그는 옷을 벗으라는 명령을 받았다. 나라는 그런 일을 한다. 나한테 전에 한 번 있었던 일이다. 나를 부르더니 의사들이 그런 명령을 했다. 내가 괜찮은지 아닌지 판단하려는 것이었다. 나는 분명히 이 사람들 마음에 들 만큼 괜찮고, 따라서 나를 내보내지 않을 것이다. 그들은 내 호주머니를 다 비우게 하고, 뒤지고 찾고 털 것이다. 심지어 내 구두 안창도 떼어낸다. 이 영리한 자들은 우리가 비밀을 어디에 간수하는지 알고 있다. 그러나 아무것도 찾지 못한다. 내가 가져온 손수건 두 장 가운데 한 장을 가져간다. 담배 두 갑 가운데 한 갑을 가져간다, 안녕. 칼, 이들 경찰은 늘 그렇게 철저하지는 않다, 이제야 내 칼을 가져간다. 내가 자살을 하려고 했다면 어땠을까. 그들은 나에게 규정을 읽어준다, 독방에 구금된 동안 면회가 허락되지 않으며 가족에게 편지를 쓰지 못한다, 등등 등등, 그러지 않으면 처벌받게 될 것이다. 그러나 어느 날, 한참 뒤에, 그는 편지를 써도 좋다는 허락을 받았고, 파우스티나가 직접 빨고 다림질한 깨끗한 옷 몇 벌이 답으로 왔다. 눈물도 몇 방울 뿌려져 있었다. 그들은 눈물의 샘이 아직 마르지 않은 감상적인 사람들이었기 때문이다.

이십오 일째 되는 날 새벽 세 시, 주앙 마우템푸는 평소처럼 뒤척이며 자고 있었다. 그래서 감방 문이 열리고 군경찰 대원이, 옷 입어, 마우템푸, 떠난다, 하고 말했을 때 즉시 일어날 수 있었다. 뭐죠, 나를 보내주는 겁니까. 비참한 사람들의 상상력은 한계가 없다. 기분에 따라 늘 최선이나 최악을 생각하는데, 그것이 극단이 주는 매력이다. 그가 실망하지 않기를 바라자. 그는 일 층으로 끌려 내려갔고, 그곳에는 사람들, 더하기 사나워 보이는 사냥개도 있다. 산책에나 데리고 나가는 아무짝에도 쓸모없는 녀석이야, 군경찰대원이 농담을 한다. 그들은 산책, 여행, 승차라는 생각에 사로잡혀 있는 게 분명하다. 하지만 우리는 그들이 정확히 무슨 말을 하는 것인지 안다, 그들은 아무도 속이지 못한다. 하지만 그들은 달리 할 줄 아는 말이 없다는 듯이, 몇 가지 변화만 약간 줄 뿐 계속 그 말을 하고 있다. 사냥개가 앞장선다. 여단 본부로 가는 길을 알려주려는 거야, 그게 개가 주앙 마우템푸에게 짖는 말이다. 알주베 감옥에서 온 군경찰대원은 익살꾼이다. 상상해보라, 새벽 이 시간에 이 고통스러운 상황에서 여전히 이렇게 말할 수 있다니, 좋은 여행을 하기를. 말은 인간에게 선물로 주어진 것이 아니다, 전혀 그렇지 않다. 각 단어는 힘들게 얻은 것이며 이따금씩 혹사당한다. 누가 말하고 있고 무슨 목적으로 말하는지 고려할 때 비싼 가격에 팔려야만 하는 단어들도 있다, 이 경우처럼. 좋은 여행을 하기를, 그는 이 여행이 좋은 것과는 거리가 멀 것임을 아주 잘 알면서도 그렇게 말한다. 동물들도 서로에게 이보다는 친절하니, 적어도 그들은 말은 안 하기 때문이다. 어쨌든 여기 이 사냥개는 인적 없는 거리에서 나를 안내하고 있다. 그나저나 멋진 밤이다, 비록 내 눈에 보이는 것이라고는 건물들 사이의 이 복도 같은 하늘뿐이지만. 왼쪽으로 대성당이 있고 오른쪽으로 더 작은 규모의 성당, 산투 안토니우가 있다. 더 걸어가자 마달레나에, 작지도 크지도 않은 성당이 있다. 성당들의 거리다. 나는 하늘 군대의 보호를 받고 있다. 그래서 아마 사냥개가 좀 부드럽게 말하는지도 모른다, 내가 이런 얘기 했다고 누구한테도 말하지 마, 상황이 좋아 보이지 않아, 아마 네 동무 한 사람이 네 이름을 분 것 같아, 네가 아는 걸 모두 말하는 게 좋을 거야, 그게 네 가족에게 돌아갈 수 있는 유일한 길이야, 고집을 부려봐야 얻을 게 하나도 없어. 이 거리의 이름은 상니콜라우이고, 저기 저 거리는 상프란시스쿠인데, 내가 가면서 뒤에 이런저런 성인을 남기고 간다면 그 성인을 가져도 좋다. 미안합니다, 무슨 이야기를 하는지 모르겠습니다, 장교님, 나는 아무런 잘못을 하지 않았습니다, 태어난 이후로 일만 했습니다, 이런 일은 아무것도 모릅니다, 한 번 체포된 일이 있지만 그건 오래전입니다, 그 이후로 나는 정치와는 아무런 관계가 없었습니다, 이것이 주앙 마우템푸의 말인데, 일부는 사실이고 일부는 거짓이다. 다른 말은 하지 않으려고 한다. 말에 관해서는 그렇게 하는 것이 잘하는 것이니, 말은 바위 위를 흐르는 강물과 같다, 늘 똑같은 방식으로 그렇게 흐른다, 그러니 발이 걸리지 않도록 조심해라. 물이 너무 빠르게 흘러 현혹될 수도 있다, 잘 살펴라. 사냥개가 짖는다. 주앙 마우템푸는 그 장소를 알아본다, 전차 궤도가 반짝이는 이 비탈. 아, 그럼 됐어, 뭐, 너 어디 두고 봐. 그에게 던져진 나쁜 말 때문에 부드러운 새벽이 상처를 입는다, 너 이런 거, 너 저런 거. 라티푼디움에는 거의 알려지지 않은 말이다. 이제 주앙 마우템푸는 기운이 빠지는 것을 느낀다. 그는 이십오 일 동안 감방에 갇힌 채 거의 움직이지 못했다. 감방에서 변소로, 변소에서 감방으로 오가는 일뿐이었다. 가엾은 정신은 풀려 있는 실들을 묶으려고 과로했지만, 묶어놓으면 더 불안한 생각이 떠올라 곧 다시 풀어버렸다. 그런데 이제 이렇게 걸었다. 아주 오래 걸은 것 같지만, 라티푼디움에서 그의 두 다리가 늘 다니던 거리와 비교하면 아무것도 아니다. 그런데도 갑자기 해내지 못할까 두렵다. 자신이 아는 모든 것과 더불어 절대 알 수 없는 것까지도 말할까 두렵다. 그때 다시 카시아스의 죄수의 말이 들린다, 이봐, 친구, 네가 왜 여기 와 있는지는 모르겠는데, 너 자신을 위해 내 충고를 들어. 그는 딱 적당한 시간에 그 말을 기억했다. 그는 마치 꿈속인 듯 마지막 몇 미터를 가서, 문으로 들어가, 층계를 올라가, 다시 이 층에 이르렀다. 아무도 보이지 않는다. 무시무시한 정적이 지배하고 있다. 삼 층, 사 층. 이제 왔다. 주앙 마우템푸의 운명이 다리를 꼬고 그를 기다리고 있다. 그게 운명의 문제다, 그들은 기다리기만 한다. 모든 걸 해야 하는 건 우리다. 예를 들어, 언제 말을 하고 언제 입을 다물지 알아서 깨우쳐야 한다.

사냥개는 주앙 마우템푸를 어떤 방으로 밀어 넣더니 밖에서 지키고 서 있었다. 몇 분이 지나자 문이 벌컥 열리고 아주 말쑥해 보이는 신사가 들어왔다. 갓 면도를 한 얼굴에 화장수와 포마드 냄새를 풍겼다. 그는 다른 사람에게 나가라고 손짓을 하더니 바로 소리치기 시작했다, 이 새끼, 이 염병할 공산주의자 새끼 때문에, 오늘 미사에 못 가잖아. 이게 정말로 그가 한 말이다. 내 말을 믿어줄 사람이 있을까 의심스럽지만, 그게 사실이다. 아마 아까 알주베 감옥으로부터 걸어오는 길에 언급했던 성당 많은 동네의 영향인 듯하다. '순교자들의 성당'과 '두 성당의 광장', '성육신의 성당', 그리고 또하나, 아, 그 이름이 뭐더라, 어쨌든 그런 성당들은 말할 것도 없고. 아가메드스 신부라면 이곳을 좋아할 것이다. 이 파베이아 경감의 고해도 들어줄 수 있을 것이다. 사실 이 사람은 미사를 빼먹은 것 때문에 너무 화를 내는 바람에 혼자만의 지도 신부라도 있지 않나 하는 생각이 들 정도지만. 자, 이 교훈적인 그림을 완성하기 위해, 만일 주앙 마우템푸가, 오, 경감님, 나 때문에 미사를 빼먹지 마세요, 경감님만 좋다면 내가 함께 가겠습니다, 하고 말했을 경우를 상상해보라. 우리 귀를 믿을 수가 없다. 주앙 마우템푸조차도 왜 자신이 이런 말을 했는지 모른다. 하지만 우리는 지금 자연스럽게 튀어나온 이 대담한 말을 검토할 여유가 없다. 파베이아 경감이 우리에게 생각할 여유조차 주지 않기 때문이다, 이 나쁜 새끼, 호모 새끼, 돼지 새끼. 미안합니다, 아가메드스 신부님, 하지만 그게 그 사람이 한 말 그대로입니다, 내 잘못이 아니에요. 입 다물어, 아니면 그네를 태워줄 거야. 주앙 마우템푸는 이게 무슨 서커스 기술인지 전혀 모른다. 파베이아 경감이 책상으로 가는 것이 보인다. 그는 정말이지 이름을 잘못지었다, 파베이아가 내가 가슴에 끌어안곤 하던 밀 한 단이라는 뜻이라는 점을 생각해보라. 그는 서랍에서 권총을 꺼낸다. 그와 더불어 막대기와 무거운 자도 꺼낸다. 저 사람이 나를 죽이려는구나, 주앙 마우템푸는 생각했다. 경감이 말했다, 이걸 봐, 네가 전부 이야기하지 않으면 이게 다 네 거가 될 거야, 경고하는데, 네가 아는 걸 다 이야기하기 전에는 여기를 나가지 못해, 그대로 서 있어, 움직이지 마, 손가락 하나라도, 움직이면 혼날 줄 알아.

세 시간마다 한 사람이 떠나고 다른 사람이 들어온다. 갇힌 자는 이야기를 바꾸지 않는다. 그래, 네 마을에서 뭘 했어. 가족을 먹여 살릴 돈을 벌려고 일을 했다. 첫 번째 질문과 첫 번째 답이다. 답이 진실인 것만큼이나 질문은 예측 가능하다. 이 사내는 진실을 말했으니 자유롭게 가는 것을 허락해줘야 한다. 일을 한다는 뜻이야, 아니면 공산주의 신문을 배포한다는 뜻이야, 우리를 속이지 못해, 알아. 하지만 나는 그런 일에 가담하지 않았습니다, 경감님. 좋아, 그러니까 신문을 배포하지 않았다는 거지, 너는 이용을 당했구먼, 너하고 네 친구들은 지휘를 하는 놈한테 이용을 당했어, 그래서 그놈이 너희한테 모스크바의 방침을 가르쳐준 거야, 그게 맞지, 이봐, 몬트 라브르로 돌아가서 다시 네 자식들을 보고 싶으면 다 털어봐, 너와 모임을 가진 친구들을 감싸줄 생각 말라고, 네 가족을 생각해, 너 자신의 자유를 생각해. 주앙 마우템푸는 가족과 자신의 자유를 생각하지만, 시지즈문두 카나스트루가 해준 개와 자고 이야기를 기억하기 때문에 아무 말도 하지 않는다. 어서, 이야기를 해, 너희 무리가 말하고자 하는 게 뭐야, 이 나쁜 새끼들, 정부의 저 도둑놈들은 우리가 원하는 것을 우리에게 주지 않는다, 따라서 우리는 그놈들을 없앨 것이다, 우리는 그놈들에 맞서, 살라자르의 법에 맞서 반역을 일으킬 것이다, 이게 너희들이 서로 하는 이야기 아니야, 이게 너희들이 하려는 일 아니야, 사실을 말해, 이 빨갱이 새끼야, 감추지 말고, 이야기를 다 하면, 내일 몬트 라브르로 떠나서 네 자식들을 다시 볼 수 있어. 주앙 마우템푸는 자고와 마주 보고 있는 개의 해골을 생각하며 다시 말한다, 경감님, 나는 내 이야기를 했습니다, 나는 천구 백사십오 년에 체포당했지만, 그 이후로 정치적인 일에는 전혀 가담한 적이 없습니다, 누군가 다르게 이야기했다면, 그 사람이 거짓말을 하는 겁니다. 그들은 그를 벽에 내던지고, 그를 때리고, 해 아래 모든 이름으로 그를 불렀다. 그들은 계속 봐주지 않고 이 일을 되풀이했지만, 갇힌 자는 여전히 이야기를 바꾸지 않았다.

주앙 마우템푸는 조각상처럼 그곳에 일흔두 시간 동안 서 있을 것이다. 다리가 부어오르고 머리는 어지러울 것이다. 다리가 꺾일 때마다 자와 막대기로 맞게 될 것이다. 그렇게 세지는 않지만 아프기는 할 것이다. 그는 울지 않았지만 눈에는 눈물이 고여 있었다, 눈이 눈물과 함께 헤엄을 쳤다. 돌이라도 그에게 동정심을 품었을 것이다. 몇 시간 뒤 부은 것은 가라앉지만, 피부 밑의 핏줄은 손가락처럼 굵어졌다. 그의 심장은 자리를 바꾸고, 쿵쿵 소리를 내고, 머릿속에서는 귀를 멀게 할 듯한 망치 소리가 울려 퍼진다. 그러다 마침내, 그의 힘이 빠져나간다. 더는 서 있을 수가 없다. 그도 모르는 사이에 몸이 늘어진다. 이제 그는 웅크리고 있다. 그는 라티푼디움에서 온 가엾은 농장 노동자이며, 마지막 똥, 겁이라는 똥을 쥐어짜내고 있다. 일어나, 이 돼지야. 하지만 주앙 마우템푸는 일어날 수가 없었다, 그런 척하는 것이 아니었다, 이 또한 그의 진실이었다. 마지막 날, 옆방에서 나는 비명과 신음을 들었고, 이윽고 파베이아 경감이 경찰관 여러 명과 함께 들어왔다. 비명이 다시 시작되고, 점점 날카로워졌다. 파베이아는 의도적으로 느릿느릿 그에게 다가가 겁을 주려는 목소리로 말했다, 자, 마우템푸, 몬트 라브르에 갔다 왔으니 네 이야기를 해줄 수 있잖아. 그는 불행의 깊은 곳에 들어가 있고, 웅크린 몸은 바닥의 판자에 거의 달라붙어 있으며, 눈은 흐릿했다. 주앙 마우템푸가 대답했다, 할 이야기가 없어요, 해야 할 이야기는 다 했습니다. 겸손한 문장이다. 이년이 지난 뒤의 개의 해골이다. 기록할 가치가 거의 없는 문장이다, 다른 사람들이 한 말과 비교할 때, 피라미드 꼭대기에서 사천 년이 내려다보고 있다라든가, 평생 공작 부인을 하느니 하루만이라도 왕비를 하겠다라든가, 서로 사랑하라라든가. 하지만 파베이아 경감은 피가 끓는다. 그럼 네 마을에 배포된 신문 스물다섯 장은 어떻게 된 거야, 그걸 부인하면 당장 너를 죽여버리겠어. 그러자 주앙 마우템푸는 생각했다, 사느냐 죽느냐. 그리고 아무 말도 하지 않았다. 어쩌면 파베이아 경감이 또 미사에 늦었는지도 모른다. 아니면 일회전에서 죄수를 일흔두 시간 동안 세워둔 것으로 충분했던 것인지도 모른다. 어쨌든 그는 이렇게 말했다, 이 새끼를 알주베에 다시 데려가서 쉬게 해, 그런 다음에 이야기를 하게 다시 데려와, 그때도 이야기를 안 하면 곧장 공동묘지로 가게 될 거야.

용 두 마리가 다가와 주앙 마우템푸의 두 팔을 잡고, 사층에서 일 층까지 층계를 따라 그를 질질 끌고 내려간다. 그들은 주앙 마우템푸를 끌고 가면서 말한다, 그 사람한테 이야기를 해, 마우템푸, 그게 너나 네 가족한테 좋을 거야, 게다가, 네가 이야기를 하지 않으면 경감이 너를 타하팔*로 보내버릴 거야, 경감은 모든 걸 알고 있어, 벤다스노바스 출신의 네 친구 한 명이 죄다 불었어, 네가 할 일은 그 사람이 한 이야기를 확인해주는 것뿐이야. 그러자 간신히 서 있을 수 있는, 계단에서 계단으로 덜렁거리며 움직이는 두 발이 마치 다른 사람에게 속한 것 같다고 느끼는 주앙 마우템푸가 대답한다, 나를 죽이고 싶으면 그러라지요, 하지만 나는 아무 할 말이 없습니다. 그들은 주앙 마우템푸를 경찰 밴에 집어넣었다. 짧은 여행이었다, 지진은 없었다, 성당들은 모두 여

---

* 카보베르데에 있는 감옥 수용소로 '느린 죽음의 수용소'로 알려져 있으며, 살라자르가 정적들을 보낸 곳이다. ─역주

전히 의기양양하게 서 있었다. 그들은 알주베에 도착하여 문을 열었다, 내려. 그는 한 발을 헛디뎌 쓰러졌고, 다시 안으로 끌려 들어갔다. 두 다리에는 이제 약간 힘이 붙었지만, 큰 차이는 없었다. 이윽고 그들은 주앙 마우템푸를 감방에 밀어 넣었는데, 우연인지 의도인지, 그 방은 그가 전에 있던 방이었다. 그는 거의 기절하듯이 둘둘 말린 매트리스에 엎어졌다. 비록 꿈속에 있는 듯한 느낌이었지만, 매트리스를 펴고 그 위에 누울 힘은 있었다. 그곳에 그는 마흔여덟 시간 동안 죽은 듯이 누워 있었다. 옷을 입고 신발도 신은 채였다, 내부 배선으로만 결합되어 있는 깨진 조각상. 그가 꿈을 꾸는 동안 커튼 위로 건너다보며 인상을 찌푸리는, 라티푼디움에서 온 꼭두각시. 그의 턱수염은 계속 자란다. 입 한쪽 귀퉁이에서 침 한 줄기가 생겨나 수염 그루터기와 땀 사이로 천천히 길을 내며 흐른다. 그 이틀 동안 군경찰은 감방의 점유자가 살았는지 죽었는지 살피기 위해 이따금씩 안을 들여다본다. 두 번째 들여다보다 안도감을 느낀다. 잠자는 사람이 적어도 자세는 바꾸었기 때문이다. 그러나 군경찰은 일반적 흐름을 안다. 이 사람들은 조각상 놀이를 하다 돌아오면 늘 이렇게 잠을 잔다, 심지어 먹을 필요도 없다. 하지만 죄수는 이제 잠을 충분히 잤기 때문에 잠의 깊이는 얕아진다. 일어나, 점심은 여기 선반에 있어. 주앙 마우템푸는 매트리스에 일어나 앉는다. 그 말을 꿈에서 들은 건지 현실에서 들은 건지 잘 알 수가 없다, 감방 안에는 아무도 없지만, 음식 냄새가 나기 때문이다. 다급하고 엄청난 허기가 느껴진다. 하지만 처음에 일어서려고 하자, 다리가 꺾이고 그런 노력만으로도 눈앞이 침침해진다. 다시 시도한다. 그곳에서 선반까지는 불과 두 걸음이다. 최악은 앉아서 먹을 수가 없을 것이라는 점이다. 감옥에서는 음식을 더 빨리 삼키려고 서서 먹기 때문인데, 어려서 나이에 비해 작았고 그 뒤로도 별로 크지 않은 주앙 마우템푸는 뒤꿈치를 들고 서야만 한다. 이렇게 약해진 상태에서는 고역이다. 음식을 조금이라도 바닥에 떨어뜨리면 벌을 받을 것이 뻔하다. 음식을 내리는 자는 명령도 내린다.

　닷새가 흘렀다. 이 닷새에 관해서 다른 어느 날들만큼이나 해줄 이야기가 많겠지만, 그것이 이야기의 괴로움이기도 하다. 가끔 이야기는 시간을 훌쩍 뛰어넘어야만 한다, 갑자기 서술자가 급해졌기 때문이다. 끝내려는 것이 아니다, 아직은 아니다. 중요한 삽화(揷話)에 다다르려는 것이다. 계획의 변경이다. 예를 들어 군경찰대원이 감방에 들어와 하는 말 때문에 주앙 마우템푸의 심장이 건너뛴 박동 하나, 마우템푸, 떠날 준비해, 그 담요들은 가게에 돌려주어야겠어, 그릇하고 숟가락과 함께, 돌아올 때까지 이곳을 깨끗이 정리해놔. 라티푼디움에서 온 이 사내들의 문제, 특히 그들이 죄가 없을 때의 문제는 그들이 모든 걸 말 그대로 받아들여, 삽은 그냥 삽이라고 생각한다는 것이다. 그래서 주앙 마우템푸는 최선을 바라며 매우 행복하다, 아마 나를 풀어주려나 보다. 이 사내는 바보다. 이 점은 경찰관이 돌아와 그와 함께 병참 매점에 갔을 때 바로 분명해진다. 그곳에서 그는 담요, 숟가락, 그릇을 맡기고, 보관해두었던 몇 가지 개인 물품을 받는다. 그러자 경찰관은 말한다, 너를 집단 감방에 데려갈 거야, 너는 이제 통신 차단이 아니야, 그러니까 가족에게 편지를 써서 필요한 걸 보내달라고 할 수도 있다는 거야. 그러더니 그는 문을 열었고, 안에는 온 세상 사람들, 모든 국적의 사람들이 있었다. 그래, 그건 말이 그렇다는 것이고, 실은 그곳에 사람들이 많았고, 그 가운데 일부는 외국인이었다는 뜻이다. 하지만 주앙 마우템푸는 너무 수줍음이 많고 또 자신의 강한 알렌테주 사투리에 너무 제약을 받아 그들과 친한 관계가 될 것이라고 기대할 수가 없다. 그러나 문이 닫히자마자 다른 모든 포르투갈인이 그를 둘러쌌다. 왜 그가 거기에 있는지, 들려줄 바깥소식이 없는지 알고 싶기 때문이었다. 주앙 마우템푸는 감출 것이 없다. 그는 자신에게 있었던 모든 일을 이야기한다. 천구백사십오 년 이래 어떤 정치적 활동에도 가담한 적이 없다는 선언에는 전혀 흔들림이 없었기 때문에 그때 그 자리에서도 그것을 반복한다. 하지만 그럴 필요는 없다, 아무도 묻지 않았기 때문이다.

주앙 마우템푸는 매우 인기 있는 사람이라는 것이 드러났다. 한번은 동료 죄수가 담배를 피우고 있는 것을 보고 담배를 한 대 달라고 했다. 생판 처음 보는 사람이었기 때문에 다소 뻔뻔스러운 행동이라고 할 수 있었지만, 다른 죄수들도 즉시 그에게 담배를 권했다. 가장 좋았던 일은 그들의 대화를 우연히 들은 다른 사람이 좋은 품질의 담배 한 온스, 담배 종이 한 봉지와 성냥 한 갑을 들고 왔다는 것이다. 필요한 게 있으면 말만 해, 동무, 여기서는 모두 똑같이 나눠. 주앙 마우템푸가 어떤 기분일지 상상할 수 있을 것이다. 그는 첫 모금을 내뿜으며 키가 육 인치 자랐고, 두 번째를 내뿜으며 평소의 키로 돌아왔다. 어쨌든 큰 힘을 얻었다. 그가 담배를 피우는 것을 지켜보며 웃음을 짓는 사내들 사이의 자그마한 인물. 죄수들의 생활에도 행복한 사건과 우연의 일치는 있기 때문에, 이틀 뒤, 주앙 마우템푸는 집단 감방 바깥의 한 방으로 불려갔고, 그곳에서 군경찰은 자신이 기증자인 것처럼 활짝 웃으며, 군경찰은 모순적인 생물이기 때문에, 말했다, 마우템푸, 네 마을에서 온 신사가 이 옷, 담배 사 온스, 이십 이스쿠두를 가져왔네. 주앙 마우템푸는 예기치 못한 선물보다도 몬트 라브르가 언급되는 것에 감동을 받아 물었다, 그 신사분이 누굽니까. 군경찰이 대답했다, 상관없어, 우리한테 기증자는 그냥 기증자일 뿐이야. 그것은 주앙 마우템푸가 몰랐던 일이었다. 그는 보물을 움켜쥐고 방으로 돌아갔고, 돌아가자마자 라티푼디움 전체에 들릴 정도로 소리를 내질렀다, 좋아, 동무들, 담배 피우고 싶은 사람 있으면 여기 담배가 잔뜩 있어. 다른 목소리가 똑같이 크게 응답했다, 이런 일들은 널리 알릴 필요가 있었기 때문이다, 바로 그렇게 하는 거야, 동무들, 모두 똑같이 나누는 거지, 여기서는 우리 모두 형제이고 우리 모두 똑같은 권리를 갖고 있어. 보통 연대의 증거로 매우 다양한 물질을 선택하겠지만, 어쨌든 모두 자신에게 필요한 것을 받거나 자신이 가진 것을 주는데, 이 경우에는 담배, 하얀 담배 종이에 담아서 만 작은 실 같은 담배다. 이제 떨리는 혀 끝이 가장자리를 따라가며 담배를 봉한다. 일은 끝났다. 이런 커다란 선의의 행동을 이해하지 못한다면 정말이지 인류는 위험한 상태일 것이다.

어떤 이들은 떠나고, 어떤 이들은 떠나지 않고, 새로운 이들이 도착하지만, 그들이 낯선 사람인 경우는 거의 없고, 늘 누군가 이렇게 말하는 사람이 있다, 그래, 너 여기서 볼 줄 알았어. 며칠 지나자 경찰관이 문에 와서 말한다, 마우템푸, 웃옷 걸쳐, 산책 나갈 거야, 하지만 금방 돌아올 테니까 다른 건 가져갈 필요 없어. 어쩌면 돌아올 것이고, 어쩌면 돌아오지 않을 것이지만, 주앙 마우템푸는 그 이야기를 들었을 때 심장이 멎는 줄 알았다고 말한다. 이 말은 그가 사 년 동안 정치 활동에 가담한 적이 없다는 말보다 진실에 훨씬 가깝다. 그는 옆에 사냥개를 둔 여행을 반복한다. 이번에는 몸집이 크고, 턱수염이 거의 없는 젊은이인데, 신경이 예민해 보인다. 아마 이런 일에 익숙하지 않을 것이다. 연신 손을 뒤로 돌려 뒷주머니를 확인하고 한마디도 하지 않지만, 어쨌든 주앙 마우템푸는 지나가는 사람들을 볼 수 있다, 저들은 내가 죄수라는 것을 알 거야. 그는 시가 전차를 볼 수 있고, 진열장도 들여다볼 수 있다. 이번에는 정말로 어슬렁거리는 산책에 가깝다. 너무 그런 나머지 두려움도 거의 잊는다. 그러는 순간 두려움이 물밀 듯이 돌아와 그의 생각을 뒤죽박죽으로 만들고 그의 피를 어지럽힌다. 집단 감방, 나눠 피우는 담배, 대화가 그립다. 갑자기 조각상에 공감한다. 청동과 대리석 조각상도 서 있는 게 힘들다는 것을 알 것이기 때문이다. 어떻게 저 친구들은 쥐가 나지 않을까, 팔을 뻗고 있는 저 사람들은, 또 똑같은 자세로 얼어붙어, 절대 항복하지도 않고, 절대 달아나지도 않는 저 짐승들은, 인간의 의지력이 없는데도. 인간은 의지력에도 불구하고 너무도 자주 약해지고 주저앉고 만다. 아무리 걷어차도 일어나게 할 수가 없다. 크게 마음 쓰지는 않지만, 죽을 수도 있다, 그의 혀가 말을 하지 않거나, 똑같은 거짓말을 계속 되풀이한다면. 하지만 고문이 곧 다시 시작될 거라는, 똑같은 또는 더 심한 고통을 경험할 것이라는 생각, 이 생각이 주앙 마우템푸의 머리를 가득 채운다. 환한 대낮에, 팔월이면 늘 그렇지만 덥기까지 한데, 갑자기 도시에 큰 어둠이 깔린다. 하지만 모든 배은망덕한 피조물이 생각할 수 있는 것은, 나는 어떻게 되는 거지, 어떤 고문이 나를 기다리는 거지, 하는 것뿐이다.

문이 다시 열리고, 주앙 마우템푸는 사냥개를 뒤에 두고 층계를 올라가, 방으로 들어갔다. 누가 여기 있나 보았더니, 벤다스노바스에서 온 사람, 주앙 마우템푸와 함께 테헤이루두 파수까지 여행한 사람이었다. 그의 이름은 레안드루 레안드르스이며, 이제 그가 경멸 섞인 목소리로 묻는다, 네가 왜 여기 끌려왔는지 알아. 늘 정중하고 예의 바른 주앙 마우템푸가 말한다, 아니요, 선생님, 모릅니다. 레안드루 레안드르스가 말한다, 네 나머지 이야기를 하러 온 거야. 하지만 그다음에 무슨 일이 벌어지는지 묘사하는 것은 의미가 없다. 똑같이 케케묵은 것, 똑같은 대화다. 신문을 얼마나 많이 배포했는가, 지역 위원회는 어떻게 구성되었으며 왜 모임을 중단했는가, 구성원은 몇 명이고 누구였는가, 봐라, 여기 누군가가 네 이름을 불었어, 따라서 사실인 게 틀림없어, 자백하지 않으면 여기서 살아서 못 나가, 이야기하는 게 최선이야, 알지. 하지만 주앙 마우템푸는 그 점을 전혀 확신하지 못한다. 확신한다 해도, 내가 정치적인 신문에 손을 대기라도 한 게 사 년이 지난 일입니다, 내가 길거리에서 또는 길을 가다가 그걸 집은 건 그때가 유일합니다, 그 외에는 누가 실제로 그런 걸 나한테 준 기억이 없습니다, 그건 오래전 일입니다, 내가 생각하는 건 내 일뿐입니다, 맹세합니다. 대화는 늘 똑같았다. 똑같은 질문과 똑같은 대답, 똑같은 심문과 똑같은 거짓말. 하지만 이번에는 매질이 없었고 주앙 마우템푸라는 조각상은 자연스러운 자세를 유지하며, 의자에 앉아 있었다, 마치 초상화를 그리려고 자세를 잡은 것처럼. 그러나 그의 영혼은 그의 심장 안에서 겁에 질린 가엾은 미치광이처럼 펄쩍펄쩍 뛰어다니고 있었다. 그의 창백하지만 변함없는 의지는 계속 말하고 있었다, 말하면 안 돼, 마음대로 거짓말을 해도 좋지만 말은 하지 마. 또 다른 차이가 있다. 낮은 등급의 사냥개가 모든 질문과 대답을 타자로 친다는 것이었다. 그러나 몇 페이지가 넘어가면 더 쓸 것이 없었다. 대화가 바닥 없는 물통이 달린 바퀴를 돌려 물을 긁어 올리는 것 같았기 때문이다. 바퀴는 계속 빙빙 헛돌아, 노새는 이제 자신의 똥을 밟아대고 해는 가라앉고 있었다. 그 지점에서 진술은 끝났다. 타자기를 앞에 두고 앉은 사내가 물었다. 이자의 최초의 진술은 어디 있습니까. 레안드루 레안드르스는 자기가 무슨 말을 하는지도 모르고 대답했다, 저기 있어, 알부케르크의 진술과 함께 있지. 주앙 마우템푸는 그동안 누가 자신의 이름을 불었는가 하는 문제로 되풀이해 자신을 괴롭혀왔는데, 이제 알게 되었다, 알부케르크였다. 무척 고통스럽고 무척 슬픈 일이라는 것을 알면서도 속으로 묻지 않을 수 없었다, 그들이 무슨 짓을 했기에 그가 말을 하게 되었을까, 아니면 그가 자진해서 그렇게 한 것일까, 그는 무슨 생각을 하고 있었던 것일까. 어쨌든, 그런 일은 일어난다. 지금 주앙 마우템푸로서는 몇 년 뒤 몬트 라브르에서 밀고자 알부케르크를 보게 될 것임을 알 리가 없다. 그는 알부케르크가, 그놈들이 여기 나타나면 내가 쏴버릴 거야, 진짜야, 하고 말한 적이 있지만, 결국은 자신을 밀고했다는 것을 기억한다. 알부케르크는 출옥하여 신교 목사가 되었다. 우리가 종교에 무슨 반감이 있는 것은 아니지만 의문이 드는 것은 어쩔 수 없다, 자신의 동무 몇 사람조차 구하지 못하면서 어떻게 만인의 구원을 선포하고 돌아다닐 수 있을까. 죽음의 시간에 그는 자신을 위하여 무슨 말을 해야 할까. 하지만 지금 주앙 마우템푸가 느끼는 것이라고는 커다란 슬픔과 그래도 자신은 이야기를 하지 않았다는 커다란 안도감뿐이다. 아마 그들은 다시 나를 때리거나 내게 조각상 노릇을 시키지는 않을 것이다. 만일 그런다면 그걸 감당할 수 있을지 자신이 없다.

주앙 마우템푸는 알주베로 돌아갔다가, 며칠 뒤 그곳에서 카시아스로 옮겨졌고, 이 소식이 마침내 몬트 라브르에도 닿았다. 편지들이 오갈 것이고, 파우스티나와 주앙 마우템푸는 많은 일을 꼼꼼하게 조정해야 한다, 이런 일은 장난이 아니기 때문이다. 어떤 사람이 오랜 여행을 하여 어떤 시간에 어떤 장소에 가 있으려면 마지막 세부까지 모든 것을 계산해야 한다, 그 만남이 은밀한 것이 아니라 해도, 문을 열어주며, 들어오시오, 하고 말하는 사람이 다름 아닌 경찰들이라 해도. 아니, 만일의 모든 사태를 고려해야만 한다, 달구지로 몬트 라브르에서 벤다스노바스까지, 기차로 벤다스노바스에서 바헤이루까지, 어쩌면 마누엘 이스파다와 레안드루 레안드르스를 실었던 같은 열차에 탈 수도 있고, 거기서 배로, 파우스티나 마우템푸가 바다를 본 것, 이 광대한 내포를 본 것은 이번이 겨우 두 번째다, 거기서 다시 기차로 카시아스까지, 이곳에서 바다는 갑자기 커진다. 이게 진짜 바다야, 그녀는 말한다. 테헤이루 두 파수에서 그녀를 만난 여자, 도시에 살고 있는 여자는 친구의 한정된 경험에 공감 어린 친절한 미소를 지으며 말한다, 네, 그게 바다 맞아요. 하지만 진짜 바다에 대한 그녀 자신의 무지에 관해서는 아무 말도 하지 않는다. 두 탑 사이에 겸손하게 두 팔을 벌린 이것이 아니라, 무한한 액체의 갈망, 유리와 거품을 쉴 없이 체로 쳐대는 광경, 부드러워지고 차가워지는 광물적인 단단함, 큰 물고기와 슬픈 난파와 시들의 집.

몇 가지는 알 수 있어도 모두 알 수는 없다는 말은 참으로 진실이다. 파우스티나 마우템푸의 친구는 카시아스 어디에서 기차를 내려야 하는지는 알지만 감옥이 어디인지는 모른다. 하지만 자신이 모른다는 사실을 인정하고 싶지 않아 한 방향으로 나서면서 말한다, 여기 아래쪽이 틀림없어요. 때는 팔월이다. 이 시간에는 구워버릴 듯이 덥다. 이 시간은 그렇게 힘들게 전달받고 기억해두었던 시간, 면회 시간에 빠르게 다가간다. 결국 그들은 행인에게 물어볼 수밖에 없었고, 완전히 잘못 갔다는 것을 알고 되짚어 왔다. 이렇게 왔다 갔다 하는 것만으로 벌써 지쳤다. 파우스티나 마우템푸는 발이 익숙하지도 않은 꼭 끼는 구두를 벗고 양말만 신고 있었는데, 이것은 큰 실수였다. 무정한 사람만이 웃음을 터뜨릴 수 있으니, 이것은 평생 기억에 낙인처럼 남을 수모이기 때문이다. 더위에 아스팔트는 반쯤 녹은 상태라, 그녀의 발이 아스팔트를 딛자마자 양말은 빠르게 들러붙었다. 그녀가 발을 당길수록 양말은 늘어나기만 했다. 서커스의 한 장면 같았다, 이 시즌에서 가장 웃긴 장면. 그만, 그만, 어릿광대의 어머니가 방금 돌아가셨다, 모두 울고 있다, 어릿광대는 웃기지 않는다, 겁에 질려 있다. 우리는 파우스티나 마우템푸에게서 그런 느낌을 받는다. 우리는 그녀의 친구가 그녀가 양말을 벗는 것, 조심스럽게 벗는 것을 도울 수 있도록 가림막이 되어준다. 오직 한 사내만 알고 살아온 여자들은 대책 없이 수줍기 때문이다. 이제 그녀는 맨발이고, 우리는 집에 가도 된다. 우리 가운데 누가 웃음을 짓는다 해도 그것은 따뜻한 마음 때문이다. 하지만 파우스티나 마우템푸가 요새에 도착했을 때 그녀의 발은 끔찍한 상태였는데, 양말 없이 구두를 신는 바람에 더 심각해졌다. 발은 아스팔트로 시커멓고 마찰로 생살이 드러난 피부에서는 피가 흘렀다. 가난한 사람들은 얼마나 힘겨운 인생을 살아가는지.

면회객들은 떠났고, 시간은 지나갔다. 아무도 주앙 마우템푸를 보러 오지 않았다. 동료들은 멍청한 농담조에 사내다운 방식으로 그를 놀린다, 마누라가 너를 완전히 잊었군. 물론 바람을 맞을 거라고는 생각하지 못했다. 그러나 입구에서는 가엾은 파우스티나 마우템푸가 안으로 들여보내달라고 요구하고 있다. 여기가 내 남편이 있는 곳인가요, 그녀가 묻는다, 남편 이름은 주앙 마우템푸예요. 문간에 있는 사내는 농담으로 대답한다, 아니, 여기에는 그런 이름을 가진 사람은 없는데. 다른 사내가 조롱한다, 그러니까 남편이 감옥에 있다는 뜻인가. 이것이 그들이 시간을 보내는 방법이다, 그들은 아주 따분한 생활을 하기 때문이다. 이들은 심지어 죄수들을 두들겨 패는 일도 하지 않는다, 다른 사내들이 한다. 그러나 파우스티나 마우템푸는 차이를 알 수가 없다. 네, 맞아요,

당신들이 그이를 데려온 사람들이니, 그이는 틀림없이 여기 있을 거예요. 하지만 그녀의 분노는 참새의 노여움, 닭의 격분, 양의 진노와 같다. 마침내 사내는 서류를 넘기더니 말했다, 그래, 그 말이 맞네, 그 사람 여기에 있군, 육 번 방이야, 하지만 지금은 면회가 안 돼, 면회 시간이 끝났거든. 파우스티나 마우템푸가 울음을 터뜨리는 것도 당연하다. 그녀는 무너지는 기둥이다, 금이 가고 조각이 떨어져 나오는 것이 보인다. 라티푼디움의 이 기둥에게는 아픈 발도 있다. 그녀는 이제 그것 때문에도 울 수 있다. 그녀가 평생 겪어왔고 앞으로 겪게 될 다른 모든 것에도 불구하고, 지금이 모든 눈물을 쏟아내며 울 순간이다, 모든 마개를 뽑아내야 할 순간이다. 파우스티나 마우템푸, 눈물로 녹아버려라, 어쩌면 이 두 강철용의 심장을 어루만지게 될지도 모른다. 그들에게 심장이 없다 해도, 적어도 창피를 당하지 않는 쪽을 택하려 할 수도 있다. 너는 가엾은 여자에 불과하기 때문에 그들이 네 몸을 밖으로 내던지지는 않을 것이다. 그러니 울어라, 남편을 보게 해달라고 요구해라. 그래, 그래, 이 여자야, 가서 특별 완화 조치로 들여보내줄 수 있는지 알아볼게, 하지만 파우스티나 마우템푸는 이 표현을 이해하지 못한다. 완화 조치가 무엇인가, 게다가 그게 또 왜 특별한 것인가, 어떻게 그들이 그런 걸로 그녀를 들여보내줄까, 그게 그녀가 남편을 보는 데 도움을 줄까. 꼬부라진 길로 여행하는 사람들도 결국은 도착한다. 면회 시간은 오 분밖에 안 되지만, 너무 오래 보지 못한 두 사람에게는 그만하면 길다. 주앙 마우템푸는 희망에 가득 차 그곳에 있다. 동무들이 말한다, 네 부인이 틀림없군. 과연 그렇다, 파우스티나, 주앙. 그들은 포옹한다, 둘 다 눈물을 쏟아낸다. 그는 아이들이 어떤지 알고 싶고 그녀는 그가 어떤지 알고 싶다. 삼 분이 지나갔고, 잘 있어, 어떻게 지냈어, 일은 있어, 그라신다는, 아멜리아는, 안토니우는. 다 잘 있어, 하지만 당신은 많이 말랐네, 아프지 않아야 돼, 오 분, 잘 있어, 잘 가, 애들한테 사랑한다고 말해줘, 아, 많이 사랑한다고, 곧 다시 와, 올게, 이제 어디 있는지 아니 헤매지 않을 거야, 나도 헤매지 않을게, 안녕.

다른 면회도 있다, 이것과는 성격이 다른, 덜 서두는 면회. 그의 딸들이 찾아올 것이다. 남동생 안셀무가 찾아올 것이고, 안토니우 마우템푸가 찾아올 것인데, 그는 분노를 느끼며 떠난다. 아무도 그를 화나게 하지 않았지만, 그럼에도 그는 분노를 느끼며 떠난다. 그는 약간 떨어진 곳에 서 있을 것이다, 감옥을 노려보고 있는 격분의 화신. 그는 우리가 아는 안토니우 마우템푸가 아니다. 마누엘 이스파다가 올 것이다. 그는 엄숙한 얼굴로 들어가 고요한 빛으로 환하게 밝혀진 얼굴로 떠날 것이다. 사촌과 아저씨들도 올 것인데, 그 가운데 몇 명은 리스본에 살고 있다. 그러나 그들은 복도까지 들어오는 것만 허락받을 것이다. 아주 고운 철망 너머로 들여다봐야 하기 때문에 건너편에 있는 사람들을 분간하기 힘들다. 게다가 경찰관 한 명이 순찰을 하며 죄수들이 무슨 불평을 하나 귀를 기울이고 있다. 몇 달이 지나갈 것이다. 긴 낮, 그리고 훨씬 더 긴 감옥의 밤이 지나갈 것이다. 여름이 끝날 것이고, 가을이 가고 겨울이 올 것이다. 주앙 마우템푸는 여전히 그곳에 있다. 이제는 불려 나가 심문을 당하지 않는다. 그들은 그가 있다는 것을 잊었다. 아마 그는 그곳에 영원히 머물 것이다. 주앙 마우템푸가 나중에 알게 되듯이, 시지즈문두 카나스트루도 체포되었다. 주앙 마우템푸는 몬트 라브르로 돌아와 시지즈문두가 석방되었다는 소식을 듣게 되고, 이윽고 시지즈문두가 나타난다. 그들은 자유로운 심장으로 포옹한다. 나는 말하지 않았어. 나도 하지 않았어. 알부케르크였어. 시지즈문두는 훨씬 힘든 시간을 보냈지만 웃음을 터뜨린다. 주앙 마우템푸는 자신들이 당한 부당함에 어떤 우울감을 느끼지 않을 수 없다. 육 번 방에서는 많은 이야기가 오간다. 그들은 정치와 다른 문제를 토론한다. 어떤 사람들은 공부하고, 어떤 사람들은 가르친다. 읽기, 산수 교육이 있고, 몇 사람은 그림을 그린다. 민중 대학이다. 이것에 관해서는 더 이야기하지 않겠다, 영원의 시간이라도 모자랄 것이기 때문이다.

오늘 그는 풀려날 것이다. 여섯 달이 지나, 이제 일월이다. 지난주까지만 해도, 주앙 마우템푸는 육 번 방의 다른 재소자들과 함께 진입로에서 일을 하고 있었다, 녹은 눈처럼 차가운 비를 맞으며 일을 했다. 그런데 이제 그는 앉아서 자신의 인생에서 어떤 일이 기다리고 있을지 생각하고 있다. 많은 사람들이 재판을 받았지만 그는 받지 않았다. 어떤 사람들은 이것이 좋은 징조라고 한다. 문이 열리고 군경찰대원이 평소의 오만한 말투로 말한다, 주앙 마우템푸. 주앙 마우템푸는 감옥의 규칙이 명령하는 대로 차려 자세로 선다. 군경찰대원이 말한다, 너는 나간다, 네 물건을 챙겨라, 서둘러라. 그대로 남게 된 사람들은 무척 기뻐해주는데, 이것은 특별한 일이다, 마치 그들 자신이 풀려나는 것 같다. 한 사람이 말한다, 감옥이 빨리 비워질수록 좋아, 여기서는 어떤 일도 할 수가 없어. 그것은, 나에게 빨리 연장을 줄수록 나는 빨리 일에 착수할 수 있어, 하고 말하는 것만큼이나 논리적이다. 모두들 달려든다. 마치 어머니가 아이 옷을 입혀주는 것 같다. 어떤 사람은 신발을 신겨주고 어떤 사람은 셔츠를 입혀주거나 재킷을 털어준다. 누가 보면 주앙 마우템푸가 교황이라도 만나러 가는 줄 알 것이다. 놀라운 일이다. 마치 아이들 같다. 당장이라도 모두 울음을 터뜨릴 것 같다. 뭐, 그들이 그러지 않아도 주앙 마우템푸가 곧 그럴 것이다, 그들이 묻기 때문이다, 자, 마우템푸, 집에 갈 돈은 있어. 그가 대답한다, 조금 있지, 동무들, 하지만 괜찮을 거야. 그러자 사람들은 돈을 모으기 시작한다. 여기서 오 이스쿠두, 저기서 십 이스쿠두. 그들은 용케 여비로 충분한 돈, 그리고도 약간 남을 돈을 긁어모은다. 주앙 마우템푸는 적은 돈도 큰 사랑이 될 수 있다는 것을 알게 될 때 눈물을 참지 못할 것이다. 그는 말할 것이다, 고마워, 동무들, 잘 있어, 모두 잘되기를 빌게, 나한테 해준 모든 일에 다시 한 번 감사해. 이런 파티 분위기는 누군 가 석방될 때마다 되풀이된다, 아, 감옥 생활의 기쁨이여.

어두워졌을 때 밴은 주앙 마우템푸를 알주베 감옥 문간에 내려놓았다. 이 악마 같은 '검은 마리아'[*]는 다른 길을 모르 는 듯하다. 주앙 마우템푸가 나섰을 때, 이번에는 자유인으 로 나섰을 때, 경찰관이 그에게 말한다, 어서 가, 꺼져. 경찰 관은 그가 떠나는 것을 보게 되어 아쉬운 듯하다. 하지만 그 들은 그렇다. 그들은 죄수들을 좋아하게 되어 그들을 잃는 것을 받아들이기 힘들어한다. 주앙 마우템푸는 악마가 쫓아 오기라도 하듯이 길을 따라 달려간다. 그 느낌이 너무 강해 진짜로 누가 쫓아오지나 않나 뒤를 흘끔거린다. 아마 경찰은 그런 즐거움에 탐닉할 것이다, 죄수를 놓아주는 척하고 나서 그를 추적하는 것. 가엾은 사내가 아무리 열심히 달려도 어 떤 통로로 가면 그를 기다리는 그물이 있을 것이다. 그는 다 시 잡혀, 경찰차에 던져지고, 모든 경찰관이 배를 움켜쥐고 웃음을 터뜨릴 것이다, 이야, 재미있어, 오, 정말 오랜만에 이 렇게 웃어보네, 서커스에서도 이렇게 웃은 적이 없어. 그들은 얼마든지 이런 짓을 할 수 있다.

거리에는 사람이 전혀 없다, 검은 밤이다, 하지만 비는 오 지 않는다, 다행히도, 하지만 바람이 키 큰 건물들 사이에서 서두르는 이발사의 무딘 면도날처럼 치고 들어온다, 계속 주

---

[*] 죄수 호송차.

앙 마우템푸의 얇은 옷 안으로 파고든다. 바람은 주앙 마우템푸만큼이나 벌거벗었다, 어쨌든 그렇게 보인다. 그는 달리기를 멈추었다. 다리의 느낌이 이상하고 숨이 가쁘다. 그는 걷는 법을 잊었다. 거리 모퉁이에 몸을 기댄다. 가방과 옷가방은 끈으로 묶어놓았다. 둘 다 무척 가볍지만 두 팔은 그것을 간신히 들고 있다. 그래서 가방을 땅에 내려놓는다. 한때 엄청난 무게를 나르던 이 사람이 고양이 꼬리를 잡고 흔들지도 못할 줄 누가 알았겠는가. 추위만 아니라면 그대로 누울 것이다. 그대로 서 있기에는 두 어깨가 너무 고통스럽다. 그런데도 서 있다. 사람들이 그의 앞을 지나간다. 늘 누군가는 나와서 돌아다닌다. 하지만 그를 보지도 않는다. 모두 자신의 삶만 생각한다, 내 문제만으로도 충분해, 고마워. 그들은 모퉁이에 선 사내가 막 카시아스 감옥에서 나왔다는 것을 모른다, 그곳에서 지난 여섯 달을 보냈고, 그곳에서 두들겨 맞고 일흔두 시간 동안 조각상 노릇을 할 수밖에 없었다는 것을. 우리 아름다운 나라에서 그런 일이 일어날 수 있다는 것을 믿지 않을 것이다, 그런 이야기는 틀림없이 매우 과장된 걸 거야. 알지도 못하는 도시에서 주앙 마우템푸가 무엇을 할까. 그가 두드릴 수 있는 문은 하나도 없다, 동무들, 하룻밤 지낼 곳을 주시오, 나는 막 감옥에서 나왔소, 그건 특이한 대화일 것이다. 그는 이 집들이 누구의 집인지 전혀 모른다. 그는 몬트 라브르에서 주제 칼메두라는 군경찰대원에게 체포되었고, 그곳이 그가 돌아가야 하는 곳이다. 하지만 지금은 아니다, 어두우니까. 하지만 내일, 본인도 필요할 텐데 기꺼이 그에게 내준 돈을 들고. 그곳에 가면 동무들이 있다는 것을 알지만, 지금 카시아스에 가서, 감옥 문을 통과 시켜 준다 가정하고, 안으로 들어가 육 번 방 문을 두드려서, 문을 열어주면, 동무들, 하룻밤 보낼 곳을 주시오, 하고 말 할 수는 없다. 그는 미친 게 분명하다. 아니면 추위에도 불구 하고 잠이 들었을 것이다. 그래, 잠이 든 것이 틀림없다, 이제 그가 생각하는 것과는 달리 서 있는 것이 아니라 옷가방에 앉아 있기 때문이다. 그 순간 방법이 떠오른다, 아니, 전에도 떠올랐지만, 다시 떠오른다, 누이가 하녀로 일하는 집에 가 서 문을 두드리고 말하자는 것이다, 마리아 다 콘세이상, 혹 시 집주인들이 오늘 밤 여기서 나를 재워줄까. 하지만 그는 그렇게 하지 않을 것이다, 다른 상황에서라면 그랬을지 모르 지만. 그들은 마리아 다 콘세이상에게 부엌에 매트리스를 깔 아주라고 말했을지도 모른다, 같은 기독교인이 길 잃은 개처 럼 거리에서 자게 놓아둘 수는 없다. 하지만 그는 막 감옥에 서 나왔다, 그 감옥에서 나왔고, 그런 특정한 이유들 때문에 들어가 있었다. 따라서 설사 재워주더라도, 그들은 다음부터 는 누이를 다르게 볼지 모른다, 가엾은 것, 그녀는 결혼한 적 도 없고 늘 같은 주인을 위해 일해왔다, 마치 그 일을 위해 태어난 것 같다. 그들이 그녀에게 이미 무슨 말을 했을지 누 가 알랴, 상상하기 힘든 일이 아니다, 배은망덕한 놈들, 우리 가 아니었으면 굶어 죽었을 텐데, 네 오빠는 자기가 가진 생각 때문에 비싼 대가를 치렀어, 그놈들은 우리와 맞서고 있어, 알아, 모두 우리에게 반대하고 있어, 하지만 우리는 네 친구들이고 네 오빠의 미친 생각 때문에 너를 벌하지는 않을 거야, 하지만 이제부터는 네 오빠가 이 집에 오지 않으면 좋겠어, 그러니까 이제 조심해, 경고했어.

이것이 여주인이, 아니 가장이라고 하는 것이 더 명확하고 더 적절하겠다, 되풀이하는 가정의 호칭 기도다, 그 사람은 이 집에 절대 다시 발을 들여놓을 수 없어, 몬트 라브르의 우리 땅을 돌보는 사람한테 말해서 그 사람한테는 앞으로 일을 주지 말라고 할 거야, 모스크바에나 가라 그래. 주앙 마우템푸는 다시 잠이 든 것 같다. 이런 혹심한 추위에 잠을 잘 수 있다니 그는 매우 피곤한 게 틀림없다. 그는 땅바닥에 발을 구르고, 그 소리가 얼음 같은 공기에 메아리치고, 다시 메아리친다. 경찰관이 나타나 소란을 이유로 체포할지도 모른다. 이윽고 주앙 마우템푸는 가방과 옷가방을 들고 다시 길에 나선다. 간신히 걸을 수 있다, 절뚝거린다. 역이 왼쪽으로 좀 떨어져 있다는 것이 기억나는 듯하다. 하지만 길을 잃을까 두렵다. 그래서 행인에게 물어보고, 행인은 말해준다, 네, 맞게 가고 있습니다. 그리고 몇 가지 자세하게 더 일러준다. 주앙 마우템푸는 감각이 없는 손에 옷가방과 가방을 들고 계속 가려 하지만 그 사람이 묻는다, 좀 도와드릴까요. 이 대목에서 우리는 모두 떤다, 이 행인이 사실은 도둑이어서 이 가엾은 농업 노동자를 털기로 한 것이면 어쩌나, 사실 그보다 쉬운 일이 있을까, 어둠 속에서도 그가 제대로 걷지 못한다는 건 분명해 보이는데. 아니요, 선생님, 감사합니다, 주앙 마우템푸는 정중하게 대답한다. 사내는 고집 부리지 않는다. 그는 사실 불량배가 아니다. 그는 이렇게만 말한다, 감옥에 있다 나온 것처럼 보이네요. 우리는, 주앙 마우템푸를 알고, 그가 친절한 말에 얼마나 민감하게 반응하는지 아는 우리는 그가 이야기를 다 하는 것을 들을 수 있다, 그가 카시아스에서 여섯 달 있었고 이제 막 리스본에 도착했다는 것, 그들이 그냥 자기를 여기다 내던졌다는 것, 자신의 마을로, 몬트 라브르로, 몬테모르에 있는 그 교구로 돌아가야 한다는 것. 네, 나는 알렌테주 출신이지요, 그는 이 시간에 배가 있는지, 또는 기차가 있는지 모른다, 확인하러 역에 가볼 겁니다, 아니, 그는 잘 곳이 없다, 누이가 어떤 집에서 하녀로 일하고 있다, 하지만 귀찮게 하고 싶지 않아서요, 집주인이 싫어할지도 모르고. 그 사람이 묻는다, 아주 호기심이 많은 사람이다, 배나 기차가 없으면 어쩝니까. 주앙 마우템푸는 간단히 대답한다, 그럼 역에서 밤을 보내지요, 뭐, 거기에는 틀림없이 벤치가 있을 테니까요, 너무 추워서 좀 그렇기는 하지만, 그런 데는 익숙합니다, 도와주셔서 감사합니다. 이렇게 말하고 나서 그는 자리를 뜨지만 그 사람은 말한다, 내가 함께 가지요, 그 가방을 들어드리겠습니다. 주앙 마우템푸는 망설이지만, 그를 돌봐주고, 그를 가르쳐주고, 담배와 여비를 준 인간적이고 관대한 사람들과 여섯 달 동안 함께 지낸

터라, 이 사람을 불신하는 것은 야박해 보일 것 같아 그에게 가방을 건네준다. 도시에는 놀라운 일이 가득할 수도 있다. 그들은 그곳을 떠나 남은 거리를 걸어 큰 광장까지 가서, 아케이드 밑을 지나 역으로 들어간다. 주앙 마우템푸는 시간표를, 그 자디잔 숫자들을 읽기가 힘들다. 그 사람이 도와주어, 손가락으로 단들을 훑어 내린다. 이런, 기차가 없네요, 가장 빠른 게 내일 아침입니다. 주앙 마우템푸는 그 말을 듣자 바로 웅크릴 수 있는 곳을 찾지만 사내가 말한다, 댁은 피곤합니다, 그리고 틀림없이 배도 고플 겁니다, 우리 집에 가서 주무세요, 수프를 한 그릇 드시고 쉬세요, 여기 그대로 있으면 얼어 죽을 겁니다. 그게 사내가 한 말이다. 아무도 그런 일은 있을 수 없다고 생각하지만 이건 사실이다. 주앙 마우템푸는 이렇게 대답할 수 있을 뿐이다, 정말 감사합니다, 정말 자비로운 마음입니다. 아가메드스 신부가 이 자리에 있다면 호산나를 외칠 것이다, 인간에 대한 인간의 친절을 찬양할 것이다. 기꺼이 짐을 져주는 이 사내는 찬양받을 자격이 있다, 비록 그가 성당에 다니는 사람은 아니지만. 그렇다고 그가 그런 이야기를 했다는 것은 아니다, 하지만 서술자는 그런 것과 더불어 이 이야기와 관계없는 다른 것들도 알고 있다, 이것은 도시에 관한 이야기가 아니라 라티푼디움에 관한 이야기라서 말을 하지 않을 뿐. 사내는 주앙 마우템푸보다 나이가 많지만 힘도 더 세고 걸음도 더 빠르다, 사실 죽은 자들로부터 일으켜진 이 사내의 힘겨운 속도에 맞추려면 그는 속도

를 늦추어야 한다. 그는 이 사내의 기운을 돋우기 위해 말한
다, 나는 바로 이 근처에 삽니다, 알파마에. 그는 방향을 틀
어 알판데가 거리로 접어들고, 주앙 마우템푸는 벌써 기분
이 좋아진다. 이어 그들은 축축하고 양옆이 비탈진 골목으로
들어선다, 뭐, 이런 날씨에 길이 축축한 것은 놀랄 일이 아니
지만. 문, 좁디좁은 층계, 다락방. 어이, 에르멜린다, 이분은
오늘 밤 여기에서 잘 거야, 내일 집에 가실 건데 계실 곳이
없어. 에르멜린다는 통통한 여자로 두 팔을 펼치듯 문을 활
짝 열어준다, 들어오세요. 주앙 마우템푸가, 예민한 독자들이
여, 용서하라, 그리고 크고 극적인 사건들만 높이 평가하는
사람들도 용서하라, 하지만 주앙 마우템푸가 처음 느낀 것은
음식 냄새다. 스토브 위에서 보글거리는 콩과 야채수프. 사
내가 말한다, 편히 계세요. 이어, 성함이 어떻게 되나요. 이미
자리에 앉아 있는 주앙 마우템푸는 갑작스러운 피로감에 사
로잡히며 자기 이름을 말한다, 아, 나는 히카르두 헤이스[*]이
고 여기는 내 아내 에르멜린다입니다. 아주 평범한 이름들이
다. 그것이 우리가 그들에 관해 아는 거의 모든 것이다. 그것
과 이 부엌 탁자의 수프 그릇들. 드세요. 이제 추위는 가셨
다. 리스본은 친절한 장소로 변했다. 뒤쪽의 이 창문은 강을
내다보고 있고, 배에는 작은 불빛 몇 개가 있다. 그러나 더

---

[*] 페르난두 페소아의 이명 가운데 하나이자 사라마구가 나중에 쓴 소설 『히카르두
헤이스가 죽은 해(*O Ano da Morte de Ricardo Reis*)』의 주요 등장인물. —역주

먼 강변에는 불빛이 적다. 앞으로 언젠가, 여기에서 보이는 광경들이 눈을 위한 잔치가 될 것이라고 누가 생각이나 했겠는가. 포도주 한 잔 더 드세요. 아마 그래서 강한 포도주 두 잔째를 마신 뒤 주앙 마우템푸가 그렇게 활짝 웃고 있을 것이다, 입으로는 감옥에서 있었던 일을 이야기하면서도. 그가 식사를 마쳤을 때는 이미 늦은 시간이었다. 그는 눈을 제대로 뜨지도 못한다. 히카르두 헤이스는 아주 심각해 보이고, 에르멜린다는 눈물을 닦고 있다. 이윽고 그들은 말한다, 주무실 시간이네요, 좀 쉬셔야 해요. 주앙 마우템푸는 그들이 그에게 준 것이 더블베드라는 것도 의식하지 못한다. 복도에서 발소리가 들리지만, 군경찰의 발소리가 아니다. 군경찰이 아니다, 군경찰이 아니다, 마침내 자유다. 그는 잠이 든다.

여섯 달의 변화가 있었는데, 이 변화가 때로는 너무 적어 보이고 때로는 너무 많아 보인다. 풍경에서는 일반적인 계절의 변화 외에는 거의 눈에 띄지 않지만, 막 감옥에서 나온 사내들이나 몬트 라브르를 떠난 적이 없는 사람들이나 다들 얼마나 늙었는지, 아이들이 얼마나 컸는지 보니 무시무시하다. 오직 주앙 마우템푸와 시지즈문두 카나스트루만 서로의 눈에 변하지 않은 듯하다. 시지즈문두 카나스트루는 어제 도착했는데 벌써 만나서 이야기를 하자고 말했다. 보다시피, 여전히 평소와 다름없이 고집스럽고 단호하지만, 그게 시지즈문두 카나스트루다. 그러나 어떤 사람들은 보기만 해도 좋은데, 그라신다 마우템푸가 그런 경우다. 그녀는 아름다운 젊은 여자로 성장했다. 결혼이 그녀에게 잘 맞는 게 분명하다, 친절한 쪽이든 잔인한 쪽이든 뒷담화는 그렇게 말하지만, 잔인한 뒷담화도 그 이상 나아가지는 않는다. 다른 변화도 있다. 예를 들어 아가메드스 신부는 크고 마른 쪽에서 작고 뚱뚱한 쪽으로 옮겨갔고, 가게에 진 빚의 양은 엄청나게 불었는데, 이것은 가장이 떠나 있을 때는 예상할 수 있는 바다. 그래서 때가 왔을 때 주앙 마우템푸는 딸 아멜리아와 함께 엘바스 근처의 논으로 출발한다. 이 시골 거주자들의 지리적 감수성이 어떠한지 보여주기 위해 이야기를 하나 해주자면, 몬트 라브르에서는 엘바스 너머에 스페인의 에스트레마두라가 있다고들 말한다. 이들이 이런 더 큰 우주에 대한 지식을 어쩌다 접하게 되었는지는 아무도 모르나, 이런 지식은 경계나 국경에는 관심이 없다. 주앙 마우템푸가 에보라에 다녀온 배경에 무엇이 있는지 알고 싶다면, 그것은 정치범 주앙 마우템푸의 행동 방식과 계략에 대한 라티푼디움의 의심과 대체로 관계가 있다고 말할 수 있다. 그가 한 번도 재판을 받지 않은 것은 사실이지만, 그것은 경찰의 잘못 때문이다. 그들은 마땅히 그러해야 할 만큼 능률적이지 않으니까. 몇 달 후면 상황이 정상으로 돌아가겠지만, 그 전에는 그가 거리를 유지하는 게 좋다, 그래야 그가 우리의 사랑하는 땅을 오염시키지 않을 테니까. 시지즈문두 카나스트루에 관해 말하자면, 그는 일이 없으니 다른 데 가서 찾아봐야 할 것이라는 말을 듣는다.

그래서 주앙 마우템푸는 엘바스에 갔고, 딸 아멜리아, 이가 나쁜 아이를 데려갔는데, 이 아이는 이가 좋았으면 쉽게 언니의 적수가 되었을 것이다. 어쨌든, 이제 지옥이 멀지 않다는 이야기를 하자. 백쉰 명의 사내와 여자가 있고, 다섯 무리로 나뉘어 있다. 이 고문은 십육 주 동안 계속될 것이다. 이것은 그야말로 옴과 열병의 추수다, 사랑이 아니라 고통의 노동이다, 해가 뜨기 전부터 해가 진 뒤까지 잡초를 뽑고 작물을 심는 일이다. 밤이 오면 백쉰 명의 유령은 터덜터덜 자신이 숙소로 삼은 곳으로 가서 사내들은 이쪽 편, 여자들은 저쪽 편에 눕는다. 모두 물이 찬 논에서 걸린 옴 때문에 몸을 긁는다, 모두 논에서 걸린 열병 때문에 괴로워한다. 그 맛있는 것, 쌀 푸딩을 만들려면 설탕, 우유, 쌀, 달걀 몇 개가 필요해, 내가 몇 번이나 얘기해야 하니, 마리아, 이런 느끼한 죽이 아니라 폭신폭신한 것이 되어야 한다고, 낟알 하나하나를 맛볼 수 있어야 한다고. 밤새, 숙소들에서는 이 가난한 사람들의 한숨과 신음, 단단하고 검은 손톱으로 안달하며 이미 피를 흘리는 피부를 긁는 소리를 들을 수 있다. 어떤 사람들은 누워서 이를 덜거덕거리며 열로 흐리멍덩해진 눈으로 천장을 응시한다. 이곳과 죽음의 수용소 사이에는 거의 차이가 없다, 이곳에서 실제로 죽는 사람들 수가 더 적다는 것 외에는. 그것은 틀림없이 기독교인의 자비와 그에 수반하는 이익 때문일 것이다. 그래서 농장주들은 거의 매일 옴에 걸리고 열병에 걸린 불행한 사람들을 모두 트럭에 실어서 엘바스의 병원으로 보낸다. 일부는 오늘, 또 일부는 내일. 끝도 없이 오고 간다. 가엾은 사람들은 죽음 가까이 다가가지만 기적적인 약으로 구원을 얻는다. 그 약은 불과 며칠 사이에 그들을 신품이나 다름없이 좋게 만든다. 물론 약해진 다리는 후들거리지만, 누가 그런 사소한 것에 신경을 쓰겠는가. 너희는 다시 일하러 갈 수 있어, 의사들은 말한다, 우리를 경멸하여 투(tú)라고 부른다. 트럭은 거기 실었던 허리가 부러진 노동자들을 토해낸다. 할 일이 있다, 낭비할 시간이 없다. 좀 나아졌어요, 아버지, 아멜리아가 물었다. 그는 대답했다, 그래, 내 딸아. 무엇이 이보다 단순할 수 있겠는가.

그렇게 많은 변화가 있지는 않았다. 잡초 뽑기와 벼 심기는 나의 할아버지 시절과 똑같이 이루어지고, 물속에서 기어다니는 벌레들은 주 하느님이 만든 이래로 침이나 점액이 바뀌지 않았다. 감추어진 은 같은 유리에 손가락을 베면 흘러나오는 피는 여전히 같은 색깔일 것이다. 특별한 사건을 만들어내는 데는 많은 상상력이 필요할 것이다. 이런 생활 방식은 반복되는 말과 반복되는 몸짓으로 이루어지며, 낫이 그리는 호는 팔의 길이에 정확하게 맞추어지고, 날이 밀의 마른 줄기를 톱질할 때는 똑같은 소리, 늘 똑같은 소리가 난다. 그런데도 어떻게 이 남자와 여자들의 귀는 지치지 않는 것일까. 어떤 사람들이 코르크나무에서, 껍질과 줄기 사이에서 산다고 말하는 쉰 목소리의 저 새, 사람들이 그 새의 껍질을 벗기거나, 아니, 깃털을 뽑는다 해야 하나, 그렇게 해서 고통에 가득 차고 닭살이 돋은 살만 남길 때마다 나오는 비명도 마찬가지다. 하지만 나무들이 소리를 지르고 고통을 느낀다는 이런 생각은 순전히 서술자의 개인적 상상의 산물일 뿐이다. 그보다는 마누엘 이스파다가 맨발로 이런 코르크나무 한 그루의 꼭대기에 올라가 웅크리고 있다는 데 주목하는 게 훨씬 낫겠다. 그는 이 가지에서 저 가지로 뛰어다니는 진지한 맨발의 새이기 때문이다. 그러나 그는 노래하고 싶은 기분이 아니다. 여기에서 진짜 주인은 코르크 도끼다. 쾅, 쾅, 쾅. 굵직한 가지 둘레에는 원형으로 벤 자국을 내고 줄기에는 수직으로 벤 자국을 낸다. 그런 다음 도끼 손잡이는 지레 역할을 한다. 어서, 밀어, 거기, 코르크나무 안에 사는 새의 쉰 목소리 안 들려, 비명을 지르고 있는데, 그렇다고 누가 동정심을 느낀다는 것은 아니지만. 원통형 껍질이 비처럼 쏟아져, 트렁크에서 이미 베어낸 코르크 위로 떨어진다. 여기에는 시(詩)가 없다. 도끼를 쥔 손에 힘이 빠져 도끼가 가지를 따라 미끄러지듯 내려가는 것을 지켜보는 한 사내로 소네트를 쓰는 사람을 보고 싶다. 도끼는 떨어지면서 껍질을 긁다가 맨발을 찌르고 들어간다. 거칠고 더럽지만 아주 약한 맨발이다, 피부와 도끼날이 문제가 될 때는 어떤 교양 있는 처녀의 섬세한 장밋빛 발과 코르크 베는 사람의 굳은살이 박인 발굽 사이에 차이가 거의 없기 때문이다. 피가 뿜어져 나오는 데 걸리는 시간은 같다.

하지만 여기에서 우리는 일과 노동 시간 이야기를 하고 있는데, 주앙 마우템푸가 몬트 라브르로 돌아오던 밤을 묘사하는 것을 거의 잊고 있었다. 그의 집은 가장 가까운 친구들과 부인이 있는 사람의 경우에는 그 부인들까지 와서 꽉차 터져나갈 듯했다. 거기에 어린아이들의 불협화음이 보태졌다. 그 가운데 일부는 방해꾼으로, 참석한 누구와도 관련이 없었다, 그렇다고 누가 뭐라 하는 것은 아니었지만. 거기에 이제 병역을 마치고 코르크 플랜테이션에서 일하고 있는 안토니우 마우템푸, 그의 두 여동생 그라신다와 아멜리아, 그의 매제 마누엘 이스파다까지 전부 다 모였다. 파우스티나는 기뻐서 또 슬퍼서 내내 울었다. 남편이 무슨 까닭인지도 모르고 체포되어, 벤다스노바스로, 다시 리스본으로 끌려가고, 돌아온다 해도 언제 돌아올지 모르던 날들을 생각하기만 하면 눈물이 나왔다. 그녀는 아스팔트 때문에 양말이 망가진 슬픈 사건은 이야기하지 않았다, 한마디도 하지 않았다. 그것은 부부 사이의 영원한 비밀로 남게 될 터였다. 두 사람 모두, 아무리 몬트 라브르라 해도, 누군가는 그 일을 조롱할 것을 알기 때문에 약간 창피했다, 아스팔트 도로에 양말이 들러붙어버린 가난한 여자, 무시무시했다. 누군들 그런 조롱을 피하기 위해 최선을 다하지 않겠는가. 주앙 마우템푸는 자신의 불행을 묘사하고 자세한 내용도 감추지 않았다. 자신이 비밀경찰과 군경찰의 용들의 손에서 정확히 어떤 고생을 했는지 그들이 알게 해주려는 것이었다. 이 모든 이야기는 나중에 시지스문두 카나스트루가 확인해주고 되풀이해주었다. 하지만 그는 이 일을 가볍게 다룰 만큼 무딘 사람이 아니었음에도, 가장 놀랄 만한 이야기조차 아주 당연한 것처럼 이야기했으며, 모든 것을 아주 단순한 태도로 전했기 때문에 여자들도 안쓰러워하며 울지 않았고, 어린아이들은 실망하여 자리를 떴다. 차라리 밀밭의 상태에 관해 이야기하는 게 나을 뻔했다. 하긴, 누가 알랴, 실제로 그 두 가지는 같은 것일지도. 어쩌면 그래서 어느 날, 마누엘 이스파다가 나이 차이가 요구하는 모든 존경심을 갖추고 시지즈문두 카나스트루에게 다가가 이렇게 말한 것인지도 모른다, 세뇨르 시지즈문두, 제가 필요하다면, 도와드릴 수 있습니다. 이런 충동적인 행동이 시지즈문두 카나스트루가 자신의 경험을 조용히 묘사하는 방식에서 나왔다고 생각한다면 우리는 크게 잘못 아는 것이다. 그런 경험이 마누엘 이스파다와 같은 기질을 가진 사람에게 그런 중요한 결정을 하도록 자극하는 것은 당연한 일이었기 때문이다. 마누엘 이스파다가 계속해서 이렇게 말했다는 것이 그 증거다, 어떤 사람도 제 장인이 당한 일을 당해서는 안 됩니다. 시지즈문두 카나스트루는 대답했다, 어떤 사람도 우리가 당한 일을 당해서는 안 되지, 하지만 나중에 이야기하세, 이 체포와 투옥 사건 때문에 소란스러워졌어, 시간이 좀 흘러 소란이 가라앉기를 기다리세, 이런 일들은 그물과 같아서 망가뜨리기는 잠깐이어도 고치는 데는 시간이 걸리거든. 그러자 마누엘 이스파다가 대답했다, 필요한 만큼 얼마든지 기다리겠습니다.

가끔, 자리에 앉아 이 포르투갈 땅의 역사를 읽으려고 할 때면 웃음을 짓게 만드는 어이없는 일들과 마주치곤 한다. 지금 이 경우에는 노골적인 폭소가 필요한 듯하지만. 기분 나쁘게 하려는 의도는 없다, 각 사람은 할 수 있는 것 또는 위계에 따라 명령받는 것을 할 뿐이니까. 도나 필리파 드 빌레나[*]가 아들들이 조국의 회복을 위하여 나가 싸울 수 있도록 무장을 시켜준 것이 훌륭하고 칭찬받을 일이라면, 마누엘 이스파다는 어떻게 생각할 수 있을까. 그는 자신을 뒷받침할 기병대가 없음에도 그냥, 여기 내가 있습니다, 하고 말한다, 그에게는 그렇게 하라고 촉구할 어머니도 없는데. 그녀는 물론 죽었고, 이제 그 자신의 의지만 있을 뿐이다. 도나 필리파에게는 찬양의 노래를 불러주고 영웅주의를 묘사해줄 사람들이 부족하지 않았다. 주앙 핀투 히베이루, 에리세이라 백작, 빈센트 구스망 소아레스, 알메이다 드 가헤트가 있었고, 비에이라 포르투엔스가 그녀의 초상화를 그렸지만, 마누엘 이스파다와 시지즈문두 카나스트루에게는 그런 역할을 해줄 사람이 없다. 이것은 두 사람 사이의 대화일 뿐이다. 그들은 할 이야기를 했고, 이제 각자 자기 길을 간다. 웅변이나 붓질에 대한 요구도 없다. 이 서술자가 그들에게 필요한 전부다.

---

[*] 1640년 아들들에게 스페인으로부터 나라의 독립을 회복하기 위해 싸우라고 촉구하여 포르투갈 애국주의의 상징이 된 귀부인. —역주

자, 이런 사건들에 대한 우리의 이해를 돕기 위해, 돌멩이나 나뭇가지를 하나 집어 들고 거기에 이름을 부여한다든가, 거기에 무슨 동물이 왜 사는지 본다든가 하는 것 외에는 아무런 특정한 목표를 염두에 두지 않고 라티푼디움을 여기저기 다시 한 번 천천히 걸어보자. 저쪽에서 총을 쏘는 소리가 들리는데, 어떻게 된 영문인지 도무지 알 수는 없지만, 바로 여기에서 시작하자. 아니, 이 무슨 우연의 일치인가, 이것은 주제 칼메두가 주앙 마우템푸를 체포하러 갈 때 택했던 바로 그 길이다. 사실, 전에 갔던 곳에 다시 가 있기가 아주 쉽다는 점에서 라티푼디움보다는 미니푼디움, 그러니까 큰 토지가 아니라 아주 작은 토지라는 말이 더 잘 어울릴 듯하다. 사실, 우리가 지난번에 이쪽으로 왔을 때는 지금처럼 시끄럽지 않았다. 하지만 망가진 수차가 있고, 그 너머로, 보이지는 않지만, 벽돌 가마터가 있다. 총소리는 걱정하지 마라, 아마 사격 연습이나 뭐 그런 것일 것이다. 하지만 제대로 된 총알이다. 조심해라, 가벼운 사냥에나 어울리는 그런 납 탄알이 아니다, 둘은 완전히 다르다.

　사격은 멈추었고 우리는 이제 아주 행복하게 걸을 수 있다. 하지만 보라, 총소리가 들렸던 그 방향에서 한 사내가 오고 있다. 겉모습으로 봐서는 우리와 비슷한 사람이라고 말할 수 있을 듯하다. 그는 골짜기, 그 부드럽고 넓은 어둠의 땅을 가로질러, 난간이 낮은 작은 다리를 건넌다. 아주 작은 내를 건넌 것에 불과하다. 그는 좁은 길이 희미하게 나 있는 빽빽하고 가시 많은 관목을 통과하여 골짜기의 이쪽 비탈을 올라가기 시작한다. 왜 저 사람은 저기를 가는 걸까, 괭이도 곡괭이도 없이, 도끼도 가지를 자를 갈고리도 없이. 여기 앉아 잠시 쉬자, 저 사람은 다시 이리로 내려와야 할 것이고, 그러면 알게 될 것이다. 그런데 너는 이게 광야라고 말하고 있지 않았어. 뭐, 그렇지, 가시나무 사이의 저 좁은 길이 방금 지나간 종한테 앞으로 큰 쓸모가 있을 거라고 생각하지는 마. 그 사람이 종이라는 거야. 분명히 그렇지. 하지만 하인의 옷을 입지 않았는데. 안 입었지, 그런 옷은 과거의 물건이야, 백작 부인이 자기 아들들을 무장시키던 시절의 이야기지, 내가 누구 이야기를 하는지 안다면 말이지만, 어쨌든 요즘에는 하인도 너나 나처럼 옷을 입어, 아, 너는 아니겠구나, 너는 도시에서 왔지. 어쨌든 우리도 그들이 행동하는 걸 봐야 구별할 수 있다. 그런데 가시나무 사이의 길이 왜 그 사람한테 별 쓸모가 없을 거라고 말하는 거야. 그 사람이 찾는 게 사람들이 다니는 길에서 떨어진 곳에 있기 때문이지, 그 사람은 그 길로 돌아올 수가 없어, 곧장 앞으로 가야만 해, 그게 그 사람이 받은 명령이니까, 갈고리를 이용해 관목 사이로 길을 내며 가지, 그런 길은 쓸모없는 것보다도 못해. 그런데 그 사람은 왜 그러고 가는 거야. 종이니까, 돌아갈 때 몸에 긁힌 자국이 많을수록 좋거든. 따라서 그 오래된 규칙이 여기에서도 적용되는군, 안 그래. 그렇지, 하지만 우리 대화로 돌아가지, 나는 여기가 놀랄 만한 광야라고 말하고 있었어, 하지만 늘 이렇지는 않았지, 정말이야, 이 전 지역이 계곡 바닥까지 경작되던 때가 있었지, 땅이 좋거든, 샘도 많고, 내는 말할 것도 없고. 그런데 어쩌다 이렇게 된 거야. 이제 그걸 보자고, 현재 소유자들, 사격을 하고 있던 자들의 아버지가 결국 이 전 지역을 장악하게 되었어, 그건 흔한 일이었지, 소규모 농장주 몇 명이 경제적 어려움에 처했고, 그가, 지금은 이름이 기억나지 않지만, 질베르투인가 아달베르투인가 노르베르투인가, 그런 이름의 소유자가 그들에게 돈을 빌려주었는데, 그들은 갚지를 못했어, 뭐, 힘든 시대였으니까, 그래서 결국 그가 땅을 다 차지하게 된 거야. 그건 가능해 보이지 않는데. 얼마든지 가능해, 라티푼디움에서는 늘 그런 일이 벌어져, 라티푼디움은 늘 옆에 있는 노새를 무는 노새와 같거든. 나를 놀라게 하는군. 오, 내가 아는 이야기를 다 하자면 우리에게 남은 날들 내내 여기 있어야 할 거다, 그 이야기는 우리 손자들에게, 너에게 손자가 있다면, 전해져야 할 거야, 하지만 종이 오는군, 따라가보자.

그것은 발이 미끄러지고 뭐가 무거운 것이 끌려가는 소리였다. 한번은 넘어져서 다시 바닥까지 굴러 내려가기도 했다. 그러다 죽을 수도 있었다. 저 사람이 등에 지고 가는 게 뭐야. 통이지, 통과 종을 둘 다 소유한 자가 그 통을 그들의 과녁으로 사용해. 하지만 노예제는 폐지된 줄 알았는데. 그건 네 생각이지. 인간이 어떻게 그런 일에 복종할 수가 있어. 저 사람한테 물어봐. 오, 물어보겠어, 실례합니다, 친구, 지금 등에 지고 가는 게 뭐죠. 통입니다. 하지만 거기 구멍이 가득해서 물이나 다른 액체는 담을 수 없겠는데요, 거기에 돌을 채우려는 겁니까. 이건 내 주인들인 알베르투와 안질베르투의 과녁으로 쓰입니다. 그분들이 통을 쏘면 나는 맞은 수를 확인할 수 있도록 가서 이걸 찾아내 갖다 드리죠. 그런 다음 이걸 다시 같은 장소에 갖다 놓습니다. 통이 체처럼, 구멍으로 꽉 차면 새걸 갖다 놓습니다. 그러니까 그들의 명령에 복종하는 거로군요. 세상이 갑자기 대화에 부적합해진다, 알베르투와 안질베르투가 골짜기 건너편에서 종이 늦는다고 소리를 지르며 안달을 하기 때문이다, 늦어지네, 그들은 말하고 있다, 우리한테 총알이 아직 두 상자나 남았는데. 가엾은 노예는 빠른 걸음으로 골짜기를 가로질러 다리를 건넌다. 통이 붉게 녹슨 거대한 혹 같다. 이제 건너편 언덕을 오르는 그는 사람이라기보다는 딱정벌레처럼 보인다. 자, 아직도 노예제가 폐지되었다고 믿어. 있을 수 없는 일로 보여. 네가 있을 수 없는 일들에 관해 뭘 아는데. 오, 이제 배우기 시작하는 중이야. 다른 있을 수 없는 일에 관해 말해주지, 저기, 내의 오른쪽 둑에, 구름다리 너머에, 산비탈까지 뻗은 밭 몇 개가 있어, 보여, 좋아, 자, 그 저격수들이 저 땅을 어떤 소규모 농장주들에게 팔았어, 그들이 품위 있고 명예를 아는 사람들이라면, 마땅히 그랬어야 하지만, 내도 함께 팔았을 거야, 하지만 아니야, 내와 인접한 땅 십 내지 이십 미터는 그대로 갖고 있어, 그래서 소규모 농장주들은 물을 원할 때는 우물을 파야 해, 너 같으면 그건 뭐라고 하겠어. 그 또한 있을 수 없는 일로 보이는데. 그래, 그렇지, 안 그래, 네가 목이 마를 때 내가 너한테 물 한 모금 주는 걸 거절하는 것과 같아, 그러면서 말하는 거야, 물을 원하면 네 맨손으로 우물을 파, 그러면서 나는 잔에 든 물을 쏟고 물이 흘러가는 걸 지켜보며 즐거워하는 거야. 그러니까 개는 가서 내의 물을 마실 수 있지만 농부들은 안 되는 거로군. 아, 이제야 이해하기 시작하네, 봐, 또 다른 종이 새 통을 가져오잖아. 댁의 주인들은 명사수들인 게 분명하네요. 네, 선생님, 하지만 선생님이 뉘신지 알고 싶어 하던데요, 내가 모르는 분이라고 하자 당장 떠나지 않으면 군경찰을 부르겠다고 했습니다. 거닐러 나온 두 사람은 물러났다. 협박은 효과를 발휘했고 주장에는 어떤 권위가 실려 있었다, 개인 소유지를, 설사 담장이 없다 해도, 침범하는 것은, 실제로 아주 심각하게 받아들여질 것이다, 특히 군경찰대원들이 공교롭게도 기분이 나쁠 때면. 그들에게 경계선을 몰랐다고 설명해봐야 소용이 없을 것이다. 사실 여기에서 통행권이 없다는 것을 고려할 때, 그들은 총을 맞지 않은 것이 다행이었다. 그냥 유탄이었던 척해, 알베르투, 어차피 저 둘이 자초한 일이야.

하지만 라티푼디움에서 벌어지는 일에 폭소를 터뜨리는 것이 얼마든지 정당화될 수 있는 때도 있다, 그러니까, 우리가 재미있는 일을 찾는 분위기라면. 하지만 그럴 가치가 있는지는 모르겠다. 우리는 웃음이 눈물로 변하거나, 너무 커서 천국에서도 들릴 분노의 포효로 변하는 것에 너무 익숙하다, 그렇다고 무슨 염병할 천국이 있다는 뜻은 아니지만. 아가메드스 신부에게는 더 쉽게 다가갈 수 있다. 하지만 그는 전혀 듣지 못하거나 듣지 못한 척한다, 그래, 온 땅 어디에서나 들릴 포효를. 비록 그것이 들리는지, 누가 우리를 도와주러 올지 궁금하지만. 물론 그들이 우리 소리를 듣지 못하는 이유가 그들 스스로 아주 크게 소리를 지르고 있기 때문이라면 다르다. 그런 이야기를 하나 할 테니, 웃을 수 있다면 웃어라, 무엇보다도 군경찰은 그래서 있는 것이니까, 웃음거리가 되지 않으려고, 맙소사, 소환되고 파견되려고. 소환하고 파견하는 일을 하는 사람은 보통 총독이나 다른 관리지만, 라티푼디움도 그들을 부리는 권력과 권위가 엄청나며, 이제 여러분은 그 사실을 아달베르투, 목자, 그의 두 조수, 개 세 마리, 양 육백 마리, 지프차, 군경찰 순찰대, 대대 전체는 아니고, 그건 과할 것이다, 어쨌든 순찰대가 관련된 이 훌륭한 이야기에서 보게 될 것이다. 어깨 총, 속보로 행진.

이 양 떼는 길을 잃었다. 이들은 베르투에게 속한 땅에 있으며, 베르투에게 속한 더 많은 땅을 향해 가고 있다. 아, 이건 일반화이지 완전한 사실은 아니다. 땅들은 실제로 아달베르투에게 속한 반면, 양 떼는 도중에 노르베르투의 땅도 통과할 것이기 때문이다. 양 떼는 지나가면서 풀을 뜯는다. 양 떼는 재갈을 물릴 수 있는 개 떼가 아니기 때문이다. 설사 그렇게 할 수 있고 양 떼가 그것을 허락한다 해도, 목자는 절대 그렇게 하지 않을 것이다, 그런 소란을 피울 가치가 없을 것이기 때문이다. 하지만 아마 다른 가설을 하나 더해야 할 것이다. 목자가 한 사람의 소유지에서 다른 사람의 소유지로 이동할 진짜 구실이 없는 상황에서 그는 길을 잃고 모호한 경계를 우연히 넘었다고 주장할 수도 있었다, 진짜 기술은 그런 모호한 경계들을 이용하는 데 있기 때문이다. 그런 침입이 있다 해도 완전히 우연인 것처럼 만들고, 의심이 일어나면 순수함이 상처받은 태도를 보이는 것이다, 아, 미안합니다, 몰랐습니다, 그냥 양 떼와 함께 걸어가고 있었을 뿐이고, 계속 제 주인의 땅이라고 생각하고 곧장 가기만 했습니다, 그뿐입니다, 다른 의도는 없었습니다. 이해가 빠른 사람들은 생각할 것이다, 저 사람은 거짓말을 하고 있군. 크게 틀린 생각이 아니다. 하지만 여기에는 뭔가 더 미묘한 것이 작용하고 있다. 처음 확인할 것은 이것이다, 이런 매우 특이한 행동을 할 때 목자가 주인 베르투의 이해관계보다 양 떼의 배를 더 생각하고 있는가. 이 점을 언급했으니, 일어날 수 있는 모든 사태를 다루기 위해, 이야기로, 목자, 그의 두 조수와 개들의 보호하에 빠른 걸음으로 활기차게 걷고 있는 양 육백 마리에게로 돌아가보자. 도시 거주자인 우리는 그늘로 들어가자. 양 떼가 산비탈로 쏟아져 내려가거나 평원을 가로지르는 것을 보니 멋지다. 건강에 좋지 않은 도시의 소란으로부터 아주 멀리, 대도시의 무질서한 소동으로부터 멀리 떨어져 아주 평화롭다. 시작하라, 오 뮤즈들이여, 그대들의 목가적인 노래를 시작하라. 우리는 운이 좋다, 양 떼가 이쪽으로 오고 있어, 처음부터 그 삽화를 음미할 수 있을 것이기 때문이다. 그저 개들이 우리를 물지 말기나 바라자.

그날, 일이 그렇게 되려다 보니, 아달베르투가 소유지를 구경할 겸 시골을 달리다 오려고 차를 타고 나섰다. 자연에 대한 사랑은 가끔 그런 소풍을 요구한다. 자동차가 우거진 잎들 사이로 뛰어들거나, 좁은 길을 따라 내려가거나, 휴경지 위를 달릴 수야 없지만, 그래도 이 달구지 길을 따라 배회할 만한 자유는 제공한다, 차의 서스펜션이 좋고, 운전대를 계속 가볍게 쥐고, 너무 빨리 달리려는 시도만 하지 않는다면. 아달베르투는 혼자다. 시골의 고독과 새의 노래를 즐기는 데는 그게 낫다, 비록 자동차 엔진이 고요와 음악을 둘 다 약간 방해하기는 하지만. 하지만 이것은 모두 과거의 즐거움에 집착하는 것보다는 옛날과 현대를 결합하는 방법을 아느냐의 문제다. 이륜 경마차를 끄는 말의 느긋한 걸음걸이, 이따금씩 길게 늘어지며 말의 엉덩이를 어루만지는 채찍, 그것만으로도 말에게 내가 뭘 원하는지 알리는 데는 충분한데, 어쨌든 그 채찍 밑에 뉘어놓은 밀짚모자, 이런 것은 지금은 거의 만나기 힘든 즐거움이다. 말은 구하는 데 엄청난 돈이 들며 일하지 않을 때도 먹는다. 말은 말할 필요도 탁월한 짐승이다, 그 약간 봉건적인 울림도 좋고. 하지만 시대는 불가피하게 변한다. 자동차는 훨씬 깨끗할 뿐 아니라, 사람들에게 좋은 인상을 주고 동시에 그들이 불필요하게 가까워지는 것도 막아준다, 우리는 그렇게 가까워질 여유가 없잖은가.

하지만 오늘 아달베르투는 평안한 마음으로 부드럽게 굽은 도로를 따라가고 있다. 팔꿈치는 열린 창에 차분하게 얹고 있다. 람베르투가 죽은 뒤 이 모든 땅은 내 거다. 물론 실제로는 람베르투의 땅이 모두 그에게 가지는 않았다. 그것도, 나누고 다시 나누고, 합치고 늘리는 것도 또 하나의 재미있는 이야기가 되겠지만, 지금은 그럴 시간이 없다. 우리는 더 일찍 출발했어야 한다. 이제 아달베르투의 차가 나무들 사이에 나타난다. 태양이 광택이 나는 몸체와 크롬 장식에서 반짝인다. 갑자기 차가 멈춘다. 아마 우리를 보았을 것이다. 산 아래로 조금 더 내려가는 게 좋겠다, 어색한 질문을 피하기 위해서라도. 나는 평화를 사랑하는 사람이고 다른 사람들의 소유를 존중하는 사람이기 때문이다. 성난 아달베르투가 우리 뒤를 열심히 쫓아오는지 돌아보았을 때, 두렵게도 그가 차에서 내려 성난 얼굴로 느릿느릿한 양 떼를 노려보는 모습이 보인다. 양 떼는 그를 아는 체도 하지 않는다, 우리를 아는 체도 하지 않았듯이. 개들조차 그를 보지 않고, 토끼 냄새를 쫓아 코를 킁킁거리느라 여념이 없다. 이윽고 그는 주먹을 휘두르며 다시 차에 타, 차를 빙글 돌리더니, 덜컹거리며 거친 땅을 넘어가, 소설에서 표현하듯이, 먼지구름 속으로 사라진다. 우리는, 말할 필요도 없이, 이미 도망쳤다. 무슨 일인가 곧 일어날 것이다. 왜 저 사람이 저렇게 화를 내며 떠날까. 이건 양 떼지 사자의 무리가 아니잖나. 하지만 아달베르투만이 이유를 알 뿐이다. 그는 증원부대, 즉 군경찰을 찾아 다시 몬트 라브르로 맹렬하게 달려간다. 군경찰은 바로 이 순간에 부대에서 지루해 죽을 지경인데, 라티푼디움이라는 것이 그렇다, 작전 배치 아니면 완전한 휴가다. 그것이 군대 생활을 선택하는 사람들의 운명이다. 그리고 그것이 상관들이 기동 작전을 하거나 훈련을 시키는 이유이기도 하다. 그러지 않으면, 병장, 전부 아니면 전무가 된다.

아달베르투는 방금 말한 먼지구름에 싸여 부대 입구에 도착한다. 그의 몸은 나이와 과한 생활 태도 때문에 무겁지만, 가벼운 걸음으로 안으로 들어선다. 넓은 공간은 아니지만, 여러분도 틀림없이 기억할 것이라고 보는데, 삼십삼 이스쿠두를 둘러싼 사건 동안에 그 모든 조직화된 출입 과정을 아주 쉽게 처리했다. 그는 떠날 때 혼자가 아니다. 타카부 병장과 일병 한 명이 함께 움직인다. 그들 세 명은 모두 아달베르투의 차에 올라탄다. 아이고 성모님, 저 군경찰이 저렇게 서둘러 어디로 가는 거야, 문간에 선 노부인들은 알지 못한다. 하지만 우리는 안다. 그들은 여기, 양 떼가 풀을 뜯고, 목자는 너도밤나무 밑에서 쉬고 있고, 그의 조수들은 개들의 도움을 받아 양 떼를 지키고 있는 곳으로 오고 있다. 그렇게 큰 양 떼를 함께 데리고 있는 것은 큰 작전이라고 할 수는 없지만, 그렇다고 그 나름의 문제가 없는 것은 아니다. 사실 양들은 빽빽이 밀집해 있는데, 아무리 양이라도 약간의 숨 쉴 공간은 필요하기 때문이다. 어이가 없군, 아달베르투를 기다리는 동안 궁금해서 그러는데, 잘 이해를 못 하겠어, 왜 라티푼디움과 군경찰이 이렇게 가까운 관계야. 너는 아주 순진하거나 아니면 제대로 주의를 기울이고 있지 않군, 이야기가 이 단계까지 진행되었는데 어떻게 지금까지 그런 질문을 하고 있을 수 있어, 아니면 그냥 연기를 하고 있는 건가, 모르는 척하는 건가, 혹시 그저 수사적인 장치야, 반복의 효과적 사용이야, 어쨌거나, 군경찰이 라티푼디움을 지키기 위해 여기 있다는 것은 아이도 알아. 뭐로부터 지켜, 라티푼디움이 어디 가는 것도 아닌데. 도둑질, 약탈을 비롯한 다른 악행으로부터 지키는 거지, 우리가 지금까지 이야기해온 보통 사람들에게는 원한이 있기 때문인데, 그 말은 곧 그 가엾은 사람들과 그들의 부모와 조부모와 증조부모가 평생 굶주림밖에 몰랐다는 뜻이야, 그들이 어떻게 다른 사람들의 부를 선망하지 않을 수 있겠어. 하지만 그건 잘못된 거 아냐. 그건 최악의 죄지. 농담이겠지. 물론 농담이지, 하지만 이 시골뜨기들 무리가 자기들 땅, 유서 깊은 이 신성한 땅을 훔치고 싶어한다고, 그래서 질서를 유지하고, 아주 작은 불평 소리라도 누르기 위해 여기에 군경찰을 주둔시켜야 한다고 진짜로 믿는 사람들이 많아. 군경찰이 그걸 좋아하나. 오, 좋아하지, 군경찰도 보상을 받으니까, 제복, 장화, 소총, 이용하고 악용할 수 있는 권위, 라티푼디움의 보온, 한 가지 예만 들어볼게, 타카부 병장은 이 특별한 군사작전에 대한 대가로 올리브기름 수십 리터와 장작 몇 달구지를 얻을 거야, 그가 칠십을 받는다고 한다면, 단순한 군경찰대원은 계급이 아래니까 덜 받을 텐데, 그래도 뭐가 나오든 삼십이나 사십 정도는 받아, 라티푼디움이 그 점에서는 매우 믿을 만하지, 은혜를 베풀면 반드시 갚거든, 군경찰을 기쁘게 하는 일은 아주 쉬워, 리스본의 닫힌 문들 뒤에서 무슨 일이 벌어지고 있을지 상상만 해봐. 정말 슬픈 일이네. 지금 울기 시작하면 안 돼, 상상해봐, 토지 정리를 하면서 하루를 보낸 뒤 등에 불쏘시개 한 자루를 지고 몇 마일을 걸어 돌아오느라 짐을 진 짐승처럼 헐떡거리는데, 군경찰이 숨어서 기다리다 나와서 소총을 겨누는 거야, 손 들어, 그 자루에 뭐가 들었어, 너는 말하지, 나는 이러저런 곳에서 일하고 있습니다, 그러면 군경찰들은 네가 사실을 말하고 있는지 확인할 거야, 사실이 아니면 너는 문제가 생긴 거야. 나 개인적으로는 차라리 주제 가투가 숨어 기다리고 있는 게 낫겠군, 적어도 주제 가투는. 그래, 주제 가투가 낫지, 하지만 훨씬 나쁜 것은 더 가면, 달구지에 가득 실을 만한 장작, 육칠백, 또는 심지어 천 킬로그램의 장작이 눈에 보이는 거야, 군경찰을 위해 따로 챙겨둔 거지, 라티푼디움에서 군경찰의 훌륭하고 충성스러운 봉사의 대가로 준 선물이야. 사람들을 아주 싸게 파는군. 싸게 팔든 비싸게 팔든 상관이 없어, 얼마나 많으냐 또는 얼마나 적으냐는 문제가 아니야.

대화는 더 진전되지 않았다. 무슨 소용이 있을까, 물론 서술자는 하고 싶은 말을 마음대로 할 수 있고, 그것이 그의 특권이지만. 그러나 지금, 아달베르투는 자신의 군대와 함께 도착하여 차를 세운다. 문들이 열린다. 이것은 침공이다, 착륙이다. 그들은 높은 곳으로부터 목자에게 파도처럼 몰려간다. 하지만 목자는 게으름뱅이다, 이 지역 토박이다. 그는 앉아 있고 계속 그대로 앉아 있다가, 마침내 자리에서 일어나지만, 이 동작에 포함된 노력이 얼마나 큰지 분명하게 보여준다. 그리고 고함을 지른다, 무슨 일이오. 타카부 병장이 돌격하라는, 공격하라는, 폭탄을 던지라는 명령을 내린다. 이런 전쟁 같은 과장은 무시하라. 무엇을 기대하는가, 그들은 그런 일을 할 기회가 거의 없다. 이제 목자도 상황을 이해했다, 똑같은 일이 그의 아버지에게도 일어난 적이 있었다. 그의 내부에서 웃음이 거품을 일으키며 차오른다, 그의 눈 주위의 주름이 그의 속마음을 드러낸다. 포복절도하기에 충분한 일이다. 이 땅에 있어도 좋다는 허가를 받았나, 타카부 병장에게서 나오는 질문이다. 그는 법과 카빈총의 주인으로서 천둥처럼 고함을 지른다, 양 한 마리당 오 이스쿠두의 벌금이야, 어디 보자, 한 마리에 오 이스쿠두로 양 육백 마리면, 육 곱하기 오는 삼십, 거기에 영들을 합하면, 삼천 이스쿠두로군, 그거 아주 비싼 풀이네. 그러자 목자가 말한다, 뭔가 잘못 알고 계신 게 틀림없습니다, 이 양 떼는 이곳 농장주의 것이고, 나는 그분 땅에 있는 건데요. 뭐라고 했어, 타카부 병장이 멍청하게 묻고, 그들과 함께 온 일병은 하늘을 물끄러미 본다. 아달베르투는 물러서며 말한다, 그러니까 이게 내 거라고. 네, 주인님, 저는 이 양 떼를 책임지고 있습니다, 이 양 떼는 주인님 겁니다. 가라, 사랑하는 뮤즈들이여, 내 노래는 끝났다.

군대는 부대로 돌아갔다. 원정을 나온 세 사내는 아무 말이 없었다. 아달베르투는 집에 도착하자 올리브기름에 관한 명령을 내렸고, 타카부 병장과 일병은 무기를 치우고 얼마를 벌 것인지 계산한 뒤 천사장 성 미카엘에게 이런 위험하지만 이윤이 많은 모험을 더 하게 해달라고 기도했다. 이것은 라티푼디움에서 흔히 발생하는 사소한 사건이지만, 조약돌이 쌓이면 담을 이루고 낟알이 쌓이면 가을걷이가 된다. 저 소리는 뭐야. 올빼미잖아. 이제 곧 다른 올빼미가 화답할 것이다. 도밍구스, 그가 둥지에서 가장 가까운 올빼미다.

시지즈문두 카나스트루가 개 콘스탄트와 자고에 관한 이야기를 했다고 해서 그가 이상한 사냥 이야기를 독점하고 있다는 뜻은 아니다. 안토니우 마우템푸도 자신의 이야기, 또 다른 사람들한테서 얻어들은 이야기도 있다. 사실 아주 많고 아주 다양해서 앞서 말한 그 이야기도 쉽게 할 수 있었을 것이다. 그러면 시지즈문두 카나스트루가 끼어들어 자신이 그 꿈을 꾸었다는 논란의 여지없는 증거로 이야기의 진실성을 확인해주었을 것이다. 사람들이 이야기들을 늘리고, 빼고, 마음대로 바꾸는 자유로움에 놀라는 사람들이 있다면, 그들에게 라티푼디움의 광대함, 말을 잃고 찾는 과정을 일깨워주기만 하면 된다, 그게 며칠 뒤가 되었건 몇 백 년 뒤가 되었건. 예를 들어 코르크나무 아래 앉아, 나무와 그 이웃 사이의 대화에서 약간 혼란스럽기는 하지만 오래된 이야기들을 엿들을 때. 코르크나무는 실제로 나이가 들수록 혼란에 빠지기 때문이다. 그게 누구의 잘못일까, 아마 우리 잘못일 것이다. 우리는 한 번도 애써 그들의 언어를 배운 적이 없기 때문이다. 라티푼디움에서 길을 잃어본 사람이라면 누구나 늘 풍경과 그것이 감추는 말을 구별할 수 있게 된다. 그래서 우리는 가끔 전원 지대 한가운데 서 있는 사내와 마주친다. 마치 그가 걸어가고 있는데 누가 갑자기 그의 손을 잡고, 자 이것 좀 들어봐요, 하고 말한 것 같다. 그는 틀림없이 말, 이야기, 재치 있는 답을 듣고 있을 것이다, 단지 그가 우연히 적당한 시간에 적당한 장소에 있었다는 이유로, 공기가 자신의 이야기의 끈을 풀 때 그 자리에 있었다는 이유로. 그것이 안토니우 마우템푸가 설명하고 시지즈문두 카나스트루의 모든 꿈이 뒷받침하는 대로, 개 콘스탄트의 장엄한 이야기이든, 산토끼들의 이미 입증된 호기심에 관한 이야기든, 여기에 우리에게 자신의 꿈에 관해 말해주고 싶어 안달인 다른 사람이 없는 한.

우선, 높이가 한 뼘, 폭이 신문지 반 장 덮을 만한 평평하고 좋은 돌을 골라라. 잊지 마라, 바람 부는 날에는 할 수 없다, 바람이 이 소총의 방아쇠를 이루게 될 작은 후추 더미를 뒤엉킨 표제들과 자디잔 이탤릭체와 로만체 활자 사이에 날려버릴 것이기 때문이다. 자, 모두가 알다시피, 산토끼는 묘한 생물이다. 뭐, 그러니까 고양이보다 그렇다는 거야. 오, 비교가 되지 않지, 고양이는 세상에서 무슨 일이 벌어지고 있는지 관심이 없어, 그냥 아무 상관도 하지 않아, 반면 산토끼는 가는 길에 신문이 놓여 있으면 즉시 달려가 최신 소식을 찾아내, 그래서 어떤 사냥꾼들은 사냥 방법을 생각해내기도 했어, 산울타리 뒤에 서 있다가 산토끼가 신문을 읽으러 다가오면, 탕, 쏴버리는 거지, 문제는 신문이 산탄에 완전히 너덜너덜해져서 한 장을 더 사야 한다는 거야, 어떤 사냥꾼들은 탄창에 신문을 잔뜩 꽂고 다니는 모습이 눈에 띄기도 했지, 그건 옳지 않아. 하지만 왜 후추야. 아, 그래, 후추, 그게 비밀 재료지, 하지만 바람 없는 날을 고르는 게 핵심이야, 길에 신문을 남겨두면 바람에 쓸려 날아가버리니까, 그럼 산토끼는 관심을 갖지 않을 거야, 산토끼는 차분하게 신문을 읽는 걸 좋아하거든. 무슨 소리. 오, 네가 시간만 있다면 이 주제를 두고 훨씬 많은 이야기를 할 수 있을 거야, 일단 덫을 놓기만 하면, 돌, 신문, 후추를 갖추기만 하면, 할 일은 기다리는 것뿐이야, 만일 오래 기다려야 한다면, 그건 그곳이 산토끼가 좋아하는 곳이 아니기 때문이지, 그럴 수도 있어, 하지만 산토끼를 한 마리도 잡지 못했다고 불평하고 다니지는 마, 그건 전적으로 네 잘못이니까, 그 지역만 잘 알면 절대 실패하는 일이 없어, 어쨌든, 조금 기다리면 첫 산토끼가 뛰어 올라올 거야, 여기를 조금 물어뜯고, 저기를 조금 물어뜯으면서, 그러다 갑자기 귀가 쫑긋 올라갈 거야, 신문을 보고. 그럼 산토끼가 어떻게 하는데. 가엾은 것, 산토끼는 배울 줄을 몰라, 새로운 소식을 읽고 싶은 마음이 간절한 나머지 신문으로 달려와 읽기 시작하지, 정말 행복하고 만족스러워해, 한 줄도 빼놓지 않아, 하지만 그러다 후추 냄새를 맡고 재채기를 하지. 그럼 어떻게 되는데. 네가 산토끼라면 너에게 벌어질 일이 벌어져, 재채기를 하다 머리가 돌에 부딪혀 죽지. 그러면. 가서 집어오기만 하면 돼, 그게 아니면, 원한다면 몇 시간 뒤에 가봐, 그럼 산토끼들이 쭉 줄지어 있을 테니까, 한 마리씩 차례로, 산토끼는 호기심이 아주 많아서 신문을 보기만 하면 반드시 읽고 싶어 하거든. 그게 사실이야. 아무나 잡고 물어봐, 엄마 품에 안긴 아기도 이런 건 다 아니까.

안토니우 마우템푸는 당시 소총이 없었는데, 이것은 오히려 다행이었다. 만일 그에게 소총이 있었다면 그는 생 위베르 후추를 이용하는 재간꾼이 아니라 기성 무기를 갖춘 또 한 명의 평범한 사냥꾼이 되었을 것이기 때문이다. 그렇다고 해서 그가 저격수의 기술을 폄하했다는 것은 아니다. 그가 어느 날 씀씀이가 헤픈 소작농에게 이십 이스쿠두를 주고 전장(前裝) 소총을 사 들고 와 기적을 보여주었다는 것이 그 증거다. 도시 거주자들은 자라면서 기적을 의심하라고 배우며, 늘 증거와 맹세를 원하는데, 이것은 아주 잘못된 것이다. 예를 들어, 방금 말한 전장 소총의 당당한 소유자가 된 안토니우 마우템푸가 화약은 잔뜩 있는데 산탄은 없는 때가 있었다는 것이다. 아마 이때가 토끼 사냥철이었다는 이야기도 해야 할 것 같다, 혹시 누가 와서 왜 그가 산토끼를 잡을 때 사용했던 돌-신문지-후추 방법을 사용하지 않았느냐고 물어볼지도 모르니까. 사냥 기술에 무지한 사람만이 일반 토끼는 전혀 호기심이 없다는 사실을 알지 못할 것이다. 땅바닥에 놓인 신문을 보는 것이나 하늘의 구름을 보는 것이나 그들에게는 아무런 차이가 없다, 구름에서는 비가 내리고 신문지에서는 내리지 않는다는 것이 다를 뿐. 그래서 토끼 사냥꾼들에게 여전히 소총, 덫, 막대기가 필요한 것이다. 하지만 지금 우리는 소총 이야기를 하고 있다.

사냥꾼에게 좋은 무기를 소유하는 것보다 큰 불행은 없다, 설사 그것이 수발총(燧發銃)이고, 화약만 잔뜩 있고 산탄은 없다 해도. 왜 좀 사지 않았어. 돈이 없었거든, 그게 문제였어. 그래서 어떻게 했어. 처음에는 아무것도 안 했어, 그냥 생각했지. 그래서 좋은 생각이 떠올랐어. 물론이지, 그러려고 생각을 하는 거잖아. 그럼 어떻게 그 문제를 풀었는지 말해봐, 나는 아직도 어떻게 풀었는지 모르겠거든. 음, 나한테는 장화에 사용할 압정이 한 상자 있었는데 그걸 소총에 장전했어. 뭐라고, 네 소총에 압정을 장전했다고. 내 말을 안 믿을지도 모르지만 그렇게 했어. 오, 네 말을 믿어, 단지 그런 일은 들어본 적이 없어서 그래. 살다 보면 들어보지도 못한 이야기를 믿기 시작해야 하는 날이 올 거야. 나머지 이야기나 해. 좋아, 전원 지대로 들어가려고 할 때 어떤 생각이 들어서 돌아올 뻔했어. 무슨 생각. 내가 맞히는 토끼는 죄다 걸쭉한 덩어리가 되고, 조각조각 찢기고, 먹을 수 없는 게 될 거라는 생각이 들었어. 그래서. 그래서 다시 생각하기 시작했지. 그러다 좋은 생각이 났다는 거구나. 물론이지, 아까 말한 대로, 그러려고 생각을 하는 거잖아, 어쨌든, 나는 줄기가 정말로 굵은, 크고 오래된 나무 맞은편에 자리를 잡고 기다렸어. 오래 기다렸어. 기다려야 할 만큼 기다렸지, 사람은 절대 너무 오래 기다릴 수도 없고 너무 조금 기다릴 수도 없어. 그래서 토끼가 나타날 때까지 기다렸다는 거야. 응, 토끼는 나를 보고 나에게서 나무 쪽으로 달아났어, 하지만 나는 이미 지형을 살펴놓았지, 그래서 토끼가 가까이 지나가는 순간 총으로 쐈어. 그런데 산산조각이 나지 않았다는 거야. 안 났지, 그게 아니고서야 내가 왜 생각을 했겠어, 압정들이 토끼의 귀를 뚫고 토끼를 나무에 갖다 박았거든, 그런데 그 나무는 너도 밤나무였고. 놀랍군. 그래, 놀랍지, 내가 한 일은 막대기로 얼른 뒤통수를 갈겨준 것뿐이었어, 그리고 토끼를 다 먹은 뒤에는 장화를 수리할 압정도 다 챙겨서 그대로 갖고 있었고.

사내들이란 그렇게 생겨먹어서 거짓말을 할 때조차 일종의 진실을 말한다. 반대로 그들이 내뱉고 싶은 것이 진실일 경우에는 의도하지 않아도 늘 일종의 거짓이 따르게 된다. 그래서 안토니우 마우템푸의 사냥 이야기에서 무엇이 진실이고 무엇이 거짓인지 토론을 시작한다 해도 우리는 결코 결론에 도달할 수 없을 것이다. 우리는 그저 용감하게 그가 묘사하는 모든 것이, 산토끼든 일반 토끼든, 전장총이든, 이건 지금도 존재하는 종류의 총이다, 화약이든, 이건 싸다, 제대로 신지 못하는 가난을 감싸주는 압정이든, 장화, 그러니까 증인이라고 할 수 있는 장화든, 멀리 인도로부터 온 기적의 후추 더미이든, 물론 돌이든, 산토끼가 인간보다 잘 읽을 수 있는 신문이든, 안토니우 마우템푸든, 그 모든 것이 손가락으로 만질 수 있는 것임을 인정해야 한다. 이야기를 하는 사람 안토니우 마우템푸는 바로 여기 있는데, 이야기를 할 사람이 없으면 이야기도 없기 때문이다.

나는 이야기를 하나 해주었어, 이야기를 두 개 해주었어, 그리고 세 번째 이야기를 할 거야, 셋이 하느님이 만든 수이기 때문이지, 귀의 '아버지', '아들', '성령'. 내가 이제 너한테 말해주려고 하는 훌륭한 이야기에서 토끼는 귀 때문에 잡히지. 이제 그 이야기가 어떻게 끝나는지 알고 말았으니 네가 이야기의 흥을 깨버린 거네. 그래서 뭐, 우리는 모두 죽어, 중요한 건 우리가 영위한 또는 영위할 삶이야, 끝이 아니고. 좋아, 토끼 이야기를 해봐. 글쎄, 나한테는 아직 똑같은 소총이 있었어, 사실, 나는 그 소총에 너무 익숙해져서 그 이연발 총들을 보기만 하면 웃음이 터져 나오곤 했지, 사연발 총은 말할 것도 없고, 그건 꼭 대포 같잖아, 그건 금지시켜야 해. 왜. 사람이 천천히 또 조용히 소총을 준비하면 얼마나 더 멋지겠어, 화약을 재우고, 다져주고, 산탄을 필요한 만큼 덜어내고, 물론 산탄이 있을 때 얘기지만, 사냥하고 싶어 하는 동물 한 마리가 지나가는 것을 지켜보고, 그 동물은 혼잣말을 하지, 휴, 조금 전에는 아슬아슬했어, 그러면 멀어져가는, 깃털이나 모피가 덮인 생물에 대한 친근한 느낌이 가슴에 가득 차오르게 되지, 그건 오로지 운명을 믿느냐 마냐 하는 문제야, 아직 그 녀석들의 때가 오지 않은 게 분명하기 때문이지. 그렇게 보는 것도 한 가지 방법이네, 어쨌든, 그 다음에 어떻게 되는데. 다음이라, 전이라고 해야 하는 거 아니야, 음, 그때도 나는 산탄 살 돈이 없었어. 너는 돈이 있어 본 적이 없는 것 같은데. 네 말을 들으면 너는 한 번도 돈이 아쉬운 적이 없었다고 생각할 것 같은데. 화제를 바꾸지 말고, 내 경제 사정은 내 문제야, 이야기나 계속해. 알았어, 그래서 나는 산탄을 살 돈이 없었지만, 나한테는 쇠공이 있었지, 볼베어링 같은 거 말이야, 작업장의 쓰레기들 사이에서 발견했지, 그걸 똑같은 방법으로 사용했지만, 이번에는 나무는 없었어, 나무는 압정에만 효과가 있거든. 무슨 소리야. 내가 보니 볼베어링을 어떻게 갈기만 하면 총알처럼 되어 짐승의 살이나 가죽을 망치지 않을 것 같더라고, 정확하게 쏘기만 하면 말이야, 내 입으로 말하기는 그렇지만, 나는 아주 잘 쏘거든. 그래서. 그래서 시골로 들어갔지, 내가 아는 곳으로, 모래가 덮인 지역이었어, 그곳에서 새끼 염소만 한 토끼를 본 적이 있거든, 아비 토끼였던 게 분명해, 지금까지 누구도 어미 토끼는 본 적이 없으니까, 어미 토끼는 굴을 절대 떠나지 않지, 토끼 굴은 폰트 카바의 웅덩이만큼 깊어, 어미 토끼가 지하로 내려가면 아무도 어디 갔는지 알 수가 없지. 알

왔어, 하지만 그건 다른 얘기잖아. 그건 네가 잘못 알고 있는 거야, 이건 똑같은 얘기라고, 지금 이야기할 시간이 없을 뿐이야. 그래서 어떻게 됐어. 이 토끼는 그전에 여러 번 나를 따돌렸어, 내가 소총을 들어 올리자마자 사라지곤 했지, 하지만 그때는 내 소총에 탄환이 장전되어 있었어. 아, 그러니까 가죽을 망칠 걱정은 하지 않았다는 거로군. 그렇게 큰 토끼일 경우에는 그건 문제가 안 돼. 하지만 방금 네가 이봐, 계속 이렇게 끼어들 거면. 알았어, 어서 얘기나 해. 그래서 기다리고 기다렸지, 한 시간이 지났어, 또 한 시간이 지나고, 마침내 토끼가 시야에 깡충 뛰어 들어왔어, 아니, 사실 펄쩍 뛰어 들어왔다고 해야 맞겠지, 아까 얘기했지만, 작은 염소만 한 크기였거든, 그래서 토끼가 공중에 떴을 때, 나는 이게 자고다 생각하고 쐈지. 그래서 죽였어. 아니, 토끼는 그냥 귀를 한 번 흔들더니, 다시 깡충, 또다시 깡충 뛰어갔어, 물론 어차피 나는 총알도 남지 않았지, 토끼는 어떤 덤불 속으로 달려 들어갔고, 다시 훌쩍 뛰었어, 정말 멀리 뛰더군, 여기에서 저 너머까지 말이야, 그때 내 눈에 뭐가 보였게. 뭔데. 토끼가 잡힌 거야, 꿈틀꿈틀 몸부림을 치더군, 누가 한쪽 귀를 쥐고 있는 것처럼 말이야, 그래서 다가가 무슨 일이 벌어졌는지 봤지. 애간장 타게 하지 마, 궁금해 죽겠어. 산토끼들처럼 말이지. 장난치지 말고 어서 나머지 이야기나 해줘. 흠, 공교롭게도 누가 덤불 가지를 잘랐는데 손가락 크기만 한 잔가지 몇 개가 삐죽삐죽 남아 있었던 거야, 믿을 수 있겠어, 토끼는 볼

베어링으로 뚫린 귀의 구멍이 잔가지에 걸려버린 거야. 그래서 너는 토끼를 풀어준 다음 뒷덜미를 세게 쳤겠군. 아니, 풀어주고 가게 놔줬어. 설마. 정말이야, 그런 식으로 귀를 이용해 잡는 것은 사격과는 아무런 관계가 없는 것이거든, 우연이잖아, 순전히 운이라고, 아비 토끼가 우연히 죽는 것은 용납될 수 없어. 훌륭한 이야기로군. 게다가 다 사실이지, 같은 날 밤 토끼들이 나와 새벽까지 보름달 빛을 받으며 춤을 춘 것이 사실이듯이. 왜. 아버지가 탈출한 것이 너무 좋아서. 네가 본 거로군, 그렇지. 아니, 하지만 꿈은 꾸었어.

그런 거다. 물고기는 입이 걸려 죽는다, 미늘에 걸린 모습이 너무 작아 보이거나 프라이팬에서 애처로워 보일 것 같아 도로 물에 던져 보내지 않는 한. 그러나 그것은 너무 어린 것에 대한 동정의 행위이거나 아니면 잡은 사람 쪽의 이해관계에서 나온 행위에 불과하다. 더 자라서 나중에 다시 나타나기를 바라는 것이다. 하지만 이제 더 자라지 않을 것이 분명한 아비 토끼는 한편으로는 안토니우 마우템푸의 정직성 때문에 구원을 얻었다. 그는 훌륭한 이야기를 만들어낼 능력을 완벽하게 갖추었지만, 토끼의 몸을 맞히기보다는 귀를 맞히는 것이 훨씬 어렵다는 점을 고려할 때, 더 나은 이야기를 만들어낼 필요는 없었다. 그리고 관목들 사이에서 총소리가 잦아들고 난 라티푼디움의 정적 속에서, 그는 덤불로 다가가는 그를 지켜보던 토끼의 둥글고 성난 눈에 대한 기억을 안고 살아갈 수 없을 것임을 알고 있었다.

라티푼디움은 잔가지들이 잔뜩 널린 벌판이고, 각 잔가지마다 한쪽 귀에 구멍이 뚫린 채 꿈틀거리는 토끼가 매달려 있다. 총에 맞아서가 아니라 날 때부터 그렇기 때문에 발로 땅을 할퀴려 하고 배설물로 땅에 거름을 주며 평생 그렇게 매달린 채 살아간다. 혹시 풀이 있으면 땅에 코를 처박고 최대한 많이 먹는다. 주위 모든 곳에서는 사냥꾼들의 발소리가 들린다. 나는 당장이라도 죽을 수 있구나. 어느 날, 안토니우 마우템푸는 덤불에서 벗어나 경계를 건넜다. 오 년 동안 연속으로 그렇게 했다. 일 년에 한 번 프랑스에, 프랑스 북부에, 노르망디에 갔다. 하지만 귀를 잡혀 이끌려 다니고 있었다, 불가피성이라는 총알구멍에 붙들려 있었다. 물론 결혼을 한 적도 없고 먹을 빵이 필요한 자식도 없었지만, 그의 아버지는 전혀 건강하지 않았다. 감옥에서 보낸 시간의 결과였다. 그들은 그를 죽일 수도 있었지만 망가뜨려놓았다. 그리고 몬트 라브르에는 고용 위기가 있었던 반면, 프랑스에서는 일자리가 보장되어 있었고, 라티푼디움의 수준과 비교하자면 보수도 좋았다. 한 달 반 만에 만오천 내지 만육천 이스쿠두를 벌 수 있었는데, 이것은 큰돈이었다. 그래, 큰돈일 수도 있었지만, 몬트 라브르의 집에 도착하자마자 대부분은 빚을 갚는 것으로 사라져버렸고, 남은 얼마 안 되는 것은 미래를 위해 떼어두었다.

그럼 프랑스란 무엇인가. 프랑스란 끝도 없는 사탕무밭으로, 그 속에서 하루 열여섯 또는 열일곱 시간 맞교대로 일해야 한다. 즉 날빛이 있는 모든 시간에, 또 밤에도 많은 시간 일을 해야 한다. 프랑스는 노르만 프랑스인의 가족으로, 이들은 문으로 들어오는 세 이베리아 사람, 포르투갈 사람 둘과 안달루시아 출신의 스페인 사람 하나, 몬트 라브르 출신의 안토니우 마우템푸와 카롤리누 다 아보와 푸엔테 팔메라 출신의 미구엘 에르난데스*를 보는데, 미구엘 에르난데스는 이주 노동자로 주워들은 프랑스어 몇 마디를 알며, 그 단어들을 이용해 자신들이 그곳에서 일을 하도록 고용되었다고 설명한다. 프랑스는 잠은 거의 못 자고 식사는 접시에 담긴 감자뿐인 쓸쓸한 헛간이며, 프랑스는 신비하게도 일요일과 공휴일이 없는 땅이다. 프랑스는 칼 두 개가 이쪽과 저쪽을 누르듯이 휘고 아픈 등이며, 고생과 순교이며, 한 조각 땅위의 십자가 처형이다. 프랑스는 사탕무 줄기에서 눈을 몇 인치 떼고 보아야 하는데, 프랑스의 숲과 지평선은 모두 사탕무로 이루어져 있고, 거기 있는 것은 그게 다다. 프랑스는 이렇게 경멸과 조롱을 섞어 말하고 보는 방식이다. 프랑스는 다가와서, 그러나 우리가 풍기는 냄새 때문에 세 걸음 떨어져서, 신분증을 검사하며 비교하고 심문하는 군경찰이다. 프

---

* 이 등장인물의 모델이 되었을 미구엘 에르난데스는 독학의 스페인 시인으로, 어린 시절에 농장 노동자와 염소치기 생활을 했다. 그는 23세에 첫 시집을 내고 상당한 명성을 얻었다. 스페인 내전 때는 공화주의자 편에서 활약했으며, 공화주의자가 패한 뒤에는 몇 번 체포되다가 마침내 투옥되었다. 그는 감옥에서 결핵으로 사망했다. -역주

랑스는 늘 감시하는 불신, 지칠 줄 모르는 경계이며, 프랑스는 우리가 한 일을 늘 살피고 우리 손을 밟는 것을 즐기듯이 발을 내딛는 노르망디 프랑스 사람이다. 프랑스는 음식과 청결에 관하여 야박한 대접을 받는 것인데, 이것은 농장의 말들과 확실하게 비교가 되며, 이 말들은 뚱뚱하고 발이 크고 당당하다. 프랑스는 잔가지들, 하나하나마다 낚싯대 끝에 걸린 물고기처럼 귀가 걸린 토끼가 천천히 질식하고 있는 잔가지들이 촘촘하게 삐죽삐죽 솟은 덤불이며, 카롤리누 다 아보는 셋 가운데서도 그것을 가장 감당하지 못해, 스프링이 갑자기 끊어진 펜나이프처럼 허리를 반으로 접고 절뚝거리는데, 그의 날은 무디고 날 끝은 부러졌으며, 내년에는 돌아오지 않을 것이다. 프랑스는 긴 기차 여행, 거대한 슬픔, 줄로 묶은 메모 뭉치, 자신은 뒤에 남아 있다가 떠난 자를 두고 이제야, 그 친구는 부자야, 하고 말하는 자들의 어리석은 질투인데, 알다시피, 이것은 가난한 자들의 속 좁은 시샘이고 이기적인 악의다.

안토니우 마우템푸와 미구엘 에르난데스는 그런 것들에 관해 알고 있으며, 서로 편지를 쓴다, 마우템푸는 몬트 라브르에서, 에르난데스는 푸엔테 팔메라에서. 거의 모든 단어마다 철자를 잘못 쓴 소박한 편지들이다. 따라서 에르난데스가 읽는 것은 완전한 포르투갈어라고는 할 수 없고 마우템푸가 읽는 것은 완전한 스페인어라고는 할 수 없다. 하지만 그들에게는 공동의 언어, 배운 것은 부족하나 감정은 풍부한 언어가 있고, 그들은 서로를 이해한다. 마치 경계를 가로질러 서로 신호를 보내는 것과 마찬가지다. 예를 들어 두 팔을 펼쳤다가 닫는다. 이것은 오해의 여지가 없는 포옹의 신호다. 또는 한 손을 가슴에 얹어 애정을 표시한다. 아니면 그냥 바라보는데, 이것은 자신의 생각을 드러낼 준비가 되었다는 것을 알린다. 그리고 두 사람 다 똑같이 힘겹게 서명을 하고, 마치 괭이를 쥐듯 펜을 쥐는 괴상한 버릇이 있어, 편지를 쓸 때마다 신체적 노력이 필요한 것처럼 보인다. 미구엘 에르난데스, 어, 안토니우 마우템푸, 어. 어느 날, 미구엘 에르난데스는 편지를 중단할 것이다. 안토니우 마우템푸의 편지 두 통에 답장이 오지 않을 것이다. 이런 일들은 아무리 열심히 설명을 하려 해도, 여전히 상처를 준다. 딱히 큰 불행이라고 할 수는 없으며, 나는 이 일로 식욕을 잃지는 않을 것이다. 하지만 이것은 그저 자신을 위로하려고 하는 말일 뿐이다. 어쩌면 미구엘 에르난데스는 죽었거나 체포되었을지도 모른다, 안토니우 마우템푸의 아버지가 그랬던 것처럼. 푸엔테 팔메라에 가서 알아볼 수만 있다면. 안토니우 마우템푸는 앞으로 오랫동안 미구엘 에르난데스를 기억할 것이다. 프랑스에서 보낸 시간을 이야기할 때마다, 내 친구 미구엘 에르난데스, 하고 말하고 눈에는 눈물이 고일 것이다. 그러다 웃음으로 털어버리고 사람들을 즐겁게 해주기 위해 토끼나 자고 이야기를 하나 하는데, 이해하겠지만, 그 가운데 그가 지어낸 것은 하나도 없다. 그런 이야기를 하다 보면 기억의 파도가 잠잠해지다 쓸려 나간다. 그제야 그는 프랑스에 대한 노스탤지어를 느낀다. 헛간에서 이야기를 하며 보낸 밤들, 안달루시아 사람들과 타구스강 건너편, 자엔과 에보라에서 온 사람들이 하는 이야기들, 주제 가투와 파블루 드 라 카헤테라에 관한 이야기들. 또 노동 계약이 끝난 날의 그 미친 듯한 밤들. 그들은 창녀를 사러 나가 성급한 쾌락을 훔쳤다, 알레, 알레, 그들의 식지 않은 피가 저항을 했고, 지칠수록 더 원했다. 그들은 이해하지 못하는 속사포 같은 언어에 내몰려 거리로 나갔다, 알레*, 네그레.** 피부가 거무스름한 인종들은 다 그래. 노르망디에서 태어난 사람들에게는 모든 사람이 흑인이다. 그곳에서는 창녀들도 자기들이 순혈이라고 생각한다.

  그러던 어느 해에 안토니우 마우템푸는 프랑스로 돌아가지 않겠다고 결정했다. 건강이 나빠졌다는 것도 한 가지 이유였다. 그 뒤로 그는 잔가지에 걸려 발로 긁어대는 라티푼디움의 토끼에 불과한 존재로 돌아갔다. 황소는 밭고랑으로 돌아가고, 냇물은 익숙한 경로로 돌아간다. 그는 마누엘 이스파다를 비롯한 다른 사람들과 함께 코르크를 베고, 낫질을 하고, 가지를 치고, 괭이질을 하고, 잡초를 뽑았다. 왜 그들은 그런 단조로움을 지겨워하지 않는가. 매일이 어제와 똑

* 프랑스어로 어서, 어서 정도의 뜻.
** 어서, 검둥이라는 뜻

같다. 적어도 모자란 식량, 그리고 내일을 위해 약간의 돈을 벌고자 하는 욕망이라는 면에서는 그렇다. 이런 곳에는 내일이 위협처럼 드리워져 있다. 내일, 내일은 뭔가 새로운 것에 대한 희망이라기보다는, 그게 인생인지는 몰라도, 그저 어제처럼 또 하나의 날에 불과하다.

프랑스는 모든 곳이다. 카히사 대농장은 프랑스에 있다, 지도에서는 그렇게 말하지 않는다 해도 그게 사실이다. 노르망디가 아니라면 프로방스에 있다. 그것은 정말이지 상관없다. 안토니우 마우템푸는 이제 곁에 미구엘 에르난데스가 없고, 매제이자 친구인 마누엘 이스파다가 있다. 그들은 성격이 아주 다르지만 함께 낫질을 하고 삯일을 한다, 앞으로 보겠지만. 그라신다 마우템푸도 이곳에 있다. 절대 아이를 낳지 않을 것처럼 보였지만 마침내 임신을 했다. 이들 셋은 추수가 계속되는 동안에는 버려진 노동자의 오두막에 살고 있다. 마누엘 이스파다가 아내를 편하게 해주려고 청소해놓은 집이다. 오륙 년간 사람이 산 적이 없어 완전히 폐가가 되어, 뱀과 도마뱀을 비롯하여 온갖 기어 다니는 것들이 가득했다. 그러나 집이 준비가 되자, 마누엘 이스파다는 우선 바닥에 물을 뿌리고, 바닥에 깔고 누울 골풀 꾸러미를 가져왔다. 안은 너무 시원하여 잠이 들 뻔했다. 그 집은 그저 지붕 노릇을 하는 가시금작화와 짚이 덮인 어도비 벽에 불과했다. 그때 갑자기 절대 가늘다고는 할 수 없는 그의 손목만큼 굵은 뱀 한 마리가 그의 몸을 타고 미끄러져 갔다. 그는 그라신다 마우템푸에게 그 이야기를 하지 않았다. 그녀가 그 사실을 알았다면 어떻게 했을지 누가 알겠는가. 어쩌면 전혀 상관하지 않았을지도 모른다, 이 지역 여자들은 기질이 단단하니까. 그녀는 오두막에 도착했을 때 아주 깔끔하게 정리가 되어 있는 것을 보았다. 부부를 위해 바퀴 달린 침대가 하나 있고, 안토니우 마우템푸를 위해 또 하나가 있었으며, 담요로 함께 쓸 커다란 자루가 있었다. 라티푼디움에서 사람들은 그렇게 친밀하게 살아간다. 오, 너무 그렇게 화를 내지 마세요, 아가메드스 신부님, 그런데 그동안 어디 있었습니까, 이 사내들은 사실 여기에서 자지 않을 겁니다, 설사 침대에 눕는다 해도, 그저 죽지 않으려고 그렇게 할 겁니다, 지금이 어쩌면 보수와 조건에 관해 이야기를 할 때인지도 모르겠습니다, 이 사람들은 일주일 동안 하루에 그만큼밖에 받지 못하고, 거기에 남은 밭에 대해서는 오백 이스쿠두를 추가로 받습니다, 토요일까지는 추수를 다 해야 하는데 말입니다. 이것은 복잡해 보일지 모르지만, 이보다 간단할 수가 없다. 일주일 내내 마누엘 이스파다와 안토니우 마우템푸는 하루 종일 또 밤새 낫질을 할 것이다. 이것이 정확히 무엇을 의미하는지 이해할 필요가 있다. 그들은 하루 종일 일을 하여 완전히 지치면 뭘 좀 먹으러 오두막으로 돌아갔다가 다시 들판으로 돌아가 밤새 낫질을 한다, 양귀비를 따는 것이 아니다. 해가 뜨면 그들은 다시 오두막으로 돌아가 뭘 좀 먹고, 아마 십 분쯤 누워 풀무처럼 코를 골다가, 다시 일어나 하루 종일 일을 하고, 뭐든 있는 대로 먹고 다시 밤새 일을 한다. 아무도 우리 말을 믿지 않을 것임을 잘 알고 있다. 이들은 인간일 수가 없다. 하지만 인간이다. 짐승이었다면 푹 쓰러져 죽었을 것이다. 불과 사흘이 지났는데, 두 사내는 반쯤 걷기를 한 들판에서 달빛을 받으며 단둘이 서 있는 유령 같다. 우리가 할 수 있을까. 해야 돼. 그러는 동안 임신해 배가 많이 나온 그라신다 마우템푸는 논에서 잡초를 뽑는다. 잡초를 뽑을 수 없을 때는 물을 길러 가고, 물을 길을 수 없을 때는 사내들을 위해 먹을 것을 준비하고, 먹을 것을 준비할 수 없을 때는 잡초 뽑는 일로 돌아간다. 그녀의 배가 물과 같은 높이이니 그녀의 아들은 개구리로 태어날 것이다.

추수는 끝났고, 약속된 시간도 다가와 질베르투가 이들 두 유령에게 보수를 주러 왔지만, 그는 평생 유령들을 볼 만큼 봤다. 안토니우 마우템푸는 이 프랑스, 이 킬링필드의 건너편에 일하러 가고 없었다. 마누엘 이스파다와 그의 부인 그라신다 마우템푸는 출산할 때까지 오두막에 그대로 머물렀다. 마누엘 이스파다는 아내를 집으로 데려갔다가 카히사 대농장으로 돌아갔다. 다행히도 그곳에 일이 있었다. 이 모든 일에 계속 놀라지 않는 사람은 누구든 눈에서 비늘을 떼어내거나 귀에 구멍을 뚫어야 한다, 아직 구멍이 없고 남들 귀에서만 구멍을 본다면.

그라신다 마우템푸는 수고하고 자식을 낳았다. 진통 중에 어머니 파우스티나가 도우러 왔고, 늙은 벨리자리아도 함께 왔다. 그녀는 오랫동안 산파 일을 했으며 상당한 수의 출산 중 사망, 어머니와 아기 양쪽의 사망에 책임이 있었는데, 이것을 보완하기라도 하듯 그녀는 몬트 라브르에서 가장 훌륭한 배꼽을 만들었다. 이건 농담처럼 들리겠지만, 그렇지 않으며, 오히려 산과학 연구의 주제가 될 만한 자격이 있다. 도대체 벨리자리아는 어떻게 탯줄을 자르고 봉합하기에 천일야화에서 튀어나온 받침 달린 잔을 닮은 배꼽을 만들어낼까. 기회와 대담함이 허락한다면, 그것을 어떤 신비한 밤이면 아미에이루의 샘에서 베일을 벗는 무어인 무희들의 가리지 않은 배꼽과 비교해서 확인할 수도 있을 텐데. 그라신다 마우 템푸가 한 수고에 관해 말하자면, 그것은 이브의 다행스러운 죄 이후 모든 여자가 겪은 것보다 더하지도 덜하지도 않았 다. 다행스럽다, 우리가 그렇게 말하는 것은 그 전에 누린 쾌 락 때문이다, 아가메드스 신부는 받아들일 수 없는 견해겠 지만. 그는 의무감과 어쩌면 확신 때문에 반대한다, 여호와 자신이 내린, 인간 역사에서 가장 오래된 벌의 지지자로서. 네가 수고하고 자식을 낳을 것이다, 그래서 모든 여자들의 모든 날이 그래 왔다, 여호와의 이름을 모르는 여자들도. 신 들의 원한은 인간의 원한보다 오래간다. 인간은 가엾은 존재 로, 무시무시한 복수를 할 수도 있지만, 아주 작은 것에 감동 하여 눈물을 흘릴 수도 있다. 그래서 시기가 적당하고 빛이 상서로우면, 적의 품에 뛰어들어 남자라는 게, 여자라는 게, 인간이라는 게 얼마나 이상한가 생각하며 울 것이다. 신은, 여호와든 누구든, 절대 어떤 것도 잊지 않는다. 죄인은 반드 시 벌을 받아야 하고, 그래서 이렇게 화산처럼 넓게 입을 벌 린 보지가 끝도 없이 줄지어 있고, 거기에서 새로운 남자와 새로운 여자들이 피와 점액에 범벅이 된 채 터져 나오는 것 이다. 그 고통에서는 모두 공평하나, 그들을 받아들이는 품, 그들을 따뜻하게 덥히는 숨, 그들을 덮는 옷에 따라 순식간 에 달라진다. 어머니는 그 고통의 물결을 다시 몸 안으로 끌 어들이고, 그러는 동안에도 그녀의 찢어진 살에서는 마지막 핏방울이 꽃처럼 뚝뚝 듣으며, 이제 텅 빈 배의 늘어진 피부가 천천히 흔들리고 겹쳐 늘어진다, 이것이 젊음이 죽기 시작하는 때다.

한편 저 위 하늘의 발코니는 텅 비어 있다. 천사들은 낮잠을 자고 있고, 여호와와 그의 남은 진노와 관련해서는 인간이 느낄 만한 새로운 소식이 없다. 그라신다 마우템푸, 마누엘 이스파다와 그들의 첫 아이 마리아 아델라이드, 이것이 그들의 딸이 갖고 살게 될 이름인데, 그들의 집, 당장이라도 쓰러질 듯한 오두막 위에 사흘 낮 사흘 밤 동안 빛날 어떤 새로운 별을 구상하고, 창조하고, 출범시키려고 천상의 불꽃놀이를 개최했다는 기록도 없다. 우리는 목자가 부족하지 않은 땅에 있다. 일부는 어릴 때 목동이 되고 일부는 계속 그 일을 하다 죽는 날까지도 한다. 양 떼도 많다. 우리는 육백 마리로 이루어진 양 떼를 보기도 했다. 돼지도 부족하지 않다, 물론 돼지는 사실 출생 장면에 어울리는 동물이라고 할 수는 없지만. 돼지에게는 양의 우아함, 두툼한 외피, 부드러운 양털의 촉감이 부족하다, 내 실 뭉치 좀 건네줄래, 여보, 그런 생물은 무릎을 꿇을 수 있도록 만들어져 있는 반면, 돼지는 갓 태어난 분홍색의 봉봉 캔디 같은 예쁜 모습을 금세 잃어버리고 곧 구근 같은 코를 달고 악취를 풍기며 진흙을 좋아하는 짐승으로 바뀌며, 우리에게 주는 고기에서만 숭고한 면을 드러낸다. 황소에 관해 말하자면, 그들은 일을 하느라 바쁘고, 라티푼디움에 그리 많지도 않아 뒤늦은 경배의 장면에 참석할 여유도 없다. 원숭이들에 관해 말하자면,

그들이 입고 있는 안장깔개 밑에는 헌데뿐이며, 그 주위에는 피 냄새에 흥분한 금파리만 윙윙거린다. 마누엘 이스파다의 집에는 갓 출산한 여자 같은 냄새를 풍기는 그라신다 마우템푸의 몸 위로 파리들이 열에 들떠 떼를 지어 몰려다닌다. 저 파리들 좀 못 오게 해요, 응, 늙은 벨리자리아가 말한다. 아니, 어쩌면 말하지 않는지도 모른다, 늘 따라다니는 후광 같은 이 날개를 붕붕거리는 천사들에게 너무 익숙해 있기 때문에. 이들은 여름이 오자마자 나타나며, 그녀는 진통을 하는 다른 여자를 도우러 자리를 떠야 한다.

하지만 기적은 일어난다. 아이는 시트에 누워 있다. 사람들은 아이가 세상에 들어오자마자 철썩 때렸다, 그렇다고 이것이 필요한 일인 것은 아니었지만. 이미 그녀의 첫 울음이 목에서 형성되고 있었기 때문이다. 언젠가 그녀는 지금은 전혀 불가능해 보이는 다른 것들도 소리칠 것이다. 그녀는 운다, 눈물을 떨어뜨리지는 않지만. 그냥 눈만 찌푸리고 얼굴을 구긴다. 화성인이 찾아온다면 겁을 먹을 것이다. 그럼에도 그 모습에 우리는 서럽게 흐느끼게 된다. 환하고 따뜻한 날이라 문이 열려 있기 때문에 시트의 이편으로, 말하자면 반사된 빛이 떨어진다. 그것이 어디에서 왔느냐는 사실 중요하지 않다. 귀가 완전히 어두워져 손녀가 우는 소리도 듣지 못하는 파우스티나 마우템푸가 아이의 눈을 처음 본 사람이다. 그 눈은 파랗다. 주앙 마우템푸의 눈만큼 파랗다. 하늘에 먹을 감은 물방울 두 개다, 둥근 수국 꽃잎 두 개다. 하지만 이런 천박한 비유는 둘 다 도움이 되지 않는다, 상상력 결핍만 드러낼 뿐이다. 아무런 비유도 도움이 되지 않는다, 미래의 구혼자들이 아무리 열심히 이 눈을 정당하게 평가하는 비유를 제시하려 애를 쓴다 하더라도. 그 눈은 파랗다. 남옥색도 하늘색도 아니다. 어떤 식물적 변덕이나 어떤 지하의 용광로의 산물도 아니다. 환하고 강렬한 파란색이다. 주앙 마우템푸의 눈과 같다. 그가 오면 비교할 수 있다. 그러면 그게 무슨 파란색인지 알게 될 것이다. 하지만 지금은 오직 파우스티나 마우템푸만 알고 있으며, 그래서 그녀는 선언할 수 있다, 이 아이는 할아버지의 눈을 갖고 있구나. 그러자 다른 두 여자도 보고 싶어 한다, 산파의 특권을 빼앗긴 것에 무척 당황한 벨리자리아, 자기 새끼에 관한 문제에서는 질투심 많은 암이리 그라신다 마우템푸. 하지만 벨리자리아가 시간을 끌고, 그래서 그라신다 마우템푸는 마지막이다, 그것이 중요하다는 것은 아니지만. 그녀는 자신의 젖꼭지를 중간에 두고 그 빨아대는 입과 붙어 있을 시간이 충분할 것이다, 여기 이 형편없이 덮어놓은 기와 밑에서든, 시골 한가운데 너도밤나무 아래서든, 앉을 곳이 없을 때는 일어서서든, 꾸물거릴 수 없을 때는 급하게든, 그 파랗고 파란 눈을 응시하는 데 정신을 팔 시간이 충분할 것이다, 자신의 젖가슴에서 젖이 흐르는 동안은. 그 젖가슴으로부터 적게 또 많이 흐르는 젖, 빨간 피로 만든 하얀 피 같은 그 생명.

이윽고 왕 세 명이 도착했다. 첫 왕은 주앙 마우템푸로, 아직 밝을 때 걸어왔기 때문에 그를 안내해줄 별이 필요 없었다. 그가 더 일찍 오지 못한 유일한 이유는 남성으로서의 조심성 때문이었다. 그 시기와 장소에 일반적인 일이기만 했다, 출산 때 그 자리에 있는 것은 문제가 아니었을 것이다. 사실, 자신의 딸이 출산하는 것을 보는 게 무슨 문제란 말인가. 하지만 그냥 그렇게 되지는 않는다. 사람들 입에 오르내릴 것이다. 그런 생각은 미래에 속하는 것이다. 그가 일찍 도착한 것은 현재 실직 중이라 자신에게 경작하도록 주어진 땅뙈기를 정리하고 있었기 때문이다. 집으로 들어갔을 때 아내는 그곳에 없었지만, 이웃이 그에게 손녀를 보았다고 말해주었다. 그는 기뻤지만 여러분이 예상했을 만큼 기쁘지는 않았다. 손자라면 더 좋았을 것이기 때문이다. 사내들은 그렇다, 일반적으로 아들을 더 좋아한다. 이윽고 그는 집을 나와, 평소의 흔들거리는 느린 걸음으로 걸어갔다. 서로 다른 두 고통 사이에 붙들려 있었다, 한 고통은 이쪽, 또 한 고통은 저쪽. 오래된 통증은 숯 구덩이에 통나무를 운반하다 생긴 것이고, 또 하나 무지근한 아픔은 억지로 조각상처럼 몇 시간 동안 서 있다가 얻은 것이었다. 그는 오랜 항해 끝에 배에서 막 내린 뱃사람, 걷고 있는 땅이 움직이지 않아 당황한 뱃사람처럼 보인다. 또는 사막의 배인 낙타 등에 올라타 있는 것처럼 보인다. 정확한 그림이 그려지는 비유다. 주앙 마우템푸가 첫 번째로 도착한 동방박사라는 사실을 고려할 때, 그는 그의 조건과 전통에 따라 여행하는 것이 지극히 적절하기 때문이다. 다른 사람들은 그들 자신의 운송 양식을 선택할 수 있다. 주앙 마우템푸는 이렇다 할 선물을 가져오지 않는다, 그가 심장에 넣고 다니는 고난의 방주, 오십 년의 고난을 선물이라고 생각할 수 없다면. 하지만 황금은 없다. 그리고 유향은. 아가메데스 신부님, 성당을 위한 겁니다. 몰약에 관해 말하자면, 오는 길에 죽은 사람들에게 다 써버렸다. 그런 선물을 갓난아기에게 주는 것은 좀 비열하고 약간 악취미이기도 한 것 같다. 라티푼디움 출신의 사람들은 자신들이 받은 것에서 고를 수밖에 없다, 원하는 만큼 흘리는 땀, 이 없는 미소를 채울 만큼의 기쁨, 그들의 뼈를 삼킬 만한 크기의 땅뙈기, 나머지 땅은 다른 작물에 필요하기 때문이다.

이윽고 주앙 마우템푸가 빈손으로 도착한다. 하지만 오는 길에 첫 손주가 막 태어났다는 것을 기억하고, 어떤 정원에서 마디가 많은 가지로부터 제라늄 한 송이를 딴다. 꽃에서는 가난한 가구들의 자극적인 냄새가 풍기지만, 황금색과 심홍색 안장 방석을 얹은 낙타에 올라탄 동방박사 한 사람이 겸손하게 허리를 굽혀 펠라르고늄을 꺾는 모습은 얼마나 예쁜 광경인가. 그를 수행하며 섬기는 노예가 많지만 그는 그들에게 명령을 하지 않고 직접 땄으니, 얼마나 훌륭한 본보기를 보인 것인가. 주앙 마우템푸가 딸의 집 문에 이르자, 낙타는 자신의 의무를 아는 듯하다, 무릎을 꿇고 이 라티푼디움의 영주가 내리게 해주기 때문이다. 그러는 동안 지역 부대에서 나온 군경찰은 받들어총을 하고 있다, 타카부 병장은 낙타 같은 크고 이국적인 짐승이 공공 간선도로를 지나다니도록 해도 되는지 미심쩍은 표정이지만. 이런 것들은 가혹한 태양에서 태어난 환상들인데, 이제 태양은 하늘에서 가라앉고 있지만 그래도 길가의 돌들을 여전히 때려대고 있어, 돌들은 지구에서 막 태어난 것처럼 뜨겁다. 내 귀한 딸. 그 순간 주앙 마우템푸는 자신의 눈이 불멸임을 본다, 오랜 편력 끝에 두 눈이 다시 나타났기 때문이다, 그조차도 어디에서 시작되었는지, 어디에서 왔고 어떻게 왔는지 모르지만. 몬트 라브르에는, 그의 가족에든 다른 곳에든 그런 눈이 또 없다는 것만 알고 있을 뿐이다. 내 딸의 자식들은 분명히 내 손주들이지만, 내 아들의 자식들은 그럴 수도 있고 아닐 수도 있다. 우리 누구도 그런 통속적 악의로부터 자유로울 수 없지만, 누가 그 눈을 의심할 수 있을까. 나를 봐라, 나의 파란 눈을 봐라, 그리고 이제 내 손녀의 파란 눈을 봐라, 이 아이는 마리아 아델라이드라고 부를 것인데 오백여 년 전 아이의 조상의 모습 그대로다. 그 눈이 그 외국인, 처녀를 빼앗는 자로부터 왔기 때문이다. 모든 가족에게는 그들 나름의 신화가 있는데, 그들 자신도 그 가운데 일부는 모른다. 이는 이 마우템푸 가족도 마찬가지이며, 따라서 그들은 서술자에게 매우 고마워해야 할 것이다.

두 번째 동방박사는 이미 깜깜해졌을 때 도착했다. 그는 일터에서 바로 왔는데 집에는 불이 전혀 밝혀져 있지 않았고, 난로도 꺼져 있었다. 따라서 가득한 스튜 냄비라는 희망은 사라졌다. 그러다 똑같은 이웃을 만나, 네 누이가 딸을 낳았어, 네 아버지와 어머니도 있어, 하는 말을 듣자 심장이 뒤집히고 다시 뒤집혔다. 이제 몬트 라브르의 모든 사람들이 그게 딸이라는 것을 알고 있으며 그 아이의 눈이 파랗다는 것을 알고 무척 즐거워한다. 하지만 이웃은 이 마지막 사항에 관해서는 아무 말도 하지 않는다. 그녀는 친절한 여자로, 놀라운 일을 전할 때와 장소가 따로 있다고 믿기 때문이다, 뭐 하러 안토니우 마우템푸에게, 네 조카의 눈이 파래, 하고 말한단 말인가, 그렇게 하면 그에게서 자신의 갈색 눈으로 그것을 직접 보는 기쁨을 빼앗게 될 터인데. 군경찰은 이미 부대로 돌아가버려, 그곳에는 안토니우 마우템푸에게 받들어총을 할 사람이 없다. 뭐, 혹시라도 있을 거라고 생각한다면 그렇게 생각하는 사람이 바보다. 그럼에도 그는 피와 살이 있는 왕으로서 거리를 걸어 내려온다. 일터에서 바로 오는 사람에 어울리게 더럽다, 씻을 시간이 없었다. 하지만 오빠로서의 의무는 잊지 않아 어떤 문 옆의 회반죽을 바른 깡통 겸 화분에서 데이지 한 송이를 꺾고, 꽃이 자신의 손아귀에서 시들지 않도록 입술 사이에 넣고 침으로 물을 준다. 마침내 오두막 안에 들어서자 그는, 너한테 주는 거야, 누이야, 하고 말하며 마거리트*를 준다. 세상에 꽃이 이름을 바꾸는 것보다 자연스러운 일이 뭐가 있을까. 얼마 전 제라늄과 펠

---

* 제라늄은 펠라르고늄과, 데이지는 마거리트와 비슷하게 생겼다.

라르고뉴에서도 그런 일이 있었고, 언젠가 카네이션에도 그런 일이 벌어질 것이다.[*]

안토니우 마우템푸는 파란 눈을 볼 것이라고 예상하지 못하고 있었던 편이 오히려 나았다. 아이는 평화롭게 자고 있고, 눈은 감겨 있다. 아이가 결정한 것이다. 아이는 세 번째 현인을 위해서 눈을 다시 뜨겠지만, 그는 아주 늦게, 한밤중에 도착할 것이다. 멀리서 걸어서 오기 때문이다. 그는 지난 사흘 동안, 아니 사흘 밤 동안 이와 똑같은 여행을 했다. 사실을 알고 싶어 하는 사람들을 위해 말하자면, 마누엘 이스파다는 거의 잠을 자지 못하고 사흘째 밤을 맞이하고 있다. 그는 이 모든 사람들과 마찬가지로 그런 것에 익숙하지만, 그래도 우리는 설명을 해야 할 것 같다. 마누엘 이스파다는 집에서 멀리 떨어진 곳에서 일하기 때문에 보통 거기에서, 목자의 오두막이나 다른 오두막에서 잔다, 어디냐는 사실 중요하지 않다. 하지만 출산일이 다가오자 마누엘 이스파다는 어떻게 했을까. 해 질 녘이면 일을 중단하고 자정 넘어 집에 도착했고, 도착해보면 그의 아이는 아직 부풀어 오른 배에 불과했다. 그는 한 시간 정도 그라신다 마우템푸 곁에 누워 있다가 밤과 아침 사이 어중간한 시간에 일어나 일을 하러 돌아갔다. 이번이 그러한 세 번째 밤인데, 세 번째는 운이 좋

---

[*] 1974년 포르투갈 혁명은 '카네이션 혁명'이라고 알려졌는데, 이것은 군사 쿠데타임에도 총을 쏘지 않았고, 거리에서 사람들이 군인들에게 빨간 카네이션을 건네주어, 군인들이 그것을 군복에 달거나 총구에 꽂았기 때문이다. ─역주

았다. 도착했을 때 아내와 갓난아기를 보게 될 것이기 때문이다. 좋지 않은가.

파우스티나, 주앙과 안토니우 마우템푸는 축하를 하려고 닭을 잡았고, 그라신다 이스파다는 묽은 수프를 조금 마셨는데, 이것은 막 출산을 한 산모에게 좋은 것이다. 한편 아저씨와 아주머니와 다른 친척들이 더 오갔고, 이제 그라신다는 쉴 필요가 있다, 적어도 오늘은. 안녕, 내일 봐요, 정말 예쁜 딸이네, 할아버지를 빼닮았구먼. 성당 시계가 자정을 알렸고, 여행자에게 불행한 일이 일어나지 않았다면, 그가 언덕에서 미끄러지거나 도랑에 빠지지 않았다면, 변변치 못한 인간이 안달이 나 자기처럼 가난한 사람은 공격하지 않는다는 규칙을 어기지 않았다면, 머지않아 이 세 번째 현인이 도착할 것이다. 그가 무슨 선물을 가져올까, 우리는 궁금하다, 어떤 행렬을 이끌고 올까. 어쩌면 황금 발굽에 은과 산호 고삐를 묶은 아랍 종마를 타고 올 것이고, 어쩌면 턱수염을 기른 어떤 악당이 길을 막고 나서는 것이 아니라 요정 대모*를 만날 것이고, 그녀는 말할 것이다, 네 딸이 태어났다, 그 아이는 눈이 파랗기 때문에 네가 그 아이를 빨리, 생명이 그 눈에서 색깔을 빼내기 전에 볼 수 있도록 이 말을 주마. 그러나 그런 요정 대모가 개입하는 것, 그것도 결국은 순전히 환상이다. 이 길은 힘겹고, 밤에는 더욱 그렇다. 말이 지치거나 다

---

* 도움이 간절히 필요할 때 도와주는 사람.

리가 부러질 수도 있고, 그러면 마누엘 이스파다는 어차피 걸어서 여행을 해야만 할 것이다. 두려운 것들과 판독 불가능한 웅얼거림이 가득한, 별이 빛나는 크고 광활한 밤하늘을 뚫고. 하지만 세 왕은 아직 우르와 바빌론에서 배운 마법의 힘이 있다. 그렇지 않고서야 마누엘 이스파다의 앞에 가는 개똥벌레 두 마리를 어떻게 설명할 것인가. 그는 길을 잃을 수가 없다. 그 두 벌레가 길의 양쪽 가장자리인 것처럼 그들을 따라가기만 하면 된다. 어떻게 그런 일이 가능할까. 어떻게 그런 생물이 인간을 인도할까. 그들은 언덕을 오르고 골짜기를 내려간다. 논을 둘러 가고 평원을 가로질러 날아간다. 이제 우리 눈에 몬트 라브르의 첫 집들이 보인다. 그곳에서 개똥벌레들은 그의 길을 밝히기 위해 머리 높이의 문틀 꼭대기에 내려앉았다, 지상의 인간에게 영광이 있을지어다. 마누엘 이스파다는 두 벌레 사이를 지나간다. 막 중노동의 시간에서 나온, 또 해 뜨기 전에 그곳으로 돌아가야 할 사람에게 어울리는 의장대다.

마누엘 이스파다는 가까이서든 멀리서든 선물을 가져오지 않는다. 그는 두 손을 내미는데, 두 손이 각각 커다란 꽃이다. 그는 말한다, 그라신다. 그리고 더 말을 잇지 못하고 그녀의 뺨에 입을 맞춘다, 딱 한 번. 하지만 그 입맞춤 때문에 우리가 목이 메는 것은 어찌 된 일일까, 우리는 가족도 아닌데. 이 대목에서 우리는 할 이야기가 있다 해도 하지 못할 것이다. 막 그런 몸짓이 이루어지고 말이 만들어지려는 순간, 마리아 아델라이드는 그 순간을 기다렸다는 듯이 눈을 뜬다. 첫 번째 아이다운 장난이다. 아이는 커다란 형체와 크게 펼친 두 손을 본다, 아버지다, 아직 그것이 무슨 뜻인지 알지는 못하지만. 그러나 마누엘 이스파다는 잘 알고, 너무 잘 알아서 심장이 가슴에서 뛰쳐나갈 것만 같다, 두 손이 떨리고 있다. 어떻게 이 아이를, 딸을 안을까. 사내는 정말이지 쓸모없다. 이윽고 그라신다 이스파다가 말한다, 아이가 당신을 닮았네. 뭐, 그것도 가능한 일이다, 이 나이에는, 그러니까 태어난 지 불과 몇 시간밖에 안 지났을 때는 절대 알 수 없는 일이지만. 그럼에도 주앙 마우템푸의 선언은 전적으로 옳다, 하지만 눈은 내 눈이야. 안토니우 마우템푸는 아무 말도 하지 않는다. 그는 그냥 삼촌이기 때문이다. 가엾은 귀머거리 파우스티나는 무슨 말이 오가는지 짐작만 할 뿐이고, 자기 차례라고 여겨 한마디 한다, 내 사랑. 왜 그런 말을 했는지는 그녀도 모른다. 이것은 라티푼디움이나 이런 상황에서 일반적으로 사용하는 말은 아니기 때문이다, 겸손함과 수줍음 때문에.

두 시간 뒤, 그곳에서 아무리 많은 시간을 보냈다 해도 그에게는 너무나 짧게 느껴졌을 텐데, 마누엘 이스파다는 집을 나섰다. 해 뜨기 전에 일터에 가려면 아주 빨리 걸어야 할 것이다. 기다리던 개똥벌레 두 마리는 다시 출발하는데, 이번에는 땅에 붙어 날아간다. 하도 밝게 빛나는 바람에 개미 파수꾼들은 굴 안에 있는 개미들에게 해가 뜨고 있다고 소리쳤다.

밀밭의 역사는 놀라울 만큼 규칙적으로 반복되지만, 그 나름의 변화도 있다. 가끔 밀이 익는 시기가 평소보다 늦어지거나 빨라진다는 이야기를 하자는 것은 아닌데, 그것은 비가 너무 많았는지 아니면 너무 적었는지에 달려 있으며, 그게 아니면 해에도 달려 있는데, 해는 열을 너무 많이 또는 충분치 못하게 보냄으로써 한계를 넘어버릴 수 있다. 또 씨를 가파른 비탈이나 너무 낮은 땅에 뿌린다거나, 진흙이 많은 토양이나 모래가 많은 토양에 뿌리는 문제도 아니다. 라티푼디움의 사내들은 오래전부터 자연의 심술과 자신들의 실수에는 익숙하며, 그런 작고 불가피한 일에 당황하는 경우는 드물다. 방금 말한 변화는 개별적으로든 전체로든 훨씬 길게, 서둘지 않고,

여유 있게 뒤로 돌아가 잊고 있던 흙덩어리 문제도 다시 끄집어내면서, 우리의 청자들의 점점 줄어드는 인내심을 걱정할 필요 없이, 한번 다루어볼 가치가 있는 것이 사실이지만, 또 안타깝게도 어떤 이야기를 할 때는 그런 고려가 어울리지 않는 것 또한 사실이다, 설사 라티푼디움에 관한 이야기라 해도. 따라서 이 모든 미묘한 차이에 관해서는 입을 다물고 있어야 한다는 것을 받아들이고, 이런 덜 심각한 결함들에, 밀밭은 이 해나 저 해나 모든 것이 똑같은 척하는 더 심각한 결함을 보태도록 하자. 그래서 왜 이런 지연이 생겼는지, 왜 인간이건 기계건 추수를 하는 존재들이 아직 밭에 들어가지 않았는지, 우리 무지한 도시 거주자들조차 때가 왔고 또 지나가고 있다는 것이 분명히 보이는데, 바람에 흔들리는 밀의 메마른 속삭임이 잠자리 날개의 속삭임 같은데, 왜 이러고 있는지 묻기만 하자. 간단히 말해서, 여기에서 무슨 피해가 생기고 누구에게 생기는지만 묻기로 하자.

밀밭의 역사는 반복된다, 약간의 변화는 있지만. 현재의 경우 그것은 사내들이 평소처럼 돈을 더 달라고 요구하면서 소동을 부리기 때문이 아니다. 뭐 그거야 매년 매 철 모든 일자리에서 똑같이 들려오는 외침이다. 마치 그들은 달리 어떻게 말할지 모르는 것 같습니다, 아가메드스 신부님, 불멸의 영혼을, 그들에게도 그런 게 있다면, 구원할 걱정은 하지 않고, 오로지 육신의 평안에만 관심을 가지네요, 그들은 금욕주의로부터 아무것도 배우지 못했습니다, 그래요,

그들이 생각하는 것은 돈뿐이에요, 그들은 가진 돈이 있느냐, 또는 내가 돈을 낼 여유가 있느냐고는 절대 묻지 않습니다. 이런 상황에서 성당은 위로의 큰 원천이다. 성당은 성배에 든 것을 아주 조금만 홀짝인다. 그리고 또 한 번 한 방울. 제발, 이 잔을 나에게서 거두지 마소서. 그러면서 후회하는 눈을 들어 하늘을 보며, 언젠가 하늘로부터 라티푼디움과 관련하여 보답을 받기를 바란다, 물론 때가 오면. 하지만 늦을수록 좋다. 말해주세요, 아가메드스 신부님, 이 게으름뱅이들이 그 장군*에게 환호하며 돌아다니는 것을 어떻게 보세요, 요즘에는 아무도 믿을 수 없을 것 같습니다, 내 말은, 하고많은 사람들 가운데 군인이 그러다니요, 원래 그는 아주 믿을 만해 보였는데, 그를 만든 체제의 큰 사랑을 받았고요, 하지만 지금 그는 돌아다니며 주민을 선동하고 있잖아요, 정부가 어떻게 일이 이 지경에 이르도록 내버려두었을까요. 아가메드스 신부는 이 질문에 대해 아무런 답이 없다, 그의 왕국이 늘 이 세상에 속한 것은 아니기 때문이다. 그럼에도 그는 이 커다란 국가적 공포, 그를 자릅니다, 그를

---

* 움베르투 다 실바 델가두는 처음에는 살라자르의 우익 독재의 완강한 지지자였고 포르투갈 역사상 가장 젊은 장군이었다. 그러나 나중에는 민주적 이상의 방어자가 되어 1958년에 포르투갈 대통령 선거에 출마하기로 결심했다. 선거에 이기면 살라자르를 어떻게 할 것이냐고 물었을 때 델가두는 유명한 말을 남겼다. "당연히 그를 자릅니다." 그는 26퍼센트밖에 표를 얻지 못해, 정부에서 선호하던 후보 아메리쿠 토마스에게 졌지만, 부정투표 주장이 널리 퍼져 있었다. 1965년 2월 13일 델가두와 그의 비서는 비밀경찰 요원들에게 매복 장소로 유인당한 뒤 살해되었다. —역주

자릅니다, 하고 난폭하게 외쳐대는 이 성미 급한 자의 증인이자 피해자였다. 누구를 자르겠다는 걸까, 아, 살라자르 교수지, 물론. 이것은 후보의 행동이라고 볼 수 없다. 후보라면 모름지기 늘 예의를 갖춰야 한다. 그의 행동은 결국 그에게 악영향을 주었다. 사람들 말로는 그가 도망을 다닌다고 한다. 지금까지, 이 모든 소란이 벌어지기 전에 우리가 얼마나 고요한 삶을 살아왔는지 생각해보라. 하지만 우리끼리 이야기인데, 아가메드스 신부님, 아무도 듣고 있지 않으니까요, 상황은 더 나빠질 수도 있었습니다, 상황이 통제를 벗어나도록 놓아두지 않는 데는 많은 기술이 필요했습니다, 우리는 계속 경계해야 합니다, 그리고 우리가 해야 할 첫 번째 일은 이 게으름뱅이들에게 교훈을 가르쳐주는 겁니다, 그래서 올해에는 밀이 한 단도 추수되지 않을 겁니다. 그게 그들에게 가르침을 주겠군요, 세뇨르 노르베르투. 그래요, 그게 가르쳐줄 겁니다, 아가메드스 신부님.

이런 교훈주의의 정신이 어디에서 왔는지는 알려져 있지 않다. 리스본인지, 에보라인지, 베자인지, 포르탈레그르인지. 아니면 몬테모르의 클럽에서 또는 코냑을 너무 많이 마신 다음에 농담으로 사용되는 건지, 아니면 레안드루 레안드르스가 용들의 집에서 자기 집으로 가져온 건지. 하지만 유래가 어떻든 간에 그것은 라티푼디움 전역으로 빠르게 퍼졌다, 노르베르투에서 질베르투에게, 베르투에서 람베르투에게, 알베르투에서 안질베르투에게로 퍼졌다. 일단 이렇게 전체적으로 받아들이자, 감독들이 소환되고 명령이 내려졌다, 이미 시작된 모든 추수는 멈추어야 한다, 새로운 밭에서는 일을 시작하지 마라. 무슨 재앙이 벌어진 것이 틀림없었다. 아마 밀밭이 나병에 걸려, 라티푼디움이 추수하는 사람들의 자식에게 동정심을 품고 그들이 기형이 되는 것을 보고 싶어 하지 않는가 보다, 그들의 손가락이 뭉툭해지고, 다리가 토막 나고, 코가 사라지는 것을. 그들의 삶은 지금 이대로도 이미 불행하기 짝이 없는데. 이 빵에는 독이 들었다, 각 밭의 끝에는 입을 떡 벌린 무시무시한 해골이 달린 허수아비를 세워라, 그걸로 아무리 단호한 영혼에게도 죽음의 공포를 불어넣어야 한다, 그걸로 그들을 쫓아버리지 못하면 군경찰을 불러라, 군경찰이 그들을 정리해줄 거다. 그러자 감독들이 말한다, 그건 필요 없습니다, 돈을 받는다는 보장이 없는 한 아무도 밭에 들어가지 않을 겁니다, 하물며 양 어깨 사이에 총알이 박힌다면 당연히 가지 않죠, 하지만 수입 손실을 생각하십시오. 그러자 알베르투가 말한다, 발이 끼는 것보다는 구두를 자르는 게 나아, 일 년 추수를 안 하고 놔둔다고 망하지는 않을 거다. 그러자 감독이 말한다, 그들은 돈을 더 원합니다, 양식 가격이 계속 올라 굶고 있다고 말합니다. 그러자 시지즈베르투가 말한다, 그건 나하고는 상관없어, 우리는 우리가 주고 싶은 돈을 줄 뿐이야, 먹을 것은 우리한테도 비싸. 그러자 감독이 말한다, 그자들 말을 들어보니, 농장주에게 이야기를 하려고 모이겠다는데요. 그러자 노르베르투가 말한다, 나는 개가 내 뒤를 따라오며 짖는 걸 원치 않아.

라티푼디움 전체에 개 짖는 소리밖에 들리지 않는다. 미뉴에서 알가르브까지, 해안에서 동쪽 국경까지 사람들이 장군의 이름으로 일어섰을 때 개들이 짖었다. 그들은 다시 짖고 있었는데, 그것은 보통 사람들의 말로 번역하면 이런 말이다, 더 나은 보수, 후보는 델가두. 이렇게 운을 맞추는 취향은 오랜 세월을 거슬러 올라간다, 뭐, 우리는 사실, 시인들의 민족 아닌가. 그들은 아주 많이 짖어서 곧 사람들의 문간에서도 짖고 있었다. 오래 걸리지 않을 겁니다, 아가메드스 신부님, 그들은 곧 성당을 모독할 겁니다, 그게 그들이 늘 제일 먼저 하는 일이죠, 성모의 성당의 얼굴에 침을 뱉는 거. 제발, 도나 클레멘시아, 그런 이야기는 하지도 마세요, 그렇다고 내가 순교를 두려워하는 건 아닙니다, 하지만 우리 주께서는 산티아구 두 이스코랄에서 벌어진 그런 무도한 일이 되풀이되는 걸 용납하지 않을 겁니다. 그곳에서는, 상상이나 할 수 있습니까, 성당을 학교로 바꿔놓았지요, 물론 내 눈으로 보지는 못했습니다, 내가 태어나기 전의 일이니까요, 하지만 그렇다고 들었습니다. 사실이에요, 아가메드스 신부님, 우리가 지금 여기 앉아 있는 것만큼이나 사실이죠, 아, 공화국의 어리석은 짓들이란, 그런 일은, 하느님의 뜻이라면, 되풀이되지 않을 거예요, 나갈 때 조심하세요, 개들한테 물리지 않도록 주의하세요. 아가메드스 신부는 나가는 길에 문

주위를 살피다 날카롭게 떨리는 목소리로 묻는다, 개들은 잘 붙들고 있는 건가. 그러자 누군가가 느릿느릿 대꾸한다, 이 개들은 그렇습죠. 하지만 그렇게 말한다면, 어느 개가 제멋대로 돌아다니고 어느 개가 그렇지 않은지 우리가 어떻게 알겠는가. 하지만 아가메드스 신부는 이 정보가 자신의 약한 종아리의 안전을 보장해준다고 확신하고 마당으로 나서는데, 그곳에서 개들이 정말로 안전하게 줄에 묶여 있는 것을 보고 안도한다. 하지만 거리로 통하는 문을 통과해 밖으로 나서자, 사람들 한 무리가 눈에 띈다. 그들은 짖고 있지 않다. 우리에게 필요한 것은 사람들이 짖기 시작하는 것뿐이지만, 이런 웅얼거림이 개가 으르렁거리는 것처럼 들리지 않는다면, 내가 내 모자를 먹겠다.* 아가메드스 신부는 개미들이 개처럼 머리를 쳐들고 건물 벽을 따라 행진하는 것을 보지 못한다. 그들은 지금 조용하다. 하지만 그들 무리 전체가 힘을 합친다면 우리는 도대체 어떻게 될 것인가.

위에서 말했지만 올해 추수는 취소되었다. 평소와 다름없이 뻔뻔스럽게 임금을 더 달라고 요구하고 어디에서나 어디를 가나 델가두를 지지하는 특별한 범죄를 저지른 벌이었다. 나는 정말이지 상관없소, 아달베르투가 말했다. 정부가 동의를 하는지 확인하기만 하면 돼. 오, 동의하고 있어요, 레안드루 레안드르스가 말했다, 그리고 우리도 동의하고, 우리는

---

* 손에 장을 지진다는 뜻.

그게 멋진 계획이라고 생각해요. 손실은 어떻게 하지요, 선생님, 손실은 어떻게 합니까, 우리의 호의는 믿어도 되지만, 우리는 보상을 받아야 할 겁니다, 모든 게 가격이 있지요. 라티푼디움의 어떤 이름이 붙지 않은 장소에서 이루어진 완벽하게 정당화될 수 있는 언급. 틀림없이 어떤 읍이었을 것이다, 어떤 개막식에 참석하러 오는 것이 아니라면 민간 주지사가 작은 마을에서 무슨 볼일이 있겠는가. 하지만 장소가 어디건 그런 말은 오고 갔다. 어쩌면 발코니에서, 시골을 내다보며 한 말인지도 모른다. 걱정 마시오, 세뇨르 베르투, 우리는 어떻게 농업을 지원하는 게 최선인지 연구하고 있습니다, 나라는 농부들의 걱정을 알고 있고 이런 애국적 행동을 잊지 않을 겁니다. 그들은 깃발을 걸 뻔했지만, 뭐 하러 그렇게까지 하겠는가, 선거일이 지나갔는데. 토마스*는 신품 대통령, 하지만 똑같은 유령. 뭐, 다른 사람들이 운을 맞추는데 나라고 못할쏘냐, 나도 그들만큼 중요한 사람이고, 아주 예쁘게 운을 맞출 수 있는데, 예를 들어, 나는 매년 늘 배가 고파, 겨울이 지나가나 봄이 지나가나, 지옥에 내려가, 또 죽음의 종소리가 들리나, 네 죽음의 낫이 널 기다리고 있구나. 이 소곡이 합창

---

* 아메리쿠 드 데우스 호드리게스 토마스는 1944년 해군장관이 되었고, 1958년 포르투갈 공화국의 대통령으로 선출되었으며, 1965년과 1972년에 재선되었다. 대통령으로서 그는 그저 간판이었을 뿐이며 널리 조롱을 당했다. 그의 한 가지 대담한 행동은 살라자르를 내보낸 것이었으며, 살라자르는 1968년 발작을 일으켜 몸이 마비되었다. ―역주

으로 들려오더니, 라티푼디움에 큰 침묵이 내려앉는다. 무슨 일일까, 우리가 이런 생각을 하며 눈을 땅바닥에 고정시키고 있을 때, 그림자 하나가 빠르게 머리 위를 지나간다. 고개를 쳐드니, 커다란 빨간 솔개가 저 위에서 맴도는 것이 보인다. 따라서 나의 목구멍에서 나오는 신음은 사실 그의 울음이다.

그날 밤, 시지즈문두 카나스트루는 주앙 마우템푸의 집으로 가 안토니우 마우템푸까지 불러 함께 이야기를 나누었다. 그는 그곳에서 마누엘 이스파다의 집으로 갔고, 그곳에서 잠시 시간을 보냈다. 그는 다른 세 집을 더 찾아갔는데, 그 가운데 둘은 시골로 더 멀리 나가야 했다. 그는 사람들과 이런저런 방식으로 이야기를 하고, 이런저런 단어들을 사용했다. 모든 사람과 똑같은 방식으로 말을 할 수는 없기 때문이다. 그렇게 하면 오히려 말이 달리 해석될지도 모른다. 그가 하는 말의 핵심은 이틀 뒤에 몬테모르에서 만나 시청 밖에서 시위를 하자는 것이었다, 우리는 가능한 한 많은 사람들이 거기 나오기를 바란다, 일을 요구하기를 바란다, 할 일이 많기 때문이다, 하지만 그들은 우리가 일을 하는 것을 허락하려 하지 않는다. 가는 길에 라티푼디움의 사내들은 이 가련한 공화국의 대통령직을 완전한 백치이자 예스맨에게 넘긴 소극을 어떻게 생각하는지 토론할 것이다, 한 사람이면 충분했는데, 앞으로 그런 사람이 얼마나 더 많을 것인가. 이런 씁쓸한 말은 과음이나 과식에서 나오는 것이 아니다, 라티푼디움에서는 과음이나 과식이 이루어지는 일이 별로 없기 때문이다. 그렇게 말하고 보니, 지나치게 팔을 구부리는[*] 사내들이 부족하지 않다. 하지만 그것도 용서될 수 있다. 평생 말뚝에 묶여 있다는 것을 알게 될 때는 담배와 술이 탈출의 방법이기 때문이다, 특히 술이, 설사 한 번 술을 마실 때마다 죽음에 한 걸음 더 다가간다 해도. 이런 신랄함은 그들이 마침내 자유롭게 이야기할 수 있고, 자유를 오게 할 수 있었는데, 그렇게 되지 않았다는 희망의 좌절에서 나온다. 그렇게도 자랑하는 그 자유를 누군가 흘끗 본 적은 있지만, 그녀가 저 바깥 큰 길을 걸어가는 모습은 눈에 띄지 않는다. 그녀는 돌에 앉아, 안으로 들어와 우리 남은 생 동안 식사를 하고 함께 침대를 쓰자는 초대를 받을 때까지 기다리지 않을 것이다. 남자 무리들과 몇몇 여자가 나다니며 환호하고 소리를 질렀지만, 이제 우리 입에서는 쓴맛만 날 뿐이었다, 마치 우리도 술을 마시고 있었던 것처럼. 우리 눈은 재를 볼 뿐 그 이상은 거의 보지 못한다, 아직 추수되지 않은 밀밭뿐이다. 어떻게 할까요, 시지즈문두 카나스트루, 우리보다 나이도 많고 경험도 많으니 말해주세요. 월요일에 우리는 몬테모르에 가서 우리 자식들, 그리고 그 자식들을 길러야 하는 부모들이 먹을 빵을 요구할 거야. 하지만 그건 우리가 늘 하던 건데, 목적이 뭔가요. 우리는 과거에도 그렇게 했지, 하지만 지

* 술을 많이 마신다는 뜻.

금도 그렇게 해야 하고, 앞으로도 계속 그렇게 할 거야, 달라질 때까지. 끝나지 않을 투쟁 같은 느낌이 드는데요. 끝날 거야. 우리가 죽어 묻히고, 주위에 있던 개가 무덤을 파헤치면 우리 뼈가 사람들 눈에 다 드러날 때 말인가요. 그때가 되어도 여전히 사람들이 얼마든지 있을 거야, 네 딸은, 정말이지, 매일 더 예뻐지고 있군. 그 아이 눈은 우리 아버지의 눈이죠, 이 말은 그라신다 마우템푸가 한 것이었다. 그 이전의 말은 모두 그녀의 남편 마누엘 이스파다가 한 것이었고, 이렇게 말하는 사람도 그 사내다, 그날이 오는 것을 볼 수 있다면 악마에게라도 내 영혼을 팔겠습니다, 내일이 아니라 지금. 그러자 그라신다 마우템푸는 세 살 난 딸을 안아 올리며 남편을 꾸짖는다, 그런 말 하지 마, 마누엘. 그러자 나이나 경험에서 더 늙은 시지즈문두 카나스트루가 웃음을 짓는다, 악마는 존재하지 않으니 어떤 거래도 할 수 없어, 아무리 맹세를 하고 약속을 해도 아무것도 바뀌지 않아, 우리가 원하는 것을 얻으려면 일을 하는 게 유일한 방법이고, 지금 우리 일은 월요일에 몬테모르에 가는 거야, 사람들이 사방에서 올 거야.

이 유월의 밤들은 아름답다. 달이 뜨면 몬트 라브르의 높은 곳에서 온 세상을 볼 수 있다. 뭐, 볼 수 있는 척하자, 우리가 그렇게까지 무지하지는 않으니까, 세상이 훨씬 크다는 건 알고 있으니까. 나는 프랑스에 가봤어, 안토니우 마우템푸는 말할 것이다, 거긴 아주 멀지. 하지만 이 정적 속에서는 누구라도, 심지어 나라도, 누군가가, 몬테모르 외에 다른 세상은 없고, 우리는 월요일에 일을 요구하러 거기 갈 거야, 하고 말한다면 믿을 것이다. 달이 없다면, 세상은 오로지 내가 발을 디딘 곳뿐이고, 나머지는 모두 별이다. 어쩌면 저 위에도 라티푼디움이 있을지 모르고, 그래서 우리의 새 대통령은 바다에 가본 적도 없는 해군 소장이고, 에이스 네 개에 추가로 에이스를 몇 개 더 들고 선거 게임에서 이겼을 것이다, 어떤 것도 사회의 기둥처럼 보이는 것과 속임수를 이길 수는 없기 때문이다. 시지즈문두 카나스트루가 그런 짓궂고 재치 있는 생각들을 했다면 우리는 라티푼디움의 세속적 지혜에 놀라 모자를 벗어 손에 들고 길가에 물러서 있었을 것이다. 하지만 그가 실제로 생각하고 있는 것은 자신이 이야기를 나눌 필요가 있는 모든 사람과 이야기를 했고, 그것을 내일까지 미루지 않고 오늘 하는 게 옳았다는 것이다. 그래서 우리는 우리 모자를 어떻게 해야 할지 모르겠다. 설사 우리가 모자를 손에 쥐고 있다 해도, 시지즈문두 카나스트루는 자신의 의무를 다했을 것이며, 뭐 그걸로 된 거다. 그러나 앞으로 할 일들의 엄중함에도 불구하고, 전에도 보았듯이, 그에게는 요정 같고 짓궂은 면도 있다. 그래서 군경찰 부

---

* 루이스 드 스타우 몬테이루의 1962년 희곡 『다행히도 달이 있다!(*Felizmente há luar!*)』를 참조한 것일 수도 있다. 이 작품은 살라자르 체제, 특히 델가두와 토마스의 대통령 선거운동을 비판한 것으로 간주되어 판매 금지되었다. ─역주

** 경의를 표한다는 뜻이다.

대의 문이 잠겨 있고 주위가 어두운 틈을 타 담으로 다가가 기분 좋게 오랫동안 오줌을 누었다, 마치 그들 모두를 향해 오줌을 누듯이. 늙은 사내의 유치한 장난이다. 그의 좆은 지금은 별로 쓸모도 없다, 자갈들 사이로 지금 이렇게 길을 내며 흐르는 이 어여쁘고 작은 개울을 만드는 것 외에는. 여기 머물며 밤새 오줌을 눌 수 있도록 내 안에 몇 리터의 오줌이 있으면 좋으련만, 폰트 카바의 댐처럼, 그러면 모두 동시에 오줌을 누어 라티푼디움을 큰물에 잠기게 할 수도 있을 텐데, 누가 거기서 구원을 얻을지 궁금하네. 맑고 별이 많은 밤이다. 시지즈문두 카나스트루는 앞 단추를 잠근다. 희극은 끝났다. 그는 집으로 출발한다. 가끔 아직도 피가 끓는다, 그러니 모르는 일이다.

사람들이 순례를 하던 시절에는 모든 길이 로마로 통한다고 말하곤 했다. 그냥 길을 걷고, 가면서 길을 물었다. 그래서 그런 속담이 생기고, 아무런 생각 없이 되풀이되고 있는 것이다. 하지만 그것은 사실이 아니다. 여기에서는 수많은 도로와 좁은 길이 몬테모르로 통하기 때문이다. 아무도 말을 하지 않지만, 오직 귀머거리만이 라티푼디움에서 메아리치는 그 고상한 말을 듣지 못할 뿐이다. 어떤 사람들은 더 나은 운송 양식을 찾지 못한다면 가까이에서 오건 멀리서 오건 그냥 걸어서 온다. 어떤 사람들은 노새 달구지처럼 흔들거리고 삐걱거리는 낡은 자전거 페달을 밟고 있다. 가능한 사람들은 버스를 타고 왔다. 모두 몬테모르로 모여들고 있다. 바람이 부는 모든 곳에서부터, 강한 바람에 실려 그곳에 이르렀다. 성벽의 보초들은 무어인 무리가 다가오는 것을 지켜본다, 그들의 가슴 안에 예언자의 기가 접혀 있다. 오, 하느님의 거룩한 어머니여, 이교도가 오고 있다, 부인과 딸이 있는 곳의 문을 잠가라, 신사들이여, 문을 닫고 도개교를 들어 올려라, 진실로 내가 너에게 이르노니, 오늘은 심판의 날이기 때문이다. 물론 서술자는 과장하고 있다. 중세 연구에 몰두하여 너무 많은 시간을 보낸 탓이 틀림없다. 완전히 다른 종류의 시골뜨기 무리일 뿐인데 군대와 페넌트를 상상하다니. 천 명도 되지 않을 텐데. 하지만 마지막에 모이게 되는 사람은 훨씬 많을 것이다. 어쨌든 한 번에 한 가지만 하자. 아직 두 시간이 남아 있으니까. 현재 몬테모르는 그저 거리에 평소보다 사람이 많은 읍일 뿐이다. 그들은 큰 광장을 배회하며 낮은 목소리로 서로 이야기를 나누고 있고, 돈이 좀 있는 사람들은 술을 사 마신다. 이스코랄 사람들은 왔나. 모르겠는데, 우리는 몬트 라브르에서 와서, 거기 사람들은 별로 없네, 맞아, 하지만 적어도 오기는 했어. 그리고 여자도 한 명 데리고 왔다, 그라신다 마우템푸도 오고 싶어 했기 때문이다. 요즘에는 여자들을 막을 수 없다, 이것은 나이가 더 많고 더 구식인 사내들이 생각하는 것이다, 비록 말은 하지 않지만. 그들이 다음과 같은 대화를 우연히 들었다면 뭐라고 했을지 상상해보라. 마누엘, 나도 함께 갈래. 그러자 마누엘 이스파다는 자기도 모르게 그녀가 농담을 하는 게 틀림없다고 생각하여 대답했다, 아니, 세상의 모든 마누엘들이 그를 대신하여 대답했다, 이건 여자들 일이 아니야. 뭐라 그랬어. 사내는 말을 할 때 조심해야 한다. 단지 그 말로 끝나지 않을 수도 있다. 결국에 가서는 우스꽝스러워 보이고 모든 권위를 잃어버릴 수도 있다. 다행히도 그라신다와 마누엘은 진정으로 서로를 사랑하지만, 그럼에도 토론은 저녁 내내 이어졌으며, 자려고 누웠을 때도 이어졌다. 아이는 어머니와 함께 있으면 돼, 그럼 당신하고 나는 함께 갈 수 있어, 우리는 침대만 함께 쓰는 게 아니야, 알지. 마침내 마누엘 이스파다는 굴복을 하고, 기쁘게 굴복을 하고 아내를 팔로 안아 자신 쪽으로 끌어당긴다. 사내는 초대하고 여자는 동의한다. 어린 딸은 자고 있어 아무 소리도 듣지 못한다. 시지즈문두 카나스트루도 시도를 하여 성공한 뒤에 침대에서 자고 있다. 아마 다음에는 훨씬 나아질 것이다. 사내란 모름지기 그냥 포기할 수는 없는 것이다, 젠장.

남편과 아내 사이에 어젯밤에 또는 그제 밤에 무슨 일이 있었고 나중에 무엇을 할지는 몬테모르에서 논의되는 일이 아니다. 사실 이날이 끝나도 마찬가지다. 이날이 어떻게 끝날지 누가 알겠는가. 기병대는 평소와 마찬가지로 군경찰 부대로부터 달려온다. 반면, 부대 내에서 콘텐치 중위와 레안드루 레안드르스는 대화에 몰두해 있다. 동원령은 이미 내려졌다. 이제 그들은 사건을 기다려야 한다, 다른 사람들은 다른 곳에서 기다리기로 결정했지만. 다른 사람들이란 몬테모르에 사는 라티푼디움의 소유자들이고, 그런 사람들은 아주 많다. 보초 이야기를 할 때 우리는 그들과 멀리 떨어져 있지 않다. 성벽을 따라 방책이 있고, 왕자들 가운데 용감한 아이들은 다시 세운 누벽 위에 앉아 있으며, 아버지와 어머니들은 묵주처럼 늘어서 있기 때문이다. 아버지는 기사 복장이고 어머니는 어울리게 밝은 색 옷을 입었다. 더 악의가 있는 논평자들은 농장 노동자들의 습격이 두려워 그들이 그곳으로 피신했다고 말할 것이다. 진실의 울림이 있는 가설이다. 하지만 여기에 투우와 영화 외에 오락거리가 거의 없다는 것을 잊지 말자. 이번에는 시골로 나온 피크닉 비슷하고, 그늘도 많다. 필요하다면 '수태고지 성모' 수도원이라는 안전한 피난처도 있다, 우리를 위해 기도하라. 하지만 그들이 지금까지 알지 못했던 두려움 때문에 집을 나섰다는 것도 사실이고 입증이 가능하다. 하인들은 뒤에 남아 지키고 있다. 어려서 들인 하인은 충성을 보이곤 하기 때문이다. 아멜리아 마우템푸도 틀림없이 그런 경우인데, 그녀 또한 몬테모르에서 하녀로 일하고 있다. 이런 사실들은 모순적인 동시에 불가피하다. 하지만 우리가 사는 시대를 고려할 때 사실 그 누구도 믿을 수 없다. 라티푼디움의 노동자들이 요구를 하기 위해 모였기 때문은 아닌데, 그들이 일을 요구한 건 처음이 아니다. 그 손들이 주먹이 될 수 있기 때문이다. 저 밖에는 분노가 많다, 음모가 많다, 친애하는 아주머니, 음모가 많아요. 이 위에서는 그들이 좁은 길들을 따라 걸어 내려와 시청 앞

광장으로 모여드는 것이 보인다. 개미처럼 보이네, 한 상상력이 풍부한 어린 상속자가 말하고, 그의 아버지가 말을 고쳐준다, 개미처럼 보일지 모르지만 사실은 개야. 이 하나의 짧고 분명한 구절에 전체 상황이 요약되어 있다. 정적이 깔린다. 우리는 어떤 것도 놓치고 싶지 않다. 보라, 시청 앞에는 벌써 군경찰 대대가 모여 있다. 하사도 있다. 그가 무엇을 들고 있는가, 기관총이다. 그라신다 마우템푸도 그렇게 생각했다. 또 성을 흘끗 올려다보고 사람들이 가득한 것을 알았다, 그들이 누구겠는가.

광장이 가득 찬다. 몬트 라브르에서 온 사람들은 무리를 이루어 서 있다. 유일한 여자인 그라신다, 그녀의 남편 마누엘 이스파다, 그녀의 오빠와 아버지인 안토니우 마우템푸와 주앙 마우템푸, 그리고 시지즈문두 카나스트루. 그가 말한다, 꼭 붙어 있어. 주제라는 이름을 가진 사내가 둘 더 있다. 하나는 폰트 카바에서 방앗간을 하던 피칸수의 증손자이고, 또 하나는 주제 메드로뉴로, 아직까지 그에 관해서는 언급할 기회가 없었다. 그들은 사람들의 바다 속에 있는데, 해가 이 바다를 때려대며 쐐기풀 찜질을 하듯이 타오른다. 성 안에 있는 귀부인들은 양산을 펼치고 있어, 누구라도 파티가 열렸다고 생각할 것이다. 저 소총에는 장전이 되어 있다. 군경찰의 표정을 보면 알 수 있다. 장전한 무기를 든 사내는 바로 분위기가 달라진다. 딱딱하고 차가워지며, 입술이 팽팽해진다, 진짜 앙심을 품고 우리를 본다. 말을 좋아하는 사람들은 가끔 말에게 사람 이름을 붙인다, 봉템푸라고 부르는 망아지처럼. 하지만 거리 끝에 있는 말들에게 이름이 있는 지 모르겠다. 아마 그 말들에게는 그냥 번호를 붙였을 것이 다. 군경찰에서는 모든 걸 번호로 부르니까. 이십칠 번을 외 치면 말과 그 말을 탄 사내가 모두 앞으로 나설 것이다, 얼마 나 혼란스러운가.

외침이 시작되었다. 일을 달라, 일을 달라, 일을 달라. 그들 이 하는 말은 거의 그것뿐이다. 가끔 욕을 내뱉는 것 외에는, 이 도둑놈들. 하지만 너무 작게 내뱉는데 아마 욕을 내뱉는 사람이 창피해하기 때문인 듯하다. 이윽고 다른 누군가가 소 리친다, 자유선거. 지금 그 말을 하는 것이 무슨 소용이 있는 가. 목소리들이 크게 울려 퍼지며 다른 모든 것을 삼켜버린 다, 일을 달라, 일을 달라. 한가함을 직업으로 삼는 사람들과 일을 원하지만 얻지 못하는 사람들을 나누는 세상은 도대체 뭔가. 누군가가 신호를 보냈다, 아니면 집회는 몇 분 동안만 계속될 수 있다고 미리 합의되었을 것이다, 아니면 레안드루 레안드르스나 콘텐치 중위가 전화를 했을 것이다. 어쩌면 시 장이 창밖으로 내다보았을지도 모른다, 저기 있군, 저 개들. 그러나 사태의 흐름이 어떠했건 기마 군경찰이 칼집에서 칼 을 뽑아 들었다. 오, 맙소사, 저런 용기, 저런 영웅적 태도. 등 골이 오싹 떨린다. 나는 그 광택이 나는 칼날이 반짝이기 전 에는 해를 까맣게 잊고 있었다. 지극히 신성한 빛, 사내가 애 국적 열정으로 몸을 떨게 만들 만하다, 글쎄, 여러분한테는

473

안 그런가.

말들이 빠르게 걷기 시작한다. 더 용감한 행동을 할 만한 공간은 없다. 곧 말발굽과 기병대에게 깔리지 않으려고 피하던 사람들이 땅에 쓰러진다. 사람들은 아마 그런 수모를 견딜 수 있을 것이다, 하지만 가끔 견디지 않는 쪽을 택하거나, 갑자기 분노에 눈이 멀어버린다. 그럴 때면 바다의 수면이 올라가고, 팔들이 위로 들어 올려지고, 손들이 고삐를 움켜쥐거나, 바닥에서 주운 또는 가방에 넣어온 돌을 던진다, 그것은 다른 무기가 없는 사람들의 권리다. 돌은 군중 뒤쪽에서 날아온다. 아마 말이든 말을 탄 사람이든 아무도 해치지 않았을 것이다. 그렇게 아무렇게나 던진 돌은, 그렇게 던지면, 그냥 땅바닥에 떨어질 뿐이기 때문이다. 그것은 사령관 사무실의 벽이나 장교 식당의 벽에 그려놓을 만한 전투 장면이었다. 말들이 앞발을 들어 올리고, 제국 군경찰은 기병도를 뽑아 들어 검의 넓은 면이나 날로 공격을 하고, 저항하는 노동자들은 조수처럼 물러났다 다시 전진한다, 비열한 놈들. 이것은 유월 이십삼일의 돌격이었다. 그 날짜를 기억에 새겨두어라, 아이들아, 물론 다른 날짜들도 라티푼디움의 역사를 장식하고, 똑같거나 비슷한 이유로 영광스럽게 여겨지기는 하지만. 보병대는 또 여느 때보다 훌륭하다, 특히 아르마멘투 하사, 맹목적 신앙과 법에 대한 비뚤어진 생각을 가진 사내가 그렇다. 기관총이 처음으로 터져 나온다, 이윽고 다시 한번. 두 번 다 허공에 대고 발사한 경고 사격이다. 성 안의 사람들은 이 총소리를 듣자 환호하며 박수를 친다. 더위와 피에 굶주린 생각으로 얼굴이 주홍색으로 변한 라티푼디움의 착한 소녀들, 그들의 어머니와 아버지들, 직접 손에 창을 들고 튀어 나가 막 시작된 일을 마무리하고 싶은 욕망으로 몸을 떠는 남자 친구들, 다 죽여라. 세 번째 일제 사격은 낮은 곳을 겨냥했고, 그런 조준 사격은 모두 가치가 있다는 것을 증명하고 있다. 연기가 걷히기를 기다려라, 나쁘지 않다, 더 나을 수도 있었지만. 땅바닥에는 사내 셋이 누워 있다. 한 사내는 팔을 움켜쥐고 일어서고 있다, 그는 운이 좋았다. 또 한 사내는 고통스럽게 몸을 질질 끌고 간다, 다리 하나를 쓰지 못한다. 저기 저쪽에 있는 사내는 아예 움직이지 않는다. 주제 아델리누 두스산투스야, 주제 아델리누라고, 몬테모르 출신의 어떤 사람, 그를 아는 사람이 말한다. 주제 아델리누 두스산투스는 죽었다. 뇌에 총을 맞았고, 처음에 그는 그것을 믿을 수가 없었다. 하지만 벌레에 물린 것처럼 고개를 젓다가 이해했다, 저 새끼들이 나를 죽였구나. 그는 무력하게 뒤로 쓰러졌다. 그곳에는 그를 도와줄 아내가 없었다. 머리 밑에서 그 자신의 피가 쿠션을 이루었다, 빨간 쿠션, 세상에, 성 안의 사람들은 다시 박수를 쳤다. 그들은 이번에는 장난이 아니라는 것을 느낀다. 기병대가 돌격하여 군중을 흩어 놓는다. 누군가 주검을 안아 올리지만, 아무도 다가오지 않는다.

몬트 라브르에서 온 사람들은 총알이 휘파람 소리를 내

는 것을 들었고, 주제 메드로뉴는 얼굴에서 피를 흘리고 있다. 그는 운이 좋았다, 스쳐갔을 뿐이니까. 하지만 평생 흉터가 남을 것이다. 그라신다 마우템푸는 남편에게 매달려 울고 있다. 그녀는 다른 사람들과 함께 좁은 거리를 따라 달아나고 있다, 얼마나 무서운가. 그들은 군경찰들이 사람들을 체포하며 의기양양하게 외치는 소리를 들을 수 있다. 갑자기 레안드루 레안드르스가 비밀경찰의 다른 용들과 함께 나타난다, 대여섯 명이다. 주앙 마우템푸는 그들을 보고 얼굴이 하얗게 질렸다. 그 순간 그는 완전히 미친 짓을 했다. 그는 적이 지나가는 길을 막아섰다, 몸을 부들부들 떨면서, 하지만 두려움 때문이 아니다, 신사 숙녀 여러분, 그 점은 분명히 밝혀두자. 그러나 상대는 그를 보지 못했거나 알아보지 못했다, 그 눈은 쉽게 잊을 수 있는 것이 아닌데도. 용들이 지나가자 주앙 마우템푸는 더는 눈물을 억누를 수가 없었다. 분노의 눈물이자 깊은 슬픔의 눈물이기도 했다, 우리의 고통은 언제 끝날까. 주제 메드로뉴의 상처에서는 이제 피가 흐르지 않는다. 일 밀리미터 차이로 얼굴뼈가 박살 나지 않았다고는 아무도 생각하지 않을 것이다. 그런 일이 벌어졌다면 그는 지금 어떤 모습일까. 시지즈문두 카나스트루는 가쁘게 숨을 쉬고 있지만, 다른 사람들은 괜찮다. 그라신다 마우템푸는 다시 소녀가 되어 흐느끼고 있다, 그 사람을 봤어요, 땅에 쓰러졌어요, 죽었어요. 그것이 그녀가 하고 있는 말이지만, 어떤 사람들은 동의하지 않는다, 아니야, 그들은 말한다, 그 사람은 병원으로 실려 갔어, 어떻게 실려 갔는지는 우리도 모르지만, 들것에 실려 갔는지 누가 안고 갔는지. 아무리 그래도 감히 그를 질질 끌고 갈 수는 없었을 거야, 설사 그러고 싶었다 해도. 다 죽여라, 성에서 외침이 들린다. 하지만 형식을 존중해야 한다. 사람은 의사가 죽었다고 말하기 전에는 죽은 게 아니다, 또 설사 그렇게 말한다 해도. 여기에는 닥터 코르두가 하얀 가운을 입고 있다, 그의 영혼도 같은 색깔이기를 바라자. 그가 주검에 다가가려 하는데 레안드루 레안드르스가 길을 막고 다급하게 권위 있는 목소리로 말한다, 의사 선생, 이 사람은 부상당한 거요, 즉시 리스본으로 데려가야 하오, 당신도 함께 가시오, 이 사람이 더 안전하게 갈 수 있도록. 라티푼디움에서 이 이야기를 듣고 있던 우리는 용 레안드루 레안드르스가 피해자를 동정하고 그를 구하고자 하는 마음을 드러낸 것에 놀란다. 데려가시오, 의사 선생, 구급차가 이미 오고 있소, 차 말이오, 얼른, 지체할 시간이 없소, 빨리 떠날수록 좋소. 그가 이렇게, 이렇게 다급하게, 이렇게 기운차게 말하는 것을 들으면 주앙 마우템푸에게 일어났던 일, 또는 일어났다고 그가 주장하는 일을 믿기 힘들다, 팔 년 전 그가 죄수가 되었을 때, 그러고 보니 정말 오래전 일이다, 분명 그들이 그를 그렇게 심하게 다루었을 리 없다, 그 조각상 일은 빼고, 그가 이 시위에 참여하려고 몬트라브르에서 여기까지 왔다는 것이 그 증거가 아니겠는가, 그는 교훈을 배우지 못한 것이 분명했다, 총알이 그를 찾지 못한 것이 다행이었다.

　닥터 코르두는 주제 아델리누 두스산투스에게 가보고 나서 말한다, 이 사람은 죽었습니다. 그 말을 부정하는 것은 불가능하다. 사실 의사는 오랜 세월 공부를 한 사람이고, 그 시간 동안 죽은 사람과 산 사람을 구별하는 방법을 배웠을 것이 틀림없다. 하지만 레안드루 레안드르스는 다른 입문서로 배운 사람이며, 그 나름의 방식으로 살아 있는 사람과 죽은 사람을 감정하는 자다. 그는 그 지식과 자신의 이익에 기초하여 주장한다, 이 사람은 부상을 당한 거요, 의사 선생, 리스본으로 데려가야 하오. 아이라도 이것은 협박으로 한 말이라는 것을 이해하지만, 의사의 영혼은 자신이 입고 있는 가운만큼이나 하얀 것이 분명하며, 만일 그 가운이 피로 더럽혀져 있다면 그것은 그저 그 영혼에 피도 있기 때문일 뿐이다. 그는 대답한다, 나는 부상자는 리스본으로 데려갑니다만, 죽은 사람과 함께 가지는 않습니다. 그러자 레안드루 레안드르스는 성질을 내며 의사를 빈방으로 밀어 넣는다, 경고하는데, 그자를 데려가지 않으면 당신은 대가를 치르게 될 거요. 의사는 대답한다, 좋을 대로 하세요, 하지만 나는 죽은 사람을 리스본에 데려가지는 않습니다. 의사는 그렇게 말한 다음 진짜로 부상을 당한 사람들을 치료하러 방을 나서는데, 그런 부상자는 많았다. 그 가운데 일부는 거기에서 바로 감옥으로 갔다. 사실 부상을 당했건 부상을 당하지 않았건 백 명 이상이 체포당했다. 아델리누 두스산투스는 실제로 리스본으로 이송되었는데, 그것은 그저 비밀경찰이 무대에 올린 연극이었다, 그들이 그를 구하기 위해 할 수 있는 모든 일을 하는 척하는 흉내였다, 일종의 조롱이었다. 그들은 주제 아델리누 두스산투스와 함께 같은 날 체포된 다른 사람들도 데려갔으며, 그 각각이 주앙 마우템푸가 고생한 대로 또 우리가 묘사한 대로 고초를 겪었다.

몬트 라브르에서 온 일행은 순찰대의 수색을 피해 읍을 돌아다니고 빙빙 돌다 마침내 한 사람, 안토니우 마우템푸만 빼고 모두 돌아왔다. 그는 아버지에게 말했다, 저는 여기 몬테모르에 그대로 있을게요, 내일 돌아가겠습니다. 그와 입씨름을 해봐야 소용이 없다. 그는 다른 사람들의 이런저런 주장에 이렇게만 대답했다, 걱정 마세요, 나는 전혀 위험하지 않습니다. 그러나 그는 자신이 무엇을 하겠다는 것인지 분명한 생각이 없었다, 그저 그대로 남아 있어야 한다고 느낄 뿐이었다. 이윽고 다른 사람들은 전원 지대로 들어가는 오래된 좁은 길들을 따라 걷기 시작했다. 그렇게 집에 이를 때면 완전히 지칠 것이다. 그러나 아마, 조금 더 가서, 도로에 다시 올라서게 되면, 누군가 가다가 그들을 몬트 라브르까지 태워줄 것이다. 몬트 라브르에는 이곳에서 무슨 일이 있었는지 벌써 소식이 퍼졌다. 묘하게도, 그들이 도착하자, 파우스티나 마우템푸는 그들이 문을 두드리는 소리를 바로 들었고, 또 세상에서 가장 귀가 밝은 사람처럼 그들이 하는 모든 말을 이해했다, 기둥처럼 귀가 멀었음에도. 물론 어떤 사람들은 그녀가 가끔 귀가 먼 척할 뿐이라고 뒷말을 할지도 모르지만.

그날 밤은 다시 별이 가득할 뿐 달은 없었다. 몬테모르에서 많은 여자들이 슬퍼하고, 한 여자는 다른 모든 여자보다 더 슬퍼했다. 그러는 동안 군경찰 부대에서는 큰 소동이 벌어졌다. 여러 번 주변 지역을 수색하러 순찰대를 파견했고, 그들은 돌이나 자갈의 수수께끼를 푼다고 이 집 저 집 들어가 사람들을 깨웠다. 계속 지붕으로 돌이나 자갈이 떨어져, 기와가 몇 개 부서지고 창문도 몇 개 부서졌기 때문이다. 공공기물 파손이었다. 아마 천사들이 복수한 것이거나, 저 위 하늘의 발코니에서 권태를 못 이긴 나머지 그저 장난을 친 것이었을지도 모른다. 기적은 단지 눈먼 자가 보게 하거나 절름발이에게 새 다리를 주는 것만이 아니기 때문이다. 겨냥을 잘한 돌멩이 몇 개도 세상과 종교의 비밀에서 한자리를 차지하고 있다, 어쨌든 안토니우 마우템푸는 그렇게 생각했다. 그것이 그가 뒤에 남은 이유였기 때문이다, 그 기적을 만들어내려는 것이었다. 그는 언덕 위 높은 곳에 숨어, 성의 칠흑처럼 어두운 그림자 속에서, 강한 오른팔로 돌을 던졌다. 순찰대가 지나갈 때마다 동굴에 숨었다가 나중에 마치 죽은 자가 살아나듯 다시 나타났다. 다행히도 아무도 그를 보지 못했다. 새벽 한 시쯤 팔에 기운이 빠지자 마지막 돌 하나를 던지고 당장이라도 죽을 것처럼 슬픔을 느꼈다. 지치고 배가 고픈 그는 빙 돌아 성의 남쪽으로 가서 그곳에서 언덕을 내려가, 남은 밤 시간 동안 몬트 라브르까지 사 리그를 걸었다. 도로를 따라갔지만, 자신의 양심이 두려운 악인처럼 한참 거리를 두고 갔다. 이따금씩 길을 막은, 추수하지 않은 밀밭 몇몇은 에둘러 가야 했다. 사냥 소총을 든 라티푼디움 경비대원들과 카빈으로 무장하고 군복을 입은 나라의 경비대원 양쪽을 피해 계속 숨으려면 밭을 통과해 걸어가는 모험은 할 수 없었기 때문이다.

몬트 라브르가 시야에 들어왔을 때는 하늘이 밝아지고 있었다. 너무 희미한 빛이라 전문적인 눈만 감별할 수 있었다. 그는 다리에서 지켜보는 사람의 눈에 띄고 싶지 않아 개울을 걸어서 건너고, 버드나무들과 거리를 두지 않고 계속 개울이 가는 길을 따라가다, 마침내 둑으로 올라가 마을 안으로 들어가는 지점에 이르렀다. 혹시나 불면증에 걸린 군경찰이 여전히 돌아다니고 있지나 않을까 하여 매우 조심을 했다. 집에 가까이 다가가자 뭔가가 자신을 기다리고 있는 것이 보였다. 빛, 랜턴, 작은 어선 위의 랜턴 같았다. 그곳에서 이 서른한 살 먹은 소년의 어머니가 돌 던지기 놀이를 하다 늦은 아들이 언제 돌아오나 내다보며 기다리고 있었다. 안토니우 마우템푸는 담장을 훌쩍 뛰어넘어 마당으로 들어갔다. 이제 안전했다. 파우스티나 마우템푸는 눈물과 어두운 생각에 몰두하여 이번에는 아들이 도착하는 소리를 듣지 못했다. 그러나 문의 걸쇠 소리는 알아챘다, 어쩌면 자신의 영혼을 어루만지는 진동을 느꼈을 것이다, 내 아들아. 그녀는 마치 전쟁에서 큰 공이나 세우고 돌아오기라도 한 것처럼 아들을 끌어안았다. 그녀는 자신이 귀가 잘 들리지 않는다는 것을 알았기 때문에 질문을 기다리지 않고 마치 묵주 기도를 읊듯이 말했다, 네 아버지는 무사히 집에 돌아오셨고, 그라신다와 네 매제도 마찬가지야, 그리고 다른 사람들도 모두, 나를 몸져누울 정도로 걱정시킨 사람은 너뿐이야. 그러자 안토니우 마우템푸는 다시 어머니를 끌어안았는데, 그것이 가장 좋고 또 가장 이해하기 쉬운 답이었다. 옆방, 아직 어두운 곳에서, 주앙 마우템푸가 묻는다, 이제 막 잠에서 깬 사람의 목소리가 아니다, 무사히 돌아왔구나. 그러자 안토니우 마우템푸가 대답한다, 네, 아빠. 뭘 좀 먹을 시간이 다 되었기 때문에 파우스티나 마우템푸는 불을 피우고 삼발이에 커피 주전자를 올려놓는다.

라티푼디움은 육지 안의 바다다. 그곳에는 먹을 수 있는 아주 작은 물고기의 무리가 있고, 창꼬치와 치명적인 피라냐, 유영어(游泳魚), 레비아단과 아교질의 쥐가오리, 진흙 속에서 배를 질질 끌고 다니다가 거기에서 죽고 마는 눈먼 생물, 또 다른, 목을 조를 것 같은 큰 뱀 같은 괴물들이 있다. 라티푼디움은 지중해지만 그 나름의 조수와 저류, 한 바퀴 순회를 완성하는 데 시간이 걸리는 부드러운 해류, 이따금씩 바깥에서 불어오는 바람이나 예기치 않은 물의 유입에 자극을 받아 수년을 흔들어버리는 물의 갑작스러운 교란이 있으며, 깊고 어두운 곳에서 파도가 천천히 굽이치며 양분을 공급하는 개흙과 진흙을 가져오지만, 앞으로 얼마나 더 오래 그럴 것인지는 의문이다. 라티푼디움을 바다와 비교하는 것은 쓸모 있는 만큼이나 쓸모없지만, 쉽게 이해된다는 이점이 있다. 우리가 여기에서 물을 흔들면 주위의 모든 물이 움직이고, 가끔 너무 멀어 눈에 보이지 않는 물까지 움직인다. 그래서 이 바다를 늪이라고 부른다면 잘못인 것이다. 설사 늪이라 해도, 단지 겉모습만 보고 그대로 믿는 것은 여전히 큰 잘못일 것이다. 이 바다가 아무리 죽은 듯이 보인다 해도.

매일, 사내들은 침대에서 나오고, 매일 밤, 침대에 눕는데, 여기에서 침대라는 말은 뭐든 침대 역할을 하는 것을 가리킨다. 매일, 그들은 먹을 것 앞에, 또는 먹을 걸 충분히 갖고 싶다는 욕망 앞에 앉는다. 매일, 그들은 랜턴에 불을 붙이고 또 불을 끈다. 장미 같은 태양 아래 새로운 것은 없다. 이곳은 라티푼디움이라는 큰 바다이며, 여기에는 구름 같은 물고기-양이 있고 맹수가 있다. 늘 그래왔다면 왜 변할 것인가, 약간의 변화가 불가피하다는 것을 우리가 받아들인다 해도. 필요한 것은 군경찰이 경계를 철저히 하는 것뿐이다. 그래서 매일 무장한 배들이 어부들을 잡으려고 그물을 갖추고 바다로 나서는 것이다. 그 도토리 가방, 또는 저 땔감 꾸러미는 어디서 났어, 아니면 이 시간에 여기서 뭐 해, 어디에서 왔어, 어디 가는 거야. 자신의 평소의 틀에서 벗어나는 쪽을 선택할 수는 없다, 그렇게 하도록 고용되고, 따라서 감시를 받고 있지 않는 한. 하지만 매일은 그 슬픔과 함께 약간의 희망을 가져온다, 아니면 이건 그저 서술자의 게으름에 불과하려나, 어디에선가 이런 말을 읽거나 듣고 마음에 들어 그냥 써먹은 걸지도 모른다. 만일 슬픔과 희망이 함께 온다면, 슬픔은 결코 끝나지 않고 희망은 늘 그냥 그런 것일 뿐 그 이상은 될 수 없다. 이것은 아가메드스 신부가 할 만한 말이다. 그는 슬픔과 희망에 의지해 살기 때문인데, 달리 생각하는 사람은 누구나 미쳤거나 어리석은 것이다. 매일은 있는 그대로의 그날, 더하기 막 지나간 날이며, 이 둘이 합해져서 내일을 만든다고 말하는 것이 진실에 더 가까울 것이다. 어린아이라도 그런 간단한 것은 알겠지만 하루하루를 돼지에게 줄 멜론 껍질을 자르듯이 나누려고 하는 사람들이 있다. 조각이 작을수록 영원이라는 착각도 커진다. 그래서 돼지들은 말한다, 오 돼지들의 신이여, 언제나 우리가 양껏 먹게 되나요.

이 라티푼디움 바다는 저류에 종속되고, 폭풍우에 두드려 맞고, 파도에 채찍질을 당한다. 가끔 이런 파도는 담을 허물거나 그냥 담을 훌쩍 뛰어넘기도 한다. 우리는 페니시에서 이런 일이 일어났다고 알고 있다. 이제 우리가 바다 이야기를 한 것이 얼마나 정확한 것이었는지 알 수 있다. 페니시는 어항(漁港)인 동시에 감옥 요새이지만, 여전히 그들은 탈출했다.[*] 이 탈출은 라티푼디움에서 크게 논의되겠지만, 지금 우리가 무슨 바다 이야기를 하고 있는 건가. 이 땅은 보통 먼

---

[*] 1960년 1월 페니시의 경비가 삼엄한 교도소에 수감되어 있던 포르투갈 공산당의 지도자 10명이 극적으로 탈출한 사건을 가리킨다. −역주

지처럼 메말라 있고, 그래서 사람들은 묻는다, 우리 갈증과 우리 부모의 갈증은 언제나 풀립니까, 우리가 가질지도 모르는 자식들을 이 돌 밑에서 기다리고 있는 갈증은 말할 것도 없고. 소식이 도착했고 감추는 것은 불가능했다. 늘 신문이 말하지 않은 곳을 채워주는 사람이 있었다, 이 너도밤나무 밑에 앉아보자고, 내가 아는 걸 이야기해줄 테니. 붉은 솔개들이 더 높이 날 때다. 그들은 광대한 땅 위에서 소리를 지른다. 그들의 말을 이해할 수 있는 사람이 있다면 할 말이 많겠지만, 당장은 우리의 인간 언어로 때워야 한다. 그래서 도나 클레멘시아는 아가메드스 신부에게 말할 수 있다, 우리가 한 번도 누려보지 못한 평화가 끝났네요. 이 말은 모순처럼 들리지만 이 귀부인은 이보다 진실인 말을 한 적이 없다. 지금은 새로운 시대이고, 그 시대가 아주 빠르게 다가오고 있다. 산에서 굴러 내리는 돌과 같지요, 이것이 아가메드스 신부가 하는 말이다. 그는 중고가 된 말을 사용하는 쪽을 더 좋아하기 때문인데, 이것은 제단에서 얻은 습관이다. 하지만 복음적인 자비를 베풀어 그의 말을 이해하려 해보자. 그의 말은 우리가 돌이 굴러 내리는 길에서 피하지 않으면, 무슨 일이 생길지 아무도 모른다는 뜻이다. 그의 이런 새로운 책략은 용서하자, 굴러 내리는 돌의 길에서 피하지 못하는 사람에게 무슨 일이 일어날지 아는 데에는 굳이 하느님을 기다릴 필요가 없다는 게 너무나도 분명하기 때문이다. 구르는 돌은 이끼가 끼지 않고 람베르투 집안이라고 봐주지 않는다.

　이런 대화가 끝나자마자, 아, 이건 사실이라고는 할 수 없는 것이, 그 후로 태만이 모독과 합세하는 불안한 몇 달이 흘렀기 때문인데, 그런 죄수들이 탈출하게 놔두는 것은 완전한 태만이고 한때 산타 마리아호라는 이름을 가졌던 배가 산타 리베르다드[*]라는 새로운 이름을 달고 바다를 헤치고 다니는 모습을 보는 것은 모독이다. 어쨌든 도나 클레멘시아는 물론 성당과 나라의 구원을 위해 열심히 정열적으로 기도하는 동시에, 그 악당들에 대한 처벌을 요구하고 있다, 그들에게 따를 만한 더 나은 모범이 있었다면 우리는 지금 이런 상황에 처하지 않았을 거예요, 다른 사람들 생명을 가지고 장난을 칠 수는 없어요, 하물며 내 부는 말할 것도 없고요. 하지만 이것은 그저 담벼락 안에서 안전하고, 늘 노르베르투가 자신의 말에 귀를 기울여줄 것이라고 가정하는 집안의 여주인이 하는 말일 뿐이다. 그녀는 아가메드스 신부가 아니면 이야기를 할 사람이 없을 것이다, 이제 집 밖으로 거의 나가지 않기 때문이다, 최신 유행을 보러 리스본에 가거나, 바닷가의 전통적인 가족 휴양지를 찾아 피게이라에 가는 드문 경우를 제외하면. 솔직히 그녀의 정신은 배회하

---

* 1961년 DRIL(이베리아 해방 획녕 지휘부)가 포르투갈 정기선 산타 마리아호를 나포한 일을 가리킨다. '해적'은 배를 대서양으로 끌고 가 산타 리베르다드라는 새로운 이름을 붙였으며, 세계 언론의 주목을 받아 살라자르와 프랑코의 독재 체제에 피해를 주길 바랐다. —역주

고 있는 듯한데, 틀림없이 나이 때문일 것이다. 이제 자신의 부와 바다를 항해하는 어떤 배 이야기를 하고 있다. 그것은 물론 라티푼디움이라는 내륙의 바다를 항해하는 배가 아니니, 그녀는 머릿속이 물렁물렁해진 게 틀림없다. 하지만 그렇게 생각하면 완전히 오산이다. 그녀는 아버지 알베르투에게서, 하느님 그의 영혼에 안식을, 식민지 항해 회사의 주식을 물려받았고, 지금 그것이 그녀의 고민거리인 것이다.

이 지독한 추위는 단지 라티푼디움에 일월이 왔기 때문만은 아니다. 창은 모두 닫혀 있다. 만일 이곳이 노르베르투의 궁궐 같은 저택이 아니라 람베르투의 성이라면 우리는 누벽에서 무장한 사내들을 볼 수 있을 것이다, 바로 얼마 전에 피에 굶주린 무시무시한 사람들이 몬테모르의 폐허를 채우는 것을 보았듯이. 시대가 변하고 있다. 군경찰 소대들이 군화를 신고 전시 편제로 라티푼디움을 순찰하고 있다. 한편 노르베르투는 신문을 읽고 라디오를 듣고 하녀들에게 소리를 지른다, 그것이 사내들이 속상할 때 하는 일이다. 그가 정말 화가 나는 것은 보통 사람들의 얼굴에 교활한 만족의 분위기가 보이는 것이다, 마치 그들에게 일찌감치 봄이 찾아온 것 같다, 그들은 추위를 느끼지 않는 것 같다. 그래도 그들의 만족은 수명이 짧다는 것이 드러났다, 이틀 뒤에는 그들이 태도를 바꿔야 했기 때문이다. 하느님은 주무시지 않으며, 그들은 벌을 받을 것이다. 산타 마리아호는 깊은 곳에서 떠올랐다, 우리를 위해 기도하소서. 질투라는 죄에 굴복한 아가메드스 신부를 너무 나쁘게 생각하지 말자, 그런 거룩한 사람에게 그런 죄가 찾아온 것은 오랜만인데, 모든 것이 그가 감사의 표현으로 엄숙한 테 데움 라우다무스*를 열지 못했기 때문이다. 하지만 불경한 거주자들이 사는 몬트 라브르라는 이 빌어먹을 마을은 그것을 잘 받아들이지 못했을 것이다.

라티푼디움에는 나쁜 해다. 처녀가 훌륭한 말을 타러 나간다. 치마와 안장 방석이 펄럭이고, 유행을 따라 느슨하게 덮은 베일이 바람에 나부낀다. 평정의 화신이다. 그때 갑자기 짐승이 실족한다. 이곳은 중세의 도로이기 때문이지요, 선생님. 그녀는 땅바닥에 엎어지면서 그녀의 가장 은밀하고 그늘진 부분이 다 드러난다. 심하게 다친 것 같지는 않다, 가엾은 아가씨. 최악은 짐승이 앞발을 들고 일어서려고 애쓰면서 발길질을 한 것이었다. 사람들은 자만하다가는 넘어진다고 말하는데, 이것은 더 우울한 속담인, 설상가상에 말이 등장하는 격이다. 자, 바로 어제 그 죄수들이 페니시에서 탈출했다, 염병할 공산주의자들, 아기를 잡아먹는 자들, 내 자식 봤소, 이웃 양반. 또 바로 어제 그 새로운 해적 이야기로 영혼과 바다가 모두 들썩였다, 그 무리를 쏴버려야 한다, 그 예쁜 배도. 산타 마리아호는 하얀 옷을 차려입고 그녀의 신성한 아들처럼 물 위를 걷는다.** 그런데 이제 아프리카에서도

---

* '하느님, 우리는 당신을 찬양합니다'라는 뜻의 라틴어로, 이 찬가를 부르는 감사 예배를 가리킨다.

** 산타 마리아는 성모 마리아라는 뜻.

소식이 온다, 흑인에 관한 것이다. 자, 나는 늘 우리가 그들에게 너무 관대하다고 말했다, 내가 그런 이야기를 했음에도 아무도 내 말을 믿지 않았다, 그들을 다루는 방법을 알려면 거기에서 살아봐야 한다, 그들은 일을 좋아하지 않는다, 아는가, 그들은 뺀질거린다, 그들은 늘 나쁜 쪽으로 간다, 이제 결과가 보이지 않나, 우리는 그들에게 너무 잘해줬다, 그들이 기독교인이기라도 한 것처럼, 하지만 모두 잃은 것은 아니다, 군대를 보내 제대로 전쟁을 하면 아프리카를 잃지 않을 것이다, 구구냐나*를 기억하라, 시장의 용감한 말이다, 빠르고 대담하게 한 말이다. 군사훈련만 받았으면 장군이 될 수도 있었겠지만, 어쨌든 할 말은 했다. 그러나 제국의 꿈은 곧 희미해졌고, 우리가 만들어놓은 엉망의 상황으로부터 달아나는 것이 최선이었다. 흑인은 이제 포르투갈 시민이다, 아무런 무기를 들지 않고 오는 흑인 만세. 하지만 그래도 그에게서 눈을 떼지 말고, 다른 종류는 때려눕혀라. 언젠가, 혹시 좋은 기분으로 잠을 깨면, 우리는 저 해외의 주들, 우리의 전 식민지들이 이제 독립국이라고 선언할 것이다. 자, 이름이 뭐가 중요한가. 중요한 것은 똥은 여전히 똥이라는 것이고, 다른 아무것도 먹지 못한 자들이 계속 똥을 먹어야 한다는 것이

* 구구냐나 또는 은구은구냐네는 모잠비크의 보호령의 부족 왕이다. 그는 1895년에 포르투갈에 맞서 반란을 일으켰다가 주아킹 모우지뉴 드 알부케르크 장군에게 패배했다. 그는 처음에는 리스본에서, 다음에는 아소르스 군도에서 망명 생활을 하다가 1906년에 그곳에서 죽었다. ─역주

다, 백인이건 흑인이건, 그 차이를 발견할 수 있는 사람이 있다면 상을 탈 것이다.

아가메드스 신부님, 하느님과 동정녀께서 자비로운 눈길을 포르투갈로부터 돌리신 것처럼 보일지도 모르겠는데요, 사람들이 얼마나 불만이고 불온한지 보세요, 악마가 루시타니아 사람들의 부드러운 심장을 쥐고 있는 게 분명해요, 아마 우리가 기도를 충분히 하지 않은 탓이겠지요, 사제들은 우리한테 그렇게 얘기했어요, 하지만 나는 내가 할 수 있는 일을 했어요, 그리고 언제나 좋은 조언을 들을 준비가 되어 있었죠, 설교단에서 나오는 것이든 고해소에서 나오는 것이든, 이것은, 사실, 대화다, 두 사람이 번갈아 이야기를 하는 것이다. 하지만 아가메드스 신부는 자기 집에 돌아가면 완전히 다른 생각, 이 시대에 사는 사람 또는 검과 불로 영혼을 정복했던 다른 시대에 살았던 사람에게 더 어울릴 법한 생각을 하고 있다. 그들에게 필요한 것은 제대로 패주는 거다, 그게 그들에게 먹힐 거다.

사람들은 정말이지 어디에 의지해야 할지 모른다. 이제는 인도의 요새다. 울어라, 오 다 가마, 알부케르크, 알메이다, 노로냐*의 영혼들이여, 아니, 그럴 수야 있는가, 어른이 울다니, 우리는 마지막 사람까지 버텨야 한다, 우리는 우리 포르투갈 사람들이 얼마나 가치가 있는지 세상에 보여줄 것이

---

* 모두 15세기와 16세기 인도 포르투갈 부왕들의 이름. −역주

다. 물러서는 자는 누구든 나라를 배신하는 것이다, 발이 쓸리느니 차라리 신발을 자르는 것이 낫다. 정부는 모든 사람에게 자기 의무를 이행하라고 요청한다. 알베르투의 집은 슬픈 크리스마스를 맞이한다. 먹을 것이나 주의 축복이 부족해서가 아니다. 적어도 코르크는 좋은 해였고, 그것만으로도 대단하다. 하지만 그들의 배 속에는 나라와 라티푼디움 위로 모여드는 천둥을 품은 먹구름이 있다. 포르투갈과 우리는 어찌 될 것인가, 사실, 우리에게는 우리를 보호해줄 사람이 있다, 우선 군경찰이 있다, 우리는 그들 각각에게 선물을 준다, 대위, 중위, 하사, 병장에게, 가엾은 것들, 그것은 지극히 당연한 일이다, 그들은 너무 적게 벌면서도 늘 우리 소유를 방어할 준비를 잘 갖추고 있다, 상상해보라, 우리가 우리 호주머니에서 그들의 보수를 지불한다면, 막대한 비용이 들 것이다. 차라리 잘됐다. 이제 동방에서 우리의 육군이나 해군과 더불어 포르투갈이라는 존재의 마지막 흔적이 지워지고 있으니, 우리는 정말이지 고아, 다미앙, 디우에 별 관심을 가져본 적이 없다, 선물이라, 그렇게 말하는가, 멋진 생각이로군, 나는 그런 종류의 선물을 말하는 게 아니다, 우리는 대위, 중위, 하사, 병장에게 주는 선물은 이미 언급했다, 그들 각각은 자기 선물을 가지러 오거나, 아니면 신중하게 행동하여, 쓸데없는 말들을 피하고자 하는 바람에서 자기에게 가져다 달라고 했다, 아니, 이건 다른 종류의 선물이다, 육군과 해군이 주는 것이다, 이들은 죽음의 순간에 이르러 팔꿈치에 기대고 몸을 일으켜, 죽어가며 점호에 대한 답을 외친다, 결(缺), 오래된 관행이다, 필요할 때는 죽은 자들도 투표를 할 수 있기 때문이다. 또 한 가지 좋은 것은 이 모든 일이 멀리 떨어진 곳에서 벌어지고 있다는 것이다, 인도와 아프리카는 가깝다고 할 수 없다, 나의 경계로부터 먼 곳에서 불이 타오르고 있다, 바다, 많은 바다들이 우리를 그 불과 가르고 있다, 불은 이곳으로 건너오지 않을 것이다, 포르투갈에는 멀리서 라티푼디움을 방어할 아들이 부족하지 않을 것이다, 너희를 먹이는 손을 물지 마라, 경고했다.

내일이, 도나 클레멘시아는 자녀들, 조카딸과 조카들에게 말했다, 새해 첫날이야. 또는 그녀는 달력을 보고 그것을 알게 되어, 새로운 해에 희망을 걸며 모든 포르투갈 사람들에게 인사를 보냈다. 뭐, 그게 정확히 그녀가 한 말은 아니었다, 도나 클레멘시아는 늘 약간 다르게 이야기하니까. 하지만 그녀는 배우고 있다, 우리 모두 우리 자신의 선생을 선택하므로. 이런 말들이 입에서 나와 여전히 공중에 맴도는 동안, 베자의 제삼 보병 연대가 공격을 당했다는 소식이 날아온다. 자, 베자는 인도나 앙골라나 기니비사우에 있는 게 아니라, 바로 옆에 있다, 라티푼디움에 있다. 개들이 밖에서 짖고 있다. 쿠데타는 진압을 했지만 다음 몇 주 몇 달 동안 사람들은 다른 이야기는 거의 하지 않을 것이다. 그래, 어떻게 부대가 공격을 당했을까. 약간의 운이 다였다, 실제로 필요한 건 운뿐이다. 어쩌면 그게 처음에 부족했던 것인지도 모르는데, 그런데 아무도 그것을 눈치채지 못했다, 그것이 우리의 운명이다. 전투를 시작하라는 명령을 든 사자를 태운 말이 편자를 하나 잃어버리면 역사의 모든 경로가 적에게 유리하게 바뀌어 적이 승리하고 말 것이다, 얼마나 운이 나쁜가. 이렇게 말한다고 해서 우리가 평화롭고 안전한 자신의 집에서 나와 라티푼디움의 기둥을 끌어내리려고 하는 자들을 존중하지 않는다는 것은 아니다, 물론 그렇게 하려다 삼손을 비롯해 다른 모든 사람이 죽을 수도 있지만. 먼지가 가라앉았을 때 가보니 죽은 것은 삼손이지 기둥이 아니라는 것을 알게 되었다. 어쩌면 우리는 이 너도밤나무 밑에 앉아 돌아가며 서로에게 우리 머리와 마음에 있는 생각을 이야기했어야 하는 것인지도 모른다, 불신보다 나쁜 것은 없기 때문이다. 그들이 산타 마리아호를 나포한 것은 좋은 일이었다. 베자의 공격도 좋은 일이었다. 하지만 그 배와 공격이 우리와 무슨 관계가 있는지 우리 라티푼디움의 개와 개미에게 물으러 오는 사람은 한 명도 없었다. 우리는 정말이지 당신들이 하고 있는 일을 귀하게 생각한다, 당신들이 누구인지는 몰라도, 하지만 우리는 그저 개와 개미에 불과한데 내일 우리가 모두 함께 짖을 때 우리가 무슨 말을 하겠는가. 당신들도 당신들이 둘러싸고, 가라앉히고, 파괴하려 하는 이 라티푼디움의 소유자들이 그랬던 것처럼 우리에게 주의를 기울이지 않는구나. 하지만 우리 모두가 함께 짖고 꽉 물어야 할 때다, 총사령관. 당신네 말이 편자를 잃어버리지나 않았는지, 총알

이 네 개 있어야 하는데 세 개밖에 없는 것은 아닌지 확인이
나 하라.

이 사내와 여자들은 일을 하기 위해 태어났다, 일반적인 가축과 비슷하게. 그들은 어머니의 자궁을 떠나거나 거기에서 끌려 나와, 혼자 이런 식으로든 저런 식으로 성장하는데, 사실 그것은 중요하지 않다. 중요한 것은 힘이 세고 손을 잘 써야 한다는 것이다, 오직 한 가지 몸짓만 할 수 있다 해도. 그래서, 몇 년 안에, 뻣뻣해지고 무거워지면 어쩔 것인가. 그들은 걸어 다니는 통나무로, 일터에 도착하면, 몸을 한 번 부르르 떨고 경직된 몸으로부터 앞뒤로 움직이는 두 팔과 두 다리를 내놓는다. 땅을 파고, 낫질을 하고, 괭이질을 하고, 이런저런 쓸모 있는 일을 하는 그런 완벽한 도구를 만드는 데 창조주가 얼마나 친절하고 유능한지 볼 수 있다.

주제 사라마구 José Saramago

1922년 포르투갈에서 가난한 농부의 아들로 태어나 용접공으로 사회생활을 시작한 사라마구는 1947년『죄악의 땅』을 발표하면서 창작 활동을 시작했다. 그러나 그 후 19년간 단 한 편의 소설도 쓰지 않고 공산당 활동에만 전념하다가, 1968년 시집『가능한 시』를 펴낸 후에야 문단의 주목을 받는다. 사라마구 문학의 전성기를 연 작품은 1982년작『수도원의 비망록』으로, 그는 이 작품으로 유럽 최고의 작가로 떠올랐으며 1998년에는 노벨문학상을 수상했다.

20세기 세계문학의 거장으로 꼽히는 사라마구는 환상적 리얼리즘 안에서도 개인과 역사, 현실과 허구를 가로지르며 우화적 비유와 신랄한 풍자, 경계 없는 상상력으로 자신만의 독특한 문학 세계를 구축해왔다. 왕성한 창작 활동으로 세계의 수많은 작가를 고무하고 독자를 매료시키며 작가정신의 살아 있는 표본으로 불리던 그는 2010년 여든일곱의 나이로 타계했다.

도플갱어

이 세상 어딘가에, 나와 똑같은 사람이 존재한다면!
불안한 정체성에 관한 자극적 명상

김승욱 옮김 | 448쪽 | 양장본

우주와 일상을 동시에 통찰하는 거장의 힘을 실감케 하는, 책장을 덮은
후 깊은 한숨을 토해내게 하는 작품. _《한국일보》

'분신'을 뜻하는 제목처럼 완전히 똑같은 두 사람을 등장시켜 정체성의 위
기를 다룬 소설. _《한겨레》

동굴

현실은 다른 세상의 그림자일지 모른다!
플라톤의 동굴 비유를 현대에 되살린 우화의 결정판

김승욱 옮김 | 484쪽 | 양장본

철학적인 비유도 팔아먹는 자본주의에 대해 날카로운 비판을 던지는 소
설. "《동굴의》 그 사람들은 우리다"라는 주인공의 외침은 읽는 사람으로
하여금 '나도 벽에 비친 그림자를 실재한다고 생각하는 게 아닐까'라는 성
찰을 하게 한다. _《동아일보》

리스본 쟁탈전

인생과 역사가 단어 하나로 바뀔 수 있을까?
역사와 픽션의 경계에 관한 도발적 질문

김승욱 옮김 | 512쪽 | 양장본

과거시제와 현재시제가 자유롭게 사용되고 기록 속의 과거, 상상 속의 과
거가 교묘하게 교차하는 점 등 '환상적 리얼리즘'으로 불리는 사라마구 소
설의 다양한 특징들을 담고 있는 작품. _《연합뉴스》

카인

독특한 내레이션 방식,
우화적 수법, 환상적 요소의 도입으로
구약성서를 재해석한 주제 사라마구 불후의 작품

정영목 옮김 | 212쪽 | 양장본

숨 막힐 듯 놀라운 상상력을 가진 주제 사라마구는 마지막 소설을 위해 성
서적인 주제를 한껏 즐겼다. _《퍼블리셔스 위클리》

죽음의 중지

죽음 없는 미래를 통해 삶의 이유를 되묻는다!

정영목 옮김 | 284쪽 | 양장본

주제 사라마구의 작품을 읽는 것은 거장의 존재를 느끼는 가장 빠른 길이다.
_《크리스천 사이언스 모니터》

사라마구는 지혜라고 말할 수밖에 없는 자질을 보여준다. 그 지혜를 우리
에게 이렇게 푸짐하게 전해주니 우리는 감사할 따름이다. _《뉴욕타임스》

코끼리의 여행

아이러니와 환멸조차 끌어안는 사라마구 유일의 장편소설

정영목 옮김 | 304쪽 | 양장본

이보다 더 단숨에 빠져드는 소설은 없을 것이다. 간단히 말해, 이 책은 술
술 흐르고 또 흐른다. _《뉴욕타임스》

사라마구의 가장 낙관적이고 장난스러우며 유머가 넘치는 매혹적인 책.
_《LA타임스》

이들은 일을 하려고 태어났기 때문에 그들이 너무 많이 쉰다고 하면 용어상의 모순이 될 것이다. 가장 좋은 기계는 계속되는 일을 가장 잘할 수 있는 기계다. 이 기계는 걸리지 않도록 윤활유를 쳐주고, 적게 먹이고, 가능하다면 단순한 유지에 필요한 만큼만 연료를 주고, 고장 나거나 낡았을 때를 대비해 무엇보다도 쉽게 교체가 가능해야 한다. 그래서 인간 폐품 하치장, 공동묘지가 필요한 것이다. 아니면 기계는 그냥 그 자리에 앉아 앞문 옆에서 녹이 슬어가고 삐걱거리며, 아무것도 지나가지 않는 곳을 지켜보거나 자신의 서글픈 손만 물끄러미 내려다본다. 이 지경에 이르리라고 누가 생각이나 했겠는가. 라티푼디움에서는, 일반적으로 말해서, 남자와 여자들이 명이 길지 않다. 그들 가운데 노년에 이르는 사람이 있다는 것 자체가 놀라운 일이지만, 우연히 노인으로 보이는 사람을 지나치게 되어도 그가 사실은 마흔밖에 안 되었다는 것, 가죽 같은 얼굴에 몸이 쪼그라든 여자가 아직 서른이 안 되었다는 것을 알게 된다. 따라서 시골에 사는 게 수명을 늘려준다고 볼 수는 없으니, 그건 도시의 신화일 뿐이다. 저 가장 분별력 있는 속담, 일찍 자고 일찍 일어나면 건강하고, 부유하고, 지혜로워진다, 하는 말도 마찬가지다. 그렇게 말하는 도회지 사람들이 한 손에 괭이자루를 들고 서서 해가 뜨기를 기다리며 지평선을 물끄러미 바라보고, 완전히 지쳐서 결코 오지 않는 어스름을 기다리는 모습을 보게 되면 재미있을 것이다. 해는 다루기 힘든 놈이라, 뜰 때는 늘 무척 서두르고 질 때는 무척 머뭇거리기 때문이다. 바로 우리처럼.

그러나, 수용과 체념의 날들은 끝나고 있다. 하나의 목소리가 라티푼디움의 도로들을 달려, 읍과 마을로 들어가고, 산비탈과 코르크 농장에서 이야기를 한다. 두 개의 핵심적 단어와 그 두 단어를 설명하는 데 도움이 되는 다른 많은 단어들로 이루어진 목소리다. 여덟 시간, 이것은 별로 큰 의미가 없는 것처럼 보일지 모르지만, 여덟 시간 노동이라고 말하면 의미가 더 분명해진다. 이 언어도단의 생각에 저항하는 사람들이 분명히 있다, 이 노동자들은 뭘 원하는 건가, 여덟 시간 자고 여덟 시간 일을 하면, 남는 여덟 시간에는 뭘 하겠다는 것인가, 이것은 게으름으로 오라는 초대장이다. 그들은 일을 하고 싶어 하지 않는 것이 분명하다, 이건 현대적인 생각이다, 다 전쟁 탓이다, 관습이 도저히 알아보지 못할 정도로 바뀌었다, 처음에는 우리에게서 인도를 훔치더니, 이제는 아프리카를 빼앗아가기를 원한다, 그러고 나서 국제적 추문을 일으키며 바다를 돌아다닌 배가 있었고, 자신에게 별을 달아준 사람들에게 맞서 일어선 장군이 있었다, 도대체 누구를 믿을 수 있나, 말 좀 해다오, 거기에 이제 하루 여덟 시간이라는 이 참담한 이야기까지, 그자들은 하느님의 법을 고수해야 했다, 한 시간 정도 왔다 갔다 할 수는 있겠지, 낮빛 열두 시간에 밤 열두 시간에서, 물론 해가 언제 뜨고 지느냐에 달려 있는 거지만, 이게 하느님의 법이 아니라면, 자연의 법이라고 하자, 여기에는 복종을 해야 한다.

라티푼디움을 떠도는 목소리는 이런 중얼거림을 듣지 못할지 모르지만, 설사 듣는다 해도 무시해버린다. 이런 것은 람베르투 시절의 구식 생각이다, 일이 그들을 바쁘게 해준다, 그들은 일을 하지 않으면 술집에서 술에 취한 다음 집에 가 마누라를 팰 거다, 가엾은 것들. 이게 가기 쉬운 길이라고 생각하지 마라. 이 목소리는 이제 일 년 내내 도로와 거리를 두들겨대고 있다, 여덟 시간, 여덟 시간 노동. 어떤 사람들은 그것을 믿지 않고, 어떤 사람들은 세상이 곧 끝날 때가 되어야 그런 일이 이루어질 거라고 믿는다. 그때가 되면 라티푼디움은 자신의 영혼을 구하기 원하여 최후 심판 자리에 출두하여 천사와 천사장들에게 이렇게 말할 수 있을 것이다, 나는 나의 농노들을 존중했습니다, 그들은 너무 많은 시간을 일하고 있었습니다, 그래서 하느님의 사랑을 생각하며 그들에게 하루에 여덟 시간만 일하라고 명령했습니다, 그리고 일요일에는 쉬라고 했습니다, 이런 일을 했으니, 다름 아닌 천국에서 하느님 우편의 자리를 기대합니다. 일부 회의주의자들은 그렇게 생각하여, 그것이 개악이 될 것을 두려워한다. 하지만 그 목소리를 전달하는 사람들은 일 년 내내 쉬지 않고, 그 말을 선포하며 라티푼디움 전체를 돌아다녔다. 그러는 동안 군경찰과 비밀경찰 요원들은, 파리들이 괴롭힐 때 당나귀들이 그러듯이, 불안하게 귀를 쫑긋댔다. 그러다가 사납고 호전적인 순찰대를 풀어놓으니, 빠진 것은 나팔과 북뿐이다. 그들은 그것도 좋아했을 것이나, 전투 계획에는 맞지 않는다. 음모자들이 어떤 외딴 비탈이나 숲속 깊은 곳에 함께 모여 있다가 멀리서 울려 퍼지는 나팔 소리를 들었다고 상상해보라, 딴따라라탄탄. 우리는 아무도 잡지 못할 것이다. 군경찰은 보강되었고, 비밀경찰 요원들도 마찬가지였다. 의사가 없는 마을에는 군경찰 스물 또는 서른 명이라는 약이 주어졌고, 그들과 함께 무기가 따라왔다. 이 군경찰은 물론 국가를 지키는 용들, 나를 전혀 좋아하지 않는 용들과 지속적으로 연락을 취했다. 진짜 용들이 가엾다, 그들은 두꺼비와 도마뱀처럼 추하지만, 그래도 그들은 실질적인 피해는 전혀 주지 않는다. 천국이 불을 뿜는 용들로 터져나갈 듯하다는 것이 그 증거다.[*] 군경찰은 교활한 악당이 될 수 있다. 그들은 소책자를 돌 밑에 놓되, 장님이라도 볼 수 있을 정도로 눈에 띄게 배치하는 은근한 기술을 개발했다. 그 빨갱이들이 두고 간 것과 같은 종류의 소책자다, 여덟 시간 등등에 관해 전복적인 말을 하며 라티푼디움을 돌아다니는 빨갱이들, 그러느니 차라리 나라를 당장 모스크바에 넘겨버리는 것이 나을 것이다. 어쨌든 군경찰은 이런 덫을 놓고 산울타리 뒤나 우묵한 곳이나 의심스러워 보이지 않는 나무나 바위

[*] 시골 생활을 일종의 전원시나 낙원으로 보는 살라자르의 매우 냉소적인 관점을 가리키는 듯하다(예를 들어 포르투갈에서 가장 포르투갈적인 마을을 찾는 대회가 열리곤 했다). 이런 낙원에 의사는 없을지 모르지만, 늘 비밀경찰 요원이라는 형태로 용이 한두 마리 있었다. ─역주

뒤에 숨었다. 이제 어떤 의심 없는 순진한 사람이 길을 가다 아무 생각 없이 소책자를 집어 들어 호주머니나 모자 안, 또는 피부와 셔츠 사이에 넣을지도 모른다. 그것은 작고 검은 글자들로 덮인 하얀 종이들일 뿐이다. 그는 글을 잘 읽지 못할 뿐 아니라 시력도 시원치 않다. 어쨌든 그가 열 걸음도 가지 않았을 때 군경찰이 길에서 그를 급습한다. 정지, 네가 호주머니에 넣은 것을 보여줘. 만일 이것이 여러분 눈에 대단한 기민함을 보여주는 장면으로 보이지 않는다면, 우리가 할 수 있는 말은, 군경찰에 대한 반감이 많은 게 분명하군, 이라는 것뿐이다. 그들은 위선과 작은 허위의 원칙들을 능숙하게 적용하는 것에 대해서만 찬사를 받을 자격이 있다. 그런 원칙은 총을 사용하고 기습을 하는 법을 배울 때 그들에게 함께 주입되어 자리를 잡은 것이다.

소책자를 발견한 사람들은 카빈에 둘러싸여 호주머니에서 집시 칼, 담배 반 온스, 담배 종이 한 권, 끈 한 조각, 씹던 자국이 있는 빵 한 조각, 십 토스탕을 꺼낼 수밖에 없다. 하지만 군경찰은 이것에 만족하지 않는다, 그들에게는 다른 야심이 있다. 다시 한 번 봐, 다 너를 위한 거야, 우리가 뒤지게 되면 네가 다칠 수도 있어. 그러자 그는 피부와 셔츠 사이에서 소책자를 꺼낸다. 이미 땀으로 축축하지만, 그렇다고 날씨가 아주 더운 것은 아니다. 하지만 이 가엾은 사내는 강철로 만들어진 것이 아니다. 그는 이 너털웃음을 터뜨리는 군경찰 사이에 고립되어 있으며, 상황은 심각해지고 있다. 타카부 병장, 또는 임시로 승진하여 순찰대를 이끄는 어떤 일병은 그 소책자가 무엇인지 아주 잘 알지만, 놀란 척하면서 주의 깊게 살피다가, 교활하게 말한다, 너 잘 걸렸어, 너는 공산주의 소책자를 들고 다니다 걸린 거야, 너를 부대로 데려가겠어, 너는 몬테모르 아니면 리스본으로 가게 될 거야, 아이야, 정말이지 나는 네 짝이 나고 싶지는 않구나. 사내가 그 소책자는 조금 전에 발견한 것일 뿐이며, 아직 읽어볼 여유도 없었다고, 글을 읽을 줄도 모른다고, 그냥 우연히 지나가다가 소책자를 보고, 타고난 호기심 때문에 집어 든 거라고, 누구라도 그랬을 거라고 설명하려 하지만, 하려는 말을 끝내지도 못한다. 가슴 또는 등을 개머리판으로 한 대 맞기 때문이다, 아니면 걷어차이기 때문이다. 어서 움직여, 아니면 쏠 거야, 무기가 나의 주제이며 이 비할 바 없는 영웅들도 마찬가지로다.[*]

  말하는 것은 그릇에 담긴 버찌를 먹는 것과 같다, 하나를 쥐면 다른 것들이 바로 따라온다. 또는 진드기들 같다, 이것도 서로 붙어 있으면 떼어내기가 똑같이 힘들다. 말은 절대 단독으로 오지 않기 때문이다. 심지어 외로움이라는 말도 외로움을 느끼는 사람이 필요한데, 이건 오히려 다행인 것 같

---

[*] 루이스 드 카몽이스의 시이자 1572년에 발표된 포르투갈의 위대한 서사시 『우스 루지아다스』의 첫 줄에 대한 반어적 언급. 이 시는 신세계를 발견한 포르투갈의 위대한 항해자를 찬양한다. 물론 『일리아스(The Iliad)』의 서두를 빗댄 것이기도 하다. ─역주

다. 이 군경찰은 한결같고 충성스러워서 라티푼디움이 보내는 데면 어디든 가고, 절대 질문을 하지 않고, 절대 반론을 제기하지 않는다. 그들은 그저 앞잡이일 뿐이다. 사람들이 노동자의 날을 정당하게 기념하던 때 벌어졌던 일을 생각해보기만 하면 된다. 다음 날 그들이 일을 하러 돌아가자 군경찰이 기다리고 있었다. 어제 일을 빼먹지 않은 사람들만 오늘 일을 할 수 있다, 그게 우리 명령이다. 물론 이렇게 말하는 게 큰 의미가 있는 것은 아니었다, 모두가 어제 일을 빼먹었기 때문이다. 이제 무슨 일이 벌어질 것인가, 노동자들은 물러난다. 그들은 이것을 어떻게 해결할 것인가, 군경찰이 지역을 점령했기 때문에, 감독들은 협상에서 자신의 정당한 역할을 하기보다는 그들 뒤에 숨고 있었다. 노동자들은 집으로 돌아가기로, 보다시피, 아직 이른 아침이었기 때문에, 그래서 하루 더 휴가를 즐기기로 결정했다. 군경찰은 뒤에 남아 개미들을 감시했고, 개미들은 자기 일을 하느라 바쁘게 돌아다니다 놀라서 개처럼 고개를 쳐들었다. 그러나 노동자들이 떠나기 전 감독인가 십장인가 관리자인가 하여튼 그런 사람 옆에 서 있던 하사는 심문 방법을 영리하게 이용했다, 왜 어제 일을 하러 오지 않은 거야. 오월 일일, 이날은 노동자들의 날이고, 우리는 노동자들이니까요. 그것은 아무런 죄가 될 것이 없는 대답이었지, 거기 그자들이 있었어, 내 앞에 서 있었어, 병장, 심각한 눈으로 나를 보면서, 나를 속일 수 있다고 생각하면서, 내가 아주 쉽게 속아 넘어가는 사람인 것처럼, 그것이 이 부끄러움을 모르는 놈들이 하는 짓이야, 그자들은 그렇게 심각하게 바라봐, 그러면 그들이 진짜로 무슨 생각을 하는지 알 수 없어, 하지만 나는 그자들에게 까놓고 말했어, 나는 그자들을 어떻게 다룰지 알거든, 나는 말했어, 나한테 있는 그대로 말하는 게 좋을걸, 나는 속이지 못해, 너희들이 일을 하러 오지 않은 이유는 정치적인 거야, 하지만 그자들은 말했어, 아닌데요, 하사님, 정치적인 게 아니었습니다, 오월 일일은 노동자의 날입니다, 그자들이 그 말을 했을 때, 나는 약간 조롱하는 웃음을 터뜨렸지, 너희가 노동자의 날에 대해 뭘 아는데, 그러자 뒤에 있던 어떤 사람이, 아쉽게도 얼굴은 보지 못했는데, 말했어, 그건 전 세계에서 똑같습니다, 상상할 수 있겠지만 그 말에 나는 정말로 짜증이 났어, 여긴 세계가 아니야, 여기는 포르투갈이고 알렌테주라고, 우리에게는 우리 나름의 법이 있어, 이 대목에서 십장이 내게 비밀을 소곤거렸어, 아, 꼭 비밀이라고 할 수는 없지, 그저 내가 오늘 말하기로 사전에 약속해둔 얘기였어, 나는 내가 부여받은 모든 권위를 담아 말했지, 오직 어제 일을 빼먹지 않은 사람만 오늘 일을 할 수 있다, 내가 이 말을 하자마자 그자들은 모두 자리를 떴어, 대개 그러듯이 모두 함께, 그자들은 노래를 할 때도 그래, 그자들은 어깨에 괭이를 메고 다시 집으로 돌아갔어, 그자들이 하러 온 게 괭이질이었기 때문이지, 사실 그자들에게 어떤 존경심을 느끼지 않을 수 없었어, 나도 이유는 잘 모르겠지만. 말이란 진드기 같고, 또는 오월에 익는 버찌 같다. 존경심이 최종적인 말은 아니라 해도, 적어도 맞는 말이기는 하다.

사월은 천 마디 말의 달이다.[*] 밤에 들에서 모임이 열린다. 사람들은 간신히 서로의 얼굴을 볼 수 있지만, 목소리는 잘 들린다. 장소가 별로 안전하지 않다고 여기면 약간 막힌 소리가 나고, 사방에 거칠 것이 없는 곳이면 더 크고 분명해진다. 하지만 마치 진지를 방어하기라도 하듯이, 전략적 예방 기술에 따라, 늘 보초를 세워둔다. 그들 쪽에서는 평화로운 전쟁을 하는 중이다. 이제 군경찰은 짝을 지어 오는 게 아니라, 여남은 명 또는 대여섯 명씩 온다. 도로 사정이 괜찮으면 지프나 트럭을 타고 온다, 아니면 몰이꾼처럼 한 줄로 전진한다. 그래서 깜깜한 밤에 군경찰이 다가오는 소리가 들리면 노동자들이 세운 보초들은 뒤로 물러나 경보를 발한다. 군경찰은 그냥 지나가기도 하는데, 그럴 때는 침묵이 최선의 방어라, 모두 앉거나 선 채로 숨과 생각을 죽인다, 갑자기 고대의 거석 같은 돌이 되어버린다. 또는 군경찰이 곧장 그들을 향해 다가오기도 하는데, 그럴 때는 좁은 길을 따라 흩어지라는 명령이 떨어진다. 다행히도 군경찰에게는 아직 개가 없다.

다음 날 밤, 그들은 같은 곳에서 또는 다른 곳에서, 끊어

[*] 포르투갈어도 이 표현은 'em Abril aguas mil'인데, 날 그대로 하자면 사월에는 천의 물이다. 사월은 전통적으로 비가 많은 달이기 때문이다. 이것은 그 익숙한 표현을 사라마구식으로 바꾸어놓은 것이다. ─역주

505

진 곳에서부터 대화를 이어갈 것이다. 그들의 인내심은 무한하다. 그들은 가능할 때는 낮에도, 더 작은 규모로 만난다. 또는 누군가의 집으로 가, 여자가 설거지를 하고 아이들은 방구석에서 자는 동안 불가에서 이야기를 하기도 한다. 탈곡장에서 우연히 한 사내가 다른 사내 옆에 서 있을 경우에 그들의 입에서 나오고 귀로 들어가는 모든 말은 말뚝을 때리는, 말뚝을 조금 더 박는 나무망치와 같다. 들에서 식사 시간이 오면 바닥에 앉아 다리 사이에 도시락 통을 놓는다. 숟가락이 오르내리고 선선한 바람에 몸이 써늘해지는 동안, 이야기는 같은 주제로 돌아간다. 그들은 천천히 말한다, 여덟 시간 노동을 요구하자고, 새벽부터 해 질 때까지 일하는 건 이제 됐어. 그들 가운데 신중한 축에 속하는 사람들은 미래를 두려워하며 말한다, 농장주들이 우리한테 일을 주지 않으려고 하면 어떡하지. 그러자 저녁을 먹고 설거지를 하는 여자들은 난로에 불이 타오르는 동안, 남편의 조심성을 부끄러워하여, 문을 두드리고, 여덟 시간 노동을 요구하자며, 새벽부터 해 질 때까지 일하는 건 이제 됐어, 하고 말한 친구의 말에 맞장구를 친다. 여자들도 그 시간 동안 일을 하기 때문이다. 심지어 아플 때도 생리를 할 때도 임신으로 배가 많이 불렀을 때도 그렇게 일하는 경우가 많다, 또 아기가 빨았어야 할 젖이 흘러넘칠 때도, 젖이 말라버리지 않은 것이 다행이지만. 따라서 깃발을 들고, 좋아, 모두 가자, 하고 말하기만 하면 된다고 믿는 사람들은 크게 잘못 알고 있는 것이다. 그래, 사월은 천 마디 말의 달이다. 확실하다고 알고 있고 확신을 갖고 있는 사람들조차 의심이 생길 때가 있고, 자신을 탐색하고 절망할 때가 있기 때문이다. 군경찰이 있고, 비밀경찰의 용들과 라티푼디움을 덮은 채 결코 거두어지지 않는 검은 그림자가 있고, 일은 없다. 우리가 우리 자신의 손으로 잠자는 짐승을 흔들어 깨우고 이렇게 말할 것인가, 내일 우리는 여덟 시간만 일을 할 것이다, 이건 오월 일일의 문제가 아니다, 오월 일일이 별거냐, 아무도 내게 일을 하러 가라고 강요할 수 없다. 하지만 내가, 여덟 시간뿐이고 그 이상은 없다, 하고 말한다면, 그것은 미친개에게 먹이를 주는 것과 마찬가지일 것이다. 친구는 말한다, 여기 코르크 농장에 또는 탈곡장의 내 옆에 또는 너무 어두워서 얼굴도 보이지 않는 곳에 앉아서 그는 말한다, 단지 여덟 시간 일하는 게 문제가 아니야, 우리는 사십 이스쿠두 최저임금도 요구할 거야, 지치고 주려서 죽고 싶지 않다면 이건 요구해야 하고 해달라고 해야 할 좋은 것들이지만, 이루기는 어렵지. 대화가 많고 목소리가 많은 것은 좋은 일이지만, 모임에서는 하나의 목소리가 나온다. 그냥 말이 그렇다는 이야기가 아니라 실제로 그렇다. 어떤 목소리들은 자신의 두 발로 일어선다, 지난 두 해 동안 우리가 어떤 인생을 살아왔는가, 그걸 말해봐, 내 자식 둘이 굶어 죽었어, 나에게 남은 자식 하나는 커서 짐을 지는 짐승이 될 거야, 나는 지금 짐을 지는 짐승이지만 계속 그렇게 살고 싶지는 않아. 이것은 약한 귀에 상처를 줄 수도 있는 말이지만, 여기에 그런 귀는 없다. 이 모임에 참석한 누구도 거울 속에서 달구지의 축들 사이에 끼거나 안장과 멍에를 입고 있는 자신의 모습을 보고 싶어 하지 않는다, 우리는 태어날 때부터 그런 꼴이었잖아.

그러자 다른 목소리가 나타난다. 밤의 그림자 위에 어디에서 왔는지 모를 다른 그림자가 겹친다. 그는 무슨 생각을 하고 있을까. 그는 여덟 시간 노동이나 최저임금 사십 이스쿠두 이야기를 하지 않는다, 그것이 우리가 여기 와서 토론하려고 하는 것임에도. 하지만 누구도 그의 말을 막을 배짱이 없다. 저들은 늘 우리에게서 우리의 존엄을 벗겨내려고 최선을 다했어. 모두 저들이 누구인지 안다. 저자들은 군경찰, 비밀경찰, 라티푼디움과 그 소유자인 알베르투나 다고베르투, 용과 대위, 배 속을 갉아먹는 허기와 부러진 뼈, 불안과 탈장이다. 그들은 늘 우리에게서 우리의 존엄을 벗겨내려고 최선을 다했어, 하지만 그렇게 계속될 수는 없어, 반드시 멈춰야 돼, 나하고 우리 아버지, 이제는 돌아가신 아버지한테 일어난 일을 들어봐, 이건 우리 사이의 비밀이지만, 이제는 입을 다물고 있을 수가 없어, 당신들이 내 이야기를 믿지 못하겠다면, 우리는 진 거야, 더 할 수 있는 일이 없어, 전에, 오래전에, 오늘 밤처럼 깜깜한 밤이었어, 아버지는 나와 함께, 나는 아버지와 함께 도토리를 주우러 갔지, 집에 먹을 것이 없었거든, 나는 이미 청년이 되어 결혼 생각을 하고 있었어, 우리는 가방을 하나 들고 갔지, 그냥 보통 가방이었어, 우리는 서로 동무를 해주기 위해 함께 갔지, 짐이 무거울까 봐 함께 간 게 아니고, 가방이 거의 찼을 때 군경찰이 나타났어, 오늘 밤 여기 있는 사람들한테도 똑같은 일이 일어난 적이 있을 거야, 그건 부끄러워할 게 아니야, 땅바닥에 떨어진 도토리를 줍는 건 훔치는 게 아니니까, 설사 훔치는 것이라 해도, 굶주림은 훔칠 만한 이유가 돼, 배가 고파서 훔치는 사람은 하늘에서도 용서해줄 거야, 속담에서는 그렇게 말하지 않는다는 걸 알지만, 그렇게 되어야 해, 내가 도토리 몇 개를 훔쳤다는 이유로 도둑이 된다면, 도토리의 주인도 마찬가지야, 그 사람은 땅을 만들지도 나무를 심지도 나무를 돌보지도 않았거든, 어쨌든 군경찰이 와서 말했어, 뭐, 그자들이 한 말을 되풀이할 필요는 없겠지, 기억도 나지 않고, 하지만 우리한테 해 아래 있는 욕은 다 했어, 지금까지 이 긴 세월 동안 우리는 어떻게 그런 욕을 견디었을까, 아버지가 그들에게 하느님의 사랑으로 우리가 주운 도토리를 그냥 갖고 가게 해달라고 사정을 하자 그들은 웃음을 터뜨리더니 도토리는 가져가도 좋지만 한 가지 조건이 있다고 했어, 그 조건이 뭔지 알아, 우리 둘이 싸우고 그걸 구경하겠다는 거였어, 아버지가 자식하고는 싸울 수 없다고 말하고, 나도 같은 이야기를 했지, 아버지와 싸울 수는 없다고, 하지만 그자들은 말했어, 그렇다면 우리를 부대로 끌고 가겠다고, 거기 가서 벌금을 내고, 어쩌면 맞을 수도 있다고, 행동을 똑바로 하라는 뜻으로, 그러자 아버지가 말했어, 좋다, 싸우겠다, 하지만 동

509

무들, 그 가엾은 노인네, 지금은 돌아가신 노인네를 나쁘게 생각하지 말아줘, 동무들에게 이 이야기를 하면서 아버지를 무덤에서 끌어내는 거라면 하느님이 용서해주시기를, 하지만 우리는 굶주리고 있었어, 알잖아, 어쨌든, 아버지는 나를 밀치는 척했어, 그래서 나도 아버지한테 밀린 척했지, 그놈들을 속일 수 있는지 보고 싶었던 거야, 하지만 그놈들은 우리가 제대로, 정말로 서로 해칠 의도를 갖고 싸우지 않으면, 우리를 체포하겠다고 했어, 그다음에 벌어진 일은 어떻게 표현할 말이 없어, 아버지는 필사적이 되었지, 아버지 눈에 그게 보였어, 아버지는 나를 때렸고 정말로 아팠어, 하지만 그렇게 세게 때렸기 때문은 아니야, 나도 똑같이 대응했어, 일 분이 지나자 우리는 땅을 구르고 있었어, 군경찰은 미친 듯이 웃음을 터뜨리고 있었지, 한번은 손이 아버지 얼굴에 닿았는데 축축한 게 느껴지더군, 땀이 아니었어, 나는 격분했지, 아버지의 어깨를 잡고 최악의 원수이기나 한 것처럼 흔들어댔어, 아버지는 내 밑에서 연신 내 가슴을 주먹으로 두들겼어, 맙소사, 이게 대체 무슨 꼴이야, 군경찰은 계속 웃어대고 있었어, 오늘 밤처럼 깜깜한 밤이었고 추위가 뼛속까지 파고들었어, 주위는 완전히 허허벌판이었지, 하지만 돌들이 일어서지는 않았어, 도대체 이게 사내들이 하려고 태어난 일이야, 마침내 싸움을 멈추었을 때 그곳에는 우리뿐이었어, 군경찰은 떠나고 없었지, 틀림없이 몹시 역겨워하며 떠났을 거야, 그래도 우리는 할 말 없는 신세였지만 말이야, 아버지는 울기 시작했고 나는 아버지를 아이처럼 품에 안고 흔들면서 누구에게도 절대 이야기하지 않겠다고 맹세했어, 하지만 이제 더 입을 다물고 있을 수는 없겠더라고, 문제는 여덟 시간이나 사십 이스쿠두가 아니야, 우리 자신을 잃지 않으려면 이제 뭔가 해야 돼, 그런 건 사는 게 아니기 때문이야, 오로지 군경찰의 재미를 위해서 두 사람이 서로 싸우는 건, 아버지와 아들이 되었건 누가 되었건, 그들에게는 무기가 있고 우리는 없다는 핑계로는 충분치 않아, 지금 바닥에서 일어나지 않으면 우리는 인간이 아니야, 이런 말을 하는 건 나 자신을 위해서가 아니라 죽은 우리 아버지를 위해서야, 아버지는 다른 인생은 살려고 하지 않았지, 가엾은 분, 내가 당신을 때리고 군경찰이 술에 취한 것처럼 웃음을 터뜨리는 기억뿐이었어, 만일 신이 있다면 틀림없이 그때 개입했을 거야. 목소리가 말을 멈추자 모두 일어섰다. 더 말을 할 필요가 없었다. 각자 자신의 운명을 따르러 출발했고, 오월 일일에 그곳에 있겠다고 결심했다. 여덟 시간 노동과 사십 이스쿠두의 임금을 단호히 요구하겠다고 결심했다. 이렇게 세월이 흐른 오늘까지도 도대체 그들 가운데 누가 자기 아버지와 싸운 사람인지 아무도 모른다. 우리의 눈은 너무 많은 고통의 광경은 감당할 수가 없다.

산비탈에서 삼림 지대에 이르기까지, 이런 말과 다른 말들이 라티푼디움으로 퍼져나갔다. 물론 아무도 부자간 싸움은 언급하지 않았으니, 아무도 그것을 믿지 않았기 때문이다, 하지만 그것은 사실이었다. 몬트 라브르에서도 모임들이 열렸다. 어떤 사람들은 두려워했지만, 어떤 사람들은 그렇지 않았다. 그렇게 해서 오월 일일이 되었을 때 모두가 준비를 갖추고 있었다. 두려움을 느끼는 사람들은 두려움을 보이지 않는 사람들에게 꼭 달라붙었다. 전쟁 때도 그렇게들 하더라고, 전쟁에 나간 적이 있는 누군가가 그렇게 말했다, 그가 용감한 축이었는지 소심한 축이었는지 우리는 모르지만. 그날은 많은 휘발유와 디젤이 소모되어, 봄 공기에는 소총과 마스크를 쓴 군경찰을 싣고 끝도 없이 줄줄이 달려오는 지프와 트럭에서 나온 매연이 가득했다. 그들은 창피함을 느끼지 않으려고 마스크를 쓴다. 그들은 부대가 있는 읍이나 마을에 이르러, 전진을 멈추고 작전 참모와 협의를 하고, 명령을 교환하고 상황을 토론한다. 저 너머 세투발, 또 바이슈알렌테주와 아우투알렌테주, 또 히바테주의 상황은 어떤가. 히바테주 또한 라티푼디움이라는 사실을 잊지 말자. 무장한 순찰대들이 체제 전복의 냄새를 맡기를 바라며 거리와 이면 도로를 배회했다. 높은 곳에서는 해적선의 검거나 붉은 기를 찾을 수 있는지 보려고 물수리처럼 내륙의 바다를 살폈다, 마치 누군가 그런 기를 높이 올리기라도 할 것처럼, 하지만 군경찰은 강박에 사로잡혀 다른 것은 아무것도 생각하지 못한다. 그들 눈에 보이는 것은 아무런 해 될 것이 없었다, 사내들이 광장에서 어슬렁어슬렁 걸어 다니며 이야기를 나누고 있었다. 모두 능숙하게 깁고 꿰맨 나들이옷 차림이었다, 라티푼디움의 여자들은 바지의 엉덩이와 무릎을 깁는 데 전문가들이었기 때문이다. 천 바구니를 샅샅이 뒤져 적당한 직물 조각을 찾아낸 다음 그것을 문제가 되는 바짓가랑이에 대보고 신중하게 직물을 크기에 맞게 자른 다음 그 자리에 꿰매는 모습을 여러분도 한번 봐야 한다. 아주 정확해야 하는 일이다. 나는 우리 집 문밖 계단에 앉아 남편 바지를 깁고 있어요, 뭐, 벌거벗고 일하러 갈 수는 없는 거 아니에요, 그이가 벗고 있는 것은 이불 속에서만으로 충분하니까.

어떤 사람들은 이것이 노동절이나 여덟 시간 노동이나 사십 이스쿠두와 아무런 관계가 없다고 생각하지만, 그런 사람들은 세상에서 벌어지는 일에 아무런 관심이 없는 것이다. 그들은 세상이 허공을 굴러가는 공이라고, 순수한 천문학이라고 생각한다. 그들은 차라리 장님이 되는 게 나을 것이다. 그라신다 마우템푸라는 이름의 이 여자의 손에 쥐어진 이 바늘과 이 실보다 노동절과 밀접하게 연결된 것은 없기 때문이다. 그녀는 남편 마누엘 이스파다가 오월 일일, 노동자의 날을 기념할 수 있도록 이 바지를 깁고 있다. 군경찰은 군용으로 보이는 지프를 타고 문 앞을 지나간다. 세상에서 눈이 가장 파란 일곱 살 소녀는 지프가 지나가는 것을 본다. 이런 아이들은 군복을 보아도 대수롭지 않게 여기는 듯하다. 하지만 이 엄한 눈길의 소녀는 다르다. 이 아이는 이 군경찰이 누구이고 그 군복이 무엇을 뜻하는지 이미 알고 있을 만큼 삶을 많이 보았다.

어두워진 뒤 사내들은 집으로 돌아간다. 그들은 전투 전날 밤의 병사들처럼 불안한 밤을 보낼 것이다. 누가 살아서 돌아올지 누가 알겠는가. 파업과 시위는 하나다. 그들은 이런 일에 익숙하며 농장주와 군경찰이 대체로 어떻게 반응할지 안다. 반면 이것은 도전에 가깝다. 라티푼디움이 몇 대조상으로부터 물려받은 권력을 부정하는 것이다, 너희는 네 평생 매일 동이 틀 때부터 해가 질 때까지 나를 위해, 나의 소망과 나의 요구에 맞추어 일하라, 다른 날에는 네 마음대로 해라. 이제부터 시지즈문두 카나스트루는 그렇게 일찍 일어날 필요가 없을 것이고, 주앙 마우템푸나 안토니우 마우템푸나 마누엘 이스파다도, 다른 사내와 여자도 모두 마찬가지다. 이들은 아직 잠을 이루지 못하고 내일 무슨 일이 벌어질지 생각하고 있다. 이것은 혁명이다, 라티푼디움에서 여덟 시간 노동이라니. 이것은 도박이다, 이기느냐 지느냐, 몬타르질에서는 이겼다. 우리가 그 사람들보다 못해 보일 수는 없어. 한밤중에 군경찰의 지프가 몬트 라브르의 거리를 배회하는 소리가 들린다. 그들은 우리에게 겁을 주고 싶은 거야, 하지만 보게 될 거야.

이런 말은 다른 입에서도 나온다, 질베르투와 알베르투의 입에서도, 두고 봐. 지금은 라티푼디움의 역사에서 위대한 순간이었다. 심지어 토지 소유자들도 해가 뜨는 순간을 맞이하려고 일찍 일어났기 때문이다. 네 것을 스스로 챙기지 않으면 악마가 가져갈 것이다. 그러나 해는 떴지만 아직 악마는 한 명도 일을 하러 나타나지 않았다. 십장과 관리자는 신경이 곤두서 있지만, 전원지대는 눈에 향유와 같다, 오월, 찬란한 오월이다. 노르베르투는 손목시계를 본다, 일곱 시 반, 아직 아무도 없다. 이거 뭐 그냥 파업을 할 것처럼 보이는데요, 한 아첨꾼이 말하지만, 아달베르투는 성난 목소리로 대꾸한다, 시끄러. 그는 분노하고 있다. 그는 자신이 하려는 일을 알고 있고, 그들도 모두 알고 있다. 그저 기다림의 문제일 뿐이다. 이윽고 사내들이 도착하기 시작한다. 약속된 시간에 모두 함께 온다. 그들은 정중하게, 안녕하세요, 하고 인사를 한다, 왜 신랄하게 굴겠는가. 여덟 시가 되자 그들은 일을 시작한다. 이것이 그들이 하겠다고 결정한 일이다. 그러나 다고베르투는 고함을 지른다, 그만. 그들은 모두 움직임을 멈추고 순진한 눈으로 그를 본다. 무슨 일이죠, 주인님. 그런 침착함은 사람을 미치게 만들기에 충분하다. 누가 너희더러 이 시간에 일을 하러 오라고 했어, 노르베르투가 묻는다. 다른 노동자들을 대신해서 말하는 사람은 마누엘 이스파다다, 우리가 했습니다, 다른 농장들에서는 이미 여덟 시간 노동을 하고 있고, 우리도 다른 농장들에 있는 그 동무들보다 못하지 않습니다. 그러자 베르투가 마치 한 대 치려는 듯이 성큼성큼 그에게 다가간다, 하지만 때리지는 않는다, 그렇게까지 심하게 굴려고 하지는 않는다. 내 땅에서는 시간표가 전과 똑같아, 해 뜰 때부터 해 질 때까지야, 너희가 결정해, 그대로 일을 하고 오늘 아침에 못한 일은 내일 추가로 하거나, 아

515

니면 여기서 나가, 나는 너희가 여기 있는 걸 원치 않으니까. 본색을 드러내는군, 도나 클레멘시아는 나중에 남편이 자신의 행동을 자랑할 때 그렇게 말할 것이다. 그래서 어떻게 됐어요. 그래서, 마우템푸의 딸과 결혼한 마누엘 이스파다, 그가 그 무리의 대변인이었는데, 그가 말했다, 좋습니다, 우리는 떠나겠습니다. 그렇게 그들은 모두 떠났다. 그들은 다시 몬트 라브르로 걸어 돌아갔고, 가는 길에 안토니우 마우템푸가 물었다, 다음은 뭐지, 이제 어떻게 하지. 걱정을 하거나 두려워서가 아니다, 그의 질문은 매제를 도우려는 것이다. 이제, 우리는 약속대로 합니다, 광장에 함께 모이는 겁니다, 군경찰이 나타나 문제를 일으키려고 하면 집으로 갑니다, 그리고 내일 다시 일을 하러 가서, 여덟 시에 낫질을 시작합니다, 오늘처럼. 대체로 그것이 주앙 마우템푸가 다른 노동자 무리에게, 시지즈문두 카나스트루가 자기 무리에게 한 말이다. 그래서 그들은 모두 광장에 모였고, 군경찰도 나타났다. 타카부 병장이 그들에게 다가왔다, 그러니까 일을 하고 싶지 않다는 거지. 하고 싶지만, 여덟 시간만 하겠다는 겁니다, 그런데 농장주가 우리한테 여덟 시간짜리 일을 주고 싶지 않다네요, 시지즈문두 카나스트루는 있는 그대로 진실을 말하고 있지만, 병장은 더 알고 싶어 한다, 그러니까 이게 파업이 아니라는 거지. 아닙니다, 우리는 일을 원하지만, 농장주가 내보낸 겁니다, 우리가 딱 여덟 시간만 일할 수는 없다고 하더군요. 그 분명한 대답 때문에 나중에 타카부 병장은 이렇게 말하게 된다, 그자들을 어떻게 해야 할지 모르겠습니다, 세뇨르 다고베르투, 그자들은 일을 원한다고 합니다, 일을 못하게 하는 건 어르신이, 하지만 그가 말을 맺기도 전에 다고베르투가 고함을 지른다, 그자들은 게으름뱅이들이야, 그게 그자들의 본색이야, 해가 뜰 때부터 해가 질 때까지 일을 하거나, 아니면 굶어 죽을 거야, 여기에는 그놈들이 할 일은 없어, 내가 아는 한, 정부는 여덟 시간 노동에 관한 아무런 포고를 내놓지 않았어, 설사 내놓았다 해도 여기 책임자는 나야, 내가 땅을 소유하고 있다고. 그것으로 타카부 병장과의 대화는 끝났다. 그렇게 그날은 마무리되었고, 사내들은 각자 자기 집으로 돌아갔고, 여자들은 무슨 일이 있었는지 알고 싶어 했다, 도나 클레멘시아에게서 보았듯이, 그리고 다른 여자들의 권리이기도 하듯이.

사내들은 그들 나름으로 계산을 했다. 그들은 오늘 돈을 벌지 못했다. 오늘 같은 날이 얼마나 더 있을까. 그것은 장소에 달려 있다. 다른 곳에서는 라티푼디움이 이틀 만에 굴복했고, 다른 라티푼디움은 사흘, 다른 라티푼디움은 나흘 만에 굴복했다. 어떤 곳들에서는 이 줄다리기에 말려든 채 몇 주를 보내며, 어느 쪽의 힘이나 인내가 이기는지 보려고 했고, 결국, 사람들은 조건이 받아들여지는지 알아보려고 굳이 일터까지 가보는 일을 중단했다. 그들은 읍이나 마을에 그대로 남아 파업을 했다. 그렇게 되자 군경찰은 옛날 방식으로 돌아가 노동자들을 때리고 전시 편제로 라티푼디움을 순찰했다. 하지만 모두가 아는 이야기를 뭐 하러 반복하랴. 다고베르투와 알베르투, 움베르투와 또 다른 베르투는 성 안에서 버텼다. 그러나 신성 동맹은 깨지기 시작했고, 다른 여러 곳에서 항복의 소식이 들려왔다. 우리는 어떻게 해야 할까요. 오, 그냥 내버려두세요, 결국에는 그자들이 대가를 치를 테니까. 그래, 나도 알지요, 아가메드스 신부님, 이런 복수심 가득한 생각은 매우 비기독교적이지만, 나중에 회개를 하겠습니다. 글쎄요, 그렇게 딱 잘라 말하기는 힘듭니다, 세뇨르 알베르투, 신명기에서 여호와는 말씀하시지요, 복수는 나의 것이니 내가 보복하리라. 아가메드스 신부는 정말 지식의 샘이다. 성경처럼 두꺼운 책에서 어떻게 그 핵심적인 한 구절을 뽑아낼 수 있을까, 이 이상의 정당화가 필요할까.

하지만 여기 몬트 라브르에서는 상점주들이 기꺼이 외상을 늘려주려 했다는 점에서 사람들은 운이 좋았다. 다른 곳도 마찬가지였다. 하지만 이 이야기는 특히 우리에게 흥미롭다. 주앙 마우템푸는 갚지도 못할 돈을 빌린다는 수치감에 가득 차 이 거리들을 걸어 다녀야 했기 때문이다. 아내 파우스티나는 비참하고 슬퍼서 울고 있었다. 이제 그는 할 말을 하기 위해 가게에서 가게로 걸어 다니고 있다. 무례한 대접을 받아도 아무것도 느끼지 못하는 척한다, 고난은 그의 피부를 아주 두껍게 만들어주었다. 그는 지금 여기서 그 자신의 요구만 이야기하는 것이 아니다. 세뇨라 그라니자, 우리는 여덟 시간 노동의 권리를 얻기 위한 싸움을 하고 있는데 농장주들은 여기에 동의하려 하지 않아요, 그래서 우리가 파업을 하는 겁니다, 혹시 서너 주만 더 기다려주실 수 있는지 물어보러 왔습니다, 일을 다시 시작하자마자 외상을 갚기 시작할게요, 외상을 진 사람은 한 명도 남지 않을 겁니다, 물론 우리는 아주 힘든 부탁을 드리는 거지요. 그러자 가게 주인, 창백한 눈에 거무스름한 눈길로 바라보는 키 큰 여자는 두 손을 카운터에 올려놓더니 말한다, 젊은 사람으로서 나이 든 분한테 존경심을 품고 말씀드리는데, 세뇨르 주앙 마우템푸, 정말로 언젠가 나를 기억하기를 바라요, 우리 집은 문이 열려 있어요. 이런 예언적인 말은 이 여자의 특징이다. 그녀는 손님들과 오랫동안 신비하고 정치적인 대화를 나누고, 기적적인 치료와 중재 이야기나 그런 사례를 전해준다. 뭐, 라티푼디움에서는 온갖 일이 벌어진다, 도시에서만 그런 것이 아니다. 주앙 마우템푸는 좋은 소식을 듣고 떠나고, 마리아 그라니자는 새로운 외상 장부를 준비한다. 그들이 모두 빚을 갚기를 바라자, 그들은 그녀에게 두 번 빚진 셈이기 때문에.

새벽의 새가 일어났을 때 일하는 사람은 아무도 보이지 않는다. 종달새가 말한다, 세상이 바뀌었네. 하지만 붉은 솔개는 높이 솟아올라, 세상이 종달새가 생각하는 것보다 훨씬 많이 바뀌었다고 소리친다. 그것은 단지 사람들이 이제 여덟 시간만 일하고 있기 때문만은 아니다. 그것은 개미들도 안다, 그들은 많은 것을 보았고 기억력이 좋기 때문이다. 그도 놀라운 일이 아닌 것이, 개미들은 늘 함께 있기 때문이다. 이

점에 대해 뭐라고 하시겠어요, 아가메드스 신부님. 정말이지 무슨 말을 해야 할지 모르겠습니다, 세뇨라 도나 클레멘시 아, 점점 나빠지는 세상에 작별 인사를 하는 것 외에는.

주앙 마우템푸는 침대에 누워 있다. 오늘은 그가 죽는 날이 될 것이다. 가난한 사람들의 죽음의 원인이 되는 병은 거의 언제나 규정이 불가능하다. 그렇기 때문에 의사들은 사망진단서를 쓰는 일을 몹시 힘겨워하고, 그래서 극단적으로 단순화하기도 한다. 일반적으로 사람들은 어떤 모호한 통증으로 죽거나 출산 중에 죽지만, 이것을 어떻게 분명한 질병분류학적 용어로 번역할 것인가. 그 긴 세월의 공부가 아무런 의미가 없다. 주앙 마우템푸는 두 달 동안 몬테모르의 병원에 있었지만, 거의 도움이 되지 않았다. 그렇다고 병원에서 돌봐준 것에 무슨 문제가 있었다는 것은 아니다. 어떤 병에서는 구원이 불가능하다. 결국 집에서 죽게 하려고 병원에서

퇴원시켰다. 집에서도 그의 죽음은 대체로 비슷할 것이나, 적어도 더 조용하기는 할 것이다. 그 자신의 침대 냄새가 나고, 거리를 지나가는 사람들의 목소리, 닭이 홰가 있는 곳으로 가고 수평아리가 힘차게 날개를 흔드는 어스름 녘이면 집에서 키우는 날짐승들 소리가 날 것이다. 누가 알랴, 다음 세상에서 이런 것들을 그리워하게 될지. 주앙 마우템푸는 병원에서 시름시름 앓던 시절 병동의 한숨과 신음과 고통에 귀를 기울이며 밤새 깨어 있다가 새벽녘에야 잠이 들었다. 집에 왔다고 해서 잠을 훨씬 잘 자는 것은 아니었으나, 적어도 이제는 자신의 통증만 걱정하면 되었다. 그것은 자신의 몸과 아직 그것을 지탱하고 있는 정신, 이 둘이 알아서 해결할 일로, 오직 그의 가족만 증인이 될 뿐이었다. 하지만 언젠가는 그들의 때도 다가올 것이다, 그들이라고 추수되지 않고 남아 있지는 않을 것이기 때문이다. 하지만 그들도 인간이 자신의 죽음과 단둘이 남는다는 것이 무슨 뜻인지는 이해하지 못할 것이다, 누가 말해주지 않아도, 오늘이 그날이라는 것은 알지만. 이것은 이른 아침에 일어나 비가 내리고, 샘에서 나오는 물줄기처럼 처마에서 빗물이 똑똑 듣는 소리를 들을 때면 마음에 다가오는 확실한 것들이다. 어린 시절 우리는 상인방에 홰를 틀고 앉아 문틀에 몸을 기대고 손을 내밀어 똑똑 듣는 물방울을 잡곤 했다. 그것이 주앙이 하던 일이었고, 주앙이 아닌 다른 사람들도 하던 일이었다. 파우스티나는 궤 위에서 잔다, 그녀가 고집을 부린 것이다, 남편이 혼자 더

블베드를 차지할 수 있게 해주려는 것이다. 그녀가 의무를 잊을 위험은 없다. 밤이면 그녀의 눈이 반짝이며 사그라지는 불의 어렴풋한 빛이나 기름 램프의 빛을 붙드는 것을 볼 수 있다. 아마 귀가 먼 것에 대한 보상으로 눈이 그렇게 밝게 빛나는 것 같다. 하지만 그녀가 잠이 들고 주앙 마우템푸의 통증이 혼자 견딜 수 없을 정도로 심해질 경우에 대비해, 그의 오른쪽 손목을 아내의 왼쪽 손목과 연결해놓은 끈이 있다. 어떤 나이에 이르렀기 때문에, 그들은 이제 떨어지지 않을 것이다. 그가 끈을 슬쩍 잡아당기기만 하면, 파우스티나는 아주 얕은 잠에서 깨어나 완전히 옷을 입은 채로 일어서서 침대로 건너와 귀머거리의 큰 정적 속에서 남편의 손을 잡는다. 더 할 수 있는 일이 없기 때문에 몇 마디 위로의 말을 던져준다. 모두가 이 정도는 할 수 있다고 자랑할 수는 없을 것이다.

오늘은 일요일이 아니다. 하지만 이런 빗속에, 들이 물에 잠겼기에, 아무도 일을 하러 갈 수가 없다. 주앙 마우템푸는 멀리 있어서 올 수 없는 사람들은 빼고, 그의 얼마 안 되는 가족을 모두 주위에 모을 것이다. 그의 누이 마리아 다 콘세이상은 여전히 리스본에서 하녀로 일하고 있고, 여전히 같은 고용주들과 살고 있다, 그런 충성의 모범도 존재하기는 하기 때문이다, 그들에게 사금(砂金)을 주어라, 그러면 돌아왔을 때 그것이 그대로 다 있고, 아마 그 이상이 있는 것을 보게 될 것이다. 그의 남동생 안셀무는 북쪽에 올라가 살게 되고 나서 한 번도 소식이 들려오지 않았다. 아마 죽었을 것이다, 아마 계속 더 위로 올라갔을 것이다. 언제 죽었는지 모를 도밍구스와 마찬가지다. 이제 누가 기억하고 누가 관심을 가질까. 어떤 삶은 다른 삶보다 더 완전하게 지워진다. 하지만 그것은 우리에게 생각할 게 아주 많기 때문이다. 그렇게 그런 삶에 주목하지 않고 살다가 결국 우리의 태만을 후회하게 되는 날이 온다, 내가 틀렸다, 우리는 말한다, 더 관심을 기울였어야 하는데, 그래, 우리가 그런 감정을 더 일찍 느끼기만 했더라면. 그러나 이런 감정은 생겨났다가, 다행히도, 거의 그 즉시 잊히고 마는 회한의 아픔에 불과하다. 그의 딸 아멜리아도 그 자리에 없을 것이다. 우리가 알다시피, 그녀는 어렸을 때부터 몬테모르의 한 집에서 하녀로 일해왔다. 하지만 운 좋게도 병원으로 그를 찾아가 동무를 해줄 수 있었다. 또 의치를 살 만한 돈도 모을 수 있었다. 그녀의 한 가지 작은 사치지만, 아쉽게도, 그녀의 웃음은 너무 늦게 찾아와 그녀를 구해줄 수가 없었다. 친구들도 몇 명 빠질 것이다. 토마스 이스파다, 그는 오랫동안 아내 플로르 마르티냐의 부재를 견디어왔다. 아무도 그들의 손목이 끈으로 묶인 것을 본 적은 없지만, 그럼에도 눈에 보이지 않는 어떤 것들이 존재한다. 어쩌면 그 사람들 자신도 어떻게 그럴 수 있는지 설명하지 못할 것이다. 하지만 가장 오랜 친구 시지즈문두 카나스트루는 올 것이고, 주아나 카나스트라는 최대한 도와줄 것이다, 설사 파우스티나를 위로하는 것에 불과하다 해도. 그들은 서로 워낙 오래 알고 지내 말조차 필요 없고, 그저 눈빛만 교환하는 것으로 족할 것이다. 눈물은 흘리지 않을 것이다. 파우스티나는 울 수 없을 것이고 주아나는 운 적이 없기 때문이다. 이것은 자연의 신비로, 왜 이 여자는 울 수 없고 다른 여자는 우는 방법을 모르는지 누가 알 수 있겠는가.

안토니우 마우템푸, 내 아들도 여기 있을 것이다. 그는 이제 막 일어나서 아직 맨발이다. 기분이 어떠세요, 아버지. 오늘이 내가 죽는 날이라는 것을 아는 나는 대답한다, 좋구나. 아마 그 아이는 내 말을 믿을 것이다. 그는 침대 아래쪽에서 문틀에 몸을 기댄 채 나를 보고 있다. 내 말을 믿지 않는 것이 분명하다. 스스로 믿지 않는다면 어떤 사람에게 무엇을 믿게 할 수 없다. 아이는 쉰이 되려면 아직 멀었다, 하지만 정말이지 프랑스가 아이를 죽였다, 모든 게 결국에는 그러듯이. 이 고통, 이 통증, 어쩌면 통증의 고통 자체가 아닐 것이다, 그 밑에 깔린 아픔일 것이다, 나조차도 모른다. 그리고 나의 사위 마누엘 이스파다가 올 것이다. 또 나의 딸 그라신다, 둘 다 내 침대 옆에, 내가 실려 나갈 이 침대 옆에 있을 것이다. 아마 마누엘과 안토니우가 들고 나갈 것이다. 그 아이들이 힘이 세니까. 하지만 나를 씻기는 건 여자들이 할 것이다, 그건 보통 여자들 일이니까, 시신을 씻기는 건. 아, 여자들이 해야 하는 것들. 적어도 여자들이 우는 소리는 듣지 않겠구나. 나의 손녀딸 마리아 아델라이드도 있을 것이다. 나와 똑같은 파란 눈을 가진 아이, 아, 똑같지는 않지, 왜 내가 허풍을 칠까, 내 눈은 그 아이 눈에 비하면 탁한 재 같은데. 아마 내가 젊었을 때, 춤을 추러 가고 파우스티나와 연애를 했을 때, 파우스티나의 부모 집에서 그녀를 훔쳤을 때, 그때는 내 눈이 방금 방으로 들어온 눈처럼 파랬을 것이다. 축복해주세요, 할아버지, 기분이 어떠세요, 나아졌기를 바라요. 그래서 나는 손짓을 한다. 그게 남은 모든 축복이다. 우리 누구도 축복을 믿지 않지만, 그것이 관습이다. 나는 좋다고 대답하며 아이를 잘 보려고 그쪽으로 고개를 돌린다. 아, 마리아 아 델라이드, 나의 손녀, 비록 그런 말을 하지는 않지만 생각은 한다. 아이를 보는 게 내게 도움이 된다. 아이는 머리에 스카 프를 쓰고 있고 털실로 짠 작은 재킷을 입었다. 치마는 축축 하다. 우산이 비를 완전히 막아주지 못한 것이다. 갑자기 울고 싶은 무시무시한 충동을 느낀다. 그냥 마리아 아델라이드가 갑자기 내 손을 잡았기 때문이다. 마치 우리가 눈길을 교환한 것 같다. 얼마나 어리석은 생각이냐. 하지만 곧 죽을 사람은 뭐든 좋을 대로 생각할 수 있다. 그건 그 사람의 특권이다. 그 사람은 이제 새로운 생각을 가지거나 낡은 생각을 되풀이할 기회를 많이 가지지 못할 테니까. 내가 몇 시에 죽을지 궁금하다. 파우스티나가 나에게 줄 우유가 든 그릇을 들고 다가온다. 그녀는 숟갈로 그것을 떠먹일 것이다. 오늘은 그냥 굶고 있는 게 나을 것이다. 좀 더 가볍게 세상을 떠나고 싶다. 다른 사람이 그 우유를 마실 수도 있을 것이다. 내가 정말로 좋아하는 것은 손녀가 먹여주는 것이지만 그걸 요구할 수는 없다. 내 마지막 날에 파우스티나를 속상하게 만들 수는 없다. 나중에 누가 그녀를 위로한단 말인가, 그녀가 이렇게 말했을 때, 아, 내 귀한 남편, 죽는 날에 마실 우유도 내 손으로 먹여주지 못했네. 할머니는 남은 인생 동안 손녀에게 원한을 품을 수도 있다. 어쩌면 조금 있다가 마리아 아델라이드가 나에게 약을 줄지도 모른다, 의사의 지침에 따라, 식후 삼십 분에. 하지만 이것은 이루어질 수 없는 욕망이다. 마리아 아델라이드는 떠나고 있다. 내가 어떤지 보려고 잠깐 들른 것뿐이다. 나는 괜찮다. 아이의 아버지와 어머니가 곧 여기 올 것이다. 하지만 아이는 벌써 갔다. 그런 광경의 목격자가 되기에는 아직 너무 어리다. 이제 겨우 열일곱 살이고 나와 똑같은 파란 눈을 갖고 있다. 그 이야기는 이미 했던가.

주앙 마우템푸는 약을 먹은 뒤에 빠져들었던 혼수상태로부터 깨어난다. 이 혼수상태는 정말 은혜로서, 그에게 고통으로부터 오랜 휴식을 주고 자연스러운 잠과 같아 보이는 상태로 가라앉게 해준다. 하지만 이제 통증이 돌아왔다. 그는 신음하며 깨어난다. 말뚝이 옆구리를 찌르는 듯하다. 완전히 의식을 회복하고 보니 사람들이 둘러싸고 있다. 다른 사람이 더 들어올 틈이 없다. 파우스티나와 그라신다가 그를 굽어보고 있다, 아멜리아도, 그러니까 아멜리아도 결국 왔구나. 그들을 불러모은 것은 신음이다. 주아나 카나스트라는 가족이 아니기 때문에 뒤쪽에 떨어져 서 있다. 사내들도 거리를 유지하고 있다, 지금은 그들의 때가 아니다, 그들은 마당으로

열린 문 옆에 서서 빛을 막고 있다. 시지즈문두 카나스트루,
마누엘 이스파다, 안토니우 마우템푸.

주앙 마우템푸에게 어떤 의심이 있었다 해도 그것은 여기
에서 끝이 난다. 그들 모두 오늘이 그가 죽는 날이라는 것을
알고 있다. 그 가운데 일부는 틀림없이 추측을 하고 말을 전
했을 것이다. 하지만 그렇다 해도 내가 신음하는 소리는 아
무도 듣지 못할 거야, 주앙 마우템푸는 그렇게 생각하며 이
를 악문다, 뭐, 말이 그렇다는 거다, 지금 위나 아래나, 남아
있는 이가 거의 없어 악물 수도 없다, 잇몸을 악물어야 한다,
아, 노년이여, 노년이여. 하지만 이 사내는 불과 예순일곱이
다, 그래, 물론 애송이는 아니다, 그 세월이 헛되이 지나가지
는 않았다, 하지만 다른 사내들은 그보다 나이가 많아도 건
강이 훨씬 좋다, 그래, 하지만 그들은 라티푼디움에서 멀리
떨어진 곳에 산다. 어쨌든 이가 있느냐 없느냐의 문제는 아
니다. 그게 핵심이 아니다, 핵심은 신음이나 앓는 소리가 아
직 유아기에 있을 때 그것을 멈추고 통증은 커지도록 내버려
두는 것이다, 그것은 피할 수 없는 것이기 때문이다. 핵심은
그 목소리를 제거하는 것, 그 입을 다물게 하는 것이다, 이십
여 년 전 죄수가 되어 억지로 조각상 노릇을 하면서 그들이
어디를 때리는지 살피지도 않고 때릴 때 등허리의 통증을 견
디면서 그랬던 것처럼. 그의 얼굴은 땀으로 흠뻑 젖어 있다.
팔다리는 긴장되어 있다, 아, 어쨌든 팔은 그렇다. 다리에는
아무런 감각이 없기 때문이다. 사실 처음에 그는 자신이 완

전히 깬 게 아닐 거라고 생각한다. 하지만 실제로 의식을 완전히 회복했다는 것을 깨닫자 발을, 발만 움직여보려 하지만, 발도 움직이지 않는다. 무릎을 구부려보려 하지만 소용없다. 이 시트, 이 담요 밑에서 무슨 일이 벌어지는지 아무도 모른다. 이것이 죽음이다. 죽음이 나와 함께 누웠는데 다른 누구도 눈치를 채지 못했다. 어떻게 된 일인지 죽음은 문이나 창문을 통해 들어올 거라고 상상하지만, 사실은 여기 나와 함께 침대 안에 있다. 얼마나 오래 여기 있었을까. 지금 몇 시야. 이것은 모두가 묻는 질문이고 늘 답을 얻는 질문이다. 시간을 물으면 사람들은 남은 시간이나 이미 흐른 시간에 대한 생각으로부터 벗어난다. 일단 답이 나오면 이제 아무도 시간을 더 생각하지 않게 된다. 그것은 단지 뭔가를 중단시키거나 다른 뭔가를 다시 작동시키려는 요구였다. 이제는 알아보아야 할 시간이 없다, 우리가 기다려온 것이 여기 있다. 주앙 마우템푸는 모호하게 주위를 둘러본다. 가장 가까운 친족과 친구들이 있다. 세 사내와 네 여자. 손목에 끈을 감고 있는 파우스티나, 몬테모르에서 사람들이 죽는 것을 본 그라신다, 늘 유순하지만 앞으로 얼마나 더 그럴지 알 수 없는 아멜리아, 언제나 단단한 견과와 같은 주아나, 그의 동무 시지즈문두, 엄숙한 표정의 마누엘, 나의 아들 안토니우 마우템푸, 아, 나의 아들. 이들이 내가 곧 떠날 사람들이다. 내 손녀는 어디 있지. 그라신다가 대답하는데, 그녀의 목소리에는 울음이 가득하다, 주앙 마우템푸는 정말로 곧 죽을 것이다. 옷을 좀 가지러 집에 갔어요. 누군가 그 아이는 여기 있지 않는 게 좋겠다고 생각했다, 그 아이는 아직 너무 어리다. 주앙 마우템푸는 큰 안도감을 느낀다. 그렇다면 위험은 없다. 그들이 모두 여기에 있다면 그것은 나쁜 조짐일 것이다. 하지만 손녀가 지금 여기 없기 때문에 그는 죽을 수 없다. 그는 모두 여기 있을 때에만 죽을 것이다. 그들이 그것을 안다면 늘 한 명은 방에 있지 못하게 할 것이다. 이보다 간단한 일이 어디 있겠는가.

주앙 마우템푸가 팔꿈치를 이용해 몸을 끌어올려 일으키자, 다른 사람들이 도와주려고 달려든다. 그러나 이것이 그가 다리를 움직일 수 있는 유일한 방법이라는 것은 그만이 알고 있다. 그는 일어나 앉은 자세가 더 편할 것이라고 확신하고 있다. 그렇게 하면 갑자기 닥쳐온, 가슴이 옥죄는 느낌이 덜어질 것이다. 그렇다고 그가 겁을 먹었다는 것은 아니다. 그는 손녀가 돌아오기 전에는 아무 일도 없을 것임을 알고 있다. 그리고 그때는 아마 다른 사람들 가운데 하나가 비가 개는지 보려고 방을 나갈 것이다. 이 안은 너무 덥다, 저 문 좀 열어. 그것은 마당으로 열리는 문이다. 여전히 비가 내리고 있다. 오직 소설에서만 이런 경우에 이렇게 하늘이 열린다, 하얀 빛이 들어온다. 갑자기 주앙 마우템푸는 그 빛을 더 보지 못한다. 그조차도 어떻게 된 것인지 왜 그런지 알지 못한다.

마리아 아델라이드는 집에서 멀리 떨어져, 페공이스 근처에서 일을 하고 있다. 그녀가 왔다 갔다 하기에는 너무 멀다. 지도를 잠깐 보면 몬트 라브르에서 적어도 삼십 킬로미터는 가야 한다는 것을 알 수 있을 것이다. 일은 살인적이다, 손에 괭이를 들고 포도밭에 발을 들여놓아본 사람이라면 그렇게 말할 것이다, 어서 괭이질이나 해라. 이것은 일주일 정도에 끝낼 수 있는 일이 아니다. 마리아 아델라이드는 이제 여기 온 지 석 달째다. 그녀의 눈이 아무리 파랗다 해도 아무런 의미가 없다. 그녀는 두세 주에 한 번, 일요일에 집에 갈 수 있을 뿐이다. 가 있는 동안은 라티푼디움의 여자들이 늘 쉬어온 방식으로, 다른 종류의 일을 함으로써 쉰다. 그런 다음 다시 포도밭과 괭이로, 그곳에서 함께 일하고 있는 몇몇 이웃의 감시하는 눈 밑으로 돌아온다. 이것은 그녀의 부모에게는 크게 마음이 놓이는 일이다. 그래, 마누엘 이스파다는 외동딸이 뭘 하느라 바쁜지 걱정이 될 수밖에 없다, 무엇보다도 그녀가 몬트 라브르, 로맨틱한 관계라는 면에서 보자면 불신이 가득한 곳 출신이기 때문이다. 젊은 사내는 젊은 여자와 말하는 것조차 눈에 띄면 안 된다. 가령 마리아, 또는 아우로라가 사내아이들과 아주 행복하게 수다를 떨고 심지어 그들의 농담에 웃음을 터뜨리기까지 하는 가벼운 아이라는 게 드러나면, 그 아이는 허튼 계집이거나 바람둥이 처녀에 불과하다고 확신하게 된다, 그저 사내와 계집아이가 환한 대낮에 거리 한가운데서 잠시 이야기를 나누는 것이 눈에 띄었다는 이유 하나만으로. 그 아이들이 뭘 꾸미고 있었을지 누가 알아, 늙거나 그렇게 늙지 않은 부인들은 중얼거린다. 그런 뒷공론이 어머니와 아버지의 귀에 들어가면 흔히 훈계하는 질문이 나온다, 그 사내아이는 누구였니, 너는 무슨 말을 했니, 조심해야 돼, 이 아가씨야. 마누엘 이스파다와 그라신다 마우템푸의 경우처럼 부모에게 그들 나름의 매혹적인 사랑 이야기가 있다 해도 마찬가지다, 우리가 그런 이야기가 받을 자격이 있는 상세한 묘사를 하지는 않았을지 몰라도. 하지만 그게 부모다. 그들은 아주 빠르게 잊어버리고 관습은 아주 느리게 변한다. 마리아 아델라이드는 이제 겨우 열아홉이고, 지금까지 그들에게 걱정을 끼친 일이 없다. 그녀의 유일한 관심은 자신이 감당해야 할 힘든 일이지만 달리 무슨 대안이 있겠는가. 여자들은 공주가 되려고 태어난 게 아니다, 이 이야기가 충분히 보여주고도 남았겠지만.

모든 날이 똑같지만, 어느 날들도 서로 닮지는 않았다. 오후가 반쯤 지나갔을 무렵, 괴로운 소식이 포도밭에 이르렀다. 아무도 무슨 일이 벌어진 것인지 잘 몰랐다. 리스본의 군대에 무슨 일이 있다던데, 나는 그걸 라디오에서 들었어. 하지만 그런 경우라면 그들이 그 사건에 관해 모든 것을 이미 알고 있을 거라고 예상할 것이다. 하지만 지옥에서 불과 몇 미터 거리인 포도나무의 숲속에서 사실들을 알아내는 것이 쉬운 일이라고 생각한다면 오산이다. 사람들은 소의 목에 단 방울처럼 목에 라디오를 늘어뜨리고 다니지도 않고, 노래하고 말하는 생물처럼 호주머니에 꽂고 다니지도 않는다, 그런 경박한 행동은 허락되지 않는다. 소식은 우연히 지나가다가 십장에게 자신이 라디오에서 들은 것을 언급한 사람에게서 나왔고, 따라서 혼란이 생겼다. 일의 리듬은 바로 느려지고, 괭이가 오르내리는 것은 당혹스러운 오락에 불과한 것처럼 보인다. 마리아 아델라이드는 다른 사람들과 똑같이 호기심을 느낀다, 그녀는 코를 치켜들고 있다, 마치 신문의 존재를 느낀 토끼처럼, 삼촌 안토니우 마우템푸라면 그렇게 말할 것이다. 무슨 일이 일어났을까, 무슨 일이 일어났을까. 하지만 십장은 관청의 포고를 알리는 관리가 아니다. 그가 하는 일은 노동력을 감시하고 안내하는 것이다. 자, 그만, 일로 돌아가. 더 새로운 소식이 없기 때문에 괭이는 자기 노동으로 돌아간다. 그런 문제에 관심을 갖는 사람들은 한 달 전에 칼다스 다 하이냐의 부대가 거리로 나온 것을 기억한다. 별 성과는 없었지만. 오후가 이어지고 끝난다. 그들은 추가로 소식을 듣는다 해도 처음 소식을 들었을 때와 마찬가지로 믿지 않았을 것이다. 라티푼디움은, 리스본의 라르구 두 카르무에 있는 부대*와는 너무 멀기 때문에, 이곳에서는 총소리 한번 들리지 않았고, 아무도 구호를 외치며 들판을 돌아다니지 않는다. 혁명이 무엇을 의미하는지 또 무엇을 포함하는지 이해하기 힘들다. 우리가 설명하려고 하면 누군가 아마, 우리가 하고 있는 말은 한마디도 믿지 않는 태도로, 툭 내던질 것이다. 아, 그러니까 그게 혁명이로군.

하지만 정부가 전복되었다는 건 사실이다. 노동자들이 부대에, 군용 막사라기보다는 그들의 민간 막사에 함께 모이고 보니, 모두 그들이 앞서 상상했던 것보다 훨씬 많이 알고 있다. 적어도 이제 그들에게는 작은 라디오가 있다, 전지로 작동되는 것이다. 날카롭게 비명을 지르는 소리와 휘파람 소리가 너무 커서 일 미터만 떨어져도 한마디도 알아들을 수 없지만, 그건 상관이 없다. 핵심은 파악할 수 있다. 그러자 열병

---

* 라르고 두 카르무의 부대는 마르셀루 카에타누(살라자르가 뇌졸중을 겪은 뒤에 임명된 수상)가 피신했던 곳인데, 그는 결국 혁명군에 둘러싸였다.

이 퍼져나간다. 모두 몹시 흥분하여 거칠 것 없이 이야기한다, 그럼 이제 우리는 어떻게 해야 돼. 옆의 대기실에서 무대에 올라가기를 기다리는 사람들의 망설임과 불안이 느껴진다. 행복해하는 사람이 몇 명 있고, 다른 사람들도 딱히 슬퍼하는 것은 아니다, 오히려 무슨 생각을 해야 할지 모른다. 이 말이 이상하게 들린다면, 자신이 아무런 목소리도 들리지 않고 확실한 것도 없는 라티푼디움에 들어가 있다고 상상해보고, 그런 다음 다시 생각해보라. 밤이 몇 시간 더 지나갔고, 상황은 더 분명해졌다, 그래, 그저 말이 그렇다는 거다. 간단히 말해서, 무엇이 끝났는지는 알았지만 무엇이 시작되었는지는 몰랐기 때문이다. 이윽고 마리아 아델라이드에게서 눈을 떼지 않고 있던 이웃들, 제랄두 가족, 남편, 부인, 딸, 그러니까 마리아 아델라이드보다 나이 많은 딸은 다음 날 몬트 라브르로 돌아가기로 결정했다. 그들이 내놓은 아주 분별력 있는 이유만 아니면 아마 그 사람들이 변덕을 부린 거라고 생각했을지도 모른다, 그 이유란 집에 있고 싶다는 것이었다. 이삼일 일은 잃을지 모르지만 적어도 이런 외딴곳에 처박혀 있는 것보다는 무슨 일이 벌어지고 있는지 더 잘 알 수 있을 거라는 이야기였다. 그들은 마리아 아델라이드에게 함께 가고 싶으냐고 물었다, 사실 그녀는 그들에게 돌봐달라고 맡긴 거나 다름없으니까, 네가 돌아가면 아버지가 기뻐하시겠구나. 하지만 이것은 그저 뭔가 말을 해야 하니까 한 말이다. 그들이 마누엘 이스파다에 관해 아는 것이라고는 그가 좋은 사람이자 좋은 일꾼이라는 것뿐이며, 그들이 그에 관해 어떤 의심을 품고 있다 해도, 그것은 모든 작은 마을에서는 얼마든지 일어날 만한 것일 뿐이다, 그런 곳에서는 사람들이 늘 자기가 모르는 것을 추측한다. 다른 사람들도 마을로 돌아가기로 결정했다, 갔다가 바로 다시 오겠다는 것이었다. 그런 사람이 너무 많아 십장은 보낼 수밖에 없다, 달리 어쩌겠는가. 불행히도, 가능한 한 최선이라고 생각되는 소식들이 나오다가, 라디오가 갑자기 목소리를 잃고 감기에 걸려 으르렁거리는 소리를 내는데, 너무 낮아 한마디도 알아들을 수가 없다. 저 멍청한 것은 하고많은 날들 가운데 하필 오늘 맛이 간단 말이냐. 나머지 밤 시간 동안 일꾼 부대는 잠들고 싶어 하지 않는 나라에 둘러싸인 채 라티푼디움 바다에서 실종된 섬이었다. 그들은 소식과 소문, 소문과 소식을 교환했다, 이런 상황에서는 흔히 그러게 마련이듯이. 그러다 마침내 망가진 기계에서 더 바랄 것이 없었기 때문에 그들은 각자 매트로 돌아가 잠을 자려고 최선을 다했다.

그들은 다음 날 아침 일찍 가장 가까운 도로를 향해 출발했다, 그들이 일하고 있던 곳에서 족히 일 리그는 되는 거리였다. 그들은 그런 것들을 다스리는 하늘의 권세에게 버스가 좌석이 몇 개 빈 채로 오기를 기도했다. 버스가 나타났을 때 그들은 기도가 이루어진 것을 알았다. 연습을 하면 이런 것들은 즉시 알 수 있다, 재빨리 머릿수를 세어보는 것으로 또 운전사의 묘하게 친절한 분위기로. 이것은 벤다스노바스까지 가는 버스라, 제랄두 가족과 마리아 아델라이드만 탄다. 몬트 라브르에서 온 다른 사람들은 가지 않기로 결정했다, 지나치게 조심을 하는 것이거나 선뜻 몸을 내던지기가 꺼려지기 때문이었다, 아니면 동료들보다 돈이 훨씬 아쉬운 것인지도 몰랐다. 다른 목적지로 가는 사람들은 그대로 도로변에 남아 있다. 그들에게 무슨 일이 일어날지, 좋은 쪽이든 나쁜 쪽이든 어떤 운명이 그들을 기다리고 있을지 우리는 절대 알지 못할 것이다. 차는 거의 다니지 않는다. 따라서 여행은 빠르게 이루어진다. 그들의 더 다급한 불안은 바로 거기 그 시간에 사라져버린다, 운전사, 차장, 승객이 모두 한마음이기 때문이다. 정부는 전복되었다, 이제 토마스도 없고 마르셀루도 없다, 하지만 이제 누가 맡는가, 그 지점에서 일치를 이루던 분위기는 무너진다, 아무도 잘 모른다. 누군가 준타*를 이야기하지만 다른 사람들은 미심쩍어한다, 준타가 뭐야, 정부 이름에 준타가 뭐야, 뭔가 잘못이 있는 게 분명해. 버스는 벤다스 노바스로 들어간다. 거리에 있는 사람들 수를 보면 공휴일인 듯하다. 좁은 거리를 따라 내려가려면 경적이 정말이지 허파가 찢어져라 소리를 질러야 한다. 우리가 마침내 중심가 광장에 이르자, 그곳에 있는 전쟁 분위기를 풍기는 부대만으로도 온몸에 소름이 끼친다. 젊고 그 나이와 조건에 어울리는 꿈을 가진 마리아 아델라이드는 창밖으로 부대

* 잠정적인 정권.

바깥에 있는 군인들, 유칼립투스 잔가지로 장식한 대포들을 보자 밑에서부터 다리가 잘려 나간 듯한 느낌이다. 제랄두 가족이 그녀에게 말하고 있다, 너는 안 내려. 그녀는 평생 눈을 감고 살다가 이제 막 눈을 뜬 듯하다. 우선 빛의 본성을 이해해야 하는데, 이런 것들은 설명하는 것보다 느끼는 게 훨씬 빠르다. 몬트 라브르에 이르러 아버지를 포옹할 때 자신이 아버지의 인생에 관한 모든 것을 알고 있다는 사실을 그녀가 발견하게 될 거라는 게 그 증거다, 그런 것들은 그동안 간접적으로만 언급이 되었을 뿐인데도. 아빠는 어디 갔어요. 오, 좀 먼 곳에서 볼일이 있었어, 오늘 밤에는 돌아오지 않을 거야. 그에게 그 일이 뭐냐고 물어봐야 소용이 없다. 첫째로 딸은 아버지를 심문하지 않기 때문이고, 둘째로 수수께끼가 바깥 세계에 속할 경우에는 그냥 내버려두는 것이 최선이기 때문이다. 서술자는 사건들이 일어난 대로 전하고 싶지만, 그럴 수가 없다. 예를 들어 조금 전 마리아 아델라이드는 버스의 자기 자리에 풀로 붙여놓은 듯 앉아 당장이라도 기절할 것 같은 느낌이었다. 그런데 갑자기 버스에서 제일 먼저 내려 여기 광장에 서 있다. 뭐, 그게 너에게는 젊음이다. 그리고 그녀는 제랄두 가족과 함께 오기는 했지만 그녀가 그들의 보호하에 사는 것은 아니다. 그녀는 자유롭게 길을 건너고 병사들을 더 자세하게 살피고 그들에게 손을 흔든다. 병사들은 그녀를 보고, 무기로 응답하고 가능하면 그 응답에 책임을 지도록 훈련받은 사내들답게 어색한 느낌과 잠깐 싸우다가, 그 싸움에서 이겨 규율일랑 바람에 내던지고 마주 손을 흔든다. 뭐, 매일 그런 파란 눈 한 쌍을 볼 수 있는 것은 아니니까.

한편 아버지 제랄두는 그들을 몬트 라브르까지 데려다줄 수 있는 탈것을 발견했다. 보통은 어려운 일이지만 오늘은, 아, 매일이 오늘 같았으면, 모두가 친구다. 작은 트럭이라 좀 비좁기는 하지만 우리도 약간의 불편은 감수할 수 있다. 이 사람들은 쟁기 손잡이를 베개 삼아 판자 위에서 자는 데 익숙한 사람들이다. 운전사는 돈을 받는다 해도 휘발유 값만 받을 것이다, 그래도 술은 한잔 사게 해주쇼. 좋습니다, 하지만 사양하면 예의가 아닐 것 같아 받는 겁니다. 마리아 아델라이드가 울음을 터뜨려도 아무도 놀라지 않는다. 그녀는 오늘 밤 라디오에서 목소리를 들을 때도 울 것이다, 포르투갈 만세. 그때, 아니면 혹시 어제 처음으로 그 소식을 들었을 때였나, 아니면 병사들을 더 자세히 보려고 거리를 건넜을 때였나, 아니면 병사들이 그녀에게 손을 흔들었을 때였나, 아니면 아버지를 끌어안았을 때였나, 그녀 자신도 모르지만, 그 시점에 그녀는 삶이 바뀌었다는 것을 알고 말한다, 정말이지 할아버지가. 하지만 그녀는 말을 맺지 못한다. 할아버지를 다시 데려올 수 없다는 것을 알자 절망에 사로잡혔기 때문이다.

하지만 라티푼디움 전체가 혁명의 찬가를 부르고 있다고 생각하지는 말아야 한다. 서술자가 창꼬치를 비롯한 다른 위험이 있고, 이따금씩 미끌미끌한 아귀도 나타나는 이 지중해에 관해 했던 말을 기억하자. 람베르투 오르케스 왕조 전체가 함께 모여 있다. 침울한 표정으로 으르렁거리며 각각의 둥근 탁자에 앉아 있다. 분노가 덜한 구성원들이 머뭇머뭇, 조심스럽게 말한다, 만일, 그럼에도 불구하고, 그런데, 그러나, 어쩌면. 라티푼디움의 위대한 만장일치라고 하는 게 고작 그 정도다. 어떻게 생각하십니까, 아가메드스 신부님, 이것은 평소 같으면 절대 적절한 답이 부족하지 않을 질문이다. 하지만 성당의 신중함은 한계가 없고, 아가메드스 신부는 영혼들에게 복음을 전하려고 파견된 하느님의 겸손한 종이기는 하지만, 성당에 관하여 또 신중함에 관하여 많은 것을 알기도 한다, 우리의 나라는 이 세상에 속한 것이 아니다, 가이사의 것은 가이사에게, 하나님의 것은 하나님께 바쳐라, 씨를 뿌리는 자가 뿌리러 나가서, 신경 쓸 것 없다, 아가메드스 신부는 그런 까다로운 질문과 마주칠 때는 갑자기 옆길로 새서 비유로 말하는 경향이 있다. 주교에게서 지침을 받을 때까지 시간을 벌려는 것이다. 그럼에도 그가 뭔가 말은 할 것이라는 점은 언제나 믿어도 좋다. 하지만 안타깝게도 레안드루 레안드르스가 말을 할 것이라고는 믿을 수 없다. 그는 지난해에 그가 받을 자격이 있는 성사를 받은 뒤 침대에서 죽었기 때문이다. 한편 전국에서 그의 수많은 후계자, 동료, 형제, 상급자들이, 우리가 알기에, 체포되었다, 그러니까 달아나지 않은 사람들은 그렇게 되었다는 거다. 리스본에서는, 우리가 듣기에, 항복 전에 상호 총격이 있었고, 사람들이 죽었다.[*] 지금 그들은 어떻게 되었을까, 궁금하다. 군경찰의 소식은 거의 없다. 그들이 몸을 낮추고 명령을 기다리고 있다는 것 외에는. 타카부 병장은 창피해하면서 노르베르투의 집으로 가서 그 말만 했고, 그러면서 마치 벌거벗기라도 한 듯 곱송그렸다. 그런 뒤에 도착할 때와 마찬가지로 눈을 내리깔고 떠났다. 몬트 라브르를 통과해 걸어가면서, 그를 보는 사람들, 멀리서 그를 지켜보는 사람들을 지나 걸어가면서, 적당한 표정을 찾으려고 안간힘을 썼다. 그렇다고 그가 두려워했다는 것은 아니다, 군경찰 병장은 절대 두려워하지 않는다. 하지만 마치 폭풍우라도 몰아치려는 듯, 라티푼디움의 공기가 갑자기 숨을 쉴 수 없게 변해버린 듯하다.

이어 이야기는 오월 일일로 돌아간다. 매년 반복되는 대화다. 하지만 이제는 그것이 시끄러운 공공의 토론이다. 사람들은 지난해까지만 해도 기념행사들이 비밀리에 조직되어야 했다는 것을 기억하고 있다. 조직가들이 계속 재조직을 하고, 상황을 잘 아는 사람들과 연락을 하고, 결정을 못 내린 사람을 격려하고, 두려워하는 자들을 안심시켜야 했다. 지금도 여전히 오월 일일을 신문에서 주장하는 것처럼 자유롭

---

[*] 1974년 키네이션 혁명 동안 루아 안토니우 마리아 카르도수 거리에 있는 비밀경찰 본부에서 벌어진 사건을 가리키는 듯하다. 이곳에서 필사적으로 저항하던 비밀경찰 요원 몇 명이 건물을 둘러싼 부대와 군중에게 총을 쏘았다. 군중 가운데 네 명이 죽었다. 이 무혈 쿠데타에서 사상자는 이 네 명뿐이었다. ─역주

게 기념하게 될 것이라고 믿지 않는 사람들이 있다. 가난한 사람들은 자선을 불신한다. 이건 자선이 아니야, 시지즈문 두 카나스트루와 마누엘 이스파다는 선언하며 리스본에서 온 신문을 펼친다, 여기에 노동절은 국공일로 공개적으로 기념할 것이라고 나와 있어. 하지만 군경찰은 어쩌고, 기억력이 좋은 사람들이 주장을 굽히지 않는다. 걔네들은 우리가 어슬렁어슬렁 지나가는 걸 구경만 해야겠지. 그런 일이 일어날 거라고 누가 생각이나 했겠는가, 우리가 노동절 만세를 부르는 동안 군경찰이 말없이 옆에 서 있을 것이라고.

우리는 우리에게 허용된 것에 우리가 상상하는 것을 늘 포개려 하기 때문에, 그렇지 않으면 우리가 먹는 빵을 얻을 자격이 없기 때문에, 사람들은 종교 행렬이 지나갈 때 하는 것처럼 창밖에 침대보를 내걸고 모든 것을 꽃으로 장식해야 한다고 말하기 시작한다. 이제 당장이라도 그들은 거리에 비질을 하고 집에 회반죽을 바를 것이다. 만족의 계단을 올라가는 것이 얼마나 쉬운지 보여주지 않는가. 하지만 이것은 또 인간 드라마가 창조되는 과정이기도 하다. 아, 그것을 드라마라고 부르는 것은 과장이겠지만, 진정한 곤경이기는 하다, 만일 우리 집에 침대보가 없고 카네이션과 장미로 가득한 정원이 없다면 어쩔 건인가, 이게 도대체 누구의 발상인가. 마리아 아델라이드는 이런 불안을 어느 정도 공유하고 있지만, 젊고 낙관적이기 때문에 어머니에게 뭔가 해야 한다고 말한다. 침대보가 없다면 커다란 하얀 탁자보도 괜찮을 것이다, 그걸 문에 걸쳐놓으면 라티푼디움의 평화의 기가 된다, 지나가는 모든 민간인은 존중하는 마음으로 모자를 벗을 것이고, 군경찰이나 군인은 좋은 일꾼이자 좋은 사내 마누엘 이스파다의 집 밖에서 차려 자세로 서서 경례를 할 것이다. 꽃은 걱정하지 마세요, 어머니, 아미에이루의 샘에 가서 오월이면 골짜기와 산을 덮는 야생화를 몇 송이 꺾어 올게요, 오렌지 꽃도 몇 송이 가져올게요, 그러면 우리 앞문은 여느 성 발코니 못지않게 멋지게 장식될 거예요, 어느 집에도 꿀리지 않을 거예요, 우리는 모든 사람과 더불어 평등하니까.

그러더니 마리아 아델라이드는 샘으로 갔다. 왜 하필이면 그곳을 골랐는지는 그녀 자신도 모른다, 사실, 그녀가 말한 대로, 산과 골짜기가 꽃으로 덮여 있는데. 그녀는 두 산울타리 사이로 통하는 좁은 길을 가는데 그곳에서도 손만 뻗으면 된다. 그러나 그러지 않는다. 이것은 핏속에 흐르는 오래된 결정 사항이다, 그녀는 고사리가 한껏 자란 이 서늘한 곳에서 꺾은 꽃을 원한다. 조금 더 가면, 특히 볕이 잘 드는 곳에 데이지가 있다. 안토니우 마우템푸가 조카딸 마리아 아델라이드가 태어난 날 아기를 위해 한 송이 꺾었을 때 이름이 바뀐 바로 그 데이지다. 이제 그녀의 품에는 푸른 잎이 한가득이다. 노란 심장에 해들이 별자리를 이루고 있다. 이제 그녀는 그 길을 따라 돌아갈 것이다, 담에 드리운 가지에서 오렌지 꽃을 몇 송이 딸 것이다. 하지만 갑자기 묘한 통증을 느낀다. 이게 무슨 느낌인지 잘 모르겠어, 아픈 것도 아닌데, 이렇게 몸이 좋았던 적이 없는데, 아주 행복한데, 가슴에 꼭 끌어안은 고사리 냄새 때문일 거야, 내가 이 애들에게 달콤한 폭력을 휘두르니까 이 애들도 나한테 그러는 거야. 마리아 아델라이드는 누군가를 기다리기라도 하는 것처럼 샘가의 낮은 담에 앉았다. 그녀의 무릎 위에는 꽃이 한가득이지만, 아무도 오지 않았다.

이건 흥미롭다, 이 마법에 걸린 샘의 이야기는. 무어인 소녀들이 달빛을 받으며 춤을 추고 기독교인 소녀들이 고사리 위에서 강간을 당하여 울고. 내가 할 수 있는 말은, 그렇게 생각하지 않는 사람은 자신의 심장을 여는 열쇠를 잃어버린 것이 분명하다는 것이다. 그러나, 사월과 오월이 지나자 라티푼디움에는 곧 똑같은 가혹한 조치가 되살아났다. 군경찰이나 비밀경찰이 조치의 집행자는 아니었다, 비밀경찰은 폐지되었고, 군경찰들은 부대 안에서 입을 다물고 살면서, 닫힌 창문으로 거리를 내다보거나, 밖으로 나가야 할 때면 눈에 띄지 않으려고 담벼락에 붙어 다니기 때문이다. 가혹한 조치는 평소와 다름없어서, 책장을 뒤로 넘겨 내가 앞서 했던 말을 다시 읽는 느낌일 것이다, 밀은 익었으나 아무도 추수하지 않았다, 추수가 허락되지 않았다, 들은 버려졌다. 사내들이 일을 요구하러 가자, 일은 없다, 하는 말만 듣게 된다. 이게 무슨 해방인가. 사람들은 아프리카의 전쟁이 거의 끝났다고 말하고 있지만, 라티푼디움의 전쟁은 계속 맹렬해진다. 변화와 희망에 관한 그 모든 말, 부대를 떠나는 군인, 유칼립투스와 주홍색 카네이션. 빨간색이라고 부르세요, 부인, 빨간색이라고 하세요. 이제는 그래도 되니까. 라디오와 텔레비전에서는 민주주의와 평등을 설교한다. 하지만 내가 일을 원하는데 일이 없다, 말해봐라, 이게 무슨 혁명이냐. 이제 군경찰은 고양이가 발톱을 가는 것처럼 해를 받으며 빈둥거리고 있다. 똑같은 사람들이 라티푼디움의 법을 계속 지시하고 똑같은 사람들이 복종한다. 나, 마누엘 이스파다, 나, 안토니우 마우템푸, 나, 시지즈문두 카나스트루, 나, 얼굴에 흉터가 있는 주제 메드로뉴, 나, 그라신다 이스파다, 그리고 사람들이 포르투갈 만세 하고 외치는 소리를 들었을 때 울었던 내 딸 마리아 아델라이드, 나, 이 라티푼디움의 사내와 여자, 오직 내가 하는 일의 연장밖에 물려받을 게 없는 사람, 그나마 그 연장들이 나처럼 낡고 망가지지나 않았을 때. 이제 알렌테주의 들에는 황폐가 돌아왔고, 이제 더 많은 피가 뿌려질 것이다.

그들에게 일절 일을 주지 마, 그러면 누가 가장 강한지 알게 될 거야, 노르베르투가 클라리베르투에게 말한다. 그냥 시간이 지나가게 놔두기만 하면 돼, 다시 한 번 그들이 우리 손에 있는 걸 받아먹는 날이 올 거야. 이것이 방금 지저분한 싸움을 한 사람의 경멸과 적의가 가득한 말이다. 그는 한동안 자신의 집이라는 작은 껍질 안에 굴종적으로 갇혀 있으면서, 아내, 친척들과 함께 리스본에서 퍼져 나오는 무시무시한 혁명 소식에 관해 작은 소리로 이야기하고 있었다, 거리의 폭도, 모든 것이자 아무것도 아닌 것에 대한 시위, 기와 현수막에 관하여, 바로 첫날 경찰이 무기를 넘겨줄 수밖에 없었던 사실에 관하여 이야기하고 있었다. 가엾은 것들, 그것은 훌륭한 남자들의 무리, 그들에게 그렇게 봉사를 해주었고 아직도 해줄 수 있는 무리에 대한 심각한 모욕이다. 하지만 보다시피, 그것은 파도와 같다, 정면으로 마주치면 안 된다, 그게 용기처럼 보일지 몰라도, 사실 그건 지독한 바보짓이다, 아니, 최대한 낮게 몸을 숙이고 있으면 바로 머리 위로 지나갈 것이다, 거의 너를 보지도 못했다는 듯이, 부수어야 할 장애물을 발견하지 못했으므로. 이제는 안전하다, 파도가 부서지는 선에서 멀다, 거품과 해류에서, 이건 어부들의 용어다. 하지만 라티푼디움이 내륙의 바다라고, 창꼬치, 피라냐, 거대한 오징어가 사는 곳이라고 몇 번이나 말해야 하는가. 일꾼들이 있으면 보내버려라, 돼지와 양을 책임지는 사람만 남겨라, 그리고 목자들이 건방지게 굴 경우에 대비하여 농장 경비원들만.

밀밭의 운명은 분명하다. 작물은 여기 땅에 누워 있다, 이제 오래지 않아 씨를 뿌릴 시간이 올 것이다. 질베르투는 어떻게 할 것인가. 그의 집으로 가서 물어보자. 사실 여기는 자유로운 나라이고 우리 모두 자신에 대한 이야기를 해야 하는 것 아닌가. 주인에게 여기 그가 뭘 하고 있는지 알고 싶은 사람들이 찾아왔다고 말해주시오, 첫 비가 내려 씨를 뿌릴 시간이 되었는데. 하녀가 답을 얻으러 간 동안 우리는 문간에 서 있다, 안으로 들어와달라는 요청을 받지 못했기 때문이다. 하녀는 돌아와서 무례하게 선언한다, 그녀가 이 이야기에서 언급했던 아멜리아 마우템푸가 아니기를 바란다, 주인님 말씀이 알 거 없답니다, 땅은 주인님 것이랍니다, 다시 여기 오면 경비원들을 부르시겠답니다. 그러고 나서 그녀는 우리 면전에서 문을 쾅 닫는다. 거지에게도 그러지는 않을 것이다, 주인들은 칼을 감추고 다닐지도 모르는 거지들은 몹시 두려워하기 때문이다. 다시 물어봐야 소용없다, 질베르투는 씨를 뿌리지 않는다, 노르베르투는 씨를 뿌리지 않는다. 만일 누군가 다른 이름을 가진 사람이 씨를 뿌리고 있다면, 그것은 그들이 아직도 군인들이 와서 질문을 할까 두려워하기 때문이다, 여기서 무슨 일이 벌어지는 거야. 하지만 이 파리들을 찰싹 때려잡는 다른 방법이 있다. 미소를 지으며 순순히 말을 들어주는 척하는 것이다, 그럼, 물론이지. 그러고 나서 정반대의 일을 하는 것이다. 음모를 부추기고, 은행에서 돈을 인출하여 해외로 보내는 것이다, 적당한 수수료만 주면 기쁜 마음으로 이런 일을 하는 사람이 늘 있다, 아니면 차에 싣고 어딘가 다른 데로 보내 감추는 것이다. 국경 경비대는 눈을 감아줄 것이다. 가엾은 것들, 그들은 차의 바닥 밑으로 기어 들어가거나 흙받기를 떼어내느라 시간을 낭비하고 싶이 하지 않는다, 그들도 이제 애들이 아니다, 훌륭한 공무원들이다, 제복을 깨끗하게 유지해야 한다. 따라서 오백만이나 천만이나 이천만 이스쿠드나 가보, 가족의 은과 금이나 뭐든 나라 밖으로 슬쩍 빼내는 건 아무런 문제가 아니다. 얼마나 가망 없는 바보들이냐, 이 노동자들은, 그들은 잘 익어 검게 광택이 나는, 이미 기름이 줄줄 스며 나오는 듯한 열매로 가득한 올리브나무를 보고, 이것을 어디부터 손을 대야 할지 한참을 생각하고 의논한 뒤에, 마침내 올리브를 따서 팔고, 현행 임금으로 따져 그들이 벌었을 수도 있는 돈만 챙기고, 나머지는 라티푼디움 소유자에게 주었다. 누가 그렇게 하라고 허락을 했는가, 농장 경비원들이 그들을 잡지 못한 게 안타깝다, 그들은 총을 맞았어야 하는데, 그렇게 다른 사람 일에는 끼어드는 게 아니라는 걸 가르쳐줄 수 있었을 텐데. 주인님, 올리브는 딸 준비가 되어 있었습니다, 더 기다렸다면 다 쓰레기가 되었을 겁니다, 여기 우리 일당을 제한 나머지 돈입니다, 우리가 가져가려고 떼어낸 것보다 많습니다, 계산은 아주 쉽습니다. 하지만 나는 허락한 일이 없는데, 요청을 했어도 허락하지 않았을 거야. 우리 스르로 허락했습니다. 이것은 한 가지 사례였다, 풍향이 바뀌었다는 신호였다. 하지만 아달베르투가 기계로 옥수수를 베면, 안질베르투가 소를 들에 풀어버리면, 안스베르투가 밀에 불을 질러버리면, 땅의 열매를 어떻게 구할 수 있단 말인가. 그만큼 빵을 잃는 것이고, 그만큼 굶는 것이다.

　탑의 꼭대기에 서서, 전사의 손을 누벽에 얹고, 검을 쥐느라 굳은살이 박인 정복자의 손을 얹고, 노르베르투는 자신이 만든 모든 것을 굽어보며 그것이 좋다는 것을 알았다. 그런 뒤에 마치 며칠이 지나는지 알지도 못하는 것처럼, 전혀 쉬지를 않았다. 리스본의 저 악마들이 우리 조부모가 우리에게 남긴 유산을 파괴하려 할지도 몰라, 하지만 여기 라티푼디움에 있는 우리는 신성한 조국과 신성한 신앙을 존중해, 아르마멘투 하사를 들여보내. 상황이 훨씬 좋아지고 있습니다, 주인님. 아가메드스 신부를 들여보내. 아주 좋아 보이십니다, 아가메드스 신부님, 젊어지신 것 같네요. 그건 틀림없이 내가 각하의 건강과 우리 땅의 보전을 위해 기도해왔기 때문일 겁니다. 내 땅이죠, 아가메드스 신부님. 네, 각하, 각하의 땅이죠, 그게 여기 하사도 말하고 있는 겁니다. 네, 그게 제가 동 주앙으로부터 제일 먼저 받은 명령이고, 저는 그걸 세대에서 세대를 거쳐 하사들에게 전달했습니다. 하지만 이 세 사람이 바람을 피해 집 안의 따뜻한 곳에서 이야기를 하는 동안, 겨울이 찾아와 일꾼들을 깨물었다. 익숙하다고 해서 그것을 덜 아프게 느낀다는 뜻은 아니다, 농장주들은 땅의 소유자이자 땅에서 일하는 사람들의 소유자다. 우리는 저 큰 집과 저 모든 큰 집들에서 사는 개들보다 못해, 개들은 매일 그릇 가득 개밥을 먹어, 아무도 짐승이 굶어 죽게 놔두지 않아. 뭐, 짐승을 돌보는 방법을 모르면 기르면 안 되지. 하지만 사람은 달라, 나는 개가 아닌데 이틀 동안 먹지를 못했어. 요구를 하러 여기에 온 이 사람들은 오랫동안 짖어온 개 떼다. 이제 우리는 당장이라도 짖는 걸 멈추고 물 것이다, 저 붉은 개미들처럼, 개처럼 머리를 쳐드는 개미들처럼.

그래, 우리는 그들에게서 배울 것이다. 저 집게발을 봐라, 내 피부가 낫을 휘두르는 바람에 이렇게 단단하게 굳은살이 박이지 않았다면 나는 지금 피를 흘리고 있을 것이다.

이것은 공허한 말로, 좌절감은 덜어주지만 바뀌는 것은 아무것도 없다. 당장은 내가 실업자냐 아니냐가 차이가 없다, 그러니까 일을 해봐야 무슨 소용이 있느냐는 거다. 감독이 어떻게 되어도 상관없다는 냉소적인 분위기로 도착한다. 그의 냉소가 얼마나 깊은지 누가 알랴. 그가 말한다, 이번 주에는 돈이 없다, 인내심을 가져라, 어쩌면 다음 주에는 나올지도 모르지. 그러나 그의 호주머니에서는 도나 마리아 일세와 동 주앙 이세*가 이중창을 부르고 있다. 일주일 뒤에도 그는 정확히 똑같은 말을 하고, 한 주 또는 두 주 또는 세 주 또는 네 주 또는 여섯 주 뒤에도 여전히 돈이 나올 낌새는 없다. 농장주는 현금이 없고, 정부는 은행이 현금을 방출하는 것을 허락하지 않는다. 하지만 아무도 감독의 말을 믿지 않는다. 물론 그는 수백 년 동안 거짓말을 해왔기 때문에 이제는 상상력을 발휘할 필요도 없다. 하지만 정부는 여기 와서 상황을 설명해야 한다. 우리가 읽지도 못하는 신문에 적어두는 건 소용없다. 텔레비전에서는 말을 너무 빨리 해서 우리가 한 단어를 이해할 때쯤에는 이미 백 단어를 더 재잘거린 뒤다, 뭐라고 한 거지. 라디오에서는 사람들 얼굴을 볼 수가 없다, 얼굴을 보지

* 이 인물들은 당시의 지폐에 등장한다.

도 못하는데 네가 하는 말을 어떻게 믿을 수 있나.

라티푼디움 어딘가에서, 역사는 정확한 장소를 기록할 것인데, 노동자들이 땅 한 조각을 점령했다. 그냥 일을 좀 하려고, 그뿐이다. 내가 거짓말을 하는 거라면 내 오른손이 시들어버릴 것이다. 그러자 다른 농장에 다른 노동자들이 나타나 말했다, 우리는 일을 하러 왔다. 이런 일이 처음에는 여기 다음에는 저기에서 일어났다. 마치 봄이 되어 들에 데이지가 홀로 꽃을 피우자, 물론 마리아 아델라이드가 와서 따 가지 않을 거라고 가정해야 하겠지만, 수천 송이가 하루 만에 한꺼번에 태어나는 것과 같다, 첫 번째는 어디로 가버렸을까, 그들 모두 희고, 얼굴을 해 쪽으로 돌리고 있다, 땅의 결혼식날 같다.

그러나 이 사람들은 희지 않고 가무스레하다, 땅에 설탕이라도 덮여 있는 것처럼 라티푼디움에 퍼져 있는 개미 무리다, 모두 머리를 쳐들고 있다. 사촌들과 다른 친척들한테서도 나쁜 소식을 들었습니다, 아가메드스 신부님, 하느님이 신부님의 기도를 들어주지 않으셨네요, 내가 그런 불행을 목격할 날이 오다니, 내가 이런 식으로 시험을 받아야 하다니, 내 조상의 땅이 이 도둑놈들의 손아귀에 들어간 걸 보다니, 사람들이 소유를, 우리의 물질적이고 정신적인 문명의 신성하고 비속한 기초를 공격하기 시작하면 세상은 끝입니다. 비속한 게 아니라 세속적이겠죠, 세뇨라, 이렇게 말을 고치는 걸 용서해주시기 바랍니다. 아니, 비속한 게 맞아요, 저자들이 하는 일이 신성을 비속하게 만드는 거니까요, 저자들은 산티아구 두 이스코랄에서 했던 일을 할 거예요, 내 말 잘 들으세요, 하지만 대가를 치르게 될 거예요, 사실, 바로 며칠 전에 그 이야기를 했어요, 우리는 어떻게 될까요. 우리는 인내해야 합니다, 세뇨라 도나 클레멘시아, 무한히 인내해야 합니다, 우리가 누구관데 주님의 계획과 그분의 변하는 방법들에 의문을 제기하겠습니까, 오직 그분만이 구불구불한 금 위에 똑바로 글을 쓰는 방법을 알고 계십니다, 아마 내일 들어 올리기 위해 오늘 우리를 아래로 던지시는 걸 겁니다, 이 벌 뒤에는 지상과 천상의 상급이 뒤따를 겁니다, 각각 정해진 시간과 장소에서요, 아멘.

이것이, 비록 다른 단어들을 사용하기는 하지만, 람베르투가 타카부 병장에게 하고 있는 말이기도 하다. 병장은 이전의 군인다운 모습의 그림자에 불과하다. 군경찰이 이런 종말론적 사건들을 구경만 하며 서 있어야 하다니, 나를 위하여 의무적으로 방어해주던 땅을 침략하는 짓을 손가락 하나 까닥하지 못하고 허락하다니 있을 수 없는 일처럼 보인다. 그들은 총 한 방 쏘지 못하고, 겨냥을 잘하여 발길질이나 주먹질을 하지도 못하고, 개머리판으로 치지도 못한다, 이 게으름뱅이들의 엉덩이를 겨냥하여 개를 풀지도 못한다. 그런 값비싼 수입 개들을 갖고 있어봐야 무슨 소용이 있는가, 이러려고 우리가 세금을 낸 것인가, 하긴 오래전부터 세금 내는 건 중단했지만, 그런데, 오, 우리가 미끄러운 비탈에 있는 건 맞다, 나는 해외로 가겠다, 브라질로, 스페인으로, 스위스로, 아주 마음 편하게 중립적인 곳, 이 수치스러운 나라에서 멀리 떨어진 곳으로. 그 말씀이 전적으로 옳습니다, 세뇨르 람베르투, 하지만 내가 소속된 군경찰은 손이 묶여 있습니다, 명령이 없으면 우리는 아무것도 할 수 없습니다, 우리는 명령을 받는 데 익숙한데, 이제 명령이 그것을 내리던 사람들에게서 나오지 않습니다, 이건 우리끼리 얘기지만, 각하, 군경찰 지휘관은 적에게 넘어가버렸습니다. 이 말을 함으로써 내가 모든 규칙을 어기고 있다는 것을 알지만, 어쩌면 언젠가는 저 사람들이 나를 하사로 승진시켜주겠지요, 그러면, 맹세컨대, 톡톡히 되갚아줄 겁니다. 이것은 공허한 협박이다. 이것은 좌절감을 덜어주지만 아무것도 바꾸지 못한다. 어찌 되었든, 아침 체조와 무기 훈련을 잊지 말도록 하자, 내 심장은 어떻습니까, 의사 선생. 문제가 있는데요. 차라리 잘됐네.

내륙의 바다 라티푼디움에 파도가 계속 밀려들어온다. 어느 날, 마누엘 이스파다는 시지즈문두 카나스트루를 보러 갔고, 그들 둘은 함께 안토니우 마우템푸를 찾아냈다. 이 셋은 또 함께 주스투 카넬라스를 찾아갔다, 우리는 이야기를 할 필요가 있어, 그런 뒤에 주제 메드로뉴와 페드루 칼상을 찾아갔는데, 페드루 칼상이 여섯 번째였고, 이것이 그들의 첫 모임이었다. 두 번째 모임에서 다른 목소리 네 명이 결합했는데, 둘은 남자, 주아킹 카로수와 마누엘 마르텔루였고, 다른 둘은 여자, 에밀리아 프로페타와 마리아 아델라이드 이스파다였다, 이것이 그녀가 더 좋아하는 이름이다. 모두 비밀리에 이야기를 했다. 그들은 대변인이 필요했기 때문에 마누

엘 이스파다를 선택했다. 다음 두 주 동안 사내들은 겉으로
보기에 태평하게 농장을 걸어 다녔고, 오래된 익숙한 방법을
이용하여 여기에 한마디, 저기에 한마디 남기면서, 계획을
토론하고 합의했다. 우리 각자는 싸워야 할 우리 자신의 전
쟁이 있기 때문이다. 그들이 이런 호전적인 어휘를 사용하는
것은 용서해주자. 이윽고 그들은 이 단계로 진입했다. 거기에
는 어느 더운 한여름 밤, 아직 부림을 당하는 농장의 십장들
을 불러 모아 이렇게 말하는 일도 포함되었다, 내일 여덟 시
에, 어디에 있든 모든 노동자는 트레일러에 타고 만타스 농
장으로 향할 것이다, 우리는 그곳을 점령할 것이다. 미리 개
별적으로 이야기를 들은 십장들의 동의를 얻고, 전투에서 주
요 전투원이 될 사람들 가운데 다수에게 미리 알린 뒤, 그들
은 모두 감옥에서 마지막 밤을 보내러 떠났다.

이것은 해에 불과하다. 이것은 메마른 그루터기를 태우고
그슬리는데, 이 그루터기는 깨끗하게 씻긴 노란색 뼈 같기도
하고, 과한 열과 무절제한 비에 시든 오래된 밀밭의 무두질
한 가죽 같기도 하다. 모든 일터에서 기계들이 흘러 나가고,
무장 차량의 전위대는, 오, 이런, 이 호전적인 말, 그런 말은
어디나 스며드는데, 이것은 탱크가 아니라 아주 느리게 움직
이는 트랙터이며, 어쨌든 이 차량은 다른 곳에서 오는 더 많
은 트럭과 만나려고 한다. 이미 만난 트랙터는 서로 외쳐 부
른다. 종대가 길어진다. 저 앞은 훨씬 규모가 크다. 트레일러
에는 사람들이 가득하다. 일부는, 젊은 축에 속하는 사람들

은, 걷고 있다. 그들에게 이것은 파티와 같다. 이윽고 그들은 만타스 농장에 도착한다. 그곳에서는 백오십 명이 코르크를 베고 있고, 그들 모두 합세한다. 그들은 점령하는 땅마다 책임을 질 노동자 집단을 임명한다. 종대는 오백 명이 이상이다, 사내 여자 할 것 없이. 이제 육백 명이고, 곧 천 명이 될 것이다. 순교의 길을 되짚어가는 순례다, 이 십자가가 머문 곳들을 따라간다.

만타스 다음에는 발르 다 칸세이라로, 헬바스로, 몬트 다 아레이아로, 폰트 포카로, 세할랴로, 페드라 그란드로 간다. 각 농장마다 열쇠를 받고 재고를 작성한다. 우리는 노동자지 도둑이 아니다. 그렇다고 그들의 말에 반박할 사람이 있다는 뜻은 아니다, 그들이 점거하는 곳 어디에도, 각 집, 방, 지하실, 창고, 마구간, 건초간, 우리, 사육장, 축사, 돼지우리, 닭장, 물통, 관개용 수조 어디에도 노르베르투들이나 질베르투들이 보이지 않기 때문이다, 말하고 있건 노래를 하건, 입을 다물고 있건 울고 있건, 보이지 않기 때문이다. 그들이 어디로 사라졌는지 누가 알겠는가. 군경찰은 부대에 그대로 있고, 천사들은 천국을 비질하느라 바쁘다. 혁명의 날이다, 이 노동자들은 몇 명이나 될까.

머리 위에서 붉은 솔개가 헤아리고 있다, 백만, 우리가 볼 수 없는 사람들은 빼고. 살아 있는 자들은 눈이 멀어 늘 앞서 간 사람들을 간과하기 때문이다. 살아 있는 사람 천 명과 죽은 사람 십만 명, 또는 땅에서 솟아오르는 이백만의 한숨.

어떤 수든 골라봐라, 하지만 너무 먼 거리에서 계산을 하면 늘 너무 작아지게 마련이다. 죽은 자들은 트레일러의 옆면에 달라붙어 어디 아는 사람이라도 없나, 그들의 몸과 마음에 가까운 누가 없나 안을 들여다본다. 찾는 사람을 발견하지 못하면 걸어서 가는 사람들과 합류한다, 나의 형제, 나의 어머니, 나의 아내, 나의 남편. 그래서 우리는 저기서 포도주 한 병과 넝마를 들고 가는 사라 다 콘세이상을 볼 수 있다. 여전히 목에 올가미를 걸고 있는 도밍구스 마우템푸를 볼 수 있다. 여기에는 자기 집 문간에 앉아서 죽은 주아킹 카항카가 있다. 아내 플로르 마르티냐와 손을 잡고 있는 토마스 이스파다가 있다, 무엇 때문에 이렇게 오래 걸렸어. 살아 있는 사람들은 어째서 아무것도 눈치채지 못하는가. 그들은 자기들뿐이라고, 산 사람들로서 자기 일을 해나간다고 생각한다. 죽은 자들은 죽었고 묻혔다, 그들은 그렇게 생각한다. 하지만 죽은 자들도 자주 찾아온다, 대개는 조금씩. 하지만 드물다 해도, 그들 모두가 나오는 날이 있다, 사실이다. 이런 날 누가 그들을 무덤 안에 가두어둘 수 있겠는가, 트랙터들이 천둥소리를 내며 라티푼디움을 가로지르고, 입 밖에 내지 말아야 할 말이 없는 날에. 만타스와 페드라 그란드, 발르 다 칸세이라, 몬트 다 아레이아, 부족한 물과 크나큰 굶주림의 폰트 포카, 방가지뚱의 고향 세할랴, 그 외에도 산과 골짜기 너머로. 그리고 여기, 도로가 굽은 이곳에, 주앙 마우템푸가 웃음을 지으며 서 있다, 아마 누군가를 기다리고 있는 것 같다, 아니면 그 자리에서 움직이지 못하는 것일 수도 있다, 죽을 때 다리를 움직이지 못했으니까, 우리는 마지막 병을 포함하여, 우리의 모든 병을 거느리고 죽음으로 가니까. 하지만, 아니, 우리가 잘못 안 것이다, 주앙 마우템푸는 젊은 다리를 되찾았다. 그래서 펄쩍펄쩍 뛰어다니고 있다, 마음껏 뛰어다니는 춤꾼이다. 그는 아주 늙은 귀머거리 부인 옆에 앉을 것이다. 파우스티나, 나의 아내, 당신과 나는 어느 겨울밤에 빵과 소시지를 먹었지, 당신은 치마가 젖었어, 아, 그리운 옛 시절.

주앙 마우템푸는 보이지 않는 연기로 이루어진 두 팔로 파우스티나의 어깨를 안는다. 그녀는 아무것도 듣지도 느끼지도 못하지만, 처음에는 머뭇머뭇, 오래된 노래를 합창으로 부르기 시작한다. 남편 주앙과 춤을 추던 날들을 기억한다. 그는 삼 년 전에 죽었다, 평안히 안식하기를, 파우스티나가 할 필요 없는 말이다. 하지만 그녀가 어찌 알겠는가. 더 멀리, 더 높은 곳, 붉은 솔개만큼 높은 곳을 보니, 아우구스투 핀테우가 보인다, 폭풍우가 치던 밤에 노새들과 함께 죽은 사람. 그의 뒤로, 그에게 거의 매달려 있는 아내 시프리아나가 있다. 군경찰 주제 칼메두는 민간인 차림으로 다른 곳에서 온다. 또 우리가 삶에 관해서는 알지만, 이름은 알지 못할 수도 있는 다른 사람들. 여기 그들 모두가 있다, 산 자와 죽은 자들. 그들 앞으로, 사냥개답게 콘스탄트가 달려간다. 어떻게 그가 여기 없을 수 있겠는가, 이 유일무이한 날, 새로 솟아오른 날에.

주제 사라마구가 자신의 뿌리를 드러내는 방식

　"나의 인생에서 내가 알았던 가장 지혜로운 사람은 글을 읽을 줄도 쓸 줄도 몰랐다." 이것은 주제 사라마구가 1998년 노벨상을 탔을 때 한 노벨 강연의 첫 마디다. 여기에서 사라마구가 말하는 가장 지혜로운 사람은 그의 외할아버지 제로니무 메이리뉴다. 사라마구는 1922년 포르투갈 리바테주 주의 작은 마을 아지냐가에서 토지 없는 농민의 아들로 태어나, 1924년 두 살 때 부모를 따라 리스본으로 이사하지만, 방학이면 아지냐가에 가서 외할아버지와 지내곤 했다. 이 강연은 위에 말한 첫 문장에 이어 외할아버지가 단지 목숨을 이어가기 위해 새벽부터 고달픈 노동에 나서던 모습을 세밀하게, 그러면서도 묘하게 아름다운 느낌으로 묘사한다. 사라마구는 이 강연에서 자신의 성장을 소설이나 등장인물들에 관해 이야기하는데, 여기에서 자신의 할아버지와 바로 이어지는 인물들이 등장하는 소설로 거론하는 작품이 바로 『바닥에서 일어서서』이다. 따라서 이 작품은 지금까지 국내에 소개된 사라마구의 어느 작품보다도 그의 뿌리에 닿아 있다고 말할 수 있다.

이 소설은 1980년, 사라마구가 58살 때 쓴 작품이지만, 아마 현재 국내에 나와 있는 그의 작품들 가운데 이보다 일찍 발표된 것은 드물 것이다. 이미 사라마구를 알고 있는 독자들에게는 새로운 정보가 아니지만, 그는 늦은 나이에 소설가로 복귀하여 고령에 이르기까지 활발하게 작품을 발표했으며, 마지막 작품은 2009년에 나온 『카인』이다. 따라서 『바닥에서 일어서서』를 발표한 후에도 30년 가까이 부지런히 작품 활동을 하는 셈인데, 이 작품은 엄격한 의미의 초기작이라고 할 수는 없겠지만 본격적으로 소설을 쓰기 시작한 시기를 기준으로 보자면 그렇게 불러도 큰 무리는 없을 것이다. 이 점을 생각하면, 자신의 뿌리를 짚어보는 이 작품이 사라마구에게 갖는 의미와 위치가 짐작이 갈 듯하다. 그 이상의 이야기는 작가 본인의 입을 통해 듣는 게 좋겠다.

그다음에 알렌테주*의 남자와 여자들, 나의 할아버지 제로

* 사라마구의 고향 아지냐가에서 남쪽으로 조금 떨어진 곳이다.

니무와 할머니 주세파도 속해 있던, 땅에서 저주받은 자들의 형제단이 등장했다. 이들은 임금을 받고 두 팔의 힘을 빌려주어야만 하는 원시적 농민이었으며, 파렴치하다고 부를 수밖에 없는 노동 조건에서 일했다. 그렇게 변변치 않은 것을 얻으면서도, 개화되고 문명화되었다고 자랑하는 우리들이 기꺼이 (경우에 따라) 귀중하다, 신성하다, 숭고하다고 부를 수 있는 삶을 살았다. 이들이 내가 아는 보통 사람들이었다. 국가와 지주 권력의 공모자인 동시에 수혜자인 교회에 기만을 당하는 사람들, 경찰에게 늘 감시를 당하는 사람들, 거짓된 정의의 독단에 수도 없이 무고하게 희생당한 사람들. '나쁜 날씨'라는 뜻의 이름*을 가진 농민 가족 3대가 20세기 초부터 독재정권을 무너뜨린 1974년 4월 혁명에 이르기까지 『바다에서 일어서서』라는 제목의 이 소설을 통과해간다. 나는 땅에서 일어선 이런 사람들, 처음에는 진짜 사람들, 그다음에는 소설 속의 인물들에게서 참는 법, 시간을 믿고 시간에게 속을 털어놓는 법을 배웠다. 우리를 세우는 동시에 부수는 바로 그 시간 말이다. 시간은 그러고 나서도 우리를 세우고 다시 한 번 부수지만. 내가 만족스럽게 소화했다고 확신하지 못하는 유일한 것은 그런 경험의 고달픔을 통해 그 사람들에게서 미덕으로 바뀌게 된 어떤 것이다. 삶을 향한 타고난 내핍적인 태도 같은 것. 그러나 그때 배운 교훈이 20여 년이 지난

* 소설에서는 포르투갈어로 마우템푸로 나온다.

지금도 내 기억에 그대로 남아 있고, 나는 매일 내 영혼 속에서 그 존재를 집요한 소환 명령처럼 느끼고 있다. 나는 알렌테주의 평원의 그 가없는 광대함 속에서 나에게 드러났던 그 존엄의 예들이 보여준 위대성에 관해 조금 더 써 보고 싶다는 희망을, 적어도 아직은, 버리지 않았다. 시간이 말해주겠지.

사라마구 자신이 이야기하고 있거니와 『바닥에서 일어서서』는 포르투갈의 현대사를 바탕으로 대농장에서 일하는 농업 노동자 3대의 이야기를 그리고 있으며, 그들이 억압당하고 짓눌리던 존재에서 우뚝 일어서는 존재로 바뀌어 나아가는 과정을 짚어나가고 있다. 이렇게 말한다 해도 사라마구를 아는 독자라면 그에게서 전통적인 리얼리즘 소설을 기대하지는 않을 것인데, 아니나 다를까 이 '초기작'에도 사라마구의 인장은 확실하게 박혀 있어, 아니, 오히려 더 실험적이어서, 평소 그의 스타일이 입맛에 맞았던 독자에게는 이것이 매우 즐거운 경험이 될 것이라고 믿는다. 옮긴이 또한 그런 독자 가운데 한 명인데, 이 작품에서 특히 눈에 띄었던 것은 서술자와 등장인물들의 융합이다. 이 작품의 서술자는 자기 목소리를 유지하기도 하지만, 때로 여러 등장인물로 빙의하기도 하는데, 이것은 사라마구가 위에서 말했던 자신의 뿌리를 드러내는 방식이자, 민중의 일원으로서 소설가의 자리를 확인하는 방식이자, 무엇보다도 고달픈 삶을 살았던 이들에 대한 그의 깊디깊은 애정을 드러내는 방식으로 다가온다. 그러니까 사라마구의 언뜻 복잡하고 독특해 보이는 스타일은 그가 사랑하는 사람들에게 더욱더 밀착하고 싶은 바람의 소산이었던 셈이다.

정영목

바닥에서 일어서서

초판 1쇄 2019년 12월 11일

지은이 | 주제 사라마구
옮긴이 | 정영목
펴낸이 | 송영석

주간 | 이진숙 · 이혜진
기획편집 | 박신애 · 정다움 · 김단비 · 심슬기
외서기획편집 | 정혜경
디자인 | 박윤정
마케팅 | 이종우 · 김유종 · 한승민
관리 | 송우석 · 황규성 · 전지연 · 채경민

펴낸곳 | (株)해냄출판사
등록번호 | 제10-229호
등록일자 | 1988년 5월 11일(설립일자 | 1983년 6월 24일)

04042 서울시 마포구 잔다리로 30 해냄빌딩 5 · 6층
대표전화 | 326-1600 **팩스** | 326-1624
홈페이지 | www.hainaim.com

ISBN 978-89-6574-678-2

파본은 본사나 구입하신 서점에서 교환하여 드립니다.

이 도서의 국립중앙도서관 출판예정도서목록(CIP)은 서지정보유통지원시스템 홈페이지
(http://seoji.nl.go.kr)와 국가자료공동목록시스템(http://www.nl.go.kr/kolisnet)에서 이용
하실 수 있습니다.(CIP제어번호: CIP2019003169)